W0208480

Knaur®

Von Robert McCammon sind außerdem erschienen:

»Blutdurstig« (Band 1809)
»Wandernde Seelen« (Band 1810)
»Das Haus Usher« (Band 1812)
»Die schwarze Pyramide« (Band 1829)
»Höllenritt« (Band 1831)
»Tauchstation« (Band 1832)
»Baal« (Band 1833)
»Stadt des Untergangs und andere Horrorgeschichten« (Band 1837)

Dieses Buch wurde auf chlor- und säurefreiem Papier gedruckt.

Deutsche Erstausgabe Juni 1992
© 1992 für die deutschsprachige Ausgabe
Droemersche Verlagsanstalt Th. Knaur Nachf., München
Das Werk einschließlich aller seiner Teile ist urheberrechtlich geschützt.
Jede Verwertung außerhalb der engen Grenzen des Urheberrechtsgesetzes ist ohne Zustimmung des Verlages unzulässig und strafbar.
Das gilt insbesondere für Vervielfältigungen, Übersetzungen, Mikroverfilmungen und die Einspeicherung und Verarbeitung in elektronischen Systemen.
Titel der Originalausgabe »Mine«
© 1990 The McCammon Corporation
Originalverlag Pocket Books, New York
Umschlaggestaltung Charlie Dengler, München
Umschlagfoto XING/Mayer-Norten
Satz MPM, Wasserburg
Druck und Bindung: Ebner Ulm
Printed in Germany 5 4 3 2 1
ISBN 3-426-01853-5

Robert R. McCammon

Botin des Schreckens

Roman

Aus dem Amerikanischen
von Stefan Troßbach

Knaur

Mit Dank an Julie Keeton für die Titelidee.
Und Dank auch an Dale Davis
für die technische Unterstützung.

Für die Hinterbliebenen einer Ära,
als die ganze Welt zusah.

Was vorbei ist, ist ...

Das Baby schrie schon wieder.

Sein Geschrei riß sie aus einem Traum über ein Schloß, das auf einer Wolke schwebte, und ließ sie mit den Zähnen knirschen. Es war ein schöner Traum gewesen – einer, in dem sie jung und schlank und ihr Haar so golden wie die Sommersonne war. Sie haßte es, sich aus einem solchen Traum reißen zu lassen, aber das Baby schrie schon wieder. Manchmal bedauerte sie, eine Mutter zu sein; manchmal träumte sie, das Baby bringe sie um. Aber trotzdem setzte sie sich auf und schlüpfte in ihre Pantoffeln, weil niemand sonst da war, der sich um das Kind hätte kümmern können.

Sie streckte sich, daß ihre Gelenke knackten, und stand auf. Sie war eine kräftige, breitschultrige Frau und ein Meter achtzig groß. »Amazonenpüppchen« hatte sie früher einmal jemand genannt. Aber wer? O ja, jetzt fiel es ihr wieder ein. *Er* war es gewesen. Einer seiner Kosenamen für sie, ein Teil ihres geheimen Liebescodes. Sie sah im Geiste sein Gesicht vor sich. Es erschien ihr strahlend schön. Sie erinnerte sich an sein gefährliches Lachen – an seinen Körper, der sich hart wie warmer Marmor auf dem ihren angefühlt hatte, während sie in einem mit lila Perlenfransen gesäumten Bett lagen ...

Schluß! Das war Selbstquälerei, diese Gedanken an die Vergangenheit.

Mit rauher, noch verschlafener Stimme sagte sie: »Pscht! Still!« Doch das Baby schrie weiter. Sie liebte dieses Kind. Sie hatte schon lange nichts mehr so sehr geliebt. Aber ein

kleiner Schreihals war es, weiß Gott! Es war nie zufrieden. Sie ging zu dem Bett und sah auf das Kind hinab. Das Kind war ein Er. In dem feuchtkalten Licht vom Majik Market auf der anderen Seite des Highway waren Tränen auf seinen Wangen zu erkennen. »Pscht!« sagte sie. »Robby? Still jetzt!« Doch Robby gab keine Ruhe, und sie wollte nicht, daß die Nachbarn aufwachten. Diese Leute hatten nun mal etwas gegen sie. Vor allem dieser miese alte Knacker von nebenan, der an die Wand klopfte, wenn sie ihre Hendrix- und Joplin-Platten laufen ließ. Er drohte damit, die Bullen zu rufen, und er hatte auch keine Ehrfurcht vor Gott.
»Ruhe!« befahl sie dem Kleinen. Robby machte ein ersticktes Geräusch, ruderte mit seinen Fäustchen, die so groß waren wie dicke Erdbeeren, in der Luft, und sein Geschrei blieb ihm im Hals stecken. Sie nahm ihn aus seinem Bett. Das Baby zitterte vor Wut, aber sie wiegte es in den Armen, um seine bösen Geister zu besänftigen. Dabei lauschte sie dem Geräusch der Lastzüge, die auf dem Highway nach Atlanta an Mableton vorbeibrausten. Sie mochte dieses Geräusch. Es war klar und sauber – wie Wasser, das über Steine floß. Doch auf gewisse Weise stimmte es sie auch traurig. Oft schien es ihr, als wären alle irgendwohin unterwegs, nur sie nicht; als hätte jeder ein Ziel, einen Leitstern, doch ihr eigener war erloschen, zu einem glimmenden Stück Kohle verbrannt. Eine Zeitlang hatte er hell geleuchtet, aber das war lange her – in einem anderen Leben. Jetzt lebte sie hier, in diesem billigen Mietshaus neben der Autobahn. Wenn die Nacht klar war, konnte sie im Nordosten die Lichter der Stadt erkennen; bei Regen aber sah sie nur Dunkelheit.
Sie ging mit dem Baby auf ihren Armen durch das enge, vollgestopfte Zimmer und sang dem Jungen dabei leise etwas vor, ein beruhigendes Liedchen. Er wollte nicht aufhören. Er war störrisch. Sein Geschrei machte ihr Kopfweh. Sie trug ihn durch den Flur in die Küche, wo sie das Licht

anknipste. Kakerlaken rannten eilig in Deckung. Die Küche war ein verdammter Saustall, und unvermittelt brach die Wut aus ihr hervor. Warum hatte sie sie so herunterkommen lassen? Mit einer wütenden Armbewegung fegte sie leere Konservendosen, Krimskrams und Abfall vom Tisch, um für das Kind Platz zu machen, legte es dann darauf und kontrollierte seine Windeln. Nein, sie waren trocken. »Hungrig? Hast du vielleicht Hunger, mein kleiner Schatz?« Robbys Geschrei verebbte ein paar Sekunden, und er hustete und keuchte. Dann schwoll es zu einem hohen, dünnen Jammerton an, der ihr in den Schädel schnitt wie ein Rasiermesser.

Sie suchte nach einem Schnuller. Umsonst. Da fiel ihr Blick auf die Uhr: zwölf Minuten nach vier. Großer Gott! In etwas über einer Stunde müßte sie in der Arbeit sein, und Robby schrie sich die Seele aus dem Leib. Sie ließ ihn zappelnd und strampelnd auf dem Tisch liegen und öffnete den Kühlschrank. Ein ranziger Geruch stieg ihr in die Nase. Irgend etwas zwischen den kalten Fritten, den *Burger-King*-Brokken, dem Dosenschinken, dem Hüttenkäse, der Milch, den halbleeren Dosen mit gebackenen Bohnen und ein paar Flaschen mit *Gerber's* Babynahrung war schlecht geworden. Sie entschied sich für ein Glas Apfelmus, öffnete dann einen Küchenschrank, holte einen kleinen Topf heraus und drehte die Herdplatte an. Danach füllte sie den Topf mit ein wenig Wasser, um das Apfelmus aufzuwärmen, denn Robby mochte kein kaltes Essen, und etwas Warmes würde ihn einschläfern. Als Mutter mußte man eine Menge Tricks kennen; es war eine mühselige Aufgabe.

Während sie darauf wartete, daß das Apfelmus warm würde, sah sie wieder zu Robby und bemerkte mit größtem Schrekken, daß er jede Sekunde über die Tischkante zu rollen drohte.

Für ihre einhundertvierundachtzig Pfund reagierte sie ungewöhnlich schnell. Sie fing Robby einen Moment, bevor er auf das karierte Linoleum gefallen wäre, auf, drückte ihn fest an sich und trug ihn, während er erneut loszeterte, hin und her, um ihn zu beruhigen. »Pscht jetzt. Sei schön still! Hättest dir fast den Hals gebrochen, was?« flüsterte sie ihm zu. »Unartiges Baby! Pscht. Still jetzt. Mary hat was für dich.«

Robby heulte und strampelte, als wolle er sich aus ihren Armen befreien, und Marys Nerven waren aufs höchste angespannt; gleich würden sie reißen wie eine alte Friedensflagge in einem starken, heißen Wind.

Mary unterdrückte dieses Gefühl. Man durfte es nicht aufsteigen lassen, denn es war eine gefährliche Sache. Es erinnerte sie an tickende Bomben, an Finger, die Munitionsmagazine in die Kammern von Automatikgewehren stopften – und an die Stimme Gottes, die aus Marys Stereolautsprechern Gebote in die Nacht donnerte. Es erinnerte sie daran, wo sie gewesen war und wer sie war, und wenn ihr dieser Gedanke im Kopf steckte, wurde es gefährlich.

Sie hielt Robby auf einem Arm und griff nach dem Glas Apfelmus. Warm genug. Sie nahm es vom Herd, holte einen Löffel aus einer Schublade und setzte sich mit dem Baby auf einen Stuhl. Robby lief die Nase, und sein Gesicht hatte rote Flecken. »Da«, sagte Mary. »Happi-happi für das kleine Baby.« Doch sein Mund war wie zugenäht, und plötzlich krümmte sich der Kleine zusammen, um nach dem Apfelmus zu treten, so daß es Mary auf den karierten Flanellbademantel spritzte. »Verdammt!« fluchte sie. »Jetzt sieh dir diese Schweinerei an! Scheiße!« Der Körper des Kindes zuckte vor wütender Kraft. »Du wirst das hier jetzt essen!« schimpfte sie und und holte aus dem Glas erneut Apfelbrei heraus.

Wieder wollte der Junge nicht gehorchen. Das Apfelmus lief ihm aus dem Mund und tropfte aufs Kinn. Jetzt ging es um Willensstärke – darum, wer die Oberhand behielt. Mit einer ihrer großen Hände griff Mary nach den Pausbacken des Kindes und hielt ihm das Gesicht fest. *»Du wirst jetzt auf mich hören!«* schrie sie in die glitzernden blauen Augen, und eine Sekunde lang war das Baby still. Sie hatte es erschreckt. Dann liefen ihm neue Tränen die Wangen hinab, und sein Gewimmer bohrte sich Mary mit frischer Kraft in den Kopf.

Robbys Lippen blieben hartnäckig geschlossen. Apfelmus tropfte auf den Schlafanzug hinab, wo gelbe Entchen herumtollten, und Mary fiel ein, daß sie noch den Abwasch machen müßte – eine Hausarbeit, die sie verabscheute. Das ließ ihren Geduldsfaden zerreißen.

»Du sollst auf mich hören!« Sie warf den Löffel beiseite, hob das Kind hoch und schüttelte es. *»Hast du verstanden? Hast du ...«* Sie schüttelte immer fester, und der Kopf des Kindes wackelte hin und her, während das hohe Gewimmer weiter aus seinem Mund drang. Mary preßte ihm eine Hand auf die Lippen – mit heftigen Kopfbewegungen wehrte es sich gegen ihre Finger, und sein Geschrei wurde immer höher, immer lauter – eine irrsinnige Spirale. Dabei mußte sich Mary doch für die Arbeit fertigmachen, mußte das Gesicht aufsetzen, das sie tagtäglich außerhalb dieser vier Wände trug, mußte »Ja, Ma'am« und »Nein, Sir« sagen und ganz brav die Burgers einpacken, ohne daß einer ihrer Kunden auch nur ahnen konnte, wer sie gewesen war – eine Frau, die ihnen lieber die Kehle durchschneiden würde, als ihnen ins Gesicht zu sehen. Nie und nimmer würden sie etwas davon merken!

Robby erfüllte die ganze Wohnung mit seinem Geschrei, und jemand klopfte an die Wand.

»Schreien willst du?« kreischte Mary, während sie das widerspenstige Kind unter einen Arm nahm. *»Ich werde dich schreien lassen!«*

Und sie stieß den Topf von der Herdplatte, um diese voll aufzudrehen.
Robby schrie weiterhin wie am Spieß – wehrte sich weiterhin gegen sie. Er war ein mißratenes Kind. Sie wollte das nicht tun, es tat ihr im Herzen weh; aber was nutzte ein Baby, das nicht auf seine Mutter hörte? »Bring mich nicht soweit, daß ich es tue!« Sie schüttelte Robby wie einen schlaffen Fleischklumpen. »Bring mich nicht soweit, daß ich dir etwas tu!« Sein Gesicht war verzerrt und sein Geschrei so hoch, daß man es fast nicht mehr hörte, aber Mary spürte es in ihrem Schädel. Es sägte sich ihr ins Gehirn. »Hör auf!« warnte sie den Jungen. »Sonst ...« Und dann packte sie ihn beim Genick und gab ihm eine Ohrfeige.
Die Herdplatte hinter ihr fing zu glühen an.
Robby wollte sich Mary nicht unterwerfen. Er wollte keine Ruhe geben, und wenn nun wirklich jemand die Bullen riefe, dann ...
Eine Faust hämmerte gegen die Wand. Robby wehrte sich mit Händen und Füßen. Er wollte Mary zum Nachgeben bringen, und das konnte man nicht dulden.
Sie fühlte sich mit den Zähnen knirschen, fühlte den Pulsschlag in ihren Schläfen. Robby liefen purpurne Tröpfchen aus der Nase, und sein Geschrei hörte sich an, als würde die ganze Welt untergehen.
Mary stöhnte leise, tief in ihrer Kehle. Dann drehte sie sich um und drückte das Gesicht des Babys auf die rotglühende Herdplatte.
Der kleine Körper wand sich und zuckte, und Mary spürte die schreckliche Hitze auf ihrem Gesicht, einen Schwall von Wärme, der rings um Robby emporstieg. Sein Schrei dauerte fort und fort. Der Junge strampelte mit den Beinen, aber Mary preßte ihre Hand fest auf sein Genick. Tränen standen ihr in den Augen, und sie fühlte sich erbärmlich, denn Robby war immer so ein braves Baby gewesen.

Dann hörte er auf, sich zu wehren, und sein Schrei endete in einem Zischen, wie von Fett in einer Bratpfanne.
Der Kopf des Babys fing an zu schmelzen.
Mary beobachtete den Vorgang, als stünde sie außerhalb ihres eigenen Körpers – eine unbeteiligte Zuschauerin, die mit kühler Neugier hinabsah. Robbys Kopf schrumpfte zusammen, kleine rote Funken sprangen auf, und das rosafarbene Fleisch zerlief zu glitzernden Schlieren. Mary spürte die Hitze unter ihrer Hand. Jetzt war Robby ruhig. Er hatte gelernt, wer hier den Ton angab.
Sie zog ihn von der Herdplatte herunter, aber der Großteil seines Gesichts blieb als knusprige schwarze Masse und mit der Innenseite nach außen auf den heißen Spiralen hängen. Robby war tot.
»Hey, Sie verrücktes Weib!« Eine Stimme drang durch die dünne Wand. Der Alte von nebenan – der immer draußen am Highway Aluminiumdosen in einen Müllsack sammelte. *Shecklett* stand auf seinem Briefkasten. »Hören Sie auf mit dem Gebrüll, oder ich hol die Polizei! Verstanden?«
Mary starrte auf das schwarzgeränderte Loch, wo Robbys Gesicht gewesen war. Ein dicker Rauch erfüllte das Innere des Kopfs. Funken von brennendem Plastik hüpften auf der Herdplatte, und die Küche stank widerlich süß nach dem Tod eines weiteren Säuglings.
»Halten Sie Ihre Klappe, und lassen Sie andere Leute schlafen!« Er schlug noch einmal gegen die Wand, daß die Babyfotos – sie waren aus Zeitschriften ausgeschnitten und in billige Rahmen gefaßt – an ihren Nägeln hüpften.
Mit halboffenem Munde und glasigen grauen Augen starrte Mary die Puppe an. Dieser Junge war nicht mehr zu retten. Mit dem hier war's vorbei. Dabei war er doch immer ein so guter Junge gewesen – der beste von allen, hatte sie gedacht. Mit einer langsamen Handbewegung – ihre Hand fühlte sich schwer an – wischte sich Mary die Augen und

stellte die Herdplatte ab. Winzige Plastikteilchen flammten auf. Sie hüpften und knallten, und ein blauer Rauchschleier hing in der Luft wie der Atem von Gespenstern.
Sie trug die Puppe zu einem Wandschrank im Gang. Hinten im Schrank stand ein Pappkarton, und in diesem Karton lagen die toten Babys, Zeugnisse von Marys Wut. Manche Puppen hatten ein verbranntes Gesicht, so wie Robby. Andere waren geköpft oder in Stücke gerissen. Wieder andere zeigten die Abdrücke von Autoreifen, unter denen man sie zerquetscht hatte, und ein paar waren mit Messern oder Rasierklingen aufgeschlitzt worden. Aber es waren ausnahmslos kleine Jungen – Mary hatte sie ausnahmslos geliebt.
Sie nahm Robby zwischen zwei Finger, als wäre er ein Stück Dreck, schälte ihm den Schlafanzug mit den gelben Entchen vom Körper, und ließ den toten Jungen in den Karton fallen. Dann schob sie ihren ganz persönlichen Kinderhimmel wieder nach hinten in den Schrank und machte die Tür zu.
Als sie auch die Holzkiste, die als Kinderbettchen diente, beiseite geschafft hatte, war Mary allein.
Die Wände vibrierten, während auf dem Highway ein Lastzug vorbeibrauste. Mit den trägen Bewegungen einer Nachtwandlerin ging Mary ins Schlafzimmer. Ein neuer Tod lastete auf ihrer Seele. Es waren schon so viele. So viele. Warum hörten diese Kinder nie auf sie? Warum mußten sie sich Marys Willen stets widersetzen? Es war nicht richtig, daß sie voller Haß auf sie starben, nachdem Mary sie gefüttert, gekleidet und geliebt hatte.
Und auch sie sehnte sich nach Liebe – wünschte es sich mehr als alles andere auf der Welt. War das zuviel verlangt?
Mary blieb lange Zeit am Fenster stehen und sah auf den Highway hinaus. Die Bäume waren kahl. Ein grauer, trost-

loser Januar hatte das Land zernagt, und überall schien der Winter zu regieren.
Mary ließ den Schlafanzug in den Wäschekorb ihres Badezimmers fallen. Dann ging sie zu ihrer Kommode, machte die unterste Schublade auf, griff unter ein paar zusammengelegte Pullis und fand den Colt Snubnose, Kaliber 38. Er war glanzlos geworden, und der Sechsschußzylinder enthielt nur eine einzige Patrone.
Mary schaltete den Fernseher ein. TBS brachte gerade Zeichentrickfilme, wie immer am frühen Morgen. Bugs Bunny und Elmer Fudd. In dem bläulichen Schimmer setzte sich Mary auf die Kante ihres ungemachten Bettes und ließ die Revolvertrommel herumwirbeln: einmal, zweimal und ein drittes Mal.
Dann holte sie tief Luft und setzte sich den Lauf des Colts an ihre rechte Schläfe.
»Komm her, du verrücktes Karnickel!«
»Wer? Ich?«
»Ja, du!«
»Haaaa, was ist denn hier los, ver-«
Sie drückte ab.
Klick. Der Hahn schlug auf eine leere Kammer.
Mary atmete auf und lächelte.
Ihr Herz pochte so sehr, daß ihr das süße Adrenalin durch den Körper jagte. Sie verstaute den Revolver wieder unter den Pullis und verschloß die Schublade. Jetzt ging es ihr schon viel, viel besser; Robby war nur noch eine schlechte Erinnerung. Aber ohne ein Baby, um das sie sich kümmern konnte, hielt sie es nicht sehr lange aus. Nein, sie war zur Mutter geboren. Eine »Erdmutter« hatte das einmal jemand genannt. Sie brauchte ein neues Baby. Robby hatte sie in einem Spielzeugladen in Douglasville entdeckt, aber sie war nicht so dumm, zweimal in dasselbe Geschäft zu gehen. Sie paßte auch heute noch auf wie ein Luchs und hielt immer

nach Polizisten Ausschau. Also mußte sie sich ein neues Spielzeuggeschäft suchen. Kein Problem.
Es wurde Zeit, sich für die Arbeit herzurichten. Sie mußte sich entspannen und das Gesicht aufsetzen, das sie außerhalb dieser vier Wände trug, ihr Burger-King-Gesicht: ein freundliches Lächeln ohne jede Spur von Härte in ihren Augen. Sie stellte sich vor den Spiegel im Badezimmer, schaltete die grelle Neonröhre ein und ließ langsam das Gesicht erscheinen. »Ja, Ma'am«, sagte sie zu der Person im Spiegel. »Möchten Sie auch Pommes frites dazu, Ma'am?« Sie räusperte sich. Die Stimme mußte etwas höher sein, etwas doofer. »Ja, Sir. Vielen Dank, Sir! Einen schönen Tag noch!« Immer wieder schaltete sie ihr Lächeln ein und aus. Vieh wollte angelächelt werden. Ob die Menschen, die im Schlachthof arbeiteten, wohl auch immer lächelten, bevor sie den Tieren mit ihren Hämmern den Kopf einschlugen?
Das Lächeln blieb eingeschaltet. Mit diesem freundlichen Gesicht wirkte Mary jünger, als sie war. Nur ein paar tiefe Krähenfüße deuteten auf ihre einundvierzig Jahre, und ihr Haar war nicht mehr golden wie die Sommersonne, sondern mausbraun, mit grauen Strähnen. Wenn sie zur Arbeit ging, wurde es hinten am Kopf fest verknotet. Ihr Gesicht war kantig und ihr Unterkiefer sehr markant, aber sie konnte schwach und ängstlich wirken wie eine Kuh, die instinktiv wahrnimmt, daß in der langen Reihe vor ihr Schädel zertrümmert werden. Es gab kaum etwas, was sie nicht mit ihrem Gesicht anstellen konnte, wenn sie es wollte. Sie konnte jung oder alt aussehen, trotzig oder schüchtern. Sie konnte genausoleicht ein alterndes Mädchen aus Kalifornien oder eine Landpomeranze spielen. Sie konnte ihre Schultern hängen lassen, so daß sie ängstlich und strohdumm aussah, oder sich zu ihrer vollen amazonenhafte Größe aufrichten und es mit jedem gottverdammten Bastard aufnehmen, der

sich ihr in den Weg stellte. Es war nur eine Frage der Haltung, innerlich wie äußerlich. Schließlich hatte sie nicht umsonst die New Yorker Schauspielschule besucht.
In Wirklichkeit hieß sie anders, als es auf ihrem Führerschein aus Georgia, ihrem Büchereiausweis, ihren Rechnungen fürs Kabelfernsehen oder der übrigen Post stand, die man an ihre Adresse schickte. In Wirklichkeit hieß sie Mary Terrell. Sie erinnerte sich noch an ihren früheren Namen – den, den sie ihr gegeben hatten, wenn man sich Joints und billigen Rotwein herumreichte und Freiheitslieder sang: Mary Terror.
Seit Frühjahr 1969 wurde sie vom FBI wegen Mordes gesucht.
Sergeant Pepper war tot. G.I.-Joe lebte weiter. George Bush war Präsident, Filmstars starben an AIDS, kleine Kinder rauchten Koks in den Ghettos und Vorstädten, Moslems holten mit ihren Bomben Linienflugzeuge vom Himmel, die Rap-Musik regierte, und niemand gab noch viel auf »die Bewegung«. Die war etwas Trockenes, Verstaubtes – wie die Luft in den Gräbern von Hendrix, Joplin und Gott. Langsam ließ Mary sich von ihren Gedanken auf tückisches, unsicheres Terrain führen, und diese Gedanken gefährdeten das Lächeln auf ihrem Gesicht. Sie hörte auf, über die toten Helden nachzudenken, die »brennende Brut«, die selbstgebastelten Bomben, die sie mit Dachdeckernägeln gefüllt und in Aufsichtsratszimmern oder in Waffenlagern der Nationalgarde versteckt hatte. Sie hörte auf, darüber nachzudenken, sonst würde die fürchterliche Trauer, die sie dabei empfand, sie zerschmettern.
Die Sechziger waren tot. Die Überlebenden schleppten sich weiter. Sie kauften sich Anzüge, Krawatten und ließen sich einen Bauch stehen, wurden glatzköpfig und ermahnten ihre Kinder, sich nicht diese gottlose Heavy-Metal-Musik anzuhören. Das Zeitalter des Wassermanns war abgelaufen. Aus

Hippies und Yippies waren Schickis und Yuppis geworden, aus den Chicago Seven alte Männer, aus den Schwarzen Panthern graue Katzen. Die Grateful Dead traten im Fernsehen auf, und Jefferson Airplane war heute ein Starship, das unter den Top-forty der Popmusik rangierte.
Mary Terror machte ihre Augen zu und glaubte, sie höre den Wind durch die Ruinen pfeifen.
Ich muß es haben, dachte sie. *Ich muß es haben.* Eine einzelne Träne rollte ihr die linke Wange hinab.
Ich brauche etwas, was ich als meinen Besitz betrachten kann.
Sie schlug ihre Augen wieder auf und starrte die Frau im Spiegel an. Lächeln! Lächeln! – Klick! Das sonnige Gesicht kehrte zurück. »Danke, Sir. Möchten Sie eine eisgekühlte Pepsi zu Ihrem Hamburger?«
Nur ihre Augen wirkten verräterisch. Sie waren hart wie zuvor. Daran würde sie noch arbeiten müssen.
Sie zog ihren karierten Bademantel aus, den sie versehentlich, bei einem Zucken ihres Handgelenks, mit Apfelmus vollgekleckert hatte, und betrachtete in dem dürftigen Licht ihre Nacktheit. Ihr Lächeln verblaßte. Ihr Körper war bleich und wabbelig um Bauch, Hüften und Oberschenkel. Sie hatte einen Hängebusen, und die Brustwarzen waren graubraun. Marys kalter, ausdrucksloser Blick richtete sich auf das alte Narbengeflecht, das ihren Bauch bedeckte, ihre rechte Hüfte und sich von dort aus in das dunkelbraune Nest zwischen ihren Schenkeln schlängelte. Sie strich mit ihren Fingern über diese Narben und spürte deren Grausamkeit. In ihrem Innern aber waren noch viel schlimmere Narben, das wußte sie. Sie gingen tief hinab, und sie hatten ihre Seele entstellt.
Mary erinnerte sich noch daran, wie ihr Körper jung und fest gewesen war. Jack hatte seine Finger nicht von ihr lassen können. Sie erinnerte sich an sein heißes Stoßen in ihrem Innern, wenn sie beide auf einem LSD-Trip waren

und die Liebe kein Ende zu nehmen schien. Sie erinnerte sich an Kerzen in der Dunkelheit, an Räucherstäbchen mit Erdbeergeruch und an die Platten der Doors – die Band Gottes – auf dem Plattenspieler. Lang, lang ist's her, dachte sie. Aus der Woodstock-Nation war die Pepsi-Generation geworden.

Die meisten Gesetzlosen hatten sich der Polizei gestellt, um wieder frei atmen zu können, hatten ihre Zeit in den Käfigen der politischen Resozialisierung abgedient, hatten sich den Anzug dieses Staates übergestreift, der seine Bürger buchstäblich ins Gehirn fickte, und sich in die Herde von Vieh eingereiht, das zur Schlachtbank marschierte.

Nur er nicht. Nicht Lord Jack.

Und auch sie selbst nicht.

Tief unter dem weichen, von Fast food aufgedunsenen Fleisch war sie immer noch Mary Terror. Mary Terror schlummerte in ihrem Innern und träumte dort von dem, was war oder was hätte sein können.

Der Wecker im Schlafzimmer rasselte. Mary brachte ihn mit einem Schlag ihrer Handfläche zum Verstummen, drehte den Kaltwasserhahn in der Dusche auf und trat unter das prasselnde Naß. Als sie zu Ende geduscht und ihre Haare getrocknet hatte, zog sie sich an. Sie trug jetzt ihre Burger-King-Uniform. Schon acht Monate arbeitete sie in diesem Betrieb und hatte die Position einer Zweiten Geschäftsführerin erreicht, die tagsüber eine Bande von Halbwüchsigen befehligte. Nicht einer dieser Teenies konnte Che Guevara von Geraldo Rivera unterscheiden, aber ihr sollte es recht sein. Sie hatten auch nie vom Weather Underground oder von der Sturmfront gehört. Für diese Grünschnäbel war sie eine geschiedene Frau, die sich durchzuschlagen versuchte. Und das war gut so. Sie wußten nicht, daß Mary aus Hühnerscheiße und Kerosin eine Bombe basteln, ein Automatikgewehr in seine Einzelteile zerlegen und wieder zusammensetzen oder einem Bullen in die Visage schießen konnte, ohne mit der Wimper zu zucken.

Besser, sie bleiben blöde, als daß sie tot sind, dachte Mary. Sie schaltete den Fernseher aus. Zeit zum Gehen. Sie schnappte sich von ihrer Kommode einen Sticker, der ein lächelndes gelbes Mondgesicht zeigte, heftete ihn sich vorn an die Bluse, zog ihren braunen Mantel über und holte ihre Handtasche mit den Papieren, die sie als Ginger Coles auswiesen. Dann öffnete sie die Tür in eine kalte, verhaßte Außenwelt.

Mary Terrors rostiger, verbeulter blauer Kleintransporter Marke Chevrolet stand auf dem Parkplatz. Sie blickte rasch zu Shecklett hinauf. Der Alte beobachtete sie von seinem Fenster aus und zog sich schnell zurück, als sie ihn ertappt hatte. Eines Tages würde er wegen seiner Neugier noch Ärger kriegen. Vielleicht schon sehr bald.

Mary fuhr aus dem Appartementkomplex hinaus, verschmolz mit dem Morgenverkehr, der aus den Städtchen des Umlands nach Atlanta strömte, und keiner der übrigen Autofahrer ahnte, daß sie eine ein Meter achtzig große Zeitbombe war, die unaufhaltsam ihrer Explosion entgegentickte.

TEIL I

Der Schrei des Schmetterlings

1

Ein sicheres Plätzchen

Das Baby trat mit dem Fuß. »Oh!« sagte Laura Clayborne und berührte ihren Bauch. »Es geht schon wieder los!«

»Der wird mal ein Fußballer, das kann ich dir flüstern!« Auf der anderen Seite des Tisches hob Carol Mazer ihr Glas mit Chardonnay. »Also, jedenfalls sagt Matt zu Sophia, daß ihre Arbeit nichts taugt, und Sophia geht an die Decke. Du kennst ja ihr Temperament. Ich schwöre dir, Darling, man hat regelrecht die Fenster klirren hören. Wir dachten, es wäre das Jüngste Gericht. Matt ist wie ein geprügelter Hund in sein Büro zurückgerannt, aber irgend jemand muß diesem Weib doch Paroli bieten, Laura. Ich meine, sie schmeißt den ganzen Laden da drüben, und ihre Ideen sind, mit Verlaub, absolut *bescheuert!*« Sie nahm einen Schluck Wein, und ihre dunkelbraunen Augen leuchteten vor Vergnügen über gut erzählten Klatsch. Ihre Haare waren eine wilde schwarze Lockenmähne, ihre Fingernägel scheinbar lang genug, um sich jemandem ins Herz zu bohren. »Du bist die einzige, auf die sie je gehört hat, und seit du aus dem Verkehr gezogen bist, geht der ganze Laden vor die Hunde. Laura, ich schwöre dir: Sie ist völlig übergeschnappt. Gott steh uns bei, solange du nicht wieder auf dem Posten bist!«

»Ich kann nicht sagen, daß ich mich besonders auf die Arbeit freue.« Laura griff nach ihrem eigenen Glas: Perrier mit einem kleinen Schuß Zitrone. »Hört sich an, als wäre dort drüben *alles* übergeschnappt.« Sie fühlte das Baby noch einmal treten. Ein Fußballspieler, weiß Gott. In ungefähr zwei Wochen ist es soweit. So um den ersten Februar herum, hatte Dr. Bonnart gesagt. In ihrem ersten Schwangerschaftsmonat – lang, lang war's her; zu Beginn eines langen, heißen Sommers – hatte Laura auf ihr gelegentliches Glas Wein verzichtet, nach einem viel härteren Kampf auch auf eine andere Gewohnheit: die tägliche Packung Zigaretten. Im November war sie sechsunddreißig geworden, und das hier würde ihr erstes Kind. Ein Junge, ganz bestimmt. Bei der Ultraschalluntersuchung hatte man einen unverkennbaren Penis gesehen. An manchen Tagen war sie fast freudetrunken, während sie an anderen eine dumpfe Furcht empfand – eine Furcht vor dem Unbekannten, das wie ein Rabe auf ihrer Schulter saß und ihr am Kopf pickte. Das Haus war voll mit Bilderbüchern; das Gästeschlafzimmer – einst Dougs Arbeitszimmer – hatte einen hellblauen Anstrich bekommen, und Dougs Schreibtisch war samt seines IBM-PCs zugunsten eines Kinderbettchens, das noch von Lauras Großmutter stammte, hinausgeschafft worden

Es war eine merkwürdige Zeit gewesen. Seit vier Jahren hatte Laura ihre biologische Uhr ablaufen hören, und wo sie hinsah, schienen Frauen mit Kinderwagen zu sein, Mitglieder einer anderen Gesellschaft. Sie war aufgeregt und glücklich, ja, manchmal glaubte sie sogar, regelrecht zu strahlen – dann aber fragte sie sich unwillkürlich, ob sie je wieder Tennis spielen könne oder was sie tun solle, falls ihr dicker Bauch nicht von selbst wieder zurückging. An entsprechenden Horrorgeschichten fehlte es nicht. Carol, die sieben Jahre jünger als Laura, zweimal verheiratet gewesen und kinderlos war, gab sie großzügig zum besten. Grace Dealey war bei ihrem zweiten Kind aufgegangen wie ein Ballon, und jetzt hockte sie immer nur herum und verschlang schachtelweise Pralinen. Lindsay Fortanier wurde nicht mit ihren Zwillingen fertig, die das Haus beherrschten, als wären sie der Nachwuchs von Attila dem Hunnen und Marie Antoinette. Marian Burrows hatte eine kleine

Rothaarige mit einem Temperament, gegen das McEnroe wie ein Muttersöhnchen wirkte, und Jane Fields' Jungens weigerten sich beide, irgend etwas außer Wiener Würstchen und Fischstäbchen zu essen. Dies alles laut Carol, die sich freute, Lauras Furcht vor einem bevorstehenden Schock nach Kräften lindern zu können.
Sie saßen an einem Tisch des Fischrestaurants bei Atlantas Lenox Square. Der Kellner kam herüber, und Laura und Carol bestellten ihr Mittagessen: Krabbensalat für Carol, eine große Schüssel Algengemüse und das Spezialgericht, pochierter Lachs, für Laura. »Ich esse ja auch für zwei«, sagte sie, als sie Carols Lächeln bemerkte. Carol bestellte ein zweites Glas Chardonnay. Das Restaurant, ein attraktives, in Meergrün, Zartviolett und Rosa gehaltenes Lokal, füllte sich allmählich mit der Kundschaft aus der Gegend. Während sie sich im Raum umsah, zählte Laura die gepunkteten Krawatten, Symbole für berufliche Macht und Erfolg. Die Frauen trugen ihre dunklen Kostüme mit den wattierten Schultern, ihr Haar war zu Helmen gesprayt, und zweierlei sandten sie aus: das Blitzen von Diamanten wie auch die Wohlgerüche von Chanel und Giorgio. Das hier war BMW- und Mercedes-Volk, ganz eindeutig; und voller Aufmerksamkeit für die Wünsche der Neureichen und für American-Express-Karten in Platin eilten die Kellner von Tisch zu Tisch. Laura wußte, in welcher Branche diese Leute tätig waren: Immobilien, Banken, Börse, Werbung, Public Relations – all die brandaktuellen, zukunftsträchtigen Berufe des »neuen Südens«. Die meisten dieser Menschen lebten in Plastik und hatten die Luxuskarossen, in denen sie fuhren, nur gemietet. Aber der Schein war alles.
Während Carol weiter über die Mißstände bei der Zeitung klagte, hatte Laura plötzlich eine seltsame Vision. Sie sah sich durch die Türen des Restaurants in diese erlauchten Sphären treten. Nur daß sie jetzt keine gepflegte, gutange-

zogene Frau mit manikürten Fingernägeln und einer antiken Goldspange mehr war, die ihr das nach hinten gekämmte kastanienbraune Haar sanft über die Schultern fallen ließ, sondern so wie damals als Achtzehnjährige. Hellblau und trotzig starrten ihre Augen durch eine Nickelbrille, sie trug Jeans mit weiten Aufschlägen und eine Bluse, die wie eine verwaschene amerikanische Flagge aussah, und ihre Füße steckten in Sandalen aus Autoreifen, wie sie die Vietnamesen in den Nachrichtenfilmen trugen. Ihr langes Haar hing schlaff herunter und mußte dringend durchgekämmt werden, ihr ungeschminktes Gesicht wirkte steinhart vor Zorn, und an ihrer Bluse steckten Plaketten: *Peace*-Zeichen und Slogans wie STOPPT DEN KRIEG!, IMPERIALMACHT AMERIKA oder ALLE MACHT DEM VOLKE. Sämtliche Gespräche über Zinssätze, Geschäftsfusionen und Werbekampagnen verstummten wie abgeschnitten, als der Hippie – einst Laura Clayborne, jetzt Laura Beale – trotzig und mit klatschenden Sandalen über den Teppichboden des Restaurants marschierte und in dessen Mitte stehenblieb. Die meisten Leute hier waren in den Dreißigern oder Anfang Vierzig. Sie erinnerten sich noch alle an die Protestmärsche, die Mahnwachen und die öffentliche Verbrennung der Einberufungsbescheide. Manche von ihnen hatten damals vielleicht zusammen mit Laura in den vordersten Reihen gestanden. Jetzt aber gafften sie, lächelten verächtlich, und einige lachten nervös. »Was ist geschehen?« fragte sie diese Menschen, während Gabeln in Schüsseln voll Algengemüse rutschten und Hände auf halbem Wege zu den Weißweingläsern in der Luft erstarrten. »Was, zum Teufel, ist mit uns allen geschehen?«
Der Hippie wußte keine Antwort darauf, aber Laura Clayborne. Wir sind älter geworden, dachte sie, erwachsen, und wir haben unsere Plätze im großen Gesellschaftsapparat eingenommen. Dafür hat dieser Apparat uns auch teures Spielzeug geschenkt, und Rambo und Reagan haben gesagt:

Don't worry, be happy. Wir sind in große Häuser gezogen, haben eine Lebensversicherung abgeschlossen und unser Testament aufgesetzt. Und jetzt fragen wir uns, tief in unserem Herzen, ob die ganze Auflehnung, der ganze Protest nicht bloß Unsinn waren. Wir denken, daß wir in Vietnam vielleicht doch hätten gewinnen können, daß die einzige Gleichheit unter den Menschen in deren Brieftasche besteht, daß man gewisse Bücher und gewisse Musik zensieren sollte, und wir fragen uns, ob wir nicht als erste nach einem Militäreinsatz rufen würden, wenn eine neue Protestgeneration auf die Straßen ginge. Die Jugend kämpft und hat Träume, dachte Laura. Das Alter sinniert am flackernden Kamin.

»... wollte sich die Haare kurz schneiden lassen, mit einem von diesen Rattenschwänzen hintendran.« Carol räusperte sich. »Wach auf, Laura! Komm wieder auf den Boden!«

Laura blinzelte. Der Hippie verschwand. Das Fischrestaurant war eine friedliche Oase, wie zuvor. »Tut mir leid«, entschuldigte sie sich. »Was sagtest du gerade?«

»Nikki Sutcliffs Junge – er heißt Max – ist jetzt acht Jahre alt und wollte sich seinen Kopf kurzrasieren lassen, mit so 'nem Rattenschwanz. Und diesen Rap-Mist liebt er auch noch. Nikki möchte es ihm verbieten. Texte gibt's heutzutage auf Schallplatte – du würdest es nicht glauben! Deshalb überleg's dir, Laura. Was willst du machen, wenn *dein* Junge mit einer Glatze umherlaufen und obszöne Lieder singen möchte?«

»Ich glaube«, antwortete sie, »darüber denke ich später einmal nach.«

Der Salat und die Algen wurden serviert, und Laura hörte zu, während Carol weiter über Politik im Trend-und-Mode-Ressort der CONSTITUTION sprach, einer in Atlanta erscheinenden Zeitschrift. Laura war dort Chefredakteurin. Ihr Spezialgebiet waren Nachrichten aus Kultur und Gesellschaft, aber sie schrieb auch Buchbesprechungen und

ab und zu einen kleinen Reisebericht. Atlanta hatte ein reges Kulturleben, gar keine Frage. Der Juniorenbund, die Künstlerinnung, die Operngesellschaft, die Museumsverwaltung von Greater Atlanta: All dies und noch vieles mehr verlangte ebenso Lauras Aufmerksamkeit wie Debütantinnenpartys, Stiftungen und Spenden von seiten wohlhabender Mäzene an diverse Kunst- und Musikfonds sowie Hochzeiten zwischen alten Südstaatenfamilien. Gut, daß sie im März wieder an ihre Arbeit ging, denn da begann allmählich die Heiratssaison, die Mitte Juni ihren Höhepunkt erreichte. Manchmal dachte Laura verwundert darüber nach, wie schnell sie von einer Einundzwanzigjährigen zu einer Sechsunddreißigerin geworden war. Sie hatte an der University of Georgia einen Abschluß in Journalistik gemacht, zwei Jahre lang als Berichterstatterin für ein Blatt in ihrem Heimatstädtchen Macon gearbeitet und war dann nach Atlanta gekommen. Der ganz dicke Fisch, hatte sie gedacht. Aber es dauerte über ein Jahr, bis sie an den Redaktionstisch der CONSTITUTION gelangte – ein Zeitraum, den sie als Verkäuferin in der Haushaltswarenabteilung von Sears überbrückt hatte.
Sie hatte sich immer Hoffnungen auf eine Stelle als Reporterin bei der CONSTITUTION gemacht. Eine Reporterin mit Zähnen aus Stahl und mit Adleraugen, eine, die in ihren Artikeln schonungslos den Rassismus entlarvte, der Ausbeutung der Armen ein Ende bereitete und die teuflische Profitgier der Waffenhändler aufdeckte. Und nach drei Jahren Drecksarbeit, in denen sie für andere die Schlagzeilen schrieb und anderer Leute Artikel redigierte, kam ihre große Chance: Man bot ihr eine Stelle als Lokalreporterin. Ihr erster Auftrag war ein Bericht über eine Schießerei in einem Appartementkomplex unweit des Braves-Stadions.
Nur hatte ihr niemand etwas von dem Baby gesagt. Niemand.

Als alles vorbei war, wußte sie, daß sie nicht noch einmal dazu in der Lage wäre. Vielleicht war sie feige. Vielleicht hatte sie sich mit ihrem Glauben, genauso damit fertig zu werden wie ein Mann, etwas vorgemacht. Jedenfalls wäre ein Mann nicht heulend zusammengebrochen; ein Mann hätte sich nicht vor der Nase der Polizeibeamten übergeben. Sie erinnerte sich an das Jaulen einer elektrischen Gitarre, die mit voller Lautstärke über den Parkplatz gellte. Es war eine heiße, feuchte Julinacht gewesen. Eine schreckliche Nacht, und manchmal, in ihren schlimmsten Träumen, sah Laura alles wieder vor sich.

Man versetzte Laura in die Kulturredaktion, wo ihr erster Auftrag in einem Bericht über den Sternenbanner-Ball des Civitan-Clubs bestand.

Sie nahm an.

Laura kannte andere Reporter – Männer ebenso wie Frauen –, die ihren Job gut machten. Sie drängelten sich um die Angehörigen von Opfern eines Flugzeugunglücks und hielten ihnen Mikrofone unter die Nase. Sie gingen ins Leichenschauhaus, um die Einschußlöcher in Toten zu zählen, oder standen in düsteren Wäldern, während die Polizei dort jeden Stein auf der Suche nach Leichenteilen umdrehte. Laura bemerkte, wie diese Kollegen im Gemetzel des Lebens alt und klapprig wurden, und sie beschloß, in der Kulturredaktion zu bleiben.

Es war ein sicheres Plätzchen. Und als sie älter wurde, erkannte Laura, daß sichere Plätzchen schwer zu finden waren. Wenn also die Bezahlung stimmte, konnte man dann etwas Besseres tun?

Sie trug ein dunkelblaues Kostüm, das denen der anderen berufstätigen Frauen im Restaurant ähnelte, obwohl ihres ein Modell für Schwangere war. Auf dem Parkplatz stand ihr grauer BMW. Der Mann, mit dem sie seit acht Jahren verheiratet war, arbeitete als Börsenmakler bei Merrill

Lynch in der Innenstadt von Atlanta, und sie verfügten zusammen über ein Jahreseinkommen von mehr als hunderttausend Dollar. Sie verwendete Estée-Lauder-Kosmetika, fuhr in die vornehmen kleinen Boutiquen von Buckhead, um sich Kleider und Accessoires zu kaufen, ging hierhin zur Hand- und Fußnagelpflege, dorthin zu Dampfbädern und Massage, besuchte Opern, Ballette, Kunstgalerien und Museumspartys, und fast immer war sie dabei allein.
Doug wurde von seiner Arbeit in Beschlag genommen. Er hatte in seinem Mercedes ein Autotelefon, und wenn er zu Hause war, führte oder erhielt er pausenlos Anrufe. Das war natürlich nur Tarnung. Sie wußten beide, daß nicht nur die Arbeit dahintersteckte. Sie sorgten sich umeinander wie zwei alte Freunde, die gemeinsam Hindernissen getrotzt und sie überwunden hatten, doch das, was sie verband, ließ sich nicht als Liebe bezeichnen.
»Wie geht's denn Doug?« fragte Carol. Sie wußte schon lange Bescheid. Vor jemandem, der solche Argusaugen besaß wie Carol, hätte sich die Wahrheit kaum verheimlichen lassen, und überhaupt kannten beide, Carol und Laura, noch viele andere Paare, die sozusagen nur in einer Gütergemeinschaft zusammenlebten.
»Ganz gut. Er arbeitet sehr viel.« Laura nahm noch einen Löffel von ihrem Gemüse. »Ich sehe ihn kaum, außer am Sonntagvormittag. Sonntag nachmittags spielt er neuerdings immer Golf.«
»Aber mit dem Baby wird sich doch etwas ändern, oder?«
»Ich weiß es nicht. Kann sein.« Sie zuckte die Achseln. »Er ist ganz aufgeregt deshalb, aber ... ich glaube, er hat auch Angst davor.«
»Angst? Vor *was?*«
»Vor einer Veränderung, nehme ich an. Davor, daß jemand anderer in unser Leben tritt. Es ist so merkwürdig, Carol.« Sie legte sich eine Hand auf den Bauch, in dem die Zukunft

lebte. »Zu wissen, daß in mir ein menschliches Wesen wächst, das – so Gott will – noch lange nach Doug und mir auf dieser Welt sein wird. Und daß wir diesem Menschen beibringen müssen, zu denken und zu leben. So eine Verantwortung macht einem angst. Es ist, als ... als hätten wir bis jetzt mit dem Erwachsensein nur gespielt. Kannst du das verstehen?«

»Klar, kann ich. Darum hab ich ja nie Kinder gewollt. Kinder erziehen, das ist eine höllische Arbeit. Nur *ein* Fehler, und wumm! Entweder du hast 'n Muttersöhnchen oder einen Tyrannen. Mein Gott, ich verstehe nicht, wie irgend jemand heutzutage noch Kinder großziehen kann!« Sie nahm einen kräftigen Schluck Chardonnay. »Ich glaube, ich bin sowieso kein Muttertyp. Krieg doch noch nicht mal 'n kleinen Hund stubenrein, verdammt!«

Soviel stimmte mit Sicherheit. Carols Spitz hatte keinen Respekt vor Orientteppichen und keine Angst vor einer zusammengerollten Zeitung. »Ich hoffe, ich bin eine gute Mutter«, sagte Laura und merkte dabei, wie sie auf innere Untiefen zusteuerte. »Ich hoffe es aufrichtig.«

»Das bist du bestimmt. Keine Sorge. *Du* bist doch ein ausgesprochener Muttertyp.«

»Das sagst du so einfach. Ich bin mir da nicht so sicher.«

»Aber ich. Du bemutterst mich doch gnadenlos, oder?«

»Kann sein«, gab Laura zu. »Aber du brauchst ja auch jemanden, der dir immer mal wieder in den Hintern tritt.«

»Glaub mir, du wirst eine phantastische Mutter sein. Mutter des Jahres. Ach was, verdammt! Mutter des Jahrhunderts! Du wirst bis zu den Ohren in Pampers stecken, und du wirst diesen Zustand lieben. Und paß nur auf, was erst mit Doug passiert, wenn das Baby kommt!«

Hier lagen die echten Klippen, an denen Boote der Hoffnung zerschellen konnten. »Darüber hab ich schon nachgedacht«, sagte Laura. »Ich möchte, daß du eines weißt:

Ich bekomme dieses Kind nicht, damit Doug und ich zusammenbleiben. Das spielt nicht die geringste Rolle. Doug hat sein eigenes Leben, und was er tut, macht ihn glücklich.« Sie malte mit ihrem Finger Dollarzeichen auf das beschlagene Glas Perrier. »Einmal war ich abends zu Hause und hab gelesen. Am nächsten Tag sollte ich einen Bericht über den Rosenball schreiben. Doug war geschäftlich nach New York. Da merkte ich plötzlich, wie allein ich war. Du bist damals gerade auf den Bermudas in Urlaub gewesen, und mit Sophia hab ich nicht reden wollen. Sie hört ja nicht gerne zu. Also hab ich's bei vier, fünf anderen probiert, aber keiner war zu Hause. Alle irgendwo unterwegs. Ich saß herum, und weißt du, was mir dabei klargeworden ist?«
Carol schüttelte den Kopf.
»Daß ich *nichts* habe«, sagte Laura, »was mir gehört.«
»O ja!« erwiderte Carol höhnisch. »Du hast ein Dreihunderttausend-Dollar-Haus, einen BMW und einen Schrank voller Kleider, für die ich über Leichen gehen würde! Was verlangst du noch mehr?«
»Einen Lebenssinn«, antwortete Laura, und das schiefe Lächeln ihrer Freundin verging.
Der Ober brachte ihnen ihr Mittagessen. Kurz darauf betraten drei Frauen, von denen eine einen Kinderwagen schob, das Restaurant, und bekamen einen Platz, ein paar Tische von Laura und Carol entfernt, zugewiesen. Laura beobachtete, wie die Mutter – eine blonde Frau, die mindestens zehn Jahre jünger war als sie und diese unnachahmliche jugendliche Frische besaß – auf den Säugling hinuntersah und dabei ein warmes, sonniges Lächeln zeigte. Laura verspürte einen plötzlichen Stoß in ihrem Bauch – ein Ellbogen oder ein Knie. Wie mußte ihr Junge jetzt wohl aussehen, eingebettet in diese aufgeblähte rosa Gebärmutter und an einem Schlauch, aus dem sich sein Kör-

per ernährte und der sie beide miteinander verband? Kaum zu fassen, daß dieser Körper in ihr ein Gehirn hatte, das einmal nach Wissen dürsten würde – daß dieses Baby eine Lunge, einen Magen, Blutgefäße, Fortpflanzungsorgane, Augen und Ohren besaß! Dies alles und noch viel, viel mehr war in ihr erschaffen worden, war ihr anvertraut. Ein neues Lebewesen kam auf die Welt, ein Mensch, den ihre eigenen Säfte genährt hatten. Es war ein unglaubliches Wunder, und manchmal konnte Laura gar nicht fassen, daß es wirklich geschehen würde. Aber nur noch zwei Wochen, dann wäre der Geburtstag. Sie sah zu, wie die junge Mutter eine weiße Wolldecke um das Gesicht des Kindes glattstrich, und dann blickte sie zu Laura herüber. Die Augen der beiden Frauen begegneten sich ein paar Sekunden, und ein mitfühlendes Lächeln wurde gewechselt: Die vergangenen und die noch kommenden Strapazen – sie kannten sie beide nur allzugut.

»Einen Lebenssinn«, wiederholte Carol. »Wenn du den suchst, hättest du zu mir rüberkommen und mir beim Streichen meiner Wohnung helfen können.«

»Ich meine es ernst. Doug hat seinen Lebenssinn: Geldverdienen, für sich und seine Kunden. Er leistet gute Arbeit. Aber was habe ich? Sag jetzt bitte nicht, die Zeitung! Ich habe mein Möglichstes dort getan. Viel mehr ist nicht drin. Ich weiß, ich werde gut bezahlt und sitze auf einem sehr gemütlichen Sessel, aber –« Sie hielt inne, um nach den richtigen Worten für ihre Gefühle zu suchen. »Das kann doch jeder. Der Laden wird nicht zusammenbrechen, wenn ich einmal nicht mehr an meinem Schreibtisch bin.« Sie schnitt ein Stück Lachs ab, ließ es aber auf ihrem Teller liegen. »Ich möchte, daß mich jemand braucht«, erklärte sie Carol. »Daß ich für ihn unersetzlich bin. Verstehst du?«

»Ich glaube, ja.« Anscheinend machte dieses sehr persönliche Geständnis sie etwas verlegen.

»Das hat nichts mit Geld oder materiellen Dingen zu tun – dem Haus, dem Wagen, den Kleidern oder sonstwas. Nichts von alledem. Es geht darum, daß einen jemand braucht, Tag und Nacht. Das ist es, was ich mir wünsche. Und, Gott sei Dank, werde ich das ja auch bekommen.«

Carol nahm ihren Salat in Angriff. »Und ich bleibe trotzdem dabei« – ein Fetzen Krabbenfleisch steckte auf ihrer Gabel –, »ein kleiner Hund wäre viel billiger gewesen. Zumal Hunde nicht kahlrasiert sein möchten bis auf einen Rattenschwanz im Genick, weder auf Punk Rock noch auf Heavy Metal stehen, nicht hinter Mädchen her sind und sich nicht beim Footballtraining die Vorderzähne einschlagen lassen. O mein Gott, Laura!« Sie griff über den Tisch hinweg nach Lauras Hand. »Schwöre mir, daß du ihn nicht Bo oder Bubba nennst! Ich werde nicht die Patin von einem Kind, das Kautabak kaut! Du schwörst's mir doch, ja?«

»Wir haben uns schon für einen Namen entschieden«, sagte Laura. »David. Nach meinem Großvater.«

»David.« Carol wiederholte den Namen ein paarmal. »Also nicht Davy oder Dave?«

»Nein. David.«

»Das gefällt mir. David Clayborne. Präsident des Studentenwerks, University of Georgia, neunzehnhundert ... o mein Gott, wann würde das denn sein?«

»Falsches Jahrhundert. Versuch's mal mit zweitausendzehn.«

Carol blieb die Luft weg. »Da bin ich ja schon uralt!« sagte sie. »Uralt und verschrumpelt! Besser, ich lasse mir ein paar Fotos machen, damit David weiß, wie hübsch ich einmal war!«

Carols gespieltes Entsetzen brachte Laura zum Lachen. »Ich glaube, dazu hast du noch reichlich Zeit.«

Sie kamen vom Thema des bevorstehenden Familiennachwuchses ab, und Carol, die ebenfalls als Berichterstatterin für den Kulturteil der CONSTITUTION arbeitete, unterhielt Laura mit weiteren Geschichten über den Kleinkrieg innerhalb der Redaktion. Dann war ihre Mittagspause vorbei; Carol mußte wieder zurück an die Arbeit. Während die Pagen ihnen ihre Wagen brachten, verabschiedeten sich die beiden Frauen vor dem Restaurant, und Laura fuhr in kaltem Nieselregen, der von einem grauen Winterhimmel fiel, nach Hause. Sie wohnte etwa zehn Minuten vom Lenox Square entfernt, in der Moore's Mill Road, die ein Stück abseits der West-Paces-Überführung lag. Das weiße Backsteinhaus stand hinter ein paar Tannen. Es war kein sehr großes Gebäude, besonders im Vergleich zu den umliegenden, hatte aber einen stolzen Preis gekostet. Doug hatte gesagt, er wolle in Stadtnähe wohnen, und als sie über den Bekannten eines Bekannten das passende Anwesen angeboten bekamen, waren sie zu der Geldausgabe bereit gewesen. Laura fuhr ihren Wagen in die Doppelgarage, öffnete einen Schirm und ging noch einmal zurück zum Briefkasten. Ein halbes Dutzend Briefe, die neue Nummer des ATLANTIC MONTHLY und Kataloge von Saks und Barnes und Noble waren darin. Dann ging sie wieder in die Garage, tippte den Zahlencode in das Sicherheitssystem, schloß eine Tür auf, die in die Küche führte, zog dort ihren Regenmantel aus und sah die Briefe durch. Stromrechnung, Wasserabrechnung, ein Kuvert mit der Aufschrift MR. UND MRS. CLAYBORNE, SIE HABEN EINE PAUSCHALREISE NACH DISNEYWORLD GEWONNEN! sowie drei weitere Schreiben, die Laura behielt, nachdem sie die Rechnungen und die verzweifelte Verkaufsofferte von Sumpfland in Florida beiseite geschoben hatte. Dann ging sie durch einen Flur in den Wohnraum, wo sie auf den Anrufbeantworter drückte, um die Nachrichten für sie abzuhören.

Piep. »Hier spricht Billy Hathaway vom Dachdecker- und Rohrreinigungsdienst Clements. Ich melde mich auf Ihren

Anruf, aber ich hab Sie wohl gerade verpaßt. Meine Nummer ist 555-2142. Vielen Dank.«
Piep. »Laura, hier ist Matt. Ich wollte mich nur vergewissern, daß du die Bücher bekommen hast. Du triffst dich heute also mit Carol zum Mittagessen? Bist du so versessen auf Bestrafung? Hast du beschlossen, den Kleinen nach mir zu benennen? Wir sprechen uns später.«
Piep. Klick.
Piep. »Mrs. Clayborne, hier spricht Marie Gellsing von der Obdachlosenunterstützung Atlanta. Ich wollte mich für Ihre freundliche Spende und den Reporter bedanken, den sie uns geschickt haben, damit wir etwas Aufmerksamkeit bekommen. Wir benötigen ja wirklich jede Hilfe, die wir kriegen können. Also nochmals vielen Dank. Auf Wiederhören.«
Und das war's.
Laura ging hinüber zum Kassettenrecorder, legte ein Band mit Pianopreludes von Chopin ein und machte es sich in einem Sessel bequem, während die ersten Töne erklangen. Dann öffnete sie einen Brief, der, wie sich herausstellte, von »Hilfe für Appalachia« kam. Es war ein kurzer Apell zur Unterstützung. Der zweite Brief stammte vom »Fonds für gebürtige Amerikaner« und der dritte von der Cousteau-Gesellschaft. Doug sagte, Laura fiele auf jeden Bittsteller herein und daß sie auf einer Adressenliste von landesweiten Organisationen stünde, die einem einreden wollten, die Welt würde zusammenbrechen, wenn man es nicht durch Zusendung eines Schecks verhinderte. Seiner Überzeugung nach schwamm die Mehrzahl dieser Fonds und Verbände bereits im Geld – das könne man ja schon an der Qualität ihres Briefpapiers erkennen –, und bestenfalls zehn Prozent aller Spenden würden ihren Empfänger erreichen; der Rest wäre für Buchungsgebühren, Gehälter, Raummieten, Büromaterial und dergleichen. »Warum also schickst du ihnen ständig noch mehr Geld?«

Weil, hatte Laura ihm geantwortet, sie das tue, was sie für richtig halte. Einige der Fonds, an die sie spendete, seien vielleicht Schwindel, vielleicht aber auch nicht. Jedenfalls könne sie den Betrag verschmerzen, und sie spende nur von ihrem eigenen Gehalt.

Es gab jedoch noch einen Grund, weswegen sie gemeinnützige Organisationen unterstützte, und das war vielleicht der wichtigste: Sie hatte schlicht und einfach Schuldgefühle, in einer Welt voller Elend so viel zu besitzen. Das verteufelte daran war nur, daß ihr Maniküre, Dampfbäder und hübsche Kleider Spaß machten. Schließlich hatte sie doch schwer dafür gearbeitet, oder nicht? Also waren diese kleinen Freuden wohlverdient, und überhaupt hatte sie ja nie Kokain genommen oder sich Pelzmäntel gekauft, und ihre Aktien an der Gesellschaft, die Geschäfte mit Südafrika machte, hatte sie verkauft. Sogar noch mit Gewinn! Aber, mein Gott, sie war jetzt sechsunddreißig! Sechsunddreißig! Hatte sie sich in diesem Alter die hübschen kleinen Dinge nicht sauer verdient?

Verdient, dachte sie. Wer hatte schon wirklich etwas verdient? Verdienten etwa die Obdachlosen, auf der Straße zu frieren? Verdienten die Robben, daß man ihnen eins mit dem Knüppel überzog und sie abschlachtete? Verdienten die Homosexuellen vielleicht AIDS, oder verdiente die begüterte Frau ein Fünfzehntausend-Dollar-Designerkleid? *Verdienen*, das war ein gefährliches Wort, dachte Laura – ein Wort, das Trennmauern errichtete und das Schlechtes gut erscheinen ließ. Sie legte die Briefe auf einen kleinen Tisch neben ihr Scheckbuch.

Gestern hatte die Post ein Paket mit vier Büchern gebracht. Sie kamen von Matt Kantner, einem Kollegen bei der CONSTITUTION, und Laura sollte sie lesen, um in vier Wochen oder so Kritiken für den Kulturteil darüber zu schreiben. Sie hatte die Bücher bereits überflogen, während sie gestern

am Kamin saß und draußen dichter Regen fiel. Es handelte sich um den neuen Anthony Burgess, ein Sachbuch über Mittelamerika, einen Roman über Hollywood, der den Titel *The Address* trug, und ein zweites Sachbuch, das ihr sofort ins Auge gesprungen war.
Jetzt nahm es Laura von dem Platz neben ihrem Stuhl. Es war ein dünnes Buch – nur einhundertachtundsiebzig Seiten –, und ein Lesezeichen steckte darin. Der Umschlag wellte sich bereits, das Papier war ebenso wie die Verarbeitung insgesamt von minderer Qualität; obwohl das Erscheinungsdatum auf 1989 lautete, verströmte das Ganze einen leichten Modergeruch. Als Verlag war eine »Mountaintop Press« mit Sitz in Chattanooga, Tennessee, angegeben, und auf dem Titel stand: *Verbrennt dieses Buch!* von Mark Treggs. Ein Bild des Verfassers war nicht zu finden. Statt dessen warb der Rückumschlag für ein anderes Buch des Autors, eines über Speisepilze und eßbare Feldblumen.
Als Laura in dem schmalen Bändchen herumblätterte, kehrte einiges von den Gefühlen wieder zurück, die vorhin beim Mittagessen in ihr durchgebrochen waren. Den spärlichen biographischen Notizen nach hatte Mark Treggs 1964 in Berkeley studiert und die Epoche von freier Liebe, langen Haaren, LSD, Happenings und Volksparkscharmützeln mit der Polizei in San Franciscos Haight-Ashbury verbracht. Mit einem Hauch von Melancholie schrieb er über Kommunen und marihuanageschwängerte Bruchbuden, wo sich Diskussionen um Allen-Ginsburg-Gedichte und maoistische Theorien mit abstrakten Gottes- und Naturphilosophien vermischten, erzählte über die öffentliche Verbrennung von Einberufungsbescheiden und über Massendemonstrationen gegen Vietnam (als er den Geruch und das Stechen von Tränengas beschrieb, brannten Laura regelrecht die Augen, und es kratzte ihr im Hals), wobei er der ganzen Epoche etwas Romantisches verlieh. Er schien ihr nachzutrauern,

stellte sie dar als eine Gemeinschaft von Gesetzlosen, die für die gemeinsame Sache des Friedens kämpften. Zurückblickend betrachtet, fiel Laura allerdings auf, daß es zwischen den diversen Gruppen genauso viele Machtkämpfe gegeben hatte wie mit dem Establishment und daß diese Epoche weniger romantisch als tragisch gewesen war. Laura erschien sie als der letzte Aufschrei der Zivilisation, ehe das Zeitalter der Finsternis eingesetzt hatte.

Mark Treggs schrieb von Abbie Hoffmann, der SDS, Altamont, Flower-Power, den Chicago Seven, Charles Manson und dem Weißen Album, den Black Panthers sowie dem Ende des Vietnamkriegs, doch wurde sein Schreibstil zunehmend verworrener und weniger pointiert, so, als ginge ihm die Luft aus, wie sie der Hippiegeneration ausgegangen war – bis zu deren endgültigem Verstummen. In der Mitte des Buches forderte er einen Zusammenschluß aller Obdachlosen und eine Auflehnung gegen das Big Business und das Pentagon. Das Sinnbild der Vereinigten Staaten, sagte er, sei nicht mehr die amerikanische Flagge, sondern ein Dollarzeichen auf einem Feld von Kreuzen. Er sprach sich für Demonstrationen gegen die Kreditkartenunternehmen und die Fernsehprediger aus, weil seiner Überzeugung nach beide das amerikanische Volk verdummten.

Laura klappte das Buch zu und legte es beiseite. Manche Leute würden bei seinem Titel vielleicht hellhörig, aber höchstwahrscheinlich wäre es dazu verdammt, in den Bücherlädchen von ein paar Hippie-Veteranen zu verschimmeln. »Mountaintop Press« – sie hatte noch nie etwas von diesem Verlag gehört, und dem Aussehen seiner Produkte nach handelte es sich dabei nur um ein regionales Kleinunternehmen ohne allzuviel Geld oder Erfahrung. Es bestand auch wenig Aussicht, daß irgendein großer Verlag den Titel übernahm; solche Themen waren zweifellos aus der Mode.

Laura legte sich ihre Hände auf den Bauch und spürte die Wärme des Lebens. Wie würde die Welt wohl aussehen, wenn David erst einmal in ihr jetziges Alter kam? Möglich, daß die Ozonschicht dann verschwunden und der Wald vom sauren Regen kahlgefressen war. Wer konnte schon sagen, wieviel schlimmer der Drogenkrieg noch werden und mit welchen neuen Kokainderivaten man die Straßen überschwemmen würde? Es war eine höllische Welt, und Laura hatte auch deshalb Schuldgefühle, weil sie in diese Welt ein Kind hineinsetzte. Sie machte ihre Augen zu und lauschte der sanften Klaviermusik. Vor langer, langer Zeit einmal war ihre Lieblingsgruppe Led Zeppelin gewesen. Aber der *stairway to heaven*, die Himmelsleiter, war zusammengebrochen, und wer hatte heute noch Zeit für einen Haufen Liebe, *a whole lotta love?* Jetzt wünschte sie sich lediglich Harmonie und Frieden, einen Neuanfang: etwas, was sie in ihren Armen wiegen konnte. Der Klang elektrisch verstärkter Gitarren erinnerte sie zu sehr an diese heiße Julinacht in dem Appartementkomplex beim Stadion, wo sie mit angesehen hatte, wie eine Irre einem Baby die Pistole an den Kopf setzte und ihm in einer dampfenden roten Explosion das Gehirn herausschoß.

Die Hände über ihrem Bauch gefaltet, ließ sich Laura von den Klavierklängen entführen. Draußen regnete es jetzt stärker. Bald würde die kaputte Dachrinne überlaufen. Im Inneren des Hauses aber war es warm und geschützt, das Sicherheitssystem war eingeschaltet, und für den Moment lebte Laura außerhalb jeder Gefahr. Dr. Bonnarts Nummer lag in Reichweite. Wenn es soweit war, würde sie ins St. James Hospital gehen, ungefähr zwei Meilen von ihrem Haus entfernt.

Mein Baby ist unterwegs, dachte sie.

Mein Baby.

Meines.

Und während die Musik eines anderen Zeitalters das Haus erfüllte und der Regen auf das Dach zu prasseln begann, ruhte Laura sich aus.

Zur gleichen Zeit verkaufte im K-Mart, einem Supermarkt bei Six Flags, der Angestellte hinter der Theke der Sportwarenabteilung einem Kunden, der einen schmutzigen Overall und eine zerbeulte Red-Man-Mütze trug, ein Gewehr. Es hatte die richtige Größe für einen kleinen Jungen und nannte sich »Little Buckaroo«. »Gefällt mir, wie das Ding aussieht«, sagte der Mann mit der Mütze. »Und ich glaube, Cory wird's auch gefallen. So heißt nämlich mein Junge. Am Sonnabend hat er Geburtstag.«
»Ich wünschte, ich hätte als Junge auch so ein Eichhörnchengewehr gehabt!« sagte der Verkäufer, während er die Waffe samt zwei Packungen Munition und einem kleinen Zielfernrohr verpackte. »Gibt doch nichts Schöneres, als wie draußen im Wald 'n bißchen rumzuschießen!«
»Sehr richtig! Und Wald gibt's dort, wo wir wohnen, rundherum. Und jede Menge Eichhörnchen, das sag ich Ihnen!«
Corys Vater – er hieß Lewis Peterson – begann, einen Scheck über den Betrag auszuschreiben. Er hatte die rauhen Arbeiterhände eines Schreiners. »Ich glaub doch, daß 'n zehnjähriger Bengel mit 'nem Gewehr dieser Größenordnung umgehen kann, oder?«
»O ja, Sir, es ist ein Prachtstück!« Der Verkäufer schrieb die erforderlichen Angaben auf ein Formular und steckte es in einen kleinen metallenen Karteikasten, der hinter dem Ladentisch stand. Als er das Gewehr behutsam in das Futteral verstaut und eingepackt hatte, wurde es Lewis Peterson über die Theke gereicht. »Bitte!« sagte der Verkäufer. »Ich hoffe, Ihr Junge hat einen schönen Geburtstag.«
Peterson klemmte sich das Paket unter den Arm, so daß der Wachmann vorn den Kassenzettel sehen konnte, und

marschierte in den trüben Nachmittagsregen hinaus. Bestimmt würde sich Cory am Samstag vor Freude überschlagen. Der Junge wünschte sich schon seit längerer Zeit ein eigenes Gewehr, und dieses hier war genau das richtige. Eine gute Anfängerwaffe.
Peterson stieg in seinen Kleinlaster, vor dessen Rückscheibe sich eine Art Halterung befand, und darin steckte eine Jagdflinte. Dann ließ er den Motor an und schaltete die Scheibenwischer ein, um mit einem Gefühl von Stolz und Wohlbehagen nach Hause zu fahren. Das Geburtstagsgeschenk für seinen Sohn lag auf dem Nebensitz.

2

Eine aufmerksame Kundin

Die große, kräftige Frau in der Burger-King-Uniform schob einen Wagen durch die Reihen des Piggly-Wiggly-Supermarkts. Sie war im Mableton-Einkaufszentrum, etwa eine Viertelmeile von ihrer Wohnung entfernt. An ihrer Bluse steckte eine Plakette in Form eines lächelnden gelben Mondgesichts, und ihr Haar, das vom Qualm und Fett der Grillroste glänzte, hing lose um ihre Schultern. Mit ruhiger, ausdrucksloser Miene holte sie Suppendosen, Hackfleischkonserven und Gemüse aus den Regalen und suchte sich in der Tiefkühlabteilung ein paar Fertiggerichte sowie eine Packung Diät-Schokoladenriegel heraus. Ihr Vorgehen erfolgte mit Methodik und Bedacht, so als würde sie von einer inneren Feder angetrieben. Beim Fleisch mußte sie einen Moment innehalten und die kühle Luft einatmen, weil sie das Gefühl hatte, die übrige Luft im Kaufhaus sei zu dick für ihre Lungen. Sie roch das Blut von Frischgeschlachtetem.

Dann schob Mary Terror ihren Wagen weiter – eine preis- und produktbewußte Käuferin, die verglich, bevor sie zugriff. Schließlich konnten Nahrungsmittel voller Giftstoffe sein. Von Packungen, die an der Seite beschädigt, oder Dosen, die eingedrückt waren, ließ sie die Finger und hielt zwischendurch immer wieder inne, um sich nach etwaigen Verfolgern umzusehen. Diese miesen Schweine vom FBI trugen Masken aus Menschenhaut, die sie an- oder abziehen konnten. Sie konnten jung oder alt, dick oder dünn, groß oder klein sein, und sie lauerten überall. Wie Kakerlaken in einem heruntergekommenen Haus.

Aber heute wurde Mary anscheinend nicht verfolgt. Manchmal spürte sie ein Prickeln in ihrem Nacken, und ihre Arme bekamen eine Gänsehaut; dann wußte sie, daß sich die Bullen in der Nähe aufhielten. Heute jedoch waren nur Hausfrauen und ein paar Farmertypen da, die ihre Einkäufe erledigten. Sie erkannte das an den Schuhen. Die Polizisten hatten immer geputzte Schuhe an. Marys innere Alarmanlage blieb stumm, aber man konnte ja nie wissen. Darum hatte Mary in ihrer Handtasche eine schwere *Compact*-Pistole dabei, wie sie die Polizei außer Dienst benutzte und die vier 357er-Magnum-Patronen enthielt.
In der Weinabteilung machte Mary halt, um eine Flasche billigen Sangria mitzunehmen. Dann hieß es, eine Tüte Brezeln und eine Packung Ritz-Cräcker auszusuchen. Die nächste Station lag eine Regalreihe weiter, bei den Gläsern mit Babynahrung.
Mary schob ihren Wagen um die Ecke, und plötzlich stand eine junge Frau vor ihr – eigentlich ein Mädchen, vielleicht siebzehn oder achtzehn Jahre alt, mit rotem Haar und Sommersprossen. Sie hatte ein Baby, das in einem Körbchen innerhalb ihres Wagens festgeschnallt war, und auch auf dem Kopf des Babys wuchs ein kleines hellrotes Haarbüschel. Das Baby steckte in einem lindgrünen Strampelanzug und starrte mit großen blauen Augen in die Welt, während es an seinem Schnuller saugte und seine Hände und Füße wild miteinander kämpften. Die Mutter, die einen rosafarbenen Pulli und Bluejeans anhatte, war gerade damit beschäftigt, Babynahrung aus einem *Gerber's*-Regal herauszusuchen. Diese Marke bevorzugte auch Mary.
Sie lavierte ihren Einkaufswagen haarscharf heran, und mit einem »'tschuldigung« zog die junge Mutter den ihren ein Stück zurück. Mary tat, als suchte sie nach etwas Bestimmtem; in Wahrheit aber beobachtete sie das rothaarige Baby. Als das Mädchen sie dabei ertappte, setzte Mary ein Lächeln

auf. »Was für ein hübsches Kind!« sagte sie und streckte eine Hand in den Wagen. Das Baby griff nach ihrem Zeigefinger.
»Danke.« Das Mädchen erwiderte Marys Lächeln nur unsicher.
»Kinder sind doch wirklich eine Freude, nicht wahr?« fragte Mary, die bereits nach den Füßen des Mädchens geschaut hatte: Es trug ausgelatschte Turnschuhe. Die Finger des Babys öffneten und schlossen sich um den von Mary.
»Ja, ich glaub schon. Obwohl natürlich alles gelaufen ist, wenn man erst mal ein Kind hat. Stimmt's?«
»Was ist gelaufen?« Mary zog eine Augenbraue hoch.
»Na ja, Sie wissen schon. So ein Kind nimmt schrecklich viel Zeit in Anspruch.«
Dieses Mädchen ist ein Kind mit einem Kind, dachte Mary. Sie konnte die Ringe unter den Augen der jungen Mutter sehen. Du hast noch kein Baby verdient, dachte sie, aber ihr Gesicht behielt sein Lächeln. »Wie heißt er denn?«
»Es ist eine *Sie.* Und sie heißt Amanda.« Das Mädchen suchte ein paar Gläser mit Babynahrung heraus und stellte sie in den Wagen. Mary befreite ihren Finger aus dem Griff des Kindes. »War nett, mit Ihnen zu plaudern.«
»Mein Kleiner mag so gerne Birnenkompott«, sagte Mary, während sie zwei Gläser davon aus dem Regal nahm. Ihre Wangenmuskeln schmerzten bereits. »Ich hab einen gesunden kleinen Jungen! Richtiges Prachtkerlchen!«
Aber das Mädchen entfernte sich bereits mit seinem Einkaufswagen, und Mary hörte das leise Schmatzen, mit dem das Baby an seinem Schnuller saugte. Dann befand sich der Wagen am Ende der Regalreihe, und die junge Mutter wandte sich nach rechts. Mary verspürte einen Drang, ihr nachzueilen, sie bei den Schultern zu packen und sie zum Zuhören zu zwingen. Ihr zu sagen, daß die Welt finster und voll von teuflischer Bosheit war und daß sie kleine rothaa-

rige Amandas auffraß. Ihr zu sagen, daß die Häscher des Molochs Amerika in jeder Ecke lauerten und imstande waren, einem durch die Augäpfel die Seele herauszusaugen. Ihr zu sagen, daß man durch den schönsten Garten spazieren und den Schrei des Schmetterlings hören konnte.

Aber sie ermahnte sich zur Vorsicht. Nimm dich zusammen, dachte sie. Du kennst Geheimnisse, die du mit niemand teilen solltest. Keiner im Burger King wußte von ihrem Baby, und das war nur gut so. Sie beruhigte sich wieder – es war, als würde man mit Gewalt einen Deckel zudrükken –, suchte sich noch ein paar Gläser Babynahrung in diversen Geschmacksrichtungen heraus, stellte sie in den Wagen und setzte ihren Weg fort. In ihrem Zeigefinger spürte sie immer noch die Wärme des kleinen Kindes.

Am Zeitschriftenständer machte sie halt. Das neue ROLLING-STONE-Magazin steckte darin, und auf dem Umschlag war eine Frauenband abgebildet. Die Bangles. Mary kannte die Musik dieser Mädchen nicht. Das ROLLING STONE war auch nicht mehr dasselbe Magazin wie früher, nicht mehr in der Mitte zusammengefaltet und ohne Artikel von Hunter Thompson oder Zeichnungen von diesem merkwürdigen Steadman, dessen Männchen immer Gift und Galle spuckten. Zu diesen Bildern von Haß und Wut hatte sie eine Beziehung. Heute aber war das ROLLING STONE voller Hochglanzanzeigen, und seine politischen Beiträge krochen dem Bürgertum in den Arsch. Sie hatte Eric Clapton diese Werbespots für Bier machen sehen; hätte sie eine Flasche davon gehabt, sie hätte sie zerbrochen und ihm mit den Scherben den Hals durchgeschnitten.

Aber trotzdem legte Mary die Zeitschrift in ihren Wagen. Es war Lesestoff, auch wenn sie die neue Musik oder die neuen Bands nicht kannte. Früher einmal, als das STONE noch ein Fetzen gewesen war und die Helden noch lebten, hatte sie es von vorn bis hinten gelesen. Aber diese Helden waren alle in jungen Jahren bereits ausgebrannt; darum nannte man sie ja »Stars« – Sterne. Alle jung und tot, nur sie lebte immer noch und war älter geworden. Manchmal fühlte sie sich um etwas betrogen. Es war, als hätte sie einen Zug verpaßt, der nie wieder fuhr, und würde mit ihrem nicht abgestempelten Fahrschein immer noch auf dem Bahnhof herumgeistern.

An der Kasse vorbei. Neue Kassiererin. Pickel auf den Wangen. Hol das Scheckheft raus, die Schecks auf den Namen Ginger Coles. Vorsicht! Aufpassen, daß die Pistole unten in der Handtasche bleibt. Setz den Betrag ein. Verdammt, diese Lebensmittel verschlingen ein Schweinegeld! Noch unterschreiben. Ginger Coles. »Bitte sehr!« sagte sie zu der jungen Kassiererin, während sie ihr den Scheck zusammen mit ihrem Führerschein hinschob. Der Führerschein zeigte ein Bild, auf dem Mary lächelte und ihre Haare nach hinten gekämmt waren, ein bißchen kürzer als jetzt. Sie hatte ein markantes Gesicht mit einer geraden, spitzen Nase, einer hohen Stirn und Augen, die je nach Beleuchtung oder nach dem, was sie trug, hellgrün bis reifgrau wirken konnten. Mary schaute zu, wie die Kassiererin ihre Führerscheinnummer auf der Rückseite des Schecks notierte. »Adresse des Arbeitgebers?« fragte das Mädchen, und Mary sagte: »United Parcel –« Sie unterbrach sich. Eine Vielzahl von Identitäten wirbelte ihr durch den Kopf, wie ein kleines Universum. Nein, nicht United Parcel Service. Dort hatte sie von 1984 bis 1986 unter einem anderen Namen gearbeitet, im Versandlager in Tampa. »Entschuldigung«, sagte sie, während die Kassiererin sie anstarrte. »Das ist mein alter Job. Heute bin ich stellvertretende Tagesgeschäftsführerin bei Burger King.«

»Ach ja?« Die Augen des Mädchens zeigten nur geringes Interesse. »In welchem denn?«

Durch Marys Herz bohrte sich ein kalter Speer. Sie fühlte,

wie ihr Lächeln ein wenig unsicher wurde. »In Norcross«, antwortete sie. Eine Lüge. Marys Arbeitsstelle lag in der Blessingham Road, etwa sechs Meilen von hier.

»Ich hab diesen Job gerade erst gekriegt«, sagte die Kassiererin, »aber die Bezahlung ist schlecht. Stellen Sie das Personal ein und so?«

»Nein.« Vielleicht waren die Pickel aufgemalt, dachte Mary. Vielleicht war das Mädchen gar nicht so jung und dumm, wie es aussah. »Das macht der Geschäftsführer.« Ihre Hand glitt halb in die Umhängetasche, und Mary konnte mit ihren Fingerspitzen die metallische Kälte der Pistole fühlen.

»Ich steh nicht gern einfach nur rum. Ich hab gern Bewegung. Suchen Sie nicht jemanden da drüben?«

»Nein. Wir haben alles, was wir brauchen.«

Das Mädchen zuckte die Achseln. »Na ja. Aber vielleicht komm ich trotzdem mal rein und fülle ein Bewerbungsformular aus. Man kriegt doch auch Hamburger umsonst, oder?«

Mary spürte es instinktiv: Jemand trat hinter sie. Sie hörte ein leises Geräusch – wie ein Revolver, der aus einem Pistolengurt glitt –, und ihr stockte der Atem.

Die Hand tief in ihrer Umhängetasche, auf dem Griff ihrer Pistole, wirbelte sie herum und war nur eine Sekunde davon entfernt zu ziehen, da bremste die rothaarige junge Mutter ihren Einkaufswagen. Das Baby schmatzte immer noch an dem Schnuller, und seine Augen wanderten hin und her.

»Alles okay?« fragte die Kassiererin. »Lady?«

Das Lächeln auf Mary Terrors Gesicht war verschwunden, und für kurze Zeit erblickte die junge Mutter etwas, was sie den Einkaufswagen zurückziehen und ihre Hand wie zum Schutz auf die Brust ihres Kindes legen ließ. Was da genau vor ihr stand, konnte sie nicht sagen, denn der Ausdruck war zu schnell wieder verschwunden, aber zurück

blieb eine Erinnerung an zusammengebissene Zähne und ein zu Schlitzen verschmälertes Augenpaar, das grün war wie das einer Katze. Für diese wenigen, sich in die Länge ziehenden Sekunden schien es, als würde die große Frau turmhoch über ihr aufragen und als würde ihrer Haut etwas Kaltes, wie ein Winternebel, entströmen.
Doch schon war alles wieder verschwunden – die zusammengebissenen Zähne wie auch der haßerfüllte Blick –, und Mary Terrors Gesicht wirkte sanft und gutmütig.
»Lady?« fragte die Kassiererin noch einmal.
»Was für ein hübsches Kind!« sagte Mary zu der jungen Mutter, die sich ihrer Furcht immer noch nicht bewußt war, und inspizierte mit einem raschen Blick den Kassenbereich. Sie mußte hier raus, und zwar schnell. »Nichts. Es geht schon«, antwortete sie der Kassiererin. »Kann ich jetzt gehen?«
»Ja. Eine Sekunde. Ich pack Ihnen die Sachen noch ein.« Die Lebensmittel wanderten in zwei Tüten – ein gefährlicher Moment, dachte Mary. Falls man sie festnehmen würde, dann, wenn sie die Einkaufstüten unter dem Arm hatte. Sie steckte ihren Führerschein wieder ein und hängte sich die Handtasche über die Schulter, allerdings ohne deren Reißverschluß zuzumachen. Auf diese Weise käme sie rasch an ihre Pistole.
»Ich heiße Toni«, sagte die Kassiererin. »Vielleicht komm ich ja mal vorbei und fülle eine Bewerbung aus.«
Wenn sie dieses Mädchen je wiedersähe, dachte Mary, dann würde sie es umbringen. Von jetzt an würde sie zu Food Giant auf der anderen Seite des Highway gehen. Sie nahm die Tüten in ihre Arme und ging mit raschen Schritten Richtung Ausgang. Ein Mann mit einer Tarnjacke, wie Wildjäger sie trugen, überquerte in dem heftigen Regen den Parkplatz. Mary behielt ihn sorgfältig im Auge, während sie zu ihrem Kleinlaster eilte, aber er würdigte sie

keines Blickes. Sie stellte ihre Einkäufe neben das Päckchen von Art & Larry's Spielwaren vor den Beifahrersitz, setzte sich hinters Steuer, verriegelte beide Türen, ließ den Motor an und fuhr auf Umwegen zu ihrer Wohnung. Unter dem Armaturenbrett hing eine abgesägte Schrotflinte, die von Metallklammern gehalten wurde. Die ganze Fahrt über umschlossen Marys Hände fest das Steuerrad, und ihre Augen schnellten immer wieder zum Rückspiegel. »Scheiße! Scheiße! Scheiße!« zischte sie zwischen zusammengebissenen Zähnen. »Jetzt bin ich im Arsch! Total im Arsch!« Schweiß schimmerte auf ihrem Gesicht, und sie atmete in langen, tiefen Zügen. »Das heißt: Augenblick mal! Nur nicht den Kopf verlieren. Es kennt dich ja keiner. Keine Menschenseele. Kein Mensch kennt dich.« Sie wiederholte diesen Satz wie eine Zauberformel, bis sie vor dem roten Backsteingebäude ankam. Es war ein Wohnhaus mit einem Parkplatz auf der einen und einer Werkstatt für Lkw-Motoren auf der anderen Seite.

Als Mary den Kleintransporter auf ihren Abstellplatz lenkte, bemerkte sie ein Gesicht mit grauem Stoppelbart, das aus einem der Fenster spähte: der Alte aus der Nachbarwohnung. Shecklett war Ende Sechzig und kam meist nur aus seinem Bau, um die Aluminiumdosen am Highway aufzusammeln. Außerdem hustete er nachts viel. Mary hatte den Abfall, den er eines Abends zur Mülltonne brachte, durchgesehen und eine leere J.-W.-Dant-Bourbon-Flasche, Verpackungen von Fertiggerichten, eine Ausgabe des CAVALIER, aus der ein paar Anzeigen herausgeschnitten waren, und einen zerrissenen Brief gefunden, den sie wieder zusammenklebte. Der Brief stammte von einer gewissen Paula, und Mary erinnerte sich noch teilweise daran: *Ich würde wirklich gern zu Besuch kommen. Wärest Du damit einverstanden? Bill sagt, er hätte nichts dagegen. Wir haben miteinander gesprochen und können einfach nicht verstehen, warum Du nicht zu uns raus-*

ziehst. Solltest Dich etwas schämen, ein so schäbiges Leben zu führen. Bei dem ganzen Geld aus dem Laden, das Du Dir gespart hast. Versuch's gar nicht erst zu bestreiten! Ich weiß Bescheid. Mom hat's mir gesagt. Also bitte. Jedenfalls fragt Kevin tagtäglich nach seinem Großpapa.

Als Mary die Handbremse zog, sah sie Shecklett hinter seinem Fenster verschwinden, in die Dunkelheit seiner Wohnung. Er beobachtete Marys Kommen und Gehen genauso wie das der Negerin von oben oder das junge Pärchen aus der Südstaatenprovinz, das gegenüber von Mary wohnte, und seine polierten Schuhe hätten ihr zu denken gegeben, hätte er nicht schon lange vor ihr in diesem Gebäude gelebt. Aber trotzdem ließ sie sich nicht gern beobachten und taxieren, und wenn sie es für an der Zeit zum Verschwinden hielt, würde sie wegen Opa Shecklett vielleicht etwas unternehmen.

Mary nahm die beiden Tüten voller Lebensmittel und trug sie hinein. In der Wohnung roch es immer noch nach verschmortem Plastik. Das fichtengetäfelte Wohnzimmer war sauber und aufgeräumt – sie benutzte es nie –, und eine Lavalampe erstrahlte in schummrigem blauem Licht. Die Masse, die träge zusammen- und wieder auseinanderlief, erinnerte Mary immer an Samen auf der Suche nach einem Ei. Mary stellte die beiden Einkaufstüten auf den Küchentisch und schnippte eine tote Kakerlake von der zerkratzten Resopalplatte. Dann ging sie wieder hinaus, um ihr neues Baby zu holen.

Sie war noch nicht an der Schwelle ihres Appartements, da hörte sie die Beifahrertür ihres Kleinlasters aufgehen. Das hohe Quietschen der Türangeln war unverkennbar. Marys Herz tat einen Sprung, und sie fühlte, wie ihr die Zornesröte ins Gesicht stieg. Shecklett! Er schnüffelte im Wagen herum! Mein Baby! dachte sie und rannte mit langen, kräftigen Schritten nach draußen.

Jemand hatte sich in den Wagen gebeugt. Mary ergriff die offene Beifahrertür, schleuderte sie gegen den Körper des Schnüfflers und hörte ein qualvolles Winseln.
»Aua! Heiliger Strohsack!« Er kam herausgekrochen, und seine Augen waren trüb vor Schmerz, während er sich mit einer Hand die Hüfte hielt. »Willst du mir die verdammten Rippen brechen, oder was?«
Es war nicht Shecklett, obwohl Shecklett das Drama ganz bestimmt von seinem Fenster aus beobachtete. Es war Gordie Powers, ein Fünfundzwanzigjähriger mit hellbraunem Haar, das ihm um die Schultern hing. Er war dünn wie ein Brett, sein Gesicht lang und hager, und ein Stoppelbart bedeckte Wangen und Kinn. Angezogen war er mit einem Paar ausgewaschener Jeans und einem Flanellhemd unter einer abgewetzten schwarzen, mit Nieten besetzten Lederjacke. »Mann!« sagte er. »Du hast mir ja fast die Därme aus dem Leib gehauen!«
»Ich hab dich schon mal ganz leise gewarnt!« erwiderte sie. »Was versuchst du hier zu stehlen?«
»Nichts! Bin bloß grad mit dem Auto gekommen und hab dich deine Einkäufe rausholen sehen! Da dachte ich mir, ich trag dir die andere Tüte rein!« Mit einem dünnen Grinsen wich er von dem Kleintransporter zurück. »Ist das der Lohn, daß man den Barmherzigen Samariter spielt?«
Mary warf einen kurzen Blick nach links und entdeckte ein paar Parkplätze weiter Gordies silberfarbenen Mazda-Sportwagen. »Jedenfalls vielen Dank, aber ich bring's schon selber rein«, sagte sie und nahm das Päckchen vom Boden neben dem Fahrersitz. Da bemerkte Gordie die Aufschrift ART & LARRY'S SPIELWAREN auf der Tüte.
»Was hast du denn vor?« fragte er. »Spielchen spielen vielleicht?«
Mary knallte die Tür zu, ging in ihre Wohnung und wußte, daß Gordie ihr folgen würde. Schließlich war er ja ihretwe-

gen hergekommen. Sie hatte gestern abend, bevor Robby so unartig geworden war, eine Bestellung aufgegeben.
»Riecht aber komisch hier drin«, bemerkte Gordie, während er die Tür zumachte und sie mit dem Drehknopf verriegelte. »Irgendwas verbrannt?«
»Ja. Mein Abendessen.« Mary brachte das Päckchen in ihr Schlafzimmer, wo sie es im Kleiderschrank verstaute. Dann schaltete sie aus Gewohnheit den Fernseher ein und stellte ihn auf Cable News Network. Lynne Russell war gerade auf Sendung. Mary mochte Lynne Russell, weil sie wie eine starke Frau wirkte. Das Bild wechselte auf eine Ansammlung von Polizeifahrzeugen mit blitzendem Blaulicht und den Kopf eines Sprechers, der gerade etwas von einem Mord sagte. Dann ein blutiges Laken über einer Bahre und die Umrisse einer Leiche. Die Bilder waren hypnotisch – ein brutaler Lebenspuls. Manchmal sah Mary stundenlang CNN, unfähig und unwillig zu irgend etwas anderem, außer im Bett zu liegen wie ein Parasit, der von der Qual anderer Menschen zehrt. Wenn sie im LSD-Rausch war, wurden die Szenen dreidimensional und drangen ins Zimmer herein. Das konnte ein echt starker Trip sein.
Sie hörte eine Tüte rascheln. Dann seine Stimme: »Hey, Ginger! Wozu hast du denn das ganze Babyfutter?«
Als sie wieder in die Küche kam, hatte sie sich bereits eine Antwort ausgedacht. »Manchmal kreuzt hier 'ne Katze auf. Der geb ich immer zu fressen.«
»Eine *Katze?* Und die mag Babyfutter? Mann, ich hasse Katzen! Sind mir unheimlich.« Gordies Augen, die wie braune Perlen aussahen, waren immerzu in Bewegung, drangen in private Winkel und Ecken vor. Sie entdeckten die Kruste von geschmolzenem Plastik auf einer der Herdplatten, registrierten die Tatsache und wanderten weiter. »Hast Kakerlaken hier«, stellte er fest. Während Mary die Lebens-

mittel verstaute, spazierte er in der Küche umher und blieb vor einem der gerahmten Zeitschriftenfotos stehen, die lächelnde Kleinkinder zeigten. »Du stehst wohl auf Babys, was?«

»Ja«, antwortete Mary.

»Wieso hast du dann nicht selber eins?«

Behalte dein Geheimnis, dachte Mary. Gordie war eine Maus, die an einem Krümel zwischen Tigerkrallen nagte. »Ist nun mal so.«

»Ist doch eigentlich komisch, was? Daß ich nun seit ... wann? Fünf oder sechs Monaten? ... Geschäfte mit dir mach und dich noch kein bißchen kenne.« Er zog einen Zahnstocher aus der Hemdtasche und bohrte sich damit in seinen kleinen gelben Zähnen herum. »Weiß nicht mal, woher du kommst.«

»Aus der Hölle«, antwortete sie.

»Hooooo!« Er schüttelte mit gespielter Furcht seine Hände, als versuchte er, Mary abzuwehren. »Mach mir keine Angst, Schwester! Nein, ohne Scheiß. Woher kommst du?«

»Du meinst, wo ich geboren bin?«

»Ja. Du stammst nicht aus dieser Gegend. Du hast keinen Georgia-Pfirsich-Akzent.«

Sie beschloß, es ihm zu verraten. Vielleicht, weil sie es schon so lange nicht mehr gesagt hatte. »Ich komme aus Richmond, Virginia.«

»Was führt dich dann hierher? Wieso bist du nicht in Virginia?«

Mary stapelte die Fertiggerichte und verstaute sie im Eisfach ihres Kühlschranks, während in ihrem Kopf die verschiedenartigsten Phantasiegeschichten durcheinandergingen. »Ehe ist vor ein paar Jahren schiefgelaufen. Mein Mann hat mich mit 'nem jüngeren Typen erwischt. War ein eifersüchtiger Mistkerl. Sagte, er würde mir den Bauch aufschlitzen und mich in den Wäldern verbluten lassen, wo keiner mich

finden könnte. Und wenn er's nicht täte, dann ein paar Freunde von ihm. Also hab ich ihn verlassen, ohne mich noch einmal umzudrehen. Bin einfach immer weiter. Hab mal hier, mal dort Station eingelegt, aber ein Zuhause hab ich bisher wohl nicht gefunden.«
»Dir den Bauch aufschlitzen?« Gordie grinste um seinen Zahnstocher. »Das glaub ich nicht!«
Mary starrte ihn an.
»Ich meine ... du bist doch 'n mordskräftiges Weib. Gehört schon 'n Riesentyp dazu, um dich unterzukriegen, was?«
Sie räumte die Gläser mit Babynahrung in den Küchenschrank. Gordie schmatzte an seinem Zahnstocher wie das Baby an seinem Schnuller. »Sonst noch Fragen?« Sie schloß die Tür des Küchenschranks und drehte sich herausfordernd zu ihm um.
»Ja. Zum Beispiel ... wie alt bist du?«
»Zu alt für noch mehr Gequatsche«, entgegnete sie. »Hast du mir mitgebracht, was ich bestellt hab?«
»Genau hier, unter meinem Herzen!« Gordie griff in die Innentasche seiner Jacke und brachte ein Zellophantütchen zum Vorschein, das ein kleines Quadrat aus Wachspapier enthielt. »Hab mir gedacht, das Muster könnte dir gefallen.« Er reichte Mary das Tütchen, und sie sah, was auf dem Papier war.
Vier lächelnde gelbe Mondgesichter wie die auf ihrem Anstecker. Sie waren in gleichen Abständen über das Quadrat verteilt.
»Mein Freund ist 'n echter Künstler«, sagte Gordie. »Gibt kaum ein Muster, was er nicht hinkriegt. Gestern wollte 'n Kunde kleine Flugzeuge haben. 'n anderer Typ hat sich amerikanische Flaggen gewünscht. Kostet extra, mit all den Farben. Aber egal. Mein Freund mag seinen Job.«
»Und dein Freund leistet gute Arbeit.« Sie hielt das Pa-

pier gegen das Licht. Die Mondgesichter waren aus gelber Lebensmittelfarbe mit Zitronengeschmack und die winzigen schwarzen Pünktchen, die die Augen darstellten, billiges, aber starkes LSD aus einem Geheimlabor, nicht weit von Atlanta. Mary holte ihr Geld und ihre Papiere aus der Handtasche, wobei sie auch die Magnum-Automatik herausholte und auf den Tisch legte. Dann zählte sie fünfzig Dollar ab.

»Hübsches kleines Ding«, sagte Gordie, während seine Finger leicht über die Pistole glitten. »Und ich hab's dir zu 'nem verdammt guten Preis verschafft.« Er nahm das Geld entgegen, und die Scheine wanderten in seine Jeans.

Mary hatte die Magnum bereits im September bei ihm gekauft – zwei Monate, nachdem sie von einem Barkeeper aus einem Club in der Innenstadt, dem *Purple People Eater*, Gordies Adresse bekommen hatte. Die 38er in ihrer Kommode und die abgesägte Schrotflinte stammten von anderen Verbindungen aus den zurückliegenden paar Jahren. Überall, wo sie hinkam, bemühte sich Mary, jemanden zu finden, der zwei ihrer dringendsten Bedürfnisse decken konnte: LSD und Waffen. Schußwaffen hatten es ihr von jeher angetan: Der Geruch und das Gewicht dieser Dinger, ihre dunkle, unheilvolle Schönheit gingen Mary durch und durch. »Feministischen Penisneid« hatte er es damals genannt, vor langer Zeit. Lord Jack, der aus den grauen Nebeln der Erinnerung sprach.

LSD und Waffen waren ein Bindeglied zu Marys Vergangenheit, und ohne sie wäre Marys Leben so leer wie ihre Gebärmutter gewesen.

»Okay. Du bist also zufrieden, ja?« Gordie steckte den Zahnstocher wieder in seine Tasche. »Dann bis zum nächstenmal?«

Sie nickte. Gordie ging aus der Küche, und Mary folgte ihm mit den LSD-getränkten Mondgesichtern in ihrer

Hand. Sobald er fort war, würde sie ihr Kind auf die Welt bringen. Es war in ihrem Schlafzimmerschrank, in einen Karton eingesperrt. Sie würde eines der lächelnden Gesichter ablecken, ihr neues Baby füttern und zuschauen, wie sich die verhaßte Welt auf CNN selbst umbrachte. Gordie streckte seine Hand nach dem Türgriff. Mary sah ihm zu, als bewege er sich in Zeitlupe. Sie hatte im Lauf der Jahre soviel LSD genommen, daß sie Bewegungsabläufe nach Belieben verlangsamen konnte – sie zerhacken wie ein Stroboskop. Gordies Hand lag auf dem Griff, und er war daran, die Tür zu öffnen.

Ein mickriger kleiner Bastard war dieses Bürschchen. Ein Drogen- und Waffenschieber. Aber er war auch ein Mensch, und plötzlich spürte Mary ein Verlangen nach menschlicher Berührung.

»Warte!« sagte sie.

Gordie hielt inne. Der Türriegel war fast zurückgeschoben.

»Hast du irgend etwas Bestimmtes vor?« Mary war schon halbwegs auf eine Ablehnung gefaßt – schon halbwegs darauf gefaßt, sich wieder in ihr Schneckenhaus zu verkriechen.

Gordie zögerte. Runzelte die Stirn. »Ob ich was vorhab? Und was sollte das sein, zum Beispiel?«

»Zum Beispiel, essen gehen. Mußt du irgendwohin?«

»So in zwei Stunden soll ich meine Freundin abholen.« Er sah auf seine Swatch. »Ungefähr.«

Mary hielt ihm die Mondgesichter unter die Nase. »Möchtest du mal probieren?«

Gordies Blick schoß zwischen dem angebotenen Papier und Mary hin und her. »Ich weiß nicht«, sagte der junge Mann. Er hatte die unausgesprochene Einladung gewittert – nicht zum LSD, sondern zu etwas anderem. Vielleicht war es die fast aufdringliche Art, wie Mary vor ihm stand, vielleicht war es auch ihr leicht in Richtung Schlafzimmer geneigter Kopf; jedenfalls verstand Gordie. Er mußte sich das einen Moment überlegen. Mary war eine Kundin, und ganz davon abgesehen, daß es nichts brachte, mit der Kundschaft zu bumsen, war sie auch keine wahnsinnige Schönheit. Sie war alt, bestimmt schon über dreißig. Aber er hatte noch nie eine ein Meter achtzig große Frau abgeschleppt und fragte sich, wie es wohl wäre, in so viel Fleisch zu sinken. Sah auch so aus, als hätte sie zwei ganz nette Titten, und ihr Gesicht konnte vielleicht hübsch sein, wenn sie sich schminken würde. Aber trotzdem hatte sie etwas verdammt Merkwürdiges, mit all diesen Babyfotos an der Wand und ...

Zur Hölle damit, dachte Gordie – warum nicht? Er würde auch mit 'nem Baum bumsen, wenn der ein Astloch hatte, das groß genug war – und sagte: »Ja.« Ein breites Grinsen trat auf sein Gesicht. »Ich glaube schon.«

»Gut.« Mary griff nach der Türkette hinter ihm und legte sie vor, so daß die Wohnung doppelt gesichert war. Gordie roch das Hamburger-Aroma in Marys Haar. Als sie ihn wieder ansah, war ihr Gesicht ganz nah, und ihre Augenfarbe lag irgendwo zwischen Grün und Grau. »Ich mach uns was zum Abendessen, und danach schmeißen wir 'n Trip. Magst du Minestrone mit Schinkenbrot?«

»Klar.« Er zuckte die Achseln. »Mir ist alles recht.« *'n Trip schmeißen,* hatte sie gesagt. Dieser Ausdruck stammte aus grauer Vorzeit. Gordie hatte ihn im Fernsehen gehört, in alten Filmen über die Sechziger, die Hippies und all solchen Scheiß. Er sah zu, wie Mary in die Küche ging, und einen Moment später hörte er sie Wasser in einen Topf füllen.

»Komm rein und unterhalte dich mit mir«, sagte Mary.

Gordie warf einen Blick auf den Türriegel und die Kette. Kannst immer noch gehen, wenn du willst. Dieses Riesenweib zermanscht dich zu weißem Brei, falls du nicht auf-

paßt. Er starrte auf die Lavalampe, die sein Gesic
tönte.

»Gordie?« Marys Stimme war sanft, so als spräche sie
einem Baby.

»Ja, okay. Irgendwelches Bier da?« Er zog seine Lederjack
aus, warf sie auf das karierte Wohnzimmersofa und ging in die Küche, wo Mary Terror bereits Suppe und belegte Brote machte.

3

Augenblick der Wahrheit

»Was ist denn *das* für ein Mist?«

»Was für Mist?«

»Hier. *Verbrennt dieses Buch!* Liest du das momentan?« Doug ging in die Küche, wo Laura gerade die orientalische Rindfleisch-mit-Zwiebeln-Kasserolle in die Mikrowelle schob, lehnte sich an die weiße Anrichteplatte und las vor: »Wie jedes Leiden muß auch die Kreditkartenkrankheit mit Arzneimitteln beseitigt werden. Der erste Löffel Medizin ist ein persönlicher: Nehmen Sie eine Schere und zerschneiden Sie Ihre Karten. Alle. Jetzt sofort. Widerstehen Sie den Einwänden anderer. Der große Bruder *Business* beobachtet Sie, und Sie können diese Gelegenheit nutzen, ihm ins Gesicht zu speien.« Doug runzelte die Stirn und blickte auf. »Soll das hier ein Witz sein, oder ist dieser Treggs Kommunist?«

»Weder noch.« Laura verschloß den Mikrowellenherd und stellte die Zeituhr ein. »In den Sechzigern hat er zu den Aktivisten gehört, und ich glaube, er ist auf der Suche nach einem höheren Anliegen.«

»Schönes Anliegen! Mein Gott, wenn die Leute das wirklich tun würden, dann bräche die Wirtschaft zusammen!«

»Aber die Leute machen doch auch zuviel Gebrauch von ihren Kreditkarten.« Sie ging an Doug vorbei zu der Salatschüssel, die auf der Anrichte stand, und begann, den Salat zu mischen. »Wir auf jeden Fall.«

»Das ganze Land steuert schnurgerade auf eine bargeldlose Gesellschaft zu. Das prophezeien die Soziologen schon seit

Jahren.« Doug blätterte in dem Buch. Er war zwei Jahre älter als Laura – ein großer, schlanker Mann mit sandblondem Haar und braunen Augen, dessen zweifellos hübsches Gesicht erste Anzeichen von Dougs beruflicher Belastung aufwies: erschlaffte Haut und Falten. Er trug eine Schildpattbrille, einen Nadelstreifenanzug, dazu Hosenträger, eine gepunktete Krawatte, von denen sechs verschiedene in seinem Schrank hingen, und einen Diamantring am kleinen Finger. Seine Hemden waren mit Monogrammen bestickt, er besaß einen Füllfederhalter mit Goldspitze, rauchte ab und zu eine *Dunhill-Montecruz*-Zigarre, und im letzten Jahr hatte er damit begonnen, an den Fingernägeln zu kauen.
»Wir machen von unseren Karten nicht mehr Gebrauch als die meisten«, sagte er. »Auf jeden Fall haben wir einen beachtlichen Kredit. Das ist die Hauptsache.«
»Reichst du mir bitte mal den Essig und das Öl?« fragte Laura, und Doug griff nach oben in den Schrank. Sie träufelte beides auf den Salat und mischte ihn dann durch.
»Das ist doch lächerlich!« Doug schüttelte den Kopf und klappte das Büchlein zu. »Wie kommt solcher Mist bloß in Buchform?«
»Es ist aus einem Kleinverlag. In Chattanooga. Ich habe noch nie davon gehört.« Sie spürte, wie das Baby sich bewegte – eine winzige Regung, nur eine Gewichtsverlagerung.
»Du wirst das doch nicht besprechen, oder?«
»Ich weiß nicht. Ich dachte, vielleicht wäre es mal etwas anderes.«
»Was eure Inserenten davon halten, möchte ich sehen! Dieser Typ spricht ja von einem organisierten Boykott gegen Großbanken und Ölkonzerne! ›Ökonomische Umerziehung‹ nennt er das.« Doug schnaubte vor Verachtung. »Na schön. Was anderes: Möchtest du ein Glas Wein zum Essen?«
»Nein, lieber nicht.«

»Na, eines kann dir doch nicht schaden!«

»Nein, wirklich. Aber tu du dir nur keinen Zwang an.«

Doug öffnete den Kühlschrank, nahm eine halbe Flasche *Stag's-Leap*-Chablis heraus, schenkte sich ein Glas damit voll und schwenkte es, bevor er ein Schlückchen trank. Dann holte er die Salatteller aus ihrem Regal. »Na und, wie ging es Carol heute?«

»Prima. Sie hat mich über die neuesten Leiden und Kümmernisse informiert. Das Übliche.«

»Und hast du auch Tim Scanlon getroffen? Er war dort mit einem Kunden zum Essen.«

»Nein, getroffen hab ich niemand. Das heißt ... ach ja, Ann Abernathy hab ich gesehen. Sie war mit jemandem aus ihrem Büro da.«

»Ich wünschte, ich könnte mir zwei Stunden Mittagspause genehmigen!« Seine Rechte schwenkte den Wein unaufhörlich im Glas herum. »Dieses Jahr läuft für uns ganz großartig, aber ich sage dir: Parker muß noch einen Mitarbeiter einstellen. Ich habe, ungelogen, soviel Arbeit bei mir auf dem Tisch, daß ich meine Schreibunterlage bestimmt erst im August wiedersehe.« Doug streckte seine linke Hand aus und legte sie auf Lauras Bauch. »Wie geht's ihm denn?«

»Er tritt. Carol meint, es würde ein guter Footballspieler.«

»Das glaub ich gern!« Seine Finger versuchten die Umrisse des Kindes zu ertasten. »Kannst du dir mich als Footballerpapa vorstellen? Wie ich mit so 'nem kleinen Rangen zu sämtlichen Spielen in der Stadt gehe? Und im Sommer zum Softball. Bei Gott, daß ich mal auf den Zuschauerbänken sitze und einen kleinen Bengel anfeuere, hab ich mir noch nie vorgestellt!« Seine Stirn legte sich unwillig in Falten. »Aber was, wenn er sich aus Sport nun gar nichts macht? Angenommen, er wird so ein Computerdepp? Na, wenigstens verdient er auf die Art wohl mehr Geld. Erfindet 'nen

Computer, der sich selbst mit Information füttert – wie wär's damit?« Sein Stirnrunzeln verschwand, und das Lächeln kam zurück. »Hey, ich glaube, ich hab gespürt, wie er sich bewegt! Du auch?«

»Aus allernächster Nähe«, antwortete Laura und drückte Dougs Hand so fest auf ihren Bauch, daß er fühlen konnte, wie David zuckte.

Sie nahmen ihr Abendessen im Speisezimmer ein, wo man von dem Panoramafenster einen Ausblick auf das briefmarkengroße Stück Wald hinter dem Haus hatte. Laura zündete ein paar Kerzen an, aber Doug sagte, er könne ja gar nicht sehen, was er esse, und machte wieder Licht. Draußen regnete es immer noch, einmal stark, einmal als Sprühregen. Sie unterhielten sich über die Neuigkeiten des Tages, wie schlimm der Verkehr auf den Stadtautobahnen würde und daß der Bauboom früher oder später abflauen müsse. Dann kehrte das Gespräch – wie gewöhnlich – zu Dougs Arbeit zurück, und Laura merkte, daß seine Stimme etwas gepreßter klang. Sie hatte schon einmal einen Urlaub vorgeschlagen. Vorsichtig schnitt sie dieses Thema nun wieder an – ein bißchen Ferien, irgendwann im Herbst –, und Doug versprach, darüber nachzudenken. Sie hatte schon lange begriffen, daß sie nicht mehr für das Heute lebten; sie lebten für ein märchenhaftes Morgen, wenn Doug weniger mit Arbeit belastet, der Druck des Aktienmarkts geringer, ihrer beider Tage konstruktiv, weil entspannt, und ihre Nächte eine Zeit des Zusammenseins wären. Und genauso wußte sie schon seit langem, daß es nie soweit käme. Manchmal hatte sie einen Alptraum, in dem sie beide auf Fließbändern liefen, hinter sich einen zahngespickten Rachen; und wenn sie stehenblieben oder auch nur verlangsamen würden, fielen sie in dieses Drachenmaul. Es war ein schrecklicher Traum, weil er ein Körnchen Wahrheit enthielt. Laura hatte selbst miterlebt, wie Doug im Laufe der Jahre von einer Nachwuchsposition zu einer wirklich verantwortungsvollen Stellung aufgestiegen war. Mittlerweile war er dort unersetzlich. Seine Formulierung: unersetzlich. Die Arbeit, die er mit nach Hause nahm, und die Zeit, die er am Telefon verbrachte, bewiesen das. Früher waren sie an jedem Wochenende gemeinsam zum Abendessen oder im Kino gewesen, waren tanzen gegangen und an Orte wie die Bahamas oder nach Aspen in Urlaub gefahren. Heute hatten sie Glück, wenn sie einmal einen Tag ungestört zu Hause sein konnten, und wenn sie sich noch einen Film ansahen, dann auf Video. Ja, die Gehaltsschecks waren höher, sowohl seiner als auch der ihre, aber wann kamen sie schon dazu, die Früchte dieser Arbeit zu genießen? Laura beobachtete schon lange, wie Doug wegen seiner Sorgen alterte – seinen Sorgen um anderer Leute Brieftasche, seinen Sorgen wegen der Frage, ob sie langfristig genug Geld angelegt hatten, oder darüber, daß die internationale Politik zu einer Abwertung des Dollars führen könne. Er lebte auf einem Drahtseil von schnellen Entscheidungen über einem Meer von Fluktuationen. Seine Karriere beruhte auf dem Wert von Papieren, von Zahlenkolonnen, die sich über Nacht drastisch verändern konnten. Sie beruhte darauf, daß man die richtigen Bekannten hatte und den Pfad durch die vergoldeten Pforten von Atlantas Oberschicht beschritt. Aber Doug und Laura hatten einander verloren – hatten die Menschen verloren, die sie früher einmal gewesen waren, und dieses Bewußtsein tat Laura in der Seele weh. Was wiederum zu Schuldgefühlen führte, weil sie sämtliche materiellen Dinge besaßen, die man sich nur wünschen konnte, während andere Menschen auf den Straßen der Stadt hungerten oder in Pappkartons unter Überführungen hausten.

Laura hatte Carol heute angelogen. Als sie gesagt hatte, sie würde das Kind nicht bekommen, um Doug wieder mehr an sich zu binden. Vielleicht würde dies doch geschehen.

Vielleicht würden sie sich beide entspannen und zu dem zurückfinden, was früher einmal war, zum Wesentlichen. Durch das Baby konnte es zustande kommen. Es konnte zustande kommen, wenn man jemanden hatte, der Teil von einem selbst war.

»Ich hab vor, morgen den Revolver zu kaufen«, sagte Doug unvermittelt.

Der Revolver. Sie diskutierten dieses Thema bereits seit vierzehn Tagen – seit zwei Blocks weiter unten eingebrochen worden war, während die Familie schlief. Die letzten paar Monate war Atlantas Kriminalitätswelle immer näher an Dougs und Lauras Tür geschwappt. Laura wollte zwar keine Schußwaffe im Haus, aber die Einbrüche in Buckhead nahmen ständig zu, und manchmal, wenn Doug außerhalb übernachtete, fühlte sie sich trotz der Alarmanlage erschreckend wehrlos.

»Besser, ich mach jetzt Nägel mit Köpfen, wo das Baby unterwegs ist«, fuhr er fort und stocherte dabei in der Kasserolle herum. »Nichts Großes. Keine Magnum oder so was.« Er setzte ein kurzes, nervöses Lächeln auf, da ihn Schußwaffen beunruhigten. »Vielleicht eine kleine Automatik oder so. Wir könnten sie in einer Nachttischschublade aufbewahren.«

»Ich weiß nicht recht. Ich finde die Vorstellung, daß wir uns eine Kanone zulegen, einfach abscheulich.«

»Ich dachte, vielleicht könnten wir Unterricht in Selbstverteidigung nehmen und uns den Gebrauch von Schußwaffen beibringen lassen. Dann würdest du dich besser fühlen, und ich auch. Die Waffenhändler oder die Polizei bieten, glaub ich, Kurse an.«

»Na, toll!« erwiderte Laura mit leichtem Zynismus. »Dann können wir uns gleich nach der Geburtsvorbereitung für einen Schußwaffenlehrgang anmelden.«

»Ich weiß, es ist dir nicht recht, daß wir einen Revolver im

Haus haben, und mir geht es genauso. Aber wir müssen den Tatsachen ins Auge sehen: Diese Stadt ist ein gefährliches Pflaster. Ob es uns nun paßt oder nicht – wir sollten eine Waffe haben, um David zu beschützen.« Er nickte, und damit war die Sache für ihn erledigt. »Morgen. Morgen ziehe ich los und kaufe ei –«

Das Telefon läutete. Doug hatte den Anrufbeantworter ausgeschaltet, und in seiner Eile, aufzustehen, um an an den Apparat in der Küche zu kommen, warf er seinen Salatteller um, und etwas Sauce spritzte ihm vorn auf seine Nadelstreifenhose. »Hallo? Ja, am Apparat«, meldete er sich, und Laura folgte ihm in die Küche.

»Zieh deine Hose aus!«

»Was?« Doug hielt den Hörer zu. »Ha?«

»Deine Hose. Zieh sie aus. Wenn ich nicht etwas drauftue, zieht das Öl ein.«

»Ist gut.« Er öffnete den Reißverschluß, machte die Hosenträger los und ließ sich die Hose zu Boden gleiten. Er trug Strümpfe mit Rautenmuster zu seinen Halbschuhen im klassischen Stil. »Ich höre«, sagte er zu dem Anrufer. »M-hm. Ja.« Seine Stimme klang gepreßt. Er zog sich zuerst die Schuhe, dann die Hose aus und gab beides Laura, die damit zum Spülbecken ging. Unter dem fließenden kalten Wasser rieb sie an einigen der Ölflecke. Die Sachen müßten in die Reinigung, aber wenn sie ein klein wenig Erste Hilfe leistete, würde das Öl zumindest keinen bleibenden Flecken hinterlassen. *»Heute abend?«* hörte sie Doug ungläubig fragen. »Ausgeschlossen! Der Papierkram ist doch erst nächste Woche fällig!«

O nein, dachte sie. Es war das Büro, ihr ständiger Nebenbuhler. Damit war der gemeinsame Abend zu Hause auch schon wieder gelaufen. Verdammt! Konnten sie Doug nicht wenigstens einmal so lange in Ruhe lassen, daß –

»Ich kann nicht vorbeikommen«, erwiderte er. »Nein. Auf

gar keinen Fall.« Kurze Pause. Dann: »Ich bin grade beim Abendessen, Eric. Gönnen Sie mir eine kleine Verschnaufpause, okay?«
Eric Parker. Dougs Vorgesetzter bei Merrill Lynch. Das war ein schlechtes Zeichen.
»Ja, na schön.« Sie sah, wie er die Schultern hängen ließ. »Na schön. Aber geben Sie mir nur –« Er sah auf die Wanduhr. »Dreißig Minuten. Bis gleich.« Er legte auf, atmete tief aus und wandte sich an Laura. »So, das war Eric.«
Was sollte sie darauf sagen? Doug bekam oft abends Telefonanrufe, die ihn von zu Hause wegholten. Wie die Einbrüche nahm auch dies ständig zu. »Verdammt!« sagte er leise. »Es ist etwas, was noch heute abend erledigt werden muß. Ich versuche, in –« wieder ein kurzer Blick auf seinen Feind, die Uhr – »zwei Stunden zurück zu sein. Höchstens drei.«
Das hieß vier, dachte Laura. Sie sah auf seine Beine hinab. »Dann such dir lieber ein Paar andere Hosen. Um die hier kümmere ich mich.«
Doug ging nach hinten in das große Schlafzimmer, während Laura die ölfleckige Hose in den Waschraum neben der Küche trug. Dort rieb sie etwas Pulver auf die schmutzigen Stellen, steckte die Hose in den Trockner und kehrte zurück ins Speisezimmer, um ihr Abendessen zu beenden. Einen Moment später erschien Doug in khakifarbenen Baumwollhosen, einem hellblauen Hemd und einem grauen Pulli wieder. Er nahm Platz und verschlang seine Kasserolle. »Tut mir leid«, sagte er, während er Laura half, das Geschirr in die Küche zu tragen. »Ich mache so schnell, wie ich kann. Okay?«
»Okay.«
Er küßte sie auf die Wange und legte ihr dabei nochmals seine Hand auf den Bauch. Einen Moment später war er durch die Küchentür, die zur Garage führte, verschwunden.

Laura hörte den Mercedes anspringen und das Garagentor aufgehen. Doug stieß rückwärts hinaus, das Tor schloß sich mit einem dumpfen Schlag, und weg war er.
Laura und David bleiben allein.
»Na schön«, sagte sie und sah zu dem Buch, das Doug auf der Anrichte hatte liegenlassen. Heute abend, beschloß Laura, würde sie es zu Ende lesen und mit dem Hollywoodbuch anfangen. Vorher aber kratzte sie das Geschirr sauber und steckte es in die Spülmaschine. Doug mußte schuften wie ein Tier. Das war ungerecht. Er war ohnehin arbeitswütig, und dieser Druck machte es nur noch schlimmer. Was wohl Marcy, Eric Parkers Frau, dazu sagte, daß ihr Mann an einem verregneten Abend so spät noch arbeitete? Laura fragte sich, zu welcher Zeit das Geld zum Gott geworden war. Nun, Herumnörgeln half auch nichts. Sie ging in die kleine Waschküche und hängte die Hose auf einen Holzbügel. Die Falten lagen nicht genau übereinander, und dieser Schönheitsfehler würde Laura verrückt machen, wenn sie ihn nicht behob. So nahm sie die Hose noch einmal herunter und legte sie neu zusammen.
Da flatterte etwas aus einer Tasche.
Ein grünes Stückchen Papier. Es blieb nicht weit von Lauras linkem Fuß auf dem Linoleum liegen.
Sie sah darauf hinab.
Eine Eintrittskarte. Ein Stück war abgerissen.
Während die Hose halb auf dem Bügel hing, blieb Laura stehen. Eine abgerissene Eintrittskarte. Sie müßte sie aufheben, und das erforderte langsame Bewegungen und ein geschicktes Halten der Balance. Indem sie sich an einer Kante des Wäschetrockners festhielt, beugte sich Laura nach vorn und hob das Kärtchen vom Boden auf. Als sie sich wieder aufrichtete, machten sich ihre Rückenmuskeln schmerzhaft bemerkbar. Sie sagten: *Bis jetzt sind wir nett zu dir gewesen, also übertreib's nicht!*, und Laura wollte die Karte

schon in den Abfall werfen, da zögerte sie. Ihre Hand hielt auf halbem Wege zum Papierkorb inne.
Was war das für eine Eintrittskarte, beziehungsweise wozu? Es stand ein Name darauf: *Canterbury Six*. Mußte wohl ein Kino in einem Einkaufszentrum sein, dachte Laura. Einer von diesen Freizeitkomplexen. Die Karte war neu, das Grün noch nicht verblaßt. Laura schaute die Hose auf dem Bügel an. Sie griff in eine der Taschen – fand nichts außer Baumwollstaub. Dann in die andere. Lauras Hand zog eine Rolle Pfefferminzbonbons hervor, von der nur noch ein Drittel übrig war, einen Fünfdollarschein und eine zweite abgerissene Kinokarte. Darauf stand: *Canterbury Six.*
Laura war noch nie in ihrem Leben im Canterbury Six gewesen. Sie wußte nicht einmal, wo das war.
Die beiden Eintrittskarten in ihrer Hand, ging Laura zurück in die Küche. Der Regen klatschte an die Fenster, ein brutales Geräusch. Sie versuchte sich zu erinnern, wann Doug und sie zuletzt im Kino gewesen waren. Das mußte mindestens zwei Jahre hersein. In den *Hexen von Eastwick*, glaubte sie, und die waren inzwischen ein alter Hut und liefen im Fernsehen. Wie also kamen diese beiden Karten in Dougs Tasche?
Laura öffnete das Telefonbuch und sah unter »Filmtheater« nach. Das Canterbury Six lag in einer Einkaufspassage am anderen Ende der Stadt. Als Laura die Nummer wählte, meldete sich eine automatische Programmansage. Zur Zeit lief eine Mischung aus Teenager-Sexkomödien, Weltraumballereien und »Rambo«-Verschnitten. Laura legte den Hörer wieder auf und starrte regungslos zu der Uhr an der Küchenwand.
Warum hatte Doug ihr nichts davon erzählt, daß er ins Kino gegangen war? Wann hatte er überhaupt *Zeit* dafür? Und – sie wußte, daß sie die eigentliche Frage geflissentlich vermied – mit *wem* war er gegangen?

Sei doch nicht albern, dachte sie. Es gab eine logische Erklärung. Na klar gab es eine. Er war mit einem Klienten ins Kino, auf Geschäftskosten. *Genau.* Aber meilenweit durch die Stadt fahren, um sich ein mieses Filmchen anzusehen? *Stopp,* ermahnte sie sich. Bis hierhin und nicht weiter, sonst wirst du noch verrückt! Da ist doch nichts dabei! Zwei eingerissene Kinokarten. Na und?

Aber ... warum hatte Doug ihr nichts davon erzählt?

Laura stellte den Geschirrspüler ein. Er war noch ziemlich neu und machte kein Geräusch bis auf ein leises, tiefes Hämmern. Dann nahm sie *Verbrennt dieses Buch!* von der Anrichte, um Mark Treggs' Meinungen und Philosophien im Wohnzimmer zu Ende zu lesen. Aber ehe sie sich's versah, stand sie wieder beim Telefon. Biester waren das, diese Telefone. Sie lockten einen und flüsterten Dinge, die besser ungehört blieben. Aber Laura wollte Klarheit wegen der beiden Karten. In Lauras Kopf war jede davon so groß wie ein Mount Everest, und sie sah nur deren abgerissene Ecken vor sich. Sie brauchte diese Klarheit einfach. Ihr Finger wählte die Nummer von Dougs Büro.

Tüüt. Tüüt. Tüüt. Tüüt. Fünfmal. Zehnmal. Und dann, beim vierzehntenmal, ein »Hallo?«.

»Hallo, hier spricht Laura Clayborne. Bitte, ist Doug schon da?«

»Wer?«

»Doug Clayborne. Ist er schon da?«

»Niemand ist da, Ma'am. Außer uns.«

»Mit wem spreche ich?«

»Wilbur«, antwortete der Mann. »Vom Wartungspersonal.«

»Aber wenigstens Mr. Parker muß doch dasein?«

»Wer?«

»Eric Parker.« Ein Flackern von Unmut. »Wissen Sie denn nicht, wer in diesem Büro arbeitet?«

»Es ist niemand da, außer uns, Ma'am. Wir räumen hier grade auf, weiter nichts.«
Das ist doch verrückt, dachte sie. Selbst wenn Doug noch nicht ins Büro gekommen war, mußte doch Eric Parker dasein! Schließlich hatte er ja vom Büro aus telefoniert!
»Wenn Doug Clayborne hereinkommt«, sagte sie, »würden Sie dann bitte dafür sorgen, daß er seine Frau anruft?«
»Ja klar, Ma'am, mach ich«, antwortete der Hauswart, und mit einem Dankeschön hängte Laura ein.
Dann nahm sie Treggs' Buch mit ins Wohnzimmer, legte eine Platte mit Kammermusik von Mozart auf und machte es sich in einem Sessel bequem. Nach zehn Minuten starrte sie immer noch auf dieselbe Seite, als würde sie lesen, in Wahrheit aber ging ihr nur eines durch den Kopf: *Canterbury-Six-Zwei-Eintrittskarten-Doug-müßte-langsam-im-Büro-sein-Warum-hat-er-mich-noch-nicht-angerufen-und-wo-steckt-er?*
Fünf weitere Minuten schlichen vorbei, dann zehn. Eine Ewigkeit. Doug ist etwas zugestoßen, dachte sie. Vielleicht hat er bei dem Regen einen Unfall gehabt! Sie stand auf und fühlte dabei David in ihrem Bauch zucken, als teilte er ihre Angst und Unruhe. Von der Küche aus rief sie noch einmal das Büro an.
Es klingelte und klingelte, aber diesmal meldete sich niemand.
Sinn- und ziellos lief Laura zwischen Küche und Wohnzimmer hin und her. Sie versuchte es noch einmal im Büro und ließ es ewig klingeln, aber keiner nahm ab. Sie sah auf die Uhr. Vielleicht waren Doug und Eric ja ein Glas trinken gegangen. Aber wieso sollten sie das, wenn es soviel zu tun gab? Nun, wenn Doug nach Hause kam, würde er ihr ganz sicher erzählen, was los war.
Genauso, wie er ihr von diesen Eintrittskarten erzählt hatte? Laura blätterte die Seiten ihrer Telefonkartei durch, die mit

Ringen zusammengeheftet war, und fand Eric Parkers Privatnummer.
Morgen, wenn Doug ihr erzählt hatte, daß er und Eric sich außerhalb mit einem Kunden getroffen oder einfach beschlossen hatten, während der Arbeit nicht ans Telefon zu gehen, würde sie sich deswegen sehr dumm vorkommen, würde sich am liebsten in ein Mauseloch verkriechen, weil sie – wenn auch noch so zaghaft – geglaubt hatte, Doug könne ihr nicht die Wahrheit sagen.
Sie fürchtete sich vor dem Anruf. Die kleine nagende Angst stieg auf und packte sie bei der Kehle. Laura ergriff den Telefonhörer, drückte die ersten vier Zahlen und legte dann wieder auf. Sie rief erneut im Büro an; keine Antwort, nachdem sie es mindestens zwanzigmal hatte klingeln lassen.
Der Augenblick der Wahrheit war gekommen.
Laura holte tief Luft und wählte Eric Parkers Privatnummer. Nach dem dritten Läuten meldete sich eine Frauenstimme.
»Hallo?«
»*Hi.* Marcy? Ich bin's, Laura Clayborne.«
»Oh, hallo, Laura. Wie ich höre, ist es ja bald soweit.«
»Ja, das stimmt. Noch zwei Wochen, mehr oder weniger. Unser Kinderzimmer haben wir schon fertig. Man kann also nur noch abwarten.«
»Genießen Sie die Zeit, das sage ich Ihnen. Wenn das Baby erst einmal da ist, wird Ihr Leben nie wieder so sein wie vorher.«
»Genau das hab ich auch gehört.« Laura zögerte; sie mußte weitermachen, aber es war schwer. »Marcy, ich versuche gerade, Doug zu erreichen. Wissen Sie, ob er sich irgendwo mit einem Klienten trifft, oder gehen die bloß nicht ans Telefon?«
Ein paar Sekunden lang kam keine Antwort. Dann: »Tut mir leid, Laura. Ich weiß nicht, was Sie meinen.«

»Eric hat Doug vom Büro aus angerufen. Sie wissen schon. Um irgendwelche Arbeit fertigzumachen.«

»Oh.« Marcy verstummte erneut, und Laura fühlte ihr Herz pochen. »Laura ... äh ... Eric ist heute früh nach Charleston. Er kommt erst am Samstag wieder zurück.«

Laura spürte, wie ihr die Wangen glühten. »Nein, Eric hat Doug doch vom Büro aus angerufen. Vor zirka einer Stunde.«

»Eric ist in Charleston.« Marcy Parker lachte nervös. »Vielleicht war's ja ein Ferngespräch?«

»Vielleicht.« Laura war schwindlig. Der Regen, der auf das Dach fiel, klang wie ein langsamer Trommelwirbel. »Hören Sie ... Marcy, ich ... hätte nicht anrufen ... ich hätte Sie nicht belästigen sollen.«

»Aber das macht doch nichts.« Marcys Stimme klang nervös; Marcy wollte vom Telefon wegkommen. »Ich hoffe, mit Ihrem Baby steht alles zum besten. Ich meine, ich weiß schon, daß es so ist, aber ... Sie wissen ja.«

»Ja. Danke. Passen Sie auf sich auf!«

»Wiederhören, Laura.«

Laura hängte ein.

Sie hörte, daß die Musik zu Ende war.

Während der Regen an den Fenstern herabströmte, nahm sie in ihrem Wohnzimmersessel Platz, und ihre Hand umschloß die zwei grünen Karten, als wolle sie sie nicht wieder loslassen – Karten zu einem Kino, in dem Laura noch nie gewesen war. Ihre andere Hand ruhte auf ihrem Bauch und fand Davids Wärme. Lauras Gehirn fühlte sich an, als wäre es voller Dornen, und machte das Denken zu etwas Schmerzhaftem. Doug war ans Telefon gegangen und hatte mit jemandem gesprochen, den er Eric nannte. Er war ins Büro, um zu arbeiten. Oder nicht? Und wenn nicht, wohin war er dann gefahren? Lauras Hand fühlte sich feucht an. Mit wem war Doug zusammen, wenn sich Eric in Charleston aufhielt?

Laura machte ihre Augen zu und lauschte dem Regen. Eine Sirene in der Ferne wurde immer lauter und verklang dann. Laura war sechsunddreißig Jahre alt, sie stand zwei Wochen vor ihrer ersten Niederkunft, und sie merkte, daß sie viel zu lange ein Kind geblieben war. Früher oder später würde einen die Welt kaputtmachen, würde nur Tränen und Selbstvorwürfe von einem übriglassen. Früher oder später würde die Welt siegen.

Sie war ein übler, schmutziger Ort, wenn man ein Kind hineinsetzen wollte, aber es gab keinen anderen. Lauras Augen waren feucht. Doug hatte sie belogen. Hatte direkt vor ihr gestanden und ihr ins Gesicht gelogen. Der Teufel sollte ihn holen! Sie trug ihrer beider Kind im Bauch, und er tat etwas hinter ihrem Rücken! Ihre Wut nahm zu, fiel zu Trauer zusammen, sammelte sich dann erneut. Zum Teufel mit ihm, dachte Laura. Zum Teufel mit ihm! Ich bin nicht auf ihn angewiesen! Ich kann auf alles hier verzichten!

Sie stand auf. Holte Regenmantel und Handtasche. Ging mit grimmigem Gesicht in die Garage hinaus, stieg in den BMW und fuhr in die Dunkelheit, um einen Ort mit Menschen, Lärm und Leben zu finden.

4

Mr. Mojos Erwachen

Sie schmeckte ihn in ihrem Mund wie Bittermandelaroma.

Beim erstenmal hatte sie es gewollt, weil es ihr fehlte. Beim zweitenmal, um dadurch vielleicht einen besseren Preis für das LSD herauszuschlagen. Jetzt stand sie in ihrem Bad, ihr Haar hing ihr feucht über die Schultern, und sie putzte sich die Zähne. Ihr Blick folgte dem Narbengeflecht auf ihrem Bauch bis zu dem dicken, schlecht verheilten Gewebe zwischen ihren Schenkeln. *Freakig,* hatte Gordie gesagt. *Sieht aus wie 'ne verdammte Straßenkarte, stimmt's?* Sie hatte auf eine Reaktion von ihm gewartet, sich innerlich darauf gefaßt gemacht, während sie ihre Kleider auszog. Hätte er gelacht oder irgendwelchen Ekel gezeigt – sie wußte nicht, was sie dann getan hätte. Sie brauchte ihn wegen dem, was er ihr brachte, aber manchmal stieg ihre Wut so schnell auf wie eine Kobra, und sie wäre imstande gewesen, ihm, ehe er sich's versah, zwei Finger in die Augen zu stoßen, während sie ihm mit ihrer anderen Hand das Genick brach. Den Schaum der Zahnpasta vor ihrem Mund, betrachtete sie ihr Gesicht im Spiegel. Ihre Augen waren düster; sie bargen die Zukunft.

»Hey, Ginger!« rief Gordie aus dem Schlafzimmer. »Probieren wir jetzt das Zeug?«

Mary spuckte den Schaum in das Waschbecken. »Bist du denn nicht mit deiner Freundin verabredet?«

»Ooch, die kann warten. Wird ihr schon nicht weh tun. Bin doch ganz gut gewesen, was?«

»Toppspitze«, antwortete Mary, spülte sich den Mund aus und spuckte noch einmal in das Waschbecken. Dann kehrte sie ins Schlafzimmer zurück, wo Gordie halb unter der zerknüllten Bettdecke lag und eine Zigarette rauchte.
»Woher hast du diese Ausdrücke?« fragte er.
»Was für Ausdrücke?«
»Du weißt schon. So was wie ›Toppspitze‹. Diesen Hippie-Jargon.«
»Wahrscheinlich, weil ich früher mal ein Hippie war.« Mary ging durch das Zimmer zur Kommode, und Gordies schimmernde Augen folgten ihr durch den blauen Zigarettendunst. Oben auf der Kommode lagen die Mondgesichter mit dem LSD, und Mary schnitt mit einer kleinen Schere zwei davon ab. Dabei konnte sie spüren, wie Gordie sie beobachtete.
»Echt? Du warst früher mal 'n Hippie? So mit Liebesperlen und allem?«
»Mit Liebesperlen und allem«, bestätigte sie. »Lang, lang ist's her.«
»In grauer Vorzeit. Nichts für ungut.« Er blies Rauchringe in die Luft und sah zu, wie dieses große Weib zur Stereoanlage ging. Die Art, wie es sich bewegte, erinnerte ihn an etwas. Dann fiel es ihm ein: eine Löwin aus einer dieser Fernsehdokumentationen über Afrika – lautlos und tödlich.
»Hast du mal Sport getrieben, als du noch jünger warst?« fragte er unschuldig.
Sie lächelte schwach, während sie eine Doors-Platte auflegte und den Einschaltknopf drückte. »In der High-School. Ich war Wettläuferin und in der Schwimmannschaft. Sind dir die Doors irgendwie ein Begriff?«
»Die Gruppe? Klar. Die hatten doch 'n paar Hits, oder?«
»Ihr Sänger hieß Jim Morrison«, fuhr Mary fort, ohne Gordies Geschwätz zu beachten. »Er war damals Gott.«
»Er ist doch tot, oder?« fragte Gordie. »Verdammt, hast du 'n geilen Arsch!«

Mary setzte die Nadel auf. Die ersten abgehackten Trommelschläge von *Five to One* ertönten, und langsam flossen die rauhen Klänge der Band ein. Dann knurrte Jim Morrisons Stimme voll Biß und Bedrohlichkeit aus den Lautsprechern: *Five to one, baby/One in five/No one here gets out alive/You get yours, baby/I'll get mine ...*
Die Stimme weckte eine Flut von Erinnerungen in Mary. Sie hatte die Doors viele Male live erlebt und Jim Morrison einmal sogar ganz aus der Nähe gesehen, als er in einen Club am Hollywood Boulevard ging. Sie hatte ihre Hand durch das Gedränge gestreckt, ihn an der Schulter berührt, und die Hitze seiner Energie lief ihr wie ein Stromschlag den Arm hinauf, jagte ihren Verstand wie eine Bombe in das Reich goldener Herrlichkeit. Er hatte sich ganz kurz zu ihr umgeschaut; einen flüchtigen Moment lang begegneten sich ihre Blicke, und sie hatte seine Seele gespürt – einen schönen, in einen Käfig eingesperrten Schmetterling, der sie anflehte, ihr zuschrie, daß sie ihn befreien solle, aber da war ein anderer Arm gekommen, und Jim Morrison wurde in das Meer von Körpern gezerrt.
»Das hat 'n guten Rhythmus«, sagte Gordie.
Mary Terror drehte die Musik noch eine Spur lauter und ging dann mit dem LSD zu Gordie, um ihm eines der gelben Mondgesichter zu geben. »Allll*right!*« sagte er, während er seine Zigarette in einem Aschenbecher neben dem Bett ausdrückte. Mary begann, das Papier abzulecken, und Gordie machte es ihr nach. Innerhalb von Sekunden waren die lächelnden Gesichter verschmiert und ihre schwarzen Augen verschwunden. Dann nahm Mary in Lotosstellung – mit untergeschlagenen Beinen und ihre Handgelenke auf die Knie gelegt – im Bett Platz, schloß ihre Augen, während sie der Stimme Gottes lauschte und wartete, daß die Droge zu wirken begann. Die Haut auf ihrem Bauch zitterte; Gordie strich mit seinem Zeigefinger über ihre Narben.

»Du hast mir noch gar nicht gesagt, woher die alle kommen. Hattest du mal 'n Unfall?«
»Stimmt.«
»Was'n für einen?«
Kleiner Junge, dachte sie, du weißt ja gar nicht, wie nahe du dich am Abgrund bewegst.
»Muß ja was ganz schön Schlimmes gewesen sein.« Er ließ nicht locker.
»Autounglück. Totalschaden«, log sie. »Wurde von Glas und Metall zerschnitten.« Soviel stimmte.
»*Wow!* Schwerverletzung! Hast du deshalb auch keine Kinder?«
Sie schlug ihre Augen auf. Gordies Mund saß auf dessen Stirn, und Gordies Augen waren blutrot. Ihr Blick verschwamm erneut; ihre Lider fielen wieder zu. »Was meinst du damit?«
»Hab's mich nur gefragt; wegen den Babyfotos. Dachte ... du müßtest doch 'n Kindertick haben. Aber kriegen kannst du welche? Ich meine ... dieser Unfall ... der hat dich doch nicht völlig kaputtgemacht?«
Marys Augen öffneten sich wieder. Gordie wuchs ein zweiter Kopf aus der linken Schulter – eine warzige Masse, der gerade eine Nase und ein Kinn entsprossen. »Du stellst zu viele Fragen«, antwortete sie und hörte ihre Stimme widerhallen wie in einem bodenlosen Abgrund.
»Mann!« Unvermittelt riß Gordie seine purpurroten Augen auf. »Meine Hand wird ja immer länger! Jesus, sieh dir das an!« Er lachte – ein rasselnder Trommelklang, der sich mit der Musik der Doors vermischte. »Meine Hand füllt ja langsam dieses ganze verdammte Zimmer aus!« Er wackelte mit den Fingern. »Schau! Ich stoß schon an die Wand!«
Mary beobachtete, wie der Kopf auf Gordies Schulter Gestalt annahm. Seine Züge waren noch nicht erkennbar, aber die Fleischmasse begann, Hautschnüre auszusenden, die sich

um Gordies anderes Gesicht schlangen. Während dieses zu verschrumpeln begann, riß sich das neue Gesicht los und rutschte über die Schulter, um sich mit einem Schmatzgeräusch auf Gordies Schädel festzusaugen.

»Meine Arme wachsen!« sagte Gordie. »Mann, die werden ja drei Meter lang!«

Die Luft war erfüllt von den Klängen, die aus den Lautsprechern wirbelten wie Gold- und Silberflitter. Gleichzeitig nahm das neue Gesicht auf Gordies Schädel deutlichere Konturen an, und eine braune Haarmähne barst aus der Kopfhaut, um in wallenden Strähnen über die Schultern zu fallen. Scharfe Wangenknochen und der Mund eines Schweinehunds, mit grausamen, aufgeworfenen Lippen, drückten sich aus dem Fleisch. Unter finsteren Brauen traten zwei dunkle Augen hervor.

Mary hielt die Luft an. Es war das Antlitz Gottes, und es sprach: *»You get yours, baby. I'll get mine.«*

Jimmy Morrisons Gesicht saß auf Gordies Körper. Sie wußte nicht, wo Gordie war, und es war ihr auch egal. Sie zog sich zu ihm hinüber, ihre Lippen streckten sich nach dem Schmollmund, der seit Urzeiten die Wahrheit sagte, sie hörte ihn *»Wow«* flüstern, und dann trafen beide Lippenpaare aufeinander.

Sie fühlte ihn in ihren Körper, ihre Seele gleiten. Die Wände des Raumes waren naß und rot, und sie pulsierten unter den Trommelschlägen der Musik. Als er tiefer in sie eindrang, machte sie ihren Mund auf, und heraus schoß ein langes silbernes Band, das immer höher flatterte. Die Luft vibrierte. Mary fühlte die Töne der Musik in ihr Fleisch stechen, und seine Hände waren auf ihr, schmolzen sich in ihre Haut wie heiße Eisen. Als sie mit ihren Fingern an jeder seiner Rippen entlangstrich, kam seine Zunge wie ein Rammbock aus seinem Gesicht heraus, sprengte ihr den Gaumen und leckte ihr am Gehirn.

Seine Kraft riß sie mittendurch, ließ sie in ihre Atome explodieren. Er wühlte sich in sie hinein, als wolle er sich in ihrem narbenbedeckten Bauch zusammenrollen, und dann sah sie wieder sein Gesicht, inmitten eines flammenden Universums aus Rot und Gelb. Es zerschmolz, veränderte sich, bildete sich neu. Die braune Lockenmähne wurde durch langes, sandblondes Haar ersetzt, und zwei grausam blitzende Augen, blau mit grünem Rand, stießen die von Gott aus ihren Höhlen. Die Nase verlängerte sich, das Kinn wurde spitzer, wie eine Lanze. Ein blonder Bart brach aus den Wangen. Er ging in einen Schnauzbart über, und der Mund sprach mit atemlosen Verlangen: »Ich will dich. Ich will dich. Ich will dich.«
Er war es. Nach so langer Zeit. Lord Jack, hier bei ihr, wo er hingehörte.
Sie fühlte, wie ihr Herz pochte, sich krümmte und zusammenzog, daß es von seinen roten Wurzeln loszureißen drohte. Lord Jacks schönes Gesicht war über ihr, seine Augen strahlten wie die Sonne auf einem Tropenmeer, und als sie ihn küßte, hörte sie den Speichel in ihrer beider Mündern zischen wie Öl auf einem heißen Grill. Immer mehr füllte er sie aus, machte, daß sich ihr Bauch nach oben wölbte, und sie klammerte sich an ihn, während Gott weiter für sie sang. Dann war sie über ihm, ergriff Lord Jacks hartes Fleisch. Die Adern darin wanden sich wie Würmer unter bleicher Erde, und Marys Mund traf auf Samt. Sie umfaßte Lord Jack, nahm in tief in sich auf und ließ nicht mehr locker, während er unter ihr stöhnte wie ferner Donner. Er wand sich, zuckte und stieß und krampfte sich dann zusammen. Sie wich zurück. Feuchtigkeitsperlen zitterten auf den harten, flachen Ringen seines Bauches, und sie sah zu, wie er in die silberdurchzogene Luft explodierte.
Er stieß Babys aus: winzige, makellose Babys, zusammengerollt und rosa. Zu Hunderten. Sie schwebten in der Luft

wie die zerbrechlichen Kapseln einer Wunderblume, und Mary versuchte sie zu fangen; sie *mußte* sie fangen – es war lebenswichtig! Als sie jedoch danach griff, zerschmolzen sie ihr zwischen den Fingern – glitzerten einen Moment lang darauf und rannen ihr dann über die Handfläche. Wenn sie nicht wenigstens eines von ihnen festhielt, würde Lord Jack sie, Mary, nicht mehr lieben. Noch während sie aber wie rasend versuchte, dieses eine zu retten, sah sie Lord Jacks hartes Fleisch zusammenschrumpfen, und der Anblick machte ihr angst – tiefe Angst. »Ich werde eines retten!« sagte sie mit einer Stimme, die ihr in den Ohren dröhnte. »Ich schwöre es, ich werde eines retten! Okay? Okay?«

Lord Jack gab keine Antwort. Er lag auf dem Rücken, unter sich eine Fläche von gepeinigtem Weiß, und sie konnte seine schmächtige Brust sich heben und senken sehen wie einen Blasebalg.

Sie betrachtete ihre Hände. Es hing Blut daran: dick und dunkelrot.

Dann plötzlich verspürte sie einen stechenden Schmerz und sah auf ihren Bauch: Die Narben platzten auseinander, und etwas Scheußliches, Rötlich-Schwarzes quoll hervor.

Das Blut floß ihr in Strömen aus dem Leib. Es überflutete das kahle Laken, und sie hörte ihre Stimme ein gellendes NEIN! schreien. Lord Jack versuchte, sich aufzusetzen. Ihr Blick fiel auf sein Gesicht, aber – es war nicht mehr er. Nicht Lord Jack, sondern ein bleicher Fremder. »NEIN! NEIN!« kreischte Mary, und mit einem keuchenden, ächzenden Geräusch fiel der Fremde wieder nach hinten. Mary sah sich um. Die roten Wände zitterten, und die Musik peitschte ihr um die Ohren. Sie erblickte eine offene Tür und dahinter eine Toilette. Das Bad, dachte sie, während ihr Geist in die Realität zurückkehrte. Schlechter Trip! Ganz schlechter Trip!

Sie rappelte sich auf, und Blut strömte aus den weiter werdenden Rissen in ihrem Bauch. Als sie mit weichen Beinen Richtung Bad torkelte, stolperte sie über ein Laken, das sich um ihren Fuß verheddert hatte, und fiel. Der Aufprall ließ die Plattennadel hüpfen. Mary kam nicht mehr hoch, aber sie biß die Zähne zusammen und kroch in einem Meer von Blut zu der Badezimmertür.

Während sie über die Fliesen rutschte, fühlte sie den Wahnsinn in ihrem Gehirn schlagen wie Rabenflügel. Mit purpurroten Fingern umklammerte sie den Rand der Badewanne und zog sich darüber. Dann riß und drehte sie am Wasserhahn; der Duschkopf explodierte und durchbohrte ihre Haut mit kalten Wassernadeln. Sie kauerte sich darunter, zitterte und zuckte am ganzen Leib und klapperte mit den Zähnen, während das Blut den Abfluß hinunterlief, immer den Abfluß hinunterlief, lief und lief ...

Schlechter Trip, dachte sie. Oh ... saumäßig schlechter Trip ...

Mary Terror legte sich ihre Hände auf die Ohren. Sie waren schon wieder zugeklappt. Jetzt war das abfließende Wasser nicht mehr rot. Blumen wuchsen aus den Wänden der Dusche, aber sie waren weiß und von einer dünnen Eisschicht bedeckt. Mary zog ihre Knie unters Kinn und zitterte in der empfindlichen Kälte. Sekundenlang wirbelten dunkle, fledermausähnliche Dinger in der Duschkabine herum; dann gerieten sie unter den Wasserstrahl und wurden ebenfalls in den Abfluß gespült. Mary hielt ihr Gesicht in das strömende Naß. Es floß ihr in die Augen, in den Mund und durch die Haare.

Dann drehte sie den Wasserhahn zu und setzte sich in die Wanne. Ihre Zähne klapperten wie Würfel. Mir geht's gut, sagte sie zu sich selbst. Komm jetzt langsam wieder runter von dem Trip. Mir geht's gut. Die Blumen an den Wänden verwelkten und flatterten nach einer Weile in die Wanne ringsum, wo sie zerplatzten wie Seifenblasen. Mary machte die Augen zu und dachte an ihr neues Baby, das im Schrank auf seine Geburt wartete. Wie sollte sie den Jungen nennen? Jack, beschloß sie. Nach Gott und seiner Gruppe hatte es viele Jacks, Jims, Robbys, Rays und Johns gegeben. Aber dieser wäre der beste Jack von allen und würde genauso aussehen wie sein Herr Papa.

Schließlich brachte sie es fertig aufzustehen. Immer noch ein bißchen schwankend. Augenblick noch! Sie stieg aus der Wanne, zog ein Handtuch vom Halter und trocknete sich ab. Kleine verschnörkelte Dinger krümmten sich an den Wänden des Badezimmers wie mit Leuchtfarben besprühte Amöben. Aber trotzdem wurde sie allmählich wieder klar. Auf wackeligen Beinen tastete sie sich ins Schlafzimmer. Die Musik hatte aufgehört, und die Nadel kratzte auf dem Schallplattenetikett. Wer war das dort im Bett? Er hatte alle viere von sich gestreckt, und sie kannte seinen Namen, aber er wollte ihr nicht einfallen. Irgendwas mit G. Ach ja: Gordie! Ihr Gehirn war wie ausgebrannt, immer wieder spürte sie ein schwaches Zittern in den Nerven und Muskeln ihres Gesichts, und sie hatte einen beschissenen Geschmack im Mund. Ihre Hände klammerten sich an die Wand, und ihre Knie drohten immer noch nachzugeben, während sie Richtung Küche ging, aber sie schaffte es.

In der Küche verdunkelten sich die Ränder ihres Gesichtsfelds, als würde sie in einen Tunnel spähen. Sie öffnete das Gefrierfach, rieb sich Gesicht und Augen mit Eiswürfeln ab, und langsam wurde ihr Blick wieder klar. Dann holte sie eine Dose Bier aus dem Kühlschrank, machte sie auf und nahm einen langen, tiefen Zug. Ein paar Sekunden lang spielten blaue und rote Zickzackblitze um sie herum, als stünde sie inmitten einer Laser-Show. Dann trank Mary ihr Bier aus und stellte die Dose beiseite. Sie betastete die Narben auf ihrem Bauch. Immer noch fest zugenäht, aber verdammt, eine Höllenangst hatte ihr das gemacht. Es war ihr schon ein paarmal passiert, bei anderen schlechten Trips, und immer erschien es so real, selbst wenn sie es besser wußte. Sie vermißte ihr Baby. Zeit, daß man Gordie los wurde. Dann könnte sie niederkommen.

Das ROLLING-STONE-Magazin mit den Bangles auf dem Umschlag lag immer noch am Küchentisch, wo sie es hatte liegenlassen. Sie holte die letzte Dose Bier aus dem Kühlschrank und nahm sich das Heft vor. Ihr Mund war staubtrocken. Aus Gewohnheit blätterte Mary zum Kleinanzeigenteil am Ende des Magazins und sah nach, was angeboten wurde: *Bon-Jovi*-T-Shirts, Sonnenbrillen Modell »Wayfarer«, *Spuds-MacKenzie*-Poster, *Max-Headroom*-Masken et cetera. Dann sprang ihr Blick auf die Privatannoncen über.

Robert Palmer, wir lieben Dich. Linda und Terri, Deine größten Verehrerinnen.

Suche Mitfahrgelegenheit am 9. 2. von Amherst MA. nach Ft. Lauderdale FL. Kostenbeteiligung. Telefon 413-555-1292. Bitte nach 18 Uhr. Greg.

Hi, Chowderhead!

Foxy Denise, bitte melden! Haben uns am 28. 12. beim Metallica-Konzert kennengelernt. Was ist aus dir geworden? Joey, Postfach 101B, Newport Beach, CA.

Lang leben die Rough Riders! Seht ihr? Wir haben ja gesagt, wir tun's!

Herzlichen Glückwunsch zum Geburtstag, Liza! Ich liebe Dich!

Mr. Mojo ist erwacht. Die Lady weint –

Marys Blick stockte. Den Mund voller Bier, spürte sie, wie sich ihr die Kehle zuschnürte. Das Schlucken war eine Kraftanstrengung. Dann wanderte ihr Blick noch einmal an den Anfang des Inserats.

Mr. Mojo ist erwacht. Die Lady weint noch immer. Erinnert sich irgendwer? Treffpunkt ebendort. 18. 2., 1400.

Sie starrte auf die letzten vier Ziffern. Vierzehnhundert. Das war eine militärische Zeitangabe. Zwei Uhr nachmittags am achtzehnten Februar. Sie las die Botschaft ein zweites, dann ein drittes Mal. »Mr. Mojo«. Das war eine Anspielung auf Jim Morrison, aus seinem Lied »L. A. Woman«. Und die weinende Lady war –

Es mußte einfach so sein. Es mußte.

Vielleicht war sie nach ihrem Trip ja immer noch nicht ganz klar, dachte Mary. Darum ging sie zum Kühlschrank, holte sich eine Handvoll Eiswürfel heraus und rieb sich das Gesicht noch einmal ab. Sie zitterte nicht nur vor Kälte, als sie wieder in die Zeitschrift sah. Die Botschaft war unverändert. Mr. Mojo. Die weinende Lady. Erinnert sich irgend –

»Ich erinnere mich«, flüsterte Mary Terror.

Als Gordie die Augen aufschlug, stand ein mächtiger Schatten vor ihm. »Was'n los?« fragte der Junge mit trockenem Mund.

»Raus hier.«

»Ha? Ich versuch doch grad, zu –«

»Raus!«

Er blinzelte. Ginger stand neben dem Bett und starrte auf ihn hinab. Sie war nackt, ein Fleischberg. Fette Hängetitten, dachte Gordie und lächelte. Den Kopf immer noch voller Blumen, griff er nach einer dieser Brüste, aber Gingers Hand packte die seine und hielt sie fest wie einen Vogel, der in eine Falle geflogen war.

»Ich möchte, daß du verschwindest«, sagte die Frau. »Auf der Stelle.«

»Wieviel Uhr is'n? Baah, mir dreht sich alles!«

»Gleich halb elf. Los, Gordie, steh auf! Ich meine es ernst, Mann.«

»Hey, was soll'n die Hetzerei?« Er versuchte, seine Hand loszureißen, aber der Griff der Frau verstärkte sich. Ihre Kraft machte ihm allmählich angst. »Willst du mir die Hand brechen oder was?«

Sie ließ los und wich einen Schritt zurück. Manchmal ging ihre Stärke mit ihr durch, und das hier war nicht der richtige Zeitpunkt. »Tut mir leid«, sagte sie. »Aber du mußt jetzt gehen. Ich schlaf ungern zu zweit.«

»Meine Augen fühlen sich an wie Spiegeleier.« Gordie drückte sich seine Handflächen darauf und rieb. Sterne und Feuerräder explodierten in der Dunkelheit. »Mann, dieses Scheißzeug hat's aber in sich, was?«

»Hab schon stärkeres erlebt.« Mary hob Gordies Kleider vom Boden auf und warf sie neben ihn aufs Bett. »Zieh dich an! Los, Bewegung!«

Gordie grinste ihr ins Gesicht. Seine Lippen waren schlaff, seine Augen gerötet. »Bist du mal bei der Armee gewesen oder so?«

»Oder so«, antwortete sie. »Schlaf nicht wieder ein.« Sie wartete mit dem Anziehen ihres Bademantels, bis Gordie sich mühsam sein Hemd übergestreift und begonnen hatte, es zuzuknöpfen. Dann ging sie in die Küche zurück. Ihre Augen starrten die Botschaft noch einmal an, und das Herz klopfte ihr in der Brust. Das konnte nur einer von der Sturmfront geschrieben haben. Nur der innerste Kern der Sturmfront wußte über die weinende Lady Bescheid: zehn Leute, von denen fünf durch die Bullen liquidiert, einer bei einem Krawall in Attica getötet und die anderen drei – wie Mary selbst – heimatlos geworden waren, Flüchtlinge. Ihre Namen und Gesichter zogen durch Marys Erinnerung, während sie die Worte auf dem Papier anstarrte, als blickte sie durch ein Schlüsselloch in die Vergangenheit: Bedelia Morse, Gary Leister, CinCin Omara, James Xavier Toombs, Akitta Washington, Janette Snowden, Sancho Clemenza, Edward Fordyce und »der Befehlshaber«, Jack Gardiner, »Lord Jack«. Sie wußte, wer durch Polizeipatronen ums Leben gekommen und wer ihrer aller Überzeugungen nach auch im Untergrund treu geblieben war. Aber von wem stammte diese Botschaft? Mary machte eine Schublade auf und fummelte darin nach einem Kalender, den ein Möbelhändler ihr als Werbegeschenk zugeschickt hatte. Da war er. Die Tage bildeten eine Reihe von weißen Rechtecken. Heute war der dreiundzwanzigste Januar. Einunddreißig Tage in diesem Monat. Vor acht Tagen. *Treffpunkt ebendort. 18. 2., 1400.* Sie konnte nicht richtig nachrechnen; das LSD und ihre eigene Erregung machten sie völlig wirr im Kopf. Ruhig! Immer schön ruhig! Ihre Hände waren feucht und glitschig. Noch sechsundzwanzig Tage bis zu dem Treffen. Sechsundzwanzig. Sechsundzwanzig. Sie wiederholte es laut – betete es sich vor wie eine Formel, mit der sie sich selbst beruhigen konnte, aber eine, die auch voller gefährlicher Möglichkeiten war. Es konnte Jack selbst sein, der da die letzten Überreste der Sturmfront wieder zusammenrief. In ihrem Geiste sah Mary ihn vor sich: sein blondes, im Wind peitschendes Haar, seine von gerechtem Zorn flammenden Augen, seine Hände, von denen jede einen Molotowcocktail hielt, und einen Revolvergürtel um seine Taille. Möglich, daß Jack selbst nach ihr rief. Rief, rief ...

Sie würde antworten. Sie wäre durch die Hölle gegangen, nur um ihm die Hände zu küssen, und nichts würde sie daran hindern, seinen Aufruf zu beantworten.

Sie liebte ihn. Er war ihr Herzblut, und man hatte es ihr gnadenlos geraubt wie das Baby, das sie für ihn im Leibe trug. Er war ihr Herzblut, ohne das sie einer leeren Hülle glich.

»Ey, was schreibt'n das STONE so?« Eine Hand griff an ihr vorbei und schnappte sich die Zeitschrift vom Küchentisch.

Mary Terror wirbelte zu Gordie herum. Sie fühlte es aus sich herausplatzen wie brodelndes Magma aus einem Vulkan. Sie wußte, was es war – lebte scheinbar schon ihr ganzes Leben damit. Sie hatte es geliebt, genährt, umfangen und ihrerseits all ihre Kraft daraus bezogen, und sein Name war Wut. Noch ehe sie sich wieder beherrschen konnte, hatte sie Gordie eine Hand um seinen langen, dünnen Hals gelegt, hatte ihn dabei so fest gegen die Wand geschmettert, daß einige Bilder der kostbaren Kleinen klappernd zu Boden fielen, und drückte ihm einen Daumen in die Luftröhre.

»Gaaak«, sagte Gordie, während er rot anlief und seine Augen langsam hervortraten. »Jesus-gaak-laß-mich-gaaak ...«

Sie wollte ihn nicht umbringen. Sie brauchte ihn für das, was vor ihr lag. Vor zehn Minuten noch war sie ein Wurm gewesen, im Kopf erhellt von der Leuchtkraft des LSD. Jetzt war der andere Teil in ihr, der nach dem Geruch von Blut und Schießpulver gierte, erwacht und starrte mit schweren grauen Augen in die Außenwelt. Aber sie brauchte diesen jungen Mann wegen dem, was er ihr bringen konnte. Darum nahm sie ihm das STONE aus der Hand, ließ seinen Hals los, und ein großer roter Flecken blieb auf seiner bleichen Haut zurück. Gordie hustete und röchelte ein paar Sekunden lang, während er aus der Küche zurückwich. Er war vollständig angezogen bis auf seine Schuhe, und hinten hing sein Hemd aus der Hose heraus. Als er seine Stimme wiederfand, brüllte er: »Du bist ja bekloppt! 'ne gottverdammte Irre bist du! Willst du mich vielleicht umbringen, du Aas?«

»Nein.« Das wäre ein Kinderspiel gewesen, dachte sie und fühlte den Schweiß in ihren Poren. Ja, sie war sehr nahe an den Abgrund gegangen. »Es tut mir leid, Gordie. Ehrlich. Ich hab nicht vorgehabt –«

»Du hätt'st mich fast erwürgt, Lady! Scheiße!« Er hustete erneut und rieb sich die Kehle. »Macht es dir vielleicht Spaß, die Leute rumzuschubsen? Ist das dein Hobby?«

»Ich war grade beim Lesen«, sagte sie und riß die Seite

heraus. Den Rest der Zeitschrift gab sie ihm. »Da. Das darfst du behalten. Okay?«
Gordie zögerte, als hätte er Angst, sie könne ihm den Arm abbeißen, wenn er danach griff. Dann nahm er das Heft und sagte mit heiserer Stimme: »Okay. Mann, du hast mir deinen Daumen ja fast durch die verdammte Kehle gebohrt!«
»Tut mir leid.« Noch einmal würde sie sich nicht entschuldigen, aber sie brachte ein kühles Lächeln zustande. »Wir sind doch immer noch Freunde, ja?«
»Ja.« Er nickte. »Scheiß drauf! Immer noch Freunde.«
Gordie hatte soviel Verstand wie ein Motorblock, dachte Mary. Aber ihr sollte es recht sein; dann würde er auch anspringen, wenn sie den Zündschlüssel umdrehte. An der Wohnungstür sah sie ihm in die Augen und sagte: »Ich würde dich gerne wiedersehen, Gordie.«
»Klar. Wenn du wieder 'n paar Gramm haben willst – Anruf genügt!«
»Nein.« Sie sprach mit vieldeutigem Ton und zog das Wort in die Länge. »Das meine ich nicht. Es würde mich freuen, wenn du mal wieder vorbeikommst und ein bißchen hierbleibst.«
»Oh. Äh ... schon, aber ... meine Freundin ...«
»Die kannst du ja auch mitbringen«, sagte Mary und sah das schmierige Leuchten in Gordies Augen.
»Ich ... äh ... ich ruf dich wieder an.« Und damit ging Gordie zu seinem Mazda, der draußen in dem scheußlichen Nieselregen stand, stieg ein und fuhr davon. Als das Auto außer Sicht war, schloß Mary die Tür zu und atmete einmal tief durch. Dann zündete sie einen Räucherkegel mit Erdbeerduft an, stellte ihn in den dafür vorgesehenen Halter und verharrte regungslos, während die blauen Rauchspiralen vor ihrem Gesicht aufstiegen. Sie machte die Augen zu und dachte an Lord Jack, die Sturmfront, die Botschaft im Rol-

LING STONE und den achtzehnten Februar – dachte an Gewehre und blau uniformierte Bullen, an Blutlachen und Flammenwände, dachte an die Vergangenheit und daran, wie diese sich gleich einem trägen Strom durch die Gegenwart in die Zukunft wand.
Mary würde den Aufruf beantworten. Sie würde dort sein, bei der weinenden Lady, am festgesetzten Tag, zur festgesetzten Stunde. Es gab viele Pläne zu schmieden, viele Brükken hinter sich abzubrechen. Gordie würde ihr dabei helfen, alles Nötige zu beschaffen. Den Rest würde sie mit Instinkt und Schlauheit erledigen. Sie ging in die Küche, holte sich einen Stift aus einer Schublade und machte ein Kreuz neben das achtzehnte Rechteck im Februar – einen Leitstern, der ihr Ziel markierte.
Mary weinte vor lauter Glück.
Im Schlafzimmer legte sie sich auf das Bett, stopfte sich ein paar Kissen unter den Rücken und spreizte die Beine. »Pressen!« sagte sie zu sich selbst, und ihr Atem verwandelte sich in ein rauhes Stöhnen. »Pressen! Preß!« Sie drückte mit beiden Händen auf ihren vernarbten Bauch. »Los, preß schon!« Sie gab sich alle Mühe, und ihr Gesicht war zu einer Maske qualvoller Konzentration verzerrt. »O Gott!« ächzte sie mit zusammengebissenen Zähnen. »O Gott o Gott oooooo ...« Sie zitterte und grunzte, und dann griff sie mit einem langen Schrei und einem krampfhaften Zukken ihrer Oberschenkel unter eines der Kopfkissen, um das neue Baby zwischen ihren Beinen hervorzuziehen.
Es war ein schöner, kräftiger, gesunder Junge. »Jack« sollte er heißen. Ihr süßer, süßer Jackie! Er wimmerte ein paarmal, aber er war ein guter Junge und würde sie nicht im Schlaf stören. Mary drückte ihn fest an sich und wiegte ihn in ihren Armen. Ihr Gesicht und ihr Busen waren feucht von Schweiß. »So ein hübsches Baby!« flüsterte sie mit singender Stimme und einem strahlenden Lächeln. »Oh, so ein

hübsches, hübsches Baby!« Sie hielt ihm einen Finger hin, wie sie es bei dem kleinen Mädchen im Supermarkt gemacht hatte, denn sie sehnte sich nach der Wärme einer Berührung. Doch Jackie griff gar nicht danach. Mary war enttäuscht. Na, er würde es schon noch lernen! Sie bettete ihn an ihre Brust und lehnte ihren Kopf gegen die Kissen. Jakkie rührte sich kaum. Er lag einfach nur da, und sie konnte das Schlagen seines Herzens fühlen wie eine kleine Trommel. Lord Jacks Gesicht vor Augen, schlief Mary ein. In ihrem Geiste lächelte er immer noch, seine Zähne waren so weiß wie die eines Tigers, und er rief Mary nach Hause.

5

Täterin beseitigt

Als Laura aus dem Burt-Reynolds-Film nach Hause kam, fand sie auf dem Anrufbeantworter eine Nachricht.

Piep. »*Hi*, Laura! Hör zu, die Arbeit dauert doch länger, als wir gedacht haben. Gegen Mitternacht bin ich zurück, aber warte nicht auf mich. Geh ruhig zu Bett. Tut mir leid, aber dafür gehe ich morgen mit dir zum Abendessen, okay? Das Lokal darfst du dir aussuchen. Ich muß jetzt wieder schuften.« Klick.

Er hat gar nicht »Ich liebe dich« gesagt, dachte Laura.

Eine Woge unglaublicher Traurigkeit drohte über sie hereinzubrechen; sie konnte deren Gewicht über sich fühlen. Von wo aus hatte er angerufen? Auf keinen Fall vom Büro. Aus irgend jemandes Wohnung vielleicht. Eric war in Charleston. In diesem Punkt hatte Doug gelogen. Und worüber belog er sie noch?

Er hat nicht »Ich liebe dich« gesagt, dachte Laura, weil eine andere Frau bei ihm war.

Sie wählte bereits wieder sein Büro an, dann legte sie auf. Was hatte das schon für einen Sinn? Was hatte bei dieser Geschichte überhaupt einen Sinn? Ziellos streifte sie durch das Haus – die Küche, das Eß-, das Wohn- und das Schlafzimmer – und betrachtete dabei ihren Besitz: die Drucke mit Jagdszenen an den Wänden, hier eine Waterford-Kristallvase, da ein Kolonialsessel aus Williamsburg, eine Schüssel mit Glasäpfeln, ein Bücherschrank voller gar nicht erst gelesener Bestseller von der Liste der Literary Guild ... Sie öffnete ihre gemeinsamen Kleiderschränke, betrachtete

Dougs Brooks-Brothers-Anzüge und seine Managerkrawatten, betrachtete ihre eigenen Designerkostüme, ihr Aufgebot an teuren Schuhen und zog sich dann zurück, ins Kinderzimmer.
Das Bettchen stand bereit. Die Wände waren hellblau gestrichen, und ein Künstler aus Buckhead hatte ringsherum unterhalb der Decke winzige bunte Luftballons gemalt. Es roch immer noch leicht nach frischer Farbe. Über dem Bettchen hing ein Mobile aus Plastikfischen, das nur darauf wartete, daß man es anstieß und zum Klingeln brachte.
Doug war mit einer anderen Frau zusammen.
Als Laura wieder zu sich kam, stand sie im Badezimmer und betrachtete sich unter einem unfreundlichen Licht im Spiegel. Sie löste die Goldspange, die ihr kastanienbraunes Haar zusammenhielt, und ließ es sich über die Schultern fallen. Ihre Augen starrten in ihre Augen, hellblau wie ein Aprilhimmel. Darum herum breiteten sich winzige Fältchen aus, erste Vorboten des Kommenden. Noch waren sie kaum wahrnehmbar, nicht mehr als ein flüchtiger Eindruck, aber später einmal würden es die reinsten Habichtfüße sein. Dazu dunkle Ringe unter den Augen; Laura brauchte mehr Schlaf, als sie bekam. Sähe sie scharf genug hin, dann würde sie zu viele Grausträhnen in ihrem Haar entdecken. Sie ging auf die Vierzig zu – das Jahr, das den Anfang vom Ende markierte – und hatte das Alter, ab dem man keinem mehr trauen sollte, schon sechs Jahre überschritten. Sie betrachtete ihr Gesicht: spitze Nase, festes Kinn, dicke dunkle Augenbrauen und hohe Stirn. Wenn sie doch nur die hohen Wangenknochen eines Modells statt solcher Hamsterbacken hätte, die von den Schwangerschaftssäften noch dicker geworden waren! Aber sie war eben nie eine ehrfurchtgebietende Schönheit gewesen, bis zu ihrem sechzehnten Lebensjahr sogar eigentlich eine graue Maus. Kaum irgendwelche Verabredungen mit Jungs, dafür aber viele Bücher. Träume

von Reisen in ferne Länder und von der weit umherkommenden Reporterin. Das hatte ihre Zeit ausgefüllt. Geschminkt wirkte sie sehr attraktiv, aber ohne die Farben und Puder verhärteten sich ihre Züge. Besonders ihre Augen hatten etwas Kaltes, Abgründiges, das helle Blau von Packeis statt dem des Frühlings, wenn sie keinen Lidstrich oder Lidschatten trug. Es waren die Augen eines Menschen, der das Gefühl hat, daß Zeit verlorengeht, der in ein dunkles Loch der Vergangenheit schlüpft wie Alice hinter dem weißen Kaninchen.
Laura fragte sich, wie dieses Mädchen wohl aussah. Fragte sich, in welchem Tonfall es Dougs Namen aussprach.
Während sie mit einem großen Becher Popcorn auf ihrem Schoß in diesem Kino saß, war Laura klargeworden, daß sie bestimmte Dinge innerhalb der letzten paar Monate absichtlich übersehen hatte. Ein langes goldblondes Haar, das fragezeichenförmig auf einem Jackett hing. Eine Duftnote, die nicht ihr selbst gehörte. Eine leichte, verwischte Make-up-Spur auf einer Hemdmanschette. Wie Doug geistesabwesend wurde, wenn sie über das Baby sprach; zu wem war er in seinen Träumen hingeeilt? Er war wie der einbandagierte Unsichtbare aus den Filmen; wenn sie ihn auszupacken wagte, fände sie zu Hause vielleicht gar nichts mehr.
Doug war bei einer anderen, und in Lauras Bauch regte sich David.
Sie seufzte, ein kleiner Laut, und schaltete die Badezimmerlampe aus.
In der Dunkelheit weinte sie ein bißchen. Dann schneuzte sie sich, wischte sich die Augen ab und beschloß, heute abend kein Wort darüber zu verlieren. Sie würde abwarten, die Augen offenhalten und die Zeit ihren Faden spinnen lassen, damit Dummköpfe wie sie darauf tanzten.
Sie zog ihre Kleider aus und machte sich bettfertig. Der Regen draußen fiel einmal stark, einmal schwach, wie zwei

abwechselnd spielende Instrumente. Im Bett starrte sie die Decke an, auf dem Nachtschränkchen neben sich ein Bilderbuch. Sie dachte an ihr heutiges Mittagessen mit Carol, dachte an das zornige Hippie-Mädchen von anno dazumal, das ihr dabei erschienen war.
Und plötzlich merkte sie, daß sie ja ganz vergessen hatte, wie ein *Peace*-Zeichen aussah.
Sechsunddreißig, dachte sie. Sechsunddreißig. Sie legte ihre Hände auf die Wölbung, unter der David lebte. Komisch, so viele Leute, die gesagt hatten: »Trau keinem über dreißig!« Wirklich komisch.
Sie hatten recht gehabt.
Laura schaltete die Lampe aus und suchte den Schlaf.
Nach etwa zwanzig Minuten fand sie ihn. Dann kam ein Traum. Darin hielt eine Frau ein schreiendes Baby beim Genick und kreischte dem Meer von Blaulichtern entgegen: »Na, kommt doch, kommt, ihr Bullenärsche, los! Ich werd euch nicht mehr in den Hintern kriechen, niemandem werd ich in den Hintern kriechen!« Sie schüttelte das Kind wie eine zerlumpte Flagge, und der Scharfschütze auf dem Dach hinter Laura meldete über Funksprechgerät, daß er die Frau nicht beseitigen könne, ohne auch das Baby zu treffen. »Na los, ihr Schweine!« Die Zähne der Frau blitzten, die gelben Blumen auf ihrem Kleid waren blutbespritzt, und ihr Haar hatte die Farbe von Eisen. »Los doch, ich scheiß auf euch! Hört ihr?« Sie schüttelte das Baby erneut, und sein durchdringender Schrei bewirkte, daß Laura zusammenzuckte und sich hinter eines der Polizeiautos verkroch. Jemand streifte an ihr vorbei. »Aus dem Weg!« hörte sie, und jemand anderer sprach über Megaphon mit der Frau auf dem Balkon des Appartements. Seine Worte rollten wie dumpfer Donnerhall über die Brutkästen aus Stahl und Beton. Die Frau stieg über den toten Mann zu ihren Füßen, dessen Kopf von einer Kugel zerschmettert war, und hielt dem Baby die

Pistole an die Stirn. »Kommt doch und holt mich!« brüllte sie. »Los, kommt! Fahren wir zusammen in die Hölle, okay?« Und dann brach sie in Gelächter aus – ein kokainberauschtes Kichern, bei dessen verzweifeltem Klang die unmenschliche Tragödie über Laura zusammenbrach und sie zum Rückzug trieb. Sie stieß mit anderen Reportern zusammen, den Fernsehleuten vor Ort. Sie wirkten grimmig entschlossen, rein verstandesorientiert und ganz bei ihrer Arbeit, in ihren Augen aber entdeckte Laura eine düstere Freude. Sie konnte ihnen nicht ins Gesicht sehen, ohne sich zu schämen. »Verrücktes Weibsbild!« schrie jemand – ein Mann, der ebenfalls in dem Neubaukomplex wohnte. »Tu das Kind runter!« Und eine andere Stimme, die einer Frau: »Knallt sie doch ab, eh sie das Baby umbringt! Erschieß sie doch schon einer!«

Aber die Wahnsinnige auf dem Balkon hatte ihr Publikum gefunden, und sie stolzierte umher, während sich der Revolverlauf am Schädel des Kindes befand. »Ich geb es nicht her!« brüllte sie. »Niemals!« Im Schein der Lampen warf sie einen langen Schatten, und Motten flatterten in der Hitze. »Niemand nimmt mir weg, was mir gehört!« rief sie mit heiserer, brüchiger Stimme. »Hab's ihm ja gesagt! Hab's ihm gesagt! Niemand nimmt mir weg, was mir gehört! Bei Gott, ich hab es ihm gesagt!« Ein Schluchzen brach aus ihr hervor, und Laura sah den Körper der Frau beben. »Niemand! O lieber Gott, niemand wird mir wegnehmen, was mir gehört! Leckt mich am Arsch!« brüllte sie den Lampen, den Polizeiwagen, den Fernsehkameras, den Scharfschützen und Laura Beale entgegen. »Leckt mich!« Jemand in einem der anderen Appartements begann mit ohrenbetäubender Lautstärke eine elektrische Gitarre zu spielen, und der Lärm des Megaphons, der Funksprechgeräte, der Reporter, der Schaulustigen und der Irren auf dem Balkon verschmolz zu einem einzigen schrecklichen Klang, der für Laura immer die Stimme des Schreckens bleiben würde.

Den Mund zu einem animalischen Schrei geöffnet, reckte die Frau ihr Gesicht in die Nacht.

Ein Scharfschütze feuerte. *Peng!* Es hörte sich an wie eine Fehlzündung.

Peng machte auch der Revolver in der Hand der Frau, während ihr Hinterkopf zerplatzte.

Laura spürte etwas Warmes und Feuchtes auf ihrem Gesicht. Sie schnappte nach Luft, kämpfte sich aus dem Traum empor.

Dougs Gesicht schwebte über ihr. Das Licht brannte. Er lächelte, und seine Augen waren ein bißchen verschwollen. Sie begriff, daß er sie eben geküßt hatte.

»Hi«, sagte er. »Tut mir leid, daß ich so spät komme.«

Sie schaffte es nicht, ihren Mund zu bewegen. Ihre Gedanken waren immer noch bei dieser heißen Julinacht, bei diesem Wohnkomplex, und Motten schwirrten vor dem Licht, während Polizeibeamte das Gebäude stürmten. *Täterin beseitigt, Täterin beseitigt,* hörte sie einen Polizisten in sein Funksprechgerät sagen. *Drei Leichen dort oben, Captain. Sie hat das Kind umgebracht.*

»Hast du denn keinen Kuß für mich?« fragte Doug.

Sie gab ihm einen auf die Wange und roch dabei die Duftnote, die nicht ihre eigene war.

»Naß draußen«, sagte Doug, während er seine Krawatte aufmachte. »Ziemlich schlimmer Verkehr.«

Laura schloß ihre Augen und lauschte, wie Doug sich im Schlafzimmer bewegte. Die Schranktür ging auf und wieder zu. Die Toilettenspülung rauschte. Wasser lief ins Waschbecken. Er war beim Zähneputzen. Gurgelte. Gutes altes Scope. Wann, fragte sich Laura, würde er die Sache mit den Kinokarten bemerken? Oder machte es ihm vielleicht schon gar nichts mehr aus?

Ihre Hände trafen sich über ihrem Bauch. Ihre Finger verflochten sich fest ineinander.
Sie schlief ein, diesmal verschont von allen Träumen.
David in ihrem Bauch war ganz still. Doug legte seine Hand darauf, spürte die Wärme des Babys. Dann setzte er sich auf die Bettkante und betrachtete seine Hand. Er dachte daran, wo diese Hand gewesen war. Schwein, sagte er zu sich selbst. Dummes, egoistisches Schwein. Er fühlte sich randvoll mit Lügen, ein Ausbund von Verlogenheit, und wußte nicht, wie er Laura je wieder ins Gesicht sehen könne. Aber so leicht ließ er sich nicht unterkriegen. Irgendwie kam man immer durch. Er konnte mit Engelszungen reden und würde tun, was er in einer Welt, wo jeder sich nahm, was er kriegen konnte, tun mußte.
Er hatte einen schlechten Geschmack im Mund. Er ging in die Küche, machte dort den Kühlschrank auf, holte eine Tüte Orangensaft heraus und schenkte sich ein Glas ein. Als er es schon fast ausgetrunken hatte, bemerkte er die beiden Eintrittskarten neben dem Telefon. Die Entdeckung traf ihn wie ein Schlag zwischen die Augenbrauen: Die Karten für den Tom-Cruise-Film, in den er Cheryl vor ein paar Abenden ausgeführt hatte, in einem Kino auf der anderen Seite der Stadt. Er hatte vergessen, die Dinger wegzuwerfen. Doug verschluckte sich fast an seinem Orangensaft. Beinahe hätte er das Glas durchgebissen. Die beiden Eintrittskarten. Da lagen sie! Direkt vor seiner Nase. Sie hatten in seiner Hosentasche gesteckt. In der Hose, die er hatte ausziehen müssen. Na, großartig! Laura hatte die beiden Dinger entdeckt. Verdammt noch mal! Was kramte sie denn auch in seinen Hosentaschen herum! Ein Mann hatte doch ein Recht auf seine Intimsphäre! Das hieß: Augenblick mal! *Einen* Augenblick! Bleib schön auf dem Teppich! Er nahm die beiden Karten, und ihm fiel wieder ein, wie er sie sich in die Hosentasche

gesteckt hatte. Unmittelbar darauf hatte Cheryl ihn auf zwei große Cola an die Snackbar geschleift. Sein Blick schoß zwischen Telefon und Eintrittskarten hin und her. Was er dachte, gefiel ihm nicht, aber warum lagen die Karten neben dem Telefon? Er spürte, wie ihm unwillkürlich die Hitze ins Gesicht stieg, und wollte die beiden Karten schon in den Abfall werfen, da besann er sich eines Besseren. Nein! Halt! Laß sie dort liegen. Genau da, wo sie gewesen sind. Trink deinen Saft aus. Geh zu Bett. Denk darüber nach und laß dir eine Geschichte einfallen. Ja, genau. Eine Geschichte. Klient in der Stadt, wollte ins Kino gehen. Mhm. Verkaufen gerade limitierte Anteile an Filmunternehmen, und Kunde wollte einen Film testen. Klar.

Laura war nicht auf den Kopf gefallen, soviel stand fest. Er würde seine Geschichte noch ausfeilen müssen. Falls sie ihn je danach fragte. Wenn nicht ... würde auch er seinen Mund halten.

Er legte die beiden Eintrittskarten wieder dorthin, wo sie gewesen waren. Trank seinen Orangensaft aus – der letzte Rest schmeckte bitter. Dann ging er wieder zurück ins Schlafzimmer, wo seine Frau dalag und schlief. Sein Sohn wartete, in ihrem Bauch zusammengerollt, auf seine Geburt. Doug kam irgendein Ausspruch von Freud in den Sinn, daß angeblich nie jemand wirklich etwas vergessen würde. Dann stellte er den Wecker auf eine frühe Uhrzeit, lag noch eine Weile im Dunkeln, lauschte Lauras Atem und fragte sich dabei, wie er von dem Moment, da sie Gelübde und Ringe ausgetauscht hatten, an diesen Punkt gelangt war. Zu guter Letzt schlief er ein.

Sieben Meilen, diese Entfernung konnte Welten trennen. So weit – oder so nah – war es zu dem Appartement, wo Mary Terror schlief. Ihr neues Baby ruhte an ihrer Brust, und sie stieß ein leises, qualvolles Stöhnen aus. Ihre Hand

wanderte nach unten, zu den Narben, und preßte sich darauf, während das Baby mit gemalten Augen in die Welt hinausstarrte und sein Körper keine Wärme abgab.
Regen fiel auf die Dächer von Gerechten und Ungerechten, Heiligen und Sündern, denen, die den Frieden kannten, und den Gequälten, und der neue Tag begann zu einer dunklen Stunde.

TEIL II

Der unbekannte Soldat

1

Schlechtes Karma

Die Sonne schien, und Mary Terror war im Wald.

Mit einem Krampf in ihren Beinen lief sie durch den wilden, sonnenfleckigen Georgia-Forst, etwa drei Meilen von ihrer Wohnung entfernt, und ihr Atem bildete eine Dunstwolke in der eisigen Luft, ihr Körper schwitzte unter dem grauen Jogginganzug. Marys Beine waren diese Anstrengung nicht mehr gewohnt, und sie ärgerte sich, daß sie zugelassen hatte, so außer Form zu geraten. Das war Willensschwäche. In ihrer Rechten hielt sie ihren achtunddreißiger Colt, ihr Zeigefinger war um dessen Abzug gekrümmt, und Schweiß stand ihr auf dem Gesicht. Sie keuchte bereits, obwohl sie in diesem Tempo kaum eine Drittel Meile hinter sich gebracht hatte. Die Gräben und Erdhügel gingen ihr in die Knie, aber sie war im Training und biß die Zähne zusammen – akzeptierte den Schmerz wie einen alten Geliebten.

Es war Sonntag nachmittag, kurz vor zwei Uhr. Vor vier Tagen hatte sie die Annonce im ROLLING STONE entdeckt, und ihr Kleinlaster stand am Ende eines alten Weges, den Waldarbeiter zum Holztransport angelegt hatten. Sie kannte diese Wälder und fuhr oft zu Schießübungen hierher. Die Idee, sich ordentlich ins Schwitzen zu bringen und zu laufen, bis sie nicht mehr konnte, war ihr gekommen, weil ihr der Weg zur weinenden Lady bevorstand. Sie wußte um die Gefahren dieses Weges, wußte, daß sie auf den ungeschützten Seitenpfaden des verdammten Staates verletzbar war, denn dort streiften alle möglichen Bullen auf der Suche nach frischer Beute umher. Sie müßte zäh und clever sein, sonst käme sie nie ans Ziel, und sie hatte sich zu lange abgekapselt, hatte zu lange als die Landpomeranze Ginger Coles gelebt, als daß die Vorbereitungen ihr leichtgefallen wären. Ihr Körper wollte eine Verschnaufpause, aber sie trieb sich vorwärts. Als sie auf einen Hügel lief, sah sie in der Ferne den Highway von Atlanta. Die Sonne funkelte auf dem Glas und dem Metall vorbeipreschender Autos. Doch schon ging es wieder bergab, durch das Unterholz eines Nadelwaldes, dessen Boden mit Schatten gepolstert war. Mary brannte der Atem in den Lungen, und ihr Gesicht war glühend heiß. Schneller, drängte sie sich. Schneller! Ihre Beine erinnerten sich an jene erregende Geschwindigkeit, als sie bei einem High-School-Wettlauf ihr Bestes gegeben hatte, um an den anderen vorbei auf das Band zuzurennen. Schneller! Schneller! Gib noch einmal dein Bestes! Und sie durchquerte gerade einen baumbestandenen Hohlweg, da stolperte sie über eine Wurzel und landete zwischen toten Blättern und Weinranken auf dem Bauch. Der Atem platzte ihr aus den Lungen, ihr Kinn schürfte über den Boden, und prustend und schnaufend blieb sie liegen, während in einem nahen Baum erbost ein Eichhörnchen schnatterte.

»Scheiße!« Mary setzte sich auf und rieb sich das Kinn. Die Haut war aufgeschürft, aber Blut entdeckte sie keines; als sie jedoch aufzustehen versuchte, machten ihre Beine nicht mit. Also blieb sie noch einen Moment lang sitzen und keuchte, während ihr in der kalten, schräg einfallenden Sonne dunkle Flecken vor den Augen tanzten. Stürze gehörten zum Training; das wußte sie. Stürze waren kosmische Lehrmeister, hatte Lord Jack immer gesagt. Nur wer wußte, wie man fällt, wußte auch, wie man steht. Sie hielt den Atem an, während sie dalag, und erinnerte sich an das Befehlstraining. Das Hauptquartier der Sturmfront hatte in solchen Wäldern wie diesen gelegen, nur daß man im Ostwind das Meer riechen konnte. Lord Jack war ein strenger Lehrmeister gewesen: Manchmal hatte er sie morgens früh um vier mit einem Flüstern geweckt, manchmal um Mitternacht und mit Schüssen. Dann hetzte er seine Truppe über die Hindernisstrecke, nahm mit einer Stoppuhr die Zeit und schrie dabei ein Gemisch von Ermunterungen und Drohungen. Mary erinnerte sich noch an die Kriegsspiele, bei denen zwei Mannschaften, bewaffnet mit Gewehren, die Farbpatronen schossen, sich im Wald gegenseitig jagten. Am meisten jedoch hatten ihr diese anderen Jagden gefallen: Mann gegen Mann beziehungsweise Frau. Dutzendmal hatte Lord Jack sie, Mary, losgeschickt, aber nie war sie gefaßt worden. Sie hatte es genossen, sich gegen ihren Verfolger zu wenden, ihm heimlich, still und leise in den Rücken zu fallen und ihm den Stoß zu verpassen, der das Spiel beendete. Niemand hatte sie jemals geschlagen. Niemand.

Mit einer Kraftanstrengung stand Mary auf. Der Schmerz in ihren Knochen erinnerte sie daran, daß sie kein junger Wirbelwind mehr war, doch ein gemächlicher Wind wehte länger. Mit langen, gleichmäßigen Schritten lief sie wieder los. Ihr taten die Oberschenkel und Waden weh, aber sie sperrte den Schmerz aus ihrem Bewußtsein. Werdet gut Freund mit der Qual, hatte Lord Jack gesagt. Umarmt sie, küßt sie, seid zärtlich zu ihr! Liebt den Schmerz, und ihr siegt! Mary, die in ihrer einen Hand immer noch den Revolver hielt, sah ein Eichhörnchen von links aus einem Gebüsch huschen, rannte zu einer Eiche hinüber. Sie bremste ab, daß totes Laub aufwirbelte. Mit ihrer gesamten Konzentration zerlegte sie die Bewegungen des Eichhörnchens in Einzelbilder, wie ein Stroboskop. Das Tier sprang gerade an einem Baum hoch, dann zu einem höheren Ast.

Mary nahm den Revolver in beide Hände, richtete ihn nach oben, zielte und drückte ab.

Der Eichhörnchenkopf zersprang fast im selben Augenblick.

Der Körper des kleinen Tieres fiel ins Laub, zuckte dort noch ein paar Sekunden und lag dann still.
Mary lief weiter. Der süße, stechende Geruch des Schießpulvers steckte ihr in der Nase, und der Revolver in ihrer Hand fühlte sich warm an.
Ihre Augen forschten in den schattigen Wäldern. Bulle von links, dachte sie und stoppte, um mit schußbereiter Waffe herumzuwirbeln. Dabei ging sie leicht in die Hocke und zielte auf eine hagere Tanne. Dann lief sie wieder los, über einen kleinen Hügel. Bulle von rechts! Sie warf sich zu Boden, daß eine Staubwolke aufstieg, robbte vorwärts und zielte dabei auf einen anderen Baum. *Peng!* Ein Schuß kappte einen Zweig in der Baumkrone und jagte einen Blauhäher auf, der kreischend in den Himmel flog. Dann wieder hoch – los, los! – und weiter. Marys Tennisschuhe schleuderten Erde hoch und hinterließen tiefe Spuren im Boden. Ein zweites Eichhörnchen, das in der Sonne döste, erwachte zum Leben und flüchtete vor Marys Füßen vorbei. Sie jagte ihm hinterher, auf eine Fichtengruppe zu. Es war eines von der schnellen Sorte und verzweifelt vor Angst. Sie feuerte ab, als es gerade einen Baumstamm hochkletterte, schoß aber ein paar Zentimeter zu weit nach links. Mit ihrer zweiten Kugel jedoch traf sie es ins Rückgrat. Sie hörte das Eichhörnchen noch quieken, während sie weiterlief und die Baumrinde von einer schrägen Blutspur gezeichnet war.
Bulle von rechts! Sie ging erneut in die Hocke und zielte auf einen imaginären Feind. Ein ganzes Stück tiefer im Wald riefen Krähen einander zu. Als sie wieder losrannte, roch sie Holzrauch. Vermutlich waren Häuser in der Nähe. Der Schweiß rann ihr das Genick hinunter, und totes Laub verfing sich in ihrem Haar, während sie in ein Gestrüpp vordrang. Sie kämpfte sich mit ihren Armen hindurch und dachte dabei an Jack, wie er sie mit seiner Stoppuhr und seiner Pfeife vorwärts getrieben hatte. Kein Zweifel: *Er* hatte

diese Botschaft aus dem Untergrund geschrieben. Nach all den Jahren trommelte er die Sturmfront erneut zusammen. Rief nach Mary, seiner wahren Liebe. Es mußte etwas ganz Besonderes dahinterstecken, ein bestimmtes Ziel. Dieser verdammte Staat wimmelte nach wie vor von Bullen, und die Große Revolution hatte sie nur noch mieser, nur noch gefährlicher gemacht. Wenn die Sturmfront wirklich wiederauferstehen und Lord Jack deren rotes Banner tragen würde, dann wäre Mary die glücklichste Frau der Welt. Sie war geboren, um gegen die Bullen zu kämpfen – sie unter ihren Stiefeln zu zermalmen und ihnen ihr beschissenes Gehirn wegzupusten. Das war Marys Leben; das war die Realität. Wenn sie zu Lord Jack zurückkommen und die Sturmfront wieder in den Kampf ziehen würde, sollten die Bullen vor dem Namen Mary Terror erzittern.

Mit dornenzerkratztem Gesicht durchbrach sie das Laubwerk. Bulle von links! Sie suchte schleunigst am Boden Deckung. Ihre Schulter traf auf lehmiges Erdreich, und Mary rollte sich durch Gestrüpp, drehte dann ihren Körper nach links, hob den Revolver und zielte auf –

einen kleinen Jungen.

Er stand etwa fünfzehn Meter weit weg in einem Flecken hellen Sonnenscheins und hatte Bluejeans mit geflickten Knien, eine Tarnjacke sowie eine dunkelblaue Wollmütze an. Seine Augen waren weit aufgerissen, und in seinen Armen hielt er ein Gewehr, das gerade die richtige Größe für einen Halbwüchsigen besaß.

Mary Terror blieb liegen, wo sie war. Ihr Revolver richtete sich auf den Jungen. Die Sekunden dehnten sich, und erst als der Junge seinen Mund öffnete, wurde der Bann gebrochen.

»Alles okay, Lady?«

»Ich bin hingefallen.« Sie versuchte, ihre fünf Sinne wieder zusammenzubekommen.

»Ja, hab ich gesehen. Alles in Ordnung?«
Mary sah sich rasch um. War der Junge allein? Keiner sonst in Sicht. »Mit wem bist du hier draußen?« fragte sie.
»Mit niemand. Bin ganz allein hier. Ich wohne dort drüben.« Mit einer Kopfbewegung deutete er auf einen Hügel, aber das Haus war etwa eine halbe Meile entfernt und außer Sicht.
Mary stand auf. Sie sah, wie die Augen des Jungen den Revolver in ihrer Hand fixierten. Er mußte um die neun oder zehn Jahre alt sein, und seine Wangen waren rot vor Kälte. Bei dem Gewehr, das er in der Hand hielt, handelte es sich um ein Zweiundzwanziger mit einem kleinen Zielfernrohr. »Es geht schon«, sagte Mary, und abermals forschte ihr Blick in den Wäldern. Vögel sangen, auf dem fernen Highway brummte der Verkehr, und Mary Terror war allein mit dem Jungen. »Ich bin gestolpert«, erklärte sie. »Ganz schön dämlich, was?«
»Sie haben mich halb zu Tode erschreckt, wie Sie da rausgekommen sind und alles.«
»Tut mir leid. War keine Absicht.« Sie reckte leicht ihren Kopf und witterte Holzrauch. Vielleicht aus dem Kamin bei dem Jungen zu Hause, dachte sie.
»Was machen Sie denn hier draußen? Bißchen weit weg von der Straße.« Er hielt sein Gewehr weiterhin auf den Boden gerichtet – das erste, was sein Vater ihm eingeschärft hatte: Ziele nie mit deinem Gewehr auf einen Menschen, es sei denn, du willst es gebrauchen!
»Bin nur so rumgewandert.« Sie sah ihn abermals den Revolver anschauen. »Und 'n bißchen scharfschießen übe ich auch.«
»Ich hab ein paar Schüsse gehört. Das war'n dann wohl Sie, schätz ich?«
»Du sagst es.«
»Ich bin grad auf Eichhörnchenjagd«, erklärte der Junge

und zeigte ein zahnlückiges Grinsen. »Das neue Gewehr hier hab ich nämlich zum Geburtstag gekriegt!«
Sie war hier draußen noch nie jemandem begegnet, und dieses Zusammentreffen paßte ihr gar nicht. Ein einzelner Junge mit einem Eichhörnchengewehr. Ganz und gar nicht paßte ihr das. »Wieso ist niemand bei dir?« fragte sie.
»Mein Daddy hat an die Arbeit gemußt. Er hat gesagt, wenn ich vorsichtig bin, könnt ich allein losziehn, aber ich soll nicht zu weit vom Haus weg.«
Ihr Mund war trocken. Sie keuchte immer noch, aber der Schweiß auf ihrem Gesicht verdunstete allmählich. Diese Sache gefiel ihr nicht. Mary konnte regelrecht vor sich sehen, wie der Junge nach Hause ging und seinen Eltern erzählte: »Ich hab heute im Wald eine Frau getroffen, die hat einen Revolver gehabt und gesagt, sie würde spazierengehen. Es war so eine große, starke Frau. Ich kann euch ein Bild davon malen, wenn ihr wollt.«
»Ist dein Dad bei der Polizei?« fragte sie.
»Nein, Ma'am. Er baut Häuser.«
»Sie hat gefragt, ob du ein Polizist wärst, Daddy«, hörte sie in ihrem Geist den Jungen sagen. »Ich weiß noch, wie sie dabei ausgesehn hat. Warum hat sie das wohl wissen wollen, Daddy?«
»Wie heißt du?« fragte sie ihn.
»Cory Peterson. Und gestern war mein Geburtstag. Sehen Sie? Ich hab das Gewehr hier gekriegt.«
»Ja, ich sehe es.« Sie beobachtete, wie der Blick des Jungen erneut auf den Achtunddreißiger fiel. (»Wieso hat sie einen Revolver dabeigehabt, Daddy? Wieso war sie ganz allein da draußen im Wald, wo sie doch nicht mal aus dieser Gegend kommt?«) »Cory ...« Sie lächelte ihn an. Die Sonne schien warm hier draußen, aber in den Schatten nistete immer noch der Winter. »Ich heiße Mary.« Und genauso schnell, wie sie dies sagte, entschied sie, daß es sein mußte.

»Freut mich, Sie kennenzulernen. Na, jetzt geh ich wohl besser wieder weiter. Hab gesagt, ich würd nicht zu lang wegbleiben.«

»Cory?« Er zögerte. »Kann ich mir dein Gewehr einmal näher ansehen?«

»Klar, Ma'am.« Er trat auf sie zu, und totes Laub knirschte unter seinen Stiefeln.

Sie beobachtete ihn mit klopfendem Herzen, äußerlich aber ruhig. Wenn sie den Jungen laufenließ, würde es ihm vielleicht einfallen, sie zu verfolgen, möglicherweise bis zu ihrem Kleinlaster, und dann könnte er sich das Nummernschild merken. Vielleicht war er viel gewiefter, als es aussah, und sein Vater kannte jemanden bei der Polizei. Sobald alles vorbereitet war, würde sie von hier weggehen und sich nur beunruhigen, falls sie mit diesem Jungen nicht reinen Tisch machte. (»Daddy, ich hab da im Wald so eine Frau gesehen, die hat einen Revolver dabeigehabt, und sie hieß Mary.«) Nein, nein, das konnte alles vermasseln.

Als Cory vor ihr stand, streckte Mary ihre Hand aus und ergriff den Gewehrlauf. »Darf ich es einmal halten?« fragte sie, und mit einem Kopfnicken überließ er es ihr. Das Gewehr war federleicht, aber das Zielfernrohr interessierte sie. Wenn sie dieses Ding hätte, könnte sie vielleicht ein bißchen Geld sparen, falls sie sich jemals ein Weitschußgewehr kaufen würde. »Wirklich hübsch«, sagte sie und bewahrte dabei ein Lächeln, das ungezwungen wirkte. »Hey, weißt du was?«

»Was denn?«

»Ich hab eine Stelle gesehen, da gibt's massenhaft Eichhörnchen. Dahinten raus.« Sie deutete mit einem Kopfnicken auf das Gestrüpp, durch das sie gebrochen war. »Es ist nicht allzuweit weg, falls du's sehen willst.«

»Ich weiß nicht ...« Cory drehte den Kopf in Richtung des Hauses und blickte dann wieder in Marys Gesicht. »Schätze, es ist besser, ich gehe jetzt heim.«

»Es ist gar nicht weit, ehrlich. Dauert höchstens ein paar Minuten, es dir zu zeigen.« Sie dachte an den Hohlweg, dessen Boden von Ranken und totem Laub bedeckt war.

»Nee. Aber trotzdem vielen Dank. Kann ich jetzt bitte mein Gewehr wiederhaben?«

»Willst es mir wohl nicht leichtmachen, was?« fragte sie und spürte, wie das Lächeln von ihr abfiel.

»Ma'am?« Die dunkelbraunen Augen des Jungen wirkten verwundert. Er blinzelte.

»Na, meinetwegen!« Und Mary hob ihren Colt und setzte den Lauf direkt an Cory Petersons Stirn.

Der Junge schnappte nach Luft.

Sie betätigte den Abzug, und mit dem Knall des Schusses wurde der Kopf des Jungen nach hinten gerissen. Man sah kleine Silberfüllungen in seinem offenen Mund. Sein Körper stolperte ein paar Schritte zurück, und das Loch in der Mitte seiner Stirn färbte sich purpurrot, während am Boden hinter ihm sein Gehirn verspritzt war. Sein Gesicht mit den flatternden Augenlidern wirkte für Mary, als wollte es gleich niesen. Der Junge stieß ein kleines ersticktes Quieken aus – es hörte sich an wie ein Eichhörnchen –, fiel dann mitten im Wintergeröll auf den Rücken, und seine Beine zuckten noch ein paarmal, als versuchte er, wieder aufzustehen. Er starb mit offenem Mund, offenen Augen und der Sonne auf seinem Gesicht. Mary blieb über ihm stehen, bis ihr Atem sich wieder beruhigt hatte. Es war zwecklos, den Leichnam fortzuschleifen, um ihn zu verstecken. Während ihr Blick zwischen den Bäumen hin und her wanderte, forschten alle ihre Sinne nach einem Geräusch, einer Bewegung. Der Schuß hatte sämtliche Vögel verscheucht, und die einzigen Geräusche waren Marys Herzschlag und das Blut, das ins Laub rieselte. Als sie sich hinlänglich sicher fühlte, wandte sie sich von der Leiche ab, kämpfte sich durch das Dickicht zurück und rann-

te dann los, in ihrer einen Hand den Achtunddreißiger, in ihrer anderen das Gewehr des Jungen.
Ihr Schweiß wurde kalt. Die ganze Schrecklichkeit dessen, was sie eben getan hatte, brach über sie herein, und Mary geriet ins Stolpern. Aber sie fing sich wieder. Nur das schlechte Karma des Jungen hatte ihn ihr über Weg geführt, dachte sie mit verbissenem Mund, und ihre Augen waren fest auf den fernen Horizont gerichtet. Sie konnte nichts dafür, daß er dagewesen war; es lag an seinem Karma, das war alles. Der Junge war ein unwichtiger Bruchteil eines Gesamtbildes, und auf das mußte sie sich konzentrieren. Womöglich hätte sich sein Vater gefragt, weshalb an einem Sonntag nachmittag eine Frau mit einem Revolver durch den Wald strich – womöglich kannte er einen Bullen oder sogar einen von der Bundespolizei. Ein einziger Telefonanruf konnte den ganzen Bullenapparat in Bewegung setzen, und Mary hatte sich zu lange versteckt gehalten, war zu clever vorgegangen, um das zuzulassen. Es war unumgänglich gewesen, den Jungen auszuschalten. Basta.
Ein kleiner Strudel der Wut hatte sich in ihr aufgetan. Verdammt, tobte sie. Scheiße! Warum war dieser verfluchte Bengel im Wald gewesen? Um sie zu testen! Es war ein karmischer Test, dachte sie. Wenn man umfällt, dann steht man wieder auf. Man geht seinen Weg, egal, was passiert. Sie wünschte, es wäre Frühling und gäbe ein paar Blumen in den Wäldern. Dann hätte sie dem toten Jungen eine in die Hand gedrückt.
Sie wußte, warum sie ihn getötet hatte. Natürlich wußte sie es. Der Junge hatte Mary Terror ohne Maske gesehen. Das war Grund genug, ihn zu liquidieren.
Sie schaffte es nicht im Laufschritt bis zu ihrem Wagen und machte dreihundert Meter davor halt. Dann ging sie mit rauher Lunge und klatschnassem Jogginganzug zu ihm hin, lehnte das Gewehr an den Sitz und legte ihre Handfeuer-

waffe neben die Pedale. Da noch andere Reifenspuren auf dem Erdboden waren, brauchte sie ihre gar nicht erst zu verwischen. Möglich, daß die Bullen ein, zwei Fußabdrücke finden würden, aber wennschon! Sie würden sie für die eines Mannes halten. Mary ließ den Motor an, stieß aus dem Forstweg auf die asphaltierte Landstraße zurück, wo trotz des Schildes SCHUTT ABLADEN VERBOTEN! überall der Müll lag, und fuhr nach Hause. Sie wußte, daß sie noch viel üben müßte, aber sie hatte auch die feste Zuversicht, daß sie ihre Sache nicht ganz verlernt hatte.

2

Eine gutgemeinte Mitteilung

Laura öffnete die oberste Schublade von Dougs Kommode, hob seine Pullis und Pullover hoch und betrachtete die Pistole.

Es war ein häßliches Ding. Eine zweiunddreißiger Charter-Arms-Automatik aus schwarzem Metall und mit schwarzem Griff. Doug hatte ihr gezeigt, wie sie funktionierte: Das kleine Metalldingsbums, das die sieben Kugeln enthielt – das »Magazin«, hatte er gesagt –, ließ sich in den Griff hineinschieben, und man mußte dieses Sicherungssoundso mit dem Daumen drücken, damit das Schießding feuerbereit war. Zu dem Ganzen gehörte ein Reservebehälter mit Munition, auf dem »Schnelladesystem« und »Robuste Verarbeitung« stand. Die Waffe ließ sich im Nu entladen, und daneben lag ein Patronenmagazin. Laura berührte den Griff der Automatik. Er fühlte sich körnig an, und das Ding hatte einen schwachen Ölgeruch. Ob das Öl nicht auf Dougs Pullis tropfen würde? Sie strich mit ihren Fingern über das kühle Metall. Es war ein gefährlich, teuflisch wirkendes Biest, und Laura begriff, wieso Männer sich für Waffen begeistern konnten: Es lag eine Faszination darin, eine Macht, die darauf wartete, entfesselt zu werden.

Sie legte ihre Hand um den Griff und hob die Pistole hoch. Sie war leichter, als sie aussah, aber trotzdem hatte man ganz schön was in der Hand. Sie hielt sie auf Armeslänge von sich und zielte am Pistolenlauf entlang, während ihr Handgelenk bereits zu zittern anfing. Ihr Zeigefinger fand die verführerische Rundung des Abzugbügels.

Sie schwenkte ihren Arm leicht nach rechts und nahm das eingerahmte Foto auf der Kommode ins Visier, das Doug und sie zeigte. Sie zielte auf Dougs lächelndes Gesicht. »Peng!«

Nachdem der kleine Mord begangen war, legte Laura die Automatik wieder unter Dougs Wollsachen, verschloß die Schublade und ging aus dem Schlafzimmer in den Wohnraum. Lauras Schreibmaschine stand inmitten eines Fleckchens Sonne auf dem Arbeitstisch. Die Kritik zu *Verbrennt dieses Buch!* war etwa halb fertig. Laura knipste den Fernseher an, schaltete auf Cable News Network, einen Nachrichtensender, und setzte sich an die Arbeit. Ihr Bauch reichte bis zur Schreibtischkante. Schon nach wenigen Sätzen jedoch hörte sie die Worte »... wurde Sonntag abend in einem Waldgebiet vor Atlanta entdeckt« und drehte ihren Kopf Richtung Fernseher.

Es kam schon den ganzen Tag in den Nachrichten: Gestern abend war in einem Waldstück bei Mableton die Leiche eines Jungen gefunden worden. Laura hatte die Szene bereits mehrmals gesehen: Wie die mit einem Tuch bedeckte Leiche in einen Krankenwagen geschoben wurde, wie ein Polizeihauptmann namens Ottinger davon erzählte, daß der Vater zusammen mit ein paar Nachbarn den Jungen gegen neunzehn Uhr entdeckt hätte, und wie eine Gruppe von Reportern über einen völlig bestürzt wirkenden Mann mit Overall und *Red-Man*-Mütze und ein zerbrechliches Frauchen mit Lockenhaar und schockierten, tief eingefallenen Augen herfiel. Der Mann – Lewis Peterson; er war der Vater des Jungen – scheuchte die Reporter weg, um zusammen mit seiner Frau in das weiße, bretterverschalte Haus zu gehen, und scheppernd fiel die Fliegentür hinter ihnen zu.

»... sinnlosen Mordes«, sagte Ottinger gerade. »Derzeit haben wir noch keine Spuren und keine Tatmotiv, aber wir werden alles in unserer Macht Stehende tun, um den Mörder dieses Jungen zu finden.«

Laura wandte sich vom Fernseher ab und ging wieder an die Arbeit. Wenn man an all die Verbrechen im Raum Atlanta dachte, war es durchaus vernünftig, eine Waffe zu besitzen. Sie hätte nie geglaubt, daß sie es so sehen könnte, denn sie haßte Schußwaffen, aber die Kriminalität in der Stadt war außer Kontrolle geraten. Wie überall im Lande, nicht wahr? Oder, um genau zu sein, überall auf der Welt. Man brauchte nur diesen Jungen als Beispiel zu nehmen. Ein sinnloser Mord, hatte der Polizeihauptmann gesagt. Der Junge hatte bei diesem Wald gewohnt, war wahrscheinlich schon tausendmal dort gewesen. An diesem einen Tag aber war er jemandem begegnet, der ihm grundlos eine Kugel durch den Kopf gejagt hatte. Am Sonntag hatten der Pfad des Jungen und der Pfad der Bestie sich gekreuzt, und die Bestie hatte gewonnen.

Laura wandte ihre Aufmerksamkeit wieder der Buchbesprechung zu. Mark Treggs und der Nachhall der Sechziger. Hier schlampig geschrieben, dort spitz und pointiert. Der Tod J. F. Kennedys als Vorbote einer finsteren Seuche in Amerika. Aus freier Liebe war AIDS, aus LSD-Trips war Koks geworden. Haight-Ashbury, Patty Hearst, Timothy Leary, Abbie Hoffman, der *Weather Underground*, die *Days of Rage*, die Sturmfront, Woodstock und Altamont als Himmel und Hölle der Friedensbewegung. Laura schloß ihre Besprechung mit dem Urteil, daß *Verbrennt dieses Buch!* zwar interessant, aber nicht gerade weltbewegend sei, tippte darunter eine Dreißig und drehte das Blatt aus der Maschine heraus.

Das Telefon klingelte. Nach zweimaligem Läuten meldete sich ihre eigene Stimme: »Guten Tag! Hier der Privatanschluß von Douglas und Laura Clayborne. Bitte hinterlassen Sie eine Mitteilung nach dem Signal. Vielen Dank für Ihren Anruf.«

Piep. Klick.
Auch recht. Laura steckte ein zweites Blatt in die Maschine, um mit ihrer Kritik von *The Address* zu beginnen. Als sie im Fernsehen den Wetterbericht hörte, legte sie eine kleine Pause ein: Weiterer Aufzug von Bewölkung und sinkende Temperaturen. Dann – sie begann gerade mit der ersten Zeile ihrer Besprechung – klingelte das Telefon erneut, doch Laura arbeitete weiter, während ihre Stimme den Anrufer bat, eine Nachricht zu hinterlassen.
Piep. »Laura? Hier spricht jemand, der es gut mit Ihnen meint.«
Laura hörte auf zu tippen. Die Stimme klang gedämpft. Bestimmt verstellt, dachte Laura.
»Fragen Sie Doug, wer in den Hillandale-Appartements, Nummer 5-E wohnt.« *Klick.*
Und das war's.
Laura verharrte einen Moment regungslos auf ihrem Stuhl. Sie war einfach perplex. Dann stand sie auf, ging zu dem Anrufbeantworter und spielte die Nachricht noch einmal ab. Eine Frauenstimme? Vielleicht jemand, der beim Sprechen ein Taschentuch vor den Hörer hielt. Sie drückte abermals auf den Abspielknopf. Ja, eine Frauenstimme, aber von wem, das konnte sie nicht sagen. Ihre Hände zitterten, und ihre Knie fühlten sich weich an. Als sie die Nachricht zum drittenmal abspielte, notierte sie sich *Hillandale Apts., 5-E* auf einen Zettel. Dann schlug sie diese Adresse im Telefonbuch nach. Sie lag im Osten, auf der anderen Seite der Stadt. Sehr nah beim Canterbury-Six, bemerkte Laura. Nun ja.
Sie löschte die Nachricht von ihrem Anrufbeantworter. Jemand, der es gut mit ihr meinte, in der Tat! Jemand aus Dougs Büro? Wie viele wußten von dieser Sache? Laura fühlte, wie ihr Pulsschlag außer Kontrolle geriet, und plötzlich tat David in ihrem Bauch einen Tritt. Sie drückte eine Hand darauf – zwang sich, ruhig durchzuatmen. Ein Mo-

ment der Unschlüssigkeit: Sollte sie ins Bad gehen, um sich zu übergeben, oder würde die Übelkeit verfliegen? Sie schloß ihre Augen, und kalter Schweiß stand auf ihrem Gesicht, während sie wartete. Das Übelkeitsgefühl ging tatsächlich vorbei. Dann öffnete sie die Augen wieder und starrte auf den Zettel in ihrer Hand. Er schien ständig vor ihrem Blick zu verschwimmen, und sie hatte das Gefühl, als säßen ihre Schläfen in einem eisernen Schraubstock. Sie mußte zu einem Stuhl, bevor sie umfallen würde.

Laura hatte die beiden Eintrittskarten Doug gegenüber zwar nicht erwähnt, sie jedoch deutlich sichtbar auf dem Tisch liegenlassen. Und auch er hatte nichts gesagt. Am nächsten Abend hatte er sie ins *Grotto* ausgeführt, ein italienisches Restaurant, wo es ihr besonders gut gefiel, aber an einem Tisch in der Nähe einen Klienten entdeckt. Es endete damit, daß er eine Viertelstunde lang mit dem Mann redete, während Laura ihre kalte Minestrone aß. Er hatte sich bemüht, aufmerksam zu sein, doch sein Blick war rings umhergeschweift, und er fühlte sich offensichtlich nicht wohl in seiner Haut. Er weiß, daß ich es weiß, dachte Laura. Sie hatte sich verzweifelt gewünscht, daß nichts an der ganzen Geschichte stimmen, daß er die beiden Kinokarten erklären und ihr sagen würde, Eric sei irgendwie für diesen einen Tag aus Charleston zurückgejettet. Vielleicht hätte sie schon den geringsten Versuch einer Erklärung akzeptiert. Als Doug aber mit seinem Silberbesteck herumhantierte und direkten Blickkontakt vermied, wußte sie, daß er eine Affäre hatte.

In Lauras Inneren kämpften Wut und Trauer, während sie im Wohnzimmer saß und die Sonne durch die Jalousien drang. Vielleicht ginge es ihr ja schon besser, wenn sie aufstünde und irgend etwas zerbräche, aber das bezweifelte sie. Gleich nach der Geburt würden ihre Eltern nach Atlanta kommen, was zu Anfang sicher ganz prima liefe, aber enden würde es mit einem Krieg zwischen ihr und ihrer Mutter. Mutter wäre in dieser Situation keine Hilfe, und ihr Vater würde Laura umhätscheln und bevormunden wollen wie ein kleines Kind. Sie versuchte aufzustehen, fühlte sich aber todmüde, und Davids Gewicht lähmte sie. Darum blieb sie, wo sie war, in der einen Hand die Appartementnummer, die andere fest um die Armlehne geklammert. Heiße Tränen schossen ihr in die Augen, und sie biß die Zähne zusammen. »Nein, verdammt!« sagte sie. »Nein. Nein. Nein.« Aber sie konnte nicht anders: Sie heulte los, und die Tränen rollten ihr die Wangen hinab.

Die unausweichlichen Fragen kamen wie Hammerschläge: Wo habe ich versagt? Was habe ich falsch gemacht? Was bekommt er von einer Fremden, das ich ihm nicht geben kann?

Keine Antwort, nur noch mehr Fragen. »Dieser Schuft!« sagte Laura ruhig, als sie sich ausgeweint hatte. Ihre Augen waren rot gerändert und verschwollen. »Oh, dieser Schuft!« Sie hob eine Hand und beobachtete, wie die Sonne auf dem zweikarätigen Diamanten in ihrem Verlobungs- und auf ihrem goldenen Ehering funkelte. Beide wertlos, dachte sie, weil sie nichts bedeuteten. Leere Symbole – wie dieses Haus und das Leben, das Doug und sie sich aufgebaut hatten. Sie konnte sich bereits vorstellen, wie sich Carol darüber lustig machen würde: »Ist der olle Doug also los und hat sich 'n Mäuschen gesucht, das kein Baby im Ofen hat, was? Ich hab's dir ja gleich gesagt: Du kannst Männern nicht trauen! Die kommen von einem andern Stern!« Schon möglich; aber trotzdem gehörte Doug zu ihrer, zu Lauras Welt, und auch zu der von David würde er gehören. Die eigentliche Frage war: Wie sollte es jetzt weitergehen?

Laura kannte den ersten Schritt.

Sie stand auf, schaltete den Fernseher aus und nahm ihre Autoschlüssel. Dann suchte sie sich eine Stadtkarte, um den

schnellsten Weg zu den Hillandale-Appartements zu finden.
Der Wohnkomplex lag etwa zwanzig Minuten von ihrem Haus entfernt. Er besaß einen Tennisplatz und ein Schwimmbecken, das mit einer schwarzen Plane abgedeckt war, und Laura fuhr umher, um Haus E zu finden. Nach etlichen Umwegen entdeckte sie das Gebäude, parkte ihren BMW, stieg aus und studierte die Briefkästen.
Der von 5-E trug ein mit Filzstift geschriebenes Schildchen, auf dem der Name *C. Jannsen* stand. Es war eine frauentypische Handschrift, voller Kurven und Häkchen, die mit einem großen Schnörkel endete.
Eine jugendliche Schrift, dachte Laura, und es war, als würde ihr eine Faust das Herz abdrücken. Als sie vor der Tür stand, die ein braunes Plastikschildchen mit der Aufschrift 5-E trug, sah sie in ihrem Geiste Doug über diese Schwelle treten. In der Türmitte befand sich ein kleiner »Spion«, durch den der Kanarienvogel auf die Katze hinausgucken konnte. Laura sah kurz zum Türsummer. Dann legte sie ihren Finger darauf und ...
... tat nichts.
Auf der Nachhausefahrt redete sie sich ein, daß C. Jannsen wahrscheinlich sowieso nicht dagewesen wäre. Nicht Montag nachmittag um drei Uhr. Schließlich mußte sie ja irgendwo arbeiten, falls – ein schrecklicher Gedanke – Doug sie nicht aushielt. Laura zermarterte sich das Hirn nach einer C. Jannsen, die sie vielleicht aus Dougs Büro kennen würde, jedoch umsonst. Aber irgend jemand *wußte* von diesem Mädchen – jemand, der mit Laura Mitleid bekommen und sie telefonisch informiert hatte. Je mehr Laura darüber nachdachte, desto mehr war sie überzeugt, diese Stimme habe Marcy Parker gehört. Sie mußte sich jetzt darüber klarwerden, was sie tun wollte: Doug gleich mit ihrem Wissen konfrontieren oder damit warten bis nach der Geburt. Sie

hatte etwas gegen unerfreuliche Szenen, und die Belastung, unter der sie stand, wog ohnehin bereits Megatonnen; zudem würde eine offene Auseinandersetzung ihren Blutdruck hochjagen und möglicherweise David irgendwie schaden. Dieses Risiko konnte Laura nicht eingehen.

Sie würde Doug nach Davids Geburt fragen, wer C. Jannsen war, und dann sähe man weiter. Sie wußte, es wäre ein steiniger und gefahrvoller Weg. Es würde Tränen und böse Worte geben, einen Zusammenstoß zweier Persönlichkeiten, der das Phantasiegewebe ihres Zusammenlebens vielleicht zerreißen würde, doch *ein* Gedanke überragte in Lauras Kopf alle anderen: Doug hat jemanden, an dem er sich festhalten kann, und bald werde auch ich jemanden haben.

Ihre Fingergelenke wurden weiß vom Druck, mit dem sie das Steuer umklammerte. Auf halbem Wege nach Hause mußte sie eine Tankstelle anfahren, und im Waschraum brachen ihr die Tränen aus den Augen, und sie übergab sich, bis sie in ihrem Mund nur noch Bitterkeit schmeckte.

3

Das dunklere Herz

Mary Terror erwachte im Dunkeln. In ihrem Traum war sie auf ein zweistöckiges, himmelblau gestrichenes Holzhaus mit Giebeln, Schornsteinen und einer Veranda zugegangen. Sie kannte dieses Haus, und sie wußte, wo es stand: am Anfang. Sie war über das Verandatreppchen in das Haus getreten, durch dessen Fenster weiße Sonnenstrahlen auf den Fichtenholzboden brannten. Sie hatte ihn gefunden – in dem Raum mit den Erkerfenstern, die aufs Meer blickten. Lord Jack war in schneeweiße Gewänder gehüllt, sein blondes Haar fiel ihm lose um die Schultern, und mit scharfem, nachdenklichem Blick sah er Mary entgegen. Kurz vor ihm machte sie halt. Seine Nähe ließ sie zittern.

»Ich habe dich gerufen«, sprach er zu ihr. »Ich wollte, daß du kommst, weil ich dich brauche.«

»Ich habe dich gehört«, antwortete sie mit einer schwachen, flüsternden Stimme, die trotzdem durch den Raum hallte, und konnte die salzhaltige Seeluft in den Wänden riechen. »Ich brauche dich auch.«

»Wir werden noch einmal ganz von vorn anfangen, Mary. Wir werden diejenigen, die gestorben sind, auferwecken und die verirrten Schafe zurückbringen, und diesmal gehen wir sicher, daß wir gewinnen.«

»Diesmal werden wir gewinnen«, bestätigte sie und streckte ihre Hand nach der seinen aus.

»Wo ist mein Kind?« fragte Lord Jack.

Marys Hand verharrte mitten in der Luft.

»Mein Sohn«, sagte er. »Wo ist mein Sohn?«

»Ich ... ich ... ich weiß nicht ...«
»Du hast meinen Sohn unter dem Herzen getragen. Wo ist er?«
Einen Moment lang konnte Mary nicht sprechen. Sie hörte die Brandung an die Felsen donnern und drückte sich beide Hände auf den Bauch. »Ich ... ich bin verletzt worden«, erklärte sie. »Du weißt, daß ich verletzt wurde. Das ... das Baby habe ich verloren.«
Lord Jack schloß seine Augen. »Ich will einen Sohn haben.« Sein Kopf fiel nach hinten, und sie konnte die Tränen über seine Wangen herabrinnen sehen. »Du weißt, daß ich mir einen Sohn wünsche, der mein Erbe weiterträgt. Wo ist mein Sohn, Mary? Wo ist mein Sohn?«
Noch nie hatte sie etwas so schwer über ihre Lippen gebracht wie diese drei Worte: »Er ist tot.«
Lord Jack schlug die Augen auf, und es war, als sähe man ins Zentrum des Universums. Sterne und Planetensysteme zogen durch seinen Kopf, sämtliche Zeichen und Symbole vom Zeitalter des Wassermanns. »Mein Sohn muß noch am Leben sein«, sagte er mit seidiger, gequälter Stimme. »Er muß. Mein Erbe muß weitergetragen werden. Begreifst du denn nicht? Ich habe dir ein großes Geschenk gemacht, Mary. Und du hast es verloren. Du hast es umgebracht, nicht wahr?«
»Nein! Das stimmt nicht! Das Baby ist gestorben! Umgekommen, als ich verletzt wurde!«
Er hob seine Hand und legte einen Finger auf seine Lippen. »Als ich dich rief, wollte ich, daß du mir meinen Sohn bringst. Es ist ein Teil des Ganzen, ein sehr wichtiger Teil, wenn wir die Toten auferwecken und die Verirrten zurückbringen wollen. O Mary! Du hast mir so weh getan!«
»Nein!« Ihr brach die Stimme, und sie vernahm ein böses Gelächter in den Wänden. »Wir können doch ein neues Baby machen! Jetzt! Jetzt gleich, okay? Wir können ein neues Baby machen, eines, das genauso gut ist wie das letzte!«

Er betrachtete sie mit seinen Augen, die das Universum bargen – sah durch Mary hindurch in eine andere Dimension. »Ich will, daß du mir meinen Sohn bringst, Mary. Das Baby, das du und ich gemacht haben. Wenn du mir meinen Sohn nicht bringen kannst, kannst du nicht hierbleiben.«
Und während er dies sprach, begannen die Wände zu verblassen. Auch Lord Jack selbst verblaßte wie ein erlöschendes Licht. Sie versuchte, nach seiner Hand zu greifen, aber er wirbelte vor ihr davon, als wäre er ein Nebel. »Ich ... ich ...« Die Angst schnürte ihr die Kehle zu. »Ich kann doch sonst nirgendwohin!«
»Du kannst nicht hierbleiben«, wiederholte er, ein Geist in Weiß. »Wenn du zu mir kommen willst, dann mit meinem Sohn oder gar nicht.«
Und das Haus verschwand. Lord Jack löste sich in Luft auf. Mary blieb allein mit dem Geruch des Meeres, dem Tosen der Brandung an den Felsklippen, und dann wachte sie auf.
Das Baby schrie – ein dünnes, hohes Geräusch, das sich ihr ins Gehirn bohrte. Schweiß glitzerte auf ihrem Gesicht, und sie hörte die Lastzüge, die über den Highway donnerten. »Schluß mit dem Geheul!« sagte sie teilnahmslos. »Sofort Schluß damit!« Aber Jackie wollte nicht aufhören, und Mary Terror stieg aus dem Bett, um zu ihm hinzugehen. Er lag in einem Pappkarton. Sie berührte das nackte Baby. Seine Haut war kalt und wie Gummi, und als Mary sie fühlte, begann in ihr die Wut zu pochen wie ein zweites, dunkleres Herz. Babys waren Traumzerstörer, dachte Mary. Erst verhießen sie eine Zukunft, und dann starben sie.
Sie ergriff die Hand des Babys und legte ihren Finger hinein. Jackie wollte ihn nicht umklammern, wie es das Baby in dem Einkaufswagen getan hatte. »Nimm schon!« sagte sie. »Halt mich schon fest!« Ihre Stimme wurde allmählich

lauter: sie schwoll vor Zorn. »Halt fest, hab ich gesagt!«
Das Baby weinte immer noch, ein verzweifelter Laut, aber es wollte Marys Finger nicht packen. Seine Hand war kalt, sehr kalt. Irgend etwas stimmte nicht mit diesem Baby. Das war gar nicht der Sohn von Lord Jack, dachte Mary. Das war eine schreiende, kalte Fleischmasse, die nicht seinen Lenden entstammte. »Schluß jetzt!« Sie hob das Baby aus dem Karton und schüttelte es. »Ich meine es ernst!«
Das Baby gurgelte, verschluckte sich und schrie dann erneut los, dieses hohe, schrille Geräusch. Mary hatte mörderisches Kopfweh; das Gekreisch des Babys trieb sie zum Wahnsinn. Sie schüttelte das Kind fester und sah im Dunkeln seinen Kopf wackeln. »Schluß! Schluß! Schluß jetzt!«
Jackie wollte nicht gehorchen, und Mary spürte, wie ihr das Blut ins Gesicht schoß. Dieses Baby hier war kaputt; irgend etwas stimmte nicht mit ihm. Seine Haut war kalt, es wollte nicht nach Marys Finger greifen, und sein Geschrei klang erstickt. Keines von den Babys hörte auf sie, und immer dann geriet Mary in Weißglut. Sie schenkte ihnen Leben und Liebe, fütterte sie, selbst wenn sie nicht gefüttert werden wollten, wischte ihnen den Brei vom Mund und wechselte ihnen die Windeln, aber trotzdem waren die Babys ungehorsam, treulos. Weshalb, verstand sie erst nach diesem Traum: Keines von ihnen war Lord Jacks Sohn, und keines verdiente es zu leben. »Schluß mit dem Geschrei, verdammt!« brüllte Mary, doch dieses Kind heulte und strampelte in ihren Händen, ohne dabei zu wissen, daß es seinen gummiartigen Körper der Vernichtung immer näher brachte. Jack würde dieses Kind nicht annehmen, dachte Mary. Nein, nein; er würde sie nicht bei sich behalten, wenn sie ihm dieses Baby brachte. Mit diesem Baby war etwas verkehrt. Schrecklich verkehrt. Es war kalt, weich wie Gummi, und es mußte sterben.
Marys Schläfen pochten von dem Gekreisch. Hinter Marys

Zähnen hämmerte ein Schrei, sie konnte nicht mehr. Mit einem animalischen Stöhnen packte sie Jackie bei den Beinen und schleuderte ihn gegen die Wand. Das Geschrei brach ab, verstummte einen Moment und kehrte dann mit voller Kraft zurück. *»Ruhe!«* brüllte sie und knallte den Kopf des Babys noch einmal gegen die Wand. *»Ruhe!«* Noch einmal. *»Ruhe!«* Und diesmal hörte sie etwas im Innern des Kopfes zerspringen. Das Geschrei verstummte, und Mary schmetterte das kalte Baby ein letztes Mal an die Wand. Sie konnte den kleinen Körper in ihren Händen zucken und zittern fühlen. Bumm! Bumm! Jemand von nebenan hämmerte an die Wand.
»Ruhe, du verrückte Kuh, sonst hol ich die Polizei!«
Der Alte aus der Nachbarwohnung. Shecklett. Mary ließ das kalte Baby zu Boden fallen und fühlte sich von einer Woge der Verzweiflung erfaßt, die eine Sekunde später zischend, dampfend und tosend in Wut umschlug. Shecklett hämmerte immer noch gegen die Wand! »Sie sind verrückt, haben Sie mich verstanden? *Verrückt!*« Er hörte auf, und Mary ging zu der Kommode am anderen Ende des Zimmers, um deren unterste Schublade zu öffnen. Sie holte den Achtunddreißiger heraus, mit dem sie Cory Peterson liquidiert hatte. Der Zylinder enthielt nur noch eine einzige Kugel, und Mary hantierte mit einer Munitionspackung, um den Revolver zu laden. Dann ließ sie den Zylinder einschnappen, ging an die Wand zwischen ihrer Wohnung und der von Shecklett und preßte ein Ohr gegen die billige Holztäfelung. Sie konnte hören, wie Shecklett sich im Zimmer umherbewegte. Eine Tür knallte. Wasser lief. Im Bad vielleicht? Mary drückte die Mündung des Achtunddreißigers an die Wand und zielte dorthin, von wo das Geräusch des fließenden Wassers kommen mußte. Ihr Puls schlug langsam und gleichmäßig, und ihre Nerven waren ruhig, aber sie hatte die Provokationen und Drohungen des Alten jetzt

endgültig satt. Heute nacht hatte sie wieder ein Baby umgebracht; sein Leichnam lag mit zertrümmertem Schädel nur ein Stück von ihr entfernt. Lord Jack würde sie nicht zu sich kommen lassen, wenn sie ihm nicht ein Baby brachte, seinen Sohn, doch jedes Baby widersetzte sich ihrer Liebe.

»Komm nur raus!« flüsterte Mary, während sie darauf wartete, daß drüben die Tür aufging. Das Geräusch des Wassers verstummte. Sie hörte Shecklett mehrmals husten und spukken, und einen Moment später rauschte die Klospülung. Mary spannte langsam den Abzugshahn des Colts. Sie würde den Zylinder durch die Wand leerschießen, dann noch einmal laden und erneut leerschießen bis auf eine einzige Kugel. Wenn sie nicht zu Lord Jack konnte, konnte sie nirgendwohin. Sie hatte kein Zuhause, keine Heimat, keine Identität; sie war ein Niemand, ein wandelndes Nichts, und sie war bereit, dem Versteckspiel ein Ende zu machen.

»Los!« sagte Mary noch einmal, »komm doch raus«, und sie hörte die Badezimmertür in den Angeln quietschen.

Ihr Finger krümmte sich fester um den Abzug.

Bumm, bumm!

Es war nicht das Geräusch von Gewehrfeuer. Es war eine Faust, die an eine Tür hämmerte. Mary nahm ihren Finger vom Abzug, und das Klopfen ertönte erneut, lauter und hartnäckiger. Es kam von der Haustür, wurde ihr klar. Den Colt immer noch in ihrer Hand, ging sie in das andere Zimmer und spähte aus dem Fenster. Draußen standen zwei Polizisten und hinten auf dem Parkplatz ein Streifenwagen. Mary stellte sich hinter ihre Tür, nahm sich zusammen und fragte mit fester Stimme: »Was gibt's?«

»Polizei. Würden Sie bitte aufmachen?«

Ganz ruhig! ermahnte sie sich. Nur nicht die Beherrschung verlieren! Die Bullen stehen vor der Tür. Ganz ruhig! Sie drehte den Türriegel zurück, nahm die Kette ab und hielt die Hand mit dem Revolver außer Sichtweite, als sie durch den Spalt auf die zwei Polizisten spähte. Der eine war ein Schwarzer, der andere weiß. »Wo brennt's denn?«

»Wir haben einen Anruf bekommen, wegen Ruhestörung«, erklärte der Schwarze und knipste ein Taschenlämpchen an, das er Mary ins Gesicht richtete. »Alles in Ordnung hier, Ma'am?«

»Ja. Absolut.«

»Einer von Ihren Nachbarn hat uns angerufen und sich beschwert«, sagte der weiße Polizist. »Aus ihrer Wohnung käme ein Riesengeschrei.«

»Ich ... habe einen Alptraum gehabt. Bin wahrscheinlich laut geworden.«

»Würden Sie die Tür bitte etwas weiter öffnen?« fragte der Schwarze, und Mary gehorchte ohne Zögern; die Hand mit dem Revolver hielt sie versteckt. Der schwarze Polizist ließ das Licht der Taschenlampe über Marys Gesicht wandern. »Wie heißen Sie, Ma'am?«

»Ginger Coles.«

»Das ist sie!« schrie Shecklett aus seiner Wohnungstür. »Ich sage Ihnen, die ist total verrückt! Sie sollten sie einsperren, ehe sie anderen was antut!«

»Sir? Würden Sie Ihre Stimme bitte etwas dämpfen?« Der schwarze Polizist flüsterte mit dem weißen, worauf der weiße zu Shecklетts Wohnung ging. Mary konnte den Alten brummeln und fluchen hören, beachtete ihn jedoch nicht. Sie sah weiterhin dem schwarzen Mann fest in die Augen. Er zog eine Packung Doublemint aus seiner Jakkentasche und bot ihr davon an, aber sie schüttelte den Kopf. Daraufhin schob er sich eines der Plättchen in den Mund und begann zu kauen. »Alpträume können ganz schön komisch sein, was?« fragte er. »Sie sind so real, mein ich.«

Er will mir auf den Zahn fühlen, dachte Mary. »Ja, da haben Sie recht. Manchmal träume ich wirklich schlimme Sachen.«

»Sieht ganz danach aus ... wenn Sie so laut schreien.« Der Strahl der Taschenlampe spielte abermals über ihr Gesicht.
»Ich bin als Krankenschwester in Vietnam gewesen«, sagte Mary.
Der dünne Lichtstrahl hielt inne. Blieb ein paar Sekunden lang als heller Fleck auf ihrer rechten Wange kleben. Dann ein leises *Klick!*, und er erlosch.
»Tut mir leid«, sagte der schwarze Polizist. »Ich selbst hab ja nicht gedient. War damals noch zu jung. Aber ich hab *Platoon* gesehen. Muß ja die Hölle gewesen sein, da drüben, was?«
»Tag für Tag.«
Er nickte und steckte sein Taschenlämpchen weg. »Wir sind hier fertig, Phil«, sagte er zu seinem weißen Kollegen, und dann wieder zu Mary: »Tut mir leid, daß wir Sie gestört haben, Ma'am. Aber Sie verstehen hoffentlich, daß Ihr Nachbar bei uns angerufen hat.«
»Ja, das versteh ich. Für gewöhnlich nehme ich ja auch Schlaftabletten, aber ich habe noch kein neues Rezept.«
»Sie spinnt!« beharrte Shecklett, und seine Stimme nahm erneut einen stechenden Tonfall an. »Brüllt die ganze Zeit rum und macht 'n Höllenradau!«
»Sir?« Der schwarze Bulle ging zu Shecklетts Tür. »Sir? Ich habe Sie doch gebeten, sich zu mäßigen. Diese Frau ist eine Vietnamveteranin. Darauf sollten Sie ein bißchen Rücksicht nehmen.«
»Hat sie Ihnen das etwa erzählt? Einen Scheißdreck! Lassen Sie sich's beweisen!«
»Sie werden sich jetzt beruhigen, Sir. Oder wollen wir eine kleine Spazierfahrt zusammen machen?«
Eine lange Pause entstand. Mary wartete, ihre Hand fest um den Griff des Achtunddreißigers. Sie hörte den schwarzen Polizisten mit Shecklett reden, konnte aber nicht verstehen, was er sagte. Dann fiel die Tür des Alten zu, und

die beiden Polizisten kamen wieder zu Mary. »Ich glaube, es ist jetzt alles geklärt«, sagte der Schwarze. »Gute Nacht, Ma'am.«
»Gute Nacht. Und tausend Dank, meine Herren«, antwortete sie. Dann schloß sie ihre Tür, riegelte ab und legte die Kette vor. »Scheiße!« fluchte sie mit zusammengebissenen Zähnen. »Scheiße, Scheiße, scheiß auf euch alle!« Sie wartete hinter ihrem Fenster, bis die Beamten weggefahren waren. Dann ging sie zu der Wand zwischen ihrer Wohnung und der von Shecklett, legte ihren Mund an die Täfelung und sagte: »Wir rechnen noch miteinander ab, wenn ich hier fortgeh. Hörst du? Wir rechnen noch miteinander ab! Ich werd dir die Augäpfel rausschneiden und sie dir in den Hals stopfen, daß du daran erstickst, du altes Stück Scheiße! Verstanden?«
Sie hörte, wie Shecklett hinten in seinem Schlafzimmer hustete. Dann stieß er ein unregelmäßiges Keuchen aus, und die Toilette rauschte abermals. Mary ging wieder in ihr eigenes Schlafzimmer, knipste das Licht an und blieb stehen, um das tote Baby auf dem Fußboden zu betrachten.
Sein Kopf war aufgesprungen und verbeult, aber kein Blut, keine Gehirnmasse quollen aus dem Schädel. Eine Puppe, dachte sie. Es ist eine Puppe. Sie hob das leblose Ding an einem Bein vom Fußboden auf, brachte es zu ihrem »Kinderhimmel« im Wandschrank und blieb dort stehen. Der Puls pochte an ihrer rechten Schläfe, und ihre Augen wirkten glasig wie ein vereister Teich, während sie lange Zeit auf die anderen zerstörten Puppen hinabsah.
Puppen. Allesamt. Nicht Fleisch und Blut, sondern Gummi und Plastik. Mit aufgemalten Augen. Sie konnten sie nicht lieben, weil sie nicht wirklich lebendig waren. Das war der Grund, und es verblüffte Mary, daß sie es nicht schon früher gemerkt hatte. Sosehr sie sich auch wünschte, sie wären lebendig, so viele sie auch gebar, sie fütterte und ihnen

Liebe schenkte, sie lebten gar nicht richtig. Sie konnte sich *einbilden*, daß diese Puppen aus Fleisch und Blut wären, aber letztendlich brachte sie sie doch alle um, weil sie die ganze Zeit über wußte, daß es nur Gummi oder Plastik war.

Lord Jack wünschte sich ein Kind. Einen Sohn. Er hatte ihr ein Baby geschenkt, und sie hatte das Geschenk verloren. Wenn sie nicht mit einem Baby zu Lord Jack ginge, würde er sie abweisen. Das war die Botschaft ihres Traumes. Aber die Sache hatte einen Haken, eine Unstimmigkeit in der Zeit. Jacks Baby war tot. Sie hatte den Leichnam im Waschraum einer Tankstelle bei Baltimore aus ihrem von Glas und Metall zerschnittenen Bauch gepreßt, hatte die kleine Gewebemasse in Papierhandtücher gewickelt und sie mit dem Wasser davonschwimmen lassen. Es war ein Junge gewesen. Wie es sich Jack erhofft hatte. Ein Junge, der Jacks Erbe weitertragen würde. Aber wie konnte sie Jack einen Sohn bringen, wenn sein Sohn tot und weggespült war?

Den Revolver immer noch in ihrer Hand, setzte sich Mary auf die Bettkante und stützte den Kopf in die Hände. *Wenn sie nun aber* ... Sie starrte die tote Kakerlake an, die vor der Fußleiste auf dem Rücken lag.

Wenn sie nun aber doch ein Baby hätte, das sie Jack bringen könnte?

Einen richtigen kleinen Jungen. Einen aus Fleisch und Blut. Einer, der lebendig war ... Was dann?

Den Revolver fest in ihrer Rechten, stand Mary auf und begann, nachdenklich durchs Zimmer zu schreiten. Einen richtigen kleinen Jungen. Wo ließ sich der auftreiben? Sie stellte sich vor, wie sie zu einer Adoptionsstelle gehen und die Anträge ausfüllen würde. Habe meines Wissens sechs Bullen umgelegt, würde sie sagen. Plus einen Hochschulprofessor und so 'nen Typen, der einen Film über die Sturmfront drehen wollte. Und dann noch einen kleinen Bengel,

draußen im Wald. Aber ich wünsche mir so sehr ein Baby, einen Jungen! Wenn Sie nur wüßten ...!
Das schied also aus. Woher aber sonst ein Baby nehmen und nicht ...
Sie hielt inne. Babys ließen sich am gleichen Ort beschaffen, wo auch alle anderen Mütter sie bekamen: In einer Entbindungsklinik!
Genau, dachte sie sarkastisch. Klar. Spazier einfach dort rein, schieß das ganze Krankenhaus zusammen und schnapp dir ein Kind aus der Entbindungsstation.
Aber halt!
Ich bin als Krankenschwester in Vietnam gewesen.
Das war natürlich gelogen. Mary hatte diese Lüge schon früher benutzt, aber die Bullen fielen immer wieder darauf herein. Ein Wort von Vietnam, und sie wurden zu Volltrotteln, und während ihre Gedanken über fruchtbaren Boden schweiften, begann Mary erneut, das Zimmer zu durchmessen. Als Krankenschwester. Als Krankenschwester ...
In einem Kostümverleih bekam man doch auch eine Schwesterntracht, oder?
Ja, aber hatten alle Krankenhäuser die gleiche? Mary wußte es nicht. Falls sie es wirklich so machen würde, müßte sie als erstes in eine Klinik gehen und das herausfinden. Sie holte sich das Telefonbuch und schlug unter dem Stichwort »Krankenhäuser« nach. Wenn man all diese Therapiezentren und Kliniken hinzuzählte, gab es viele davon. Eines gar nicht weit von Mableton entfernt. Zu klein, entschied Mary. Ein anderes, das Atlanta West Hospital, war vielleicht ein oder zwei Meilen entfernt. Das könnte gehen, dachte sie. Dann aber fiel ihr Blick auf einen weiteren Eintrag, und sie sagte: »Das ist es!«
Es war das St. James Hospital. Ein Omen für gutes Karma, dachte Mary. Ein Krankenhaus, das nach Jim Morrison benannt war. Sie las die Adresse. Das St. James lag drüben in

Buckhead, dem Nobelviertel der Stadt, also ein ganzes Stück weit entfernt. Aber vielleicht käme dieser Umstand ihr nur zustatten: Dort drüben konnte sie unmöglich jemand kennen, und diese Reichen aßen keine Hamburger. Mary nahm einen Stift, um den Telefonbucheintrag zu umranden. Sie hatte einen metallischen Geschmack im Mund: den Geschmack der Gefahr. Dieses Pläneschmieden war wie früher, in alten Zeiten, und der Gedanke, ein Baby aus der Entbindungsstation des St. James Hospital zu entführen, noch dazu den Sprößling irgendeiner reichen Tussi, machte, daß ihr Herz höher schlug und eine warme Feuchtigkeit zwischen ihren Schenkeln pulsierte.

Aber sie wußte nicht, ob es sich wirklich bewerkstelligen ließ. Zuerst müßte sie dieses Krankenhaus persönlich aufsuchen und die Entbindungsstation auskundschaften: Sicherheitssystem, Standort des Treppenhauses sowie die Lage des Stationsbüros bezüglich der Ausgänge. Sie mußte feststellen, wie die Uniformen aussahen, wie viele Schwestern auf der Station arbeiteten, und noch weitere Punkte klären, die ihr erst vor Ort einfallen würden. Falls die Sache sich nicht machen ließe, würde sie sich etwas anderes suchen.

Aber das Kind wäre nicht Jacks Sohn. Der war tot. Wäre Lord Jack, wenn sie ihm einen anderen, einen neuen Jungen bringen würde, wohl ebenso zufrieden? Sogar noch mehr, meinte sie nach längerer Überlegung. Sie würde ihm sagen, daß das Baby, welches in ihrem zerfetzten Bauch gestorben war, ein Mädchen gewesen wäre.

Mary steckte die Pistole weg, legte sich auf das Bett und versuchte zu schlafen. Aber sie war zu aufgeregt. Noch zwanzig Tage bis zu ihrem Treffen bei der weinenden Lady. Sie stand auf, schlüpfte in ihren grauen Jogginganzug und trat in die kalte Nacht hinaus, um eine Meile zu laufen und dabei nachzudenken.

4

Donnerstagskind

Am Donnerstag, dem ersten Februar, legte Doug nach dem Abendessen die Zeitung beiseite und sagte: »Ich habe noch im Büro zu tun.«

Laura sah zu, wie er aufstand und nach hinten ins Schlafzimmer ging. Ihr gemeinsames Abendessen hatte bei eisigem Schweigen stattgefunden. Am Montag nachmittag war Laura zu den Hillandale-Appartements hinausgefahren, und seitdem hatte sie in jeder seiner Bewegungen sein schlechtes Gewissen gesehen, hatte es aus jedem Wort herausgehört. Doug hatte sie gefragt, was mit ihr los sei – sie beschäftige doch irgend etwas –, aber Laura hatte geantwortet, es gehe ihr nicht so gut und sie wolle endlich ihren dicken Bauch loswerden. Das war natürlich nur eine Halbwahrheit. Auf einen inneren Instinkt hin, der seit den letzten paar Tagen wie ein Radaralarm in ihm funktionierte, hatte Doug das Thema nicht weiterverfolgt, und Laura vertiefte sich in ihre Lektüre oder schaute Videos an, während ihr Körper Kraft für die bevorstehende Prozedur sammelte.

»Zurück bin ich in ungefähr ...« Doug schlüpfte gerade in seinen Mantel und sah auf die Wanduhr. »Ich weiß nicht. Wenn ich fertig bin.«

Laura biß sich auf die Zunge. David lag ihr heute abend besonders schwer im Bauch, und die Tritte, die er ihr versetzte, brachten sie allmählich in Wut. Sie kam sich vor wie eine Tonne, wurde seit zwei Nächten von Alpträumen über die Irre auf dem Balkon geplagt und hatte wirklich

keine Lust zum Versteckspielen. »Wie geht's denn Eric?« fragte sie.
»Eric? Dem geht's gut, schätz ich. Keine Klagen. Wieso?«
»Ist er genauso wenig zu Hause wie du?«
»Bitte fang jetzt nicht damit an! Ich weiß, daß ich viel um die Ohren hab. Der Tag ist einfach nicht lang genug.«
»Die Nacht wohl auch nicht, was?« fragte sie.
Doug, der sich gerade seinen Mantel zuknöpfte, hielt inne und starrte sie an. Sie glaubte, in seinen Augen ein wenig Furcht aufblitzen zu sehen. »Nein«, antwortete er. »Das stimmt.« Seine Finger beendeten ihre Arbeit. »Weißt du, wieviel es kostet, einen kleinen Jungen großzuziehen und ihn aufs College zu schicken?«
»Eine Menge.«
»Jawohl, eine Menge. Über hunderttausend Dollar ungefähr, und das nach jetzigen Verhältnissen. Weiß Gott, was es erst kostet, wenn David mal alt genug fürs College ist! *Das* habe ich im Kopf, wenn ich abends noch zur Arbeit gehe!«
Sie fühlte sich einem Ausbruch entweder von Tränen oder von Gelächter nahe. Ihr Gesicht schmerzte vor Verlangen, die Maske fallenzulassen, aber Laura riß sich zusammen. »Also, bist du bis Mitternacht zurück?«
»Bis Mitternacht? Klar!« Doug schlug sich den Kragen hoch. »Soll ich anrufen, falls es zu spät wird?«
»Das wäre ganz nett.«
»Okay.« Doug beugte sich zu ihr herab und gab ihr einen Kuß auf die Wange. Laura merkte, daß er das After-shave English Leather genommen hatte. Seine Lippen kratzten auf ihrer Haut, und dann waren sie verschwunden. »Bis später«, sagte er, während er sich seine Aktentasche griff und Richtung Garagentür eilte.
Sag doch was, dachte Laura. Sag etwas, daß er keinen Schritt weitergeht! Mach, daß er nicht zu dieser Tür geht! Los,

jetzt! Aber sie wußte nicht, was sie eigentlich sagen sollte, und fürchtete, daß nichts, was sie sagen könnte, ihn aufhalten würde. Und diese Angst war am schlimmsten.

»Das Baby!« rief sie.

Dougs Schritte wurden langsamer. Er blieb tatsächlich stehen und sah zu ihr zurück.

»Ich glaube, es sind jetzt nur noch ein paar Tage«, sagte sie.

»Ja.« Er lächelte nervös. »Von dir aus kann's gleich losgehen, nicht wahr?«

»Bleibst du bei mir?« fragte Laura und hörte ihre Stimme zittern.

Doug holte tief Luft. Laura sah ihn mit schmerzlichem Gesicht – wie ein Gefangener, der die Länge und Breite seiner Zelle abschätzt – die Wände ringsum anschauen. Er trat ein paar Schritte auf sie zu und blieb dann wieder stehen. »Weißt du, manchmal ... es läßt sich schwer ausdrücken.« Er hielt ein, zwei Sekunden inne und versuchte es erneut. »Manchmal sehe ich, was wir besitzen und wie weit wir es gebracht haben, und ... innerlich ist mir ganz merkwürdig ... so, als würde ich mich fragen: Ist es das? Ich meine ... ist das alles, worum es geht? Und jetzt, wo du so kurz vor der Geburt stehst ... jetzt kommt es mir vor, als ginge etwas zu Ende. Kannst du das begreifen?«

Sie schüttelte den Kopf.

»So als ginge die Zeit zu Ende, in der wir beide allein waren«, fuhr er fort. »Doug und Laura. Weißt du, was ich letzte Woche geträumt habe?«

»Nein. Verrat's mir!«

»Ich habe geträumt, ich wäre ein alter Mann. Ich habe in diesem Stuhl dort drüben gesessen ...« Er deutete mit einem Kopfnicken darauf. »Und ich hatte einen Bauch, eine beginnende Glatze, und ich wollte nichts als vor dem Fernseher sitzen und schlafen. Ich weiß nicht, wo du und David waren, aber ich war allein. Ich hatte alles hinter mir, und ich … ich fing an zu weinen, weil dieses Bewußtsein so schrecklich war. Ich war ein reicher Mann in einem schönen Haus, und ich habe geweint, weil –« Es fiel ihm schwer, aber er zwang sich dazu, es zu sagen. »Weil es letztendlich nur um den Weg geht, nicht um das Ziel. Es geht um den Kampf, dorthin zu gelangen, aber ist man erst einmal da …« Er ließ seinen Satz unbeendet und zuckte die Achseln. »Wahrscheinlich klingt das alles ziemlich verrückt, was?«

»Komm! Setz dich!« forderte Laura ihn auf. »Sprechen wir doch darüber, okay?«

Und Doug wollte schon auf sie zugehen; sie wußte, daß er es wollte, weil sein Körper zu zittern schien, als versuche er, sich von etwas loszureißen. Ein paar kostbare Sekunden lang schien er hin und her gerissen zu sein. Dann hob er den Arm und sah auf seine Rolex. »Besser, ich fahr jetzt los. Hab morgen früh einen wichtigen Kunden, und es gibt noch ein bißchen Papierkram zu erledigen.« Seine Stimme klang wieder förmlich und rein geschäftsmäßig. »Wir unterhalten uns morgen. In Ordnung?«

»Wann auch immer«, antwortete Laura mit zugeschnürter Kehle, und Doug wandte sich ab, um, die Aktentasche in seiner Hand, aus dem Haus zu gehen.

Laura hörte das Geräusch des Mercedes. Das Garagentor öffnete sich, und noch bevor es wieder nach unten glitt, sprang Laura auf die Beine. Sie drückte ihre Augen zu, krümmte sich und stemmte sich eine Hand ins Kreuz. Schon seit heute früh tat ihr der Rücken weh. Mit schmerzendem Körper durchquerte sie das Wohnzimmer, nahm ihre BMW-Schlüssel von dem kleinen Silbertablett und holte Mantel und Handtasche aus dem Schrank. Dann ging – oder besser: schlurfte – sie in die Garage, wo sie hinter das Lenkrad ihres BMW rutschte und den Motor anließ.

Sie hatte beschlossen, Doug zu folgen. Wenn er ins Büro fuhr, gut; sie würden offen und ehrlich über ihre gemeinsame Zukunft sprechen und entscheiden, wie es weitergehen sollte. Fuhr er aber zu den Hillandale-Appartements, dann würde sie morgen früh einen Rechtsanwalt anrufen. Sie stieß aus der Garage, bog auf die Moore's Mill Road ein und steuerte, auf das Beste hoffend, doch das Schlimmste befürchtend, den bewußten Wohnkomplex an.

Als sie sich in den Verkehr auf der Schnellstraße einfädelte, wurde ihr klar, daß sie handelte, als würde sie das Ganze aus der Ferne betrachten, und staunte über ihre Verwegenheit. Daß sie tatsächlich noch solchen Mut hatte! Sie hatte geglaubt, durch der Mord in jener heißen Julinacht sei ihre innere Standfestigkeit ein für allemal erschüttert worden. Aber sie schämte sich, daß sie Doug verfolgte – ihm nachspionierte, als wäre er ein Verbrecher – und verlangsamte bereits, um bei der nächsten Ausfahrt abzubiegen und zu wenden, da dachte sie: *Nein!* Eine harte innere Stimme, die ihr gebot weiterzufahren. Doug war doch auch ein Verbrecher. Wenn er ihr Herz nicht schon zerrissen hatte, dann trampelte er wenigstens darauf herum. Zerstörte ihr gemeinsames Leben, brachte sie brutal auseinander und machte den Schwur, den sie einander geleistet hatten, zur Farce. Er *war* ein Verbrecher, und er verdiente es, beschattet zu werden.

Laura gab Gas und preschte an der Ausfahrt vorüber.

Bei den Hillandale-Appartements angekommen, fuhr sie ziellos um das Gebäude, in dem C. Jannsen wohnte, herum und hielt dabei auf dem Parkplatz nach Dougs Wagen Ausschau. Kein Mercedes in Sicht. Nur die luxuriösen Sportwagen von jüngeren Leuten. Laura fand eine Parklücke genau vor dem Haus und fuhr hinein, um zu warten. Er ist nicht hier, und er wird auch nicht kommen, dachte sie. Er ist vor mir losgefahren. Wenn er hierhergekommen wäre,

dann müßte er schon dasein. Er ist ins Büro gefahren, genau wie er gesagt hat. Er ist wirklich im Büro.
Sie wurde von einer solchen Erleichterung erfaßt, daß sie am liebsten geschluchzt hätte.
Ein paar Scheinwerfer streiften den Wagen. Laura sah nach rechts hinter sich und erblickte den Mercedes, der gerade vorüberglitt wie ein Haifisch auf Beutejagd. Ihr stockte der Atem; sie schnappte leise nach Luft. Der Mercedes bog in eine Parklücke einige Wagen vor ihr ein. Laura beobachtete, wie die Scheinwerfer abgestellt wurden und ein Mann ausstieg. Er begann, auf C. Jannsens Gebäude zuzugehen – ein Gang, den Laura augenblicklich erkannte: irgend etwas zwischen Stolzieren und Schlurfen. In Dougs Hand war keine Aktentasche mehr, sondern eine Sechserpackung Bier.
Er hat bei einer Spirituosenhandlung angehalten, begriff Laura. Darum war sie auch zuerst hiergewesen. Eine wilde Wut flackerte in ihr auf; sie konnte sie in ihrem Mund schmecken. Ihre Finger hielten den Lenker so fest umklammert, daß die Adern auf den Handrücken reliefartig hervortraten. Doug war unterwegs zu seiner Freundin, und er schwenkte den Sechserpack wie ein aufgeregter Schuljunge.
Laura faßte den Türgriff – ließ die Tür aufspringen. Sie würde ihn nicht so einfach zu dieser Wohnung gehen und in dem Glauben lassen, er hätte sein braves, dämliches Frauchen mal wieder ausgetrickst! Zum Teufel, nein! Sie würde sich auf ihn stürzen und ihn zermalmen wie eine Schnecke unter einem Sack Zement. Und wenn sie mit ihm fertig war, bräuchte C. Jannsen eine Dreckschaufel, um ihn zusammenzukehren!
Mit wutentbranntem Gesicht stand Laura auf.
Sie konnte das Fruchtwasser nicht mehr halten.
Die warme Nässe strömte ihr zwischen den Schenkeln hinab, und erst, als diese Nässe ihre Knie erreichte, registrierte Laura den Schock. Was sie schon den ganzen Tag in Form

von Kreuzschmerzen und gelegentlichen Krämpfen wahrgenommen hatte, war das erste Stadium der Wehen gewesen.
Sie stand kurz vor der Geburt!
Sie sah zu, wie Doug um eine Ecke verschwand.
Einen Moment lang blieb sie mit ihrem durchnäßten Höschen stehen, wo sie war, und die erste Wehe kündigte sich an. Der Druck steigerte sich zu einem allumfassenden Schmerz, und Laura schloß die Augen, während die Wehe langsam ihren Höhepunkt erreichte und wieder nachließ. Tränen rollten ihr über die Wangen. Schau auf die Uhr, du Dummkopf, dachte sie. Schau, in welchen Zeitabständen die Wehen kommen! Sie stieg wieder in ihren BMW und sah in der Innenbeleuchtung auf die Armbanduhr. Die nächste Wehe kam acht Minuten später und war so heftig, daß Laura ihre Zähne zusammenbiß.
Lange konnte sie nicht mehr hierbleiben. Doug hatte jemanden. Sie war ganz allein.
Sie ließ den Motor an, fuhr aus der Parklücke und fuhr davon, weg von ihrem Mann und den Hillandale-Appartements.
Nach zwei weiteren Wehen verließ Laura die Schnellstraße und hielt an einer Tankstelle, um den Fernsprecher zu benutzen. Sie rief bei Dr. Bonnart an, sprach mit dem Telefondienst und erhielt die Antwort, daß man ihn über den Pieper herholen werde. Dann wartete sie und umklammerte den Telefonhörer noch fester, als ihr eine neue Wehe eine pulsierende Welle von Schmerz den Rücken hinauf- und die Beine hinunterjagte. Zu guter Letzt meldete sich die Stimme von Dr. Bonnart. Er hörte sich an, was los war, schickte Laura auf schnellstem Wege ins St. James Hospital und sagte vor dem Auflegen: »Ich treffe mich dann dort mit Doug und Ihnen.«
Das St. James Hospital war ein weitläufiges, weißes Gebäu-

de in einer Art Parkanlage und lag im Nordosten von Atlanta. Als Laura den Papierkram in der Notaufnahme endlich erledigt und man sie in den Kreißsaal geschafft hatte, erschien Dr. Steven Bonnart. Er trug eine Tuxedo-Jacke, und sie meinte, er hätte sich für das Ereignis doch nicht extra umziehen müssen. »Förmliche Dinnerparty zu Ehren des neuen Krankenhausdirektors«, erklärte er, während er den Monitor beobachtete, der Lauras Wehentätigkeit aufzeichnete. Sei ohnehin keine tolle Party gewesen: überall Pieper, und es habe sich angehört wie ein Raum voller Grillen.

»Wo ist denn Doug?« fragte Dr. Bonnart, wie Laura es bereits befürchtet hatte.

»Doug ... ist verhindert«, antwortete sie.

Dr. Bonnart starrte sie einen Moment durch seine runde Schildpattbrille an, gab dann einer der Krankenschwestern ein paar Anweisungen und verließ den Kreißsaal, um sich zu desinfizieren und umzuziehen.

Laura bekam eine Demerol-Infusion in den Handrücken. Sie trug inzwischen einen grünen Krankenhauskittel mit einem Elastikgürtel, von dem Drähte zu einem Monitor verliefen, und setzte sich vornübergebeugt auf einen Tisch. Der Geruch von Desinfektionsmittel stieg ihr in die Nase. Die Schwestern arbeiteten rasch und effektiv und plauderten mit Laura, aber es fiel ihr schwer, sich auf das, was sie sagten, zu konzentrieren. Alle Geräusche und Bewegungen verschwammen, und sie verfolgte das Bildschirmsignal, während die Wehen in ihrem Körper anschwollen und wieder verebbten, bis die nächste einsetzte. Eine der Krankenschwestern begann, von einem Auto zu erzählen, das sie gerade gekauft hatte. Knallrot sei es. Sie habe schon immer ein knallrotes Auto gewollt. »Ruhig durchatmen«, sagte eine andere zu Laura und legte ihr eine Hand auf die Schulter. »Genau, wie man's Ihnen beigebracht hat.« Lauras Herz klopfte heftig, was sich in sprunghaften Zacken auf einem anderen Monitor bekundete. Die Wehen waren wie eingesperrter Donner: Sie rüttelten Lauras Körper durch und prophezeiten ein Gewitter. »Ihre erste Geburt?« fragte die Schwester mit dem knallroten Auto, während sie auf Lauras Karteikarte sah. »O Gott, o Gott!«

In einem grünen Kittel und mit professionellem Gehabe erschien Dr. Bonnart wieder und spreizte Laura die Beine, um sich ihren Dehnmuskel anzusehen. »Sie arbeiten daran«, stellte er fest. »Aber Sie haben noch ein gutes Stück Arbeit vor sich. Tut's sehr weh?«

»Ja. Ein bißchen.« Tat es Äpfeln weh, wenn man sie entkernte? »Ja, es tut weh.«

»Okay.« Er gab dem Roten Auto ein paar Anweisungen von wegen »CT-noch-was«, und Laura dachte: *Zeit für die große Nadel, wie?* Dann holte er von einem Tisch in der Nähe einen kleinen Gegenstand, der der Spiralfeder in einem Kuli ähnelte und von dem ein Draht zu einem weißen High-Tech-Apparat verlief. »Eine kleine Invasion«, sagte der Arzt mit einem raschen Lächeln und griff mit seinen behandschuhten Fingern in Lauras Inneres. Das sprungfederähnliche Ding war eine Kopfschwartenelektrode; die kannte sie noch aus der Geburtsvorbereitung. Dr. Bonnart fand den Kopf des Babys und ließ die Sonde unter den Körper gleiten. Der High-Tech-Apparat begann, ein Protokoll von Davids Lebenszeichen, seinem Herzschlag, aufzuzeichnen. Laura spürte ein Kratzen in ihrem Genick. Die Krankenschwester bereitete sie für die peridurale Anästhesie vor. Wenigstens brauchte sie auf diese Weise die Nadel nicht zu sehen. Die Wehen waren jetzt so stark wie eine Faust, die auf ihr Rückgrat hämmerte. »Ruhig durchatmen, ganz ruhig!« redete ihr jemand zu, und Dr. Bonnart warnte: »Gleich piekt's ein bißchen.« Dann fühlte Laura die Nadel hineingleiten.

Für *ihn* war es vielleicht ein Piekser. Dann war es vorbei, die Nadel war wieder draußen, und Laura spürte ein Prikkeln in ihrem Rücken. Dr. Bonnart überprüfte noch einmal die Fortschritte ihres Dehnmuskels, danach die Herzfrequenz des Kindes und zuletzt Lauras eigene Symptome. Einen Moment später glaubte sie, einen Medikamentengeschmack wahrzunehmen, und hoffte, die Betäubungsspritze würde wirken, denn die Wehen waren inzwischen noch schlimmer geworden, und sie fühlte den Schweiß auf ihrem Gesicht. Das Rote Auto trocknete ihr die Stirn und bedachte Laura mit einem Lächeln. »Und darauf wartet man nun die ganze Zeit, was?« fragte die Schwester. »Ist doch erstaunlich, wie's manchmal geht.«

»Ja, das stimmt.« Oh, es tut weh! O Gott, jetzt tut es aber wirklich weh! Sie konnte fühlen, wie ihr Körper sich öffnen wollte, als wäre er eine Blüte.

»Wenn es Zeit ist, ist es Zeit«, fuhr die Schwester fort. »Wenn ein Baby herauskommen möchte, dann macht es sich bemerkbar!«

»Wem sagen Sie das?« stieß Laura hervor, und alle Umstehenden lachten.

»So bleiben bitte!« Dr. Bonnart ging aus dem Raum, und Laura empfand sekundenlang Panik. Wo wollte er denn hin? Was, wenn in genau diesem Augenblick das Baby kam? Ihr Herzschlag auf dem Monitor schnellte in die Höhe, und eine der Krankenschwestern nahm Laura bei der Hand. Der Druck in Lauras Körper schien sich anzustauen, sie hatte Angst zu explodieren, aufzuplatzen wie eine überreife Melone, und Tränen brannten ihr in den Augen. Dann aber ließ der Druck wieder nach, und sie konnte ihr eigenes Keuchen hören. Es klang schnell und heiser. »Ganz ruhig!« redete ihr die Schwester zu. »Donnerstagskinder haben einen langen Weg.«

»Wie?«

»Donnerstagskinder. Sie wissen doch ... dieses Sprichwort. Donnerstagskinder haben einen langen Weg.« Die Krankenschwester sah kurz nach oben auf eine Wanduhr. Es war gleich Viertel nach neun. »Aber vielleicht wartet er ja auch bis Freitag. Dann wird er hold und rein.«

»Zart und fein«, sagte das Rote Auto.

»Nein, Freitag ist ›hold und rein‹«, widersprach die andere. »Samstag ist ›zart und fein‹.«

Eine Streitfrage, aber das sollte nicht Lauras Sorge sein. Immer wieder schwollen die Wehen an, hämmerten in ihr und verebbten wieder. Schmerzhaft war es nach wie vor, aber nicht mehr so schlimm. Gott sei Dank hatte die Betäubungsspritze zu wirken begonnen, aber der Druck, dieser brutale Schmerz, war nicht besser geworden.

Kurz nach halb zehn kam Dr. Bonnart wieder herein und überprüfte alles. »Läuft ja wie geschmiert«, meinte er. »Könnten Sie jetzt ein bißchen pressen, Laura?«

Sie gehorchte. Oder versuchte es zumindest. Ich werd noch aufplatzen, dachte sie. O mein Gott! Durchatmen, ganz ruhig durchatmen! Wieso war bei der Geburtsvorbereitungen alles so schön problemlos verlaufen?

»Pressen! Noch einmal! Diesmal ein bißchen stärker, okay?«

Sie versuchte es erneut. Kein Zweifel; es wäre so leicht, wie man es im Kurs gelernt hatte. In ihrem Geist erblickte sie Carols Gesicht. *Jetzt ist's zu spät, Darling,* hätte Carol gesagt.

»Pressen, Laura! Zeigen Sie uns seinen Kopf!«

Während sie sich anstrengte und der Druck in ihrem Innersten wuchs, erschien hinter Lauras geschlossenen Augenlidern ein zweites Gesicht – das von Doug. *Es geht zu Ende,* hörte sie ihn sagen. *Die Zeit, in der wir beide allein waren. Es geht damit zu Ende.* Sie sah vor ihrem geistigen Auge die Hillandale-Appartements, sah Dougs Wagen in eine Parklücke gleiten – und sah Doug mit einer Sechserpackung

Bier in den Händen von ihr weggehen. *Zu Ende mit der Zeit, in der wir beide allein waren. Zu Ende.*
»Pressen, Laura! Pressen!«
Sie hörte sich leise stöhnen. Der Druck war zu stark; er brachte sie um. David hielt sich an ihren Eingeweiden fest und wollte nicht loslassen. Mit zitterndem Körper versuchte sie es weiter und sah erneut Doug von ihr weggehen. Immer weiter weg. Ein ferner Jemand, der ihr mit jedem Schritt fremder wurde. Ihr Schrei schwoll an, und etwas in ihrem Inneren zerriß – nicht der Griff, mit dem David sich an ihr festhielt, sondern auf einer tieferen Ebene. Sie knirschte mit den Zähnen, fühlte die heißen Tränen auf ihrem Gesicht und wußte, daß es mit Doug zu Ende war.
»Da, jetzt!« sagte das Rote Auto und trocknete ihr die Wangen. »Sie machen das ganz prima! Nur keine Sorge! Keine Sorge!«
»In Ordnung! Verlieren Sie nur nicht die Ruhe!« Dr. Bonnart klopfte ihr väterlich auf die Schulter, obwohl er drei, vier Jahre jünger war als sie. »Seinen Kopf sehen wir schon mal, zumindest die Kopfdecke. Aber wir haben's noch nicht ganz hinter uns. Schön entspannen jetzt, einfach entspannen!«
Laura konzentrierte sich darauf, ihren Atem zu regulieren. Während das Rote Auto ihr das Gesicht abtupfte, starrte sie an die Wand, wo der Uhrzeiger abwechselnd schnell wurde oder sich auf ein Schneckentempo verlangsamte – ein Streich von Lauras Phantasie und Nerven. Um zehn Uhr bat Dr. Bonnart sie erneut, zu pressen. »Fester! Nicht nachlassen, Laura! Fester!« befahl er ihr, und sie drückte die Hand des Roten Autos so stark, daß sie glaubte, sie würde der Frau die kraftvollen Finger brechen. »Einatmen und pressen, einatmen und pressen!«
Laura versuchte es mit aller Kraft. Der Druck zwischen ihren Beinen und in ihrem Rücken war eine Symphonie der

Qual. »Ja, so ist es gut!« sagte eine andere Schwester, während sie dem Roten Auto über die Schulter sah. Lauras Muskeln verkrampften sich so sehr, daß sie zitterte. Das konnte sie doch unmöglich allein schaffen; bestimmt machte das ein Apparat für sie. Aber es gab keinen Apparat, und Laura war inmitten von Bildschirmen und High-Tech-Inventar auf sich selbst angewiesen. Sie hielt die Hand des Roten Autos fest und atmete ein – preßte – atmete ein – preßte, während man ihr den Schweiß von den Wangen tupfte und Dr. Bonnart ihr weiterhin zuredete.
Zu guter Letzt – es war fast zwanzig vor elf – sagte er: »Okay, meine Damen! Bringen wir Mrs. Clayborne nach drinnen!«
Zwischen Lauras Schenkeln saß etwas, das sich wie eine Kanonenkugel aus Fleisch anfühlte, während man ihr auf eine Bahre half und sie in einen anderen Raum schob. Dieser hatte grüne Kacheln an den Wänden, einen Edelstahltisch, über dem ein paar Beinhalter hingen, und eine Leiste mit Operationsscheinwerfern, die nach unten gerichtet waren. Nachdem eine Krankenschwester den Tisch mit einem grünen Tuch abgedeckt hatte, wurde Laura rücklings darauf gelegt und ihre Beine in der Haltevorrichtung festgemacht. Licht blitzte auf Instrumenten, die so aussahen, als hätten sie zu Inquisitionszeiten Anwendung finden können, und Laura wandte rasch ihren Blick davon ab. Sie wußte, daß ihr der anstrengendste Teil der Geburt noch bevorstand. Dabei fühlte sie sich schon jetzt wie ein ausgewrungener Waschlappen. Das Tablett mit den Instrumenten in Reichweite, setzte sich Dr. Bonnart auf einen Hocker am Ende des Tisches, untersuchte Laura und die Lage des Babys in ihrem Inneren und begann zu pfeifen. »Das Lied kenne ich!« sagte eine der Krankenschwestern. »Ich hab's heute nachmittag im Radio gehört. Es ist ein richtiger Ohrwurm, nicht wahr?«

»*Guns 'n' Roses*«, erwiderte Dr. Bonnart. »Mein Sohn liebt diese Gruppe. Er rennt schon mit einer umgedrehten Baseballmütze auf dem Kopf herum und redet davon, sich tätowieren zu lassen.« Er veränderte die Position seiner Finger, und Laura fühlte, wie er in ihr herumstocherte. Aber sie war dort unten so taub, als wäre sie mit nasser Watte ausgestopft. »Ich habe ihm gesagt: Eine einzige Tätowierung, und ich drehe dir den Hals um! Könnten Sie bitte ein ganz klein wenig Ihre Hüften anheben, Laura? Ja, so ist's gut.«
Das Rote Auto schaltete eine Videokamera ein, die sich auf einem Stativ befand und genau zwischen Lauras Beine gerichtet war. »Auf geht's!« sagte Dr. Bonnart, während ihm eine andere Krankenschwester ein frisches Paar Operationshandschuhe überzog. »Sind Sie soweit, ein klein bißchen mitzuarbeiten?«
»Bin ich.« Ob soweit oder nicht, dachte Laura; es führte kein Weg daran vorbei.
Die Schwester band Dr. Bonnart eine Operationsmaske um, und er sagte: »Gut! Dann bringen wir's hinter uns!« Damit nahm er wieder auf seinem Schemel Platz. Lauras Kittel war über die Knie nach hinten geschlagen. »Ich möchte, daß Sie jetzt zu pressen anfangen, Laura. Pressen Sie, bis ich ›Stopp‹ sage, und machen Sie dann ein paar Sekunden lang Pause. Er liegt sehr schön mit dem Kopf nach unten, und ich glaube, er möchte zu uns rauskommen, aber Sie werden schon noch nachhelfen müssen. Okay?«
»Okay.«
»Gut. Dann fangen Sie an. *Jetzt!*«
Und Laura preßte. Wenn sie nur nicht ständig diese verdammte Guns-'n'-Roses-Melodie im Ohr gehabt hätte!
»Pressen, pressen! Entspannen! Pressen, pressen!« Jemand wischte ihr das Gesicht ab. Keuche ganz schön, dachte sie. David kam nicht heraus. Warum kam er denn nicht? »Pres-

sen, pressen! So ist es gut, Laura, sehr gut.« Sie hörte das silbrige Klick-Klick eines Instruments, spürte aber nur ein leichtes Ziehen. »Pressen, Laura! Nicht aufhören zu pressen. Er will rauskommen.«

»Sie machen das ganz prima«, sagte das Rote Auto und drückte ihr die Hand.

»Er steckt fest«, hörte Laura sich sagen; eine blöde Bemerkung. Dr. Bonnart forderte sie auf weiterzupressen, und sie schloß ihre Augen und biß die Zähne zusammen. Ihre Schenkel zitterten vor Anstrengung.

Gegen dreiundzwanzig Uhr zehn glaubte Laura erstmals zu spüren, wie sich David herauszwängte – eine drei, vier, fünf Zentimeter lange Bewegung vielleicht, aber es ging ihr durch und durch. Sie war schweißgebadet, und ihre Haare klebten ihr feucht am Kopf. Daß je ein Mensch auf die Welt gekommen war ... Sie preßte, bis sie glaubte, ihr würden die Muskeln versagen. Dann ruhte sie sich ein wenig aus und preßte erneut. Wilde Krämpfe zuckten ihr durch Schenkel und Rücken. »Lieber Gott!« flüsterte sie mit angespanntem, erschöpftem Körper.

»Sie machen das toll!« sagte Dr. Bonnart. »Nicht nachlassen!«

In Laura stieg eine Woge von Zorn auf. Was machte Doug in diesem Augenblick, wo sie sich unter Operationslampen abquälte? Zur Hölle mit ihm? Wenn das hier erst mal vorbei war, würde sie ihm einen Scheidungsanwalt auf den Hals hetzen! Und mit rot anlaufendem Gesicht preßte sie weiter – preßte aus Leibeskräften. David bewegte sich wieder ein kleines Stückchen. Bestimmt würde sie gleich die Beinhalter herunterreißen, so wie sie sich dagegenstemmte! Sie versuchte es noch einmal mit aller Kraft, während das Rote Auto ihr die Stirn abtupfte.

Klick, klick, machte das Instrument in Dr. Bonnarts Hand. *Klick, klick.*

»Da kommt er!« sagte Dr. Bonnart, als der Uhrzeiger über halb zwölf hinwegtickte.
Und Laura spürte, wie das Baby aus ihr zum Vorschein kam. Es war ein großartiges Gefühl der Erleichterung, vermischt mit ebenso großer Angst und Aufregung, denn inmitten des feuchten Pressens und Ziehens und dem Piepen der Monitoren bemerkte Laura, daß ihr Körper von dem darin entstandenen Lebewesen getrennt wurde. David kam ans Licht der Welt und war dieser Welt, wie jeder andere Mensch, von nun an auf Gedeih oder Verderb ausgeliefert.
»Pressen Sie weiter, nicht aufhören!« drängte Dr. Bonnart.
Laura pochten die Rückenmuskeln, während sie sich anstrengte, und dann hörte sie ein feuchtes, schmatzendes Geräusch. Mit verschwollenen Augen sah sie auf die Wanduhr: siebzehn Minuten vor zwölf. Das Rote Auto und die andere Schwester traten nach vorn, um Dr. Bonnart zu helfen. Etwas schnippelte und machte dann *schnapp!* »Noch mal ganz fest pressen!« sagte der Doktor. Laura gehorchte, und im nächsten Moment spürte sie Davids Gewicht nicht mehr.
Patsch. Patsch. Ein drittes schnelles *Patsch.*
Sein Geschrei setzte ein wie das dünne, hohe Geräusch eines Motors, der nicht anspringen will. Laura schossen die Tränen in die Augen, und sie atmete einmal tief durch.
»Da ist er, Ihr Sohn!« verkündete Dr. Bonnart und hielt ihr etwas entgegen, das laut wehklagte, rot und blau gefleckt war und einen Kopf hatte, der einem verformten Kegel mit Froschgesicht glich.
Laura hatte noch nie einen schöneren Jungen gesehen, und sie lächelte glücklich. Es war überstanden.
Dr. Bonnart legte ihr David auf den Bauch, und sie drückte ihn an sich, spürte seine Wärme. Er weinte immer noch, aber es war ein wunderschönes Geräusch. Sie nahm die

schweren, kupferähnlichen Gerüche von Blut und Geburtsflüssigkeiten wahr. Davids Körper, der noch immer durch die feuchte, bläulich-rote Nabelschnur mit ihr verbunden war, bewegte sich unter ihren Händen. Er sah zerbrechlich aus – ein winziges Etwas mit Fingern und Zehen, einer Stupsnase und rosafarbenen Lippen. Seine Stimme jedoch hatte gar nichts Zerbrechliches. Sie schwoll ab und an wie ein Strom von unnachgiebiger Wut – falls es überhaupt Wut war. Er verkündet seine Anwesenheit, dachte Laura. Teilt der Welt mit, daß David Douglas Clayborne angekommen ist und sie ihm Platz machen soll. Als die Nabelschnur durchtrennt und zusammengeknotet wurde, zitterte David in kleinkindlichem Trotz, und sein Geschrei wurde stockend. »Pscht, pscht!« beruhigte ihn Laura, während ihre Finger den glatten Babyrücken streichelten. Sie fühlte die kleinen Schulterblätter und die Erhebungen seines Rückgrats. Knochengerüst, Nerven, Blutgefäße, Eingeweide, Gehirn – er war komplett, und er gehörte ihr.

Und dann fühlte sie es einsetzen. Das, worauf schon andere Mütter sie vorbereitet hatten: einen herrlichen Strom von Wärme, unter dem ihr Herz anzuschwellen und fester zu schlagen schien. *Mutterliebe*, begriff sie und streichelte ihr Kind, das sich von empörter Starrheit zu sanfter Willfährigkeit entspannte. Sein Geschrei ließ nach, wurde zu einem leisen Wimmern und endete in einem gurgelnden Seufzen.

»Mein Kind«, sagte Laura, während sie mit tränenfeuchten Augen zu Dr. Bonnart und den Schwestern aufblickte. »Mein Kind.«

»Ein Donnerstagskind«, sagte die Schwester, während sie auf die Uhr sah. »Es hatte einen langen Weg.«

Es war schon nach Mitternacht, als Laura in ihrem Zimmer im zweiten Stock des Krankenhauses lag, der Entbindungsstation. Sie fühlte sich gleichzeitig ausgelaugt und energiegeladen, und ihr Körper wünschte sich, zu schlafen, wäh-

rend ihr Geist immer wieder das Drama der Geburt durchspielen wollte. Mit zitternder Hand wählte sie ihre Telefonnummer, um zu Hause anzurufen.
»Guten Tag! Hier ist der Privatanschluß von Douglas und Laura Clayborne. Bitte hinterlassen Sie eine Nachricht nach dem Signal. Vielen Dank für Ihren Anruf.«
Piep.
Laura war sprachlos. Sie rang nach Worten, um etwas zu sagen, bevor der Anrufbeantworter sich automatisch wieder abschalten würde. Doug war nicht zu Hause. Er steckte immer noch in den Hillandale-Appartements, immer noch bei seiner Freundin.
Zu Ende, dachte Laura.
»Ich bin im Krankenhaus«, stieß sie hervor. Und mußte es einfach sagen: »Mit David. Er wiegt acht Pfund.«
Klick, der Anrufbeantworter schaltete sich ab, taub gegen sie.
Laura lag wie ausgehöhlt auf ihrem Bett und dachte an die Zukunft. Es war ein gefahrvoller Platz, aber da er auch David enthalten würde, wäre es erträglich. Ob jedoch diese Zukunft Doug ebenfalls beinhaltete, wußte Laura nicht. Sie drückte sich ihre Hände auf den leeren Bauch und schlief im friedlichen Schoß des Krankenhauses schließlich ein.

5

Der alte Mann

In Mary Terrors Appartement sang die Stimme Gottes. Sie lief mit dreiunddreißig Umdrehungen pro Minute, während Mary Terror selbst auf dem Bett saß und mit einem dunkelblauen Markierstift die weiße Uniform Größe XL bearbeitete, die sie Freitag nachmittag bei *Costumes Atlanta* geliehen hatte. Die Schwesterntracht der Entbindungsstation von St. James hatte dunkelblaue Applikationen um Kragen und Brusttasche, und auch das Häubchen war dunkelblau verziert. Außerdem besaß diese Uniform hier nur Druckknöpfe, aber etwas Besseres hatte Mary in ihrer Größe nicht finden können.

Es war Samstag früh gegen sieben. Der Wind draußen hatte aufgefrischt und jagte graue Wolken über die Stadt. Der dritte Februar, dachte Mary; noch fünfzehn Tage bis zu ihrem Treffen bei der weinenden Lady. Sie war mit Geduld und Sorgfalt bei der Arbeit und paßte auf, daß die Tinte nicht verlief. Aber obwohl ihre Hand nicht zitterte, hatte Mary für alle Fälle eine Flasche Fleckenentferner in Reichweite, und auf dem Tisch neben ihrem Bett lag ein dunkelblaues Plastikschildchen, das in weißen Buchstaben den Namen JANETTE LEISTER trug – eine Erinnerung an zwei gefallene Mitstreiter. Sie hatte es sich bei einem Laden in Norcross besorgt, der Kunststoffschilder und Novitäten anfertigte – *While U Wait*, »während Sie warten« –, und es besaß die gleiche Farbe wie die Namensschildchen der Krankenschwestern in St. James. Marys weiße Schuhe Größe 44/45 stammten ebenfalls aus dem Kostümverleih und die weißen Strümpfe aus dem Kaufhaus Rich's.

Gestern nach Feierabend hatte sie ihre Burger-King-Uniform gegen ein Paar Jeans und einen Pullover ausgetauscht und darüber eine weite Windjacke gezogen. Dann war sie zu dem Krankenhaus gefahren, hatte sich vom Lift nach oben in die Entbindungsstation bringen lassen und sich umgesehen. Sie war vor die große Glasscheibe getreten, hinter der die Babys lagen, hatte aber jeden Blickkontakt mit einer der Krankenschwestern vermieden und sich die dunkelblauen Applikationen auf den weißen Uniformen ebensogut eingeprägt wie die blauen Namensschildchen mit der weißen Aufschrift. Auch die Tatsache, daß der Fahrstuhl direkt vor dem Stationsschalter hielt, war ihr nicht entgangen. Wachpersonal hatte sie keines gesehen, nur in der Eingangshalle einen Polizisten mit Funksprechgerät und einen anderen, der sich bei den Autos herumtrieb. Damit war die Tiefgarage »gestorben«; Mary würde sich einen anderen Abstellplatz für ihren Transporter suchen müssen, einen, der in der Nähe des Krankenhauses lag. Sie hatte auch die Treppen erkundet; es gab zu beiden Seiten der Entbindungsstation eine, wovon diejenige im Südflügel des Gebäudes neben einem Aufbewahrungsraum lag. Das konnte zu unangenehmen Begegnungen führen. Also müßte die Treppe im Nordflügel genügen. Das einzige Problem hier war ein Schild mit der Aufschrift: NOTAUSGANG. BEI ÖFFNEN DIESER TÜR AUTOMATISCHES ALARMSIGNAL. Daher hatte sie nicht nachsehen können, wohin diese Treppe führte, und folglich auch keine Ahnung, wo sie herauskäme. Das gefiel ihr nicht, und es war Grund genug, die ganze Sache abzublasen, bis sie einen Pfleger genau diese Tür hatte aufstoßen und hindurchspazieren sehen. Nicht der leiseste Ton! War die Alarmanlage also zu gewissen Tageszeiten abgeschaltet, war das Schild nur Täuschung, oder ließ sich der Alarm irgendwie austricksen? Vielleicht hatte man Ärger damit gehabt und die Anlage deshalb außer Kraft gesetzt. Lohnte es sich, das Risiko einzugehen?

Mary beschloß, darüber nachzudenken. Als sie auf die Babys hinter der Scheibe schaute, von denen manche schliefen, manche lautlos weinten, wußte Mary, daß sie hier keines entführen konnte, weil der Raum zu nah – zwanzig Schritte – beim Schwesternzimmer lag. Einige der Bettchen standen leer, trugen aber immer noch ein Namensschild: Die Babys waren im Zimmer bei ihren Müttern. Zwischen dem Stationsschalter und der Nordtreppe machte der Gang eine Biegung, und an fast jeder Tür hing eine blaue oder rosafarbene Schleife. Die letzten vier Türen neben der Treppe wirkten vielversprechend: Drei der vier Bänder waren blau. Was könnte eine Schwester für einen Grund haben, wenn sie in eines dieser Zimmer und auf eine Mutter mit deren Baby traf? *Zeit zum Füttern.* Nein; die Mutter würden wissen, wann die Babys gefüttert wurden, und wozu waren schließlich Brüste da? *Ich muß nur rasch nach dem Baby sehen.* Nein; die Mutter würde Genaueres wissen wollen. *Zeit, den Kleinen zu wiegen.*

Ja. Das müßte gehen.

Mary begab sich zur Nordtreppe und kehrte dann wieder zu der Biegung des Ganges zurück. Aus einem der Zimmer drang helles Frauengelächter. In einem anderen schrie ein Säugling. Mary merkte sich die Nummern der drei Zimmer mit den blauen Schleifen: 21, 23 und 24. Da plötzlich ging bei Nummer 21 die Tür auf, und ein Mann kam heraus. Mary wandte sich schnell ab, um zielstrebig einen Trinkwasserbehälter in der Nähe anzusteuern. Dabei beobachtete sie den Mann, der sich in die entgegengesetzte Richtung, zum Schwesternzimmer hin, entfernte; er hatte hellbraunes Haar und trug weite, graue Hosen, ein weißes Hemd sowie einen dunkelblauen Pulli. Schwarze, polierte Schuhe mit Aufnähern. Reiches Schwein, Vater eines reichen Kindes, dachte sie, während sie einen Schluck Wasser nahm und zuhörte, wie seine Schuhe auf dem Linoleum klapperten.

Dann ging sie wieder zu der Treppe und betrachtete das Warnschild an der Tür. Wenn sie es wirklich tun wollte, dann mußte sie herausfinden, wohin diese Treppe führte, denn mit dem Fahrstuhl konnte sie nicht heraufkommen. Es ging nicht anders.

Mary drückte die Tür ein Stückchen auf, wie es der Pfleger getan hatte. Kein Alarmsignal. Sie sah, daß die Klinke mit schwarzem Isolierband nach unten befestigt war, und begriff, daß sich jemand gedacht hatte, es sei besser, die Alarmanlage auszutricksen, als auf den Fahrstuhl zu warten. Ein gutes Omen. Mary betrat das Treppenhaus und machte die Tür hinter sich zu.

Sie fing an hinunterzugehen. Vor der nächsten Tür war ein dickes rotes Schild. Die Treppe führte weiter nach unten, und Mary folgte ihr. Die Tür am Fuß der Treppe trug keine Aufschrift. Durch die Luke konnte Mary einen Korridor mit weißen Wänden erkennen. Langsam und vorsichtig machte sie die Tür auf. Wieder ertönte kein Signal, und an der anderen Seite befand sich kein Türschild. Die Ohren gespitzt und in ständiger Alarmbereitschaft, erforschte Mary den Mittelgang. An der Stelle, wo ein anderer Gang ihn kreuzte, wies ein Schild in unterschiedliche Richtungen: FAHRSTÜHLE, WÄSCHEREI und WARTUNGSRÄUME. Der Geruch von frischer Farbe hing in der Luft, und Leitungsrohre verliefen unterhalb der Decke. Mary ging weiter, Richtung Wäscherei. Einen Moment später hörte sie jemanden summen, und dann bog ein kräftiger Schwarzer mit einem kleinen Wagen um die Ecke, auf dem Raumpflegeutensilien standen. Seine graue Uniform wies ihn als Wartungsmitglied des Krankenhauses aus. Sofort setzte Mary eine ihrer Masken auf: Ein Straffen der Gesichtszüge, eine Kühle des Blicks. Dieser Gesichtsausdruck bedeutete, daß Mary hierhergehörte und etwas zu sagen hatte. Bestimmt würde ein Mann vom Wartungspersonal nicht jeden kennen, der im

Krankenhaus tätig war. Sein Summen riß ab. Er betrachtete die Frau, die ihm entgegenkam, und Mary lächelte schwach, um mit einem »Sie entschuldigen« an ihm vorbeizugehen. Sie tat, als hätte sie es eilig – aber nicht *zu* eilig.
Der Wartungsangestellte brummte ein »Yes, Ma'm«, zog den Eimer aus dem Weg, und als sie um die Ecke verschwand, hörte sie ihn erneut summen.
Wieder ein gutes Omen, dachte sie, während sich ihr Gesicht entspannte. Sie hatte schon lange gelernt, daß man an viele Orte gelangen konnte, an denen man nichts zu suchen hatte, wenn man nur geradeaus starrte, stur weiterlief und sich hinter einer Autoritätsmiene verschanzte. In einem so großen Gebäude gab es viele Chefs, und die Handlanger waren mit der anfallenden Arbeit beschäftigt.
Sie geriet in einen Gang, wo mehrere Wäschekörbe herumstanden. Frauenstimmen waren zu hören, und Mary trat hinter eine Ecke, preßte sich an eine Tür und wartete. Eine Frau allein stellte wohl keine Fragen, aber eine aus einer Gruppe würde es vielleicht tun. Als die Stimmen verklungen waren, setzte Mary ihren Weg fort. Vor allem versuchte sie jetzt herauszufinden, wie sie wieder zu der Treppe kommen könnte. Sie lief an einem Raum voller Wasch-, Bügel- und Trockenmaschinen vorbei, in dem drei schwarze Frauen arbeiteten. Während sie an einem langen Tisch Leintücher falteten, unterhielten sie sich durch das dumpfe Getöse der Waschmaschinen und hatten Mary den Rücken zugekehrt. Sie ging mit raschen, energischen Schritten an ihnen vorbei. Dann gelangte sie an eine neue Tür, die sie ohne Zögern öffnete, und befand sich auf einer Verladerampe hinter dem Krankenhaus, vor der zwei Großtransporter standen. Ein paar Handkarren warteten darauf, daß man sich ihrer annahm.
Mary machte diese Tür hinter sich zu und hörte ein Schloß einschnappen. BITTE LÄUTEN. ZUTRITT FÜR UNBEFUGTE VER-

BOTEN stand auf einem Schild. Mary betrachtete den weißen Türsummer neben der Klinke. Er trug einen schmutzigen Daumenabdruck. Dann trat sie über ein Betontreppchen auf den Weg, bog um die Ecke und begann, immer auf der Hut vor Sicherheitskräften, den weiten Weg zum Parkdeck zurückzulaufen.
Ihr Herz jubelte.
Es war möglich!
Während sie an der Uniform arbeitete, dachte Mary über dem Kleinlaster nach. Für kurze Strecken tat er es ja, aber er war nichts für eine lange Fahrt. Sie brauchte etwas, mit dem sie auf eine Nebenstraße biegen und übernachten konnte. Irgendeine Art Lieferwagen oder Kleinbus, das reichte schon. Sie könnte sich einen beim Gebrauchtwagenhändler besorgen und ihren Kleintransporter in Zahlung geben. Aber Bargeld brauchte sie auch, denn bestimmt würde das, was sie hatte, nicht genügen. Vielleicht ließe sich ja auch eine von ihren Schußwaffen verhökern. Nein; dafür hatte sie keinen behördlichen Waffenschein. Ob Gordie ihr die Magnum abkaufen würde? Verdammt, die Sache mit dem Geld hatte sie noch gar nicht bedacht! Sie hatte etwas über dreihundert Dollar auf der Bank, und noch mal hundert waren hier in der Wohnung versteckt, als Rücklage. Aber damit würde sie nicht sehr weit kommen, nicht mit einem Transporter, der Benzin, und einem Säugling, der Nahrung und Windeln brauchte.
Sie stand auf, ging zum Schlafzimmerschrank und öffnete ihn. Zum Vorschein kam das Gewehr mit Zielfernrohr, das sie Cory Peterson weggenommen hatte. Vielleicht würde sie hundert Dollar dafür bekommen, dachte sie. Siebzig wären auch schon okay. Das hier und die Magnum würde ihr Gordie eventuell abkaufen. Nein; die Magnum gib lieber nicht her! Die kann man gut am Körper verstecken. Aber vielleicht kauft er die abgesägte Schrotflinte.

Als sie zum Bett zurückging, fiel Mary eine Gestalt ins Auge, die draußen im Morgengrauen am Highway entlangging: Shecklett. Er trug einen Mantel, der im Wind flatterte, und sammelte zerdrückte Aluminiumdosen in einen Müllsack. Sie kannte seine Gewohnheiten. Noch zwei Stunden blieb er draußen; dann würde er zurückkommen und sich auf der anderen Seite der Wand die Lunge aus dem Leib husten.

Solltest Dich etwas schämen, so zu leben, bei all dem Geld, das Du Dir gespart hast.

Das hatte Paula gesagt. In dem Brief, den Mary aus Shecketts Abfall gefischt und gelesen hatte.

Bei all dem Geld, das Du Dir gespart hast.

Mary beobachtete, wie Shecklett eine Dose aufhob, ein paar Schritte weiterging und wieder eine Dose aufhob. Ein Lastwagen brauste vorbei. In dem Luftwirbel, den das Fahrzeug hinterließ, schwankte Shecklett und kämpfte mit seinem Müllsack. Dann hob er eine neue Dose auf.

Bei all dem Geld.

Selbstverständlich ist es auf der Bank. Oder nicht? War der Alte vielleicht einer von der Sorte, die den Banken mißtrauten? Bewahrte er vielleicht das Geld in seiner Matratze oder in Schuhkartons auf, die mit Gummibändern verschnürt waren? Während sie ihm noch eine Weile zusah, drehte und wendete Mary diese Möglichkeit in ihrem Kopf hin und her, als wäre es ein interessantes Insekt, das sie unter einem Stein hervorgezogen hatte. Shecklett bekam niemals Besuch, und Paula – seine Tochter, vermutete Mary – lebte in einem anderen Bundesstaat. Falls ihm etwas zustoßen würde, bliebe er vielleicht eine Weile unentdeckt. Es wäre ein Kinderspiel, und Mary hatte nicht vor, noch sehr lange hierzubleiben, wenn das Baby erst einmal gestohlen war. Gut.

Sie ging in die Küche, öffnete eine Schublade und zog ein Messer mit einer scharfen, gezackten Schneide heraus. Ein

Messer zum Fischeausnehmen, dachte sie. Sie legte es auf die Tischplatte und kehrte dann ins Schlafzimmer, zu ihrer Arbeit an der Schwesterntracht, zurück.
Sie war schon lange damit fertig, da hörte sie Shecklett hustend an ihrer Tür vorbeigehen. Aluminiumdosen schlugen aneinander; er schleppte den Müllsack. Bekleidet mit Jeans, einem braunen Pullover, ihrer Windjacke und einer Wollmütze, stand Mary hinter ihrer Tür. Sie horchte auf das Geräusch von Shecklетts Schlüsseln, als er den richtigen suchte und dann ins Schloß steckte. Dann trat sie, den Achtunddreißiger fest in ihrer Rechten und das Messer in den Hosenbund unter ihrer Windjacke geschoben, in die Kälte hinaus.
Shecklett war ein hagerer Mann mit pockennarbigem Gesicht, weißem, windzerzaustem Haar und einer Haut, die so viele Risse hatte wie altes Leder. Er kam kaum dazu zu registrieren, daß jemand neben ihm stand. Schon hielt Mary ihm den harten Revolverlauf an seinen Schädel. »Rein mit dir!« befahl sie, schubste den alten Mann durch die Tür und nahm den Schlüssel mit. Dann hob sie den mit Dosen gefüllten Müllsack auf und stellte ihn ins Zimmer, während Shecklett sie schockiert anstarrte. Seine blaßblauen Augen waren rotgerändert von der Kälte.
Mary machte die Tür hinter sich zu und verschloß sie. »Knie dich hin!« befahl sie dem Alten.
»Hören Sie ... hören Sie doch mal zu ... okay? Soll das ein Witz sein?«
»Hinknien, hab ich gesagt! Los!«
Shecklett zögerte, und Mary überlegte, ob sie ihn in die Kniescheibe treten solle oder nicht. Dann schluckte der Alte so schwer, daß sein großer Adamsapfel hervortrat, und kniete sich auf den dünnen braunen Teppich des vollgestopften Räumchens. »Hände hinter den Kopf!« befahl Mary. »Wird's bald!«

Shecklett gehorchte, und Mary konnte die Angst riechen, die aus der Haut des alten Mannes drang – wie ein Gemisch von Bier und Ammoniak. Die Fenstervorhänge waren zugezogen. Mary knipste eine Lampe auf dem Fernseher an. Der Raum glich einem tristen Schweinestall. Überall stapelten sich Zeitungen und Zeitschriften, der Boden war mit Schalen von Fertiggerichten bedeckt, und Kleider lagen dort, wo sie gerade hingefallen waren. Der zitternde Shecklett bekam einen Hustenanfall und hielt sich seine Hände vor den Mund, aber Mary drückte ihm den Revolver an die Stirn, bis der Alte seine Finger wieder hinter dem Kopf verschränkte.

Dann trat sie von ihm zurück und warf einen Blick auf ihre Armbanduhr. Sieben Minuten nach neun. Sie würde diese Sache schnell erledigen müssen, wenn sie noch günstig einen Transporter ergattern wollte. Dann würde sie in die Schwesterntracht schlüpfen und zum St. James fahren.

»Na gut, ich hab die Polizei gerufen. Aber was soll's?« Shecklettss Stimme zitterte. »Sie hätten doch das gleiche getan, wenn sie nebenan jemanden hätten brüllen hören! Es war ja nicht persönlich gemeint. Ich tu's auch nie wieder. Ich schwör es! Okay?«

»Du hast Geld«, erwiderte Mary trocken. »Wo steckt es?«

»Geld? Ich habe kein Geld! Ich bin arm, so wahr mir Gott helfe!«

Sie drückte leicht gegen den Abzug, so daß der Revolverhahn nach hinten glitt. Der Lauf war in Sheckletts Gesicht gerichtet.

»Hören Sie ... nicht so schnell ... was soll das Ganze eigentlich, ha? Sagen Sie mir, was los ist, vielleicht kann ich Ihnen ja helfen.«

»Du hast Geld hier versteckt. Wo?«

»Nein! Sehen Sie sich doch um! Glauben Sie, ich hätte auch nur einen Cent?«

»Paula sagt, ja«, antwortete Mary.
»Paula?« Shecklett erbleichte; sein Gesicht wurde grau. »Was hat denn Paula damit zu tun? Lieber Gott, ich hab Ihnen doch nie was getan, stimmt's?«
Mary war es satt, Zeit zu verschwenden. Sie holte einmal tief Luft, hob den Revolver in die Luft und ließ ihn auf Shecketts Gesicht sausen. Mit einem lauten Schrei fiel der Alte zu Boden, und sein Körper krümmte sich vor Schmerzen. Mary kniete sich neben ihn, um ihm den Revolver an seine pulsierende Schläfe zu setzen. »Mit den Mätzchen ist es jetzt vorbei«, sagte sie. »Gib mir dein Geld. Verstanden?«
»Moment ... warten Sie ... oh, Sie haben mir das Gesicht eingeschlagen ... Augenblick ...«
Sie packte ihn bei den Haaren und zog ihn wieder auf die Knie. Seine Nase war gebrochen. Die geplatzten Kapillaren färbten sich blaurot, Blut strömte ihm aus den Nasenlöchern, und Tränen rannen ihm die Wangen hinab. »Das nächste Mal schlag ich dir die Zähne ein«, sagte Mary. »Ich will dein Geld haben, und je länger du hier Zicken machst, desto schmerzhafter wird's für dich.«
Shecklett blinzelte mit anschwellenden Augen zu ihr auf. »O Gott ... bitte ... bitte ...« Mary holte abermals aus, schlug ihm mit ihrem Revolver auf den Mund, und der Alte zuckte winselnd zusammen. »Nein! Bitte! In der Kommode! Oberste Schublade, zwischen meinen Socken! Mehr hab ich nicht!«
»Laß sehen!« Mary richtete sich auf, trat zurück und hielt den Revolver fest auf Shecklett gerichtet, während dieser sich mühsam vom Boden erhob. Sie folgte ihm durch den Flur ins Schlafzimmer, das aussah, als wäre kürzlich ein Tornado durchgefegt. Das Bett war nicht bezogen. An den Wänden hingen vergilbte, eingerahmte Schwarzweißfotos von einem jungen Shecklett neben einer dunkelhaarigen,

attraktiven Frau, und auf der Kommode stand ein Bild, das ihn mit einem quastenbesetzten Fez inmitten einer Gruppe von lächelnden, schmerbäuchigen Mitgliedern des Shriner-Clubs zeigte. »Mach die Schublade auf!« befahl Mary, deren Eingeweide so zusammengepreßt waren wie eine Sprungfeder. »Schön ruhig!«

Shecklett gehorchte. Seine Bewegungen waren ängstlich und zeitlupenhaft, und das Blut tropfte ihm aus der Nase. Als er in die Schublade greifen wollte, trat Mary neben ihn und drückte ihm den Revolverlauf an den Kopf. Sie schaute hinein, entdeckte aber nichts als Boxershorts und ineinandergerollte Strümpfe. »Ich sehe kein Geld.«

»Es ist da. Da drin.« Er berührte eines der Sockenpaare. »Tun Sie mir nichts mehr, okay? Ich habe ein schwaches Herz.«

Mary nahm das Strumpfknäuel, auf das er gedeutet hatte, schob die Schublade wieder zu und gab es ihm. »Laß sehen!«

Mit zitternden Händen rollte Shecklett die Socken auseinander. Darin befand sich ein Bündel Geldscheine, das er hochhielt, so daß Mary es sehen konnte. »Zähl vor!« sagte sie, und er zählte.

Es waren zwei Hundertdollarscheine, drei Fünfziger, sechs Zwanziger, vier Zehner, fünf Fünfer und acht Dollarnoten. Fünfhundertdreiundvierzig Dollar insgesamt. Mary riß ihm die Scheine aus der Hand. »Das ist noch nicht alles«, sagte sie. »Wo ist der Rest?«

Shecklett schützte seine Nase mit einer Hand, und in seinen verschwollenen Augen schimmerte Furcht. »Das ist alles. Meine soziale Sicherheit. Alles, was ich habe auf dieser Welt.«

Dieses verlogene Dreckschwein, dachte Mary und hätte ihm fast noch einmal ins Gesicht geschlagen, aber er durfte das Bewußtsein nicht verlieren. »Zurück!« befahl sie ihm, und als er gehorchte, zog sie die Schubladen nacheinander heraus und schüttete deren Inhalt aufs Bett. Es war eine Sache von Minuten; Sheckletts T-Shirts, Pullis, Pullover, Ausgaben des Cavalier, des Nugget und des National Geographic, Taschentücher, eine volle und eine halb ausgetrunkene Flasche J. W. Dant sowie anderer Krimskrams eines Eigenbrötlers stapelten sich auf der Matratze, aber von Bargeld keine Spur. Nur ein paar verirrte Vierteldollar- , Zehncent- und Pennystücke.

Mary Terror wandte ihr Gesicht wieder dem Alten zu, der sich gegen die Wand gepreßt hatte, und sagte: »Paula meint, du hättest dir 'n Haufen Geld gespart. Ist das wahr oder nicht?«

»Woher wissen Sie von Paula? Sie haben meine Tochter doch nicht mal kennengelernt!«

Mary ging an den Schlafzimmerschrank, machte ihn auf und stöberte darin herum, während Sheckleтt weiter fragte, woher sie seine Tochter kenne. Sie leistete ganze Arbeit: Zuerst drehte sie die Matratze, dann den gesamten Bettrahmen um, fand aber nichts als leere Menüschalen und alte Zeitungen. Dann machte sie sich über das Medizinschränkchen im Bad her, riß den Inhalt der Küchenschränke heraus, und als ihre Suche zu Ende war, merkte Mary, daß sie Sheckleтt weit besser kannte, als Paula es tat.

»Mehr gibt's nicht, oder?« fragte sie, während sie mit dem Colt auf ihn zielte.

»Nein. Hab ich doch gesagt! Mein Gott, sehen Sie nur, was Sie angerichtet haben!«

»Her mit deiner Brieftasche!«

Sheckleтt fingerte die Brieftasche aus seiner Hose und reichte sie Mary. Sie enthielt keinerlei Kreditkarten, nur noch etwas Kleingeld. »Hören Sie«, sagte Sheckleтt, während Mary das Geld einsteckte und die Brieftasche zu Boden warf, »jetzt haben Sie doch jeden Cent, den ich besitze. Warum verschwinden Sie nicht einfach?«

»Ja. Damit du schnell die Bullen rufen kannst, was?«
Shecklets Blick fiel auf den Revolver. Der Alte sah Mary ins Gesicht, und dann wieder auf ihre Waffe. Sein Adamsapfel bewegte sich, als er schluckte. »Ich werd niemand etwas verraten«, sagte er.
»Zieh dich aus!« befahl Mary.
»Was?«
»Du sollst dich ausziehn! Deine Klamotten.«
»Mich ausziehn? Wieso wollen Sie, daß ich –«
Noch bevor er ein weiteres Wort hervorbringen konnte, hatte sie sich auf ihn gestürzt. Der Revolver krachte herab, und der alte Mann fiel mit gebrochenem Unterkiefer und drei losen Zähnen auf die Knie. Stöhnend vor Schmerz, begann er sich auszuziehen. Als er fertig und sein leichenblasser Körper nackt war, sagte Mary: »Aufstehen!« Er gehorchte. Seine Augen wirkten eingefallen und voller Furcht.
»Ins Bad!« befahl Mary und folgte ihm. »Los, rein in die Wanne! Geh auf alle viere!« Das widerstrebte ihm anscheinend, und er fing zu betteln an, sie solle ihn in Ruhe lassen, er werde keinem etwas sagen, niemandem werde er je etwas verraten. Sie aber drückte ihm den Revolverlauf auf sein mageres Rückgrat, und er stieg in die Wanne, wie Mary es wünschte.
»Kopf nach unten! Sieh mich nicht an!« sagte sie. Shecketts schmächtige Brust hob und senkte sich heftig, und vielleicht eine Minute lang hustete er. Mary wartete, bis er damit fertig war. Dann zog sie das Messer aus ihrem Hosenbund.
»Ich schwöre, ich werd keiner Menschenseele etwas verraten!« Seine Brust hob sich abermals, diesmal unter einem schweren Seufzer. »O Gott, bitte tun Sie mir nichts! Ich hab Ihnen doch auch nie etwas getan: Ich werd keinem etwas verraten. Ganz still werde ich sein, so wahr –«
Mary nahm einen Waschlappen aus dem Becken und stopfte

ihn Shecklett in den Mund. Der alte Mann würgte und rang nach Luft. Dann beugte sich Mary über seinen nackten Körper. Ihre Handgelenke streiften das Sandpapier seiner Haut, als sie ihm das gezähnte Messer seitlich in den Hals stieß, und noch bevor Shecklett richtig begreifen konnte, was geschah, hatte ihm Mary den Hals aufgeschlitzt. Ein purpurroter Blutstrahl schoß in die Höhe.
Den Waschlappen immer noch in seinem Mund, versuchte Shecklett zu schreien, griff mit der einen Hand nach seiner Kehle, während das Blut aus seiner durchtrennten Halsschlagader spritzte. Er versuchte auf die Knie zu kommen, aber Mary stemmte ihm ihren Fuß in den Rücken und stieß ihn wieder nach unten. Während das Blut in die Wanne sprudelte wie aus einem pulsierenden Wasserhahn, schlug Shecklett um sich und zuckte. »Ich heiße Mary Terrell«, sagte sie dem Verblutenden. »Kämpferin der Sturmfront. Streiterin für alle Gefangenen und Rechtlosen in diesem verdammten Hirnwichserstaat und Henker seiner Bullen.« Shecklett, dem das Wissen um seinen bevorstehenden Tod letzte Kraft verlieh, versuchte noch einmal, auf die Beine zu kommen, und Mary mußte ihn mit aller Macht niederzwingen. Doch nach ein paar Sekunden ließ seine Kraft nach. Er krümmte sich auf dem Boden der Wanne, als würde er in seinem eigenen Blut schwimmen. »Verteidigerin des Rechts. Beschützerin der Schwachen. Gnadenlose Zerstörerin der verdammten Idioten und Hüterin des wahren Glaubens.«
Er hatte viel Blut für so einen Tattergreis.
Mary setzte sich auf den Wannenrand und sah dem alten Mann beim Sterben zu. Irgendwie erinnerte er sie an ein Baby, das durch ein Meer von Blut und Mutterflüssigkeit schwimmt, um ans Licht zu gelangen. Er starb ohne jedes Schaudern, Stöhnen oder ein letztes verzweifeltes Aufbäumen; er wurde einfach immer schwächer, bis der Tod ein-

trat. Dann blieb er liegen, während sein Leben den Abfluß hinunterrann – die Augen offen und die Haut von der Farbe eines Fischs, den Mary einmal mit aufgeblähtem Bauch an einem Strand gefunden hatte.

Sie stand auf. Sie zerschlitzte die Matratze im Schlafzimmer, nur um sicherzugehen, daß dort kein Geld versteckt war. Baumwolle quoll hervor und diente zum Abwischen der Klinge. Dann verließ Mary die Wohnung des alten Mannes und schloß die Tür hinter sich, um fünfhunderteinundfünfzig Dollar und ein bißchen Kleingeld reicher.

Die Schwesterntracht lag bereit. Während Gott mit hoher Lautstärke aus den Boxen tönte und die Bässe an die Wand hämmerten wie eine ungeduldige Faust, nahm Mary eine Dusche. Noch bevor dieser Tag zu Ende ging, wäre sie Mutter. Sie schrubbte sich ein paar Blutspritzer von den Händen und lächelte vor sich hin.

6

Große Hände

Samstag vormittag, kurz nach elf, stand Doug am Fenster von Zimmer 21. Er beobachtete die Wolken an dem zinngrauen Himmel und dachte über die Frage nach, die Laura ihm gerade gestellt hatte.

Wie lange geht diese Geschichte bereits?

Natürlich wußte sie Bescheid. Er hatte schon gestern gesehen, daß sie es wußte; es hatte ihr in den Augen gestanden, als er gesagt hatte, er wäre Donnerstag erst lange nach Mitternacht von der Arbeit weggekommen. Ihre Augen hatten geradewegs durch ihn hindurchgeschaut, als wäre er gar nicht da. »Ich möchte es nicht hören«, hatte sie gesagt und war in Schweigen versunken. Sooft er mit ihr sprach, traf er auf dieselbe Mauer von Worten: »Ich möchte es nicht hören.« Er hatte ja gewußt, daß sie empört sein würde, weil er bei Davids Geburt nicht dabeigewesen war, und dieser Umstand nagte ihm in den Eingeweiden wie kleine Piranhas, die ihn bis auf die Knochen verschlingen wollten; dann aber hatte er gemerkt, daß noch mehr dahintersteckte. Laura wußte Bescheid. Irgendwoher wußte sie es. Wieviel sie wußte, konnte er nicht genau sagen, doch allein daß sie es wußte, war schlimm genug. Den ganzen gestrigen Tag und die ganze letzte Nacht hindurch hatte es nur »Ich möchte es nicht hören« oder eisiges Schweigen gegeben. Lauras Mutter, die gestern zusammen mit Lauras Vater nach Atlanta gekommen war, um ihren Enkel zu sehen, hatte ihn gefragt, was denn mit Laura los sei; daß sie nichts sagen, sondern immer nur das Baby halten und ihm verträumte Kinderlieder vorsingen wolle. Doug hatte es ihr nicht erklären können, weil er es selbst nicht wußte. Jetzt kannte er die Antwort, und während er den zinngrauen Himmel beobachtete, wünschte er, er wüßte etwas darauf zu sagen.

»Die Wahrheit«, verlangte Laura, die trotz des steifen Widerstrebens seines Körpers seine Gedanken las. »Die möchte ich wissen.«

»Geschichte?« Mit einem routinierten Vertreterlächeln wandte er sich vom Fenster ab. »Komm, Laura! Du wirst doch nicht allen Ernstes –« Er hörte auf zu sprechen. Sein Sohn lag hinter dem Fenster, weiter unten in der Entbindungsstation, und Doug brachte die Lüge nicht über die Lippen.

»Wie lange schon?« bohrte Laura. Ihr Gesicht wirkte fahl, ihre Augen müde, und ihr schwindelte. Ihr Gemüt aber war bleischwer. »Einen Monat? Oder zwei? Doug, ich möchte es gern wissen.«

Er schwieg. Sein Verstand suchte nach Schlupflöchern, wie eine Maus, die Schritte im Dunkeln hört.

»Sie wohnt in den Hillandale-Appartements«, fuhr Laura fort. »Nummer 5-E. Ich bin dir Donnerstag abend dorthin gefolgt.«

Doug sperrte den Mund auf. Ein leises Keuchen war zu hören, und Laura sah, wie seine Wangen zu glühen anfingen. »Du ... bist mir gefolgt? Du hast ... mein Gott, du hast mich tatsächlich verfolgt?« Er schüttelte fassungslos mit dem Kopf. »Jesus! Das ist ja nicht zu glauben! Du hast mich verfolgt, als ... als ob ich irgendein ... gemeiner Verbrecher wäre oder so?«

»Hör auf, Doug!« Es brach aus ihr heraus, noch ehe sie sich zusammennehmen konnte. Normalerweise schrie sie nicht herum – alles andere als das –, aber der Zorn schien aus jeder ihrer Poren zu schießen wie sengender Dampf. »Schluß mit den Lügen, ja? Hör einfach damit auf, sofort!«

»Würdest du bitte etwas leiser sprechen!«
»Nein, verdammt! Das werde ich nicht!« Die schockierte Empörung auf Dougs Gesicht war Öl in Lauras Feuer. Es loderte auf – so hoch, daß Laura es nicht mehr bezähmen konnte. »Ich weiß, daß du eine Freundin hast, Doug! Ich habe die beiden Kinokarten gefunden! Ich hab herausgefunden, daß Eric in der Nacht, als du angeblich zu ihm ins Büro fahren solltest, in Charleston war! Jemand hat mich angerufen und mir ihre Adresse gesagt! Du kannst mir ruhig glauben; ich bin dir gefolgt, und, weiß Gott, ich habe gehofft, du würdest nicht zu ihr fahren, aber du hast's getan! Vor meinen Augen! Wie war denn das Bier, Doug?« Sie spürte, wie sich ihr Mund verzog vor Bitterkeit. »Hat euch das Sechserpack geschmeckt, euch beiden? Ich war dort und habe mitten auf dem Parkplatz das Fruchtwasser nicht mehr halten können, während du zu ihrer Tür spaziert bist! Während unser Sohn – mein Sohn – auf die Welt gekommen ist, hast du mit einer Fremden am anderen Ende der Stadt im Bett gelegen! War es denn schön, Doug? Los, sag schon, verdammt! War's schön? Ist es so richtig gut gewesen?«
»Bist du jetzt fertig?« Er hatte seinen Mund fest zusammengekniffen und wirkte stoisch, aber sie sah die Furcht in seinen Augen schimmern.
»NEIN! Nein, ich bin noch nicht fertig! Wie konntest du nur? Schließlich hast du gewußt, daß ich David bald bekommen würde? Wie konntest du nur? Hast du denn gar kein Gewissen? Mein Gott, für wie dumm mußt du mich halten! Hast du gedacht, ich würde es nie bemerken? Ist es das? Hast du gedacht, du könntest ewig dieses Doppelleben führen, ohne daß ich dahinterkäme?« Tränen brannten ihr in den Augen. Laura blinzelte sie zurück. »Los, raus mit der Sprache! Wie hast du dir das vorgestellt? Ein Stückchen Kuchen für dich zu Haus, und ein bißchen ...« Sie konnte das Wort, an das sie dachte, nicht aussprechen. »... ein

bißchen von deiner kleinen Freundin in den Hillandale-Appartements, ohne daß ich es jemals merken würde!«
Dougs Wangen waren wieder bleich geworden. Er stand einfach nur da, starrte Laura mit Augen, die wie falsche Geldstücke blinkten, ins Gesicht, und er kam ihr ganz klein vor. Binnen einer Minute schien er auf ein Gerüst aus Lügen zusammengeschrumpft zu sein, an dem khakifarbene Hosen von Dockers und sein Polo-Sweatshirt hingen. Er faßte sich an die Stirn, und Laura sah, wie seine Hand zitterte. »Jemand hat es dir erzählt?« fragte er. Selbst seine Stimme war zusammengeschrumpft. »Wer?«
»Jemand, der es gut mir meint. Wie lange geht das nun schon? Wirst du's mir nun verraten oder nicht?«
Er holte tief Luft und stieß sie langsam wieder aus. Direkt vor Lauras Augen schrumpelte er zusammen wie ein Ballon. Sein Gesicht war teigig und bleich geworden, und er sprach anscheinend mit großer Anstrengung: »Ich ... hab sie ... im September kennengelernt. Besuchen ... tu ich sie seit ... Ende Oktober.«
Weihnachten. Die ganze Weihnachtszeit hindurch hatte Doug mit einer anderen Frau geschlafen. Drei Monate lang war er zu den Hillandale-Appartements und wieder zurück gehetzt, während David in Lauras Bauch wuchs.
»O mein Gott!« sagte Laura und hielt sich eine Hand vor den Mund.
»Sie ist Sekretärin bei einer Immobilienagentur«, fuhr Doug fort. Seine kleinlaute Stimme traf Laura wie Peitschenhiebe. »Ich hab sie kennengelernt, als ich etwas für einen der Makler dort machte. Sie hat ... ich weiß nicht ... einfach süß gewirkt, nehm ich an. Ich hab sie zum Mittagessen eingeladen. Sie sagte ja. Sie hat gewußt, daß ich verheiratet bin, aber es machte ihr nichts aus.« Doug wandte sich von Laura ab, und sein Blick forschte erneut in den Wolken. »Es ist alles sehr schnell gegangen. Zwei Mittagessen hintereinan-

der, und dann hab ich sie abends eingeladen. Sie sagte, sie würde mir in ihrer Wohnung ein Abendessen machen, und auf dem Weg dorthin bin ich von der Straße runtergefahren und hab einfach dagesessen und nachgedacht. Ich wußte, was ich da tat. Ich wußte, daß ich dich und David mit Füßen trat. Ich hab's gewußt.«

»Aber du hast's trotzdem getan. Sehr rücksichtsvoll von dir!«

»Ja, ich hab's trotzdem getan«, stimmte er zu. »Und das aus einem uralten, abgedroschenen Grund: Sie ist erst dreiundzwanzig, und als ich mit ihr zusammen war, kam ich mir wieder vor wie ein junges Kerlchen. Noch ganz am Anfang, ohne jede Verantwortung, keine Frau, kein Kind, keine Zahlungen fürs Haus, keine Zahlungen fürs Auto – einfach nur auf dem Weg ins Blaue. Das hört sich an wie dummes Gelaber, was?«

»Ja.«

»Kann sein, aber es ist die Wahrheit.« Er sah sie an, und sein Gesicht wirkte uralt vor Kummer. »Ich hatte vor, sie nicht mehr zu besuchen. Es sollte eine einmalige Sache bleiben. Aber ... die Geschichte ist mir entglitten. Sie lernt für ihre Prüfung als Immobilienmaklerin, und ich hab ihr bei den Hausaufgaben geholfen. Wir haben Wein getrunken und uns alte Filme angeschaut. Weißt du, mit einem Menschen dieses Alters zu reden ist, als spräche man mit jemand von einem anderen Stern. Sie hat noch nie etwas gehört von Gasbomben in Vietnam, von Steppenwolf, Oscar der Supermaus, John Garfield, Boris Karloff oder ...« Er zuckte die Schultern. »Vielleicht wollte ich selbst ein neuer Mensch werden – mich jünger machen, zu dem zurückkehren, was ich war, bevor ich durchschaut hab, worum es in dieser Welt geht. Dieses Mädchen hat mich angeguckt und einen Fremden gesehen – einen, der dir fremd ist, Laura. Kannst du das verstehen?«

»Warum hast du diesen Jemand nicht mir gezeigt?« fragte sie, und ihr brach die Stimme; aber sie unterdrückte ihre Tränen. »Ich hab dich kennenlernen wollen. Warum hast du's mir nicht erlaubt?«

»Du kennst mich doch«, sagte er. »Du weißt, wie ich wirklich bin. Ihr konnte ich leichter etwas vormachen.«

Laura spürte eine endgültige, niederschmetternde Verzweiflung. Am liebsten hätte sie getobt und geschrien, irgend etwas an die Wand geschleudert; aber sie tat es nicht. Statt dessen sagte sie mit ruhiger Stimme: »Wir haben uns doch mal geliebt, nicht wahr? Das war doch keine Lüge, oder?«

»Nein, war es nicht«, antwortete Doug. »Wir haben uns wirklich geliebt.« Er wischte sich mit dem Handrücken über den Mund, und sein Blick wirkte glasig, leer. »Meinst du, wir können das wieder ins reine bringen?« fragte er.

Es klopfte. Die Tür ging auf, und herein kam eine Krankenschwester mit rotem Lockenkopf, die einen winzigen, in eine flauschige blaue Decke gepackten Menschen trug. Sie bleckte ihre Zähne zu einem Lächeln. »Da ist der Kleine!« verkündete sie fröhlich und hielt David seiner Mutter hin.

Laura nahm ihr das Baby ab. Seine Haut war rosa, sein Kopf – den Dr. Bonnarts sanfte Hände wieder zu einem Oval geformt hatten – war mit einem hellbraunen Flaum bedeckt. Es machte ein wimmerndes Geräusch wie eine kleine Katze, seine blaßblauen Augen blinzelten. Laura roch einen Pfirsich-mit-Sahne-Duft, der ihr zum erstenmal aufgefallen war, als man David gewaschen und ihn zu ihr gebracht hatte. An dem dicken weichen Knöchel des linken Fußes hing ein mit Maschine beschriebenes Plastikband: »Junge, Clayborne, Zimmer 21«. Das Gewimmer des Kindes ging in eine Art Schluckauf über, und Laura sagte »Pschscht«, während sie ihren Sohn in den Armen wiegte.

»Ich glaube, er hat Hunger«, meinte die Krankenschwester.

Laura öffnete die oberen Druckknöpfe ihres Krankenhauskittels, um Davids Mund an eine der Brustwarzen zu führen. Eine von Davids Händen schloß sich um das Fleisch von Lauras Brust, und er machte sich an die Arbeit. Es war ein tiefbefriedigendes, sinnliches Gefühl, und Laura seufzte schwer, während ihr Sohn seinen Hunger mit Muttermilch stillte.

»Na, wer sagt's denn!« Die Krankenschwester schenkte Doug ein Lächeln, nahm es aber wieder zurück, als sie sein farbloses Gesicht und seine hohlen Augen bemerkte. »Gut, dann laß ich ihn jetzt ein Weilchen bei Ihnen«, meinte sie und ging rasch aus dem Zimmer.

Doug lehnte sich über das Bett, um auf David hinabzuschauen. »Seine Augen«, sagte er. »Sie sehen wie deine aus.«

»Ich möchte, daß du jetzt gehst«, erwiderte Laura.

»Wir können das ja noch später besprechen, okay? Wir können alles wieder ins reine bekommen.«

»Ich möchte, daß du jetzt gehst«, wiederholte Laura, und Doug entdeckte einen unerbittlichen Zug in ihrem Gesicht.

Er richtete sich auf, setzte noch einmal zum Sprechen an, sah aber, daß es keinen Sinn hatte. Laura schenkte ihm keine Aufmerksamkeit mehr; ihr Augenmerk galt jetzt dem Baby, das an ihrer Brust lag. Nach etwa einer Minute, in der nur Davids Schmatzen zu hören war, ging Doug zur Tür hinaus und verschwand.

»Das macht dich groß und stark«, sagte Laura mit singender Stimme zu ihrem Sohn, und ein Lächeln erhellte ihr Gesicht. »Ganz groß und stark macht dich das.«

Es war eine harte Welt. Menschen konnten darin zu Asche verbrennen und zu Staub zermalmt werden. In dieser Sekunde aber, als die Mutter ihren Sohn an sich drückte und zärtlich mit ihm sprach, war die Härte dieser Welt vergessen. Laura wollte nicht über Doug nachdenken – wollte nicht nachdenken über das, was vor ihnen lag; also tat sie es auch nicht. Sie küßte David auf die Stirn und schmeckte die Süße seiner Haut, zog die schwachen blauen Äderchen seitlich an seinem Kopf mit ihrem Zeigefinger nach. Dort strömte Blut hindurch, sein Herz schlug, und seine Lungen arbeiteten: Das Wunder war geschehen, und sie hielt es in ihren eigenen Armen. Sie sah zu, wie er blinzelte, sah zu, wie die blaßblauen Augen das Reich seiner Sinneswahrnehmungen erforschten. Mehr als ihn brauchte sie nicht; er war ihr ein und alles.

Eine Viertelstunde später kamen Lauras Eltern zurück. Sie waren beide grauhaarig – Miriam eine Frau mit entschlossenem Kinn und dunklen Augen, Franklin ein gutmütiger, lächelnder Witzbold. Anscheinend wollten sie gar nicht wissen, wo Doug war. Ihre Mutter hielt David eine Zeitlang in den Armen und redete auf ihn ein, gab ihn aber wieder zurück, als er zu weinen anfing, und ihr Vater meinte, allem Anschein nach werde David einmal ein großer, starker Junge mit Händen, die einen Fußball werfen könnten. Laura ertrug ihre Eltern mit höflichem Lächeln und ständiger Zustimmung, während sie David fest an sich drückte. Der Kleine blieb nie lange still. Immer wieder heulte er los, als würde jemand irgendwo auf einen Knopf drücken, aber Laura wiegte ihn in den Armen und redete beruhigend auf ihn ein, so daß er bald an ihrer Brust einschlief. Sein Herz schlug fest und gleichmäßig. Franklin nahm auf einem Stuhl Platz, um Zeitung zu lesen, und Miriam hatte sich ihr Strickzeug mitgebracht. Während David sich an seine Mutter kuschelte, schlief Laura ein. Sie zuckte im Schlaf; sie träumte von einer Irren auf einem Balkon und von zwei Revolverschüssen.

Um ein Uhr achtundzwanzig fuhr an der Verladerampe hinter dem St. James Hospital ein olivgrüner Lieferwagen Marke Chevrolet mit Rostlöchern in der Beifahrertür und einem

Sprung in der linken Heckscheibe vor. Die Frau, die ausstieg, trug Schwesternkleidung: weiß mit dunkelblauen Applikationen. Ein Plastikschildchen über ihrer Brusttasche wies sie als Janette Leister aus, und neben ihrem Namensschild befand sich ein Anstecker mit einem lächelnden gelben Mondgesicht.

Mary Terror brauchte einen Moment, um aus den Tiefen ihres eigenen Gesichts ein Lächeln heraufzuholen. Sie wirkte frischgewaschen und rotwangig und hatte ihre Lippen mit farblosem Glanzstift geschminkt. Ihr Herz hämmerte, ihr Magen hatte sich vor Nervosität zusammengekrampft, aber sie holte ein paarmal tief Luft und dachte dabei an das Baby, das sie Lord Jack demnächst bringen würde. Dort oben war es, im zweiten Stock, und es wartete schon auf sie, in einem der drei Zimmer mit blauen Schleifen an der Tür. Als sie soweit war, stieg Mary das Treppchen zur Verladerampe hinauf. Ein Wäschekorb und ein Handkarren standen noch dort. Sie bugsierte den Korb zur Tür, drückte auf den Summer und wartete.

Keine Reaktion. Los! Macht schon, dachte sie und betätigte den Summer ein zweites Mal. Verdammt! Wenn nun niemand hörte? Oder wenn ihr ein Wachmann aufmachen würde? Oder wenn jemand ihre Verkleidung sofort durchschauen und ihr die Tür vor der Nase zuknallen würde? Nein. Sie hatte die richtige Uniform, die richtigen Farben und die richtigen Schuhe. Na, macht schon! Los!

Die Tür öffnete sich.

Eine Farbige, eine von den Wäscherinnen, lugte heraus.

»Ich habe mich ausgesperrt«, sagte Mary mit starrem, unbeweglichem Lächeln. »Kaum zu glauben, was? Die Tür ist zugefallen, und da steh ich!« Sie fing an, den Korb vor sich her durch die Tür zu schieben. Ein, zwei Sekunden lang glaubte sie, die Frau würde sie nicht reinlassen, und sagte fröhlich: »Vorsicht bitte! Ich komme!«

»Ja, Ma'am. Dann nur mal rein mit Ihnen!« Die Frau lächelte, wich zurück und hielt dabei die Tür auf. »Wird gleich was runterregnen, da draußen!«
»Allerdings, nicht wahr?« Während sie den Korb vor sich herschob, machte Mary Terror noch drei weitere große Schritte. Hinter ihr fiel mit einem »Klick!« die Tür zu. Sie war drinnen.
»Sie haben sich doch bestimmt verirrt!« sagte die Waschfrau. »Wie kommen Sie denn da runter?«
»Ich bin noch neu hier. Hab erst vor ein paar Tagen angefangen.« Indem sie den Korb den langen Gang entlangschob, entfernte sich Mary. Sie konnte das Flüstern von Dampf und das dumpfe Gepolter der Waschmaschinen hören. »Kenn mich wohl doch nicht so gut aus, wie ich dachte.«
»Wem sagen Sie das! Man muß ja bald 'nen Plan mit sich rumschleppen, um sich in diesem alten Kasten zurechtzufinden!«
»Einen schönen Tag noch!« sagte Mary und ließ den Korb neben einigen anderen zurück, die bei der Waschküche abgestellt waren. Dann beschleunigte sie ihren Schritt. »Byebye«, antwortete die Frau, aber Mary konzentrierte sich bereits auf den Weg, der sie zum Treppenhaus führen würde. Dampfrohre zischten über ihrem Kopf.
Als sie um eine Ecke bog, erblickte sie plötzlich eine Polizistin mit Funksprechgerät, die etwa zwanzig Schritte vor ihr ging. Mary setzte das Herz aus, und ein, zwei Minuten lang zog sie sich zurück, um der Polizistin Zeit zum Verschwinden zu geben. Dann, als die Luft wieder rein war, lief sie weiter in Richtung Treppe. Ihre Blicke schossen zwischen den Türen zu beiden Seiten des Ganges hin und her, all ihre Sinne waren in höchster Alarmbereitschaft, und ihr Blut schien eiskalt zu sein. Hier und da hörte sie zwar Stimmen, sah aber niemanden mehr. Endlich kam sie an

die Treppe, stieß die Tür einen Spaltbreit auf, zwängte sich hindurch und begann, nach oben zu steigen.
Sie kam gerade am ersten Stock vorbei, da kamen ihr zwei Krankenschwestern auf dem Weg nach unten entgegen. Mary schaltete ihr Lächeln wieder an, die beiden Frauen lächelten und nickten, und mit feuchten Händen ging sie an ihnen vorbei. Dann kam eine Tür, auf der eine große Zwei stand. Marys Blick überprüfte das schwarze Isolierband, das die Klinke untenhielt und den Alarm verhinderte, und sie öffnete sie. Sie befand sich jetzt auf der Entbindungsstation. Der Gang zwischen ihr und der Biegung, die zum Schwesternzimmer führte, war menschenleer.
Mary hörte ein melodisches Läuten, das vermutlich einer der Krankenschwestern galt. Leises Babygeschrei hallte wie Sirenengesang durch den Gang. Jetzt oder nie! Mary entschied sich für Zimmer 24 und ging hinein, als gehörte ihr das ganze Krankenhaus.
Eine junge Frau lag in dem Bett. Sie stillte gerade ihr Neugeborenes, und auf einem Stuhl daneben saß ein Mann, der den Vorgang mit kindlichem Staunen verfolgte. Als die fast zwei Meter große Krankenschwester hereinplatzte, wandten sie sich ihr zu, und die Mutter sagte mit einem verträumten Lächeln: »Es ist alles in schönster Ordnung.«
Der Mann, die Frau und der Sohn dieser beiden waren schwarz.
Mary blieb wie angewurzelt stehen. »Das sehe ich«, antwortete sie. »Hab nur mal nachsehen wollen!« Und dann machte sie kehrt, um wieder zu verschwinden. Mit einem schwarzen Kind könnte sie Lord Jack nicht kommen. Ausgeschlossen! Sie ging in das Zimmer gegenüber, Nummer 23, und fand dort eine Weiße, die sich von ihrem Bett aus angeregt mit einem jungen Paar und einem Mann mittleren Alters unterhielt. Bunte Blumensträuße und Luftballons

schmückten das ganze Zimmer. Das Baby der Frau war nicht da. »Hi«, sagte sie zu Mary. »Könnte ich vielleicht mein Baby haben?«

»Klar. Warum nicht? Ich werde es Ihnen holen.«

»Sie sind ja wohl nicht grad 'n Schwächling?« fragte der Mann mittleren Alters, und bei seinem Grinsen blinkte ein Silberzahn.

Mary erwiderte sein Lächeln, aber ihre Augen waren kalt. Sie wandte sich ab und ging aus dem Zimmer zu der Tür, die eine blaue Schleife und die Nummer 21 trug.

Mary war nervös. Wenn es diesmal nicht klappte, würde sie die Aktion vielleicht abblasen müssen.

Sie dachte an Lord Jack, der bei der weinenden Lady auf sie wartete, und trat ein.

Die Mutter schlief. Das Baby lag an ihrer Brust, und auf einem Stuhl beim Fenster saß eine ältere Frau mit grauem, gelocktem Haar, die strickte. »Hallo«, sagte die Frau auf dem Stuhl. »Wie geht's Ihnen denn heute?«

»Mir geht es gut, danke.« Mary sah, wie sich die Augen der Mutter zu öffnen begannen. Auch das Baby regte sich bereits; sekundenlang flatterten seine Augenlider, und Mary stellte fest, daß die Augen des Kindes hellblau waren, wie die von Lord Jack. Ihr Herz machte einen Sprung; da war Karma im Spiel!

»Oh, ich bin eingenickt.« Laura blinzelte, um die Krankenschwester, die hoch aufgerichtet neben ihrem Bett stand, besser sehen zu können. Es war eine große Frau mit undefinierbarem Gesicht und braunen Haaren. Gelbes Mondgesicht an der Uniform. Auf ihrem Namensschild stand Janette noch was. »Wissen Sie die Uhrzeit?«

»Zeit, das Baby zu wiegen«, antwortete Mary. Sie hörte ihre gepreßte Stimme und bekam sich unter Kontrolle. »Dauert höchstens ein, zwei Minuten.«

»Wo ist denn Dad?« fragte Laura ihre Mutter.

»Der ist runter, noch eine Zeitschrift kaufen. Du weißt ja: Er und seine Leserei ...!«
»Kann ich das Baby wiegen, bitte?« Mary streckte ihre Arme aus, um es in Empfang zu nehmen.
David war am Aufwachen. Seine erste Reaktion bestand darin, seinen Mund zu öffnen und einen hohen, dünnen Schrei auszustoßen. »Ich glaube, er hat schon wieder Hunger«, sagte Laura. »Darf ich ihn vorher noch füttern?«
Kann nicht riskieren, daß eine echte Schwester hier reinplatzt, dachte Mary. Sie bewahrte ihr Lächeln. »Es dauert ja nicht lange. Ich möchte das nur rasch erledigen, und damit Schluß. Einverstanden?«
»Einverstanden«, antwortete Laura, obwohl sie sich danach sehnte, David zu stillen. »Ich habe Sie noch nie hier gesehen.«
»Ich arbeite auch nur am Wochenende«, erklärte Mary, während sie die Arme weiterhin ausgestreckt hielt.
»Pscht, pscht! Nicht weinen!« Laura küßte ihren Sohn auf die Stirn und roch dabei den Pfirsich-mit-Sahne-Duft seiner Haut. »Oh, du bist ja so kostbar!« sagte sie zu ihm und legte ihn der Krankenschwester behutsam in die Arme, verspürte aber sofort das Bedürfnis, ihn wieder an sich zu nehmen. Diese Krankenschwester hatte große, derbe Hände, und Laura sah, daß unter einem der Fingernägel eine dunkelrote Kruste war. Sie warf einen Blick auf das Namensschild: Leister.
»Auf geht's!« sagte Mary, während sie das Kind in ihren Armen wiegte. »Auf geht's, du süßes kleines Ding!« Und sie bewegte sich Richtung Tür. »Ich bring ihn gleich wieder zurück.«
»Geben Sie gut auf ihn acht!« sagte Laura und dachte: Die muß sich mal die Hände waschen.
»Aber ja.« Mary war schon fast aus der Tür.
»Schwester?« fragte Laura.

Das Baby in Marys Armen schrie immer noch, während sie auf der Türschwelle innehielt.
»Bringen Sie mir bitte etwas Orangensaft?«
»Ja, Ma'am.« Mary drehte sich um, ging nach draußen und sah, wie der dunkelhäutige Vater von Nummer 24 gerade aus dem Zimmer kam. Er entfernte sich Richtung Stationsschalter. Mary legte dem weinenden Baby ihren Zeigefinger auf den Mund, um es zu beruhigen, und ging dann durch die Tür zum Treppenhaus, das nach unten führte.
»Sie hat schmutzige Hände gehabt«, sagte Laura zu ihrer Mutter. »Hast du gesehen?«
»Nein, aber es war die größte Frau, die mir je unter die Augen gekommen ist.« Sie sah zu, wie ihre Tochter sich auf den Kissen zurechtrückte, und plötzlich zuckte Laura vor Schmerz zusammen. »Wie geht es dir?«
»Gut, nehme ich an. Tut nur ein bißchen weh.« Sie kam sich vor, als hätte sie einen Sack voll hartgewordenem Zement auf die Welt gebracht. Ihr Körper schmerzte überall, sie hatte immer noch leichte Krämpfe in ihren Schenkel- und Rückenmuskeln, und war ihr Bauch nun auch wieder flacher, so fühlte sie sich nach wie vor träge und schwer. Hinzu kamen die zweiunddreißig Stiche zwischen den Schenkeln, wo Dr. Bonnart sie aufgeschnitten hatte, damit Davids Kopf besser herausgleiten konnte. Sie bereiteten Laura ein ständiges Unbehagen. »Ich dachte, Krankenschwestern müßten ihre Hände sauberhalten«, sagte sie, nachdem sie es sich wieder bequem gemacht hatte. Aber ihre Mutter erwiderte nur: »Ich habe deinen Vater nach unten geschickt. Ich glaube, wir sollten uns einmal unterhalten, nicht wahr?«
»Uns unterhalten? Worüber denn?«
»Das weißt du ganz genau.« Sie beugte sich auf ihrem Stuhl nach vorn, und ihr Blick wirkte stechend. »Darüber, was zwischen dir und Doug nicht stimmt.«

Natürlich hat sie es instinktiv bemerkt, dachte Laura. Das Radar ihrer Mutter täuschte sich selten. »›Nicht stimmt‹.« Laura nickte. »Ja, es gibt da wirklich ein Problem.«
»Ich würde es gern erfahren.«
Laura wußte, daß sich dieses Gespräch unvermeidbar war. Früher oder später müßte sie mit dieser Sache herausrücken. »Doug hat seit letztem Oktober eine Affäre«, begann sie und sah, wie ihre Mutter ein wenig nach Luft schnappte. Dann fing sie an, alles zu erzählen, und während die ältere Frau gespannt zuhörte, wurde Lauras Sohn durch einen Gang getragen, in dem Dampfrohre zischten wie aus dem Schlaf geweckte Schlangen.
Mary marschierte mit langen Schritten durch den Korridor. Sie hatte dem Baby ihren Zeigefinger in den Mund gesteckt und war zur Laderampe unterwegs, aber vor der Wäscherei-Zone machte sie noch einmal halt. Sie legte das Kind, das sie gestohlen hatte, in einen der dort herumstehenden Körbe und deckte es mit ein paar Handtüchern, die darin lagen, zu. Das Baby gurgelte und wimmerte, aber davon ließ sich Mary nicht beirren. Sie packte den Korb und schob ihn vor sich her. Als sie dort vorbeikam, wo die schwarzen Frauen arbeiteten, sah Mary die Wäscherin, die sie hereingelassen hatte.
»Immer noch nicht zurechtgefunden?« rief die Frau über den Lärm von Wasch- und Dampfbügelmaschinen.
»Doch, jetzt weiß ich, wo ich bin!« antwortete Mary und warf der anderen im Vorbeigehen ein blitzendes Lächeln zu. Unmittelbar vor dem Ausgang begann das Baby zu weinen, aber nur leise, und der Lärm aus der Waschküche überdeckte das Geräusch. Mary machte die Tür auf. Der Wind draußen war stärker geworden, und es regnete. Sie stieß den Korb auf die Verladerampe, schob einen Arm unter das Baby und hob es, immer noch in das Handtuch verpackt, heraus. Dann eilte sie über das kleine Betontreppchen zu

dem Transportbus, den sie vor etwa zwei Stunden bei Friendly Earnie's in Smyrna für dreihundertachtzig Dollar und ihren Kleinlaster erstanden hatte. Sie legte das weinende Baby vor den Beifahrersitz neben ihre abgesägte Schrotflinte auf den Boden und ließ den Motor an. Er lief so hart, daß der gesamte Wagen ins Rütteln kam, und die Scheibenwischer kreischten auf dem Glas hin und her.

Mary Terror fuhr von der Laderampe herunter, wendete und entfernte sich von dem Krankenhaus, das nach Gott benannt war. »Still jetzt!« sagte sie zu dem Baby. »Mary hat dich bekommen!« Aber das Kind schrie weiter.

Es würde eben noch lernen müssen, wer hier den Ton angab.

Mary ließ das Hospital hinter sich und bog in dem silbrigen Regen auf eine Stadtautobahn, wo sie mit einem Meer von Metall verschmolz.

7

Ein hohles Gefäß

Hi!« Die Schwester hatte rotes Haar und sommersprossige Wangen, und ein strahlendes Lächeln war auf ihrem Gesicht. Ihr Namensschildchen wies sie als Erin Kingman aus. Sie sah kurz zu dem leeren Kinderwagen neben dem Bett. »Wo ist denn David?«

»Jemand hat ihn zum Wiegen mitgenommen«, sagte Laura. »Schon vor einer Viertelstunde, schätz ich. Und außerdem wollte ich einen Orangensaft, aber vielleicht ist Ihrer Kollegin ja etwas dazwischengekommen.«

»Und was war das für eine Kollegin?«

»Eine sehr große, kräftige Frau. ›Janette‹ hat sie geheißen. Ich habe sie noch nie hier gesehen.«

»Ah ja.« Erin nickte, und obwohl sie nicht aufhörte zu lächeln, begann es in ihrem Magen zu flattern. »Gut. Dann werd ich sie suchen. Sie entschuldigen . . .« Und eilig überließ sie Laura und Miriam ihrem Gespräch.

»Scheidung.« Das klang aus dem Mund der Älteren wie eine Totenglocke. »Willst du das damit sagen?«

»Ja.«

»Laura, man muß sich ja nicht gleich scheiden lassen. Ihr könntet doch zu einem Eheberater gehen und euch über die Sache aussprechen. Eine Scheidung ist eine lange, unerfreuliche Geschichte. Und David braucht doch einen Vater. Denk nicht nur an dich, sondern auch an David!«

Laura hörte bereits, was als nächstes kommen würde. Sie schwieg und hielt die Hände unter ihrer Decke geballt, während sie darauf wartete.

»Doug hat dir immer ein schönes Leben bereitet«, fuhr ihre Mutter im ernsten Tonfall jener Frauen fort, die wußten, daß sie schon längst Liebe gegen Bequemlichkeit eingetauscht hatten. »Er hat gut für dich gesorgt, nicht wahr?«

»Wir haben alles mögliche zusammen gekauft, falls es das ist, was du meinst.«

»Du hast eine Geschichte, ein gemeinsames Leben, und jetzt hast du einen Sohn. Du hast ein schönes Haus, du fährst einen schönen Wagen, und es fehlt dir an nichts. Eine Scheidung wäre demzufolge ein drastischer Schritt, Laura. Möglich, daß du dabei ganz gut abschneiden würdest, aber trotzdem hätte eine alleinstehende, sechsunddreißigjährige Mutter vielleicht Schwierigkeiten –« Sie unterbrach sich. »Du weißt, was ich damit sagen will?«

»Nicht ganz.«

Miriam seufzte, als hätte ihre Tochter soviel Verstand wie ein Holzklotz. »Eine Frau deines Alters, die obendrein noch ein Baby erzieht, könnte sich schwertun, noch einmal einen Mann zu finden. Das solltest du unbedingt in Betracht ziehen, bevor du irgendwelche übereilten Entscheidungen triffst!«

Laura schloß ihre Augen. Ihr war schwindlig und übel, und sie biß sich fest auf die Zunge, weil sie sich nicht sicher sein konnte, was sie ihrer Mutter sagen würde.

»Ich weiß ja, du glaubst, ich hätte unrecht. Es wäre ja nicht das erste Mal. Aber ich habe nur dein Interesse im Auge, Laura, weil ich dich liebe. Du mußt herausfinden, warum Doug sich zu diesem Seitensprung entschlossen hat und was du dagegensetzen kannst.«

Sie schlug ihre Augen auf. »Dagegensetzen?«

»Genau. Ich habe dir schon vor langer Zeit gesagt: So ein Dickschädel wie Doug verlangt viel Aufmerksamkeit. Und er braucht auch eine lange Leine. Nimm nur deinen Vater. Ich habe ihm immer eine lange Leine gelassen, und desto besser funktioniert unsere Ehe. Solche Dinge lernt eine Frau durch Erfahrung; niemand kann sie ihr beibringen. Aber je länger die Leine, um so stabiler die Ehe.«

»Ich kann ...« Laura hatte es die Sprache verschlagen. Völlig verwirrt versuchte sie es noch einmal. »Ich kann einfach nicht glauben, daß du das sagst! Soll das etwa heißen ... du willst, daß ich bei Doug bleibe? Daß ich einfach wegsehe, wenn er es sich noch einmal in den Kopf setzt« – sie gebrauchte die Formulierung ihrer Mutter –, »einen Seitensprung zu machen?«

»Das gibt sich mit der Zeit«, erwiderte die andere. »Laß ihn nur erst einmal älter werden. Wenn du immer für ihn da bist, wird er schon merken, was für einen Schatz er zu Hause hat. Doug ist ein guter Versorger, und er wird auch ein guter Vater sein. Das ist sehr wichtig heutzutage. Du mußt dir überlegen, wie du die Wunde zwischen dir und Doug wieder schließen kannst, statt von Scheidung zu sprechen!«

Laura wußte nicht, was sie als nächstes sagen würde. Ihr Mund ging auf, das Blut pochte ihr im Gesicht, und sie konnte fühlen, wie ihre Lunge Kraft für einen Schrei sammelte. Oh, wie sie sich wünschte, ihre Mutter vor ihrer Stimme zusammenzucken, sie von diesem Stuhl aufstehen und mit geübtem Schmollen aus dem Zimmer marschieren zu sehen! Doug war für Laura ein Fremder geworden, und genauso ihre Mutter; sie kannte keinen mehr von diesen Anwärtern auf ihre Liebe, und sie wollte ihrer Mutter ins Gesicht brüllen, auch wenn sie noch nicht wußte, was.

Sie sollte es nie wissen.

Zwei Krankenschwestern – Erin Kingman und eine andere, stämmigere Frau, die etwas älter war – betraten das Zimmer, und hinter ihnen ein Mann mit dunkelblauem Blazer und grauen Freizeithosen. Sein Gesicht war rund und fleischig, sein Haaransatz weit hinter einer breiten, gewölbten

Stirn, und er trug eine schwarze Hornbrille. Mit quietschenden Schuhen trat er an Lauras Bett.

»Entschuldigen Sie bitte«, sagte die ältere Krankenpflegerin zu Lauras Mutter. Auf ihrem Namensschild stand Kathryn Langner. »Würden Sie nur für ein paar Minuten mit Miss Kingman hinausgehen?«

»Was gibt es denn?« Lauras Mutter stand auf. Ihr Radar meldete Alarmstufe eins. »Was ist los?«

»Würden Sie bitte mitkommen?« Erin Kingman trat neben sie. »Wir gehen einfach einen Schritt vor die Tür. Okay?«

»Was wird hier gespielt? Laura, was soll das alles?«

Laura konnte es ihr nicht sagen. Die ältere Krankenschwester und der Mann bezogen zu beiden Seiten des Bettes Stellung, und ein schreckliches Gefühl durchströmte Lauras Körper. O mein Gott! dachte sie. Es geht um David! David ist irgend etwas passiert!

»Mein Baby«, hörte sie sich wie irrsinnig hervorstoßen. »Wo ist mein Baby?«

»Würden Sie bitte draußen auf dem Gang warten?« Der Mann sprach in einem trockenen Tonfall, der besagte, daß Miriam ihm gehorchen müßte, ob es ihr nun paßte oder nicht. »Miss Kingman, machen Sie doch bitte die Tür hinter sich zu!«

»Wo ist mein Baby?« Laura fühlte, wie ihr das Herz pochte, und neuer Schmerz zuckte zwischen ihren Beinen. »Ich möchte David sehen!«

»Raus!« Gemeint war Lauras Mutter. Der Mann brüllte sie an, und Miss Kingman machte die Tür hinter ihnen zu. Dann ergriff Kathryn Langner eine von Lauras Händen. »Mrs. Clayborne.« Der Mann sprach jetzt mit ruhigerer, fester Stimme. »Mein Name ist Bill Ramsey. Ich gehöre zum Sicherheitspersonal. Erinnern Sie sich noch an den Namen der Schwester, die Ihr Kind aus diesem Zimmer geholt hat?«

»Janette noch was. Ihr Nachname fing mit L an.« Er wollte ihr nicht einfallen, und ihr Gehirn war wie betäubt vom Schock. »Wieso? Stimmt irgend etwas nicht? Sie hat gesagt, sie würde mein Baby gleich zurückbringen. Ich möchte es wiederhaben, auf der Stelle!«

»Mrs. Clayborne«, sagte Ramsey, »es gibt keine Schwester mit diesem Vornamen auf der Entbindungsstation.« Seine Augen waren schwarz wie das Brillengestell, das sie umrahmte, und der Puls pochte an seiner kahl werdenden linken Schläfe. »Wir glauben, die fragliche Person könnte Ihr Kind aus dem Krankenhausbereich entführt haben.«

Laura blinzelte. Ihr Verstand sträubte sich, die beiden letzten Worte anzuerkennen. »Entführt? Wohin entführt denn?«

»Aus dem Krankenhaus«, wiederholte Ramsey. »Unsere Leute kontrollieren zur Zeit sämtliche Ausgänge. Ich möchte, daß Sie jetzt ganz scharf nachdenken und mir beschreiben, wie diese Frau ausgesehen hat.«

»Es war eine Krankenschwester. Sie sagte, sie würde nur am Wochenende arbeiten.« Laura dröhnte der Kopf, und sie vernahm ihre Stimme wie vom Ende eines langen Tunnels. Ich werde gleich ohnmächtig, dachte sie. Lieber Gott, ich werde gleich ohnmächtig! Sie klammerte sich an die Hand der Krankenpflegerin und erhielt kraftvollen Gegendruck.

»Die fragliche Person hatte also Schwesterntracht an, ist das korrekt?«

»Ja. Schwesterntracht. Sie war eine Krankenschwester.«

»Und ihr Vorname lautete Janette. Hat sie Ihnen das gesagt?«

»Es stand ... es stand ... auf ihrem Namensschild. Neben dem Anstecker.«

»Wie bitte?«

»Dem ... Anstecker«, wiederholte Laura. »Es war ein lächelndes gelbes Mondgesicht darauf.«

»Und welche Haar- und Augenfarbe hatte diese Frau?«
»Ich weiß nicht –« Lauras Gehirn schien allmählich einzufrieren, in ihrem Gesicht jedoch pulsierte Hitze. »Braun. Braune Haare. Schulterlang. Und ihre Augen waren ... blau, glaub ich. Nein, grau. Ich weiß es einfach nicht mehr.«
»Sonst noch irgendwelche besonderen Kennzeichen? Krumme Nase? Dicke Augenbrauen? Sommersprossen?«
»Groß«, sagte Laura. »Sie ist groß gewesen. Eine sehr hochgewachsene Frau.« Ihre Kehle schnürte sich immer mehr zusammen, dunkle Flecke tanzten ihr vor den Augen, und nur der Händedruck der Schwester hielt sie davon ab, in Ohnmacht zu fallen.
»Wie groß? Einssiebzig? Einsfünfundsiebzig? Größer?«
»Größer. Ein Meter achtzig. Vielleicht noch mehr.«
Bill Ramsey griff in seine Jacke, zog ein Funksprechgerät heraus und schaltete es ein. Klick. »Eugene, hier ist Ramsey. Wir suchen nach einer Frau in Schwesterntracht. Folgende Beschreibung: braunes schulterlanges Haar, blaue oder graue Augen und an die Einsachtzig groß. Moment noch!« Er sah wieder zu Laura, deren Gesicht kreidebleich geworden war. »Schlank, kräftig oder durchschnittlich gebaut?«
»Kräftig. Sehr kräftig.«
»Eugene? Sie ist kräftig. Trägt ein Namensschild mit der Aufschrift ›Janette‹. Nachname fängt mit L an. Notiert?«
»Notiert«, knisterte die Stimme über das Funksprechgerät.
»Der Anstecker«, erinnerte ihn Laura, die kurz davor war, sich zu übergeben; sie hatte ein heißes Gefühl der Übelkeit im Magen. »Das lächelnde Mondgesicht.«
Ramsey schaltete das Funksprechgerät noch einmal ein und gab Eugene die Zusatzinformation.
»Mir wird gleich schlecht«, sagte Laura zu Kathryn Lang-

ner, und Tränen brannten ihr auf den Wangen. »Würden Sie mir bitte ins Bad helfen?«
Die Schwester stützte sie, aber Laura schaffte es nicht mehr. Sie erbrach ihr Mittagessen schon vor dem Badezimmer. Mit kaltem Körper entglitt sie dem Griff der Krankenpflegerin, fiel auf die Knie und fühlte ein Ziehen zwischen ihren Beinen: die frischen Nähte. Man rief jemanden, der aufwischen sollte, und Laura wurde wieder ins Bett gebracht. Sie zitterte und war wie gelähmt vor Entsetzen. Dann ließ Ramsey ihre Mutter zusammen mit Miss Kingman wieder herein. Die junge Krankenschwester hatte Miriam bereits alles erzählt, und Ramsey setzte sich neben das Bett, um Mutter und Tochter noch weitere Fragen zu stellen. Aber keine von ihnen konnte sich an den Nachnamen der Frau erinnern. »Lewis? Logan?« versuchte ihnen Ramsey auf die Sprünge zu helfen. »Larson? Lester?«
»Lester«, sagte Miriam. »Das war's!«
»Nein, da täuschst du dich«, entgegnete Laura. »Aber etwas Ähnliches.«
»Denken Sie einmal scharf nach! Versuchen Sie, sich dieses Namensschild vor Augen zu rufen. Sehen Sie es?«
»Es war Lester!« beharrte die Ältere, und ihr Gesicht glühte vor Zorn. »Ich weiß es ganz genau! Lieber Gott, leiten Sie so vielleicht ein Krankenhaus? Indem sie jede Verrückte hier hereinkommen und Kinder entführen lassen?«
Ramsey beachtete sie nicht. »Rufen Sie sich das Namensschild ins Gedächtnis!« drängte er Laura, während die Schwester ihr einen kalten Waschlappen auf die Stirn drückte. »Achten Sie auf den Nachnamen! So etwas wie Lester. Wie heißt er?«
»Lester, um Himmels willen!« beharrte Miriam.
Laura sah in ihrem Geiste das Namensschild vor sich, weiße Buchstaben auf blauem Grund. Sie sah den Vornamen, und

dann kristallisierte sich auch der Nachname heraus. »›Leister‹ war's, glaub ich.« Sie buchstabierte. »L-e-i-s-t-e-r.«
Sofort sprach Ramsey wieder ins Funksprechgerät. »Eugene? Hier Ramsey. Ruf bei der Kripo an und sag ihnen, sie sollen einen Namen überprüfen: Leister!« Er buchstabierte ebenfalls. »Und besorg mir hinterher einen Ausdruck. Alles klar? Ab geht die Post!«
»Bin schon unterwegs!« antwortete die körperlose Stimme.
»Ich will mein Baby zurück«, sagte Laura. Ihre Augen schwammen in Tränen, und ihr Verstand erfaßte gar nicht richtig, worum es eigentlich ging; das mußte alles ein schrecklicher, abscheulicher Scherz sein. Sie hielten David vor ihr versteckt. Warum waren sie so grausam? Nur der Händedruck einer Schwester trennte sie noch vom Wahnsinn. »Bitte bringen Sie mir mein Kind zurück. Jetzt gleich, ja? Einverstanden?«
»Ich rate Ihnen: Besser, Sie finden meinen Enkel!« Lauras Mutter stand direkt vor Ramsey und starrte ihm ins Gesicht. »Sonst prozessieren wir Sie in Grund und Boden. Kapiert?«
»Die Polizei ist schon unterwegs.« Seine Stimme klang brüchig und gepreßt. »Es ist alles unter Kontrolle.«
»Einen Dreck ist es!« schrie Miriam. »Wo steckt mein Enkel? Besser, ihr besorgt euch einen verdammt guten Anwalt, ihr Typen!«
»Sei still!« ächzte Laura, doch ihre Stimme ging im Zorn ihrer Mutter unter. »Bitte sei still!«
»Was für einen Sicherheitsdienst haben Sie denn hier? Sie wissen ja nicht mal, wer Krankenschwester ist und wer nicht! Lassen jede dahergelaufene Person einfach hier reinkommen und kleine Kinder stehlen!«
»Ma'am, wir tun unser Bestes. So helfen Sie der Sache nicht weiter.«
»Na, Sie vielleicht? Mein Gott, weiß der Teufel, wer jetzt meinen Enkel hat! Es könnte jeder Wahnsinnige sein!«

Hoffnungslos und gequält begann Laura zu weinen, während ihre Mutter weitertobte. Ramsey ließ alles mit zusammengekniffenen Lippen und starrem Blick über sich ergehen, und der Regen trommelte weiter an das Fenster. Dann piepste das Funksprechgerät. »Ramsey«, meldete sich der Sicherheitsbeamte, und Miriam hörte auf zu schreien.
»Wir brauchen dich unten in der Wäscherei, aber schnell«, sagte die Stimme.
»Bin schon unterwegs.« Er schaltete das Funksprechgerät ab. »Mrs. Clayborne, ich werde Sie ein Weilchen allein lassen müssen. Ist Ihr Mann in der Klinik?«
»Ich weiß ... ich weiß nicht ...«
»Können Sie sich mit ihm in Verbindung setzen?« fragte er Lauras Mutter.
»Wir werden uns darum kümmern! Tun Sie nur Ihre Pflicht, und finden Sie das Baby!«
»Bleiben Sie bei ihnen!« sagte Ramsey zu den beiden Krankenschwestern, und damit eilte er aus dem Zimmer.
»Gehen Sie von meiner Tochter weg!« hörte Laura ihre Mutter befehlen, und der Griff der Krankenschwester fiel von ihr ab. Laura blieb mit leeren Händen zurück. Ihre Mutter stand neben ihr. »Es wird alles wieder gut. Hörst du, Laura? Sieh mich an!«
Laura hob ihren Kopf und blickte mit trüben, brennenden Augen zu ihrer Mutter empor.
»Es wird alles wieder gut. Sie werden David schon finden, und dieses verdammte Krankenhaus verklagen wir auf zehn Millionen Dollar. Genau das werden wir tun! Doug kennt ein paar gute Anwälte. Weiß Gott, wir werden dieses Krankenhaus ruinieren!« Sie wandte sich von Laura ab, griff zum Telefon und wählte die Nummer des Hauses an der Moore's Mill Road.
Der Anrufbeantworter meldete sich. Doug war nicht zu Hause.

Laura blieb auf dem Bett liegen, griff sich ein Kopfkissen, zog es an sich heran und rollte sich in Fötalhaltung zusammen. »Ich will mein Baby«, flüsterte sie. »Ich will mein Baby. Ich will mein Baby.« Ihr brach die Stimme, und sie konnte nicht weitersprechen. Ihr Körper, ein hohles Gefäß, schmerzte vor Verlangen nach ihrem Kind. Sie drückte die Augen zu, so daß alles Licht ausgesperrt wurde. Dunkelheit erfüllte ihr Inneres. Zu einem qualvollen Knäuel zusammengerollt, lag sie da, ihres Kindes beraubt und auf die Gnade Gottes, des Schicksals oder des Zufalls angewiesen; die Welt um sie herum drehte sich, und Laura versuchte einen Schrei zu unterdrücken, sonst würde er ihr die Seele in blutige Fetzen reißen.
Es war umsonst.

TEIL III

Wildnis der Qual

1

Bullenschlächter

Sind Sie absolut sicher, daß Sie diese Frau noch nie gesehen haben?
»Ja. Absolut.«
Hat sie Sie bei Ihrem Vor- oder Zunamen genannt?
»Nein, ich weiß ... Nein.«
Hat sie den Namen des Kindes genannt?
»Nein.«
Hatte sie einen bestimmten Akzent?
»Südstaatenakzent«, sagte Laura. »Aber anders. Irgendwie. Ich weiß nicht.« Sie beantwortete diese Fragen in einer Art Dämmerzustand – man hatte ihr Beruhigungsmittel verabreicht –, und die Stimme des Polizeileutnants namens Garrick schien durch einen langen Tunnel zu ihr zu hallen. Außer ihm waren noch zwei andere Männer anwesend: Newsome, der Chef der Krankenhausüberwachung mit seinem verwitterten Gesicht, und ein jüngerer Polizist, der sich Notizen machte. Miriam wurde in einem anderen Zimmer verhört, während Franklin und Doug – der von einem Besäufnis in einer Bar unweit seines Büros zurückgekehrt war – sich unten in den Verwaltungsräumen aufhielten.
Laura mußte sich auf Garricks Fragen konzentrieren. Die Medikamente zeigten eine starke Wirkung: Körper und Zunge waren ganz entspannt, während ihr Verstand von den kühnsten Höhenflügen in die tiefsten Talsohlen stürzte wie eine durchgegangene Achterbahn.
Ein Südstaatenakzent? Inwiefern anders?
»Nicht ganz aus dem Süden«, antwortete sie. »Kein Georgia-Akzent.«

Könnten Sie die Frau so beschreiben, daß sich eine Zeichnung von ihr anfertigen ließe?
»Ich glaube, ja. Ja. Das kann ich.«
Newsome wurde von einem dritten Polizeibeamten nach draußen gebeten und kehrte binnen weniger Minuten mit einem jungenhaft aussehenden Mann zurück, der einen dunkelgrauen Anzug, ein weißes Hemd und eine schwarze Krawatte mit winzigen weißen Pünktchen trug. Nach einer im Flüsterton abgehaltenen Besprechung erhob sich Garrick von seinem Stuhl neben dem Bett, und der Neuankömmling nahm Garricks Platz ein. »Mrs. Clayborne? Mein Name ist Robert Kirkland.« Er zeigte ihr einen eingeschweißten Dienstausweis. »FBI.«
Seine Worte lösten eine neue Woge von Panik in Laura aus, infolge der Medikamente jedoch blieb ihr Gesichtsausdruck ruhig und verträumt. Nur das Glitzern ihrer Augen verriet das blanke Entsetzen, das sie empfand. Bilder von Lösegeldforderungen in anonymen Schreiben und von ermordeten Entführungsopfern drehten sich ihr im Kopf. »Bitte sagen Sie mir ...«, lallte sie mit bleierner Zunge und hatte einen sauren Geschmack im Mund, »bitte ... warum hat sie mein Baby entführt?«
Kirklands Stift verharrte über einem gelben Polizeinotizblock. Seine Augen, fand Laura, glichen blauem Spiegelglas, das keinen Blick auf die Vorgänge dahinter gestattete. »Die Frau war keine Pflegerin aus diesem Krankenhaus«, sagte er. »Es gibt keine Janette Leister unter den Angestellten, und der einzige Leister, der je hier gearbeitet hat, war ein Röntgentechniker, 1984.« Er sah in seinen Notizen nach. »Es war ein Farbiger, dreiunddreißig Jahre, der jetzt am Oakhaven Drive 2137 in Conyers wohnt.« Sein undurchdringlicher Blick fiel wieder auf Laura. »Wir überprüfen zur Zeit auch die Personalakten anderer Kliniken. Vielleicht ist diese Janette Leister ja einmal Krankenschwester gewe-

sen. Vielleicht hat sie die Schwesterntracht aber auch einfach nur geliehen oder gekauft. Darum erkundigen wir uns zur Zeit bei sämtlichen Berufsbekleidungsgeschäften und Kostümverleihern. Falls sie die Schwesterntracht tatsächlich geliehen und ein Angestellter sich aus dem Führerschein ihre Adresse notiert hat – und falls diese Adresse stimmt –, haben wir Glück.«

»Heißt das, Sie werden diese Frau schnell finden – sie und mein Baby? Ja?«

»Sobald wir Bescheid wissen, werden wir etwas unternehmen.« Er sah noch einmal in seinen Notizen nach. »Was uns hier zustatten kommt, sind Größe und Gewicht dieser Frau – beides überdurchschnittlich. Aber bitte vergessen Sie nicht, daß die Uniform ihr auch selbst gehören kann; dann würde sie in keiner Adressenliste erscheinen. Und davon abgesehen, wäre es möglich, daß sie sie schon vor einem Jahr und/oder außerhalb der Stadt geliehen beziehungsweise gekauft hat.«

»Aber Sie werden sie doch finden, oder? Sie werden sie doch nicht entwischen lassen?«

»Nein, Ma'am«, erwiderte Kirkland. »Wir lassen sie nicht entwischen.« Daß die Frau mit Hilfe einer Wäschereiangestellten des Krankenhauses hereingekommen war und das Baby offensichtlich in einem Wäschekorb hatte verschwinden lassen, daß keine Fahrzeugbeschreibung vorlag und die Wäscherin nur vage Angaben über das Gesicht der fraglichen Person machen konnte, daß es aber zwei starke Auffälligkeiten gab: die Größe der Frau und den gelben Anstecker an ihrer Brusttasche – all das verschwieg er ihr. Vielleicht hatte diese Person den Anstecker auch nur deshalb getragen, um die Aufmerksamkeit von ihrem Gesicht abzulenken, dachte Kirkland. Sie hatte schnell gehandelt und gewußt, was sie tat. Das war nicht das Werk irgendeines dahergelaufenen Stümpers; das war ein sorgfältig geplanter Coup. Kirklands Notizen nach hatte die Frau eine weiße Uniform mit marineblauen Applikationen getragen, die gleichen Farben, wie die echten Schwestern sie trugen, und hinter dieser Uniform waren sie her. Die Fremde hatte sich, in Miriam Beales Worten, »kompetent gegeben«, und die Wäscherin sagte: »Sie sah wie eine Schwester aus, und sie hat sich auch wie eine benommen.« Die Fremde mußte das Krankenhaus vorher ausgekundschaftet haben, denn sie wußte, wie man schnell hinein- oder herauskam. Aber es gab da einen interessanten Punkt: Sie war auch in Zimmer 23 und 24 gegangen. Hatte sie es also gezielt auf das Baby der Claybornes abgesehen oder blindlings nach einem Kind gesucht, das sie stehlen konnte? Legte sie Wert darauf, daß es ein Junge war? Und wenn ja, weshalb?

Rund zwanzig Minuten lang ging Kirkland Altbekanntes noch einmal mit Laura durch. Ganz offensichtlich hatte sie ihm nichts Neues zu bieten. Infolge des von ihr erlittenen Schocks wurden ihre Äußerungen ständig unzusammenhängender. Zweimal brach sie in Tränen aus, und Kirkland bat Newsome, ihren Ehemann zu holen.

»Nein!« Die Kraft und Wut in ihrer Stimme überraschten ihn. »Ich will ihn nicht hierhaben.«

Als Kirkland zu seiner Dienststelle fuhr, klingelte das Autotelefon – ein helles, gedämpftes Rasseln. »Schießt los!« meldete er sich.

Es war einer der anderen Agenten, die an dem Fall arbeiteten. Der Angestellte eines Kostümverleihs in Atlanta hatte Freitag nachmittag eine Schwesterntracht Größe XL – weiß, aber ohne marineblaue Applikationen – an eine »große, kräftige Frau« verliehen. Die Adresse, die einem Führerschein aus Georgia entnommen war, lautete Appartement 6, 4408 Sawmill Road, Mableton, der Name Ginger Coles. Kirkland sagte: »Besorgen Sie mir einen Durchsuchungsbefehl und ein paar Mann Verstärkung, und warten

Sie dort auf mich.« Damit legte er auf und wendete, während die Scheibenwischer des Ford gegen den unablässigen Regen ankämpften. Vierzig Minuten später waren Kirkland und zwei weitere FBI-Agenten bereit, sich Appartement 6 der trostlosen kleinen Wohnanlage in Mableton vorzunehmen. Es war bereits nach sechzehn Uhr, und der Himmel schien mit tiefhängendem grauem Gewölk gepanzert zu sein. Kirkland überprüfte seine Dienstwaffe. Er hatte von seinem Wagen auf dem Parkplatz aus die Tür zu Nummer sechs zwar beobachtet, ohne daß sich dort etwas zu bewegen schien, aber nur ein Moment der Unachtsamkeit, und man war vielleicht ein toter Mann. »Also los!« sagte er in sein Funksprechgerät und stieg aus, um zusammen mit den beiden anderen durch den Regen zu Appartement Nummer sechs zu gehen.

Er klopfte an. Wartete. Klopfte noch einmal. Keine Reaktion. Er drehte an dem Türknauf. Natürlich abgesperrt. Wer hätte wohl einen Schlüssel? Der Hausverwalter? »Versuchen wir's mal da!« sagte Kirkland und ging zur nächsten Tür. Klopfte. Wartete. Klopfte ein wenig lauter. Keiner zu Haus? Er probierte den Türknauf und war überrascht, als die Tür sich öffnen ließ.

»Hallo?« rief er in das Halbdunkel. »Irgend jemand daheim?« Und da roch er ihn: den unverkennbaren kupferähnlichen Geruch von Blut. Er hatte keinen Durchsuchungsbefehl für diese Wohnung, und hier hineinzugehen, das schrie förmlich nach einem Riesenkrach. Aber er erkannte die Spuren eines Handgemenges und konnte geradewegs in das Schlafzimmer blicken, wo eine Matratze umgedreht und überall Baumwollfüllung verstreut waren. »Ich geh rein.« Den Revolver im Anschlag, betrat er den Raum. Als er keine drei Minuten später wieder herauskam, war Robert Kirkland gealtert. »Gibt'n Mord da drin. Alter Mann in der Badewanne, mit aufgeschlitzter Kehle.« *Total-*

scheiße, dachte er. »Wir brauchen einen Schlüssel! Sucht mir einen Hausmeister, schnell!«

Der Hausmeister war nicht da. Die abgeschlossene Tür von Appartement Nummer sechs starrte Kirkland an. Kirkland ging zu seinem Wagen zurück und rief über sein Autotelefon bei der Polizei an. Dann wählte er die Nummer der FBI-Zentrale in Atlanta und bat um Auskunft über eine gewisse Coles, Ginger. Der Computer konnte nichts finden. Auch der Name Leister, Janette erwies sich als Fehlanzeige. Gleich zwei Falschnamen, wunderte sich Kirkland. Wer brauchte schon einen Falschnamen, außer einem Flüchtigen? Und was hatte der alte Mann in der Badewanne mit der Entführung aus dem St. James Hospital in Buckhead zu tun?

Totalscheiße, dachte er.

Binnen einer Stunde, während der die städtische Polizei die übrigen Bewohner des Gebäudes befragte und ein Spezialistenteam in den Trümmern nach Fingerabdrücken und Indizien suchte, hatte der Wind aufgefrischt. Er wirbelte um den Müllcontainer, wehte das zerknitterte Foto eines lächelnden Säuglings aus dessen Tiefen und trieb es in einem kalten Wirbel weg von den Polizisten und FBI-Agenten, Richtung Norden, wo es in ein paar Fichten hängenblieb.

Der Hausmeister, so erfuhr man von einem der Bewohner, der gerade erst heimgekommen war, arbeite bei einem *Kinney's*-Schuhgeschäft in einer nahe gelegenen Einkaufspassage. Zwei Polizisten wurden abkommandiert, um ihn zu holen, und als sie ihn gegen siebzehn Uhr dreißig herbrachten, traf er auf eine Menge Beamte in dunklen Regenmänteln. Mit zitternden Händen öffnete er die Tür zu Ginger Coles' Appartement, und scheinbar angelockt von dem Leichengeruch, stellten sich die ersten Reporter, mit Minikameras bewaffnet, ein.

»Treten Sie zurück!« befahl Kirkland dem Hausmeister, und dann drehte er den Türknauf. Die Tür öffnete sich.
As sie ein Stück weit auf war, hörte Kirkland ein leises *Klick.* Er sah, was ihn erwartete, und hatte noch eine -zigstel Sekunde Zeit, um zu denken: *Totalsch–*
Der Selbstschußmechanismus funktionierte glänzend. Er bestand aus einem um den Türknauf gewickelten Bilderdraht, und als der Abzug betätigt wurde, ging mit einem hohlen *Bumm!* die abgesägte Schrotflinte los, die sorgfältig nach oben gerichtet auf einem Stuhl befestigt war. Die Wucht der Bleisalve riß Robert Kirkland fast in Stücke. Einem anderen FBI-Agenten zerfetzte sie die Kehle, und die rechte Schulter des Hausmeisters explodierte in einer Kaskade von Fleisch, Blut und Knochen vor den Fernsehkameras. Ohne Herz, Lunge und viel von dem, was ihn zusammenhielt, taumelten die Überreste Kirklands nach hinten, wo sie zu einem zuckenden Haufen ineinanderfielen; die Polizeibeamten warfen sich auf den Boden, und die Reporter wichen kreischend und brüllend zurück, aber nicht so weit, daß sie keine Bilder machen konnten. Jemand fing an, in die Wohnung zu feuern, dann auch ein zweiter von Angst und Schrecken erfaßter Polizist, und im Nu schoß man auf Türen und Fenster von Appartement Nummer sechs einige Pistolen leer. Holz- und Mörtelsplitter tanzten durch die Luft.
»Feuer einstellen! Feuer einstellen!« schrie der unverletzte FBI-Agent, und langsam erstarben die Schüsse.
Zwei tapfere – oder leichtsinnige – Polizeibeamte stürmten die von Kugeln durchlöcherte Wohnung. Eine Lavalampe war in Stücke gesprungen, und das schleimige Zeug hing überall an den Wänden. Es gab offene, von Schüssen zersplitterte Küchenschränke, die aber leer waren. Unversehrt waren nur ein Fernseher und eine Stereoanlage sowie ein paar Platten. Hätte die Polizei Augen gehabt, zu sehen, dann hätte sie festgestellt, daß keine *Doors*-Alben dabei wa-

ren. Die Wände wiesen Spuren von Bildern auf, die dort gehangen hatten, die Bilder selbst aber waren verschwunden. In einem Wandschrank entdeckte man einen Karton voll verstümmelter Plastik- und Gummipuppen, und dahinter ein Kleinkalibergewehr ohne das dazugehörige Zielfernrohr. Die Kleiderschränke waren leer, die Kommodenschubladen ausgeräumt.

Die Notarztwagen befanden sich auf dem Weg. Jemand hatte Kirklands Leiche bereits mit einem Regenmantel zugedeckt, doch ein Arm ragte unter den Falten hervor, und seine Finger krümmten sich gen Himmel, während das Blut des Toten in einem Schlagloch auf dem Asphalt zusammenlief. Die Reporter kämpften um die besten Kamerapositionen. Schon begann ein Fernsehsender, CNN, mit einer Live-Übertragung aus den Mableton-Appartements.

Unterdessen tuckerte über einhundert Meilen nordöstlich von Atlanta, auf der Interstate 85, ein olivgrüner Transportbus Marke Chevrolet mit fünfzig Meilen pro Stunde durch den schweren Regen. Während ihr neues Baby in einem kleinen Pappkarton und eingewickelt in eine blaue Decke, vor dem Beifahrersitz schlief, sang Mary Terror leise *Age of Aquarius* und fragte sich dabei, wer wohl als erster den Bullenschlächter entdecken würde, den sie in ihrer Diele aufgebaut hatte. Sie trug jetzt keine Schwesterntracht mehr; sie hatte sich in ihrer Wohnung umgezogen, die Uniform in einen Müllsack gesteckt, ihn von einer Brücke aus in einen Waldbach gestoßen und das Namensschild zwanzig Meilen außerhalb der Stadt weggeworfen. Aber die Bullen würden früh genug herausfinden, wo sie die Uniform geliehen hatte, und ihren Falschnamen samt der dazugehörigen Adresse ermitteln. Es war nicht zu ändern, denn Mary hatte nicht die Zeit gehabt, sich einen falschen Führerschein zu beschaffen. Egal. Jetzt ließ sie dieses Wespennest ja hinter

sich, hatte ihr Baby, und alles würde wunderbar, wenn sie sich mit Lord Jack bei der weinenden Lady traf.
Eine Sirene. Blitzendes Blaulicht. Marys Herz tat einen Sprung, und sie wollte bereits auf die Bremse treten, da preschte die Autobahnpatrouille an ihr vorbei. Das Fahrzeug verschwand in dem aufwirbelnden Regen.
Es lag ein langer Weg vor Mary. Ihre Magnum, ihren Colt, ihre Kleider und ihre Lebensmittel hatte sie im Heck verstaut. Dazu einen großen Vorrat an Windeln und Babynahrung. Und eine Thermoskanne aus Plastik, in die sie pinkeln konnte, um nicht allzuoft anzuhalten. Lästig, aber zu ertragen. Außerdem hatte sie vor ihrer Abfahrt aus Atlanta vollgetankt, die Reifen überprüfen lassen, und an ihrer Paisley-Bluse steckte das lächelnde Mondgesicht. Sie war wie aus dem Ei gepellt.
Wer würde den Bullenschlächter finden, und wann, fragte sie sich. Es wäre den Verlust der Schrotflinte wert, wenn man einen richtig fetten Diener dieses verdammten Staates abknallen, irgendeinem ordenbehangenen Superbullen die Därme aus dem Leib jagen würde. Sie warf einen Blick nach unten, auf das kleine rosa Ding im Pappkarton, und sagte: »Ich liebe dich. Mama liebt ihr Baby, jawohl!«
Mit leisem Dröhnen glitten die Reifen über die regennasse Bundesstraße. Mary Terror, eine besonnene Fahrerin, die sämtliche Geschwindigkeitsbegrenzungen und Verkehrsregeln beachtete, setzte ihren Weg fort.

2

Bewaffnet und gefährlich

Der Mann in Michigan konnte nicht einschlafen.

Er sah auf seine Armbanduhr. Die schimmernden Zeiger standen auf sieben Minuten nach Mitternacht. Er blieb noch eine Weile im Bett, aber die Metallplatte in seinem Kiefer fing Radiowellen auf. Als er seinen Mund öffnete, konnte er die schroffen, harten Klänge von Rock-'n'-Roll-Gitarren hören. Heute nacht würde es besonders schlimm werden.

Da gibt's nur eines: sich besaufen, entschied er und stieg im Dunkeln aus dem Bett.

Draußen pfiff der Wind, und die Kälte wurde auf dem Büffelrücken des Winters über die Great Plains getragen. Das Bretterhaus, das in der unruhigen Nacht ebenfalls nicht zur Ruhe kam, zitterte und ächzte. Nur mit seiner Schlafanzughose bekleidet, ging der Mann in die Küche. Seine Brust war grau behaart, und auch seinen Rücken bedeckte ein dünner grauer Flaum. In der kalten, unbeheizten Küche öffnete der Mann den Kühlschrank. Das trübe Licht fiel auf ein Gesicht, das nur aus ausgehöhlten Wangenknochen und tiefliegenden Augen zu bestehen schien: ein Totenschädel. Mit dem linken Auge stimmte etwas nicht, und der Mann hatte einen schiefen Unterkiefer. Es hörte sich an, als käme sein Atem aus einem langsamen, heiseren Blasebalg. Der Mann griff nach den vier zusammengeschweißten Dosen Budweiser, die noch übrig waren, und nahm sie mit ins Wohnzimmer.

In dem walnußgetäfelten Privatheiligtum, wo seine Bowling-Medaillen hingen und seine Torschützentrophäen herumstanden wie griechische Statuen, stellte er den Fernseher an und machte es sich in seiner durchgesessenen, karierten Polsterliege bequem. Zuerst schaltete er mit seiner Fernbedienung auf ESPN, wo gerade zwei australische Mannschaften ihre eigene Version von Football spielten. Mit ein paar langen Zügen trank er eine der Bierdosen fast leer. In seinem Mund sang jemand unter Wasser, und dazu hämmerte ihm der Kopf – ein langsamer, unerträglicher Schmerz, der unter der kahlen Schädeldecke begann und dem Mann wie heißes Quecksilber ins Genick hinabrieselte. Er kannte sich mit Kopfschmerzen aus, genau, wie manche Menschen sich bei Wein oder Schmetterlingen auskannten; dieses Kopfweh würde ihn mit einem exquisiten Schmerz erfüllen und einen Nachgeschmack von Pulverdampf und Metall hinterlassen. Er trank sein zweites Bier leer und kam zu dem Schluß, daß die Australier keine Ahnung von Football hatten. Seine groben, dicken Finger bewegten sich auf der Fernbedienung. Jetzt war er im Reich der Spielfilme: Auf dem einen Sender lief *African Queen*, auf dem andern *Easy Rider* und *Godzilla* auf einem dritten. Von dort ging es in einen Dschungel von Reklamepuppen – Leute, die Cremes gegen Zellulitis anpriesen und verzweifelten Männern neuen Haarwuchs versprachen. Auf dem nächsten Kanal waren Frauen beim Ringkampf: GLOW. Der Mann sah sich das eine Zeitlang an, weil er das Mädchen, das *The Terrorist* hieß, einfach umwerfend fand. Dann durchforstete er die elektrische Wildnis weiter. Ihm brummte der Schädel von den Baßtönen, die darin vibrierten.

Bei den *Headline News* ließ er seine ungeduldigen Finger einen Moment pausieren, weil er sehen wollte, wie diese Spinner in Beirut sich selbst in Stücke sprengten, und er stand gerade im Begriff weiterzuschalten, da sagte der Nachrichtensprecher: »Zu einem makabren Schauspiel kam es heute am Stadtrand von Atlanta, als mehrere Polizeibeamte und Agenten des FBI einer Frau in die Falle gingen, die möglicherweise ein Baby aus einem Krankenhaus der Region entführt hat.«

Die dritte Dose Budweiser verharrte an seinen Lippen. Er sah zu, wie die ruckartigen Bewegungen der Kameras ein Blutbad einfingen. *Bumm!* machte ein Gewehr. Eine Schrotflinte, dachte er, dem Klang nach. Leute kreischten und stolperten zurück. Jemand lag auf dem Boden und wand sich in Todesqual. Der- oder diejenige, der die Kamera hielt, ging in die Knie. Noch mehr Gewehrfeuer: Pistolenschüsse diesmal. Jemand brüllte: »Runter mit euch, verdammt!«, und die Kamera sank auf Straßenhöhe. Regentropfen bespritzten das Objektiv.

»Die Tatverdächtige«, sagte der Nachrichtensprecher, »wurde vom FBI als Ginger Coles identifiziert und soll Samstag nachmittag gegen vierzehn Uhr einen kleinen Jungen aus der Entbindungsstation des St. James Hospital entführt haben. Beim Betreten von Ginger Coles' Wohnung stolperten FBI- und Polizeibeamte über einen Draht, der eine Schrotflinte auslöste. Dadurch kam der zweiunddreißigjährige FBI-Agent Robert Kirkland ums Leben, ein weiterer FBI-Beamter sowie ein junger Mann wurden lebensgefährlich verletzt.«

Der Mann im Sessel stieß ein leises Grunzen aus. Das Fernsehbild zeigte einen verhüllten Leichnam, der in einen Krankenwagen geschoben wurde.

»Möglicherweise hält sich die Tatverdächtige, die auch unter dem Namen Janette Leister auftritt, noch immer im Bereich von Atlanta auf.«

Leister, dachte der Mann. *Janette.* O mein Gott! Und er fuhr hoch. Seine Kopfschmerzen waren vergessen, und das Bier lief auf den Teppich.

»Anhaltspunkte deuten darauf hin, daß Ginger Coles auch

für den Mord an einem ihrer Nachbarn, dem sechsundsechzigjährigen Grady Shecklett, verantwortlich ist. Ginger Coles ist bewaffnet und gilt als äußerst gefährlich. Wir werden Sie über die weitere Entwicklung auf dem laufenden halten. Bitte bleiben Sie am Apparat. Wir kommen nun zu den Sportmeldungen.«

Leister. Janette. Er kannte diese Namen, aber sie gehörten nicht zusammen. Ein nervöses Zucken störte sein rechtes Auge. *Gary Leister. Janette Snowden.* Das waren die Namen, die er kannte. Zwei tote Mitglieder der Sturmfront. Großer Gott! War es denn wahr? *War es denn wirklich möglich?*

Er blieb vor dem Fernseher sitzen, bis eine halbe Stunde später der Bericht noch einmal kam. Diesmal hatte der Mann seinen Videorecorder eingeschaltet und zeichnete den Bericht auf. Das Haus erbebte unter der Attacke des Winterwindes, aber der Mann hatte nur Augen und Ohren für das blutige Schauspiel auf dem Bildschirm. Als es zu Ende war, spulte er sein Videoband zurück und sah sich alles noch einmal an. In die Falle gegangen. Ein Draht, der eine Schrotflinte auslöste. Ginger Coles. Janette Leister. Ein Baby entführt. Hält sich möglicherweise noch in Atlanta auf. Bewaffnet und äußerst gefährlich.

Darauf kannst du Gift nehmen, dachte der Mann auf der karierten Polsterliege.

Sein Herz raste. Diese Selbstschußanlage hatte sie schon früher einmal benutzt. Nur ein bißchen zusätzliche Mühe, um den ersten, der durch die Tür kam, abzuknallen. Aber immer noch im Gebiet von Atlanta? Das wagte er ernsthaft zu bezweifeln. Sie reiste gern bei Nacht und war wahrscheinlich in *diesem* Moment auf Achse. Aber wohin? Und warum mit dem Baby?

Er griff neben seine Liege und hob ein dünnes Kabel auf, an dessen einem Ende sich ein kleiner, spitzer Stecker befand. Das andere war an ein schwarzes Kästchen mit eingebautem Lautsprecher angeschlossen. Der Mann stöpselte den Stecker in eine fleischfarbene Buchse an seinem Hals, während er das schwarze Kästchen in die Rechte nahm und es einschaltete. Ein leises Summen war zu hören.

»Das bist du, Mary, nicht wahr?« sagte die metallische Stimme durch den Lautsprecher. Die Lippen des Mannes bewegten sich kaum, aber seine Kehle rang mit den Worten.

»Das bist du, Mary. Mary-Schatz, im Gegensatz, wie gedeiht der Garten dir?«

Er spulte das Band zurück, und seine Erregung wuchs, als er es sich zum drittenmal ansah.

»Durch Schrot und Schrapnelle und wandelnde Hölle und Toten im Spalier«, sprach er zu Ende.

Dann zog er sich den Stecker wieder heraus, um Batterien zu sparen. Sie waren teuer, und er mußte sich sein Geld einteilen. Tränen standen ihm in den Augen: die hellen, schimmernden Tränen der Freude. Er öffnete seinen Mund zu einem Lachen, und was herauskam, war schwerer metallischer Donner.

3

Als die Kerzen erloschen

Fertig?« fragte Newsome.
Laura nickte, und Newsome ergriff die Rückenlehne ihres Rollstuhls. Lauras Augen waren hinter der Sonnenbrille tränengerötet.
Der Fahrstuhl gelangte ins Erdgeschoß, aber Ramsey drückte auf den Knopf, der die Tür verschlossen hielt, während Newsome noch einmal tief Luft holte. Von der anderen Seite der Tür war Stimmengemurmel zu hören. Dann sagte Newsome: »Also auf in den Kampf«, und Ramsey ließ den Knopf los.
Die Fahrstuhltür glitt auseinander, und Newsome schob Laura in die Gruppe von Reportern hinaus.
Es war Sonntag nachmittag, fast vierundzwanzig Stunden nach Davids Entführung. Die aufgeplatzten Nähte zwischen Lauras Beinen bluteten immer noch ein wenig, und bis ins Innerste zerschmettert, verließ sie das Krankenhaus. Ohne ihren Sohn. In den kurzen Stunden vor Tagesanbruch, gegen drei oder vier Uhr früh, war ihr Schmerz überwältigend geworden, und hätte sie einen Revolver oder Schlaftabletten gehabt, dann hätte sie sich vielleicht das Leben genommen. Noch jetzt war jede Bewegung, jeder Atemzug eine Qual, als hätte die Schwerkraft selbst sich gegen sie gewandt. Der Regen hatte aufgehört, aber immer noch bedeckten dicke graue Wolken den Himmel, und der Wind war schneidend kalt geworden. Laura geriet in das grelle Blitzlichtgewitter der Kameras; sie war ihnen hilflos ausgeliefert und versteckte ihr Gesicht, während

Newsome sagte »Platz machen bitte! Treten Sie doch zurück!« und die Sicherheitsbeamten im Foyer sie abzuschirmen versuchten.

»Mrs. Clayborne, bitte sehen Sie mal hierher!« rief jemand. Aber sie achtete nicht darauf. »Hier drüben, Laura!« rief ein anderer, der sich davon nicht beeindrucken ließ. Die Reporter bombardierten sie mit Fragen: »Gibt es schon eine Lösegeldforderung, Laura?«, »Glauben Sie, Ginger Coles hatte es speziell auf Sie abgesehen?«, »Werden Sie das Krankenhaus verklagen?«, »Laura, fürchten Sie um die Sicherheit Ihres Kindes?«

Sie gab keine Antwort, und Newsome schob den Rollstuhl unbeirrbar weiter. David hatte sie nun nicht mehr zu tragen, dafür jedoch eine Last, die ihr schwerer erschien als alles Bisherige.

Elektrisch betriebene Filmkameras surrten. »Mrs. Clayborne, sehen Sie doch bitte mal hoch!« rief es zu ihrer Linken, und von rechts strahlte ihr das heiße Scheinwerferlicht einer Minicam ins Gesicht. »Zurück, hab ich gesagt!« donnerte Newsome, während Laura ihren Blick zu Boden gerichtet hielt. Sowohl Newsome als auch ihr Anwalt hatten ihr eingeschärft, auf nichts zu antworten, aber die Fragen flogen ihr um die Ohren wie Vögel, die krächzten und nach ihr pickten. »Was ist mit Ginger Coles' Pappkarton?« rief ein Reporter durch den Lärm. »Wissen Sie schon von den verbrannten Babypuppen?«

Verbrannte Babypuppen? dachte Laura. Was für verbrannte Babypuppen? Sie blickte zu Newsomes Gesicht auf, während er sie weiter durch die Menschenmenge schob. Es war steinhart und ebenso undurchdringlich.

»Wissen Sie schon, daß sie einem alten Mann die Kehle durchgeschnitten hat, bevor sie Ihr Baby stahl?«

»Was empfinden Sie in diesem Moment, Laura?«

»Stimmt es, daß sie einer Teufelssekte angehört?«

»Mrs. Clayborne, wissen Sie etwas darüber, daß sie nicht bei Verstand sein soll?«

»Zurück!« knurrte Newsome, und dann erreichten sie den Haupteingang des Krankenhauses, wo bereits Dougs Mercedes wartete. Mit langen Schritten und einem Gesicht, das von Übermüdung gezeichnet war, kam Doug auf sie zu. Ihre Eltern saßen im Wagen, und draußen standen noch mehr Reporter, die sich fast wie die Wölfe auf Laura stürzten. Doug bot ihr seine Hand an, um ihr aus dem Rollstuhl zu helfen, aber sie beachtete ihn nicht. Sie stieg zu ihrer Mutter auf den Rücksitz, während Doug hinter den Lenker rutschte und so schnell Gas gab, daß ein Nachrichtenteam von ABC beiseite springen mußte.

»Zu Hause sind sie auch«, sagte Doug, während er mit Laura und deren Eltern davonfuhr. »Wie die Schmeißfliegen. Kommt von überall her, dieses Gesindel!«

Laura sah, daß ihre Mutter ein schwarzes Kleid und Perlen trug. War sie in Trauer? fragte sich Laura. Oder hatte sie sich für die Kameras herausgeputzt? Sie machte ihre Augen zu, schlug sie aber sofort wieder auf, weil das Bild von David auftauchte. Ihr war, als würde sie ganz langsam innerlich verbluten. Das Brummen des Motors lullte sie ein, und der Schlaf bildete eine willkommene Zuflucht. Ihre einzige.

»In etwa einer Stunde will das FBI ein paar Bilder vorbeibringen«, berichtete Doug. »Sie haben dieses Phantombild, bei dem du ihnen geholfen hast, in einen Computer gesteckt und es mit Fotos aus der Verbrecherkartei vergleichen lassen. Vielleicht kannst du die Frau ja identifizieren.«

»Vielleicht ist sie aber auch gar nicht in der Kartei«, entgegnete Miriam Clayborne. »Es könnte auch eine entsprungene Irre sein.«

»Pscht!« sagte Lauras Vater, und Laura dachte: Recht so! »Machen wir Laura doch nicht noch mehr angst, mein Goldstück!«

»Noch mehr Angst? Sie ist doch jetzt schon halb verrückt vor Angst und Kummer!«
Die beiden reden über mich, als wäre ich gar nicht da, dachte Laura. Ich bin Luft für sie, jenseits von Gut und Böse.
»Reiß mir nicht gleich den Kopf ab, Schatz!«
»Na, dann tu auch nicht so neunmalklug und erzähl mir, was ich zu tun und zu lassen hab! Mein Gott, das hier ist eine *Krise!*«
In Lauras Kopf bewegten sich dunkle Dinge, wie Bestien, die aus einem Schlammloch hervorbrachen. »Was ist das mit den verbrannten Puppen?« fragte sie, und ihre Stimme klang so wund wie eine Verletzung.
Niemand gab Antwort.
Und da wußte Laura, daß es etwas Schlimmes war. *O mein Gott, o du lieber, lieber Gott, es ist etwas ganz Schlimmes!* »Ich möchte es wissen. Bitte.«
Noch immer wollte niemand das Wagnis eingehen. Sie tun so, als wüßte ich nicht, was ich rede, dachte sie und fragte: »Doug? Erklär mir das mit den verbrannten Puppen. Wenn nicht, laß ich es mir zu Hause von einem Reporter sagen.«
»Das ist gar nichts«, antwortete ihre Mutter. »In der Wohnung dieser Frau wurden ein, zwei Puppen entdeckt.«
»Ach verdammt!« Doug schlug mit seiner Faust auf den Lenker, und der Mercedes geriet kurz ins Schleudern. »Einen ganzen Karton voll Puppen haben sie entdeckt! Alle zerrissen und manche davon verbrannt oder auch ... zertrampelt, was weiß ich. So! Du wolltest es ja wissen! Zufrieden?«
»Dann ...« Lauras Verstand begann sich aus Selbstschutz wieder abzuschotten. »Dann ... meint also die Polizei, diese Person ... könnte meinem Baby etwas antun?«
»Unserem Baby!« berichtigte Doug wütend. »David ist *un-*

ser Kind! Schließlich bin ich da ja auch nicht ganz unbeteiligt!«

»Zu Ende«, sagte sie.

»Was?« Er betrachtete sie im Rückspiegel.

»Die Zeit von Doug und Laura«, murmelte sie. »Sie ist zu Ende.« Und dann schwieg sie ein für allemal.

Ihre Mutter nahm Lauras Hand, doch Laura entzog sich ihrem Griff.

Vor dem Haus warteten bereits die Reporter. Eine ganze Armee von Übertragungswagen stand einsatzbereit, aber auch die Polizei war zur Stelle. Doug hupte sich zur Garage durch, das Garagentor glitt herunter, und dann waren sie zu Hause.

Während Miriam ihre Tochter nach hinten ins Schlafzimmer brachte, damit Laura sich beruhigen könne, hörte Doug den Anrufbeantworter ab. Es waren die Stimmen, mit denen er gerechnet hatte: NBC, CBS, ABC, die Magazine PEOPLE, NEWSWEEK sowie andere Zeitungen und Zeitschriften. Sie alle waren auch auf dem Tonband der Polizei, das man angeschlossen hatte, um eine etwaige Lösegeldforderung aufzuzeichnen. Mit *einer* Stimme jedoch hatte Doug nicht gerechnet. Drei kurze Worte: »Ruf mich an!« Auch Cheryl war auf dem Band festgehalten.

Er sah hoch und erblickte Lauras Vater. Franklin starrte ihn nur an.

Laura selbst stand währenddessen im Kinderzimmer. »Komm, legen wir dich ins Bett«, sagte Miriam. »Los!«

Das Kinderzimmer war von Geistern heimgesucht. Laura hörte die Geräusche eines Babys, sie berührte das bunte Mobile über dem Bettchen und versetzte es in eine sanfte Kreiselbewegung. Tränen brannten auf ihren rissig gewordenen Wangen. Sie hörte David weinen, und seine Stimme schwoll in dem kleinen Raum an. Stofftiere grinsten in dem Kinderbett. Laura ergriff einen Teddybären, drückte ihn an sich und schluchzte leise in seinen braunen Pelz.

»Laura!« sagte ihre Mutter direkt hinter ihr. »Komm augenblicklich ins Bett!«

Diese Stimme, diese Stimme! Gehorch, wenn ich es dir befehle! Spring, Laura! Spring! Sei erfolgreich, Laura! Heirate einen Mann mit Geld und sozialem Status! Hör auf, diese schrecklichen Batikblusen und Bluejeans anzuziehen! Frisier dich endlich mal wie eine Lady! Werd erwachsen, Laura! Um Gottes willen, werde endlich *erwachsen!*

Sie wußte, daß sie an den Grenzen ihrer Belastbarkeit angekommen war. Noch *ein* bißchen Druck, und sie würde zerbrechen. David war bei einer Wahnsinnigen namens Ginger Coles, die einem alten Mann den Hals durchgeschnitten und einen FBI-Agenten umgebracht hatte. Und zwischen diesen beiden Vorfällen hatte Laura ihr Kind in die Hände einer Mörderin gegeben. Sie erinnerte sich noch an die rote Kruste unter einem der Fingernägel. Blut natürlich. Das Blut des alten Mannes. Allein schon dieser Gedanke reichte aus, um Laura zu zerreißen, sie stumpf, gefühllos und reif fürs Irrenhaus zu machen. Nicht nachgeben, dachte sie. Um Gottes willen, bleib stark!

»Hast du verstanden?« fragte Miriam unnachgiebig.

Laura hörte auf zu weinen. Sie wischte ihre Tränen an dem Teddybären ab und wandte das Gesicht ihrer Mutter zu. »Dieses Haus hier ... gehört *mir!*« sagte sie. »Mir! Du bist hier nur zu Gast. Und in meinem Haus werde ich tun und lassen, was ich will.«

»Das ist nicht die richtige Zeit für alberne –«

»Hör zu!« kreischte Laura, und Miriam prallte zurück, als hätte man sie in den Magen geboxt. »Laß mir ein bißchen Luft! Ich bekomme keine Luft, wenn du mir im Nacken sitzt!«

Miriam, eine konfliktfreudige Frau, gewann ihre Fassung

wieder. »Du bist unbeherrscht«, sagte sie. »Das verstehe ich.« Doug und Franklin kamen zusammen durch den Korridor. »Ich glaube, du brauchst ein Beruhigungsmittel.«
»Was ich brauche, ist mein Baby und sonst nichts!«
»Sie verliert den Verstand«, sagte Miriam mit nüchterner Stimme zu ihrem Ehemann.
»Raus hier mit euch! Raus!« Laura stieß ihre Mutter, die vor Entsetzen über diesen tätlichen Angriff nach Luft schnappte, aus dem Kinderzimmer und knallte allen dreien die Tür vor ihren verblüfften Gesichtern zu. Dann sperrte sie ab.
»Soll ich einen Arzt rufen?« hörte sie Doug fragen, als sie sich an die Tür lehnte.
»Ich glaube, es ist besser.« Franklins Stimme.
»Nein, laßt sie in Ruh! Sie möchte allein sein. Lassen wir sie in Ruhe. Lieber Gott, ich hab ja schon immer gewußt, daß sie ein labiler Charakter ist! Ja, lassen wir sie in Ruh!« Laura hörte, wie Miriam sich für sie stark machte. »Franklin, ruf bitte im Hyatt an und bestelle uns ein Zimmer! Wir wollen nicht hierbleiben, wo sie uns doch nur als Belastung empfindet!«
Fast hätte Laura wieder aufgesperrt. Fast. Aber nein. Hier drin war es still. Still und ruhig. Sollten sie doch ins Hyatt ziehen! Sollten sie doch schmollen! Sie brauchte Freiraum, auch wenn dieser Freiraum in den vier Wänden bestand, die vom Geiste ihres Kindes heimgesucht wurden.
Laura hielt immer noch den Teddybären und setzte sich damit auf den Boden. Mattes Licht strömte durch die Fensterjalousien. Sie hatte David einer Mörderin überlassen. Sie hatte ihr Kind in blutbesudelte Hände gelegt. Laura schloß ihre Augen und stieß innerlich einen gellenden Schrei aus – einen Schrei, den nur sie selbst hören konnte.
Etwa eine Stunde später klopfte es zaghaft an die Zimmertür.

»Laura?« Es war Doug. »Das FBI ist mit den Bildern da.«
Sie stand auf, öffnete und ging nach draußen. Ihre Beine waren eingeschlafen, und der Teddybär steckte immer noch unter ihrem Arm. Im Wohnzimmer erwartete sie ein Mann mittleren Alters mit Nadelstreifenanzug und sandbraunem Haar, das seitlich bis auf ein paar Stoppeln abrasiert war. Er hatte warme braune Augen und ein gutmütiges Lächeln, und Laura sah, wie er einen Blick auf den Teddybären warf, dann aber so tat, als hätte er nichts bemerkt. Ihr Vater war dageblieben, doch ihre Mutter hatte sich ins Hyatt zurückgezogen; der Machtkampf hatte begonnen.
Der Name des FBI-Agenten lautete Neil Kastle – »mit K«, wie der Mann erklärte, während Laura in einem Sessel Platz nahm. Er sagte, er habe ein paar Fotos, teils farbig, teils schwarzweiß, für sie dabei, und öffnete mit großen Händen, die nicht an solche Kleinarbeit gewöhnt waren, einen braunen Packpapierumschlag, aus dem er ein halbes Dutzend Fotos zog. Er breitete sie auf dem Kaffeetisch aus, neben einem Buch über Matisse. Die Fotos zeigten Frauen, manche von vorn – Bilder aus dem Verbrecheralbum –, andere aus unterschiedlichen Blickwinkeln. Auf einem der Bilder bedrohte eine hünenhafte Frau einen Bankangestellten mit einem Gewehr. Ein anderes zeigte eine Frau, die ebenfalls sehr kräftig war und einen Blick über ihre Schulter warf, während sie in einen schwarzen Camaro stieg; eine Pistole glänzte in ihrer Hand.
»Das hier sind Personen aus unserer Meistgesuchten-Liste«, erklärte Kastle. »Sechs davon entsprechen nach Größe, Alter und Körperbau Ginger Coles. Wir haben das Phantombild in unseren Computer gesteckt, die Variablen eingegeben, und das ist dabei herausgekommen.«
Eine der Frauen – sie war groß und blond – hatte Hosen mit weiten Aufschlägen, einen Sternenbannergürtel und eine grüne Paisley-Bluse an. Mit breitem Grinsen hielt sie

eine Handgranate. »Manche davon sind aber schon alt«, sagte Laura.

»Stimmt. Bis zu ... na ... vielleicht zwanzig Jahren oder so.«

»Heißt das, ein paar dieser Frauen hier suchen Sie schon seit zwanzig Jahren?« fragte Franklin, der Laura inzwischen über die Schulter sah.

»Eine davon, ja. Eine andere stammt aus den späten Siebzigern, eine aus 1983, und die drei übrigen von 1985 bis heute.«

»Und was haben sie ausgefressen?« forschte Franklin weiter.

»Alles mögliche«, antwortete Kastle. »Sehen Sie sich das da bitte ganz genau an, Mrs. Clayborne!«

»Für mich sehen sie alle gleich aus. Alle sind gleich groß, kräftig und überhaupt.«

»Die Angaben zur Person stehen jeweils hintendrauf.«

Laura drehte das Bild mit der Bankräuberin um. *Margie Cummings alias Margie Grimes alias Linda Kay Souther alias Gwen Becker. Größe: 1,73 m. Haarfarbe: Braun. Augenfarbe: Blaugrün. Geburtsort: Orren, Kentucky.* Sie las auch die Rückseite des Fotos mit dem schwarzen Camaro: *Sandra June McHenry alias Susan Foster alias June Foster. Größe: 1,70 m. Haarfarbe: Braun. Augenfarbe: Grau. Geburtsort: Ft. Lauderdale, Florida.*

»Wie kommen Sie darauf, daß es vielleicht eine von diesen Frauen hier war?« fragte Franklin. »Könnte es nicht einfach so was wie ... eine Irre oder sonstwer gewesen sein, von der Sie noch nicht gehört haben?«

»Die städtische Polizei ist derzeit damit beschäftigt, anhand von Fotos aus dem Verbrecheralbum eine eigene Liste zu erstellen. Die wird auch alle Frauen umfassen, nach denen speziell in dieser Gegend gesucht wird. Auf die Top-Fahndungsliste hat uns eigentlich diese Schrotflinte gebracht.«

»Was ist denn damit?«
»Ginger Coles hat gewußt, daß wir ihre Adresse ausfindig machen würden, und diese Falle aufgebaut, damit der erste, der an ihre Tür kam, abgeknallt würde. Das heißt, sie verfügt über eine bestimmte ... sollen wir sagen ... Denkstruktur? Eine Neigung zu solchen Dingen. Außerdem hat sie auch ihre Wohnung ziemlich gründlich von etwaigen Spuren befreit. Sämtliche Türklinken und Schubladengriffe waren abgewischt. Sogar ihre Schallplatten hat sie gesäubert. Allerdings bekamen wir doch ein paar unvollständige Fingerabdrücke durch ein Gewehr, das wir in einem Wandschrank fanden, und einen guten Daumenabdruck auf ihrem Duschkopf.«
»Und ist dieser Abdruck identisch mit dem von einem dieser Frauen?« fragte Doug.
»Kann ich nicht sagen«, antwortete Kastle. »Hat man mir noch nicht mitgeteilt.«
Laura drehte ein anderes Foto um. *Debra Guesser alias Debbie Smith alias Debra Stark. Größe: 1,80 m. Haarfarbe: Rotbraun. Augenfarbe: Blau. Geburtsort: New Orleans, Louisiana.* Sie sah sich das Gesicht genau an; es ähnelte dem von Ginger Coles, doch an der Unterlippe befand sich eine kleine Narbe, die das Lächeln zu einem höhnischen Grinsen verzog. »Die hier ... vielleicht«, sagte sie. »Aber an die Narbe kann ich mich nicht erinnern.«
»Das macht nichts. Sehen Sie genau hin, und lassen Sie sich Zeit.« Er verschwieg Laura, daß er sie auf die Probe stellte. Drei von den Frauen, darunter auch Debra Guesser, waren inzwischen festgenommen und saßen in Staatsgefängnissen. Eine vierte, Margie Cummings, war 1987 gestorben.
Laura drehte das Foto von dem Mädchen mit den weiten Hosenaufschlägen um. *Mary Terrell alias Mary Terror. Größe: 1,80 m. Haarfarbe: Braun. Augenfarbe: Blaugrau. Geburtsort:*

Richmond, Virginia. »Hier steht, sie hätte braunes Haar, aber auf dem Bild sind ihre Haare blond.«

»*Blondiert*«, verbesserte Kastle. »Die Angaben zur Person beruhen auf Familienunterlagen. Auf den Fotos kann das also ein bißchen anders aussehen.«

Laura starrte Mary Terrells Gesicht an. Die Frau – sie wirkte irgendwie frisch und unschuldig – zeigte ein breites, strahlendes Lächeln, und an ihrem Finger baumelte eine Granate.

»Ist das hier das älteste?« fragte Laura.

»Ja.«

»Ginger Coles sieht ... härter aus. Diese Frau hier kommt nah dran, aber ... ich weiß nicht.«

»Stellen Sie sich vor, wie dieses Gesicht nach ungefähr zwanzig harten, anstrengenden Jahren aussähe«, meinte Kastle.

»Ich weiß nicht. Ich kann mir das nicht vorstellen.«

»Wie kann sich denn eine Frau zwanzig Jahre vor dem FBI versteckt halten?« Franklin nahm das Foto, und Laura ging zum nächsten über. »Man möchte es kaum glauben!«

»Amerika ist nicht gerade ein kleines Land. Und vergessen Sie nicht Kanada und Mexiko. Die Leute ändern ihre Frisur, ihre Haarfarbe und ihre Kleidung, sie verschaffen sich eine neue Identität, und sie eignen sich ein völlig neues Gebaren, eine neue Sprechweise an. Sie wären erstaunt, wieviel gesuchte Verbrecher uns so entwischen. Einen haben wir mal gefunden, der war an die sieben Jahre Forstwart im Yellowstone-Nationalpark. Ein anderer ist Vizedirektor in einer Bank in Missouri gewesen. Und ich kenne einen dritten, der wurde Kapitän eines Fischerbootes in den Keys und hatte sich zum Zeitpunkt seiner Festnahme gerade als Bürgermeisterkandidat für Key West aufstellen lassen. Seine Chancen standen gar nicht schlecht. Wissen Sie, die Leute sehen sich ihre Mitmenschen eigentlich gar nicht richtig an.« Er nahm in einem Sessel gegenüber Laura Platz. »Sie

sind vertrauensselig. Wenn zu Ihnen jemand etwas sagt, dann werden Sie's wahrscheinlich glauben. Und in jeder größeren Stadt gibt es einen, der Ihnen gegen Geld, und ohne dumme Fragen zu stellen, einen falschen Führerschein, eine falsche Geburtsurkunde oder sonstwas herstellt. Was immer Sie wollen. Daher besorgt sich so ein Krimineller irgendeinen Job, wo niemand allzu viele Fragen stellt, und geht auf Tauchstation wie ein schlauer kleiner Maulwurf.« Er verschränkte seine Hände, während Laura sich alle Fotos noch einmal vornahm. »Diese Typen auf der Meistgesuchten-Liste sind ständig in Alarmbereitschaft. Sie haben alles im Auge. Sie lernen, in der Luft zu wittern und an Eisenbahnschienen zu horchen. Wahrscheinlich schlafen sie nachts nicht besonders gut. Die meisten Menschen – Gesetzeshüter inbegriffen – haben nämlich *einen* großen Fehler: sie vergessen. Das FBI vergißt nie. Wir haben Computer, die unser Gedächtnis immer wieder auffrischen.«
Doug sah sich gerade das Foto von Mary Terrell an. »Wer ist denn das da im Hintergrund?« fragte er.
Kastle ließ sich das Bild geben, und auch Laura schaute hin. Mary Terrell stand in einem Paar plumper Sandalen auf taufeuchtem grünem Gras. Darüber war ein blauer, etwas verblichener Himmel, und der schlanke Schatten des Fotografen fiel auf den Rasen. Im Hintergrund aber, auf einem kleinen grünen Hügel, stand eine verschwommene Gestalt, die gerade ausholte, um eine gelbe Frisbeescheibe zu werfen.
»Ich weiß nicht. Sieht so aus, als wäre das Bild auf einem –«
Laura nahm Kastle das Foto aus der Hand. Sie hatte sich das Gesicht der Frau angeschaut und etwas bemerkt, was ihr vorher entgangen war. Aber es blieb verschwommen und schwer erkennbar. »Ich brauche eine Lupe.«

Doug stand auf, und Kastle beugte sich nach vorn. Er kniff die Augen zusammen. »Wonach schauen Sie denn?«
»Da. Das Frisbee. Sehen Sie's?«
»Ja. Was soll damit sein?«
»Genau da. Man kann noch die Oberseite der Frisbeescheibe erkennen. Sehen Sie?« Laura klopfte das Herz. Doug brachte ihr ein Vergrößerungsglas, und sie hielt es über die gelbe Scheibe: »Da! Da ist es! Sehen Sie nur!«
Kastle folgte ihrer Aufforderung. »Ich sehe es«, sagte er.
Auf die Oberseite des Frisbee waren zwei schwarze Pünktchen als Augen und ein halbkreisförmiger Mund gemalt. Es handelte sich um ein Smiley-Gesicht.
Laura hielt die Lupe über Mary Terrells Gesicht und studierte es aufmerksam.
Nun kannte sie ihren Feind.
Ja, die Zeit war nicht spurlos an dieser Frau vorübergegangen. Sie hatte sie breiter und schwerfälliger gemacht und sich in Mary Terrells Haut eingefressen; sie hatte das hübsche Äußere abgehobelt, bis das Rohe und Gewöhnliche zutage trat. Aber die Ähnlichkeit lag in den beiden Augen, diesem graublauen Spiegel der Seele. Man brauchte eine Lupe, und selbst dann mußte man noch sehr genau hinsehen. Diese Augen bargen einen glühenden Haß – einen Haß, der einem leblosen Herzen entsprang. Sie paßten nicht zu den blonden Hippielöckchen oder dem strahlendweißen Lächeln. Diese Augen waren die gleichen, die auf Laura herabgesehen hatten, als sie ihr Baby in blutbesudelte Hände gab. Ja. Ja. Genau die gleichen, nur älter.
»Sie ist es«, sagte Laura.
Sofort war Kastle neben ihr auf den Knien und sah sich das Foto an. »Sind Sie sicher?«
»Ich ...« Kein Zweifel. Diese Augen. Große Hände. Das Smiley-Gesicht im Hintergrund. Kein Zweifel. »Das ist Ginger Coles«, sagte sie.

»Sie identifizieren Mary Terrell als die Frau, die Ihr Baby gestohlen hat?«
»Ja.« Laura nickte. »Ja. Sie ist es. Das ist die Frau.« Laura fühlte sich auf doppelte Weise erschüttert: vor Erleichterung und vor Entsetzen.
»Darf ich Ihr Telefon benutzen?« Kastle nahm das Foto, ging damit in die Küche, und einen Augenblick später hörte Laura ihn sagen: »Wir haben eine eindeutige Identifizierung. Halten Sie sich fest!«
Bei Kastles Rückkehr saß Laura mit aschgrauem Gesicht in ihrem Sessel und hatte die Arme um sich geschlungen, während Franklin ihr den Rücken streichelte. Doug stand wie ein Ausgestoßener an einem Fenster auf der anderen Seite des Zimmers. »Alles klar.« Kastle nahm wieder Platz und legte das Foto auf den Kaffeetisch. »Wir stellen über Mary Terrell eine Akte zusammen. Sämtliche verfügbaren Bilder, Fingerabdrücke, Angaben über den Aufenthaltsort von Familie, Verwandten – einfach alles. Aber vielleicht sollten Sie ein paar Dinge wissen, die ich Ihnen schon jetzt sagen kann.«
»Finden Sie einfach nur mein Baby. Bitte. Mehr verlange ich gar nicht.«
»Das verstehe ich ja. Aber ich muß Ihnen trotzdem sagen, daß Mary Terrell – alias Mary Terror – wahrscheinlich erst vor kurzem einen Zehnjährigen in einem Wald bei Mableton getötet hat. Sie nahm sein Gewehr an sich, und wir haben beim Verkäufer die Seriennummer nachgeprüft. Damit hätte sie insgesamt drei Menschen auf dem Gewissen, etwaige andere nicht mitgezählt.«
»Andere? Was für andere?«
»Soweit ich mich erinnere, sind es sechs oder sieben Polizeibeamte, ein Universitätsprofessor samt dessen Frau und ein Dokumentarfilmemacher. All diese Morde fanden Ende der Sechziger, Anfang der Siebziger statt, als Mary Terrell Mitglied der Sturmfront war. Sagt Ihnen das etwas?«

Ja, Laura hatte schon davon gehört. Eine Terroristengruppe wie etwa die *Symbionese Liberation Army.* Mark Treggs hatte sie in *Verbrennt dieses Buch!* erwähnt.

»Ich selbst war damals in unserer Dienststelle in Miami, aber ich habe mich auf dem laufenden gehalten«, fuhr Kastle fort. »Mary Terror hat aus politischen Gründen getötet. Nach ihrer eigenen Überzeugung war sie ein Vollstrecker des Volkswillens. Das hat im übrigen diese ganze Bande von sich geglaubt. Sie wissen ja, wie das damals war: Ein Grüppchen Hippies, das pausenlos gehascht und sich verrückte Musik angehört hat, und früher oder später kamen sie dann auf die Idee, daß es vielleicht ganz lustig wäre, mal jemanden umzubringen.«

Laura nickte geistesabwesend; aber sie erinnerte sich daran, daß sie selbst einmal ein Hippie gewesen war, »gehascht« und sich »verrückte Musik« angehört hatte, ohne je irgend jemanden umbringen zu wollen.

»Das FBI fahndet bereits seit Anfang der Siebziger nach Mary Terrell. Warum sie jetzt aus dem Untergrund aufgetaucht ist und Ihr Baby gestohlen hat, weiß ich nicht. Aber was red ich da! Sicher sind wir ja erst, wenn wir die Fingerabdrücke miteinander verglichen haben. Nur das eine muß ich Ihnen sagen: Mary Terrell ist sehr, sehr gefährlich!«

Was er Laura wiederum verschwieg, war, daß es auf dem Schießplatz in Quantico einen Pappkameraden gab, den man nach Mary Terrell angefertigt hatte. So groß war die Ehrfurcht des FBI vor ihr. Und auch, daß nicht einmal eine Stunde vor Verlassen seines Büros die Dienststelle aus Washington bei Kastle zurückgerufen hatte, sagte er Laura nicht. Der Daumenabdruck auf dem Duschkopf stimmte nämlich mit dem des rechten Daumens von Mary Terrell in allen Punkten überein. Aber Kastle wollte, daß Laura anhand des Fotos eine eindeutige Identifizierung gab, um die Sache hieb- und stichfest zu machen. Komisch, daß ihm

das Smiley-Gesicht auf der Frisbeescheibe entgangen war. Die Bosse in Washington würden bereits wie auf glühenden Kohlen sitzen, zumal ja auch ein Kollege hatte dran glauben müssen. »Wir werden alles in unserer Macht Stehende unternehmen, um sie zu finden. Bitte glauben Sie mir.«
Laura nickte erneut. »Mein Baby. Sie wird doch meinem Baby nichts antun?«
»Ich wüßte nicht, weshalb.« Kastle verdrängte den Gedanken an jenen Karton voll verstümmelter Babypuppen. »Sie hat Ihr Kind aus einem bestimmten Grund geraubt, aber ich glaube nicht, daß sie ihm irgend etwas antun will.«
»Ist sie geistesgestört?« fragte Laura.
Diese Frage ließ sich nicht so leicht beantworten, und Kastle rutschte unbehaglich in seinem Sessel herum, während er überlegte. Dem Karton mit den Puppen nach konnte Mary Terrell durchaus verrückt sein, wie ein Tier, das zu lange in einem Loch gehaust und alte Knochen benagt hat. »Sehen Sie«, sagte er mit ruhiger Stimme, »manchmal wundere ich mich über diese Leute aus den Sechzigern. Sie wissen schon, von welcher Sorte ich spreche. Sie haben alles und jeden gehaßt, wollten die ganze Welt auseinanderreißen und sie nach *ihren* Vorstellungen noch einmal neu gestalten. Tag und Nacht haben sie vom Haß gezehrt, haben ihn eingeatmet in ihren Dachkammern und Kellern, wo sie ihre Räucherstäbchen und ihre Kerzen abgebrannt haben, und ich frage mich, was aus diesem Haß geworden ist, als die Kerzen erloschen.«
Kastle begann, die Fotos wieder wegzustecken, und verschloß den Umschlag. »Ich denke, ich geh jetzt raus und stelle mich den Reportern. Aber viel verrate ich ihnen nicht – gerade genug, um ihnen den Mund wäßrig zu machen. Sie arbeiten doch selbst bei der CONSTITUTION, nicht wahr?«
»Ja.«
»Dann verstehen Sie ja, was ich meine. Ich werde Sie nicht

bitten, mit mir nach draußen zu kommen. Das heben wir uns für später auf. Je länger wir das Interesse der Presse wachhalten, desto besser stehen unsere Chancen, Mary Terrell rasch zu ergreifen. Deshalb müssen wir die Reporter ein bißchen zappeln lassen.« Er lächelte. »So ist das nun mal im Leben. Mr. Clayborne, würden Sie mich begleiten?«

»Warum ich? Ich war doch nicht mal dabei, als es passiert ist!«

»Stimmt, aber Sie sind eine gute Identifikationsfigur für die Allgemeinheit. Und außerdem können Sie keine Frage detailliert beantworten. Um den Detailkram kümmere ich mich. Einverstanden?«

»Einverstanden«, erklärte Doug widerstrebend.

Kastle stand auf, und Doug machte sich innerlich auf den Ansturm gefaßt. Aber eine Frage mußte Laura noch stellen: »Wenn ... wenn Sie sie finden ... dann wird David doch nichts zustoßen, oder?«

»Wir werden Ihnen Ihr Kind wiederbeschaffen«, antwortete Kastle. »Darauf können Sie sich verlassen.« Und zusammen mit Doug ging er vor das Haus, wo die Reporter warteten.

Während er ihre Hand hielt, sprach Franklin seiner Tochter mit ruhiger Stimme Mut zu. Aber sie hörte ihn kaum. Sie dachte an eine Irre auf einem Balkon, die ein Baby hielt, und an einen Scharfschützen des Sonderkommandos, der zum Todesschuß anlegte. Bei der Erinnerung an das *Popp, popp* der beiden Gewehrschüsse und den zerspringenden Babykopf schloß sie ihre Augen.

So würde es David nicht ergehen.

Nein.

So nicht.

Nein.

Sie schlug sich ihre Hände vors Gesicht, weinte herzzerreißend, und Franklin saß ratlos neben ihr.

4

Muttergefühle

In dem großen roten Backsteinhaus in Richmond, das 1853 erbaut worden war, klingelte das Telefon.

Es war Samstag abend gegen neun Uhr. Eine grobknochige Frau mit silbernem Haar, runzligem Gesicht und einer Nase, die so scharf war wie ein Südstaatlerschwert, saß in einem hochlehnigen Ledersessel und starrte mit eisigen grauen Augen auf ihren Mann. Edgar war alt geworden. Im Fernsehen lief eine der neue Perry-Mason-Folgen, und beide Ehepartner mochten Raymond Burr. Edgar saß in einem Rollstuhl, und es sah aus, als wäre er in seinen blauen Seidenschlafanzug hineingeschrumpft. Sein Kopf hing schwer nach einer Seite, ein rosafarbener Lappen von Zunge trat zwischen seinen Lippen hervor, und auch mit seinem Gehör war es seit dem Schlaganfall vor sechs Jahren nicht mehr allzuweit her. Aber die Frau wußte, daß er das Telefon hören konnte, denn seine Augen waren größer geworden, und er zitterte stärker als sonst.

Sie wußten beide, wer am Apparat war. Sie ließen es klingeln.

Das Telefon verstummte. Nach einer Pause von nicht ganz einer Minute klingelte es erneut.

Das schrille Läuten erfüllte das ganze Haus und hallte durch dessen dreiundzwanzig Zimmer wie eine Stimme, die im Dunkeln rief.

»Lieber Gott« sagte Natalie Terrell. Sie stand auf und ging über den schwarz und karmesinrot gemusterten Orientläufer zu dem Telefontischchen. Edgar folgte ihr mit den Augen, sein Hals wollte sich ab einem bestimmten Punkt nicht weiterdrehen. Mit runzligen, von Diamantringen geschmückten Fingern nahm Natalie den Hörer ab. »Ja bitte?«

Keine Antwort. Ein Atemgeräusch.

»Ja?«

Und dann kam sie. Ihre Stimme. »Hallo, Mutter!«

Natalie versteifte sich. »Ich habe keine Lust, mit dir zu –«

»Leg nicht auf! Bitte. Okay?«

»Ich werde mich nicht mit dir unterhalten.«

»Wird das Haus überwacht?«

»Ich sagte bereits, ich werde mich nicht mit dir –«

»Werdet ihr überwacht? Sag! Nur das eine!«

Die alte Frau schloß ihre Augen und hörte auf den Atem ihrer Tochter. Seit Grant im Alter von siebzehn Jahren Selbstmord begangen hatte, war Mary das einzige Kind aus ihrer Ehe mit Edgar. Mary war damals vierzehn gewesen. Einen Moment lang kämpfte Natalie mit sich selbst: Was war falsch? Was war richtig? Sie wußte es nicht mehr. Dann sagte sie: »Es steht ein Transportbus unten an der Straße.«

»Wie lange schon?«

»Seit zwei Stunden. Vielleicht auch länger.«

»Haben sie die Leitung angezapft?«

»Ich weiß nicht. Nicht vom Hausinnern aus. Ich weiß es nicht.«

»Irgendwelche Belästigungen?«

»Heute nachmittag ist ein Reporter von der Lokalzeitung gekommen. Wir haben uns eine Zeitlang unterhalten, dann ist er wieder fort. Polizisten oder FBI habe ich nicht gesehen, falls du *das* meinst.«

»In diesem Transporter ist FBI. Verlaß dich drauf! Ich bin in Richmond.«

»Was?«

»Ich sagte, ich bin in Richmond. In einer Telefonzelle. Haben sie mich schon im Fernsehen gezeigt?«

Natalie legte sich eine Hand auf die Stirn. Sie fühlte sich schwach und mußte sich an die Wand lehnen. »Ja. Auf sämtlichen Kanälen.«

»Sie haben's schneller rausgekriegt, als ich dachte. Es ist nicht mehr so wie früher. Sie haben Computer und all solchen Scheiß. Jetzt ist es ein echter Überwachungsstaat – *Big Brother is watching you,* stimmt's?«

»Mary?« Natalies Stimme zitterte und drohte zu brechen. *»Warum?«*

»Karma«, antwortete Mary. Weiter nichts.

Stille. Natalie Terrell vernahm dünnes Babygeschrei durch den Hörer, und ihr krampfte sich der Magen zusammen.

»Du bist verrückt«, sagte sie. »Vollkommen verrückt! Warum hast du ein Baby entführt? Um Gottes willen, hast du denn *gar* keinen Anstand im Leib?«

Stille, bis auf das Babygeschrei.

»Seine Eltern waren heute im Fernsehen. Sie haben gezeigt, wie die Mutter aus dem Krankenhaus kam. Sie hat so unter Schock gestanden, daß sie nicht einmal sprechen konnte. Grinst du vielleicht? Macht dich das glücklich, Mary? *Gib Antwort!«*

»Mich macht glücklich«, antwortete Mary ruhig, »daß ich jetzt ein eigenes Baby habe.«

»Es ist nicht *dein* Baby! Es heißt David Clayborne! Es ist nicht dein Baby!«

»Es heißt Drummer«, erwiderte Mary. »Und weißt du auch, warum? Weil sein Herz so schlägt wie eine Trommel, und weil ein Trommler zur Befreiung ruft. Darum heißt es jetzt Drummer.«

Edgar stieß hinter Natalie einen unverständlichen, von Wut und Schmerz erfüllten Schrei aus.

»Ist das Vater? Der hört sich aber gar nicht gut an.«

»Es geht ihm auch nicht gut. Und das ist deine Schuld. Darüber müßtest du doch auch ganz glücklich sein.« Etwa acht Monate nach Edgars Schlaganfall hatte Mary aus heiterem Himmel angerufen, und Natalie hatte ihr erzählt, was los war. Ihre Tochter hatte zugehört, dann ohne jedes weitere Wort aufgelegt, und eine Woche später war aus Houston eine Karte mit Genesungswünschen, aber ohne Absender oder Unterschrift, gekommen.

»Du täuschst dich.« Marys Stimme klang trocken und emotionslos. »Daran ist Dad selber schuld. Er hat sich zu oft als Gehirnficker aufgeführt, und all diese schlechten *vibrations* haben ihm den Verstand ausgepustet wie eine alte Funzel. Fühlt er sich jetzt wohler, mit seinem ganzen Geld?«

»Ich werde mich nicht länger mit dir unterhalten.«

Mary blieb stumm und wartete. Natalie legte nicht auf. Nach ein paar Sekunden konnte sie ihre Tochter zärtlich mit dem Baby sprechen hören.

»Gib dieses Kind zurück!« sagte Natalie. »Bitte. Tu's mir zuliebe. Diese Geschichte nimmt ein böses Ende.«

»Weißt du, ich hatte ganz vergessen, wie kalt es hier oben sein kann.«

»Mary, gib dieses Kind wieder her! Ich flehe dich an! Dein Vater und ich halten das nicht mehr aus.« Ihre Stimme geriet ins Stocken. »Was haben wir nur getan, daß du uns so sehr haßt?«

»Ich weiß es nicht. Frag Grant.«

Blind vor Tränen, knallte Natalie Terrell den Hörer auf die Gabel und vernahm das mühselige Quietschen des Rollstuhls, als Edgar sich mit aller Kraft, die sein spindeldürrer Körper noch aufbieten konnte, über den Läufer schob. Sie sah ihn an, sah seine verzerrten Züge und daß ihm der Geifer aus dem Mund lief, und schaute rasch wieder weg.

Das Telefon klingelte erneut.

In sich zusammengesackt wie eine kaputte Marionette, die von einem Nagel baumelt, stand Natalie da. Tränen strömten ihr über die Wangen, und sie hielt sich die Ohren zu, aber das Telefon klingelte ... klingelte ... klingelte ...
»Ich würde dich gern sehen«, sagte Mary, als Natalie wieder abnahm.
»Nein. Kommt nicht in Frage. Nein.«
»Du weißt doch, wohin ich fahre, oder?«
Die Erwähnung Grants hatte es ihr verraten. »Ja.«
»Ich möchte das Wasser riechen. Ich weiß noch, daß es immer so einen reinen Geruch hatte. Warum treffen wir uns nicht dort?«
»Ich kann nicht. Nein. Du bist ... du bist eine Kriminelle.«
»Ich bin eine Freiheitskämpferin«, berichtigte Mary. »Falls es ein Verbrechen ist, für die Freiheit zu kämpfen, okay, dann plädiere ich auf ›schuldig‹. Aber trotzdem würde ich dich gern sehen. Seit letztes Mal ist es schon ... mein Gott ... über zehn Jahre her, nicht wahr?«
»Es sind zwölf.«
»Nicht zu fassen!« Und dann zu dem Baby: »Still! Mama telefoniert gerade.«
»Ich kann nicht kommen«, sagte Natalie. »Es geht einfach nicht.«
»Ich werde ein paar Tage bleiben. Vielleicht. Ich habe verschiedenes zu erledigen. Wenn du mich besuchen kämst, wäre ich ... ich fände es wirklich schön, Mutter. Wir sind doch keine Feinde, oder? Wir haben uns doch immer gut verstanden und miteinander reden können wie zwei normale Menschen.«
»Ich habe geredet, aber du hast nie zugehört.«
»Wie zwei normale Menschen«, beharrte Mary, ohne auf diesen Einwand zu achten. »Ich habe ja jetzt mein Baby.

Es gibt Dinge für mich zu erledigen, und ich weiß, daß die Bullen hinter mir her sind, aber ich muß weitermachen. So ist es nun mal. Ich habe jetzt mein Baby, und das gibt mir so ein Gefühl ... als würde ich wieder zu dieser Welt gehören. Du mußt hoffen, Mutter. Du weißt doch, was Hoffnung ist? Erinnerst du dich noch, wie wir über Hoffnung und Gut und Böse und all so was geredet haben?«

»Ich erinnere mich.«

»Ich würde dich gern sehen. Aber die Bullen dürfen dir auf keinen Fall nachkommen, Mutter! Jetzt habe ich ja mein Baby, und ich werd nicht zulassen, daß die Bullen mich und meinen Drummer erwischen. Und wenn wir zusammen in den Himmel fahren ... aber die Bullen kriegen uns nicht. Kapiert?«

»Ich verstehe«, antwortete die Ältere, während ihre Hand den Hörer umklammerte.

»Muß Drummer jetzt die Windeln wechseln«, sagte Mary. »Tschüs, Mutter.«

»Leb wohl.«

Klick.

Natalie wich von dem Apparat zurück, als wäre er eine besonders giftige Schlange. Sie stieß an Edgars Rollstuhl, und Edgar sagte etwas zu ihr, wobei Speichel spritzte.

Es vergingen vielleicht dreißig Sekunden. Dann klingelte das Telefon erneut.

Natalie rührte sich nicht.

Es klingelte und klingelte, und schließlich trat sie nach vorn, streckte ihre Hand aus und nahm ab. Ihr Gesicht war totenbleich geworden.

»Wir haben alles auf Band, Mrs. Terrell«, sagte einer der FBI-Agenten aus dem weißen Transportbus, ihres Erachtens der jüngere von beiden, der ihr auch das Fangschaltungsgerät gezeigt hatte – einen Apparat, der automatisch die Nummer des Anrufers ausdruckte. »Es stimmt. Das Gespräch kam aus einer Telefonzelle innerhalb des Stadtgebiets. Wir ermitteln zur Zeit noch den genauen Standort, aber bis wir mit einem Wagen dort sind, wird Ihre Tochter längst weg sein. Wissen Sie, wohin sie fährt, Mrs. Terrell?«

Natalie hatte einen Kloß im Hals. Sie schluckte und schluckte, aber er blieb.

»Mrs. Terrell?« drängte der junge Mann.

»Ja«, antwortete sie mühsam. »Ja, ich weiß es. Sie ist zu ... unserem Strandhaus unterwegs. In Virginia Beach. Die genaue Adresse lautet ...« Sie kam nicht zu Atem und mußte einen Moment innehalten. »Die genaue Adresse lautet: 2717 Hargo Point Road. Es ist ein weißes Haus mit braunem Dach. Brauchen Sie sonst noch etwas?«

»Haben Sie vielleicht die Telefonnummer, falls es so was gibt?«

Natalie gab sie ihm. »Aber Mary wird nicht rangehn.«

»Wissen Sie das alles denn ganz sicher?«

»Ja.« Wieder dieses Gefühl von Atemnot. »Ganz sicher.«

»Wieso?«

»Sie hat ihren Bruder Grant erwähnt. Er hat in diesem Strandhaus Selbstmord verübt. Und sie hat gesagt, sie wolle das Wasser riechen.« Natalie spürte einen tiefen Stich ins Herz. »Dorthin sind wir immer gefahren, als sie noch klein war.«

»Ja, Ma'am. Sie entschuldigen mich bitte ...« Eine lange Pause trat ein. Jetzt besprechen sie das Ganze, dachte Natalie. Dann kam der Jüngere wieder an den Apparat. »Okay, das wär's vorläufig. Vielen Dank für Ihre Mitarbeit, Mrs. Terrell.«

»Ich –« Es schnürte ihr die Kehle zu.

»Ma'am?«

»Ich ... o Gott, ich möchte nicht ... daß diesem Baby

irgend etwas passiert. Sie haben's ja selbst gehört. Sie hat gesagt, sie würde sich und das Baby umbringen. Und das meint sie auch so. Sie haben sie doch gehört?«

»Ja, Ma'am.«

»Was werden Sie also tun? Sie dort in die Enge treiben?«

»Nein, Ma'am, zunächst stellen wir das Haus unter Bewachung. Wir werden bis Tagesanbruch warten, und dann versuchen wir, den genauen Aufenthaltsort Ihrer Tochter und den des Kindes innerhalb des Gebäudes zu ermitteln. Wenn nötig, werden wir die anderen Häuser ringsum evakuieren. Aber wir werden es nicht stürmen, wie man's in den Filmen sieht; das führt nur zu Tod und Blutvergießen.«

»Ich möchte nicht das Blut dieses Babys an meinen Händen haben. Hören Sie? Mein Leben würde mir unerträglich werden, wenn ich annehmen müßte, ich hätte zum Tod dieses Kindes beigetragen.«

»Ich höre.« Die Stimme des jungen Mannes klang ruhig und mitfühlend. »Wir werden das Haus eine Zeitlang überwachen, und dann sehen wir, was zu tun ist. Aber beten Sie zu Gott, daß Ihre Tochter auf die Stimme der Vernunft hört und sich ergibt.«

»Sie wird sich niemals ergeben«, sagte Natalie. »Niemals.«

»Ich hoffe, in diesem Punkt täuschen Sie sich. Wir werden noch eine Weile hier rumstehen und ein paar Telefonate führen; falls Ihnen also noch irgend etwas einfällt ... Sie kennen unsere Nummer ja. Und noch eines: Hätten Sie etwas dagegen, wenn wir Ihren Anschluß weiterhin abhören?«

»Nein, von mir aus.«

»Nochmals vielen Dank. Ich weiß, daß diese Sache nicht leicht für Sie war.«

»Nein. Alles andere als das.« Sie legte auf, und Edgar stieß einen unverständlichen Laut aus.

Um halb elf Uhr brachte Natalie ihren Mann zu Bett, küßte ihn auf die Wange, wischte ihm den Mund ab, und er schenkte ihr ein fahles, hilfloses Lächeln. Als sie ihm seine Decke bis zum Hals zog, fragte sie sich, was aus ihrem Leben geworden war.

Der weiße Transportbus verschwand kurz nach dreiundzwanzig Uhr, und Natalie beobachtete ihn von einem dunklen Fenster im ersten Stock aus. Wahrscheinlich überwachte jetzt schon ein anderes Agententeam das Strandhaus. Eine Stunde wartete sie noch. Aus Sicherheitsgründen.

Dann ging sie, in einen dicken Mantel gegen die rauhe Kälte verpackt, nach draußen in die Garage, stieg in den grauen Coupé de Ville, ließ den Motor an und fuhr hinaus in die Nacht. Etwa fünfzehn Minuten kreuzte sie mit niedriger Geschwindigkeit durch die Straßen Richmonds. Dabei beachtete sie sämtliche Verkehrszeichen, obwohl kaum Autos unterwegs waren, hielt zum Volltanken an einer Shell-Tankstelle in der Monument Avenue an und kaufte sich ein Diätgetränk und einen Schokoriegel, um ihren Magen zu beruhigen. Danach fuhr sie weiter ziellos herum, behielt aber stets den Rückspiegel im Auge.

Bei einem Gebiet, das aus Lagerhäusern und Eisenbahnschienen bestand, bog sie ab, hielt neben einem Maschendrahtzaun und beobachtete das Vorbeidonnern eines Güterzugs. Ihr Blick schweifte über die Straßen ringsum. Soweit sie das beurteilen konnte, wurde sie nicht verfolgt.

Sie glaubten ihr. Warum auch nicht? Sie war von den Angehörigen anderer gesuchter Krimineller diejenige, die 1975 während eines Interviews in der Dick-Cavett-Show mit allem Nachdruck gesagt hatte, daß sie hoffe, die Polizei werde ihre Tochter in einen Käfig sperren, wo sie hingehöre, und den Schlüssel in den Atlantik schmeißen.

Das Zitat hatte Schlagzeilen gemacht. Das FBI wußte, daß

Natalie bereit war, ihnen soweit irgend möglich zu helfen, und das hätte sie immer noch gern getan. Nur gab es jetzt einen grundlegenden Unterschied: Mary »hatte ein Baby«.

Gegen ein Uhr bog Natalie Terrell mit ihrem Cadillac auf die I-95 und steuerte die bewaldeten Hügel im Norden an.

5

In den Strudel

Er war schlimm, der Alptraum.
Laura gab darin David in die Hände einer Mörderin und sah Blutstropfen von deren Fingern fallen, fallen wie purpurrote Blätter in der Oktoberluft, fallen, bis sie auf weißer Bettwäsche, die so zerfurcht war wie erodiertes, schneegepeitschtes Land, zerplatzten. Sie überließ David einer anderen, und diese andere, die Mörderin, und er wurden zu Schatten, die an der blaßgrünen Wand davonhuschten. Doch dafür hatte auch sie selbst etwas bekommen; sie hielt es in ihrer rechten Hand. Laura öffnete ihre Finger und sah das gelbe Smiley-Gesicht, das in ihrer Handfläche steckte.
Dann verwandelte sich die Szene. Laura stand in einer schwülen Sommernacht auf einem Parkplatz, und um sie herum drehten sich die Blaulichter von Polizeiwagen. Stimmen schmetterten durch Megaphone, und sie vernahm das scharfe Klicken von Magazinen, die in Gewehre geschoben wurden. Sie konnte eine Frau auf einem Balkon stehen sehen. Der weiße Lichtstrahl eines Scheinwerfers war auf sie gerichtet, und die Frau schien darin gefangen. Sie trug eine grüne Paisley-Bluse, Hosen mit weiten Aufschlägen, einen Sternenbannergürtel, und mit der einen Hand hielt sie eine Pistole, mit der anderen David. Sie hatte ihn fest beim Genick und schüttelte ihn in blinder Wut in der Luft. Laura konnte sein Weinen eher fühlen als hören – wie eine Rasierklinge, die in den Falten ihrer Schamlippen entlanggezogen wurde. »Ich will mein Baby haben!« sagte sie zu einem Polizisten, der wortlos an ihr vorüberging. »Mein

Baby! Ich will mein Baby!« Sie griff nach einem anderem Passanten; er betrachtete sie starr und ausdruckslos. Es war Kastle. »Bitte!« flehte sie. »Machen Sie, daß meinem Baby nichts geschieht!«

»Wir werden Ihnen Ihr Kind zurückholen«, antwortete er. »Darauf können Sie sich verlassen.« Und schon verschwand auch er in den Schatten.

Erst als Laura sah, wie die Scharfschützen in Stellung gingen, wurde ihr voller Entsetzen klar, daß Kastle nicht versprochen hatte, ihr David lebend zurückzuholen.

»Wartet mit dem Feuer bis zu meinem Signal!« befahl jemand durch ein Megaphon, und Laura sah Doug auf der Motorhaube eines Polizeiwagens sitzen. Er ließ den Kopf hängen, und seine Augen waren halb geschlossen, als sei dies alles ohne jede Bedeutung für ihn. Ein Blitzen erregte ihre Aufmerksamkeit. Sie sah zu der Ecke eines Daches hinauf und erkannte dort eine schemenhafte Gestalt, die mit einem Gewehr auf Mary Terror anlegte. Ihr schien, als sei der Mann kahl, so kahl wie ein Ei, und daß etwas mit seinem Gesicht nicht stimmte, aber sie konnte es nicht mit Gewißheit sagen; vielleicht kannte sie ihn sogar, aber auch das war nicht sicher. Der Mann hob sein Gewehr, um zu zielen. Er wartete nicht das Signal ab; er würde Mary Terror erschießen, und es wäre seine Kugel, die die Irre dazu veranlassen würde, selbst loszufeuern und Davids Kopf zu zerreißen.

»Nicht!« schrie Laura. *»Aufhören!«* Und sie begann, auf das Gebäude zuzulaufen, wo der Scharfschütze saß. Aber der Beton verwandelte sich unter ihren Füßen in Morast wie frischer Teer. Sie hörte das Klicken des Gewehrs, als eine Patrone in die Kammer glitt, hörte das irrsinnige Wutgebrüll Mary Terrors und das schrille, nicht minder irrsinnige Schreien ihres Sohnes. Vor ihr lag eine Tür. Dem Boden, der sie festhalten wollte, zum Trotz war

Laura bereits weitergeeilt, da sprangen ihr aus dem Dunkel zwei muskulöse Hunde mit glühenden Augen entgegen.

Sie hörte zwei Schüsse, durch den Bruchteil einer Sekunde voneinander getrennt.

Der Schrei stieg auf. Er schwoll in ihrer Kehle an, brach aus ihrem Mund, und jemand über ihr sagte: »Laura? Laura, wach auf! Wach doch auf!«

Mit schweißnassem Gesicht tauchte sie aus der stickigen Finsternis auf. Die Nachttischlampe war an. Doug saß mit besorgtem Gesicht neben ihr auf dem Bett, und hinter ihm stand seine Mutter, die an diesem Abend aus Orlando gekommen war.

»Ist schon gut«, sagte Doug. »Du hattest einen Alptraum. Alles ist gut.«

Mit großen, furchterfüllten Augen sah Laura sich im Zimmer um. Es waren zu viele Schatten hier. Zu viele.

»Doug, kann ich irgend etwas tun?« fragte Angela Clayborne. Sie war eine große, elegante Frau mit weißem Haar und trug ein dunkelblaues Cardin-Kostüm mit einer Diamantbrosche am Aufschlag. Dougs Vater, der sich von Angela hatte scheiden lassen, als Doug knapp über zehn Jahre alt war, lebte als Investmentbanker in London.

»Nein. Wir sind okay.«

Laura schüttelte den Kopf. »Wir sind nicht okay. Wir sind gar nicht okay.« Und während sie diesen Satz immerfort wiederholte, riß sie sich von Doug los und kroch unter ihre Decke. Sie konnte die klebrige Feuchtigkeit zwischen ihren Schenkeln spüren: die Nähte näßten.

»Hast du Lust zu reden?« fragte er.

Sie schüttelte den Kopf.

»Mom, würdest du uns eine Minute allein lassen?« Und als Angela verschwunden war, stand Doug auf, um ans Fenster zu gehen. Er spähte durch die Jalousie in die regnerische

Dunkelheit. »Ich sehe nicht einen Reporter«, meldete er. »Vielleicht haben sie Feierabend gemacht.«
»Wie spät ist es?«
Er brauchte gar nicht auf seine Uhr zu sehen. »Kurz vor zwei.« Er trat wieder neben sie, und Laura merkte, daß ein muffiger Geruch von ihm ausging; er hatte seit Davids Entführung nicht mehr geduscht, aber sie auch nicht. »Weißt du, du *kannst* nämlich mit mir reden. Wir leben immer noch im selben Haus.«
»Nein.«
»Was ›nein‹? ›Nein, wir leben nicht mehr im selben Haus‹? Oder ›Nein, du kannst nicht mit mir reden‹?«
»Einfach ... nein«, antwortete sie und benutzte das Wort wie eine Mauer.
Doug schwieg einen Moment. Dann sagte er mit düsterer Stimme: »Ich hab alles verpfuscht, was?«
Laura bemühte sich gar nicht erst um eine Antwort. Sie war immer noch von dem Alptraum aufgewühlt, und sie krallte sich in die Bettdecke wie eine Katze.
»Du brauchst gar nichts zu sagen. Ich weiß, daß ich Mist gebaut hab. Nur ... na ja ... nur glaub ich eben, ich hab alles gesagt, was ich sagen kann. Außer ... daß es mir leid tut. Ich weiß nicht, was ich tun soll, damit du mir glaubst.«
Sie schloß ihre Augen, um ihn aus ihrem Bewußtsein auszuschalten.
»Ich will nicht ... daß es so bleibt. Zwischen dir und mir, meine ich.« Er berührte ihren Arm unter der Decke. Sie zog den Arm weder weg, noch zeigte sie sonst eine Reaktion; sie blieb einfach regungslos liegen. »Wir bringen das wieder in Ordnung. Bei Gott, ich schwöre, daß wir das tun. Ich weiß, daß ich Mist gebaut hab, und es tut mir leid. Was soll ich denn sonst sagen?«
»Nichts«, antwortete sie gleichgültig.

»Gibst du mir eine zweite Chance?«

Sie kam sich vor wie etwas, das von einem Schiff ins Meer geworfen, von Woge zu Woge geschleudert und an schroffe, einsame Klippen geschwemmt worden war. Wenn sie ihn brauchte, kehrte er ihr den Rücken. Sie hatte ihren Sohn – *ihren* Sohn – den Händen einer Mörderin anvertraut, und sie wünschte sich jetzt nur eines: abzuschalten, bevor sie ihren Verstand verlieren würde. Würde Gott *ihr* denn eine zweite Chance gewähren, ihr Baby wieder in den Armen zu halten? Dies und nur dies hatte sie vor Augen; alles andere war Treibgut im Sturm.

»Das FBI wird David schon finden. Es wird sich um alles kümmern. Jetzt, wo ihr Name und ihr Bild im Fernsehen kommen, dauert es nicht mehr lang.«

Laura wünschte sich verzweifelt, das glauben zu können. Abends um sieben Uhr war Kastle zusammen mit einem zweiten FBI-Agenten ins Haus gekommen, und Laura hatte zugehört, wie er ihr mehr über die Frau erzählte, die sie als Mary Terror identifiziert hatte:

Geboren am neunten April 1948 als Kind wohlhabender Eltern in Richmond, Virginia. Vater im Bahntransport tätig. Einziger Bruder hatte sich mit siebzehn Jahren erhängt. Schülerin an der Abernathy Prep, Auszeichnungen während des Studiums, aktiv in der Studentenmitverwaltung und leitende Redakteurin der Hochschulzeitung. Zwei Jahre an der Pennsylvania State University, Hauptfach Politologie, wieder aktiv in der Studentenmitverwaltung. Drogenmißbrauch und politische Radikalisierung. Abgang vom College und Wiederauftauchen in New York, wo sie sich für das Fach »Darstellende Kunst« einschrieb. Beteiligung bei radikalen Studentenaktionen an der New York und der Brandeis University nachgewiesen. Dann in den Westen des Landes, nach Berkeley, wo sie sich mit dem *Weather Underground* einließ. Irgendwann in dieser Zeit Begegnung mit

Jack Gardiner, einem radikalen Studenten, der sie in eine Splittergruppe des *Weather Underground* einführte, die sogenannte »Sturmfront«. Am vierzehnten August 1969 war Mary Terrell zusammen mit drei anderen Mitgliedern der »Sturmfront« gewaltsam in das Haus eines konservativen Geschichtsprofessors eingedrungen und hatte ihn und seine Frau mit einem Messer erstochen. Am fünften Dezember 1969 explodierte im Wagen eines IBM-Chefs aus San Francisco eine Bombe, die dem Opfer beide Beine abriß und der »Sturmfront« zugeschrieben wurde. Am fünfzehnten Januar 1970 ging in der Eingangshalle des Pacific-Gas-and-Electric-Gebäudes eine zweite Bombe hoch, wobei ein Sicherheitsbeamter und eine Sekretärin ums Leben kamen. Eine dritte Bombe tötete zwei Tage später den Verteidiger eines Kellereibesitzers in Oakland, der wegen einiger Wanderarbeiter mit dem Gesetz in Konflikt geraten war.
»Es kommt noch mehr«, hatte Kastle gesagt, als Laura ihren Kopf sinken ließ.
Am zweiundzwanzigsten Juni 1970 wurden in San Francisco zwei Polizeibeamte in ihrem Wagen erschossen. Laut Zeugenaussagen befanden sich Mary Terrell sowie ein weiteres Mitglied der »Sturmfront«, Gary Leister, am Tatort. Am siebenundzwanzigsten Oktober 1970 wurde ein Dokumentarfilmer, der allem Anschein nach gerade an einem Film über die militante Untergrundbewegung gearbeitet hatte, mit durchgeschnittener Kehle in einem Müllcontainer in Oakland entdeckt. Auf einer belichteten Filmrolle fand man Mary Terrells Fingerabdrücke. Am sechsten November 1970 wurde der Chef der polizeilichen Spezialeinheit gegen die »Sturmfront« beim Verlassen seines Hauses in San Francisco aus einem Hinterhalt erschossen.
»Danach ist die ›Sturmfront‹ ostwärts gezogen«, hatte Kastle berichtet, während der dicke Aktenordner zwischen ihm und Laura auf dem Kaffeetisch lag. »Am achtzehnten

Juni 1971 wurde in Union City, New Jersey, die Leiche eines Polizeibeamten entdeckt, die mit aufgeschlitzter Kehle und mit den Händen an der Wand festgenagelt in einem leerstehenden Lagerhaus hing. In der Brusttasche fand sich ein Bekennerschreiben der ›Sturmfront‹.« Kastle blickte Laura an. »In diesem Schreiben wurde den – entschuldigen Sie bitte meine Ausdrucksweise, aber es handelt sich um ein Zitat – sogenannten ›Bullen des Hirnwichserstaats‹ der totale Krieg erklärt.« Er setzte die Liste der Schreckenstaten fort. »Am dreißigsten Dezember 1971 explodierte im Briefkasten eines Staatsanwalts in Union City eine Bombe, die fünfzehnjährige Tochter dieses Mannes erblindete durch die Verletzungen. Drei Monate und zwölf Tage später wurden vier Polizeibeamte erschossen, als sie gerade in einem Lokal in Bayonne, New Jersey, zu Mittag aßen, und bei einem lokalen Rundfunksender wurde ein Bekennertonband abgegeben, auf dem Jack Gardiner sprach. Am elften Mai 1972 verkrüppelte eine Rohrbombe den stellvertretenden Polizeichef von Elizabeth, New Jersey, und wieder wurde ein Bekennertonband abgegeben. Danach haben wir sie gefunden.«

»Sie haben sie gefunden?« hatte Doug gefragt. »Die Sturmfront?«

»Ja. In der Nacht des ersten Juli 1972 kam es in Linden, New Jersey, zu einem Feuergefecht, doch in der dabei entstandenen Explosion und dem Rauch konnten Mary Terrell, Jack Gardiner sowie zwei andere Täter entwischen. Das Haus, in dem sie wohnten, war das reinste Waffenarsenal. Sie hatten stapelweise Waffen, Munition und Bombenteile gesammelt, und es war offenkundig, daß sie gerade eine große Aktion planten.«

»Zum Beispiel?« Doug bog pausenlos an einer Büroklammer herum, die schon kurz vor dem Zerbrechen war.

»Das haben wir nie herausgefunden. Wir vermuten, daß es

am vierten Juli stattfinden sollte. Jedenfalls fahndet das FBI seit 1972 nach Mary Terrell, Gardiner und den anderen. Wir bekamen ein paar Hinweise, aber sie führten nirgendwohin.« Er klappte den Ordner zu, ließ das Foto von Mary Terrell jedoch auf dem Tisch liegen. »1983 hätten wir diese Frau beinahe gefunden. In Houston. Sie arbeitete dort unter dem Namen Marianne Lakey als Putzfrau an einer High-School, aber sie hat sich aus dem Staub gemacht, ehe wir ihre Adresse ermitteln konnten. Eine der Lehrerinnen hatte in Berkeley studiert und sie wiedererkannt, nur leider nicht rechtzeitig.«

»Warum haben Sie sie denn in dieser ganzen Zeit nicht geschnappt?« Lauras Vater stand aus seinem Sessel auf und nahm sich das Foto. »Ich dachte, ihr Burschen wärt Profis!«

»Wir tun unser Bestes, Mr. Beale.« Kastle zeigte ein halbherziges Lächeln. »Aber wir können nicht überall gleichzeitig sein, und manchmal schlüpft uns eben jemand durchs Netz.« Er wandte sich wieder an Laura. »Einer von unseren Agenten, der in dieser Nacht, 1972, vor Ort dabei war, hat Mary Terrell aus nächster Nähe gesehen. Er gab an, daß sie schwanger sei und aus dem Unterleib geblutet habe, das heißt, sie war schwer verwundet.«

»Warum, zum Teufel, hat er sie dann nicht an Ort und Stelle erschossen?« fragte Franklin.

»Weil«, antwortete Kastle ruhig, »sie zuerst auf ihn geschossen hat. Eine Kugel ins Gesicht, eine zweite in den Hals. Er ist wegen Dienstuntauglichkeit in Pension gegangen. Jedenfalls dachten wir danach eine Weile, Mary hätte sich irgendwo verkrochen und wäre gestorben, aber etwa einen Monat später wurde bei der NEW YORK TIMES ein Brief mit dem Poststempel von Montreal abgegeben. Er kam von Jack Gardiner – ›Lord Jack‹, wie er sich selbst nannte. Gardiner schrieb darin, daß Mary Terrell und die beiden anderen immer noch am Leben seien und der Krieg der ›Sturmfront‹ gegen die Bullen weitergehe. Das war seine letzte Mitteilung.«

»Und keiner hat Jack Gardiner je gefunden?« fragte Doug.

»Keiner. Der Untergrund hat ihn genauso verschluckt wie die anderen. Wir glauben, sie haben sich aufgeteilt, um auf irgendein abgesprochenes Signal wieder zusammenzukommen. Aber das ist bisher nicht geschehen. Wenn ich Ihnen diesen Hintergrund so ausführlich schildere, dann deshalb, weil Sie das jetzt ohnehin tagtäglich in den Nachrichten hören werden, und ich wollte, daß Sie es zuerst von mir erfahren.« Er starrte Laura ins Gesicht. »Das FBI macht Marys Akte derzeit für die Rundfunkanstalten, den CNN und die Presse zugänglich, und wahrscheinlich hören Sie die ersten Meldungen schon heute in den Spätnachrichten. Je länger es uns nämlich gelingt, das Interesse der Medien wachzuhalten, desto besser stehen unsere Chancen, daß jemand Mary Terrell erkennt und uns zu ihr führt.« Er hob seine Augenbrauen. »Sie verstehen?«

»Sie finden sie ganz bestimmt«, sagte Doug, als er neben Laura auf dem Bett saß. »Sie bringen David wieder zurück. Du mußt daran glauben.«

Laura gab keine Antwort, ihre Augen starrten ins Leere. Ihr Kopf schwirrte von den Schatten des Alptraums. Als sie Kastle zugehört hatte, wußte sie, daß sich Mary Terror niemals kampflos ergeben würde. Das entsprach nicht ihrer Natur. Die würde den Märtyrertod wählen, die Exekution im Feuergefecht. Und was würde in so einem Kugelinferno aus David?

»Ich möchte schlafen«, sagte sie.

Hilflos und unfähig, ihr stilles Leid und ihre stille Wut zu lindern, blieb Doug noch eine Weile bei ihr. Dann ließ er sie allein.

Laura fürchtete sich vor dem Schlaf und vor dem, was in

den Träumen auf sie wartete. Der Regen klopfte an das Fenster. Sie stand auf, um sich im Bad einen Schluck Wasser zu holen, und ertappte sich dabei, wie sie eine Kommodenschublade öffnete. Darin lag die Pistole.
Sie nahm sie heraus, und ihr metallisch-öliger Geruch stieg ihr in die Nase. Da, dachte sie, ich halte den Tod in meinen Händen, handlich verpackt. Mary Terror mußte viel von Schußwaffen verstehen. Mary Terror lebte von der Schußwaffe und würde durch eine Schußwaffe sterben, und Gott schütze den kleinen David.
Heute abend war der Pastor von der First United Methodist Church gekommen, um mit ihnen allen zu beten, aber Laura hatte kaum die Worte gehört, so sehr stand sie noch unter Schock. Jetzt aber brauchte sie ein Gebet. Sie brauchte etwas, um diese Nacht zu überstehen. Die Vorstellung, daß sie ihr Kind vielleicht nie wieder in den Armen halten würde, machte sie beinahe wahnsinnig vor Schmerz, der andere Gedanke aber – daß David jetzt von dieser Frau angefaßt wurde – ließ Laura die Pistole packen, bis ihre Fingerknöchel weiß waren.
Sie hätte nie gedacht, daß sie imstande wäre, irgend jemanden zu töten. Nun aber, da sie den Revolver in Händen hielt und Mary Terror frei draußen herumlief, glaubte Laura, sie könne abdrücken, ohne mit der Wimper zu zucken.
Es war ein schreckliches Gefühl – die Lust zu töten.
Laura legte die Pistole wieder in die Schublade und schloß sie bedächtig. Dann kniete sie sich hin, um für drei Dinge zu beten: daß David gesund und wohlbehalten zurückkehren, daß das FBI diese Frau rasch finden und daß Gott ihr ihre eigenen Mordgedanken vergeben solle.

6

Salonschönheit

Während Laura in Atlanta betete, verlangsamte auf einer waldgesäumten Straße sechzig Meilen nordwestlich von Richmond ein grauer Coupé de Ville. Er bog auf einen Seitenweg ab, fuhr noch eine halbe Meile weiter, und das Licht seiner Scheinwerfer blitzte auf den Fenstern eines Hauses, das eingebettet zwischen Kiefern und jahrhundertealten Eichen über einer Steilklippe stand. Die Fenster des Hauses waren dunkel, kein Rauch entstieg dem weißen, aus Steinen errichteten Kamin, und Telefon- und Stromleitungen verliefen über unwegsames Gelände zur Hauptstraße. Natalie Terrell hielt vor der Verandatreppe. Als sie ausstieg, wehte ihr der kalte, scharfe Wind entgegen.

Ein Halbmond war hinter den Wolken aufgetaucht und warf Silberfunken auf die Oberfläche des Lake Anna, an dem sich das Haus befand. Ein zweiter Weg führte zu einem Bootshaus mit Anlegesteg hinunter. Natalie sah keinen anderen Wagen, aber sie wußte: Ihre Tochter war hier.

Zitternd vor Kälte, stieg sie die Verandatreppe hinauf. Sie drehte den Türknauf, und tatsächlich: Die Tür öffnete sich, und Natalie trat ein. Sie streckte ihre Hand nach dem Lichtschalter aus.

»Nicht!«

Natalie stockte. Ihr Herz hatte einen Schlag ausgesetzt.

»Bist du allein?«

Natalie bemühte sich vergebens, ihre Tochter in dem Zimmer zu entdecken. »Ja.«

»Haben sie dich auch nicht verfolgt?«

»Nein.«
»Kein Licht einschalten! Mach die Tür zu und geh ein Stück zur Seite!«
Natalie gehorchte. Sie sah, wie sich aus einem Sessel eine Gestalt erhob, und stellte sich mit dem Rücken zur Wand, während der dunkle Schatten an ihr vorbeiglitt. Mary starrte aus einem Fenster auf die Landstraße. Angesichts der Größe – der *Mächtigkeit* – von Marys Körper empfand Natalie plötzlich nackte Angst – eine Angst, die sich an ihrem Magen festsetzte. Ihre Tochter war gut einen Kopf größer als sie selbst und viel breiter um die Schultern. Regungslos und den Blick starr auf die Landstraße gerichtet, verharrte Mary im Dunkeln, während Natalie sich von ihr zurückzog.
»Weshalb sind sie dir nicht gefolgt?« fragte Mary.
»Sie ... sind woandershin. Ich habe sie ...« Die Angst hatte Natalie bei der Kehle gepackt und wollte ihr nicht erlauben zu sprechen. »Ich habe sie zum Strandhaus geschickt.«
»Die Leitung wurde abgehört?«
»Ja.«
»Dacht ich mir doch, daß sie eine von diesen neuen Fangschaltungsdingern haben. Darum hab ich auch nicht von hier aus angerufen. Ich sag ja: Big Brother ist in Aktion, nicht wahr?«
Marys Gesicht wandte sich ihrer Mutter zu. Natalie konnte ihre Züge nicht genau erkennen, aber irgend etwas darin wirkte brutal. »Wieso hast du ihnen denn nicht gesagt, daß ich hierher komme?«
»Ich weiß nicht«, antwortete Natalie. Sie sprach die Wahrheit.
»Mutter«, sagte Mary und ging auf sie zu, um ihr einen Kuß zu geben.
Natalie konnte einen Schauder nicht unterdrücken. Ihre

Tochter roch ungewaschen. Sie fühlte Marys Hand auf ihrer Schulter ruhen; sie hielt etwas in dieser Hand, und Natalie erkannte, daß ihre Tochter einen Revolver hielt.

Mary trat zurück, und Mutter und Tochter starrten einander durch die Dunkelheit an. »Es ist lange her«, sagte Mary. »Du bist älter geworden.«

»Zweifellos.«

»Na ja, ich auch.« Sie schlenderte wieder ans Fenster und spähte hinaus. »Ich hätte nicht geglaubt, daß du kommst. Ich dachte, du würdest mir die Bullen hinterherschicken.«

»Wieso hast du dann angerufen?«

»Ich habe dich vermißt«, antwortete Mary. »Und Vater auch. Es freut mich, daß du die Bullen nicht mitgebracht hast. Ich hab deinen Wagen hierher abbiegen sehen, und Bullen fahren keine Cadillacs. Aber mein eigener steht unten hinter dem Bootshaus, und hätte ich gesehen, daß dir jemand folgt, dann hätte ich mein Baby genommen und wäre auf dem Uferweg davon.« Der Uferweg war eigentlich nur ein Trampelpfad, der sich um den Lake Anna schlängelte und dann in die Landstraße überging. Zu dieser Jahreszeit wurde er von einem Gittertor versperrt, aber Mary hatte es bereits aus seinen Angeln gerissen, um eine schnelle Flucht zu ermöglichen.

Mein Baby, hatte sie gesagt. »Wo ist denn das Kind?« fragte Natalie.

»Im hinteren Schlafzimmer. Ich hab es in eine Wolldecke gewickelt, damit er es schön gemütlich hat. Feuer wollt ich keins machen. Man weiß ja nie. Könnte ja jemand den Rauch riechen. Die Forststation ist doch ein paar Meilen weiter nördlich?«

»Ja.« Da das Seehaus für den Sommer konstruiert war, hatte es keine Heizung, aber es gab drei Kamine für kühle Nächte. Im Moment war es in diesem Haus so kalt wie in einem Grab.

»Also, warum hast du die Bullen nicht mitgebracht?«
Natalie spürte, daß ihre Tochter sie beobachtete wie ein Luchs. »Weil ich gewußt habe, daß du dich ihnen nicht ergeben würdest, falls sie dich finden. Ich wußte, daß sie dich erst töten müßten.«
»Aber willst du denn nicht genau das? In den Zeitungen hast du's doch gesagt: Du würdest mir keine Träne nachweinen.«
»Stimmt. Ich dachte an das Baby.«
»Oh.« Sie nickte. Ihre Mutter hatte schon immer Babys geliebt; nur wenn sie älter wurden, kehrte sie ihnen voll Langeweile den Rücken. Mary hatte gepokert, und ihre Rechnung war aufgegangen. »Okay, schon kapiert.«
»Mich würde nur interessieren, warum du ihn entführt hast.«
»*Ich* bin seine Mutter«, entgegnete Mary trocken. »Sagte ich doch bereits. Ich habe ihn Drummer genannt.«
Natalie bewegte sich aus ihrer Ecke, und Marys Blick verfolgte sie durchs Zimmer. Neben dem kalten, aus Feldsteinen gebauten Kamin blieb ihre Mutter stehen. »Ein Baby zu stehlen, das ist wohl mal was ganz Neues, wie? Mord, Bombenattentate und Terroranschläge waren dir anscheinend nicht mehr genug. Du mußtest ein unschuldiges Kind stehlen, das noch keine zwei Tage alt ist!«
»Bla, bla, bla«, sagte Mary. »Du bist immer noch ganz die alte; solchen Scheiß zu erzählen!«
»Hör mir lieber zu, verdammt!« entgegnete Natalie, viel lauter als beabsichtigt. »Denn ich schwöre dir, dafür werden sie dich jagen wie ein Tier und nicht eher Ruhe geben, als bis sie dich haben! Sie werden dich töten und deine Leiche durch die Straßen schleifen! Lieber Himmel, was geht nur in deinem Kopf vor, daß du so etwas machst?«
Mary schwieg einen Augenblick. Sie legte den Colt auf einen Tisch – nahe genug, damit sie ihn im Notfall schnell zur Hand hätte. Aber die Luft war rein; die Bullen schnüf-

felten in diesem Moment beim Strandhaus der Familie herum. »Ich habe mir schon immer ein Kind gewünscht«, erklärte Mary. »Ein eigenes Kind, mein ich. Aus meinem eigenen Körper.«
»Und darum stiehlst du einer anderen Mutter ihr Baby?«
»Du quatschst schon wieder Scheiß«, schimpfte Mary. Und dann: »Beinah hätte ich mal eines bekommen. Vor meinem Unfall. Das ist zwar schon lange her, aber ... manchmal glaube ich, ich kann es immer noch fühlen, wie es in meinem Bauch tritt. Vielleicht ist es ja ein Geist, wie? Ein Geist, tief in mir drin, der rauszukommen versucht. Na, und jetzt laß ich ihn heraus. Ich hab ihm Haut, Knochen und einen Namen gegeben: Drummer. Er ist jetzt mein Baby, und keiner auf dieser verdammten, total beschissenen Welt kann ihn mir nehmen.«
»Sie werden dich umbringen. Sie werden dich finden und töten, und das weißt du.«
»Sollen sie's doch versuchen! Ich bin bereit.«
Natalie hörte einen Laut, bei dem ihr schlecht wurde vor Schmerz und Kummer: das dünne Geschrei eines Babys. Das Geräusch kam aus dem Gästezimmer. »Er ist ein braver Junge«, sagte Mary. »Er schreit nicht sehr viel.«
»Willst du ihn nicht holen?«
»Nein. Der schläft in ein paar Minuten wieder ein.«
»Er hat Hunger!« Natalie fühlte, wie ihre kalten Wangen vor Zorn zu glühen begannen. »Willst du ihn etwa verhungern lassen?«
»Ich hab Babynahrung für ihn. Kapierst du denn nicht, Mutter? Ich liebe Drummer. Ich werd nicht zulassen, daß ihm irgend et–«
»*Quatsch!*« Natalie marschierte an ihrer Tochter vorbei in den Flur, tastete nach einem Lichtschalter, und die Deckenlampe ging an. Die Helligkeit tat Natalie ein paar Sekunden lang in den Augen weh, und sie hörte, wie Mary wieder

nach ihrem Revolver griff. Aber davon ließ sie sich nicht beirren. Sie ging in das Gästezimmer, schaltete auch dort die Lampe ein und betrachtete das Baby, das mit rotem Gesicht auf dem Bett lag und schrie. Es war in eine grobe graue Wolldecke verpackt, und sein Anblick tat Natalie in der Seele weh. Sie hatte gar nicht mit so einem kleinen Kind gerechnet. Seine Mutter – Laura Clayborne hieß sie angeblich – mußte inzwischen reif für die Klapsmühle sein. Natalie nahm den schreienden Säugling vom Bett und drückte ihn an sich. »Ist ja schon gut«, sagte sie. »Keine Angst! Es wird alles wieder –«
Mary kam herein. Natalie bemerkte den Ausdruck tierischer Gerissenheit in den Augen ihrer Tochter, die tiefen Spuren all der Jahre, in denen sie sich mehr schlecht als recht durchgeschlagen hatte. Früher einmal war Mary eine lebenssprühende junge Frau gewesen, *die* Salonschönheit von Richmond. Heute glich sie eher einer Pennerin, die es gewohnt war, unter Eisenbahnbrücken zu hausen und aus Blechnäpfen zu fressen. Natalie schaute rasch weg, sonst würde dieses fleischgewordene Abbild eines verschwendeten Lebens zuviel für sie werden. »Das Kind hat Hunger. Man hört es an seinem Geschrei. Und frisch gewickelt muß es auch werden. Verdammt, du verstehst wohl auch gar nichts von Babypflege, was?«
»Ein bißchen Übung hab ich schon gekriegt«, antwortete Mary und sah zu, wie ihre Mutter Drummer in den Armen wiegte.
»Wo ist die Babynahrung? Wir werden ein wenig davon aufwärmen und diesem Kind hier etwas zu essen geben, auf der Stelle!«
»Das Babyfutter ist im Auto. Du begleitest mich doch zum Bootshaus runter?« Es war keine Frage, sondern ein Befehl. Natalie haßte das Bootshaus; in ihm hatte sich Grant seinerzeit an einem Dachsparren erhängt.

Bei ihrer Rückkehr schaltete Natalie den Küchenherd ein und erwärmte eine Flasche mit Säuglingsnahrung, während Mary sich, ihren Colt immer in Reichweite, an den kleinen Tisch setzte. Von dort aus schaute sie zu, wie ihre Mutter dem frisch gewickelten Drummer zu essen gab. Der Schimmer auf Natalies Diamantringen fiel ihr ins Auge. »So ist's brav, so ist's brav«, sagte die ältere Frau mit sanfter, beruhigender Stimme. »Jetzt kriegt Baby ein feines Abendessen, nicht wahr? Ein ganz feines Abendessen!«

»Hast du mich auch so gehalten?« fragte Mary.

Natalie verstummte. Das Baby saugte geräuschvoll an seinem Fläschchen.

»Und Grant? Hast du ihn auch so gehalten?«

Der Schnuller des Fläschchens glitt mit einem *Plopp!* zwischen den kleinen Lippen heraus. Wimmernd meldete das Baby sein Verlangen, und Natalie gab ihm das Fläschchen wieder. Was, fragte sie sich, würde Mary wohl machen, wenn ihre Mutter sich plötzlich abwenden, mit David Clayborne aus diesem Haus marschieren und ins Auto steigen würde? Natalies Blick ruhte kurz auf dem Colt und huschte dann wieder weg.

Mary durchschaute ihre Gedanken. »Jetzt nehme *ich* meinen Sohn«, sagte sie und stand auf, um ihn ihrer Mutter aus den Armen zu nehmen. Während Drummer weiter an seinem Fläschchen saugte, starrte er mit großen blauen Augen zu ihr empor. »Ist er nicht hübsch? Ich hätte um ein Haar einen Unfall gebaut, wie ich ihn so betrachtet habe. Ein bildhübscher Junge, nicht wahr?«

»Er ist nicht *dein* Sohn.«

»Sie redet Mist«, sagte Mary mit sanfter, zärtlicher Stimme zu dem Baby. »Mist, Mist, Mist redet sie, jawohl.«

»Bitte, hör mir zu! Was du da tust, ist unrecht! Ich weiß nicht, warum du es getan oder was ... was du vorhast, aber du kannst ihn nicht behalten! Du mußt ihn zurückgeben!

Hör zu!« Mary hatte sich abgewandt. »Ich flehe dich an! Bring dieses Kind nicht in Gefahr! Hörst du?«
Stille bis auf das Geräusch des Babys, das trank. Dann: »Ich höre.«
»Überlaß ihn mir. Ich bringe ihn der Polizei. Dann kannst du weiterfahren, wohin du willst; mir ist es gleich. Verschwinden. Untertauchen. Nur gib mir dieses Kind, damit ich es zurückbringen kann, wo es hingehört.«
»Es *ist* da, wo es hingehört.«
Natalie warf wieder einen Blick auf den Revolver, der auf dem Tisch lag. Nur zwei Schritte entfernt. Sollte sie es wagen? Und war er geladen oder nicht? Wenn sie ihn sich schnappte, könnte sie dann notfalls auch Gebrauch davon machen?
Während sie mit der einen Hand das Kind hielt, nahm Mary mit der anderen den Revolver wieder an sich. Sie steckte ihn in den Bund ihrer ausgewaschenen Jeans. »Mutter«, sagte sie und richtete die kalten, durchdringenden Augen in ihrem harten, verbitterten Gesicht direkt auf Natalie, »wir beide leben nicht in derselben Welt. Von jeher. Ich habe das Spielchen mitgemacht, solange ich es aushalten konnte. Aber dann wußte ich: Deine Welt würde mich kaputtmachen, wenn ich mich nicht dagegen wehre. Sie würde mich zermalmen, mich in ein Hochzeitskleid stecken und mir einen Diamantring geben, tagtäglich würde ich über den Eßzimmertisch hinweg irgendeinem blöden Fremden ins Gesicht schauen und für den Rest meines Lebens die Schreie der Ungerechtigkeit hören, aber bis dahin wäre ich schon zu schwach, um sie noch weiter zu beachten. Ich würde in einem großen Haus in Richmond wohnen, mit Fuchsjagdgemälden an den Wänden, und ich würde mir den Kopf wegen einer guten Haushälterin zerbrechen. Ich würde denken, daß wir vielleicht doch Atombomben auf Vietnam hätten werfen sollen, und einen

Scheißdreck darauf geben, ob die Bullen irgendwelche Studenten auf der Straße zusammenknüppeln oder ob dieser verdammte Staat sich an den Leichen der ungebildeten Massen mästet. Deine Welt hätte mich umgebracht, Mutter. Kannst du das verstehen?«

»Das gehört doch alles der Vergangenheit an«, erwiderte Natalie. »Die Straßenkämpfe sind vorbei. Die Studentenrevolte, die Proteste ... das ist alles zu Ende. Warum hältst du immer noch daran fest?«

Mary lächelte. »Es ist nicht vorbei. Die Leute haben es bloß vergessen. Ich werde ihr Gedächtnis wieder auffrischen.«

»Und wie? Indem du noch mehr Morde begehst?«

»Ich bin eine Kämpferin. Mein Krieg war nie zu Ende. Und er wird auch nie zu Ende gehen.« Sie gab Drummer einen Kuß auf die Stirn, und ihre Mutter zuckte zusammen. »Dieser Junge gehört der nächsten Generation an. Er wird den Kampf fortführen. Ich werde ihm beibringen, was wir für die Freiheit getan haben, und er wird wissen, daß der Krieg nie zu Ende ist.« Sie lächelte in das Babygesicht. »Mein süßer, süßer Drummer.«

Schon über zwanzig Jahre hatte Natalie Terrell den Verdacht, daß ihre Tochter einen labilen Charakter habe. Nun traf sie die Erkenntnis mit grausamer Wucht: Sie stand hier in der Küche bei einer Wahnsinnigen, die gerade einen Säugling fütterte. Es war unmöglich, zu ihr durchzudringen; sie war für keinen Menschen mehr zugänglich, wohnte in einer Welt aus Fanatismus und Mord und Totschlag. Und zum erstenmal fürchtete Natalie um ihr eigenes Leben.

»Zum Strandhaus hast du sie also geschickt«, sagte Mary, während sie Drummer ansah. »Das war sehr mütterlich von dir. Na, früher oder später werden sie dahinterkommen, daß ich dort nicht bin. Die Bullen werden dich nicht gerade sanft behandeln, Mutter. Vielleicht kriegst du die Peitsche zu schmecken.«

»Ich habe es getan, weil ich dieses Kind unversehrt wissen wollte, und ich habe gehofft –«
»Ich weiß, was du gehofft hast. Daß du mich in deine Faust nehmen und mich formen könntest, wie du's auch mit Grant versucht hast. Aber nein; ich werde mich nicht formen lassen. Hier kann ich wohl nicht mehr sehr lang bleiben, wie?«
»Sie werden dich überall finden; egal, wohin du gehst.«
»Oh, bis jetzt bin ich ganz gut durchgekommen.« Sie sah zu ihrer Mutter und bemerkte deren Angst. Es erfüllte sie mit Freude und Trauer gleichzeitig. »Ich nehm mir einen von deinen Ringen.«
»Was?«
»Einen von deinen Ringen. Ich möchte den, wo die beiden Diamanten nebeneinandersitzen.«
Natalie schüttelte ihren Kopf. »Ich weiß nicht, was du –«
»Zieh den Ring aus und leg ihn auf den Tisch!« sagte Mary. Ihre Stimme hatte sich verändert. Es war wieder eine Soldatenstimme, ohne jede Spur des falschen Tones von zuvor. »Sofort!«
Natalie sah den Ring an, den Mary meinte. Er war siebentausend Dollar wert, und sie hatte ihn 1965 von Edgar zum Geburtstag bekommen. »Nein«, erwiderte sie. *»Nein.* Das werde ich nicht!«
»Wenn du ihn nicht sofort ausziehst, tu ich es!«
Natalie reckte ihr Kinn vor.»Schön, dann komm doch!«
Es war eine Sache von Sekunden. Während sie Drummer mit dem linken Arm hielt, stürzte sich Mary auf Natalie und schnappte nach deren Hand. Ihre Mutter hatte keine Zeit, sich zurückzuziehen. Ein scharfer Ruck, ein kurzer Schmerz, als Haut abgeschürft und der Finger fast aus seinem Gelenk gerissen wurde, und schon war der Ring verschwunden.
»Zur Hölle mit dir!« krächzte Natalie und gab Mary Terror eine Ohrfeige.

Mary lächelte, während der Abdruck einer Hand auf ihrer Wange erschien. »Ich liebe dich auch, Mutter«, sagte sie und steckte den Ring mit den beiden Diamanten in ihre Tasche. »Würdest du mal das Baby halten?« Sie gab Drummer ihrer Mutter und ging dann zielstrebig ins Wohnzimmer, wo sie das Telefonkabel herausriß. Den Apparat selbst schleuderte sie gegen die Wand, daß er in tausend Stücke sprang. Mit Tränen in den Augen und dem Baby in ihren Armen stand Natalie an der Tür. Dann ging Mary zur Eingangstür und schenkte ihrer Mutter wiederum ein Lächeln, als sie an ihr vorüberkam. Sie zog ihren Revolver und schoß erst eine Kugel in den linken Vorderreifen, dann eine in den rechten Hinterreifen des Cadillac. Danach kehrte sie in einer Wolke von Schießpulvergeruch ins Haus zurück. Vorhin, als sie zusammen zum Bootshaus gegangen waren, um Babynahrung zu holen, hatte Marys Mutter so weit zurückbleiben müssen, daß sie den Transportbus nicht erkennen konnte, geschweige denn seine Marke, Bauart oder Farbe. So war es auch am besten; bei ihrer Rückkehr in die Zivilisation würde Natalie den Bullen gegenüber »singen« wie ein Vogel. Ihr Hände zitterten, und ihr Gesicht war bleich und eingefallen, als Mary ihr Drummer wieder abnahm. »Bleibst du freiwillig im Haus, oder muß ich dir die Schuhe wegnehmen?«

»Und wie gedenkst du das zu tun? Willst du sie mir vielleicht von den Füßen reißen?«

»Ja«, antwortete Mary, und ihre Mutter glaubte ihr. Sie nahm im Wohnzimmersessel Platz und hörte auf das Quietschen, mit dem die Luft aus den Reifen des Cadillac entwich, während Mary dem Baby das letzte Restchen Säuglingsnahrung in den Mund drückte. Dann hob Mary das Kind an ihre Schulter und klopfte ihm auf den Rücken, damit es aufstoßen konnte.

»Tiefer«, murmelte Natalie, und Mary klopfte weiter unten.

In ein paar Sekunden war die Sache erledigt. Drummer wurde wieder müde und gähnte in den Falten seiner Wolldecke.
»Ich würd lieber nicht versuchen, im Dunkeln zu dieser Forststation zu gehen«, riet Mary. »Du könntest dir einen Knöchel brechen. Ich würde bis Sonnenaufgang warten.«
»Vielen Dank für deine Besorgnis.«
Mary wiegte Drummer in ihren Armen – eine Bewegung, die auf sie selbst ebenso beruhigend wirkte wie auf das Kind. »Sagen wir uns nicht in Feindschaft Lebewohl. Einverstanden?«
»Dein Feind ist doch jeder«, entgegnete Natalie. »Du haßt doch alles und jeden, stimmt's?«
»Ich hasse das, was mich zu töten versucht – körperlich oder seelisch.« Obwohl es bereits Zeit zum Aufbruch war, hielt sie inne und überlegte kurz, was es sonst noch zu sagen gäbe. »Danke, daß du mir mit Drummer geholfen hast. Tut mir leid, daß ich dir den Ring wegnehmen mußte, aber ich werde etwas Geld benötigen.«
»Ja. Waffen und Munition sind teuer, nicht wahr?«
»Benzin auch. Es ist ein weiter Weg bis nach Kanada.« Da, ein Häppchen für die Bullen, dachte sie. Vielleicht würden sie ihr dann nicht so zusetzen. »Richt Vater doch bitte aus, daß ich nach ihm gefragt habe, ja?« Und sie wandte sich bereits zum Gehen – durch die Hintertür, durch die sie ja auch hereingekommen war; es lag immer ein Schlüssel hinter dem Türpfosten versteckt –, da zögerte sie noch einmal. Es gab noch etwas zu sagen. »Eines kannst du dir zuschreiben, Mutter: Ich habe nie etwas aufgegeben, woran ich glaube. Was ich einmal angefangen habe, das führe ich auch zu Ende. Immer. Das zählt doch auch etwas, nicht?«
»Ein wunderschöner Grabspruch für dich«, entgegnete Natalie.
»Leb wohl, Mutter.«
Und dann war sie verschwunden.

Natalie hörte das Knarren der Hintertür. Den dumpfen Knall, mit dem sie sich wieder schloß. Die Hände in ihrem Schoß gefaltet, blieb Natalie, wo sie war. Vielleicht fünf Minuten waren verstrichen. Dann zersprang ein Schluchzer in ihrer Kehle, Natalie senkte ihren Kopf und weinte. Die Tränen fielen ihr von den Wangen auf die Hände, wo sie glitzerten wie falsche Diamanten.

Während Drummer schön dick verpackt auf dem Boden des Transportbusses lag, sah Mary Terror in ihrem Rückspiegel zum letztenmal auf die Lichter des Hauses. Dann versperrten ihr die hageren, entlaubten Bäume den Blick. Sie fühlte sich geschwächt; ihre Mutter hatte es von jeher verstanden, sie fix und fertig zu machen. Egal. Hauptsache, daß sie am achtzehnten um zwei Uhr nachmittags bei der weinenden Lady war und Drummer seinem neuen Vater übergeben konnte. Sie sah schon richtig vor sich, wie Lord Jack strahlen würde.

Heute war Montag, der Fünfte. Ihr blieben noch dreizehn Tage. Zeit genug, um ein billiges Motel am Rande der Autobahn zu finden, ein Weilchen auf Tauchstation zu bleiben und ein paar Veränderungen vorzunehmen. Muß schnuppern, ob die Luft rein ist. Muß eine Zeitlang von der Bildfläche verschwinden und die Hitze vorüberziehen lassen. »Mama liebt dich«, sagte sie zu dem schlafenden Drummer. »Mama liebt ihr süßes, süßes Baby. Du gehörst jetzt mir, hast du das schon gewußt? Ja, mir gehörst du. Für immer und ewig.«

Mary lächelte. Ihr Gesicht war in den grünen Schimmer des Armaturenbretts getaucht. Der Transportbus schaukelte vor sich hin, fast wie eine Wiege. Vorläufig hatten die Frau und das Kind ihren Frieden.

Der Wagen fuhr weiter, und die Reifen rollten durch das dunkle Land.

TEIL IV

Stelldichein der Schatten

1

Scherben

Am vierzehnten Februar ereignete sich zweierlei: Ein TWA-Jet, an dessen Bord sich zweihundertsechsundvierzig Passagiere befanden, explodierte über Tokio in der Luft, und ein Geistesgestörter eröffnete mit seinem AK-47-Sturmgewehr das Feuer auf die Besucher einer Einkaufspassage in La Crosse in Wisconsin, tötete drei und verletzte fünf andere, bevor er sich in einem J.-C.-Penney's-Kaufhaus verkroch. Diese beiden Meldungen zusammen gaben dem Mary-Terror-Drama, das sich allmählich totlief, endgültig den Rest und verbannten es an jene Stelle, die unter Journalisten als »die tote Ecke« bekannt ist.

Der Fünfzehnte brach an. Irgendwann gegen zehn Uhr vormittags erwachte Laura Clayborne aus einem unruhigen Schlaf, wie sie ihn in letzter Zeit ständig hatte. Sie blieb noch eine Weile im Bett, um ihre fünf Sinne zusammenzubekommen; manchmal glaubte sie, wach zu sein, war in Wirklichkeit aber immer noch im Traum. Bei Schlaftabletten passierte das leicht. Alles war verworren und unsicher, ein Durcheinander von Einbildung und Realität. Laura sammelte ihre Kräfte für einen neuen Tag – eine gigantische Anstrengung –, stieg dann aus dem Bett und lugte durch die Jalousie. Die Sonne schien, der Himmel war klar, aber es ging ein ziemlicher Wind, und es sah sehr kalt aus. Reporter waren natürlich keine mehr da. Auch die Pressekonferenzen des FBI – die im Grunde nur ein Versuch waren, die Story interessant zu halten – lockten keinen mehr an und waren eingestellt worden. Es gab

ja nichts Neues. Mary Terror war verschwunden und mit ihr David.
Laura ging ins Bad. Sie schaute nicht in den Spiegel, weil sie wußte, daß ihr Gesicht schrecklich aussah. Sie kam sich vor, als wäre sie in den zwölf Tagen seit Davids Entführung um zehn Jahre gealtert. Ihre Gelenke pochten wie die einer Greisin, und sie litt unter ständigen Kopfschmerzen. Streß, hatte ihr der Arzt gesagt. Absolut verständlich in dieser Situation. Sehen Sie die rosa Pille hier? Nehmen Sie zweimal täglich eine halbe davon, und rufen Sie mich an, wenn Sie mich brauchen. Laura bespritzte ihr Gesicht mit kaltem Wasser. Ihre Augenlider waren geschwollen, ihr Körper aufgedunsen und schwerfällig. Sie spürte eine warme Feuchtigkeit zwischen ihren Schenkeln und griff dorthin. Rötliches Wundwasser war an ihren Fingern. Die Nähte gingen wieder auf; nichts wollte Laura noch zusammenhalten, seit ihr Baby verschwunden war.
Es war diese drückende Ungewißheit, die sie allmählich umbrachte. War David tot? Ermordet und in das Unkraut am Straßenrand geworfen worden? Hatte seine Entführerin ihn auf dem Schwarzmarkt verkauft? Hatte sie ihn gestohlen, um ihn für irgendein Kultritual zu verwenden? All diese Fragen hatten Neil Kastle und das FBI schon hin und her gewälzt, doch es gab keine Antwort.
Manchmal überkam Laura ein plötzliches Bedürfnis zu weinen, und sie mußte wieder ins Bett. Da! Sie fühlte es aufsteigen, fühlte es immer stärker. Laura hielt sich mit beiden Händen am Waschbecken fest und beugte sich vornüber. Vor ihrem geistigen Auge zog flüchtig ein Bild vorbei: David, der tot zwischen Gras und Unkraut lag. »Nein!« sagte sie, während ihr die ersten Tränen in den Augen brannten. »Nein, verdammt, nein!«
Zitternd und mit so fest zusammengebissenen Zähnen, daß es ihr in den Kiefermuskeln weh tat, stand sie die

Sache durch. Die unerträgliche Trauer ging vorbei. Laura verließ das Badezimmer, ging durch den unaufgeräumten Schlafraum und durch das Wohnzimmer Richtung Küche. Der Boden unter ihren nackten Füßen fühlte sich kalt an. Als erstes ging sie wie immer zum Anrufbeantworter. Keine Nachricht. Sie öffnete den Kühlschrank und machte sich gar nicht erst die Mühe, ein Glas einzuschenken, sondern trank den Orangensaft gleich aus der Tüte. Sie nahm das Sammelsurium von Vitaminen, die der Arzt ihr empfohlen hatte – Pillen, an denen ein Pferd hätte ersticken können, die Laura aber nacheinander schluckte –, und blieb dann mitten in der Küche stehen. Sie blinzelte in die Sonne. Was sollte sie nun essen, Rosinenkleie oder Haferflocken?

Zuerst mal Kastle anrufen. Sie tat es. Seine Sekretärin, die bei Lauras mitunter dutzendfachen Anrufen anfangs sehr freundlich gewesen, nun aber eher abweisend war, sagte, daß Kastle außer Haus und nicht vor drei Uhr wieder zurück sei. Nein, keine neuen Ergebnisse. Ja, Sie werden es als erste erfahren. Laura legte auf. Rosinenkleie oder Haferflocken? Anscheinend eine sehr schwierige Frage.

Sie entschied sich für Weizenschleim. Sie aß im Stehen, und als sie dabei etwas Milch auf den Boden schüttete, hätte sie fast wieder geweint.

Gestern früh waren ihre Eltern abgereist – der Beginn eines langen kalten Krieges zwischen ihr und ihrer Mutter, das wußte Laura. Dougs Mutter war schon zwei Tage früher nach Orlando zurückgekehrt, und er selbst ging jetzt wieder an die Arbeit. Irgend jemand müsse doch ein bißchen Geld verdienen, hatte er ihr gesagt. Und überhaupt sei es doch zwecklos, bloß hier herumzusitzen und zu warten.

Etwas, was Doug am Abend vorher geäußert hatte, hatte Laura wütend gemacht. Das WALL STREET JOURNAL neben sich auf dem Sofa, hatte er sie angesehen und gesagt: »Falls

David wirklich tot ist, geht davon auch die Welt nicht unter.«
Diese Bemerkung hatte ihr ins Herz geschnitten wie ein glühendes Messer. »Glaubst du etwa, er wäre tot?« hatte sie wütend zurückgefragt. »Ja, glaubst du das?«
»Ich sage nicht, daß er tot ist. Ich sage nur: Das Leben geht weiter, egal, was passiert.«
»Mein Gott. Mein Gott.« Laura hatte sich eine Hand vor den Mund gehalten, weil sich ihr vor Entsetzen der Magen umdrehte. »Du glaubst tatsächlich, er wäre tot, stimmt's? O mein Gott, du glaubst es tatsächlich!«
Doug hatte sie mit tiefem Ernst angeschaut, und in seinen Augen hatte Laura die Wahrheit gesehen. Was folgte, war ein Tornado. Er hatte Doug aus dem Hause getrieben, und er war in seinem Mercedes davongefahren. Laura war ans Telefon gelaufen und hatte C. Jannsens Nummer gewählt. Als sich eine Frau meldete, hatte Laura voll Bitterkeit gesagt: »Er ist unterwegs. Sie können ihn haben, und ich hoffe, es gefällt Ihnen, was Sie kriegen.« Und dann hatte sie den Hörer aufgelegt – nicht aufgeknallt, wie beabsichtigt. Doug war die Anstrengung nicht wert. Irgendwann vor Mitternacht hatte sie sich dann dabei ertappt, wie sie auf dem Bett saß und ihre Hochzeitsfotos zerschnitt. Während die Schnipsel der Erinnerung in ihrem Schoß lagen, wurde Laura plötzlich klar, daß sie Gefahr lief, den Verstand zu verlieren. Sie hatte alle Schnipsel auf dem Nachtschränkchen zusammengehäuft und dann zwei Schlaftabletten genommen, um etwas Ruhe zu finden.
Was tun? Was tun? Für die Arbeit war sie noch zu geschwächt. Es hätte sie nicht gewundert, wenn sie auf irgendeinem gesellschaftlichen Ereignis, das sie als Journalistin besuchen müßte, in die Gänseleberpastete gefallen wäre. Sie setzte das Kaffeewasser auf, streifte in der Küche umher und rückte Dinge gerade, die bereits gerade waren. Als sie

am Telefon vorbeikam, spielte sie mit dem Gedanken, noch einmal bei Neil Kastle anzurufen. Vielleicht gäbe es ja etwas Neues. Sie nahm den Hörer ab, legte ihn dann wieder auf, nahm ihn noch einmal ab und ließ den Anruf schließlich bleiben. Sie war einfach völlig ratlos.

Räume das Wohnzimmer auf, dachte sie. Ja, es mußte wieder einmal aufgeräumt werden!

Sie ging hinüber und sah ein paar Minuten lang die Zeitschriften durch, die sich in einem Korb sammelten. Sie suchte Nummern heraus, die bereits zwei, drei Monate alt waren, und stapelte sie für den Müll. Nein, nein; die da nicht. Die mußte sie behalten. Es stand ein Artikel über das Stillen darin. Und die hier mußte sie auch aufheben; sie enthielt einen Artikel darüber, wie Babys auf Musik reagierten. Halb geistesabwesend ging Laura zu den Regalen und begann, die Bücher so zurechtzuschieben, daß ihre Rükken eine geschlossene Reihe bildeten. Die größeren trieben sie fast zur Verzweiflung. Und dann kam sie zu einem Buch, das sie innehalten ließ.

Sein Titel lautete *Verbrennt dieses Buch!*.

Laura zog es heraus. Mark Treggs, der übriggebliebene Hippie. Kein Autorenfoto. Mountaintop Press, Chattanooga, Tennessee. Eine Postfachadresse. Sie überflog das Buch nach dem Abschnitt, wo Treggs über den *Weather Underground* und die »Sturmfront« sprach. Auf Seite siebzig fand sie, was sie suchte: »Gut möglich, daß die *Love Generation*, die bereits durch die militante Gegenkultur aus tausend Wunden blutete, in der Nacht des ersten Juli 1972 endgültig gestorben ist. In dieser Nacht trieb die Polizei nämlich einige Mitglieder der terroristischen ›Sturmfront‹ in einem Reihenhaus bei Linden, New Jersey, in die Enge. Vier davon kamen in dem Feuergefecht ums Leben, ein Mitglied wurde verwundet festgenommen, und vier weitere konnten entfliehen; darunter auch der Anführer, ›Lord Jack‹ Gardiner. Die

Beamten haben zwar gesucht, aber sie konnten keinen finden. Manche behaupten, die Wälder von Kanada, dieses Asyl der politischen Flüchtlinge Amerikas, hätten sie verschluckt, und wenn man sein Ohr nur dicht genug auf die Schiene legt, kann man sie bis heute hören: Die ›Sturmfront‹ ist immer noch da draußen, irgendwo. Vielleicht leckt sie ihre Wunden wie ein alter Bär in seiner Höhle. Vielleicht murmelt und träumt sie – alternde Langhaarige, die mit ihren Geheimvorräten an Pot und Schnee vor Kerzen hokken. Ich habe selbst einmal jemanden aus der ›Sturmfront‹ gekannt. Das ist lange her, als die Blumen noch nicht zu Asche verbrannt waren. Ein hübsches, sympathisches Mädchen aus Cedar Falls, Iowa. Ihr werdet's nicht für möglich halten, sie war eine Farmerstochter! Ihr habe ich damals eine Botschaft geschickt: Bewahre deinen Glauben und liebe den, mit dem du zusammen bist.«

Lauras Blick wanderte wieder zum oberen Teil der Seite. *Ich habe selbst einmal jemanden aus der ›Sturmfront‹ gekannt.*

Nicht Mary Terrell. Die kam ja aus Richmond. Aber wen sonst?

Vielleicht jemanden, der dem FBI helfen könnte, Lauras Baby zu finden?

Sie nahm das Buch mit zum Telefon. In ihrer Hast irrte sie sich und mußte Kastles Nummer noch einmal wählen. Bereits nach dem zweiten Klingeln meldete sich seine Sekretärin. »Nein, Mrs. Clayborne, Mr. Kastle ist noch nicht zurück. Ich sagte Ihnen ja, er kommt frühestens um drei. Nein, tut mir leid, ich habe keine Nummer, unter der er zu erreichen ist. Mrs. Clayborne, es hilft niemandem etwas, wenn Sie weiter hier anrufen. Ich bedaure Ihre Situation außerordentlich, aber man tut alles Menschenmögliche, um Ihren –«

Leck mich! Laura legte auf.

Mit klopfendem Herzen ging sie in der Küche hin und her.

Wen könnte sie in dieser Sache anrufen? Wer könnte ihr helfen? Sie blieb abermals beim Telefon stehen und wählte die Auskunft von Chattanooga an.
Die Auskunft hatte keine Nummer der Mountaintop Press, aber zwei auf den Namen Treggs: einmal Phillip und einmal M. K. Laura notierte sich die letztere, und ihr Magen rebellierte, als sie dort anrief.
Es klingelte viermal. »Hallo?« Eine Frauenstimme.
»Mark Treggs, bitte?«
»Mark ist in der Arbeit. Kann ich ihm etwas ausrichten?«
Lauras Kehle war trocken. Sie schluckte. »Ist er ... der Mark Treggs, der das Buch geschrieben hat?«
Pause. Dann, vorsichtig: »Ja.«
Gott sei Dank!, dachte sie. Ihre Hand klammerte sich um den Hörer. »Sind Sie seine Frau?«
»Wer spricht da, bitte?«
»Mein Name ist Laura Clayborne. Ich rufe aus Atlanta an. Gibt es irgendeine Nummer, unter der ich Mr. Treggs erreichen kann?«
Wieder eine Pause. »Nein, bedaure.«
»Bitte!« Es kam zu schnell, zu emotionsgeladen. »Ich muß ihn sprechen! Bitte sagen Sie mir, wo ich ihn finden kann!«
»Es gibt keine Nummer«, erwiderte die Frau. »Laura Clayborne. Der Name kommt mir bekannt vor. Sind Sie und Mark befreundet?«
»Ich habe ihn nie persönlich kennengelernt, aber es ist sehr wichtig, daß ich ihn erreiche! Bitte! Können Sie mir nicht helfen?«
»Er wird nach fünf wieder zu Hause sein. Kann ich ihm etwas ausrichten?«
Fünf Uhr! Das war ja eine Ewigkeit. Enttäuscht sagte Laura: »Tausend Dank!«, und diesmal knallte sie den Hörer auf. Einen Moment lang blieb sie stehen, schlug sich die Hände vors Gesicht und versuchte, sich über ihr weiteres Vorgehen

klarzuwerden. Wieder erschien David vor ihrem geistigen Auge, seine Leiche, die zwischen Gras und Unkraut lag, und Laura suchte das Bild zu verdrängen, ehe es sich in ihrem Kopf festsetzen würde.

Bis Chattanooga waren es auf der I-75 etwa zwei Stunden. Es lag nordwestlich von Atlanta. Laura schaute auf die Wanduhr. Wenn sie gleich losfahren würde, könnte sie gegen ein Uhr dort sein. *Ich habe selbst einmal jemanden aus der ›Sturmfront‹ gekannt.* Möglich, daß Treggs mehr über diese Gruppe wußte, als er in seinem Buch geschrieben hatte. Zwei Stunden Fahrt. Sie könnte es in eindreiviertel schaffen.

Laura ging ins Bad, zog sich ein Paar Bluejeans an, die knalleng um ihre immer noch etwas unförmige Taille saßen, schlüpfte in eine weiße Bluse und streifte darüber einen beigefarbenen Pullover mit Zopfmuster. Ihr fiel ein, daß sie möglicherweise in Chattanooga übernachten müßte. Darum packte sie einen Koffer: ein zweites Paar Jeans, einen dunkelroten Pullover, frische Unterwäsche, Strümpfe und obendrauf Zahnpasta und Zahnbürste. Nach kurzer Überlegung nahm sie auch Haarfön und Shampoo mit. Geld, dachte sie. Muß noch zur Bank und einen Scheck einlösen. Visa, MasterCard und American Express hab ich dabei. BMW noch volltanken. Außerdem Doug eine Notiz schreiben. Nein, vergiß es! Reifen überprüfen lassen. Wäre nicht gut, einen Platten zu kriegen. Dann ging sie zur Kommode, öffnete die oberste Schublade, hob Dougs Pullover hoch und nahm die Automatikpistole heraus. Dazu noch eine Schachtel voll Munition. Zum Teufel mit dem Waffenlehrgang! Wenn sie wirklich Gebrauch von dem Ding machen mußte, dann würde sie rasch lernen.

Laura kämmte sich hastig das Haar und zwang sich, im Spiegel ihr Gesicht zu betrachten. Ihre Augen hatten einen glasigen Schimmer, entweder vor Aufregung oder vor

Wahnsinn – sie konnte es nicht sagen. Eines aber wußte sie mit Sicherheit: Wenn sie Tag für Tag in diesem Haus auf Nachricht über ihr Baby warten würde, dann würde sie allmählich verrückt. Möglich, daß Mark Treggs gar nichts über die »Sturmfront« wußte. Möglich, daß er ihr nicht im geringsten weiterhelfen konnte. Aber sie würde ihn persönlich in Chattanooga besuchen, und nichts auf dieser Welt konnte sie daran hindern.

Sie zog ihre schwarzen Schuhe aus Rebokleder an und verstaute Pistole und Munitionspackung dann zusammen mit ihrer Haarbürste in dem Koffer.

Das Häufchen von zerschnittenen Fotografien fiel ihr ins Auge.

Sie wischte es mit einer Handbewegung in den Abfallkorb. Dann nahm sie den Koffer, holte sich ihren ockerfarbenen Mantel und ging in die Garage. Mit einem heiseren Grollen erwachte der Motor des BMW.

Laura fuhr von dem Haus in der Moore's Mill Road weg, ohne sich noch einmal umzudrehen.

2

Der Rohrpfeifenspieler

Chattanooga ist eine Stadt, in der die Zeit stillzustehen scheint wie die verrostete Taschenuhr eines Südstaatenveteranen. Der breite Tennessee River schlängelt sich um sie herum, Autobahnen bohren sich ihr durchs Herz, Schienenstrecken verbinden Chattanoogas Lagerhäuser und Fabriken mit denen von anderen Orten; der Fluß, die Autobahnen und die Schienen treten in die Stadt ein und auch wieder aus ihr heraus, sie selbst aber bleibt wie eine verblühte Jungfer, die auf einen längst toten und begrabenen Verehrer wartet.

Das mächtige Massiv des Lookout Mountain ragt über der Stadt empor, der Buckel der ehrwürdigen Greisin. Und ihn erblickte Laura bereits, bevor sie Chattanooga selber sah. Bei seinem Auftauchen – zuerst nur als ein schattenhafter lilafarbener Koloß am Horizont – trat Laura fester aufs Gaspedal, und achtzehn Minuten nach eins fuhr sie an der Germantown Road von der Autobahn ab, fand einen Münzfernsprecher mit Telefonbuch und schaute unter »M. K. Treggs« nach. Die Anschrift lautete »904 Hilliard Street«. Dann kaufte sich Laura bei einer Tankstelle einen Stadtplan, machte darauf die Hilliard Street ausfindig und brachte den Zapfsäulenjockey dazu, daß er ihr den schnellsten Weg dorthin beschrieb. Sofort war sie wieder unterwegs und fuhr in der hellen Nachmittagssonne durch den Nordosten von Chattanooga.

Die gesuchte Adresse war ein kleines, holzverschaltes Haus innerhalb einer Anzahl von ähnlichen Gebäuden. Es lag gegenüber einem Einkaufszentrum, war blau angestrichen, und den briefmarkengroßen Rasen davor hatte man in einen

Steingarten mit Kiesweg verwandelt. Der Briefkasten war eines dieser Kunststoffdinger mit Dompfaffen darauf. Von einem Baum hing ein Autoreifen, der als Schaukel diente, und ein weißer Yugo mit Rostflecken stand in der Einfahrt.

Laura hielt unmittelbar vor dem Haus und stieg aus. Die winterliche Brise zauste ihr die Haare und ließ das aus sechs oder sieben Metallplättchen bestehende Glockenspiel, das an den Sparren der überdachten Veranda hing, klimpern, scheppern und klirren.

Nebenan begann wütend ein Hund zu bellen. Großer brauner Hund hinter Maschendrahtzaun, registrierte Laura. Sie trat auf die Veranda und betätigte, umgeben von Glöckchenklang, die Türklingel.

Die Innentür öffnete sich, das Fliegengitter aber blieb verschlossen. Eine zierliche Frau mit geflochtenem braunem Haar schaute heraus. »Kann ich Ihnen helfen?«

»Ich bin Laura Clayborne. Ich habe Sie aus Atlanta angerufen.«

Die andere starrte sie einfach nur an.

»Es war gegen elf«, fuhr Laura fort. »Ich bin hier, um mit Ihrem Mann zu sprechen.«

»Sie sind ... die Dame, die angerufen hat? Sie kommen aus Atlanta?« Blinzelnd verarbeitete sie die Information.

»Genau. Ich kann Ihnen gar nicht sagen, wie sehr mir an diesem Gespräch liegt.«

»Ich weiß, wer Sie sind.« Die andere nickte. »Sie sind die Frau, der das Baby gestohlen wurde. Mark und ich haben uns darüber unterhalten. Ich wußte doch, daß ich Ihren Namen kenne!«

Laura stand da und wartete. »Oh!« sagte die Frau. »Kommen Sie doch herein!« Sie entriegelte das Fliegengitter und hielt es Laura weit auf.

In ihrer College-Zeit hatte Laura viele Schlafsäle und Hippiebuden gesehen – auch ihre eigene Wohnung war ziemlich »hippifiziert« gewesen, zumindest für die Verhältnisse der Universität von Georgia –, und dieses Haus versetzte sie sofort wieder in jene Tage zurück. Es war voll von billigen Möbeln, Obstkisten dienten zur Bücher- und Schallplattenaufbewahrung, es gab einen orangefarbenen Sessel und ein beiges Sofa, das aussah, als hätte man schon eine ganze Reihe von Jahren darauf geschlafen. Vasen mit getrockneten Blumen standen herum, und an den Wänden hingen wirkliche und wahrhaftige McCoy-Poster, von denen das eine die Sternzeichen darstellte, das andere einen Dreimaster bei Vollmond. Eine geschnitzte Holztafel verkündete LET IT BE, und Laura hätte schwören können, sie rieche Räucherstäbchen mit Erdbeerduft und kochende Linsen. Dicke, halb heruntergebrannte Kerzen – von der Sorte mit Wachsmustern und bunten Streifen darauf – standen säuberlich angeordnet auf einem Küchentisch; gleich daneben ein paar Bücher, unter anderem mit den Werken von Kahlil Gibran und Rod McKuen, und am Ende eines Ganges konnte Laura ein Poster erkennen: *Krieg ist gesundheitsschädlich für Kinder und andere Lebensformen.*

Lauras Gefühl eines Zeitsprunges zurück wäre vollkommen gewesen, hätten am Boden und auf dem Fernsehgerät nicht einige *GoBot*-Figuren herumgelegen. Die Frau mit dem geflochtenen Haar sammelte sie zusammen. »Kinder«, sagte sie mit einem Lächeln, bei dem ihre Zähne hervortraten. »Überall verstreuen sie irgendwelches Zeug, nicht wahr?«

Laura entdeckte eine Barbiepuppe, die in einem schimmernden weißen Kleid an einer Obstkiste voll ramponiert wirkender Schallplattenalben lehnte. »Haben Sie *zwei* Kinder?«

»Richtig! Mark junior ist jetzt zehn, und Becca ist gerade acht geworden. Tut mir leid, daß hier so ein Durcheinander herrscht. Manchmal ist es wie ein Tornado, bis man sie morgens in der Schule hat. Soll ich Ihnen ein bißchen Tee holen? Ich hab gerade Red Zinger gemacht.«

Laura hatte schon jahrelang keinen Red Zinger mehr probiert. »Das wäre sehr nett«, sagte sie und folgte der Frau in die winzige, enge Küche. Überall auf den Kühlschrank waren knallbunte *Peace*-Zeichen gemalt. Die Farbstiftzeichnungen der Kinder hingen mit Klebstreifen an der Wand, und auf einer davon stand: *Ich liebe dich, Mom.* Laura sah rasch weg.

»Ich heiße Rose«, sagte die Frau. »Freut mich, Sie kennenzulernen.« Sie streckte eine Hand aus, und Laura schüttelte sie. Dann ging Rose daran, zwei Tassen für sie zu holen und aus einer braunen Tonkanne Tee einzuschenken. »Wir haben Rohzucker«, sagte sie, und Laura antwortete, das sei schon in Ordnung. Während Rose alles für den Tee herrichtete, sah Laura, daß die Frau Birkenstock-Sandalen, *das* Schuhwerk der Hippies, ausgewaschene Jeans mit Flicken auf den Knien und einen weiten flaschengrünen Pullover trug, der an den Ellbogen nur noch von ein paar Fäden zusammengehalten wurde. Sie war etwa ein Meter fünfzig groß und bewegte sich mit der energiegeladenen Flinkheit zierlicher Menschen. In dem Sonnenschein, der die Küche erfüllte, konnte Laura hier und da einen Anflug von Grau in Rose Treggs' Haaren erkennen. Die Frau hatte ein sympathisches, offenes Gesicht und Sommersprossen auf Nase und Wangen, aber die Falten um ihren Mund und in den Winkeln ihrer dunkelblauen Augen erzählten von einem harten Leben. »Da, bitte!« sagte Rose, während sie Laura eine grobe Keramiktasse gab, auf der das lange, bärtige Gesicht eines Hippies war. »Möchten Sie Zitrone?«

»Nein danke.« Laura nippte an ihrem Tee. Nur wenig im Leben blieb das, was es war, aber Red Zinger hatte sich gehalten.

Die beiden Frauen nahmen zwischen den Relikten eines verflossenen Zeitalters im Wohnzimmer Platz, und als Laura sich umsah, glaubte sie regelrecht, die Stimme von Bob

Dylan zu hören, wie er *Blowin' in the Wind* sang. Sie spürte, daß Rose sie beobachtete und nervös darauf wartete, daß sie sprechen würde. »Ich habe das Buch Ihres Mannes gelesen«, begann Laura.
»Welches? Er hat drei geschrieben.«
»Verbrennt dieses Buch!«
»Ah! Das hat sich auch am besten verkauft. Fast vierhundert Exemplare.«
»Ich habe es für die CONSTITUTION besprochen.« Nur war diese Besprechung nie erschienen. »Es ist interessant.«
»Wir haben unseren eigenen Verlag«, sagte Rose. »Mountaintop Press.« Sie lächelte und zuckte mit den Achseln. »Na, eigentlich besteht er ja nur aus einer Setzmaschine und allerlei Kram im Keller. Das meiste verkaufen wir per Postversand, an College-Buchläden. Aber so hat ja auch Benjamin Franklin einmal angefangen.«
Laura beugte sich in ihrem Stuhl nach vorn. »Rose? Ich muß mit Ihrem Mann sprechen. Sie wissen doch, was mir passiert ist?«
Rose nickte. »Wir haben's in den Nachrichten gesehen und auch darüber gelesen. Uns blieb fast der Verstand weg! Aber Sie sehen gar nicht so aus wie auf dem Bild.«
»Man hat mir mein Baby entführt«, sagte Laura und unterdrückte mit aller Gewalt ihre Tränen. »Es war erst zwei Tage alt. Ein Junge. David. Dabei ... dabei habe ich mir doch so sehr ein Kind gewünscht!« Langsam, dachte sie. Laß es nicht gleich mit dir durchgehen! Ihr brannten die Augen. »Sie wissen doch, wer es mir gestohlen hat?«
»Ja. Mary Terror. Wir dachten, sie wäre schon längst tot.«
»Mary Terror«, wiederholte Laura, und ihr Blick war fest auf Roses Gesicht geheftet. »Das FBI fahndet nach ihr. Aber sie können sie nicht finden. Es ist jetzt zwölf Tage her, und sie hat sich mit meinem Sohn in Luft aufgelöst. Haben Sie eine Ahnung, wie lang zwölf Tage sein können?«

Rose gab keine Antwort. Sie sah von Laura weg, weil deren durchdringender Blick sie nervös machte.

»Jeder Tag kann sich in die Länge ziehen, bis man glaubt, er würde nie aufhören«, fuhr Laura fort. »Man meint, die Uhrzeiger wären festgefroren. Und nachts, wenn es so still ist, daß man sein eigenes Herz schlagen hört ... ist es am schlimmsten. *Ich* habe ein leeres Kinderzimmer im Haus, und Mary Terrell hat meinen Sohn. Ich habe das Buch Ihres Mannes gelesen. Es stand etwas über die ›Sturmfront‹ darin. Er kennt jemanden, der dazugehört hat, nicht wahr?«

»Das ist lange her.«

»Das ist mir schon klar. Aber alles, was er mir sagen könnte, würde dem FBI vielleicht helfen, Rose. *Alles.* Zur Zeit tritt man mit den Ermittlungen absolut auf der Stelle. Ich halte das nicht mehr lange aus – immer auf einen Anruf zu warten, ob mein David noch am Leben ist oder nicht. Können Sie das verstehen?«

Rose seufzte tief und nickte. Ihr Gesicht blickte nach unten. »Ja. Als wir davon hörten, hatten wir ein langes Gespräch. Wir haben uns gefragt, wie es wohl wäre, wenn jemand Mark junior oder Becca entführen würde. Es wäre ein harter Trip, soviel steht fest.« Sie blickte auf. »Mark hat tatsächlich eine Frau gekannt, die zur ›Sturmfront‹ gehörte. Aber es war nicht Mary Terror. Er weiß nichts, was Ihnen wieder zu Ihrem Kind verhelfen könnte.«

»Was macht Sie da so sicher? Unter Umständen weiß Ihr Mann ja etwas, was er für unwichtig hält, das aber wertvoll sein könnte. Ich brauche Ihnen wohl nicht zu sagen, wie verzweifelt ich bin. Sie sind selbst Mutter. Sie wissen, wie es Ihnen gehen würde.« Sie sah Rose die Stirn runzeln; die Falten der Frau vertieften sich. »Bitte. Ich *muß* Ihren Mann sprechen und ihm ein paar Fragen stellen. Ich nehme nicht viel von seiner Zeit in Anspruch. Sagen Sie mir, wo ich ihn finden kann?«

Rose nagte an ihrer Unterlippe. Sie schwenkte den Red Zinger in ihrer Teetasse herum und antwortete dann: »Na gut. Einverstanden. Es gibt eine Telefonnummer, aber ich habe sie Ihnen nicht gesagt, weil die dort nicht gern rausgehen und die Wärter suchen. Ich meine, es ist ein sehr großes Gelände.«

»Wo arbeitet Ihr Mann denn?«

Rose sagte es ihr, beschrieb ihr den Weg dorthin, und Laura trank ihren Tee aus. Dann verabschiedete sich mit einem Dankeschön. An der Haustür wünschte Rose ihr Frieden, und das Glockenspiel regte sich in der kalten, frischen Brise.

Rock City lag auf dem Gipfel des Lookout Mountain. Es war nicht etwa ein Vorort von Chattanooga, sondern eine Touristenattraktion. Zahllose Fußwege schlängelten sich zwischen mächtigen Felsblöcken, einem steilen Wasserfall und Steingärten mit Ruhebänken hindurch. Schilder, die bärtige Kobolde zeigten, wiesen den Weg zum Eingangstor und zu dem heute fast leeren Parkplatz. Trotz der strahlenden Sonne war es sehr kalt. In einem Gebäude, wo es Indianerpfeilspitzen und Konföderiertenkappen zu kaufen gab, bezahlte Laura den Eintritt und erhielt von dem Kassierer die Auskunft, daß Mark Treggs wahrscheinlich gerade den Pfad neben der Hängebrücke kehre. Sie marschierte sofort los. Der Gehweg führte sie über, um und manchmal sogar mitten durch riesige Felsen, dem brachliegenden Gerippe des Lookout Mountain, durch eine Spalte mit dem Namen »Dickwanstquetsche«, wo Laura merkte, daß sich ihr Bauch langsam zurückgebildet hatte, dann aus dem eisigen Schatten der Felsen wieder in die Sonne, und zu guter Letzt erblickte Laura die Hängebrücke. Allerdings war kein Mensch auf diesem Weg. Sie überquerte eine etwa achtzehn Meter tiefe Schlucht voller Steine und Geröll, die unter der knarrenden, schwankenden Brücke lag, steckte ihre Hände tief in die Manteltaschen und folgte dem Fußweg weiter.

Keine Seele weit und breit. Eines allerdings fiel Laura auf: Die Wege hätten nicht sauberer sein können. Und dann – sie bog gerade um eine Ecke – hörte sie die hohen, Vogelgesang ähnlichen Töne: eine Rohrpfeife.
Sie folgte der Musik, und einen Moment später hatte sie ihn gefunden. Er saß mit untergeschlagenen Beinen auf einem Felsen, an dessen Fuß ein Rechen und ein Besen lehnten, und starrte auf das gewaltige Panorama von Nadelwald und blauem Himmel, während er seine Rohrpfeife spielte.
»Mr. Treggs?« fragte Laura, als sie bei dem Felsblock angelangt war.
Der Mann hörte nicht auf zu spielen. Seine Musik klang sanft, langsam und irgendwie traurig. Eine Rohrpfeife, dachte Laura; dieses Instrument spielten doch Zirkusclowns mit gemalten Tränen auf den Wangen, und sie wiederholte etwas lauter: »Mr. Treggs?«
Die Musik verstummte. Mark Treggs nahm die Flöte aus dem Mund und sah zu Laura hin. Er hatte einen langen, dunkelbraunen Bart mit einem Anflug von Grau hier und da, Haare, die ihm bis über die Schultern fielen, und auf seinem Kopf saß eine blaue Baseballkappe. Mit großen, haselnußbraun schimmernden Augen unter dicken, graumelierten Brauen spähte der Mann hinter seiner Nickelbrille hervor. »Ja?«
»Mein Name ist Laura Clayborne. Ich bin aus Atlanta gekommen, um mit Ihnen zu sprechen.«
Mark Treggs kniff die Augen zusammen, wie um Laura schärfer sehen zu können. »Ich ... glaube nicht, daß ich etwas ...«
»Laura Clayborne«, wiederholte sie. »Vor zwölf Tagen hat mir Mary Terrell mein Baby gestohlen.«
Sein Mund öffnete sich, aber er blieb stumm.
»Ich habe *Verbrennt dieses Buch!* gelesen«, fuhr Laura fort. »Sie sprechen darin von der ›Sturmfront‹. Sie sagen, Sie

hätten einmal jemanden gekannt, der dazugehört hat. Ich bin gekommen, um Sie –«
»Oh«, sagte er. Es war eine jungenhafte Stimme, die nicht zu dem Grau paßte. »O *wow.*«
»– um Hilfe zu bitten«, beendete Laura ihren Satz.
»Ich hab Sie in der Glotze gesehen! Wir beide – meine Alte und ich! Erst gestern abend haben wir uns darüber unterhalten!« Mit leichtfüßiger Sicherheit kletterte er von dem Felsen herab. Er trug eine braune Uniform und eine Jacke, auf deren einer Brusttasche in roter Schablonenschrift *Rock City* stand, auf der anderen *Mark.* Voll aufgerichtet, war Treggs knapp ein Meter neunzig groß, aber so dünn wie ein Klammeraffe, und sein Gesicht bestand ganz aus Bart, wilden Brauen und einer dicken Brille, die ihm Froschaugen machte. »Mann, was für ein Trip! Ich schwör's Ihnen, wir haben grad erst über Sie gesprochen!«
»Ich bin schon bei Rose gewesen. Sie hat mir gesagt, wo ich Sie finden kann.« Die Tasse, dachte sie. Das Gesicht darauf war seines!
»Bei mir zu Haus sind Sie gewesen? *Wow!*«
»Mr. Treggs? Hören Sie. Ich brauche Ihre Hilfe. Sie kennen doch jemanden, der in der ›Sturmfront‹ war. Stimmt's?«
Sein blödes Grinsen verblaßte, und er blinzelte ein paarmal, während er sich zu fassen versuchte. »Oh«, sagte er. »Also darum sind Sie hier?«
»Ja. Ich habe Ihr letztes Buch gelesen.«
»Mein Buch. Ach ja.« Er nickte und schob die Rohrpfeife in seine Gesäßtasche. »Hören Sie ... Sie entschuldigen mich, aber ich muß zurück an meine Arbeit.« Er griff wieder zu Rechen und Besen. »Ich kann nicht allzulang hier rumhocken, sonst gibt's Ärger.« Und damit wollte er sich entfernen.
Laura folgte ihm. »Augenblick! Haben Sie nicht gehört, was ich sage?« Sie packte ihn an der Schulter und bremste

seinen langbeinigen Watschelschritt. »Ich bitte Sie, mir zu helfen!«

»Ich kann Ihnen nicht helfen«, entgegnete er trocken. »Tut mir leid.« Und er wollte wieder weiterlatschen.

In Laura stieg eine Woge von Wut empor, und rote Flecken traten ihr auf die Wangen. Sie ließ sich nicht abschütteln. »Mr. Treggs! Warten Sie doch, bitte! Geben Sie mir nur *eine* Minute!«

Sein Schritt beschleunigte sich.

»Bleiben Sie stehen! Hören Sie mich doch nur einmal an!«

Noch schneller.

»Verdammt! Stehenbleiben, hab ich gesagt!« Laura packte Mark Treggs am linken Arm, riß ihn mit aller Kraft zu sich herum, und Treggs schlug mit dem Rücken gegen einen glatten Felsen. Er stieß ein kurzes Grunzen aus, während ihm Rechen und Besen aus der Hand glitten. Seine Augen waren noch größer geworden, eulenhaft und furchtsam.

»Bitte«, sagte er. »Ich kann Gewalt nicht ausstehen.«

»Ich genausowenig! Aber, bei Gott, mein Sohn wurde mir von einer Mörderin geraubt, und Sie werden mir verraten, was ich wissen möchte!« Sie schüttelte ihn. »Hast du das kapiert, Mann?«

Er gab keine Antwort. Dann, leise: »Ja, hab's kapiert.«

»Gut.« Laura ließ ihn los, versperrte ihm aber weiterhin den Weg. »Sie kannten einmal jemanden aus der ›Sturmfront‹. Wen?«

Treggs sah sich um. »Gut jetzt, raus mit der Sprache! Wo haben die Bullen sich versteckt? Sie haben sie doch mitgebracht, stimmt's?«

»Nein. Keine Polizei. Niemand außer mir.«

»Ist ja eh gleich.« Er zuckte mit den Achseln. »Mir schnuppe, ob Sie 'n Abhörgerät bei sich haben. Ich hab also 'n paar Monate mit Bedelia Morse zusammengelebt. ›Didi‹ für ihre

Freunde. In 'ner Kommune. Na und? Mit der ›Sturmfront‹ hab ich mich nie abgegeben, das können Sie den Bullen in die Pfeife stopfen!«

»Und was ist aus Bedelia Morse geworden? Kam sie bei dieser Schießerei in New Jersey ums Leben?«

»Nein, sie ist ihnen entwischt. Hören Sie, mehr weiß ich nicht. Ich hab damals, neunundsechzig, mit Didi in 'ner Kommune gelebt, und mit mir noch acht, neun andere Leute, bevor sie zur ›Sturmfront‹ gegangen ist. Wir waren in South Carolina und haben uns nach vier Monaten wieder getrennt, weil alle die Schnauze voll hatten. Dauernd wurden wir von diesen Bullen ins Kittchen gesteckt. Und damit Schluß. Weiter gibt's nichts.«

»Haben Sie sie nicht noch in Berkeley gekannt?«

»Mhm. Sie ist nicht nach Berkeley. Sie ist in New York bei der ›Sturmfront‹ hängengeblieben. Hören Sie, mehr hab ich nie von ihr gewußt. Okay?«

»Und seither auch nichts mehr von ihr gehört?«

»Keinen Ton.« Treggs beugte seinen langen Körper nach vorn, um Rechen und Besen aufzuheben. »Haben Sie Ihr Abhörgerät auch laut genug aufgedreht, damit die Bullen mich verstehen? Lesen Sie's mir von den Lippen ab: Keinen Ton.«

»Und was ist mit Mary Terrell? Können Sie mir über die irgend etwas erzählen?«

»Ja.« Er nahm seine Brille ab, zog ein Taschentuch aus seinem Hemd und begann, sie zu putzen. »Aber das wissen Sie ja schon. Die ist hoffnungslos übergeschnappt. Die ergibt sich den Bullen nie. Sie werden sie abknallen müssen.«

»Und sie wird meinen Sohn abknallen. Wollen Sie das damit sagen?«

»Das haben *Sie* gesagt.« Er setzte seine Brille wieder auf. »Hören Sie, Mrs. Clayborne, es tut mir sehr leid, das alles. Echt. Aber ich weiß nichts weiter über die ›Sturmfront‹, was die Bullen – ich meine, die Polizei und das FBI – nicht auch schon wüßten. Tut mir leid, daß Sie den langen Weg gemacht haben, aber ich kann Ihnen nicht helfen.«

Einen winzigen Moment fürchtete Laura bereits, sie würde ohnmächtig. Sie hatte ihre ganzen Hoffnungen – Hoffnungen worauf, wußte sie selbst nicht genau – in dieses Gespräch gesetzt, und jetzt war es nur eine Sackgasse.

»Sie sehen nicht besonders gut aus«, sagte Treggs. »Möchten Sie sich setzen?« Sie nickte, und er führte sie zu einer Bank. »'n Coke gefällig? Ich kann Ihnen eine holen.« Sie schüttelte den Kopf. Sie spürte einen Brechreiz, aber sie kämpfte dagegen an, damit Treggs die Schweinerei nicht aufwischen müßte. Möglich, daß es der Spaß wert gewesen wäre, aus purer Bosheit. Aber sie machte es nicht. Stattdessen hob sie den Kopf, hielt ihr Gesicht in die Brise und fühlte, wie der kalte Schweiß zu trocknen begann.

Mit heiserer Stimme sagte sie: »Gibt es sonst noch etwas? Haben Sie eine Ahnung, wo Mary Terrell sich aufhalten könnte?«

»Nein. Und wo Didi steckt, weiß ich genausowenig. Das ist alles lange her.« Er setzte sich neben Laura auf die Bank und streckte seine langen Beine aus. Er trug rote Adidas-Turnschuhe mit Sternen darauf. »Diese Kommune«, sagte er versonnen. »Mann, das kommt einem heute vor wie eine andere Welt. Na ja, war's ja wohl auch, nicht?« Er blinzelte in die Sonne und beobachtete einen Falken, der über dem Berg seine Kreise zog. »Lang, lang ist's her. Hatten 'n hübsches Leben damals. Haben auf einer kleinen Farm gewohnt, mit ein, zwei Kühen und 'n paar Hühnern. Sind keinem Menschen in die Quere gekommen. *Wir* haben lediglich das Nirwana gesucht. Wissen Sie, weshalb die Bullen uns schließlich haben hochgehen lassen?« Er wartete, bis Laura ihren Kopf geschüttelt hatte. »Kein Gewerbeschein. Didi hat nämlich so Sachen fabriziert. Sie war gar keine üble

Töpferin und hat allerhand im Ort verkauft. Noch dazu mit 'nem ganz guten Umsatz. Und dann: *Wamm!* Kein Gewerbeschein. Mann, ich versteh gar nicht, daß uns nicht die Bäume ausgehen, bei all dem Papierkram. Steht uns doch bis zum Hals. Ich meine, wieso haben wir eigentlich immer noch Wald, bei dem ganzen Papier, das durch sämtliche Zeitalter verbraucht worden ist? Und denken Sie mal an die Möbel, die Häuser und was sonst noch alles aus Holz besteht. Wieso haben wir da immer noch Wald?« Er knuffte sie mit einem spitzen Ellbogen. »Hä?«

»Ich weiß nicht. Vielleicht sollten Sie mal ein Buch darüber schreiben.«

»Ja, mach ich vielleicht auch«, antwortete er. »Aber das würde doch *wieder* Papier verbrauchen. Sie verstehen? Ein Teufelskreis.«

Eine Zeitlang saßen sie schweigend nebeneinander. Der Wind wurde stärker, und Laura vernahm den Schrei eines Falken. Mark Treggs stand auf. »Wenn Sie schon mal da sind, sollten Sie sich auch den Rest von Rock City anschauen. Es ist ganz hübsch. Friedlich, um diese Jahreszeit. Man kommt sich vor, als würd einem der ganze Berg gehören.«

»Mir ist nicht nach Sehenswürdigkeiten.«

»Nein, anzunehmen. Na, ich muß jetzt wieder an die Arbeit. Finden Sie allein nach draußen?«

Laura nickte. Wo sollte sie hingehen? Und was sollte sie tun, wenn sie dort ankam?

Treggs, der Rechen und den Besen bereits in der Hand hielt, zögerte noch einmal. »Hören Sie ... Sie können sich dafür zwar nichts kaufen, aber es tut mir echt leid, was passiert ist. Ich dachte immer, Mary Terrell läge tot in irgendeinem namenlosen Grab. Wahrscheinlich ist man eben nie vor Überraschungen sicher, was?«

»Nein«, bestätigte Laura. »Nie.«

»Eben. Also passen Sie gut auf sich auf! Zu schade, daß Sie den ganzen Weg umsonst gemacht haben.« Er zögerte immer noch und warf einen hageren Schatten vor ihre Füße. »Ich hoffe, man findet Ihr Baby«, sagte er. *»Peace!«* Und indem er das Zeichen für Frieden machte, wandte er sich ab. Laura ließ ihn gehen. Was hatte es für einen Sinn? Erst, als sie sicher war, daß sie sich nicht übergeben müßte, stand sie auf. Und was nun? Zurück nach Atlanta. Nein, nein. Sie hatte heute nachmittag keine Lust mehr zu dieser Fahrt. Vielleicht könnte sie sich ja ein Motelzimmer suchen, sich eine Flasche billigen Rotwein besorgen und sich vollaufen lassen. Zwei Flaschen vielleicht. Hol's doch der Teufel!

Sie folgte ihrem Schatten über den verschlungenen Pfad. Es war der schmale, zusammengepreßte Schatten einer Frau, die zwischen Vergangenheit und Zukunft zermalmt wurde, und überall schien er nur auf eines zu deuten: Hoffnungslosigkeit.

3

Vorabend der Zerstörung

Die Nacht war angebrochen. Die Kästchen waren erleuchtet. Aus ihren Fenstern fiel der Schimmer von Wohnzimmerlampen und Fernsehern – kleine Lichtvierecke, die in die Ferne zogen. Es gab sie zu Tausenden in der Dunkelheit; rings um Mary Terror spielten sich Tausende von Leben ab, während sie den Transportbus durch eine Reihe von Holz- und Backsteingebäuden nach der anderen lenkte. Sie war in Linden, und Drummer, der frisch gefüttert und gewickelt in seiner neuen Korbwiege vor dem Beifahrersitz lag, saugte an einem Schnuller. Die Wagenheizung pfiff und keuchte vor Anstrengung. Als Mary an eine Kreuzung kam, nahm sie das Gas weg und fuhr dann weiter, tiefer in das Herz der Erinnerung. Der eisige Wind wirbelte Zeitungen und Abfall vor den Scheinwerfern dahin. Zwei Männer in dicken Mänteln und Mützen mit Ohrenklappen überquerten die Straße, und Mary beobachtete, wie sie sich aus dem Scheinwerferlicht entfernten. Wo war nur Carazellas Lebensmittelgeschäft? Ihrer Erinnerung nach mußte es an der Ecke Montgomery Avenue und Charles Street liegen, aber dort gab es bloß eine Oben-ohne-Bar namens *Nicky's.* Also schlängelte sie sich weiter durch die Straßen, auf der Suche nach der Vergangenheit.

Mary Terror sah jetzt anders aus. Sie hatte sich die Haare kurz geschoren und sie hellbraun gefärbt, sogar die Brauen. In ihr Deckhaar hatte sie sich ein paar rötliche Strähnen gemacht und sich mit einem Augenbrauenstift Sommersprossen auf Nase und Wangen gemalt. Gegen ihre Größe ließ sich zwar nicht viel unternehmen, außer, den Kopf einzuziehen, aber neue Sachen hatte sie jetzt an, wärmere: eine braune Kordhose, ein blaues Flanellhemd, eine Lammfelljacke und an ihren Füßen ein Paar neue braune Stiefel. Ein Mann spanischer Abstammung in einem Pfandhaus in Washingtons Gefechtszone hatte ihr zweieinhalbtausend für den Siebentausend-Dollar-Ring ihrer Mutter gegeben. Keine Fragen. Seit dem Abschied von ihrer Mutter hatten Mary und Drummer in einer Reihe von Motelzimmern gehaust, die dem Ausdruck »Wanzennest« einen ganz neuen Sinn verliehen. Eines kalten Morgens im *Sleep-Rite Inn* bei Wilmington, Delaware, war Mary aufgewacht und hatte Küchenschaben über Drummers Gesicht flitzen sehen. Sie hatte sie nacheinander heruntergezupft und zwischen ihren Fingern zerquetscht, doch in dem nächsten Motel, wo sie übernachteten, hatte Mary aus anderen Gründen ein ungutes Gefühl. Es gefiel ihr nicht, wie die dunkelhäutige Frau hinter der Rezeption Drummer angesehen hatte: als würde jeden Moment irgendein Schalter in ihrem von Koks ausgebrannten Gehirn »Klick« machen. Mary war noch keine Stunde dort, da nahm sie Drummer und fuhr wieder los. Die Etablissements, in denen sie übernachteten, verlangten Barzahlung, fragten dafür aber nicht nach irgendwelchen Ausweispapieren. Ihre Kundschaft bestand hauptsächlich aus Huren mit ihren Kerls, Kiffern und Strichern. Nachts stellte Mary immer einen Stuhl gegen die Tür und behielt ihren Revolver unter dem Kopfkissen, und immer kundschaftete sie den schnellsten Fluchtweg aus.

Eine Stippvisite im *Omelet Shoppe* vor Trenton, New Jersey, hatte ihr eine Pause zum Nachdenken gegeben. Als sie ihre Pfannkuchen verspeiste – *griddle cakes* hießen sie hier oben – und Drummer neben ihr in seiner Korbwiege lag, waren zwei Polizisten hereingekommen, hatten in der Sitznische hinter ihnen Platz genommen und das »Hungriger-Mann-

Frühstück« bestellt. Da fing Drummer zu weinen an – ein enervierendes Geräusch – und wollte keine Ruhe mehr geben. Schließlich war sein Geschrei so schrill geworden, daß einer von den Beamten herübersah und fragte: »Hey! Hast du deinen Frühstückskaffee nicht gekriegt oder was?«

»Morgens ist sie immer so quengelig«, antwortete Mary mit einem höflichen Lächeln. Woher sollte dieser Bulle schon wissen, ob Drummer ein Junge oder ein Mädchen war? Dann hatte sie das Kind hochgehoben, es in den Armen gewiegt und dabei liebevoll mit ihm geredet. Als sein Geschrei langsam abebbte, hatte Marys Rückgrat bereits geprickelt vor Spannung, und sie war feucht unter den Armen. Die kleine Magnum-Pistole steckte in ihrer neuen Umhängetasche.

»Hat 'ne gesunde Lunge«, meinte der Bulle. »Sollte es mal bei der Met probieren, wenn sie 'n bißchen älter ist, was?«

»Ja, vielleicht«, hatte Mary geantwortet, und damit war es vorbei. Der Bulle hatte sich wieder umgedreht. Mary hatte sich gezwungen, ihre Pfannkuchen zu Ende zu essen, aber der Appetit war ihr vergangen. Sie war aufgestanden, hatte bezahlt, Drummer nach draußen gebracht, und auf dem Parkplatz hatte sie auf die Windschutzscheibe des Polizeiautos gespuckt.

Wo war Carazellas Lebensmittelgeschäft? Die Gegend hatte sich verändert. »Ist ja auch zwanzig Jahre her«, sagte sie zu Drummer. »Schätze, alles ändert sich, stimmt's?« Sie konnte es kaum erwarten, bis Drummer alt genug wäre, sich mit ihr zu unterhalten. Oh, was sie und Lord Jack ihm alles beibringen würden! Er wäre einmal ein wandelndes Bollwerk an militanter Politik und Philosophie, und er würde sich von niemandem auf der Welt verarschen lassen. Sie bog nach rechts in die Chambers Street. Vorn blinkte eine gelbe Ampel, die eine weitere Kreuzung markierte. Woodroan

Avenue, dachte Mary. Ja! Da muß ich links abbiegen! Und eine Sekunde später erblickte sie das Schild. Dort stand das Eckgebäude, das früher *Carazella's* gewesen war! Ein Lebensmittelgeschäft war es auch heute noch; nur hieß es jetzt *Lo Wah's.* Sie fuhr noch zwei Kreuzungen weiter, bog dann rechts in die Elderman Street und hielt ungefähr auf halber Höhe des Blocks.

Da war es! Man hatte das Haus wieder aufgebaut. Es war grau, es benötigte einen Anstrich, und andere Häuser drängten sich mit wenig Rücksicht auf Freiraum oder Privatsphäre darum herum; die Gebäude klebten regelrecht aneinander. Mary wußte, daß hinter diesen Häusern winzige ummauerte Höfe und ein Labyrinth von Gäßchen für die Müllabfuhr lagen. O ja, sie kannte diese Gegend sehr, sehr gut.

»Hier ist es«, sagte sie mit ehrfürchtiger Stimme zu Drummer. »Hier ist deine Mama zur Welt gekommen.«

Sie erinnerte sich noch daran: an die Nacht des ersten Juli 1972. Damals hatte die »Sturmfront« in diesem Haus ihre »Mission Weinende Lady« vorbereitet. Gary Leister, ein gebürtiger New Yorker, hatte es unter einem falschen Namen gemietet. Lord Jack kannte einen Typen in Bolivien, der Kisten mit kokaingefüllten Zigarren heraufschickte; und mit zweien dieser Kisten bezahlte die »Sturmfront« ihrer Schwarzmarktquelle in Newark ein Sortiment von Automatikpistolen, Straßenkampfwaffen, Handgranaten, Plastiksprengstoff, ein Dutzend frische Dynamitstangen und ein paar Uzi-Maschinenpistolen. Das damals noch hellgrün gestrichene Haus war ein Waffenlager gewesen, von wo aus die »Sturmfront« Polizisten, Rechtsanwälte und Geschäftsleute aus Manhattan, in denen sie Handlanger dieses verdammten Staates sah, verfolgte und unschädlich machte. Die »Sturmfront« war ihren Nachbarn nie unangenehm aufgefallen; sämtliche Mitglieder verhielten sich ruhig und ordentlich,

drehten die Musik niemals zu laut auf und hatten ihren Haschischkonsum eingeschränkt. Zwar waren die jungen Leute aus der Elderman Street 1105 in den Augen ihrer Nachbarn wohl eine sonderbare Mixtur aus Weiß, Schwarz und Orientalisch gewesen, aber die Ekel Alfreds dieser Welt – es war die Blütezeit von *All in the Family* – grummelten in ihren Lehnsesseln, scherten sich ansonsten nur um ihren eigenen Kram. Nein, die Sturmfrontler hatten ganz besonderen Wert auf Freundlichkeit gegenüber ihren Nachbarn gelegt und halfen älteren Anwohnern beim Streichen ihres Hauses oder beim Autowaschen. Mary selbst hatte sogar ihr Taschengeld ein bißchen aufgebessert, indem sie sich bei einem italienischen Ehepaar, eine Parallelstraße weiter, als Babysitter betätigte. CinCin Omara, eine Mathematikstudentin von der Universität in Berkeley, gab einem Kind aus der Nachbarschaft Nachhilfe im Rechnen. Sancho Clemenza, ein Chicano-Dichter, der vier Fremdsprachen beherrschte, hatte als Verkäufer in Carazellas Lebensmittelgeschäft gearbeitet. Und James Xavier Toombs, der mit sechzehn Jahren seinen ersten Polizisten umgebracht hatte, war Schnellkoch im *Majestic Diner* an der Woodroan Avenue. Ja, die Sturmfrontler hatten sich in die Umgebung eingegliedert, sich mit dem Alltagstrott der restlichen Welt getarnt, und niemand kam je auf den Gedanken, daß sie sich nach mitternächtlichen Planungssitzungen über Mord- und Bombenattentate dem wilden Rausch ihrer Lieblingsdroge ergaben: der Wut.
Bis Janette Snowden und Edward Fordyce am frühen Abend des ersten Juli zum Pizzaholen gefahren und dabei rückwärts in ein Polizeiauto gestoßen waren.
»Nur keine Aufregung!« hatte Edward zu den anderen gesagt, als er und Janette mit den kalten Pizzen zurückkamen. »Es ist alles ganz cool.«
Aber Lord Jack war aus seinem Sessel geschnellt wie ein Panther und hatte in Edwards langes, bärtiges Gesicht ge-

schrien: »*Du Idiot!* Du verdammter Idiot, Mann! Warum hast du nicht achtgegeben, wo du hinfährst?«

»Kein Problem!« Auch Janette, klein und explosiv wie ein Knallfrosch, war jetzt auf den Beinen. »Wir haben Scheiße gebaut, okay? Wir haben miteinander gequatscht und Scheiße gebaut. Aber es war doch bloß 'ne Beule.«

»Ja«, bestätigte Edward. »Unsere Heckleuchte ist kaputt, aber die Bullen haben keine Schramme abgekriegt! Was parken sie ihre Karre auch direkt hinter uns!«

»Edward?« Es war CinCin. Das Gesicht des Mädchens sah aus wie eine geschnitzte gelbe Kamee, umrahmt von rabenschwarzem Haar, und ihre Stimme klang kühl und orientalisch. »Haben sie deinen Führerschein verlangt?«

»Ja.« Ein kurzer Blick zu Lord Jack. Mary saß in einem Schaukelstuhl in der Ecke und hielt die Hände über dem Bauch gefaltet, in dem Jacks Kind wuchs. »Aber das ist kein Problem«, fuhr Edward fort und warf mit einer Kopfbewegung seinen langen braunen Pferdeschwanz nach hinten. Sein Führerschein war genauso falsch wie diejenigen der anderen. »Der Bulle hat sogar darüber gelacht; sagte, er hätte letzte Woche selbst seinen Wagen kaputtgefahren und daß ihm seine Alte deswegen immer noch die Hölle heiß machen würde.«

»Sind sie euch gefolgt?« fragte Akitta Washington, ein Schwarzer, der afrikanische Perlen und Amulette auf seiner breiten Brust trug, und ging an eines der Fenster, um auf die Straße zu spähen.

»Nein. Nein, verdammt noch mal! Warum sollten sie?« Ein Zittern lag in Edwards Stimme.

»Weil«, antwortete Mary aus ihrem Schaukelstuhl, »manche Bullen über den sechsten Sinn verfügen.« Sie hatte goldblondes Haar, das ihr auf die Schultern fiel, und ihr hochwangiges Gesicht wirkte erhaben: eine Madonna der Gesetzlosen. »Manche Bullen riechen die Angst.« Sie neigte ihren Kopf zur Seite, und ihre Augen wirkten kühl und durchdringend. »Meinst du, diese Bullen haben Angst bei dir gerochen, Edward?«

»Laßt ihn doch in Ruh!« brüllte Janette. »Die Bullen haben uns nicht festgenommen, okay? Sie haben einfach nur Edwards Personalien festgestellt und uns wieder gehen lassen, basta!«

Lord Jack begann, im Zimmer auf und ab zu gehen – ein schlechtes Zeichen. »Vielleicht ist es ja wirklich okay«, sagte Didi Morse, die auf dem Boden saß und mit denselben Händen einen Revolver reinigte, die rohen Lehm zu Kunstgegenständen formen konnten. Sie war eine bezaubernde junge Frau mit grünen Augen, dem robusten Knochenbau von Iowa und geflochtenem rotem Haar, das leuchtete wie eine Kriegsfahne. »Vielleicht ist es echt keine große Sache.«

Sancho grunzte, während er einen Joint rauchte. Gary Leister fiel bereits über die Pizza her, und James Xavier Toombs saß mit seiner Pfeife zwischen den Zähnen und einem Haiku-Buch auf seinem Schoß da wie ein schwarzer Buddha. Er verzog keine Miene.

»Das gefällt mir nicht«, sagte Jack. Er trat ans Fenster, schaute hinaus und ging dann erneut auf und ab. »Nein, das gefällt mir nicht.« Die anderen hatten sich bereits über die Pizzen hergemacht, da sagte er: »Snowden? Geh rauf und halt vom Schlafzimmerfenster aus Ausschau.«

»Weshalb denn ich? Immer muß ich die Drecksarbeit machen!«

»GEH!« donnerte Jack. »Und du, Edward, du schwingst deinen Arsch ebenfalls nach oben und schaust von der Waffenkammer aus.« Einem Raum, in dessen Wänden sämtliche Waffen und Munition versteckt waren. »Mach schon, hab ich gesagt! Jetzt, nicht erst nächste Woche, verdammt!«

Die beiden gingen. Jacks stechende blaue Augen entdeckten

CinCin. »Du gehst zu Carazella's und kaufst eine Zeitung!« befahl er ihr, und ohne Widerrede ließ sie eine halb aufgegessene Pizzaschnitte liegen, denn sie wußte, warum er sie losschickte: Sie sollte schnuppern, ob es draußen nach Polizei roch. Dann ging Jack zu Mary hinüber. Er legte ihr eine Hand auf den Bauch, und sie griff nach seinen Fingern, blickte in seine feurige Schönheit empor: das lange blonde Haar, das ihm auf die Schultern fiel, die Habichtsfeder, die von einem Ring in seinem rechten Ohrläppchen herabbaumelte. *Ich liebe dich,* wollte sie bereits sagen, beherrschte sich dann aber. Lord Jack glaubte nicht an Worte; Liebe war für ihn nur ein Mittel zur Volksverarschung. Er glaubte an Mut, Wahrheit und Zusammenhalt – die Bereitschaft von Brüdern und Schwestern, ihr Leben füreinander und für die Sache zu opfern. Die Liebe zwischen zwei Menschen hingegen gehörte seiner Überzeugung nach zu einer verlogenen Welt von anzugbekleideten Zombies und deren roboterhaften, manikürten Huren.

Aber Mary konnte nicht umhin: Sie liebte ihn, obwohl sie es nicht auszusprechen wagte. Sein Zorn konnte einschlagen wie der Blitz und nichts als Asche hinterlassen.

Jack rieb ihr den Bauch und sah zu Akitta. »Behalt du den Hinterhof im Auge!« Akitta nickte und ging. »Gary! Du gehst in den Waschsalon und wieder zurück! Nimm dir ein paar Dollar mit und laß dir am Automaten wechseln.« Der Waschsalon war zwei Blocks entfernt, in der entgegengesetzten Richtung von Carazella's. Mary wußte, daß Jack einen Verteidigungsgürtel aufbaute, und Gary ging in den windstillen, schwülen Abend hinaus. Der Geruch von Hamburgern, die auf einem Grill brutzelten, trieb ins Haus, in der Ferne bellte ein Hund, und zwei andere aus der Nachbarschaft antworteten ihm.

Jack trat ans Fenster und rieb sich die Handgelenke. »Man hört ja gar nichts von Frodo«, sagte er.

James Xavier Toombs blickte mit seiner Pfeife im Mund von dem Haiku-Buch auf, und ein blaues Rauchwölkchen entströmte seinem Mund.
»Frodo.« Jacks Stimme klang leise und gedämpft. »Wieso bellt Frodo nicht?«
Frodo war eine kräftige kleine Promenadenmischung mit weißem Fell und das Haustier der Giangellos, zwei Türen weiter. Die Giangellos nannten ihn »Cäsar«, aber wegen dessen großer haariger Tatzen hatte Jack den Hund »Frodo« getauft. Frodos Bellen war sehr markant: ein tiefes, kehliges *Wuff*, das mit der Unfehlbarkeit eines Automaten einsetzte, sobald in der Nachbarschaft irgendein Hund anschlug. Jack sah zu den anderen Mitgliedern der »Sturmfront«. Seine Zunge schoß wie die einer Eidechse hervor und leckte über die Unterlippe. »Frodo ist ruhig«, sagte er. »Wieso?«
Keiner gab Antwort. Eine knisternde Spannung lag in der Luft, und die Pizzen waren vergessen. Mary hatte aufgehört, in ihrem Stuhl zu schaukeln. Ihre Hände umklammerten die Armlehnen, und James Xavier Toombs steckte sein Haiku-Buch wieder in das gutgefüllte Regal, um einen roten Wälzer mit dem Titel *Demokratie in der Krise* herauszuziehen. Das Buch war ausgehöhlt. Er schlug es auf und entnahm ihm eine fünfundvierziger Automatik. Dann ertönte ein scharfes *Klick;* Toombs überprüfte das Pistolenmagazin. Er war ein Mann von wenig Worten. »Trabbel«, sagte er.
Mary stand auf, und das Baby in ihrem Inneren bewegte sich, als mache es sich ebenfalls zur Tat bereit. »Ich geh nach oben und passe auf!« sagte sie, nahm ein paar Pizzaschnitten und ging Richtung Treppe. Bedelia Morse ergriff ihren Revolver, um von der Rückseite des Hauses aus dessen Nordostecke zu beobachten, Sancho übernahm die südwestliche, und Toombs und Lord Jack blieben vorn im Wohnzimmer. Mary schaute bei Edward und Janette vorbei; sie hatten beide auch nichts annähernd Verdächtiges bemerkt.

Dann machte sie es sich in dem kleinen Schlafzimmer bequem, das zur Straße hinausführte, und setzte sich im Dunkeln auf einen Stuhl neben dem Fenster. Auch in dem Haus direkt gegenüber brannte kein Licht, aber das war nichts Außergewöhnliches. Das alte Ehepaar, das dort wohnte, die Steinfelds, lagen schon um sieben Uhr im Bett, und es war bereits nach acht. Mr. Steinfeld hatte ein Emphysem, und seine Frau mußte Windeln für Erwachsene tragen, weil sie an einer Blasenkrankheit litt. Windelnwechseln, das stünde auch Mary künftig bevor. Wahrscheinlich war es gar nicht so schlimm, wenn man sich erst einmal daran gewöhnt hatte. Außerdem wäre es ja Jacks Kind und deshalb so vollkommen, daß es wahrscheinlich schon gleich nach der Geburt ganz allein aufs Klo gehen konnte. Genau, dachte Mary und lächelte schwach im Dunkeln. Träum weiter.
CinCin kehrte mit der Zeitung zurück. Keine Bullen, meldete sie Lord Jack. Alles sei ruhig.
»Hast du irgend jemanden auf der Straße gesehen?« fragte er, und als sie verneinte, befahl er ihr, in die Waffenkammer hinaufzugehen und sich von Edward und Janette beim Zusammenpacken von Waffen und Munition helfen zu lassen. Sie würden vorsichtshalber das Haus räumen und für ein paar Tage in den Norden des Staates ziehen.
Mit einer Tasche voll Kleingeld in seinen lila Batikjeans kam auch Gary zurück. Keinerlei Probleme, sagte er.
»Nichts anders als sonst?« bohrte Jack. »Überhaupt nichts?«
Gary zuckte die Achseln. »Vor dem Waschsalon hatte sich 'n Penner breitgemacht und mich beim Reingehen angehauen. Hab ihm 'n Vierteldollar gegeben, als ich wieder rausgekommen bin.«
»Hattest du diesen Typen je schon mal gesehen?«
»Nee. Ist doch keine große Sache, Mann. War doch bloß 'n Penner.«

»Du kennst die Tante, die den Laden schmeißt«, rief Jack ihm ins Gedächtnis. »Hat diese alte Ziege, soweit du dich erinnern kannst, jemals erlaubt, daß sich vor ihrer Tür ein Bettler breitmacht?«
Gary überlegte. »Nein«, antwortete er. »Nicht, daß ich wüßte.«
Um einundzwanzig Uhr zweiundvierzig meldete CinCin einen geschlossenen Lastwagen, der keine besonderen Kennzeichen aufwies, außer daß er ramponiert war, und langsam in der Gasse hinter dem Haus herumfuhr; ungefähr eine halbe Stunde später glaubte Attika, in seinem Funkgerät eine metallische Stimme zu hören, war sich jedoch nicht sicher, woher sie kam; und gegen elf hatte Mary, die immer noch im Dunkeln auf ihrem Stuhl saß, den Eindruck, daß sich hinter einem der unbeleuchteten Fenster im Obergeschoß vom Haus der Steinfelds etwas bewegte. Mit klopfendem Herzen beugte sie sich nach vorn. Bewegte sich dort nun etwas oder nicht? Während die Sekunden vorbeitickten und zu Minuten wurden, wartete sie gespannt.
Und dann sah sie es:
Ein kleines rotes Pünktchen, das in der Dunkelheit schimmerte und wieder verglomm.
Eine Zigarette, dachte sie. Da raucht jemand eine Zigarette. In dem Haus eines alten Mannes, der ein Emphysem hatte, rauchte jemand!
Sie stand auf. »Jack?« rief sie. Ihre Stimme zitterte, und Mary schämte sich dafür. *»Jack?«*
Ein Flutlichtscheinwerfer traf das Haus so unvermittelt, daß es ihr den Atem verschlug. Sie konnte seine Hitze spüren und zog sich rasch vom Fenster zurück. Ein zweiter Scheinwerfer ging an, dann ein dritter. Ihr Licht kam von den beiden Nachbarhäusern der Nummer 1105, das erste vom Haus der Steinfelds. »Scheiße!« hörte Mary jemanden schreien. Es war Edward. Schritte kamen die Treppe herauf,

und Körper, die im Dunkeln nicht zu erkennen waren, warfen sich auf den Boden. Ein paar Sekunden später gingen sämtliche Lichter aus: Einer der Sturmfrontler hatte auf den Sicherungskasten des Hauses geschlagen.
Und schließlich ertönte das, wovor sich Mary schon seit Jahren fürchtete: die Stimme eines Polizisten über Lautsprecher. »Achtung, Achtung! An die Bewohner des Hauses Elderman 1105! Hier spricht das FBI! Legen Sie Ihre Hände hinter den Kopf, und kommen Sie heraus ans Licht! Ich wiederhole: Kommen Sie ans Licht! Wenn Sie meinen Anweisungen folgen, wird Ihnen nichts passieren!«
Jack platzte ins Zimmer. Er hatte eine Taschenlampe und eine Uzi-Maschinenpistole. »Diese Schweine haben uns umzingelt! Müssen die verdammten Häuser evakuiert haben, und wir haben's nicht mitgekriegt! Los, schnappt euch die Waffen!«
Bei Taschenlampenbeleuchtung wurden in der Waffenkammer Pistolen geladen und ausgeteilt. Mary nahm eine Automatik. Dann kehrte sie an das Schlafzimmerfenster zurück, und Janette gesellte sich mit einer Schrotflinte sowie drei Handgranaten, die an ihrem Gürtel befestigt waren, zu ihr. Das Megaphon quäkte erneut: »Wir möchten kein Blutvergießen! Jack Gardiner, können Sie mich hören?« Das Telefon im Erdgeschoß fing an zu klingeln; es verstummte, als Jack das Kabel herausriß. »Jack Gardiner! Sie und alle andern, ergeben Sie sich! Es hat keinen Sinn, daß jemand zu Schaden kommt!«
Wie man sie alle hier festgenagelt hatte, wußte Mary nicht. Erst Monate später sollte sie herausfinden, daß die Polizei die umliegenden Gebäude schon fünf Stunden zuvor evakuiert und das Haus seitdem beobachtet hatten. Die Sache mit dem Streifenwagen war bloß deshalb passiert, weil der übereifrige Polizist aus Linden, der Edward und Janette beschattete, einmal einen Sturmfrontler aus nächster Nähe sehen

wollte. Jetzt, als das Flutlicht strahlte und ihre Brüder und Schwestern mit eingezogenen Köpfen die Gewehre anlegten, wußte Mary nur, daß ihnen die letzte Stunde geschlagen hatte.

James Xavier Toombs schoß den ersten Scheinwerfer aus; Gary traf den zweiten. Doch noch bevor man den dritten zerstören konnte, schalteten die Bullen ihre Notbeleuchtung ein und eröffneten das Feuer auf das grüne Haus.

Kugeln durchschlugen die Wände, prallten an Rohrleitungen ab und pfiffen den Hausinsassen über die Köpfe. »Keine Kapitulation!« brüllte Lord Jack durch den Lärm. »Keine Kapitulation!« wiederholte Akitta. »Keine Kapitulation!« echote CinCin Omara. »Keine Kapitulation!« hörte Mary sich rufen, und Janettes Stimme ging in dem infernalischen Lärm der »Sturmfront«-Gewehre unter, die ihre Todesschreie brüllten. Auch die Polizisten feuerten. In Sekundenschnelle war jedes Fenster im grünen Haus zerbrochen, die Luft mit splitterndem Glas durchsetzt. Während Mary Schuß um Schuß auf das Fenster abgab, wo sie die Zigarette hatte glimmen sehen, donnerte Janettes Schrotflinte, und in den spärlichen Feuerpausen vernahm Mary das Knistern von Funkgeräten und die Rufe von Polizisten. Aus dem Erdgeschoß ertönte schrilles Geschrei: Gary Leister wand sich mit durchschossener Brust in einer Blutlache. Janette stopfte eine Patrone nach der anderen in ihre Schrotflinte, und die verbrauchten Hülsen flogen durch die Luft, während sie wie besessen feuerte. Zwischendurch nahm sie rasch eine Granate von ihrem Gürtel, riß an deren Verschluß und stand auf, um sie in das Haus gegenüber zu schleudern. Das Ding prallte ab. Es rollte unter einen Wagen, der am Bordstein stand, und eine Sekunde später wurde das Fahrzeug auf einer Flammengarbe in die Luft gehoben, dann zur Seite geschleudert, und brennende Benzinbäche schossen über den Asphalt. In dem flackernden Licht suchten die Polizisten-

silhouetten das Weite. Mary schoß auf einen von ihnen, sah ihn stolpern und auf die Veranda der Steinfelds fallen.
Die nächste Salve von Polizistenkugeln erschütterte das grüne Haus in seinen Grundfesten. Sie schlug Sancho Clemenza ein faustgroßes Loch in den Hinterkopf, riß James Xavier Toombs zwei Finger weg, und dazwischen hörte Mary den Schrei: »Keine Kapitulation! Keine Kapitulation!« Lord Jacks Stimme. Einer der Sturmfrontler warf eine angezündete Dynamitstange, und das Nachbarhaus explodierte in einem Geysir von Glas, Holz und Feuer. Irgendein Fahrzeug näherte sich durch die Straße: ein Panzerwagen, erkannte Mary mit jähem Entsetzen. Die Mündung eines Maschinengewehrs spie Leuchtspurgeschosse, die durch die durchlöcherten Wände fetzten wie Meteore. Zwei davon trafen Akitta Washington in den Trümmern der Küche und verspritzten sein Blut quer über den Kühlschrank. Eine zweite Dynamitstange zerstörte das Haus der Steinfelds wie ein Donnerschlag. Flammen hüpften empor, und schwarze Qualmwolken wälzten sich durch die Straße. Der Panzerwagen, dessen MG weiterhin feurige Geschosse spie, hielt mitten auf der Straße an; er sah aus wie ein buckliger schwarzer Käfer. Mary hörte Janette »Diese Schweine! Diese Schweine!« schluchzen, und dann richtete sich das Mädchen in dem roten flackernden Licht zu voller Größe auf. Mit tränenüberströmtem Gesicht riß es den Verschluß einer zweiten Handgranate heraus, holte weit aus, um sie durchs Fenster zu schleudern, und plötzlich war der Raum von schwirrenden Holzsplittern und abprallenden Leuchtspurgeschossen erfüllt. Janette Snowden wurde nach hinten gerissen. Die Granate fiel ihr aus den Fingern, und wie in einem Fiebertraum sah Mary den entsicherten Sprengkörper über die blutbespritzten Dielen rollen.
Ein, zwei Sekunden lang stand ihr schier der Verstand still. Was tun, fragte sie sich. Die Granate schnappen oder nichts

wie raus hier? Janettes Körper zuckte und zitterte auf dem Boden. Die Granate rollte immer noch.

Raus! Etwas schrie diesen Gedanken in Marys Kopf. Immer noch halb geduckt, stand sie auf und lief zu der Tür. Der kalte Schweiß brach ihr aus allen Poren.

Sie hörte, wie die Granate mit einem dumpfen Geräusch an die Bodenleiste stieß, schlug sich augenblicklich die Hände vors Gesicht, und gleichzeitig wurde ihr klar, daß sie lieber ihr ungeborenes Kind hätte schützen sollen.

Verblüffenderweise hörte sie keine Explosion. Sie nahm lediglich eine große Hitze wahr, wie Sonne an einem besonders stechenden Tag, die ihr an die Leibesmitte züngelte, ein Gefühl der Leichtigkeit, als würde man aus seinem Körper himmelwärts fliegen, und dann wieder das der Schwerkraft, des Hinabgerissenwerdens. Sie schlug ihre Augen auf. Sie lag im Obergeschoß des brennenden Hauses, ein Loch klaffte in der brennenden Schlafzimmerwand, und auch ein Großteil der Decke war unter den Flammen eingestürzt. Jemand versuchte ihr auf die Beine zu helfen. Sie erblickte ein hageres, bärtiges Gesicht und einen Pferdeschwanz. Edward. »... Hoch, hoch mit dir!« sagte er, während ihm das Blut über Stirn und Wangen lief wie eine Kriegsbemalung, aber sie konnte ihn kaum hören, so summte es ihr in den Ohren. »Kannst du aufstehen?«

»Gott!« stöhnte sie, und drei Sekunden später antwortete Gott, indem er ihren Körper mit Schmerz erfüllte. Mary fing an zu heulen, Blut lief ihr aus dem Mund wie roter Geifer, und sie preßte ihre Hände auf den Bauch, in dem sie das Baby trug – ihre Finger versanken in purpurnem Morast.

Es war der Haß, der sie auf die Beine brachte. Blanker Haß, der sie in die Lage versetzte, sich zähneknirschend emporzuhieven, während ihr das Blut die Schenkel hinabströmte und auf den Boden tropfte. »Bös verwundet«, sagte sie zu

Edward, aber der zog sie bereits durch die Flammen, und sie folgte ihm, gefügig in ihrer Qual. Noch immer peitschten Kugeln durch das Gemäuer, das schon durchlöchert war wie ein Schweizerkäse, und Feuerqualm erfüllte die Luft. Mary hatte ihren Revolver verloren. »Kanone«, sagte sie, »... Kanone«, und Edward hob einen Revolver auf, der neben Gary Leisters ausgestreckter Hand am Boden lag. Mary schloß ihre Faust um den warmen Griff. Sie trat auf etwas: die Leiche CinCin Omaras, deren Kameegesicht nichts Menschliches mehr hatte. Zusammengekrümmt und seine acht Finger auf eine Bauchwunde gepreßt, lag James Xavier Toombs am Boden. Er sah Edward und Mary mit glasigen Augen an, und sie glaubte ihn keuchen zu hören: »Keine Kapitulation!«

»Jack! Wo ist Jack?« Sie klammerte sich an Edward.

Der andere schüttelte den Kopf. »Müssen hier raus!« sagte er und hob James Xavier Toombs Automatik vom Boden auf. »Durch die Hintertür! Bist du soweit?«

Mary machte ein bejahendes Geräusch. Ihr Mund war voller Blut. Oben aus der Waffenkammer ertönten bereits die ersten Explosionen, ein Lärm wie von Feuerwerkskörpern am Unabhängigkeitstag. Die Hintertür war aus den Angeln gerissen, und vor der Treppe lag ein toter Bulle auf dem Rücken. Jack war hier entlanggekommen! Mary wußte es. Und wo steckte Didi? Immer noch im Haus? Sie hatte keine Zeit, sich weiter Gedanken um irgend jemand zu machen. Pausenlos quoll der Rauch aus den brennenden Häusern. Er verkürzte die Sicht auf ein paar Meter, und Mary konnte den weißen Schein von Taschenlampen erkennen. »Kommst du mit?« fragte Edward. Sie nickte.

Sie rannten über den Rasen hinter dem Haus. Noch immer knallten Gewehrschüsse, und Leuchtspurgeschosse flogen durch den tiefhängenden Rauch. Edward kletterte über die Mauer in eine Gasse und zog Mary hinter sich her. Ihr war, als müßte sie ihre Eingeweide zurücklassen, aber sie hatte keine andere Wahl; sie stapfte weiter und kämpfte dabei gegen die Dunkelheit an, die sie hinabziehen wollte. Edward und Mary stolperten aus der Gasse. Blaulicht blitzte, Sirenen heulten. Sie überstiegen eine zweite Mauer, landeten scheppernd auf ein paar Mülltonnen und preßten sich an eine Hauswand. Mary zitterte vor Schmerz. Bestimmt fiele sie gleich in Ohnmacht. »Rühr dich nicht von der Stelle! Ich bin gleich wieder da!« befahl Edward und lief dann voraus, um einen Weg durch den Sperrgürtel der Bullen zu finden.

Mary setzte sich hin. Sie streckte ihre Beine aus und stöhnte auf, unterdrückte aber mit zusammengebissenen Zähnen einen Schrei. Wo war Jack? War er tot oder lebendig? Wenn er tot war, dann auch sie selbst. Sie beugte sich vornüber und entleerte Blut und Pizza aus ihrem Magen.

Da plötzlich hörte sie ein Geräusch. Ein Scharren. Sie sah nach rechts und erblickte ein Paar schwarze polierte Schuhe.

»Mary Terrell«, sagte der Mann.

Sie schaute zu ihm auf. Er trug einen dunkelblauen Anzug und eine blaugestreifte Krawatte, aber sein scharfgeschnittenes Gesicht war durch den Rauch fast nicht zu erkennen. Eine silberfarbene Marke blinkte an seinem Revers, und in seiner Rechten hielt er einen kurzen Achtunddreißiger, der auf eine Stelle irgendwo zwischen ihnen beiden zielte.

»Hoch mit Ihnen!« befahl der Polizist.

»Leck mich!« entgegnete sie.

Er griff nach ihrem Arm, zog ihre Hand aus dem blutigen Morast ihres Bauches.

Mary ließ es sich gefallen. Er hievte sie auf die Beine, und während ihr ein unfaßbarer Schmerz die Tränen in die Augen trieb, hob sie den Revolver, den sie neben sich versteckt gehalten hatte.

Sie schoß dem Kerl ins Gesicht. Es war ein wundervoller

Anblick, wie sein Kiefer in tausend Stücke sprang. Sein Revolver knallte direkt neben ihrem Ohr, und die Kugel jaulte keine zehn Zentimeter an ihrem Gesicht vorbei. Unbeherrschbar geworden, fuhr der Arm, der die Waffe hielt, hin und her. Es fielen noch mehr Schüsse – zwei davon in den Boden und einer in die Luft –, aber auch Mary schoß noch einmal; diesmal in den Hals des Bullen. Sie sah die tierische Furcht in dessen Augen und hörte ihn winseln. Luft und Blut blubberten aus seiner Wunde. Im verzweifelten Bemühen, nach Mary zu zielen, taumelte er zurück, doch seine zuckenden Finger verloren die Waffe. Der Mann fiel auf die Knie, und Mary Terror stellte sich vor ihn hin. Sie setzte ihm den Revolverlauf an die Stirn, drückte den Abzug. Der Bulle fing an zu schlottern, als würde er von einem elektrischen Abwehrstock berührt. Der Revolver klickte: Magazin leer.

Das Gesicht des Bullen, dessen Kiefer auf der einen Seite nur noch an ein paar Muskelsträngen hing, trug ein schiefes, blutiges Grinsen, und Mary wollte sich schon nach der Pistole ihres Gegners bücken, doch der Schmerz hielt sie davon ab. Sogar um dem Schwein die Nase einzuschlagen, war sie zu schwach! Sie sammelte blutige Spucke in ihrem Mund und spie ihm auf die Wange.

»Mary? Ich glaube, ich hab ei –« Edward stockte. »Mein Gott!« sagte er, als er das verwüstete Gesicht des Mannes erblickte, und hob dann seinen Revolver, um abzudrücken.

»Nein!« rief Mary. »Nein. Er soll leiden!«

Edward zögerte kurz. Dann senkte er seine Waffe.

»Leide!« flüsterte Mary und beugte sich nach vorn, um den Bullen auf dessen schweißnasse Stirn zu küssen. Er hatte schütteres braunes Haar. Der Bulle stieß einen japsenden, gurgelnden Laut aus seiner klaffenden Kehle. »Laß uns weg hier!« drängte Edward, und Mary taumelte mit ihm durch den Rauch davon. Sie preßte sich eine ihrer Hände auf den

Bauch, als wolle sie die Eingeweide am Herausrutschen hindern.

»Leide!« sagte Mary Terror, während sie neben Drummer in dem olivgrünen Transportbus saß, und kurbelte das Fahrerfenster herunter. Der Gestank von Qualm und brennenden Häusern war spurlos verschwunden, aber sie hatte ihn noch im Gedächtnis. An einem abgestellten Polizeiwagen vorbei, von dem keine drei Meter weit entfernt zwei Polizisten mit halbautomatischen Gewehren standen und etwas über »Hippies in den Arsch treten« quatschten, waren sie und Edward durch den dichten Rauchschleier gekrochen. Ein leerstehender Erfrischungskiosk vier Straßen weiter nördlich, am Rande eines verwilderten Parks, hatte ein loses Brett. In ihm hatten sie sich mehr als sechsundzwanzig Stunden lang versteckt und nur dann nicht geschlafen, wenn sie die Ratten wegtreten mußten, die an Marys Blut leckten. Nach Ablauf dieser Zeit war Edward hinausgegangen, hatte eine Telefonzelle gesucht, ein paar Bekannte in Manhattan angerufen, und zwei Stunden später war Mary aufgewacht. Sie hörte streitende Stimmen, in irgendeiner fremden Wohnung. »Die macht doch alles mit Blut voll! Sie kann nicht hierbleiben!« rief jemand. Dann war irgendein Unbekannter mit Arzttasche, Antiseptikum, Injektionsspritzen und blitzenden Instrumenten hereingekommen, und sie hatte ihn »Verdammte Schweinerei!« sagen hören, während er mit einer Pinzette die Geschoß- und Holzsplitter aus ihr entfernte.

»Mein Baby«, hatte Mary geflüstert. »Ich bekomme ein Baby.«

»Ja. Stimmt. Eddie, gib ihr noch einen Schluck Rum!«

Sie trank das flüssige Feuer. »Wo ist Jack? Sagen Sie Jack, daß ich sein Baby bekomme.«

»Mary?« Edwards Stimme. »Mary, hör mir zu! Ein Freund von mir wird dich auf eine kleine Reise mitnehmen. Zu einem Haus, wo du dich ausruhen kannst. Ist das in Ordnung?«

»Ja. Ich bekomme ein Baby. Oh, es tut weh. Es tut weh.«

»Es wird nicht mehr lange weh tun. Paß auf, Mary! Du bleibst in diesem Haus, bis du wieder auf den Beinen bist, aber sehr lang kannst du nicht dortbleiben. Nur etwa eine Woche. Okay?«

»Untergrundbahn«, hatte sie geantwortet, und ihre Augen waren geschlossen. »Schon kapiert.«

»Ich muß dich jetzt verlassen. Hörst du?«

»Ich höre.«

»Ich muß weg. Mein Freund hier wird sich um dich kümmern. Ich hab ihm etwas Geld dafür gegeben. Ich muß sofort los. Okay?«

»'kay«, hatte sie geantwortet und war wieder eingeschlafen. Und da hatte sie Edward Fordyce zum letztenmal gesehen.

In der Nähe von Baltimore gab es ein Tankstellenklo, wo Mary aus ihrem mit dreihundertzweiundsechzig groben Stichen zusammengenähten Bauch das kleine Mädchen geboren hatte. Es war tot auf die Welt gekommen. Und es gab ein Haus in Bowens, Maryland – am Rand des Battle-Creek-Zypressensumpfs –, dort hatte Mary eine Woche lang bei einem Paar gelebt, das kein Wort sprach. Sie hatte sich in dieser Zeit nur von Linsensuppe ernährt, und nachts, wenn der Sumpf Kleintiere verschlang, klang es für sie wie das Geschrei von Babys.

Das Ehepaar hatte ihr einen NEW-YORK-TIMES-Artikel über die Schießerei gezeigt, eine schwer lesbare Geschichte. Edward, Lord Jack und Bedelia Morse waren entkommen, James Xavier Toombs zwar lebend, aber mit schweren Verletzungen verhaftet worden. Er würde nie etwas über die weinende Lady verraten. Das wußte Mary. James Xavier Toombs hatte ein Loch in seinem Innern, ein Allerheiligstes,

wo er hineinkriechen, den Deckel zumachen und Haiku-Verse rezitieren konnte.
Die schlimmste Nacht allerdings war, als sie träumte, sie würde Lord Jack einen kleinen Jungen schenken. Es war schrecklich, denn am Ende dieses Traumes war sie wieder allein.
»Genau da drüben bin ich auf die Welt gekommen. Siehst du?« Mary nahm Drummers Korbwiege vom Boden auf. Aber Drummer schlief. Seine rosa Augenlider flatterten, der Schnuller steckte fest in seinem Mund. Sie gab dem Jungen einen Kuß auf die Stirn – sanfter, als sie es einst bei dem leidenden Polizisten getan hatte – und stellte seine Korbwiege wieder auf den Boden.
Es waren Geister in der Elderman Street 1105. Sie konnte sie singen hören – Lieder von Liebe und Revolution und mit Stimmen, die ewig jung bleiben würden. James Xavier Toombs war bei einem Krawall in Attica ums Leben gekommen. Ob sein Geist hierher zurückgekehrt war, zu dem der anderen schlafenden Kinder? Linden, New Jersey. Erster Juli 1972. Wie Cronkite sagen würde: *Ja, so war das damals.*
Sie kam sich sehr alt vor. Morgen würde sie sich wieder jung fühlen. Sie fuhr die sechzehn Meilen zu dem *McArdle Travel Inn* vor Piscataway zurück, und als sie ein paar Tränen vergoß, sah es keiner.

4

Ein Sprung in der Tasse

Als die Tür aufging, hielt Laura Mark Treggs wütend die fast leergetrunkene Flasche Sangria unter die Nase. »Da! Ich hab Ihnen was mitgebracht.«

Er blinzelte verblüfft, während Rose sich hinter ihm aus dem sackähnlichen Sessel erhob, von wo sie ferngesehen hatte. Auch die beiden Kinder auf dem Boden hörten zu spielen auf, das kleine Mädchen mit seiner Barbiepuppe und der Junge mit seinen GoBots, und starrten verwundert zu der Besucherin hin.

»Wollen Sie mich nicht reinbitten?« fragte Laura, deren Atem nach süßem Rotwein roch.

»Nein. Bitte gehen Sie.« Er begann, die Tür zuzudrükken.

Laura hielt sie mit ihrer einen Hand offen. »Ich kenne hier niemanden, und allein trinken ist abscheulich. Also seien Sie nicht unhöflich, ja?«

»Ich kann Ihnen nichts mehr verraten.«

»Ich weiß. Ich hab mich ja auch nur nach ein bißchen Gesellschaft gesehnt. Ist das denn so schlimm?«

Er sah auf seine Armbanduhr, deren Zifferblatt eine Mickymaus zeigte. »Es ist gleich neun.«

»Stimmt. Zeit, um sich tüchtig einen hinter die Binde zu gießen.«

»Wenn Sie nicht gehen«, drohte Treggs, »dann muß ich die Polizei rufen.«

»Täten Sie das im Ernst?« fragte Laura. Ein kurzes Schweigen trat ein, und sie sah, daß er es nicht tun würde.

»Laß sie doch rein, Mark!« Rose stellte sich neben ihn. »Es ist doch nichts dabei.«
»Ich glaube, sie ist betrunken.«
»Nein, noch nicht.« Laura lächelte dünn. »Im Moment arbeite ich noch dran. Na los! Ich bleib ja nicht lange. Ich muß nur mal mit jemandem reden, okay?«
Rose Treggs schob ihren Ehemann beiseite und machte ihr auf. »Wir haben noch nie jemandem die Tür vor der Nase zugeschlagen, und wir fangen auch jetzt nicht damit an. Kommen Sie rein, Laura!«
Laura trat mit ihrer Weinflasche über die Schwelle. »Hallöchen!« sagte sie zu den beiden Kindern, und der kleine Junge antwortete: »Hallo!« Das Mädchen dagegen starrte sie nur an.
»Mach die Tür zu, Mark! Es geht kalt rein!« sagte Rose, und er brummelte etwas in seinen Bart. Aber er gehorchte. Draußen war es bereits dunkel.
»Wir haben Sie längst wieder in Atlanta vermutet«, erklärte Rose, und Laura nahm auf dem Sofa Platz. Sprungfedern piekten ihr in den Hintern.
»Da verpaß ich zur Zeit nicht viel«, antwortete sie und öffnete den Schraubverschluß des Sangria, um gleich aus der Flasche zu trinken. Das letzte Mal hatte sie das an der Universität von Georgia getan, als es Bier zum halben Preis gab. »Ich hab gedacht, ich wollte allein sein. Schätze, das war ein Irrtum.«
»Wird sich denn niemand Sorgen um Sie machen?«
»Ich hab meinem Mann eine Notiz hinterlassen. Er ist w-e-g. Weg.« Laura nahm noch einen Schluck. »Hab Carol angerufen und ihr gesagt, wo ich stecke. Carol ist meine Freundin. Gott sei Dank gibt's auch noch Freunde, was?«
»Okay, ihr Rasselbande«, sagte Treggs zu den beiden Kindern. »Zeit fürs Bett.« Und obwohl sie sofort zu maulen anfingen, schaffte es Treggs, daß sie sich in Bewegung setzten.

»Sind Sie die Dame, der man ihr Kind gestohlen hat?« fragte der Junge.
»Ja, bin ich.«
»Mark junior!« sagte sein Vater. »Mach schon! Schlafenszeit.«
»Mein Dad glaubt, Sie hätten ein Abhörgerät dabei«, erzählte der kleine Junge. »Sehen Sie meinen GoBot?« Er hielt ihn ihr zur näheren Begutachtung unter die Nase, aber Treggs packte seinen Sohn am Arm und zog ihn Richtung Flur. Mark junior hatte gerade noch Zeit »Heia, heia!« zu wünschen; dann knallte eine Tür zu.
»Heller Junge«, sagte Laura zu Rose. »Hab ich allerdings nicht. Ich meine: ein Abhörgerät dabei. Warum auch?«
»Mark ist ein bißchen mißtrauisch. Das kommt vermutlich von seiner Zeit in Berkeley. Wissen Sie, die Bullen haben damals an Spitzeln, die als jugendliche Radikale auftraten, Abhörgeräte versteckt und bei SDS-Meetings jedes Wort mitgeschnitten. Auf diese Art konnte das FBI viele Personenakten anlegen.« Sie zuckte die Achseln. »Ich selbst bin politisch ja nie so engagiert gewesen. Meistens hab ich mehr oder weniger nur rumgehangen und Knüpfarbeiten gemacht.«
»Ich war engagiert!« Wieder ein Schluck Rotwein. Lauras Zunge fühlte sich pelzig an. »Ich dachte, daß wir mit Blumen und Kerzen die Welt verändern könnten. Mit *Liebe.*« Sie sprach das Wort aus, als sei sein Sinn inzwischen unklar für sie geworden. »War doch verdammt blöd, nicht wahr?«
»Es entsprach unserem Standpunkt und unserem Selbstverständnis«, erwiderte Rose. »Es war ein guter Kampf.«
»Wir haben ihn verloren«, sagte Laura. »Schlagen Sie jede x-beliebige Zeitung auf, und Sie können sehen, daß wir verloren haben. Verdammt ... wenn diese ganze Energie nicht imstande war, die Welt zu verändern, dann ist es gar nichts.«

»Traurig, aber wahr.« Rose griff nach der Sangriaflasche, und Laura gab sie ihr. »Graue Vorzeit und roter Wein vertragen sich nicht gut. Ich mache Ihnen ein bißchen Tee. Okay?«

»Ja. Einverstanden.« Laura nickte, wobei ihr etwas schwindelte, und Rose ging in die Küche.

Nach einer Weile kehrte Mark Treggs in das Wohnzimmer zurück. Laura sah gerade fern: *Barfuß im Park* mit Robert Redford und Jane Fonda, aus der Zeit vor Hanoi. Treggs machte es sich in einem Sessel gegenüber von Laura bequem und schlug seine langen Beine übereinander. »Sie sollten heimfahren«, sagte er zu ihr. »Es hat keinen Zweck, in Chattanooga rumzuhängen.«

»Ich fahre morgen früh. Sobald ich ein wenig ausgeruht bin.« Was, wie sie wußte, so gut wie unmöglich war. Jedesmal, wenn sie die Augen zumachte, hörte sie ein Baby schreien und Sirenengeheul.

»Ich kann Ihnen nicht helfen. Ich wünschte, ich könnt's, aber ich kann nicht.«

»Ich weiß. Das haben Sie schon gesagt.«

»Dann sag ich es Ihnen noch einmal.« Er legte seine dünnen Fingerkuppen aneinander und beobachtete Laura mit seinen Eulenaugen. »Wenn ich irgend etwas für Sie tun könnte, dann würde ich es tun.«

»Schon gut.«

»Ich meine es ernst. Es tut mir wirklich leid, daß ich Ihnen nicht helfen kann. Aber sehen Sie ... ich bin eben bloß ein Parkwächter, der Subkultur-Bücher schreibt; und die haben vielleicht tausend Leute gelesen.« Treggs blickte ihr weiterhin fest ins Gesicht. »Ich bin ein Windpisser, sonst nichts.«

»Ein *was?*«

»Das hat mein Vater immer gesagt; daß aus mir mal ein Windpisser würde, wenn ich erwachsen bin. Jemand, der in den Wind pißt. Und das bin ich auch, ob's mir paßt oder nicht.« Ein Achselzucken. »Vielleicht piß ich schon so lange in den Wind, daß es mir inzwischen Spaß macht. Ich will damit sagen, daß ich ein schönes kleines Leben habe – wir alle. Wir brauchen nicht viel, und wir haben nicht viele Wünsche. Nur die Freiheit, zu reden und zu schreiben. Und oben in Rock City spiele ich meine Pfeife und denke nach. Es ist ein sehr schönes Leben. Und wissen Sie, warum?« Er machte eine Pause, bis sie den Kopf geschüttelt hatte. »Weil ich keine großen Erwartungen habe. Meine Philosophie heißt: *Let it be.* Ich neige mich mit dem Wind, aber ich zerbreche nicht.«

»Zen«, sagte Laura.

»Ja. Wenn man dem Sturm trotzt, bricht man sich den Hals. Also sitze ich in der Sonne, spiele meine Musik, und hin und wieder schreibe ich ein Buch, das heute kaum jemanden interessiert. Ich sehe zu, wie meine Kinder größer werden, und ich habe meinen Frieden.«

»Ich wünschte, weiß Gott, das könnte ich auch sagen«, erwiderte Laura.

Rose kam aus der Küche und bot ihr die Tontasse an, in die das Gesicht ihres Mannes modelliert war. »Ist schon wieder Red Zinger«, sagte sie. »Ich hoffe, das macht Ih –«

»Nicht die Tasse!« Mark Treggs sprang auf die Beine, während sich Lauras Finger um den Henkel schlossen. »Mein Gott, nein!«

Sie sah blinzelnd zu ihm auf, als er ihr die Tasse wegzunehmen versuchte. »Sie hat einen Sprung, mein ich!« sagte Treggs. Ein dämliches Lächeln huschte über sein Gesicht. »Der Boden ist undicht!«

Laura gab die Tasse nicht her. »Heute nachmittag war sie noch ganz in Ordnung.«

Sein lächelnder Mund zuckte, und er schaute kurz zu Rose, dann wieder zu Laura. »Kann ich bitte diese Tasse haben?« sagte er. »Ich hole Ihnen eine andere.«

Laura betrachtete das Gesicht auf der Tasse. Es trug das gleiche dämliche Grinsen wie Treggs selbst. Die Tasse ist Handarbeit, dachte sie. Das Werk eines Künstlers. Vorsichtig, um keinen Tee zu verschütten, hob sie das Ding hoch, und als sie den Boden auf irgendeine undichte Stelle untersuchte, hörte sie Treggs sagen: *»Geben Sie her!«* Seine Stimme klang gepreßt.

Es war kein Sprung im Boden, dafür aber eine Künstlersignatur – zwei Anfangsbuchstaben und ein Datum: DD, '85.

DD. *Didi?*

Wie von *Bedelia?*

Didi hat da so Sachen fabriziert, hatte Treggs gesagt. Sie war Töpferin und hat allerhand im Ort verkauft.

Laura setzte fast das Herz aus. Sie vermied Treggs' starren Blick und nahm ein Schlückchen Red Zinger, während Rose ein paar Schritte von ihrem Ehemann entfernt stand. »Ich weiß, daß ich Mist gebaut hab«, sagte ihr Gesicht. Einen Moment lang schien die Zeit stillzustehen; Redford und Fonda plapperten im Fernsehen, und draußen klimperte das Glockenspiel. Dann fragte Laura: »Wo ist sie?«

»Ich möchte, daß Sie jetzt gehen«, sagte Treggs.

»Bedelia Morse. Didi. Sie hat die Tasse doch gemacht? 1985? Wo ist sie?« Lauras Gesicht fühlte sich heiß an, und ihr Blick richtete sich unnachgiebig auf Treggs.

»Ich weiß wirklich nicht, wovon Sie reden. Ich glaube, ich muß Sie bitten –«

»Ich zahle Ihnen eintausend Dollar, wenn Sie mich mit ihr in Kontakt bringen«, sagte Laura. »Ich schwöre bei Gott, ich habe kein Abhörgerät. Ich arbeite nicht für die« – das Wort kam wie von selbst – »Bullen. Ich bin allein, und mich interessiert nicht, was sie getan hat. Das einzige, was mich interessiert, ist, sie zu finden, weil sie mir vielleicht einen Hinweis auf Mary Terrell und mein Baby geben kann.

Wenn ich betteln muß, dann bitte: Ich flehe Sie an, sagen Sie mir, wo sie steckt!«

»Hören Sie, ich weiß gar nicht, was das alles soll. Wie schon gesagt, ich habe gar keine –«

»Mark?« Roses Stimme klang gedämpft.

Er warf seiner Frau einen wütenden Blick zu.

Sie starrte mit verkniffenen Mundwinkeln auf Laura.

»Bitte!« flehte Laura.

Rose sprach erneut – so leise, als habe sie Angst, die Toten aufzuwecken. »Michigan«, sagte sie. »Ann Arbor, Michigan.«

Sobald die Worte heraus waren, rief Treggs »O Gott!«, und rote Flecken traten auf sein Gesicht. »O Allmächtiger! Hören Sie, Sie ... Ich hab gesagt, ich will Sie aus meinem Haus haben!«

»Ann Arbor«, wiederholte Laura und stand auf. Die Tasse hielt sie immer noch fest in ihrer Hand. »Wie nennt sie sich heute?«

»Verstehen Sie etwa kein Englisch?« donnerte Treggs, und Speichelspritzer sprenkelten seinen Bart. Dann marschierte er mit steifen Schritten zur Tür, um sie zu öffnen. Ein kalter Wind blies herein. *»Raus!«*

»Mark?« sagte Rose. »Wir müssen ihr helfen.«

Er schüttelte den Kopf, daß die Haare flogen. »Nein! Kommt nicht in Frage!«

»Sie arbeitet nicht mit den Bullen zusammen, Mark. Ich glaube ihr.«

»Nur weiter so! Willst du, daß wir beide in den Knast wandern? Rose, die Bullen könnten uns mit dem Arsch an die Wand nageln!« Seine Augen, deren Blick hinter dem Nickelbrillchen gequält wirkte, hefteten sich auf Laura. »Ich will keine Schwierigkeiten bekommen«, sagte er mit flehendem Unterton. »Gehen Sie ganz einfach. Okay?«

Laura rührte sich nicht von der Stelle. Ihr Schwips war

verflogen und ihre Beine wie angewurzelt. »Ich zahle Ihnen zweitausend Dollar, wenn Sie mich mit ihr in Kontakt bringen«, erklärte sie. »Das FBI braucht nichts davon zu wissen. Ich schwöre bei Gott: Ich werde keiner Menschenseele Bedelia Morse' Aufenthaltsort verraten. Es ist mir gleich, was sie getan hat oder was Sie getan haben, um sie zu verstecken. Ich will einzig und allein meinen Sohn zurück. Das ist für mich das Wichtigste auf der Welt. Ginge es Ihnen nicht genauso, wenn eines Ihrer Kinder vermißt würde?«

Ein langes Schweigen trat ein. Das Glockenspiel klimperte. Laura wartete, und jede Sekunde zerrte an ihren Nerven.

Zu guter Letzt sagte Rose: »Mach die Tür zu, Mark!«

Er zögerte. Eine Ader pulsierte an seiner Schläfe, und sein Gesicht war weiß wie die Wand geworden.

Er folgte Roses Aufforderung, und als die Tür zuklappte, sah Laura ihn zusammenzucken.

»O mein Gott!« stöhnte er noch einmal. »Trinken Sie Ihren Tee aus!«

Laura setzte sich auf das Sofa und bemühte sich, trotz ihrer Anspannung ruhig zu bleiben, während er zu erzählen anfing. Mark war nach der Auflösung der Kommune mit Bedelia Morse in Kontakt geblieben. Er hatte sie zu überreden versucht, daß sie ihre Mitarbeit bei der »Sturmfront« aufgeben solle, sie aber war – in seinen eigenen Worten – jetzt erst recht Feuer und Flamme. Schon während der Zeit der »Sturmfront« sei sie »voll auf LSD abgefahren« und ständig high gewesen, ganz davon abgesehen, daß sie von jeher der Typ gewesen sei, der irgendeiner Gruppe angehören mußte, ob nun einer Kommune oder einer Bande Terroristen. Ungefähr drei Monate nach dem Feuergefecht in Linden hatte Mark einen Anruf bekommen; es war Didi. Sie hatte ihn um Geld gebeten, damit sie ihr Gesicht verändern könne – eine Nasenoperation und irgend etwas mit ihrem Kinn –, und Mark hatte ihr eine »Spende« überwiesen. Dafür waren im Lauf der Jahre alle möglichen Töpfereien angekommen: Teetassen, Blumenbehälter sowie abstrakte Skulpturen für ihn und Rose. Einen Teil davon hatte Mark verkauft; anderes, zum Beispiel die Henkeltasse mit seinem Gesicht, hatte er behalten. »Das letzte Mal hab ich vor vielleicht fünf, sechs Monaten mit ihr gesprochen«, erzählte er. »Sie würde ihre Arbeiten in Ann Arbor verkaufen und es ginge ihr ganz gut. Sogar einen Töpferkurs würde sie geben. Also, glauben Sie mir: Didi ist okay; das sag ich Ihnen. Sie ist nicht mehr dieselbe wie früher. Sie fixt nicht mehr, und sie wäre bestimmt die letzte, die anderer Leute Babys klaut. Sie weiß sicher auch nicht mehr über Mary Terror als das, was im Fernsehen kam.«

»Das würde ich gern selbst herausfinden«, entgegnete Laura. Mark blieb einen Moment regungslos. Sein Kinn in die Hände gestützt und mit gedankenverlorenem Blick, saß er da und schaute dann plötzlich zu Rose. Sie nickte. Er stand auf, ging zum Telefon, öffnete ein abgewetztes Notizbüchlein, wählte eine Nummer und wartete. »Sie ist nicht zu Hause«, sagte er nach dem zehnten Klingeln. »Sie wohnt außerhalb von Ann Arbor.« Er sah auf die Mickymausuhr an seinem Handgelenk. »Eigentlich bleibt sie nie so lange weg ... zumindest früher nicht.« Er legte den Hörer wieder auf und versuchte es nach etwa fünfzehn Minuten noch einmal. »Geht keiner ran«, sagte er.

»Wissen Sie auch ganz bestimmt, daß sie immer noch dort wohnt?«

»Im September hat sie's noch getan. Sie hat mich damals angerufen, um mir von ihrem Töpferkurs zu erzählen.« Während Rose und Laura miteinander plauderten, machte sich Mark eine Tasse Tee und versuchte es dann ein drittes Mal. Wieder keine Reaktion. »Fehlanzeige«, sagte er. »Aber eine Nachteule ist sie bestimmt nicht.«

Gegen Mitternacht wählte Mark die Nummer noch einmal. Es klingelte und klingelte, jedoch ohne Erfolg.
»Bringen Sie mich zu ihr«, sagte Laura.
»A-a. Geht nicht.«
»Wieso? Wenn wir morgen früh losfahren, können wir bis Montag zurück sein. Wir könnten meinen Wagen nehmen.«
»Nach *Michigan?* Mann, das ist doch eine Ewigkeit!«
Laura öffnete ihre Handtasche und zog das Scheckheft heraus. Ihr zitterten die Hände. »Ich komme für alles auf«, sagte sie. »Und ich werde Ihnen einen Barscheck über dreitausend Dollar ausstellen, den ich einlöse, sobald wir Bedelia Morse gefunden haben.«
»Dreitausend Dollar? Lady, entweder Sie sind reich, oder Sie sind verrückt!«
»Ich habe Geld«, erwiderte Laura. »Das spielt keine Rolle. Ich möchte nur meinen Sohn zurückbekommen.«
»Ja, das verstehe ich ja. Aber ... ich hab doch ... einen Job. Morgen früh muß ich zur Arbeit antreten.«
»Melden Sie sich krank. Ich glaube kaum, daß Sie in Rock City übers Wochenende dreitausend Dollar verdienen würden, oder?«
Mark strich sich mit seinen Fingern durch den Bart. Er begann, im Zimmer auf und ab zu gehen, und sah dabei verstohlen zu den beiden Frauen. Dann hielt er inne, um die Nummer noch einmal zu wählen. Es klingelte zwölfmal.
»Sie muß irgendwohin gefahren sein«, sagte er. »Vielleicht über das ganze Wochenende. Auf'n Kurztrip oder so.«
»Dreitausend Dollar.« Laura hielt das Formular mit der Aufschrift *Barscheck* hoch. »Bringen Sie mich einfach zu ihrem Haus. Mehr verlange ich gar nicht.«
Rose räusperte sich und rutschte unruhig auf ihrem Platz herum. »Das ist eine ziemliche Stange Geld, Mark. An unserem Wagen muß einiges gemacht werden.«
»Ein paar nähere Informationen bitte.« Mit gesenktem Kopf

begann er erneut umherzugehen, blieb aber gleich wieder stehen. »Keine Bullen? Schwören Sie's bei Gott: Keine Bullen?«

»Ich schwöre es.«

Mark runzelte die Stirn. Er fühlte sich hin und her gerissen. Hilfesuchend blickte er zu Rose, aber die konnte lediglich mit den Achseln zucken. Es war seine Entscheidung. »Geben Sie mir Bedenkzeit«, sagte er zu Laura. »Rufen Sie mich morgen früh gegen acht hier an. Falls ich Didi bis dahin nicht erreicht habe ... fasse ich meinen Entschluß.«

Laura wußte, daß sie im Moment nicht mehr herausholen konnte. Es war nach Mitternacht, und es wurde langsam Zeit, sich nach Möglichkeit ein bißchen auszuschlafen. Darum stand sie auf, bedankte sich bei Mark und Rose für deren Gastfreundschaft und nahm ihren Scheck mit. Der kalte Wind blies ihr entgegen, und sie ging gebeugt, aber ungebrochen. Bevor sie sich ins Bett legte, würde sie niederknien und beten. Nur diese Worte an Gott, ob er sie nun erhörte oder nicht, bewahrten sie in letzter Zeit davor, ihren Verstand zu verlieren. Sie würde beten, daß David auch diese Nacht heil überstehen und Lauras Alptraum von Sirenen und Scharfschützen nicht Wirklichkeit werden möge.

Sie stieg in ihren BMW und fuhr davon.

Im Haus der Treggs' blieb das Licht an. Mark saß mit geschlossenen Augen und in Lotosstellung vor dem stummen Fernsehgerät und betete zu seinem eigenen Gott.

5

Logisch

Samstag, der siebzehnte Februar, abends.
Morgen die weinende Lady. Und Lord Jack. Er wartete auf sie und Drummer.
Das Baby schlief, in seine Wolldecke gewickelt, auf dem Bett. Das Motel in Secaucus, New Jersey, nannte sich *Cameo Motor Lodge* und bot neben einer winzigen Kochnische, in der man sich kaum bewegen konnte, Ausblick auf die Autobahn. Zahllose Risse von den Erschütterungen durch die Lastzüge, die Güter von und nach New York transportierten, verliefen an der Decke.
Irgendwann vor dreiundzwanzig Uhr leckte Mary Terror ein Smiley-Gesicht von ihrem Stück Wachspapier, gab Drummer einen Kuß und setzte sich vor den Fernseher.
Es lief gerade ein Horrorfilm. Irgendwas über Tote, die sich aus ihren Gräbern quälten, um unter den Lebenden umherzugehen. Mit dreckigen Gesichtern und Mündern voller Würmer und scharfer Zähne kamen sie an die Oberfläche und grinsten. Mary Terror verstand die Bedürfnisse dieser Kreaturen; sie kannte die schreckliche Stille des Grabes und den Geruch der Fäulnis. Sie betrachtete ihre Handflächen. Sie waren feucht. Angst, dachte sie. Ich hab Angst wegen morgen. Ich habe mich verändert. Bin älter und dicker geworden. Was, wenn ihm mein Aussehen nun nicht mehr gefällt? Wenn er glaubt, ich wäre immer noch blond und schlank, und ich es ihm vom Gesicht ablese, oh, ich werd es ihm vom Gesicht ablesen, wenn er mich nicht mehr mag, und das ist mein Tod. Nein, nein. Ich bringe ihm ja seinen

Sohn. Unseren Sohn. Ich bringe ihm Licht ins Dunkel, und er wird sagen: Mary, ich liebe dich, ich habe dich immer geliebt und, ach, so lange auf dich gewartet.
Es wird alles glattgehen, dachte sie, ganz problemlos. Morgen ist es soweit. Morgen mittag um zwei. Noch vierzehn Stunden. Sie hielt ihre Hände hoch und betrachtete sie. Sie zitterten ein bißchen. Ich dreh allmählich durch, dachte sie. Sie sah die Feuchtigkeit auf ihren Händen rot werden – als würde Blut aus ihren Poren sickern. Ich flippe aus. Schwitze Blut. Nein, nein; es ist das LSD. Nicht schwach werden, halt durch! Wie eine Eiche im Sturm, nein, ein Reiter im Sturm, o ja ...
Ein gellender Schrei rüttelte Mary aus ihren Träumen. Sie sah, wie in dem Fernseher eine Frau vor einem halbverwesten Leichnam davonlief und, immer noch schreiend, zu Boden fiel, während ihr gräßlicher Verfolger mit rudernden Armen auf den Bildschirm zutappte.
Mit einem Knall wie aus einer Pistole sprang die Scheibe entzwei, Glassplitter flogen, und der Kopf des lebenden Leichnams kam aus dem Fernsehgerät. Mary war wie gelähmt vor Entsetzen. Regungslos sah sie dem morschen Kadaver zu, wie er sich aus dem Gehäuse löste. Er blieb mit den Schultern stecken, aber sein Körper bestand ja nur aus Knochen und Sehnen, und im Nu hatte er sich mit einer ungeheuren Kraftanstrengung nach draußen gestemmt.
Der Geruch von Friedhofserde und Moder erfüllte das Zimmer. Der lebende Leichnam stand jetzt vor Mary Terror. Ein paar lange schwarze Haarsträhnen hingen an seinem Schädel, und Mary konnte die mandelförmigen Augen in einem Gesicht erkennen, das so runzlig war wie eine Dörrpflaume. Der Mund dehnte sich, stieß ein gepreßtes Fauchen hervor, das sich zu Worten formte: »Hallo, Mary!«
Sie kannte diesen Besucher aus dem Totenreich. »Hallo, CinCin.«

Kalte Finger berührten sie an der Schulter. Sie sah nach links, und dort stand eine zweite Grabeskreatur, eine, die schmutzverkrustete afrikanische Amulette trug. Akitta Washington war auf ein klappriges Strichmännchen zusammengeschrumpft, und was von dem einst rabenschwarzen Fleisch noch übriggeblieben war, hatte nun ein lepröses Grau. Er reckte zwei Knochenfinger. »Peace, Schwester.«

»Peace, Bruder.« Mary erwiderte sein Zeichen.

In einer Ecke stand eine dritte Gestalt. Ihr entfleischtes Gesicht war leicht zur Seite geneigt, und obwohl zu ihren Lebzeiten ein zierliches, schmächtiges Mädchen, war sie nun aufgedunsen. Dunkle, glitzernde Dinge quollen aus einem Loch, wo sich früher ihre Eingeweide befunden hatten.

»Mary«, sagte sie mit uralter Stimme. »Du Miststück.«

»Hi, Janette«, erwiderte Mary. »Du siehst beschissen aus.«

»Der Tod bekommt einem nicht gerade gut«, bestätigte Janette.

»Paß auf!« sagte Akitta und trat vor den Stuhl, neben CinCin. Seine Beine glichen grauen Zahnstochern, und wo sich frühe seine Geschlechtsteile befunden hatten, weideten sich nun weiße Maden. »Du willst also morgen dorthin gehen. Mach nur so weiter, Schwester! Ist dir je der Gedanke gekommen, daß vielleicht die Bullen dieses Inserat in den STONE gesetzt haben?«

»Ja. Nur wußten die Bullen nichts von der weinenden Lady. Niemand außer uns hat davon gewußt.«

»Und Toombs«, entgegnete Janette. »Wer sagt dir, daß er's den Bullen nicht verraten hat?«

»Toombs würde uns nicht verpfeifen. Niemals.«

»Das sagt sich so leicht, aber weiß man's?« CinCin hatte sich gemeldet. »Woher nimmst du diese Sicherheit, daß die Nachricht von Lord Jack stammt? Dahinter könnten auch die Bullen stecken, Mary. Du könntest, wenn du morgen dorthin gehst, in eine Falle tappen.«

»Ich möchte davon nichts hören!« entgegnete Mary. »Ich habe jetzt mein Baby, und ich bringe es Jack! Kein Grund zur Aufregung.«
Akitta neigte sein Leichengesicht zu ihr herab. Seine Augen waren so weiß wie Bachkiesel. »Sieh dich lieber vor, Schwester! Du weißt nicht mit Sicherheit, von wem diese Nachricht stammt. Verdammt noch mal, sieh dich lieber vor!«
»Ja.« Janette ging auf die andere Seite des Zimmers, um ein Wandbild geradezurücken. Dabei hinterließ sie eine dunkle Spur auf dem braunen Teppich. »Vielleicht überwachen die Bullen dich ja schon jetzt, Mary. Vielleicht richten sie bereits die Zelle für dich her. Meinst du, es würde dir gefallen im Knast?«
»Nein.«
»Mir auch nicht. Lieber tot als im Kittchen.« Sie bekam das Bild in die gewünschte Position; Janette war schon immer ordnungsliebend gewesen. »Was hast du mit dem Baby vor?«
»Ich werde es Jack geben.«
»Nein, nein«, verbesserte CinCin. »Was hast du mit dem Baby vor, falls die Bullen dort auf dich warten?«
»Das tun sie nicht.«
»Ach?« CinCin lächelte gespenstisch. »Aber nehmen wir einmal an, daß doch, Mary. Nehmen wir einmal an, du hättest irgendwo Scheiße gebaut, und morgen springen die Bullen aus ihrem Versteck wie die Schachtelmännchen ... Du gehst doch nicht unbewaffnet?«
»Nein.« Sie würde die Magnum mitnehmen; die paßte in ihre Handtasche.
»Wenn also die Bullen auf dich warten und es kein Entrinnen mehr gibt, was wirst du dann tun?«
»Ich ... weiß nicht ... was –«
»Klar weißt du's«, entgegnete Akitta. »Du wirst nicht zulassen, daß sie dich lebend fangen, stimmt's? Sie würden

dich hinter Schloß und Riegel stecken, Mary. Sie würden dir dein Baby wegnehmen und es irgend so einem Stück Scheiße geben, das nicht mal ein Kind verdient. Du weißt, wen ich meine. Sie heißt Laura.«

»Ja. Laura.« Mary nickte. Sie hatte die Fernsehnachrichten gesehen und in der Zeitung über den Fall gelesen. Letzte Woche war ein Bild von diesem Weib in der TIMES erschienen, gleich neben einem alten Schnappschuß aus Berkeley, der Mary beim Frisbeespielen mit der übrigen »Sturmfront« zeigte.

»Drummer ist jetzt *dein* Kind«, sagte Janette. »Du wirst es doch nicht hergeben?«

»Nein.«

»Also: Was hast du vor, wenn die Bullen dort sind?« wiederholte CinCin. »Und jeder Fluchtweg abgeschnitten ist?«

»Ich ... werde –«

»Zuerst das Baby erschießen«, sagte CinCin. »Und dann so viele Bullen umlegen, wie's nur geht. Ist doch logisch?«

»Ja«, bestätigte Mary. »Ist logisch.«

»Sie haben heutzutage alle möglichen neuen Waffen und solchen Scheiß«, sagte Akitta. »Du wirst den Kleinen schnell erledigen müssen. Ohne jedes Zögern.«

»Ohne jedes Zögern«, echote Mary.

»Und danach kannst du zu uns kommen, dich uns anschließen.« Janettes ausgedörrtes Gesicht bekam Sprünge an den Kiefergelenken, als sie grinste. »Wir schmeißen 'n Trip und schwofen.«

»Ich muß Jack finden.« Mary konnte ihre Worte in der Luft sehen, einen blaßblauen Schriftzug, der davontrieb wie Rauchringe. »Muß Jack finden und ihm unser Kind bringen.«

»Wir werden dich begleiten«, versprach CinCin. »Brüder und Schwestern im Geiste, wie eh und je.«

»Wie eh und je«, bestätigte Mary.

Dann begannen CinCin, Akitta und Janette zu zerfallen – ein stiller Zerfall, so als würden ihre Knochen zu Staub werden, und Mary verfolgte das Geschehen mit dem gleichen Interesse, wie sie ein mäßig unterhaltsames Fernsehprogramm verfolgt hätte. Den Körpern entstieg ein grauer, mit blauen Ranken verwobener Nebel, der auf Mary zurollte. Sie fühlte ihn in ihrer Nase und auf ihren Lippen: kalt wie der Nebel von San Francisco. Er drang ihr in Mund und Rachen, vereiste ihr die Kehle, und sie roch ein Gemisch aus Räucherstäbchen mit Erdbeerduft, aus Grabesmoder und Pulverdampf.
Der Bildschirm hatte sich wieder normalisiert. Es lief ein neuer Film: *Plan 9 aus dem Weltall.* Mary Terror machte die Augen zu und erblickte in ihrem Geist die weinende Lady, wie sie ihre Fackel hoch über den schmutzigen Hafen reckte und ihre Füße im Beton des verdammten Staates festsaßen. Die Lady weinte schon lange, ohne daß sie es sich je ansehen ließ. An jenem vierten Juli 1972 aber hatte die »Sturmfront« allen ihre Tränen zeigen wollen. Sie hatten vorgehabt, fünf Firmendirektoren aus Manhattan zu entführen und die weinende Lady so lange besetzt zu halten, bis die Bullen ihnen eine Liveschaltung im Fernsehen, eine Million Dollar und einen Düsenjet nach Kanada verschafften. Es war nie soweit gekommen. Nicht bis zum vierten Juli; nur bis zum ersten.
Inzwischen war schon der Achtzehnte, fiel Mary auf. Heute nachmittag um zwei würde Lord Jack sie erwarten.
Aber wenn *nicht? Was dann?*
Mary lächelte grimmig in ihrer Umnebelung.
Das war CinCin, die da sprach.
Aber wenn nun die Bullen dort waren?
Zuerst das Baby erschießen. Und dann so viele Bullen umlegen, wie's geht.
Logisch.

Mary öffnete ihre Augen und erhob sich auf kilometerlange Beine. Sie war ein wandelnder Pulsschlag; das Blut donnerte ihr durch die Adern wie die Lastzüge draußen. Sie ging in das Zimmer, in dem Drummer schlief, setzte sich auf das Bett und sah ihn an. Ein Stirnrunzeln ging über sein Gesicht: Ein Sturm im Babyland. Er saugte emsig an seinem Schnuller, und sein Gesicht wurde wieder friedlich. In letzter Zeit erwachte er immer gegen drei oder vier Uhr früh, weil er Hunger hatte, und Mary bekam allmählich Routine. Sie fütterte und wickelte ihn immer schneller. Die Mutterrolle »lag« ihr zweifellos.

Aber notfalls wäre sie imstande, ihn umzubringen. Sie wußte, daß sie es könnte. Und danach würde sie weiterballern, bis die Bullen sie selbst abservierten und sie an einen Ort gehen würde, wo die *love generation* niemals gestorben war, zu Drummer und ihren Geschwistern.

Mary legte sich neben Drummer auf das Bett, so nah, daß sie seine Wärme spüren konnte. Sie liebte ihn mehr als alles andere auf der Welt – liebte ihn, weil er ihr gehörte.

Wenn sie beide diese Welt verlassen mußten, dann bitte.

Karma. Das war der Lauf der Dinge.

Das LSD verlangsamte Marys Pulsschlag, und sie schlief ein. Ihr letzter Gedanke aber galt Lord Jack, der, in der Wintersonne strahlend, ihr Geschenk entgegennahm.

6

Große Nachfrage

Zehn Stunden vor Mary Terrors Zwiesprache mit den Toten klingelte Laura an einem roten Backsteinhaus, vier Meilen westlich von Ann Arbor, Michigan. Es war ein sonniger Tag, und dicke weiße Wolken zogen über den Himmel; die Luft aber war bitter kalt. Mark hatte seine Hände tief in die Lammfelljacke gesteckt, und Atemwölkchen kamen aus seinem Mund. Er und Laura waren Freitag früh von Chattanooga nach Dayton, Ohio, gefahren, wo sie vor dem letzten Reiseabschnitt noch einmal übernachteten. Dabei waren sie auch durch den ausufernden Komplex der University of Michigan gekommen – Ende der sechziger und Anfang der siebziger Jahre eine Brutstätte des Studentenprotests, heute aber eher wegen seines Wolverine-Clubs bekannt.

Die Haustür ging auf, und ein älterer Mann mit freundlichem Gesicht und Sommersprossen lugte heraus. »Ja bitte?«

»Guten Tag.« Laura schenkte ihm ein krampfhaftes Lächeln. »Wir sind auf der Suche nach Diane Daniells. Wissen Sie vielleicht, wo sie sein könnte?«

Der Mann nahm zuerst Laura, dann Mark eingehend in Augenschein und spähte dann zu einem steinernen Landhaus hinüber, das von Eichen und Ulmen umgeben am Ende einer langen Auffahrt stand. »Diane ist nicht da«, antwortete er.

»Das wissen wir. Wir haben uns nur gefragt, ob nicht vielleicht Sie eine Ahnung haben, wo sie sein könnte.« Dieses Haus hier und das von Diane Daniells – früher bekannt

unter dem Namen Bedelia Morse – waren die einzigen an diesem Straßenabschnitt.
»Sie ist übers Wochenende verreist«, sagte der Mann. »Wohin, weiß ich nicht genau.«
»Und wann ist sie fort?« fragte Mark.
»Oh, Donnerstag nachmittag, glaub ich. Sagte, sie wolle in den Norden, falls Ihnen das irgendwie weiterhilft.«
Laura hatte einen Kloß im Hals. So nah an Bedelia Morse' neuer Adresse zu sein und sie dann nicht zu finden, das war fast unerträglich. »Hat sie gesagt, wann sie zurückkäme?«
»Nächste Woche eben. Sind Sie mit Diane befreundet?«
»Ich bin ein alter Bekannter von ihr«, antwortete Mark.
»Tja, tut mir leid, daß Sie sie nicht erwischt haben. Aber falls es Ihnen irgendwie weiterhilft: Ich glaube, sie ist auf Vogelsuche.«
»Auf *Vogelsuche?*« wiederholte Laura.
»Genau. Diane hat mich um meinen Feldstecher gebeten. Meine Frau und ich beobachten nämlich Vögel in unserer Freizeit. Wir sind in einem Verein.« Er kratzte sich am Kinn. »Diane ist sehr einzelgängerisch. Muß wirklich eine gute Vogelbeobachterin sein, wenn sie sich's erst mal in den Kopf setzt.«
Laura nickte geistesabwesend und drehte sich abermals zu dem Steinhaus um. Auf den Briefkasten war ein *Peace*-Zeichen gemalt, und auf dem Rasen davor stand eine abstrakte Keramikskulptur: lauter scharfe Ecken und Kanten.
»Diane erfreut sich plötzlich großer Nachfrage«, sagte der ältere Mann.
»Wie?«
»Sie erfreut sich großer Nachfrage«, wiederholte er. »Normalerweise kriegt Diane keinen Besuch. Ab und zu kommt sie zu uns rüber und spielt mit mir Schach. Haut mich ganz schön in die Pfanne, nebenbei. Aber gestern erst hat noch so ein Bursche nach ihr gefragt.«

»Noch so ein Bursche?« Mark runzelte die Stirn. »Wer denn?«
»Freund von ihr«, antwortete der andere. »So ein Kerl mit einer Kehlkopfkrankheit. Mußte sich so 'n Dingsbums in den Hals stöpseln und über einen Lautsprecher reden. Ganz verteufelte Sache.«
»Hat Diane Ihnen vielleicht gesagt, ob sie irgendwohin auf Besuch fahren würde?« fragte Laura, um wieder zum Thema zurückzukommen.
»Nein. Bloß, daß sie übers Wochenende wegfährt. Richtung Norden angeblich.«
Es war offenkundig, daß der Mann nichts weiter wußte.
»Vielen Dank«, sagte Laura, und er wünschte ihnen noch einen schönen Tag, bevor er die Tür zumachte.
Auf dem Rückweg zu Lauras BMW kickte Mark einen Tannenzapfen weg und sagte: »Klingt sehr eigenartig.«
»Was?«
»Das mit diesem Kehlkopfkranken. Klingt sehr, sehr eigenartig.«
»Wieso? Vielleicht ist es einer von ihren Schülern aus dem Töpferkurs.«
»Vielleicht.« Mark stellte sich neben den Wagen und horchte auf den Wind, der durch die kahlen Bäume strich. »Ich hab einfach so 'n komisches Gefühl, weiter nichts.« Er stieg ein, und Laura rutschte hinter den Lenker. Ihre Herfahrt war für Laura ein Kursus in radikaler Philosophie und den Lehren des Zen gewesen. Mark Treggs barst vor Wissen über die militanten Auseinandersetzungen der Sechziger, und sie waren in eine lange Diskussion über die Ermordung John F. Kennedys als Ausgangspunkt für Amerikas geistigen Verfall geraten. »Also, was jetzt?« fragte Mark, während Laura den Motor anließ.
»Ich werde warten, bis Bedelia Morse nach Hause kommt«, antwortete sie. »Aber Sie haben Ihre Aufgabe erfüllt. Wenn

Sie wollen, kaufe ich Ihnen ein Rückflugticket nach Chattanooga.«

Während sie wieder nach Ann Arbor fuhren, überlegte Mark. »Wenn ich nicht dabei bin, wird Didi nicht mit Ihnen reden«, sagte er. »Nicht mal reinlassen wird sie Sie.« Er strich sich seine langen Haare über die Schulter zurück und beobachtete die vorbeiziehende Landschaft. »Nein, besser, ich bleibe in der Nähe!« beschloß er. »Ich krieg Rose schon dazu, daß sie mich Montag telefonisch krank meldet. Kein Problem.«

»Ich dachte, Sie hätten es eilig, nach Hause zu kommen?«

»Hab ich auch, aber ... ich schätze, ich würde Didi gern mal wiedersehen. Sie wissen schon, wegen der alten Zeiten.«

Eines hatte Laura schon lange fragen wollen, und nun schien der Zeitpunkt dafür gekommen. »In Ihrem Buch haben Sie Didi eine Zeile gewidmet: ›Bewahre deinen Glauben und liebe den, mit dem du zusammen bist.‹ Wen haben Sie damit gemeint? Lebt sie denn mit jemand zusammen?«

»Ja«, antwortete Mark. »Mit sich selbst. Ich hab sie letzten Sommer davon abgebracht, sich die Pulsadern aufzuschlitzen.« Er sah rasch zu Laura und dann wieder weg. »Didi schleppt jede Menge Seelenballast mit sich rum. Sie ist nicht mehr wie früher. Schätze, daß die Vergangenheit an ihr nagt.«

Laura betrachtete ihre Hände auf dem Lenkrad und bemerkte etwas, das sie erschreckte: Sie trug keinen Nagellack, und ihre Fingernägel waren schmutzig. Ihre Dusche heute früh war nur eine eilige Katzenwäsche gewesen. Sogar der Diamant auf ihrem Verlobungsring – ein Bindeglied an Doug – wirkte stumpf. Vor all diesen Strapazen hatte sie es mit ihrer Maniküre und dem Reinigen ihres Schmucks immer sehr genau genommen. Nun erschien das alles unsinnig.

»Ein Typ mit einer Kehlkopfkrankheit«, sagte Mark leise.

»Hat nach Didi gefragt. Ich weiß nicht. Irgendwie ist mir die Geschichte unheimlich.«

»Weshalb?«

»Wenn es einer von ihren Schülern war, dann sollte er doch wissen, daß sie übers Wochenende weg ist.«

»Nicht unbedingt.«

Mark grunzte. »Vielleicht haben Sie recht. Aber mir klingt das trotzdem nicht ganz geheuer.«

»Einverstanden mit dem?« Laura deutete auf ein *Days Inn*, das links in Sicht kam, und als Mark antwortete, ihm wäre es recht, bog sie auf den Parkplatz. Das erste, was sie tun würde, wenn sie auf ihr Zimmer kam, wäre, das FBI in Atlanta anzurufen und mit Kastle Rücksprache zu nehmen. Aber Mark oder Bedelia Morse würde sie keinesfalls verraten.

Sie wußte, daß sie vor Ungeduld die Wände hochgehen würde, bis sie Gelegenheit hatte, sich persönlich mit Didi zu unterhalten.

Während Laura und Mark im *Days Inn* abstiegen, ging der große, hagere Mann zu seinem dunkelblauen Buick zurück, den er auf einem Feldweg eine halbe Meile von Bedelias Morse' Häuschen geparkt hatte. Seine Stiefel knirschten auf toten Blättern. Er trug einen grauen Parka mit Kapuze und braune Hosen – Farben, die ihn in dem kahlen, dürren Winterwald ein wenig tarnten –, an seinem Hals hing eine Minoltakamera mit Zoomobjektiv, und auf seiner Schulter lag ein großer Sack mit Tarnmuster, der eine Abhörantenne Marke SuperSnooper, ein Paar Kopfhörer, ein Miniatur-Tonbandgerät sowie eine geladene Fünfundvierziger Automatik enthielt. Das Gesicht des Mannes war durch die Kapuze verdeckt, aber er hatte eine rasselnden Atem.

Als er zu seinem Wagen gelangte, öffnete er den Kofferraum und legte Kamera und Transportsack neben ein schwarzes Lederfutteral, in dem ein 308-kalibriges *Valmet-Hunter-*

Jagdgewehr mit Zielfernrohr sowie ein Neunschußmagazin steckten.

Sein eigenes Zuhause lag etwa fünfzehn Meilen weiter nordwestlich, in einem Städtchen namens Hell – »die Hölle«.

Seine schwarzbehandschuhten Finger um das Lenkrad geklammert und ein dämonisches Grinsen auf dem Gesicht, fuhr er dorthin.

7

Der teuflischste aller Bullen

Hinter Mary Terror lag New York City, vor ihr der graue, dichtbewölkte Himmel, und unter ihr das Bootsdeck, auf dem eine Touristengruppe über den windgepeitschten Kanal befördert wurde, zu der weinenden Lady auf Liberty Island.

Im Schutz der rundumverglasten Kabine hielt Mary ihren Sohn an sich gedrückt. Die weinende Lady mit der Fackel in der Hand und dem Buch an ihrer Brust wurde ständig größer. Die übrigen Fahrgäste waren zumeist Japaner, die wie verrückt Bilder schossen, während Mary Drummer in ihren Armen wiegte und sanft auf ihn einredete. Als die Circle-Line-Fähre sich ihrem Ziel näherte, hämmerte Mary das Herz in der Brust. In ihrer großen Umhängetasche steckte die geladene Magnum. Mary leckte sich über die Lippen und sah die Menschen, die am Fuß der weinenden Lady herumschlenderten. Auf der Betonrampe, wo das Boot anlegen würde, fütterte einer die Möwen. Sie schaute auf ihre Uhr. Acht Minuten vor zwei. Wie groß Liberty Island doch war! Mary bemerkte es jetzt zum erstenmal. Wo sollte das Treffen stattfinden? In der Annonce hatte nichts darüber gestanden. Ein kleiner Anfall von Panik gefährdete Marys äußerliche Ruhe. Was, wenn sie Jack nun nicht finden würde? Was, wenn er wirklich auf sie wartete und sie ihn nicht fand? Ruhig Blut, ermahnte sie sich. Vertraue auf dein Karma und halt stets die Augen offen!

Drummer fing an zu weinen. »Pscht, pscht«, beruhigte sie ihn und gab ihm seinen Schnuller. Ihre Augen wirkten trüb und eingefallen. Sie hatte unruhig geschlafen und im Traum tausend Phantome erblickt: Gewehr- und flintenbewaffnete Bullen, die sie von allen Seiten umzingelten. Beim Lösen ihres Fahrscheins hatte sie die Touristen taxiert, die auf das Boot warteten: Keiner von ihnen roch nach Bulle, und keiner hatte polierte Schuhe an. Aber sie fühlte sich nicht sicher hier draußen, und sobald sie einen Fuß auf Liberty Island gesetzt hätte, würde sie den Reißverschluß ihrer Tasche aufmachen, um notfalls rasch an die Pistole zu kommen.

Das Boot drosselte die Geschwindigkeit. Die weinende Lady ragte nun gigantisch vor ihnen empor. Die Besatzung warf die Leinen aus, die Fähre legte an, und eine Gangway wurde am Pier vertäut. »Bitte Vorsicht beim Aussteigen, Vorsicht beim Aussteigen!« warnte eines der Besatzungsmitglieder, und mit aufgeregtem Plappern begannen die Touristen, an Land zu gehen.

Es wurde Zeit. Mary wartete, bis alle von Bord waren, öffnete dann den Reißverschluß ihrer Tasche und trug Drummer auf das Betondock von Liberty Island.

Seemöwen kreischten in den kalten Luftwirbeln, und Marys Blicke schossen hin und her: Ein älteres Paar spazierte am Geländer entlang; eine kräftige Frau scheuchte zwei Kinder vor sich her; drei Halbwüchsige mit Lederjacken rempelten einander johlend an; auf einer Bank saß ein Mann in einem grauen Jogginganzug und starrte mit leerem Blick Richtung Stadt; ein anderer in einem beigefarbenen Mantel warf den Möwen Erdnüsse zu. Er hatte elegante polierte Schuhe an, und Mary spürte ein Prickeln in ihrem Nacken. Hastig marschierte sie an ihm vorbei.

Sie kam an einem uniformierten Führer vorüber, der gerade die Gruppe Japaner zusammentrieb, und schlug den Fußweg neben dem Wasser ein. Ölklumpen und tote Fische mit weißen, aufgeblähten Bäuchen trieben auf den Wellen. Dann kam ihr eine einzelne Spaziergängerin entgegen. Sie hatte langes schwarzes, im Wind peitschendes Haar und einen roten Mantel. Sechs Schritte von Mary entfernt blieb die Frau plötzlich stehen und lächelte. »Hallo!« sagte sie strahlend, und Mary wollte bereits antworten, da wurde sie von einem jungen, dunkelhaarigen Mann überholt. »Hallo!« erwiderte er. »Du bist wohl vor mir weggelaufen, was?« Und damit hakten die beiden sich ein und wandten sich, die Körper an das Geländer gepreßt, von Mary ab. Mary ging weiter.

Während Kameras zu der weinenden Lady emporklickten, schlängelte sie sich durch eine zweite Gruppe von japanischen Touristen. Das Blitzen einer Dienstmarke fiel ihr ins Auge, und sie sah nach rechts: Keine zehn Meter von ihr entfernt schlenderte ein Polizist mit dunkelblauer Uniform. Sie ging ihm aus dem Weg, trat an das Geländer und blieb dort mit Drummer stehen, um auf die Stadt zu starren: Ganz Manhattan lag unter einem grauen Dunstschleier. Die Hand stets auf dem Reißverschluß ihrer Tasche – die Magnum wäre im Nu griffbereit –, wartete Mary ein paar Sekunden lang und drehte sich dann mit klopfendem Herzen um. Der Bulle war weitergegangen, an den japanischen Touristen vorbei. Sie sah ihm hinterher, und ihre Lungen waren eiskalt. Ist gefährlich hier draußen, dachte sie. Zu ungeschützt. Und dann traf es sie wie der Blitz: Lord Jack hätte nie und nimmer diesen Ort für ein Treffen ausgewählt! Hier gab es keine Deckung, keinen Fluchtweg im Falle eines Hinterhalts. Sie sah einen Farbigen mit *Knicks*-Blouson, der sie von einer Bank aus anstarrte, und starrte so lange zurück, bis er wegsah. Dann setzte sie ihren Weg fort. Diese Sache gefiel ihr nicht; es war nicht der richtige Ort, entsprach nicht Jacks Stil. Bei einem kurzen Blick nach hinten sah sie den *Knicks*-Fan aufstehen und am Geländer entlanggehen, als wolle er sie im Auge behalten.

Falle, dachte Mary, und eine Alarmglocke schrillte in ihrem

Innern. Hier stank es nach Bullen! Plötzlich erschien auch der Mann, der die Möwen gefüttert hatte, und kam mit seinen polierten Bullenschuhen gemächlich am Geländer entlang. Seine Hände steckten tief in den Manteltaschen. Mary wußte, wie ein Bulle aussah, der eine Schußwaffe bei sich hatte; in dem Gang dieses Hurensohns lag das Gewicht eines Revolvers. Dicke Wuttränen stiegen ihr in die Augen, und in ihrem Kopf kreischte es: *Falle! Falle! Falle!*
Mit raschen Schritten entfernte sie sich von dem *Knicks*-Fan und dem Schwein mit den polierten Schuhen. Drummer, der immer noch an seinem Schnuller saugte, stieß ein kleines Quengeln aus – vielleicht, weil sich Marys innere Anspannung teilweise auch auf ihn übertrug. »Pscht, Kleiner!« ermahnte sie ihn mit zitternder Stimme. »Mama ist ja bei dir.«
Ihre Schultern verkrampften sich. Sie wartete auf das Geräusch einer Pfeife oder das Knistern eines Funkgeräts: ein Signal, das ihren Feind zum Angriff rief. Sie wußte, was sie in diesem Fall zu tun hätte: Zuerst Drummer mit einem einzigen Kopfschuß töten; anschließend auf die Diener dieses verdammten Staates feuern, bis sie sie selbst abknallten. Logisch. Sie würde nicht sterben, ohne ein paar davon mitzunehmen, und verdammt wollte sie sein, wenn die Bullen sie lebend bekamen!
Mary Terror blieb unvermittelt stehen. Ein kleines Keuchen entwich ihrem Mund.
Da war er!
Genau vor ihr! Er lehnte am Geländer und sah auf den Atlantik hinaus. Sein Körper war noch immer schlank und jugendlich, und sein langes goldblondes Haar fiel ihm auf die Schultern. Er hatte eine abgewetzte Lederjacke, ausgewaschene Jeans und ein Paar Stiefel an, und über seinem Kopf wirbelte der Rauch einer Zigarette davon, die er in den Fingern hielt.

Lord Jack! Er wartete auf sie und ihr Baby!
Mary war wie gelähmt. Eine Träne – nicht der Wut, sondern der Freude – lief ihr die rechte Wange hinab, sie hatte einen Kloß im Hals. Wie sollte sie so sprechen? Während ihr Körper von Eis und Feuer zugleich gepeinigt wurde, trat sie einen Schritt an Jack heran. Er klopfte auf dem Geländer Asche von seiner Zigarette ab und schaute einer Möwe zu, die am Himmel kreiste. Mary erkannte sein feingeschnittenes Profil: das Kinn, die Nase ... Er hatte sich den Bart abgenommen, aber er war es! Lieber Gott, ja, er war es, direkt vor ihr!
Zitternd trat Mary auf ihn zu. Er war kleiner, als sie ihn in Erinnerung hatte – natürlich! Sie war heute ja auch größer als damals! »Jack?« sagte sie leise, aber es hörte sich wie ein Gurgeln an. Mit einem tiefen Atemzug versuchte sie es noch einmal und war schon darauf gefaßt, das Feuer in seinen Augen zu sehen. *»Jack?«*
Der Kopf drehte sich zu ihr her.
Lord Jack war ein Mädchen.
Ein Teenager, vielleicht siebzehn oder achtzehn Jahre alt. Ihre langen Haare tanzten im Wind, und ein winziges Silberskelett baumelte an ihrem rechten Ohr. Die Zigarette zwischen ihre Lippen geklemmt und mit kaltem, mißtrauischem Blick, starrte sie Mary Terror an. »Hamse irgendwas gesagt?« fragte sie.
Marys Beine erstarrten. Sie fühlte, wie ihr Gesicht sich verhärtete, fühlte ihre Freude davonwirbeln wie eine Möwe im Wind. Sie stieß ein Geräusch aus, wußte aber nicht genau, was sie damit sagen wollte; vielleicht war es ein schmerzliches Grunzen.
»Verrückte Kuh«, murmelte das Mädchen und schob sich hochnäsig an Mary vorbei.
Und dann hörte es Mary. Ganz dicht hinter ihr. Die Stimme.

»Mary.«
Keine Frage. Eine Feststellung.
Sie nahm Drummer in den einen Arm, steckte die andere Hand in ihre Umhängetasche und drehte sich um. Ihre Finger ruhten auf dem Griff der Magnum.
»Mary«, sagte der Mann noch einmal und lächelte, während ihm eine Flut von Tränen in seine hellblauen Augen trat.
Es war der, der die Möwen gefüttert hatte. Er hatte kurzgeschnittenes braunes Haar, das an den Seiten grau meliert war, und ein knochiges Gesicht mit einem zu langem Kinn und zu großer Nase. Seine Augen hinter der Schildpattbrille waren von Fältchen umgeben, sein Mund von zwei strengen Furchen. In den Falten seines beigefarbenen Mantels fing sich der Wind, und darunter erkannte Mary einen schwarzen Nadelstreifenanzug, ein weißes Hemd sowie eine rote Krawatte mit kleinen weißen Tupfen. Sie warf einen Blick auf die schwarzglänzenden Schuhe des Mannes. Da hatte der teuflischste aller Bullen sie angeredet, war ihr erster Gedanke.
Sein Gesicht – seine Augen – kannte sie nicht. Ja, die Bullen hatten sie in eine Falle gelockt. Die Hände des Mannes steckten immer noch in seinen Manteltaschen. Mary sah, wie der uniformierte Bulle gemächlich auf sie zukam. Der *Knicks*-Fan lungerte am Geländer herum und starrte auf das graue Wasser. Es war soweit. Jetzt hieß es, das Spiel zu Ende zu spielen, aber nach Marys Regeln. Sie zog die Magnum aus ihrer Umhängetasche und setzte Drummer die Pistolenmündung an den Kopf. Ihr Finger lag auf dem Abzug. Das Baby zitterte und blinzelte.
»Nein!« sagte der Fremde, »um Himmels willen, nein!« und blinzelte ebenfalls. Er war genauso überrascht wie Drummer. »Ich bin's doch! Edward, Edward Fordyce!«
Lügner, dachte Mary. *Du elender, gottverdammter Lügner!* Er sah Edward kein bißchen ähnlich! Der Bulle kam immer

näher hinter ihm heran, und als er nur noch zehn oder elf Schritte entfernt war, als Mary die Falle zuschnappen sah, krümmte sich ihr Finger auf dem Abzug.

»Weg damit!« drängte sie der Mann. »Mary, erkennst du mich denn nicht?«

»Edward Fordyce hatte braune Augen.« Nur noch ein winziger Druck, dann würde die Pistole losgehen.

»Das sind Kontaktlinsen«, erwiderte der andere. »Die Gläser sind blau gefärbt.«

Jetzt war der Bulle schon fast bei ihnen. Noch einen Moment, dann würde er die Pistole entdecken. Mary leckte sich die Unterlippe. »Beweise es mir!«

»Ich hab dich damals dort rausgeschafft. Weißt du noch unser Versteck?« Er runzelte die Stirn, während er wie wild überlegte. »Wir haben die ganze Nacht mit unseren Füßen die Ratten verscheucht«, sagte er.

Die Ratten. O ja! Und ob sie sich daran erinnerte! Sie hatten an Marys Blut geleckt.

Der Bulle stand jetzt direkt hinter Edward Fordyce, und auch Edward war sich dessen bewußt. Urplötzlich drehte er sich herum, so daß Mary von ihm verdeckt wurde. »Kalt hier draußen, nicht wahr, Officer?«

»Saukalt«, antwortete der Beamte. Er hatte ein kantiges Gesicht, das in dem eisigen Wind rissig geworden war. »Liegt Schnee in der Luft.«

»Zeit wär's ja. Haben bisher nicht viel davon zu sehen gekriegt.«

»Das Scheißzeug schenk ich Ihnen! Ich fahr im Winter jedenfalls Richtung Süden!«

Mary hatte keine Zeit für weiteres Hin und Her. Sie ließ die Pistole in ihre Umhängetasche gleiten, behielt aber ihre Hand auf dem Griff.

Der Bulle trat einen Schritt beiseite, um sich Drummer anzusehen. »Ist das *Ihr* Kind?« fragte er Edward.

»Ja. Mein Sohn.«
»Sollten ihn hier aus dem Wind rausschaffen. Nicht gut für die Lungen eines Babys.«
»Das werden wir, Officer. Vielen Dank.«
Der Polizist nickte und ging weiter, während Edward Fordyce sie mit seinen künstlichen blauen Augen anstarrte. »Wo hast du das Inserat entdeckt?«
Er. Nicht Lord Jack. Er. Mary empfand plötzlich ein mächtiges Schwindelgefühl, das sie zwang, sich ans Geländer zu lehnen. »ROLLING STONE«, stieß sie mit letzter Kraft hervor.
»Ich hab es überall losgelassen – MOTHER JONES, VILLAGE VOICE, TIMES und noch zwei Dutzend andere Blätter. War fraglich, ob überhaupt jemand es sehen würde.«
»Ich schon. Aber ich dachte ... es käme von jemand anderm.«
Edward sah sich rasch um. Die Farbe seiner Augen mochte zwar falsch sein, aber sie waren so scharf wie die eines Adlers. »Wir trennen uns jetzt besser. Die Leute gehen wieder aufs Schiff. Ich nehme das Baby.« Und er streckte seine Arme aus. Aber Mary entgegnete: »Nein. Drummer gehört mir.«
Er zuckte die Achseln. »Wie du willst. Ich muß dir allerdings sagen, daß es verrückt von dir war, dieses Kind aus dem Hospital zu stehlen.« Er sah, wie ihre Augen bei dem Wort »verrückt« aufflammten. »Ich meine ... es war etwas unüberlegt.« Ihre Größe – sie überragte ihn um einen halben Kopf und war vielleicht dreißig Pfund schwerer als er – beängstigte ihn. Marys Hände und Schultern ließen eine brutale Kraft ahnen, und hatte ihr Gesicht schon immer etwas Düsteres, Bedrohliches gehabt, so erschien es jetzt geradezu wild, wie das einer Löwin, die in einen Käfig gepfercht und von stumpfsinnigen Wärtern gereizt worden war. »Du bist überall in den Nachrichten gewesen«, sagte er. »Hast eine Menge Aufmerksamkeit erregt.«

»Kann sein. War ja auch mein Geschäft.«
Das hier war nicht der richtige Ort für Diskussionen. Edward schlug sich den Mantelkragen hoch und sah dem Polizisten hinterher; der Typ hatte recht gehabt: Es lag Schnee in der Luft. »Hast du ein Auto?«
»Einen Kleinbus.«
»Und wo wohnst du zur Zeit?«
»In einem Motel in Secaucus. Und du?«
»Ich wohne in Queens«, antwortete er. Nun, da sie diese verdammte Kanone weggesteckt hatte, kamen seine Nerven allmählich wieder zur Ruhe, aber trotzdem behielt er den Polizisten im Blick. Edward hatte, als Mary aus dem Boot gestiegen war, ein paar Minuten gebraucht, um sie zu erkennen. Sie hatte sich stark verändert – genau wie er selbst; das wußte er –, aber dennoch war dieses Wiedersehen ein Schock gewesen. Das FBI mußte ihr auf den Fersen sein, und schon wenn er nur neben ihr stand, kam sich Edward wie eine Zielscheibe in einem Schießstand vor. »Wir fahren zu dir«, entschied er. »Es gibt ja auch jede Menge zu erzählen, seit wir zwei uns das letzte Mal gesehen haben.« Er versuchte zu lächeln, aber entweder war ihm zu kalt oder er hatte zuviel Angst; jedenfalls wollte sein Mund ihm nicht gehorchen.
»Einen Augenblick!« sagte Mary, als er den Weg zum Boot einschlug, und er blieb stehen. Mary trat einen Schritt auf ihn zu; er kam sich vor wie ein Zwerg. »Edward, ich lasse mich von niemand mehr herumkommandieren.« Ihr war ganz schlecht vor lauter Enttäuschung. Lord Jack war nicht da, und es würde eine Weile dauern, diesen Schlag zu überwinden. »Ich sage: Wir fahren zu dir.«
»Du traust mir wohl nicht, was?«
»Vertrauen kann tödlich sein. Zu dir, oder ich verschwinde.«
Er überlegte. Ein verärgertes Stirnrunzeln lag auf seinem Gesicht, und daran erkannte Mary den wahren Edward For-

dyce. Genau die gleiche Miene hatte er aufgesetzt, als Jack Gardiner ihn wegen des Unfalls mit dem Streifenwagen beschimpfte.

»Na schön«, willigte er ein. »Dann eben zu mir.«

Er ließ sich zu schnell kleinkriegen, dachte Mary. Irgend etwas an ihm versetzte sie in Alarmbereitschaft; seine Kleider und seine Schuhe waren Artikel des verdammten Staates, die Kleidung des Feindes. Und er hielt ständig die Augen offen.

»Geh du voran!« sagte sie, und während er sich auf den Weg zum Boot machte, folgte sie ihm, die Hand immer noch auf dem Pistolengriff.

Auf dem Parkplatz des Fährbetriebs, als sie von dem Getümmel weg waren, setzte Mary ihrem Begleiter die Waffe an den Hinterkopf. »Stehenbleiben!« befahl sie leise, und er gehorchte. »Leg deine Hände auf den Wagen und spreiz die Beine!«

»Hey, Schwester, mach doch keinen Unsinn! Was –«

»*Sofort*, Edward!«

»Scheiße! Mary, das geht zu weit!«

»Was du nicht sagst«, erwiderte sie und stieß ihn hart gegen den Wagen. Dann durchsuchte sie ihn eine Minute lang. Keine Schußwaffen, keine Wanzen, keine Tonbandgeräte. Als sie zu seiner Brieftasche kam, klappte sie das Ding auf und begutachtete seinen Führerschein. Ausgestellt in New York, auf den Namen Edward Lambert; Anschrift: Apt. 5-B, 723 Cooper Avenue, Queens. Außerdem steckte ein Bild von einer lächelnden jugendlichen Frau und einem kleinen Jungen darin, der das lange Kinn seines Vaters geerbt hatte. »Frau und Kind?«

»Ja. Ich bin geschieden, falls du's genau wissen möchtest.« Mit wütendem Gesicht drehte er sich wieder um und entriß ihr die Brieftasche. »Ich lebe allein. Ich bin Buchhalter bei einer Fischhandelsgesellschaft. Ich fahre einen Toyota Baujahr fünfundachtzig, sammle Briefmarken und putz mir den Arsch mit Charmin. Sonst noch was?«

»Ja.« Sie setzte ihm den Revolver auf den Bauch. »Willst du mich bescheißen? Ich weiß, daß eine Prämie auf mich ausgesetzt ist.« Sie betrug zwölftausend Dollar und war von der CONSTITUTION in Atlanta für Marys Ergreifung ausgesetzt worden. »Falls dir etwas in dieser Art vorschwebt, dann laß dir sagen, daß *du* die erste Kugel abkriegen wirst. Kapiert?«

»Kapiert.« Er nickte.

»Gut.« Sie glaubte ihm und steckte ihren Revolver weg, ließ die Umhängetasche aber offen. »Jetzt können wir wieder Freunde sein, stimmt's?«

»Ja.« Er antwortete mit einem neuen respektvollen Ton und vielleicht auch mit Furcht.

»Ich fahre dir hinterher. Ich habe den Kleinbus dort drüben.« Sie deutete darauf, und Edward wollte schon zu seinem roten Toyota gehen, der in der Nähe stand, da hielt ihn Mary am Arm fest. Eine warme Woge der Erinnerung war in ihr aufgestiegen, und dieses Gefühl tröstete sie ein wenig darüber hinweg, daß sie nicht Jack vorgefunden hatte. »Ich liebe dich, Bruder«, sagte sie und küßte Edwards glattrasierte Wange.

Verblüfft und immer noch wütend, daß sie ihn durchsucht hatte, sah Edward sie an. Die hatte nicht mehr alle Tassen im Schrank, soviel stand fest. Schon die Entführung dieses Kindes war Wahnsinn gewesen, eine Tat, die ihn selbst ebensosehr in Gefahr brachte wie Mary, und plötzlich hätte er sich ohrfeigen können, daß er sich je zu dieser Anzeige entschlossen hatte. Aber Mary war seine Kampfgefährtin; sie hatten zusammen gelebt und geblutet; und sie war eine Verbindung zu einem jüngeren, kraftvolleren Leben. Darum sagte er »Ich liebe dich, Schwester« und erwiderte ihren Kuß. Dabei bemerkte er Marys Körpergeruch; sie hatte ein Bad nötig.

Er setzte sich in seinen Toyota, ließ den Motor an und wartete, bis Mary mit dem Baby in ihren Transporter gestiegen war. »Drummer« hatte sie es genannt. Edward wußte, daß es in Wirklichkeit David Clayborne hieß. Er hatte die ganze Geschichte in den Nachrichten verfolgt, aber seit dieser Flugzeugexplosion über Japan beachteten die Medien Mary und das Baby nicht mehr so sehr. Mit ein, zwei raschen Blicken in den Rückspiegel vergewisserte er sich, daß Mary – die große übergeschnappte Mary – ihm folgte, und fuhr vom Parkplatz. Er hatte das Inserat aufs Geratewohl aufgegeben, aber niemals damit gerechnet, Mary aus diesem Boot steigen zu sehen. Nun wurde ihm klar, daß das Ergebnis all seine Hoffnungen übertraf.

»Zwölftausend Dollar?« murmelte er, während er sich in den Verkehr zur Williamsburg Bridge fädelte, und sah abermals rasch nach hinten; Mary folgte ihm immer noch. »Zuckerpüppchen, du machst mich zum Millionär!« Und er zeigte ein zahnlückiges Grinsen.

In einem Strom von Autos überquerten der Toyota und der Transporter die Brücke, während erste Schneeflöckchen vom Himmel wirbelten.

TEIL V

Das Erwachen des Mörders

1

Schadhafte Ware

Ich glaube, wir werden beobachtet«, sagte Mary zum drittenmal, während sie am Fenster von Edward Fordyce' kleinem Appartement stand und auf die Cooper Avenue hinabblickte. Windgepeitschte Schneeflocken stoben vorbei, und aus einem Stapel von aufgeplatzten Müllsäcken fegten Abfälle und altes Zeitungspapier den Bordstein entlang. Drummer, der in Marys Armen lag, starrte mit blauen Augen zu ihr auf, während er an einem Fläschchen saugte. Ihr Blick wanderte rechts und links über die trübe Straße. »Es war ein brauner Kompaktwagen. Ein Ford, glaub ich.«

»Das bildest du dir ein«, erwiderte Edward aus der Küche, wo er ihnen gerade eine Dose Chili heiß machte. Die Heizkörper des Gebäudes ächzten und klopften. »Gibt massenweise Autos in dieser Stadt; kein Grund, Verfolgungswahn zu bekommen.«

»Der Fahrer hatte ein paarmal Gelegenheit, uns zu überholen. Aber er hat verlangsamt.« Mit einem leisen »Plopp« rutschte Drummer das Fläschchen aus dem Mund, und Mary steckte ihm den Schnuller wieder hinein. »Das gefällt mir nicht«, sagte sie, eher zu sich selbst.

»Vergiß es!« Edward ließ das Chili vor sich hin blubbern und kam ins Wohnzimmer. Er hatte Mantel und Jackett ausgezogen und trug rote Hosenträger. »Willst du was zu trinken? Ich hab Mineralwasser und ein bißchen Wein da.«

»Wein«, antwortete Mary, während sie weiter nach einem braunen Ford-Kompaktwagen Ausschau hielt. Sie hatte die

Person hinter dem Steuer nicht richtig erkennen können. Der *Knicks*-Fan ging ihr noch im Kopf herum; er, das blonde junge Mädchen mit der Lederjacke sowie ein Dutzend japanischer Touristen, ein älteres Paar und noch etwa zwanzig andere Passagiere waren mit ihnen auf dem Boot zurückgefahren. Handelte es sich bei einem oder mehreren von ihnen um Bullen, die sie beschatteten? Von einer anderen Möglichkeit einmal ganz abgesehen: daß jemand nicht hinter ihr, sondern hinter Edward her war. Es wäre schließlich nicht das erste Mal.

Er brachte ihr ein Glas Rotwein und stellte es auf den Tisch, während Drummer sein Fläschchen austrank. »So«, sagte Edward. »Hättest du jetzt vielleicht Lust, mir diese Entführung zu erklären?«

»Nein.«

»Wir werden mit unserem Gespräch nicht sehr weit kommen, wenn du nicht reden möchtest.«

»Ich möchte zuhören«, erwiderte sie. »Ich möchte wissen, warum du dieses Inserat aufgegeben hast.«

Edward trat an das andere Fenster und spähte hinaus. Kein brauner Ford-Kompaktwagen in Sicht, aber daß Mary so steif und fest behauptete, sie würden verfolgt, machte ihm angst. »Ich weiß nicht. Aus Neugier, nehm ich an.«

»Worauf?«

»Oh ... einfach, um mal zu sehen, ob irgend jemand auftauchen würde. So 'ne Art Klassentreffen vielleicht.« Er wandte sich vom Fenster ab und betrachtete Mary in dem trüben Winterlicht. »Kommt mir vor, als wär's hundert Jahre her, was wir so alles durchgemacht haben.«

»Nein, es ist erst gestern gewesen«, entgegnete sie. Drummer hatte sein Fläschchen leer getrunken, und nach den Anweisungen ihrer Mutter drückte sie ihn sanft an ihre Schulter, damit er aufstoßen konnte. Mary hatte Edwards Wohnung bereits inspiziert: Er besaß ein paar hübsche Möbelstücke, die nicht in das Appartement paßten, und seine Kleider waren besser als sein übriger Lebensstandard. Sie hatte den Eindruck, daß er früher einmal viel Geld gehabt, es aber verloren hatte. Der Auspuff seines Toyota hinterließ blaue Rauchwölkchen, und der linke hintere Kotflügel war eingedellt. Seine polierten Schuhe allerdings verrieten, daß er einst teures Parkett betreten hatte. »Buchhalter bist du?« fragte sie. »Seit wann?«

»Schon drei Jahre. Der Job ist echt okay. Ich schaff ihn mit verbundenen Augen.« Er zuckte die Achseln, fast so, als wolle er sich entschuldigen. »Nachdem ich untergetaucht bin, hab ich an der New York University 'ne kaufmännische Ausbildung absolviert.«

»Eine kaufmännische Ausbildung!« wiederholte Mary, und ein verstohlenes Lächeln huschte über ihr Gesicht. »Ich hab's ja gleich gewußt – gleich, als ich dich ansah. Also hat dieser verdammte Staat dich doch noch gekriegt, was?«

Das vertraute Stirnrunzeln verdüsterte erneut sein Gesicht. »Wir waren doch damals noch Kinder. In vieler Hinsicht dumm und naiv. Wir haben in einer Traumwelt gelebt.«

»Und jetzt lebst du in der Realität?«

»Jawohl«, antwortete Edward. »Und es ist eine Realität, daß jeder arbeiten muß, um zu leben. In dieser Welt kriegt keiner was geschenkt. Hast du das noch nicht bemerkt?«

»Ist mein Bruder zum Big Brother geworden?«

»Nein!« entgegnete er lauter als nötig. »Nein, verdammt! Ich sage nur, daß wir damals alles schwarzweiß gesehen haben! Wir glaubten uns selbst im Recht und alle anderen im Unrecht. Wir waren einfach abgefuckt. Wir haben das Grau in dieser Welt nicht gesehen.« Er grunzte. »Wir haben geglaubt, wir müßten nie erwachsen werden. Aber gegen die Zeit ist kein Kraut gewachsen, Mary. Sie ist das einzige, was man nicht mit einer Kugel abknallen oder mit einer Bombe in die Luft jagen kann. Die Zeiten ändern sich, und man muß sich mitverändern. Wenn nicht ... sieh nur, was mit Abbie Hoffman passiert ist.«

»Abbie Hoffman ist seiner Sache immer treu geblieben«, sagte Mary. »Er hat einfach schlappgemacht.«

»Hoffman ist wegen *Kokainhandels* in den Knast gewandert!« entgegnete Edward. »Er wurde vom Revolutionär zum Drogendealer! Was heißt denn da ›seiner Sache treu geblieben‹? Lieber Gott, nach dem Abbie Hoffman von damals kräht doch heute kein Hahn mehr! Du weißt ja: Geld regiert die Welt. Wenn du's hast, dann bist du wer, und wenn nicht, wanderst du auf den Müll!«

»Ich hab keine Lust mehr, darüber zu diskutieren«, sagte Mary, während sie Drummer in ihren Armen wiegte. »Süßes Baby, so ein süßes, süßes Baby.«

»Ich brauche jetzt ein Bier.« Edward ging in die Küche und öffnete den Kühlschrank, während Mary das Kind auf die Stirn küßte. Drummer hatte einen unguten Geruch; man mußte ihm die Windeln wechseln. Darum brachte sie ihn ins Schlafzimmer, legte ihn neben ihre Umhängetasche auf das Bett und machte sich an die Arbeit. Es war nur noch eine Windel da. Sie würde rausgehen und einen neuen Karton Pampers kaufen müssen. Während sie Drummer wickelte, bemerkte Mary auf einem kleinen Pult eine Schreibmaschine. In dem Abfallkorb lag zusammengeknülltes Papier. Sie nahm ein Blatt davon heraus und faltete es auseinander. Es waren nur drei Zeilen darauf: *Ich heiße Edward Fordyce, und ich bin ein Mörder. Meine Morde geschahen vor langer Zeit und im Namen der Freiheit. Ich war Mitglied der ›Sturmfront‹, und in der Nacht des ersten Juli 1972 erlebte ich meine Wiedergeburt.*

Drummer fing müde und unzufrieden zu weinen an.

Hinter Mary sagte Edward: »Mein Verlag meint, man braucht ein paar knallige Eröffnungszeilen. Etwas, das den Leser auf Anhieb fesselt.«

Sie blickte von dem zerknitterten Papier zu ihm auf. Drummers anhaltendes Geschrei bereitete ihr Kopfweh.
Edward nahm einen Schluck von seinem Bier, und seine Augen wirkten jetzt düster, sein Gesicht grimmig und angespannt. »Sie wollen, daß viel Blut darin vorkommt. Und sie wollen viel Action. Vielleicht würde es ein Bestseller, sagen sie.«
Mary knüllte das Blatt wieder zusammen, und während Drummer weiterschrie, ballte sie ihre Faust.
»Kannst du ihn nicht stillkriegen?« fragte Edward.
Der Mörder in ihr erwachte. Sie fühlte ihn sich regen wie einen schweren Schatten. Edward schrieb also ein Buch über die »Sturmfront«. Schrieb ein Buch, in dem er diesem verdammten Staat alles verraten wollte. Würde Blut, Schweiß und Tränen der »Front« auf billigem Taschenbuchpapier ausbreiten, damit irgendwelche blöden Aasgeier sich daran sättigen konnten. *Klassentreffen,* hatte er gesagt. *Aus Neugier, nehm ich an.*
Nein, nicht deshalb hatte Edward Fordyce das Inserat in Zeitungen und Zeitschriften gesetzt. »Du wolltest die anderen finden«, sagte Mary, »damit wir dir bei deinem Buch helfen.«
»Hintergrundmaterial. Ich möchte eine Geschichte der ›Sturmfront‹ schreiben, und es gibt vieles, was ich nicht weiß.«
Marys Hand wanderte in die Umhängetasche. Als sie wieder herauskam, hielt sie die Pistole, und Mary zielte auf ihr Gegenüber, einen Fremden in der Uniform des Feindes.
»Tu das weg, Mary! Du möchtest mich doch nicht erschießen.«
»Ich werde dir deinen verdammten Kopf runterballern!« brüllte sie. »Du machst uns nicht zu Huren! Nie im Leben!«
»Wir waren doch alle Huren. Huren der reaktionären Presse und der Volksverhetzer. Wir haben das getan, wovon sie

nur träumten, und was kam dabei heraus? Du bist zum Tier geworden und ich ein dreiundvierzigjähriger Versager.« Er nahm noch einen kräftigen Schluck von seinem Bier, aber sein Blick lag auf Marys Pistole. »Vor ein paar Jahren bin ich Börsenmakler gewesen«, sagte er mit einem bitteren Lächeln. »Hab jährlich hundert Mille verdient und in der Upper East Side gewohnt. Immer im Streß. Managertyp. Hatte einen Mercedes, eine Frau und einen Sohn. Dann ist der Markt eingebrochen, und ich hab zusehen müssen, wie alles kaputtging. War wie damals, in dieser Nacht in Linden, nur noch schlimmer, weil diesmal ein Haus in Stücke flog, das ich gebaut hatte. Konnte es nicht verhindern. Konnte es einfach nicht. Dann bin ich langsam, aber sicher immer mehr abgestürzt, bis zu diesem Punkt hier. Und wie soll's nun weitergehen? Soll ich für den Rest meines Lebens bei *Sea King* Buchhaltung machen und, wenn ich alt bin, in ein Seniorenheim in Jersey ziehen? Oder versuch ich mal mein Glück bei einem Verlag, ob sich nicht irgendwer für die Geschichte der ›Sturmfront‹ interessiert? Das ist doch alles graue Vergangenheit, Mary. Uralt und verstaubt ... aber mit Blut und Gedärmen läßt sich ein Buch verkaufen, und du weißt ja: Wir sind zusammen durch Blut und Gedärme gewatet. Also, was ist dagegen einzuwenden, Mary? Verrat es mir!«

Sie konnte keinen klaren Gedanken fassen. Drummer schrie inzwischen lauter, fordernder. Ihr Kopf war voller Zahnräder und Getriebe, die ihren Zusammenhang verloren hatten. Ein einziger Druck auf den Abzug, und Edward Fordyce wäre weg vom Fenster. Alles war gelogen: Lord Jack war nicht dagewesen; er konnte seinen Sohn nicht in Empfang nehmen, und dieses Etwas, das dort in der Kluft des gehaßten Staates vor Mary stand, spie Gift und Galle. Eines jedoch blieb bestehen: daß Edward ihr vor langer Zeit, in einer Nacht voll Schmerz und Feuer, das Leben gerettet hatte.

Dies allein hielt Mary davon ab, ihn zu töten.

»Ich habe einen Agenten«, fuhr Edward fort. »Ganz schön großes Tier in der Branche. Der hat mir aufgrund eines Rohentwurfs einen Vertrag besorgt. Das Manuskript ist Ende August fällig.«

Mary hielt den Revolver weiter auf ihn gerichtet, während Drummer laut schrie und jammerte.

»Ich möchte nicht nur meine eigene Geschichte schreiben. Ich möchte, daß es um uns alle geht. Jeden, der gestorben, und jeden, der davongekommen ist. Verstehst du?«

»Ich verstehe, daß du ein Verräter bist«, antwortete Mary. »Einer, der die Exekution verdient.«

»Ach, scheiß auf das Pathos, Mary! Das hier ist die Realität, die Welt der Dollars und der Cents!« Er knallte seine Flasche auf eine Kommode, und Bier spritzte. »Wenn wir aus der Hölle, die wir durchgemacht haben, einen Gewinn schlagen können, warum nicht? Ich wäre durchaus bereit, mit dir zu teilen. Kein Problem.«

»Gewinn!« sagte sie voller Abscheu.

»Mein Gott! Kannst du diesem Kind nicht das Maul stopfen?« Edward ging auf Drummer zu, aber Mary hielt ihn zurück, indem sie ihm die Pistole an den Kopf setzte und ihn beim Knoten seiner roten gepunkteten Krawatte packte. Edwards Gesicht rötete sich. »... Du ...«, japste er. »... Du erwürgst ... mich ...«

Brrrring.

Telefon, dachte Mary. Noch einmal: *Brrrring.*

»Tür ... summer«, stieß Edward hervor. »Unten. Jemand ... will rein.«

»Wen erwartest du?«

»Nie-niemand. Mary, hör doch mal ... du erwürgst mich. Komm ... laß das sein ... okay?«

Brrring.

Sie starrte in seine blauen Augen und sein rot angelaufenes

Gesicht. Er war klein, stellte sie fest. Ein kleiner, unbedeutender Knirps, der aufgegeben hatte und den Verlockungen des Scheißstaates verfallen war. Er konnte einem leid tun. Sie hatte nicht vor, ihn umzubringen – noch nicht; Drummer heulte, und irgend jemand wollte herein. Darum ließ sie die Krawatte los. Edward schüttelte sich, schnappte nach Luft, und dann folgte ein Hustenanfall.
Mary steckte Drummer den Schnuller in den Mund. Die Augen des Kindes wirkten wütend, und dicke Tränen waren ihm über die Wangen gerollt. Er sah so aus, wie *sie* sich fühlte. Sie legte die Pistole neben Drummer aufs Bett und wickelte ihn zu Ende.
Im Wohnzimmer draußen hustete Edward noch ein paarmal atemlos. Dann drückte er auf den Knopf der Sprechanlage. »Ja bitte?«
Keine Antwort.
»Irgend jemand da?«
Stille.
Er ließ den Knopf los. *Da treiben irgendwelche Kinder aus der Nachbarschaft wieder Unfug*, dachte er. Etwa drei Sekunden später ein neues *Brrrring.*
Er schlug noch einmal auf den Knopf. »Hey, hört mal zu, da unten! Wenn ihr spielen wollt, dann spielt auf der Stra –«
»Edward Lambert?«
Eine Frauenstimme. Hörte sich nervös an. »Ja. Wer spricht da?«
»Kommen Sie herunter.«
»Ich hab keine Zeit für so was, Lady. Was verkaufen Sie denn?«
»Schadhafte Ware«, antwortete sie. »Kommen Sie nach unten.« Und mit einem *Klick!* verstummte die Sprechanlage.
»Wer war das?« Mary stand an der Schlafzimmertür. Sie hielt den frisch gewickelten Drummer an ihrer Brust und in der Rechten die Magnum-Automatik.

»Niemand.« Edward zuckte die Achseln. »Pennerin vermutlich. Die betteln hier überall.«
Mary ging ans Fenster und schaute hinab. Schneefall behinderte die Sicht. Und dann entdeckte Mary die Gestalt, die vom Gehsteig unten an dem Gebäude heraufstarrte. Der Wind hatte aufgefrischt und peitschte den grauen Mantel. Die Gestalt hatte eine schwarze Mütze auf dem Kopf und einen langen schwarzen Schal um den Hals.
Marys Augen verschmälerten sich. Diese Kluft kannte sie doch. Sie hatte diesen Menschen schon einmal gesehen. Ja, ganz bestimmt. Auf der Rückfahrt von Liberty Island. Er hatte, seine Hände in die Taschen gesteckt, im Heck des Bootes gestanden, neben dem blonden Mädchen mit der Lederjacke. Noch während Mary hinsah, begann sich die Gestalt langsam und gegen den Wind gebeugt zu entfernen. Nach ein paar Schritten jedoch riß ihr eine Windböe die Mütze vom Kopf.
Eine rote Haarmähne ergoß sich über die Schultern der Gestalt. Es war eine Frau, erkannte Mary. Die Fremde schnappte nach ihrer Mütze, bevor diese davonwirbeln konnte, stopfte ihre Haare wieder darunter und drückte sich das Ding fest auf den Kopf. Dann ging sie mit vornübergebeugten Schultern weiter, wie unter einer schrecklichen Last.
Rote Haare, dachte Mary. So rot wie eine Kriegsfahne.
Sie hatte einmal eine Frau mit solchen Haaren gekannt.
»O mein Gott«, flüsterte sie.
Die Rothaarige bog um eine Ecke und verschwand im Schneegestöber.
»Halt du mein Baby!« sagte Mary zu Edward und drückte ihm Drummer in den Arm, bevor er sich sträuben konnte. Dann stopfte sie sich die Pistole fest in den Hosenbund, zog ihren weiten braunen Pullover über und stürzte zur Tür.

»Wo willst du denn hin? Mary! Wo, zum Teufel, willst –«
Sie war bereits draußen. Sie raste die Treppe zum Erdgeschoß hinunter und dann auf die Straße, in den Schnee und die schneidende Kälte. Hinter der Ecke, wo die Rothaarige von der Cooper Avenue abgebogen war, entdeckte Mary sie wieder. Die Frau war ungefähr einen Block weit entfernt und öffnete gerade die Fahrertür eines braunen Ford-Kompaktwagens.
»Halt!« rief Mary, aber der Wind schlug ihr ins Gesicht, und die Frau konnte sie nicht hören. Der Ford fuhr aus der Parklücke und kam genau auf Mary zu, die vom Bürgersteig trat, um ihm entgegenzugehen. Schneeflocken wirbelte zwischen ihnen. Mary hob ihre rechte Hand, machte ein *Peace*-Zeichen und schritt geradewegs auf den Wagen zu.
Sie erblickte das Gesicht der Frau durch die Windschutzscheibe. Wie das von Edward war es keines, das sie kannte. Dann aber riß die Frau plötzlich die Augen auf, ihr Mund öffnete sich zu einem Schrei, den Mary nicht hören konnte, und schlitternd kam der Ford auf dem glänzenden Asphalt zum Stillstand.
Die Frau stieg aus. Wieder riß ihr der Wind die schwarze Mütze vom Kopf, und langes, rotes Haar tanzte ihr um die Schultern. Mary ließ die Hand, die das Peace-Zeichen machte, sinken. Kannte sie diese Person nun oder nicht? Die Haare waren die gleichen, ja, aber das Gesicht war anders. Bedelia Morse hatte wie ein Mannequin ausgesehen, schön und bezaubernd, mit einer wohlgeformten, zierlichen Nase und einer festen, entschlossenen Mundpartie. Die Nase dieser Frau hingegen war so krumm, als hätte man sie mit roher Gewalt gebrochen und nicht richtig zusammengeflickt. Die Frau hatte Hängebacken, ein mächtiges Doppelkinn, und die Falten, die von ihren Augenwinkeln ausgingen, waren ebenso tief wie die auf der Stirn. Mary erkannte, daß ihr etwa ein Meter neunzig großes Gegenüber

eine kräftige Taille besaß – die Figur einer Schönheit, die aus dem Leim gegangen war. Doch die Frau hatte grüne Augen: grün wie Irischmoos. Es waren Didis Augen in einem fast froschähnlichen Gesicht.

»Mary?« sagte sie mit der rauh und älter gewordenen Stimme von Bedelia. »Mary?«

»Ich bin's«, antwortete Mary. Bedelia Morse versuchte, noch einmal zu sprechen, aber heraus kam nur ein Schluchzen, das vom Wind zerrissen wurde. Sie warf sich Mary an die Brust, und die beiden Frauen umarmten einander mit der Pistole zwischen sich.

2

Der Irrenhaustraum

Montag morgen zwischen zwei und drei zog Laura Clayborne ihren dicken Mantel über, setzte sich in ihren Wagen, der auf dem Parkplatz des *Days Inn* stand, ließ den Motor an und fuhr Richtung Westen, zu Didi Morse' Waldhaus.

An Schlaf war nicht zu denken gewesen; Phantome bevölkerten die Nacht. Eine Mondsichel hing am Himmel, und die Landstraße vor den Scheinwerfern des BMW war leer. Zitternd wartete Laura darauf, daß die Heizung warm werden würde. Abends um zehn war sie mit Mark hinausgefahren, um zu sehen, ob Didi Morse zurückgekommen sei und nur nicht ans Telefon ging, aber das kleine Landhaus war dunkel gewesen. Laura wollte fahren, wollte wenigstens das Gefühl haben, sich zu bewegen. Durch ihre Anrufe bei FBI-Agent Kastle in Atlanta hatte sie erfahren, wie seine Nachforschungen standen: Kastle, sagte seine Sekretärin, sei außerhalb und werde sich bei seiner Rückkehr sofort mit Laura in Verbindung setzen. Das hieß mit anderen Worten: Rufen Sie uns nicht an; wir werden uns bei Ihnen melden.

Das war zuwenig. War eine ganzes verdammtes Stück zuwenig.

Laura fuhr an dem Häuschen vorbei. Immer noch dunkel, kein Auto davor. Wo immer Didi auch steckte, ihre kleine Wochenendreise hatte sich um einen Tag verlängert, und wenn Laura umsonst von so weit hergekommen war, dann würde sie noch anfangen, in die Wände ihres Motelzimmers zu beißen. Sie hatte die Schlaftabletten abgesetzt, weil sie einen klaren Kopf behalten wollte. Dafür bekam sie allerdings nur etwa drei, vier Stunden Schlaf und wurde für den übrigen Teil der Nacht von Visionen heimgesucht, in denen sie die Irre auf dem Balkon und den Scharfschützen mit seinem Gewehr erblickte. Laura konnte es nicht verkraften, ihr Gesicht im Spiegel zu sehen; ihre Augen schienen noch tiefer eingesunken zu sein und hatten einen merkwürdigen stählernen Glanz, so als würde etwas Hartes, Unbekanntes aus ihnen hervorspähen.

Ungefähr eine Meile westlich von Bedelia Morse' Haus wendete sie auf einem Feldweg und fuhr zurück. Besorg dir was zwischen die Zähne, dachte sie. Such dir vielleicht ein Pfannkuchenhaus, das durchgehend geöffnet hat. Irgendwas, wo's viel heißen schwarzen Kaffee gibt.

Als sie sich dem Landhaus erneut näherte, bremste Laura auf Schrittgeschwindigkeit und sah hinüber. Alles dunkel natürlich. Didi war weggefahren, um Vögel zu beobachten, hatte der alte Mann gesagt. Hatte sich seinen Feldstecher ausgeborgt und war verschwunden. Lauras Hände klammerten sich fester um das Lenkrad. Vielleicht war Didi Morse ihre einzige Hoffnung, David lebend wiederzusehen. Vielleicht war David in diesem Moment bereits tot, zerfetzt wie die Puppen in dem Karton, den man in Mary Terrells Wohnung gefunden hatte. Lieber Gott, betete Laura, hilf mir, daß ich nicht den Verstand verliere!

Ein Licht flammte auf.

Ein Licht!

Hinter einem der Fenster von Didi Morse' Landhaus.

Laura war schon hundert Meter daran vorbei, ehe sie ihren Fuß dazu bringen konnte, auf die Bremse zu treten – langsam, damit die Reifen nicht quietschten! Ihr wollte fast das Herz zerspringen. Ein Licht. Nur ein kurzer Schimmer, vielleicht eine Sekunde lang und gleich wieder verschwunden.

Es war kein Reflex des Mondes oder ihrer Scheinwerfer gewesen.
In dem Haus war jemand – jemand, der im Dunkeln umherschlich.
Im ersten Moment dachte Laura daran, anzuhalten und die Polizei zu rufen. Aber nein; sie wollte bei dieser Geschichte keine Polizei haben, noch nicht. Darum wendete sie erneut und fuhr noch einmal an dem Haus vorbei. Diesmal blieb alles dunkel. Aber sie hatte es gesehen; sie wußte, daß sie sich nicht täuschte. Die eigentliche Frage war: Was sollte sie jetzt unternehmen? Sie fuhr an den Straßenrand, hielt an der mit braunem Gras bewachsenen Böschung und stellte Scheinwerfer und Motor ab.
Ihre Handtasche lag auf dem Nebensitz, aber der Revolver war noch in ihrem Koffer im Motel. Laura blieb auf ihrem Platz und zitterte, während die Warmluft abkühlte. Wer hielt sich in Bedelia Morse' Haus auf? Ein Einbrecher vielleicht? Aber was gab es da schon zu stehlen? Ihre Keramiken? Laura sah ein, daß sie entweder sitzen bleiben und sich den Kopf zerbrechen oder zu diesem Haus gehen konnte. Es war keine Frage von Mut – es war eine Sache der Verzweiflung.
Laura stieg aus, öffnete den Kofferraum und schloß ihre Hand um die Eisenstange. Dann knöpfte sie ihren Mantel bis oben hin zu, um die zweihundert Meter bis zu der ungeteerten Auffahrt zurückzugehen, die in einem Bogen durch den Wald führte. Weit und breit war kein anderer Wagen in Sicht. Einbildung oder nicht? Laura schloß ihre Hand fester um die Stange und begann, während ihr die minus acht Grad kalte Luft in Nase und Lungen brannte, die Auffahrt hinaufzugehen.

Das Baby heulte schon wieder. Sein Geschrei riß Mary aus einem Schloß in den Wolken und ließ sie mit den Zähnen knirschen. Es war ein schöner Traum gewesen, einer, in dem sie jung und schlank war und ihr Haar die Farbe der Sommersonne hatte; ein Traum, aus dem sie nur äußerst ungern erwachte. Babys machten alle Träume kaputt, dachte sie, während sie sich in ihrem Bett aufsetzte. Sie hatte davon geträumt, Lord Jack das Baby zu überreichen und ihn in lächelnder Schönheit erstrahlen zu sehen, hatte davon geträumt, daß er sie lieben und die ganze Welt wieder in Ordnung sein würde.

Aber Lord Jack war nicht da. Er war nicht bei der weinenden Lady gewesen. Lord Jack kam nicht zu Mary. Weder jetzt noch sonst irgendwann. Nie.

Das Baby weinte. Sein Geschrei schnitt ihr ins Gehirn wie eine Rasierklinge, und voll unstillbarer Verzweiflung stand sie auf. Sie fühlte, wie ihr die altvertraute Wut aus allen Poren dampfte.

»Pscht!« sagte sie. »Drummer! Still!« Doch er wollte nicht hören. Sein Geschrei würde die Nachbarn aufwecken, und dann kämen vielleicht die Bullen. Warum versuchten Marys Babys immer, sie zu verraten? Wozu war Drummer jetzt noch gut, da Lord Jack ihn nicht wollte? Das Kind war ein schreiendes Stück Fleisch ohne Sinn, ohne Daseinszweck, und in diesem Augenblick haßte ihn Mary, weil ihr klar wurde, was sie getan hatte, um ihn Lord Jack zu bringen. Jetzt war alles aus; Lord Jack würde diesen heulenden Balg nie erblicken.

»Willst du nicht aufhören?« fragte sie Drummer, während sie sich im Dunkeln auf das schmale Bett setzte. Sie sprach mit ruhiger Stimme. Drummer gurgelte und schrie nur noch lauter. »Na schön.« Mary stand auf. »Ganz wie du willst. Dann mache eben ich, daß du aufhörst.«

Sie schaltete das Licht in der Kochnische ein und drehte eine der Herdplatten auf, so hoch es ging.

Langsam stieg Laura die Treppe zu Bedelia Morse' Haus hinauf. Eine Keramikkatze kauerte neben der Tür, und raschelndes Laub fegte über die Veranda. Laura streckte ihre Hand aus und drehte vorsichtig den Türknauf hin und her. Zugesperrt. Sie zog sich wieder zurück, ging die Treppe hinunter und auf die Rückseite des Gebäudes. Ihre Finger, die die Stange umkrampften, wurden allmählich steif vor Kälte. Auf der Rückseite des Hauses befanden sich eine Garage und ein etwas größeres, aus gewöhnlichen Steinen erbautes Nebengebäude, das mit Kette und Vorhängeschloß gesichert war – vermutlich die Töpferwerkstatt. Zwischen den kahlen Bäumen standen seltsame Tonskulpturen wie das Pflanzenleben eines anderen Sterns; das wußte Laura noch von ihrem ersten Besuch am Samstag, als sie und Mark hierhergekommen waren. Damals hatte man diese Gebilde kaum übersehen können, jetzt aber verbarg sie die Dunkelheit. Getöpferter Schnickschnack jedweder Art – Futterkästen für Vögel, Mobiles sowie weniger leicht identifizierbare Dinge – baumelte in den Zweigen, und es war offensichtlich, daß Bedelia Morse – beziehungsweise Diane Daniells – sich mit Leib und Seele auf die Arbeit konzentriert hatte, mit der sie als Mitglied von Marks Kommune angefangen hatte. Als Laura an die Hintertür trat, knirschten totes Laub und Gezweig unter ihren Füßen.
Dieser Knauf drehte sich mühelos.
Lauras Herz klopfte rasend. Sie ließ ihre Hand über die Tür gleiten und stellte fest, daß eine der kleinen rechteckigen Glasscheiben daraus entfernt worden war – nicht eingeschlagen, denn es gab keine Scherben. Entfernt, wie mit einem Glasschneider.
Laura öffnete diese Tür und verharrte auf der Schwelle. Irgendwo im Wald klagte eine Eule. Der kalte Wind fauchte durch die Bäume und ließ den getöpferten Zierat darin klimpern und klappern. Laura zitterte unwillkürlich, wäh-

rend sie das Dunkel hinter der Schwelle zu durchdringen versuchte. Schatten über Schatten. Sie konnte nichts als dunkle, undeutliche Formen erkennen, doch hatten Mark und sie schon am Samstag durch die Scheiben der Tür geblinzelt und eine Küche gesehen, in deren Mitte ein Tisch sowie ein einzelner Stuhl standen. Damals waren noch sämtliche Glasscheiben in der Tür und diese fest verschlossen gewesen.
Mit pochendem Herzen hob Laura die Eisenstange und trat ein.

Mary nahm das Baby vom Bett. Ihr Griff war unsanft, und das Geschrei des Kindes verstummte abrupt, nur um dann neu anzuschwellen – ein dünner, hoher Ton, den Mary nicht ertragen konnte. *»Hör auf!«* schrie sie in das verzerrte, gerötete Gesicht. *»Hör auf, du kleines Miststück!«*
Das Baby schrie weiter, und Mary erstickte fast vor Wut. Wie hatte sie nur so dumm sein können zu glauben, daß diese Botschaft von Lord Jack stamme? Daß er sich nach all diesen Jahren sie und das Baby wünsche? Daß es ihm nicht völlig gleichgültig war? Allen war es gleichgültig. Allen. Sie hatte dieses Kind entführt und ihre Tarnung aufgegeben, hatte sich in tödliche Gefahr gebracht ... und alles wegen Edward Fordyce' verräterischem Buch über die »Sturmfront«!
Den würde sie sich noch vorknöpfen, bevor sie von hier verschwand! Eine Kugel würde sie ihm zwischen die Augen jagen und seine Leiche in eine Mülltonne werfen! Aber im Moment mußte sie etwas gegen das Baby unternehmen, das sich die Lunge aus dem Leib plärrte. *Drummer,* dachte sie und schnaubte verächtlich. »Schreien willst du?« Sie schüttelte ihn. »Ja, schreien willst du?« Schüttelte ihn noch fester. Sein Geheul wurde zu einem Kreischen. »Na schön, ich werde dich schreien lassen!«

Sie brachte ihn in die Kochnische, wo die Herdplatte bereits feuerrot glühte und Hitze aussandte. Das Baby hörte nicht auf zu schreien. Es zitterte und versuchte, mit seinen Beinen zu strampeln. Nein, Mary brauchte diesen kleinen Bastard nicht. Brauchte keinen Lord Jack. Brauchte niemanden. Sie würde Drummer zum Stillsein bringen, würde ihn Gehorsam lehren, und das, was von ihm noch übrigblieb, würde sie den Bullen und dieser Laura Clayborne hinterlassen, während sie selbst wieder untertauchte, tief untertauchte, dorthin, wo nichts und niemand an sie herankonnte. Sie würde diesem Irrenhaustraum von Liebe und Hoffnung ein für allemal den Rücken kehren.

»Schrei!« brüllte sie. »Schrei! Schrei!«

Und damit packte sie das Baby beim Hinterkopf, um es auf die rotglühende Herdplatte zu drücken ...

Laura lauschte in die Dunkelheit. Das laute Pochen ihres Herzens und das Brausen ihres Atems störten ihre Wahrnehmung. Mach, daß du rauskommst, sagte sie zu sich selbst. Du hast hier nichts zu suchen! Du bist weit weg von zu Hause, und du bist zu weit gegangen. Wenn wirklich ein Einbrecher Bedelias Morse' Haus plündert, dann ist das seine Sache!

Aber sie blieb, und ihre Hand tastete nach einem Lichtschalter. Etwas, das unter ihren Fingern fröhlich klimperte, ließ Laura in die Luft springen. Schon wieder so ein verdammtes Keramikmobile. Sie machte ja mehr Krach als ein Spielmannszug!

Einen Moment später fand sie den Lichtschalter und knipste ihn an.

Ein warmer Atem schlug ihr ins Genick.

Sofort wirbelte Laura nach rechts herum und blickte in das Gesicht eines Mannes, der dort stand. Ihr Mund öffnete sich zu einem Schrei, doch noch bevor dieser herauskommen konnte, zuckte, schnell wie eine Kobra, eine schwarzbehandschuhte Hand nach oben und preßte sich ihr auf die Lippen.

Das Gesicht des Babys war schon fast auf der Herdplatte. Der kleine Dickkopf schrie immer noch, und Mary machte sich auf den Schrei der Todesqual gefaßt.
Und es kam auch einer.
»NEIN!«
Jemand ergriff sie von hinten und stieß sie und das Baby weg von der heißen Herdplatte. »Nein! Um Gottes willen, nein!« Ein Paar Hände versuchte, sie von Drummer zu trennen, aber Mary rammte ihren Ellbogen nach hinten und hörte ein schmerzhaftes Stöhnen. Eine Frau mit roten Haaren wollte den Jungen an sich reißen. Ihr Gesicht war Mary unbekannt, und die Fremde sagte: »Nicht, Mary! Bitte nicht!« Als die Rothaarige wieder nach dem Baby griff, schleuderte Mary sie gegen die Wand hinter ihr. Das hier war *ihr* Kind. Sie konnte machen mit ihm, was sie wollte, sie hatte ihr Leben dafür aufs Spiel gesetzt, und niemand würde es ihr wegnehmen. Doch die Frau gab sich noch nicht geschlagen. Während hinter ihnen die Herdplatte glühte und das Baby weiterschrie, griff sie Mary erneut an. »Hör zu! Hör mir doch zu!« flehte sie, als sie deren Schultern zu fassen bekam. Mary sah auf den weißen Hals der anderen. Da war die Stelle, wo sie zuschlagen und ihr die Luftröhre zerschmettern sollte! »Tu dem Kind nichts! Bitte!« sagte die Frau, ohne Marys Schulter loszulassen. »Mary, sieh mich doch an! Ich bin's! Didi! Didi Morse!«
Didi Morse? Mary blickte von der Kehle hoch und starrte in das Hängebackengesicht mit seinen tiefen Falten.
»Nein«, antwortete sie über Drummers Geschrei. »Nein. Didi Morse war schön.«
»Ich habe mich operieren lassen. Weißt du denn nicht

mehr? Ich hab's dir doch erzählt! Von einem Gesichtschirurgen. Laß Drummer in Ruhe, Mary! Tu ihm nichts!«

Gesichtschirurg. Didi Morse, verunstaltet von einem Skalpell, Silikon-Implantaten und einem Hammer, mit dem man ihr die Nase gebrochen hatte. *Ich hab's machen lassen, als ich untergetaucht bin,* hatte sie Mary und Edward erzählt. *Von einem Chirurgen, der vielen Leuten hat verschwinden helfen.* Es war in St. Louis gewesen, und Didi hatte tatsächlich dafür bezahlt, daß dieser Chirurg, ein Mitglied der militanten Untergrundbewegung, sie häßlich machte. Ihre grünen Augen und roten Haare hatte sie zwar heute noch, aber trotzdem war Didi Morse nun radikal verändert; sie beschwor Mary, Drummer nichts anzutun.

»Drummer ... etwas antun?« flüsterte Mary. »Meinem Baby!« Tränen stiegen ihr in die Augen. Sie hörte Drummer weinen, doch dieser Laut schnitt ihr nun nicht mehr ins Gehirn; es war ein Schrei unschuldigen Verlangens, und schluchzend drückte Mary den Kleinen an ihre Brust, als sie erkannte, wozu ihr Zorn sie gebracht hatte. »O Gott, o Gott, o Gott«, stöhnte sie, während das Baby in ihren Armen zitterte. »Mir ist schlecht, Didi. Mir ist kotzübel.«

Didi schaltete die Herdplatte aus. Ihr schmerzte immer noch das Schlüsselbein von dem Zusammenstoß mit Marys Ellbogen, und Mary hatte ihr fast den Rücken gebrochen, als sie sie gegen die Wand schleuderte. »Komm, setzen wir uns!« sagte sie, um die andere vom Herd wegzubringen. Der Anblick dieser Frau, wie sie versucht hatte, das Kind auf die Herdplatte zu drücken, war unfaßbar schrecklich gewesen! Vorsichtig berührte Didi sie am Arm. »Komm, Schwester!«

Mit tränenüberströmtem Gesicht ließ sich Mary aus der Kochnische hinausbugsieren. »Mir ist schlecht«, wiederholte sie. »Mit mir stimmt was nicht. Ich drehe durch. O Gott, ich würde doch meinem süßen Drummer nichts zuleide tun!« Sie drückte ihn fest an sich, und sein Geschrei wurde allmählich schwächer. Sie befanden sich in der *Cameo Motor Lodge*, wohin sie abends um acht von Edwards Wohnung aus gefahren waren. Sie hatten gemeinsam ein, zwei Flaschen Wein getrunken, über die alten Zeiten geredet, und danach hatte Mary ihrer Freundin das Sofa ausgeklappt. Didi war aufgewacht, als sie die andere vom Schlafzimmer in die Kochnische schleichen hörte. Danach war Mary wieder zu dem weinenden Baby gegangen, und alles weitere hatte sie gerade noch einmal verhindert.

Mit roten, verschwollenen Augen und Wangen, auf denen Tränen glitzerten, nahm Mary in einem Sessel Platz. Sie wiegte Drummer in ihren Armen, und der Kleine schlief allmählich wieder ein. Didi, die mit ihren Nerven am Ende war, setzte sich auf das zerknitterte Bettsofa.

»Ich liebe mein Baby«, sagte Mary. »Siehst du das denn nicht?«

»Doch«, antwortete Didi. Aber was sie in Wirklichkeit sah, war eine Irre, die ein gestohlenes Kind in den Armen hielt.

»Er gehört mir«, flüsterte Mary und rieb mit ihrer Nase in seinen weichen dunklen Haarkringeln, während sie ihn auf die Stirn küßte. »Mir ganz allein.«

Sardonicus.

Die eine Mundhälfte des Mannes war in gräßlicher, leichenhafter Starre nach oben gekrümmt und zeigte bis zum Stumpf abgeschliffene Zähne. Wie Sardonicus, dachte Laura, während ihr die schwarzbehandschuhten Finger den Mund zuhielten. Auf der grinsenden Seite war die Wange des Mannes tief eingefallen, und sein schiefer Unterkiefer sprang vor wie der eines Barracudas. Er hatte schwarze Augen, von denen das eine in der entstellten Gesichtshälfte hohl und glasig wirkte. Eine Narbenwüste zog sich von dem grinsen-

den Mundwinkel über die eingefallene Wange, und in einem aus drei Löchern bestehenden Anschluß in seiner Kehle saß ein fleischfarbener Stecker.
Es war ein schreckenerregender Anblick, aber Laura hatte keine Zeit zur Panik. Von Verzweiflung getrieben, schlug sie mit ihrer Eisenstange zu und streifte die linke Schulter des Mannes. Aber der Schlag genügte: Ihr Angreifer taumelte nach hinten und öffnete seine Mundruine zu einem Fauchen. Es klang, als würde Dampf aus einem Leitungsrohr entweichen.
Sofort fiel er wieder über sie her und streckte seine Hand nach Lauras Kehle aus, aber Laura wich einen Schritt zurück. Sie schwang die Stange noch einmal, der Mann hob seinen Arm, um den Schlag abzuwehren, und ihrer beider Unterarme schlugen so fest aneinander, daß Lauras Hand taub wurde. Wer jedoch etwas aus dem Griff verlor, war der Mann: Eine kleine Taschenlampe fiel zu Boden und rollte unter den Küchentisch.
Der Fremde packte Laura beim Handgelenk, um ihr die Eisenstange abzunehmen. Er war hochgewachsen, sehnig und vollständig in Schwarz gekleidet. Auf seinem Kopf saß eine Wollmütze, und sein Gesicht war so bleich wie der Mond. Er stieß Laura rücklings gegen die Anrichte. Töpferware klapperte zu Boden, und Laura wurde von einem Knie zwischen die Beine getroffen. Sie schrie auf vor Schmerz, aber sie biß die Zähne zusammen und ließ nicht locker. An die Eisenstange geklammert, taumelten beide durch die Küche, stießen dabei an den Tisch und warfen ihn um. Dann packte die eine Hand des Mannes Laura beim Kinn und drückte ihr den Kopf nach hinten. Er versuchte, ihr das Genick zu brechen, sie aber krallte nach seiner Kehle. Ihre Finger schlugen tiefe Furchen in das Fleisch, bekamen den Stecker zu fassen und rissen daran.
Während sein mörderisches grinsendes Gesicht ein schrilles

Fauchen ausstieß, griff sich der Mann an den Hals und wich zurück. Mit wilden Blicken hob Laura die Eisenstange hoch, um ihrem Gegner den Schädel einzuschlagen, bevor *er* sie umbringen könnte. Er stieß ein kehliges Knurren hervor, das vielleicht ein Geräusch der Wut sein mochte. Blitzschnell stürzte er nach vorn, packte Laura am Arm, fing ihren Schlag ab und drehte sich dabei rasch herum, so daß sie in die Luft gehoben wurde. Dann schleuderte er sie wie einen Sack Mehl ans andere Ende der Küche, wo sie auf der rechten Schulter landete, und ihre Lungen schienen zu platzen.

Jedes Zeitgefühl war verschwunden. Laura hatte einen Blutgeschmack im Mund. Schmerz pochte ihr in der rechten Schulter, und sie hatte die Eisenstange verloren. Als sie die Kraft fand, sich wieder aufzusetzen, war sie ganz allein in Bedelia Morse' Küche. Die Hintertür stand weit offen, und totes Laub wehte herein. Laura spuckte auf den Boden. Ihre Zunge fand die Wunde an der Innenseite der Wange, wo ihre Zähne aufeinandergeschlagen waren, und Laura sagte sich: Mir fehlt nichts; ich bin okay. Aber nun, da der Mann mit dem Totenkopfgrinsen verschwunden war, fing sie unbeherrscht zu zittern an, und Angst und Wut schlugen über ihr zusammen. Sie schaffte es gerade noch bis nach draußen, neben eine der abstrakten Skulpturen. Dann übergab sie sich, bis nichts mehr herauskommen wollte. Als sie damit fertig war, setzte sie sich etwas abseits auf den Boden und atmete in der eiskalten Luft tief durch. Ein Schmerz pochte zwischen ihren Schenkeln. Sie fühlte, wie sich eine feuchte Wärme ausbreitete, und begriff mit neu aufflammender Wut, daß ihr durch diesen Dreckskerl die Nähte wieder aufgeplatzt waren.

Sie erhob sich vom Boden und ging zurück in die Küche. Die Taschenlampe war weg. Die Eisenstange war noch da. Am liebsten hätte Laura losgeheult; das Bedürfnis dazu überkam sie ganz plötzlich, und fast hätte sie dem nachgegeben. Da sie aber nicht genau wußte, ob sie je wieder aufhören würde, wenn sie erst einmal zu weinen begann, blieb sie einfach stehen und hielt sich fest die Augen zu, bis der Drang vorüber war. In ihrem Hinterkopf lauerte der Schock auf eine Gelegenheit, sie nach und nach vollständig zu erfassen. Ihr blieb jetzt nichts zu tun, als wieder zu ihrem Wagen zu gehen und ins *Days Inn* zurückzufahren. Ihre rechte Schulter würde morgen ein einziger Bluterguß sein, und ihr schmerzte der Rücken, wo der Mann sie gegen die Anrichte geschleudert hatte.

Aber sie war noch am Leben. Sie hatte sich zur Wehr gesetzt, und der Mann – wer immer es auch gewesen war – hatte sie nicht getötet. Früher, vor dieser ganzen Geschichte, wäre sie einfach zu einem heulenden Häufchen Elend zusammengebrochen, aber jetzt lagen die Dinge anders. Sie war inzwischen stärker, ihr Blick klarer und kälter geworden. Plötzlich und unwiderruflich war die Gewalt zu einem Bestandteil ihres Lebens geworden.

Sie würde Mark von dieser Sache berichten müssen. Von dem Mann mit dem Stecker im Hals, der sich beim Nachbarn nach Diane Daniells erkundigt hatte. Wer war er, und wie paßte er in dieses Puzzle?

Laura füllte sich an der Spüle ein Glas mit Wasser und spuckte dabei Blut in den Ausguß. Es war Zeit, zu gehen. Zeit, das Licht und die Helligkeit zu verlassen und sich wieder ins Dunkel zu schlagen. Sie nahm die Eisenstange wieder an sich und wartete darauf, daß das Zittern nachließe. Umsonst. Vor ihrem geistigen Auge stand das Bild des grinsenden Mannes, wie er irgendwo da draußen auf sie wartete, und sie befahl sich: *Hör auf!* Dann knipste sie das Licht aus, schloß die Hintertür und machte sich auf den Weg zu ihrem Wagen. Nichts kam ihr hinterher, obwohl sie bei jedem Geräusch – ob eingebildet oder nicht – einen

Satz machte und ihre Hände krampfhaft die Eisenstange umklammerten.

In ihrem Wagen angelangt, schaltete Laura Zündung und Scheinwerfer ein.

Und in diesem Moment bemerkte sie die Schrift: spiegelverkehrte Buchstaben, die mit einem Glasschneider in die Windschutzscheibe geritzt waren. Drei Worte:

Geh nach Hause

Einen Augenblick saß Laura wie versteinert da und starrte auf das, was sie für eine Warnung hielt. Nach Hause. Was war ihr Zuhause? Ein Gebäude in Atlanta, das sie mit einem Fremden namens Doug teilte? Ein Ort, an dem ihre Eltern lebten und nur darauf warteten, über Lauras Leben zu bestimmen?

Geh nach Hause.

»Nicht ohne meinen Sohn!« schwor sich Laura und bog mit ihrem Wagen auf die Straße ein, um nach Ann Arbor zu fahren.

3

Das Geheimnis

Manchmal«, sagte Mary, während Drummer in ihren Armen schlief, »drehe ich einfach durch. Ich weiß nicht, warum. Mir tut der Kopf weh, und ich kann nicht klar denken. Vielleicht geht's ja jedem manchmal so, hm?«

»Vielleicht«, antwortete Didi, aber sie glaubte nicht daran.

»Ja.« Mary lächelte ihre Kampfgefährtin an. Ihr Wutanfall war vorbei. »Ich hab mich ja so gefreut, dich zu sehen, Didi. Ich kann dir gar nicht sagen, wie sehr. Ich meine . . . du siehst jetzt ganz anders aus und alles, aber du hast mir gefehlt. Alle haben mir gefehlt. Ich glaube, es war clever von dir, dich bei der weinenden Lady nicht zu zeigen. Schließlich hätte es ja auch eine Falle sein können, stimmt's?«

»Stimmt.« Darum war Didi schon mittags nach Liberty Island gefahren – mit dem Feldstecher, den sie sich bei ihrem Nachbarn, Charles Brewer, geborgt hatte. Sie hatte sich an einer Stelle postiert, die freie Sicht auf die an Land gehenden Fahrgäste bot, und hatte zwar Mary erkannt, Edward Fordyce aber erst, als er an Mary herantrat. Dann war sie den beiden von Liberty Island aus gefolgt, hatte sie in das Appartementgebäude gehen sehen und die Klingel von Edward Lambert gedrückt. Ihr brauner Ford war nur ein Leihwagen; ihr richtiger – ein grauer Honda-Kombi – stand auf dem Parkplatz des Flugplatzes von Detroit. »Wie soll's denn jetzt weitergehn?« fragte Didi.

»Ich weiß nicht. Schätze, ich mach mich auf nach Kanada. Geh wieder auf Tauchstation. Nur daß ich diesmal mein Baby dabeihabe.«

Sie hatten dieses heikle Thema noch nicht angeschnitten. »Wieso hast du es entführt, Mary? Wieso bist du nicht einfach allein gekommen?« wollte Didi wissen.

»Weil«, antwortete Mary, »es mein Geschenk für Jack ist.«

Didi schüttelte verständnislos den Kopf.

»Ich wollte ihm Drummer bringen. Als ich die Zeitungsanzeige gesehen habe, dachte ich, sie wäre von Jack. Darum habe ich Drummer mitgebracht. Für Jack. Verstehst du?«

Didi verstand. Mit einem leisen Seufzer wandte sie ihren Blick von Mary ab. Marys Geistesgestörtheit war so offensichtlich wie ein Hautausschlag; zwar war Mary immer noch schlau und gerissen – schlau wie ein gehetztes Tier –, aber die langen harten Jahre und der fehlende menschliche Kontakt hatten sie verändert, bis nur noch Verzweiflung übriggeblieben war. »Du hast Jack das Baby bringen wollen, und er war nicht da.« Nun verstand sie Marys Tobsuchtsanfall schon eher, aber trotzdem war es Wahnsinn. »Das tut mir leid.«

»Ich brauche ihn nicht!« keifte Mary. »Ich kann auf ihn verzichten! Und du steck dir dein Mitleid an den Hut! Jetzt, wo ich mein Baby habe, bin ich wunschlos zufrieden!«

Didi dachte an die glühende Herdplatte und nickte. Wäre nicht sie zur Stelle gewesen, dann wäre dem Baby inzwischen das Gesicht vom Schädel geschmort. Eines Nachts – in nicht allzu ferner Zukunft vielleicht – würden die Qualen des Wahnsinns Mary aus dem Schlaf reißen, und dann wäre niemand da, um das Kind zu retten. Didi wußte, daß auch sie viel Schreckliches in ihrem Leben getan hatte – Dinge, die sie nachts heimsuchten. Sie spukten in Didis Träumen, und sie hatten gegrinst und geschnattert, als Didi sich die Rasierklinge zurechtgelegt und ihre Handgelenke in heißes Wasser getaucht hatte, um die Haut aufzuweichen. Sie hatte Schreckliches getan, aber noch nie hatte sie einem Baby etwas zugefügt. »Vielleicht solltest du es lieber nicht mitnehmen«, sagte sie.

Mary starrte ihrer einstigen Kampfgefährtin mit versteinerter Miene ins Gesicht.

»Mit einem Baby kommst du nicht so schnell vorwärts«, fuhr Didi fort. »Es wird dich behindern.«

Mary schwieg und wiegte den schlafenden Drummer in ihren Armen.

»Du könntest es vor eine Kirchentür legen. Mit einem Zettel, auf dem steht, wer es ist. Dann würde man es seiner Mutter zurückbringen.«

»Ich bin seine Mutter«, erwiderte Mary.

Gefährliches Terrain, dachte Didi. Sie bewegte sich hier auf einem Minenfeld. »Du willst doch nicht, daß Drummer etwas zustößt? Wenn dich nun die Polizei findet! Dann wird er womöglich verletzt. Hast dir das schon einmal überlegt?«

»Klar. Wenn mich die Bullen finden, erschieße ich zuerst das Baby, und dann lege ich so viele von ihnen um, wie ich kann.« Sie zuckte die Achseln. »Ist doch logisch.«

Didi blinzelte erschrocken, denn in diesem Moment sah sie den Wahnsinn in Mary Terrors Seele.

»Ich kann nicht zulassen, daß sie uns lebend kriegen«, sagte Mary, und ihr Lächeln kehrte wieder zurück. »Drummer und ich, wir sind jetzt eins, und wenn nötig, sterben wir auch gemeinsam.«

Didi betrachtete ihre Hände, die fest im Schoß zusammengefaltet waren. Es waren »Erdmutterhände«, mit breiter Handfläche und groben Fingern. Sie dachte an Kugeln, die Menschenleiber durchbohrten, und daran, wie eine ihrer Erdmutterhände auf dem Revolver lag. Sie dachte an die Fernsehnachrichten – die Bilder von der Mutter des Kindes, wie sie mit ihrem gramzerfurchten Gesicht und gebeugt von einer schrecklichen Last, das Krankenhaus in Atlanta verließ. Und sie dachte an das Geheimnis, das sie schon seit fünf Jahren mit sich herumtrug. Ihr Leben war auf verschlungenen, gefährlichen Bahnen verlaufen. Sie hatte ihre Eltern ruiniert. Ihre Mutter hatte sie in den Alkoholismus getrieben – sie lebte jetzt in einer Heilanstalt, wo sie wirres Zeug redete und ins Bett näßte –, ihren Vater zu einer Herzattacke, an der er 1973 gestorben war, und den Hof hatte die Bank beansprucht; der war verloren. So bewahrheitete sich an Bedelia Morse auf boshafte Weise die alte Redensart: Es gibt kein Zurück nach Hause.

Didi hatte die Anzeige in der Januarnummer von MOTHER JONES entdeckt und anfangs gar nicht vorgehabt, am achtzehnten Februar zur Freiheitsstatue zu kommen, aber der Gedanke wollte ihr nicht mehr aus dem Kopf. Warum sie letztendlich doch gekommen war, wußte sie selbst nicht recht. Vielleicht aus reiner Neugier; vielleicht kam es auch daher, daß die »Sturmfront« ihre eigentliche Familie gewesen war. Jedenfalls hatte sie sich ein Rückflugticket mit der *American Airlines* gekauft und am Donnerstag abend Detroit verlassen.

Der Heimflug war für heute mittag, halb zwei Uhr, anberaumt. Eigentlich hatte Bedelia nicht vorgehabt, bei Mary im Motel zu übernachten, aber es war sauberer als ihre eigene Unterkunft an der West 55th in Manhattan, und nun freute sie sich um Drummers willen, daß sie es getan hatte. Weit weniger erfreulich war dagegen der Einblick in Mary Terrors Seelenleben. Aber die Nachricht von der Todesfalle, in die dieser FBI-Agent getappt war, hatte Didi ja bereits vorgewarnt.

Sie drehte und wendete das Geheimnis in ihrem Kopf, als wäre es ein Vexierwürfel.

Mary bemerkte Didis leeren Gesichtsausdruck. »Woran denkst du?«

»Ich denke über Edwards Buch nach«, log Didi. Auf Marys

sarkastische Hartnäckigkeit hin hatte Edward ihr verraten, woran er schrieb. »Ich glaube nicht, daß das Jack sonderlich gefallen würde.«

»Er würde Edwards Hinrichtung verlangen«, erwiderte Mary. »Keine Gnade für Verräter. Das hat er immer zu mir gesagt.«

Didi betrachtete das Baby in Marys Armen. Ein unschuldiges Kind, dachte sie. Es gehörte nicht hierher. Ein Baby am Busen einer Natter. »Du hast gesagt ... du wolltest das Kind Jack bringen.«

»Ja, als Geschenk. Er hat sich immer einen Sohn gewünscht. In der Nacht, als ich verletzt wurde, hab ich ja einen für ihn im Bauch getragen.« Stimmte das oder nicht? Sie wußte es nicht mehr genau.

»Du willst also wieder untertauchen?« fragte Didi.

»Morgen, wenn ich mich um Edward gekümmert habe. Dann mache ich mich auf dem schnellsten Weg nach Kanada. Ich und Drummer.«

Sie will Edward umbringen, begriff Didi. Und wann hätte Mary wohl den nächsten Anfall und würde das Kind verstümmeln oder töten? Möglich, daß Edward verdient hatte zu sterben. Aber er war ein Kampfgefährte. Zählte das denn gar nichts? Das Baby hingegen verdiente das ihm bevorstehende Schicksal ganz sicher nicht. Didi starrte auf ihre Erdmutterhände und begriff, daß das Schicksal in ihnen lag.

»Mary?« sagte sie leise.

»Was ist?«

»Ich –« Sie hielt inne. Das Geheimnis bestand schon so lange, daß es nicht herauswollte. Doch zwei Menschenleben – das von Edward und das des Kindes – hingen von Didis Entscheidung ab. »Ich ... glaube, ich ... weiß vielleicht, wo Jack steckt«, sagte sie.

Mary verharrte regungslos und mit halb geöffnetem Mund.

»Ich bin mir nicht sicher. Aber ich glaube, Jack könnte sich in Kalifornien aufhalten.«
Keine Reaktion von Mary.
»Nordkalifornien«, fuhr Didi fort. »In einem Städtchen namens Freestone. Das liegt etwa fünfzig Meilen nördlich von San Francisco.«
Mary geriet in Aufruhr: Sie zitterte, als wäre alles Blut plötzlich in ihren Körper zurückgestürzt. »Das ist ja ganz nah beim Haus«, sagte sie mit atemloser Stimme. »Dem Donnerhaus.«
Didi war nie im Donnerhaus gewesen, aber sie wußte von anderen Sturmfrontlern darüber. Das Donnerhaus lag irgendwo oberhalb von San Francisco, in den Wäldern, die die Drakes Bay säumten, und war die Geburtsstätte der »Sturmfront«. Dort hatten die ersten Mitglieder ihre Treue und ihren rückhaltlosen Einsatz für die Sache mit Blut besiegelt. Soweit Didi wußte, handelte es sich um eine ehemalige Jagdhütte, die seit dreißig oder mehr Jahren leer stand, und ihr Name kam von dem unaufhörlichen Donnern der Brecher gegen die schroffen Felsen der Bucht. Das Donnerhaus war das erste Hauptquartier der »Sturmfront« gewesen, ihr »Denkbunker«, wo sämtliche Terroranschläge an der Westküste ihren Anfang nahmen.
»Freestone«, wiederholte Mary. »Freestone.« Ihre Augen leuchteten wie zwei Irrlichter. »Wie kommst du darauf, daß er dort sein könnte?«
»Ich bin im Sierra Club. Vor fünf Jahren stand in unseren Mitteilungen etwas über eine Personengruppe, die Freestone wegen einer Mülldeponie in der Nähe eines Vogelschutzgebietes verklagt hat. Es war ein Foto von dieser Gruppe dabei, wie sie an einer Gemeinderatssitzung teilnahmen, und ich glaube, einer von ihnen könnte Jack Gardiner gewesen sein.«
»Mit Sicherheit läßt sich das nicht sagen?«

»Nein. Er war ja nur von der Seite fotografiert. Aber ich hab das Bild ausgeschnitten und es behalten.« Sie beugte sich vor. »Mary, ich kann mir Gesichter merken. Zumindest meine Hände merken sie sich. Komm nach Ann Arbor, schau dir an, was ich gemacht hab, und sage mir, ob er's nun ist oder nicht.«

Die andere schwieg erneut, und Didi konnte sehen, wie sich in Marys Kopf die Zahnräder drehten.

»Laß Edward am Leben«, sagte Didi. »Nimm ihn mit. Er wird Jack genauso finden wollen wie du, wegen seinem Buch. Wenn Jack wirklich in Freestone ist, kannst du nicht nur das Baby, sondern auch Edward zu ihm bringen, und er soll entscheiden, ob Edward den Tod verdient hat oder nicht.« So schinde ich Zeit für Edward, dachte sie. Und Zeit für mich, um zu überlegen, wie ich das Kind von Mary wegbekomme.

»Kalifornien. Das Land, wo Milch und Honig fließt«, sagte Mary. Sie nickte, und ihr Lächeln wirkte verklärt. »Ja. Dort würde Jack hingehen!« Sie drückte Drummer so fest an sich, daß er aus dem Schlaf erwachte. »O, du mein süßer Drummer! Mein süßes Baby!« Ihre Stimme stieg zu trunkener Höhe auf. »Wir zwei zusammen werden Jack finden! Wir werden ihn finden, und dann wird er uns lieben bis in alle Ewigkeit, jawohl!«

»Meine Maschine startet um ein Uhr dreißig«, sagte Didi. »Ich flieg schon mal voraus, und du und Edward, ihr könnt ja nachkommen.«

»Ja. Dir nachkommen. Genau das werden wir.« Mary strahlte wie ein Schulmädchen, und der Anblick zerriß Didi das Herz. Drummer fing an zu weinen. »Er ist auch glücklich!« sagte Mary. »Hörst du?«

Didi konnte den Anblick von Marys Gesicht nicht länger ertragen. In der krankhaft übersteigerten Freude lag etwas, das an den Tod erinnerte – etwas Furchterregendes und

Brutales. Ist das die Frucht unseres Kampfes, fragte sich Didi. Nicht Freiheit von der Unterdrückung, sondern nächtlicher Wahnsinn? »Besser, ich gehe jetzt in mein Hotel zurück«, sagte sie und erhob sich von dem Bettsofa. »Meine Telefonnummer lasse ich dir da. Wenn du nach Ann Arbor kommst, ruf mich an, und ich beschreib dir den Weg zu meinem Haus.« Sie notierte die Nummer auf ein Stück Briefpapier der *Cameo Motor Lodge*, und Mary steckte es sich zu Pampers, Babynahrung und ihrer Magnum-Pistole in die Umhängetasche. An der Tür hielt Didi noch einmal inne. Die Schneeschauer hatten aufgehört; die Luft war trocken und kalt. Didi zwang sich, in die stählernen Augen von Mary zu sehen. »Du wirst doch dem Baby nichts antun, oder?«

»Drummer etwas antun?« Sie nahm ihn fest in die Arme, und er stieß einen kleinen verärgerten Laut aus, weil man ihn so unsanft weckte. »Ich würde Jacks Kind doch nie im Leben etwas antun, niemals!«

»Und die Entscheidung wegen Edward überläßt du Jack?«

»Didi«, sagte Mary, »du machst dir zu viele Gedanken. Aber auch deshalb lieb ich dich ja so sehr.« Sie gab Didi einen Kuß auf die Wange, und Didi zuckte etwas zusammen, als der heiße Mund ihr sein Siegel aufdrückte. »Sei du nur vorsichtig!« warnte Mary.

»Du auch.« Und mit einem letzten Blick auf das kleine, wehrlose Kind – die Unschuld in den Armen einer Verdammten – wandte Didi sich ab, um zu ihrem Wagen auf der anderen Seite des Parkplatzes zu gehen.

Mary sah ihr nach, bis sie weggefahren war. Dann machte sie die Tür zu und tanzte, vor allen neugierigen Blicken geschützt, mit ihrem Baby im Zimmer herum, während Gott in ihrem Kopf *Light My Fire* sang.

Es war kurz vor Anbruch eines neuen Tages.

4

Am Scheideweg

Großer Gott!« sagte Bedelia Morse, während sie dastand und auf das Chaos in ihrer Küche sah.

Die schrägen Strahlen der Nachmittagssonne fielen durch die Fenster. Es war kalt im Haus, und Didi bemerkte die fehlende Glasscheibe in der Hintertür. Der Boden war mit toten Blättern bedeckt, und ihr antiker Küchentisch lag mit zwei zersplitterten Beinen auf der Seite. Offensichtlich war jemand eingebrochen, doch nur in diesem Raum fanden sich Spuren seiner Beutesuche. Allerdings hatte Didi noch nicht in der Töpferwerkstatt nachgeschaut. Sie sah aus einem der Fenster und erkannte, daß Vorhängeschloß und Kette unversehrt waren. Viel Wertvolles hatte sie ja nicht. Ihre Stereoanlage sowie ihr kleiner tragbarer Fernseher standen noch genauso im Wohnzimmer wie vorher, und auch an Schmuck besaß sie nur das, was sie auf ihrer Töpferscheibe herstellte – kaum der Rede wert. Worauf also hatte es der Eindringling abgesehen?

Sie wurde von eisigem Schrecken erfaßt.

Durch einen kurzen Flur ging sie ins Schlafzimmer, auf dessen Bett der ungeöffnete Koffer lag, und zog die unterste Schublade ihrer Kommode auf. Es lagen lauter alte Gürtel, Strümpfe sowie ein paar abgetragene Bluejeans mit weitem Aufschlag darin. Didi seufzte vor Erleichterung. Unter den Jeans steckte ein Fotoalbum, und sie klappte es auf. Es enthielt zellophangeschützte vergilbte Zeitungsberichte und grobkörnige Fotografien. *Feuergefecht mit Sturmfront in New Jersey* lautete eine der Schlagzeilen. *FBI jagt flüchtige Terro-*

risten, besagte eine andere. *Mitglied der Sturmfront bei Straßenkrawall getötet*, meldete eine dritte. Und dazu gab es Bilder von sämtlichen Mitkämpfern – alte Schnappschüsse aus den Zeiten ihrer Jugend. Didis eigenes Foto zeigte sie anmutig, sportlich und schön auf einem Pferd, von dem aus sie in die Kamera winkte. Ihr Vater hatte das Bild aufgenommen, als sie sechzehn war. Der Anblick von Mary Terrell hingegen, die auf einem der Fotos als große, schlanke, bezaubernd aussehende Blondine in der Sommersonne stand, tat ihr in der Seele weh, denn nun kannte sie ja die Wahrheit.

Didi blätterte vorsichtig weiter zu den letzten paar Berichten, über die Entführung David Claybornes. Doch davor kam ein Artikel mit Schwarzweißbild, den sie vor fünf Jahren aus den Mitteilungen des Sierra-Clubs herausgeschnitten hatte. *Bürgergruppe rettet Vogelschutzgebiet,* verkündete die Überschrift. Der Bericht umfaßte fünf Absätze, und das Foto zeigte eine Frau, die vor dem Gemeinderat auf einem Podium stand. Hinter ihr saßen mehrere andere Personen – eine davon ein Mann, der den Kopf nach rechts gedreht hatte, als unterhielte er sich mit seiner Nachbarin. Oder als wollte er der Kamera ausweichen, wie Didi bei ihrem ersten Blick auf das Foto gedacht hatte. Das Objektiv hatte einen Teil seines Profils eingefangen – Haaransatz, Stirn und Nase –, und die Namen der »Sechs von Freestone«, wie sie sich selbst nannten, lauteten Jonelle Collins, Dean Walker, Karen Ott, Nick Hudley und Keith und Sandy Cavanaugh. Dem Bericht zufolge allesamt aus Freestone, Kalifornien.

Didi hatte schon immer ein Auge für Gesichter gehabt: die Krümmung einer Nase, die Breite einer Augenbraue, die Art, wie das Haar in die Stirn fiel. Die Einzelheiten prägten das Gesicht, und der Blick für Einzelheiten gehörte zu Didis Stärken.

Darum war sie sich fast sicher, daß man einen dieser Männer – Walker, Hudley oder Cavanaugh – früher unter dem Namen Jack Gardiner gekannt hatte.
Sie legte das Album wieder weg und verschloß die Schublade. Nichts deutete darauf hin, daß sich jemand daran zu schaffen gemacht oder gar das Fotoalbum entdeckt hatte. Dann ging sie ins Wohnzimmer und umkreiste unschlüssig das Telefon. Die Polizei anrufen? Um einen Einbruch zu melden? Aber was war überhaupt weggekommen? Sie durchsuchte das Haus und sah in Schränken und Schubladen nach. Eine Metallkassette, die zweihundert Dollar in bar enthielt, war unangetastet. Didis Kleider – Sears- und Penney's-Konfektionsware – hingen alle noch auf den Bügeln. Nichts fehlte; sogar die Glasscheibe, die man aus der Tür geschnitten hatte, lag auf der Anrichte. Didi überlegte angestrengt, während sie einen Raum nach dem anderen durchschritt, fand aber keine Erklärung.
Das Telefon klingelte, und Didi nahm im Wohnzimmer den Hörer ab. »Ja bitte?«
Pause. Dann: *»Didi?«*
Wenn ihr vorher nur das Herz geklopft hatte, dann war es jetzt, als stiege ihr der Magen in die Kehle. »Wer spricht da?«
»Ich bin's. Mark Treggs.«
»Mark?« Ihr letztes Gespräch miteinander lag fünf oder sechs Monate zurück, und immer war sie diejenige, die anrief, nicht er. Das gehörte zu ihren stillschweigenden Übereinkünften. Bestimmt war da irgend etwas faul. Sie bemerkte die starke Anspannung in seiner Stimme und fragte rasch: »Was ist?«
»Didi, ich bin hier. In Ann Arbor.«
»In Ann Arbor«, wiederholte sie wie betäubt. »Was machst du denn hier?«
»Ich habe dir Besuch mitgebracht.« Mark sah in seinem

Zimmer im *Days Inn* rasch zu Laura, die nicht weit von ihm weg stand. »Wir haben schon gewartet, daß du von deiner kleinen Reise zurückkommst.«

»Mark, was hat das alles zu bedeuten?«

Sie ist total mit den Nerven runter, dachte Mark. So schreckhaft, daß sie gleich an die Decke springt. »Hab Vertrauen zu mir, okay? Ich würde niemals etwas tun, was dir schadet. Glaubst du mir?«

»Jemand hat bei mir eingebrochen. Meine ganze Küche zerschlagen. Mein Gott, ich weiß gar nicht, wie mir geschieht!«

»Hör zu. Okay? Setz dich einfach hin und hör mir zu. Ich würde nie etwas tun, was dir schadet. Dafür kennen wir beide uns schon viel zu lange. Aber ich habe dir jemanden mitgebracht, der deine Hilfe braucht.«

»Wen denn? Wovon redest du überhaupt?«

Laura trat einen Schritt nach vorn und ergriff den Telefonhörer, ehe Mark noch irgend etwas sagen konnte. »Bedelia?« fragte sie und hörte die andere nach Luft schnappen, als die fremde Stimme sie beim Namen nannte. »Bitte legen Sie nicht auf! Geben Sie mir nur ein, zwei Minuten; mehr verlange ich nicht.«

Didi schwieg, aber der Schock war spürbar.

»Mein Name ist Laura Clayborne. Mark hat mich hierhergebracht, damit ich mit Ihnen reden kann.« Laura fühlte instinktiv, daß Didi kurz davor war, den Hörer aufzuknallen, und ihr Nacken prickelte. »Ich arbeite nicht mit der Polizei oder dem FBI zusammen«, sagte sie. »Das schwöre ich bei Gott! Ich versuche lediglich, mein Kind wiederzufinden. Kennen Sie diese Mary Terrell, die es entführt hat?«

Keine Antwort. Jetzt habe ich sie wahrscheinlich verloren, dachte Laura voller Furcht. Bestimmt knallt sie gleich den Hörer herunter, und bis wir zu ihrem Haus kommen, ist sie verschwunden.

Ihre Nerven dehnten sich mit dem Schweigen, das eingetreten war, und in ihrem Innern begann sich wie ein kleines dunkles Saatkorn ein Schrei zu entwickeln. Sie wußte nicht, daß das gleiche Saatkorn in Bedelia Morse' Kopf aufging.

Und schließlich kam es heraus. Kein Schrei, sondern ein Wort, das diesem Keim entsprang: »Ja.«

Gott sei Dank, dachte Laura. Die Augen fest zusammengepreßt, hatte sie darauf gewartet, daß Didi einhängen würde. Jetzt schlug sie sie wieder auf. »Darf ich zu Ihnen kommen und mich mit Ihnen unterhalten?«

Erneutes Schweigen, während Didi überlegte. »Ich kann Ihnen nicht helfen«, sagte sie.

»Sind Sie sich da so sicher? Haben Sie eine Ahnung, wo Mary Terrell sein könnte?«

»Ich kann Ihnen nicht helfen«, wiederholte Didi, legte aber nicht auf.

»Ich will ja lediglich mein Baby zurück«, sagte Laura. »Es ist mir völlig gleichgültig, wo Mary Terrell hingeht oder was aus ihr wird. Aber ich muß mein Kind wiederbekommen. Ich weiß nicht einmal, ob es noch am Leben ist, und diese Unsicherheit bringt mich allmählich um. Bitte. Ich flehe Sie an: Können Sie mir wirklich nicht helfen?«

»Hören Sie, ich kenne Sie ja nicht mal«, entgegnete Didi. »Sie könnten ebensogut ein FBI-Spitzel sein. Ich komme gerade nach Hause, und irgend jemand ist während meiner Abwesenheit in meine Wohnung eingebrochen. Waren Sie das?«

»Nein. Aber ich habe den Mann gesehen, der es war.« Auch ihr Körper erinnerte sie an die Schlägerei. Die rechte Schulter unter Lauras weißer Bluse und ihrem Pullover war ein einziger blaugrüner Fleck, und unter der Jeans verliefen noch einige Blutergüsse quer über Lauras Hüfte.

»Den Mann?« Didis Stimme klang jetzt schärfer. »Was für ein Mann?«

»Erlauben Sie mir, daß ich zu Ihnen komme. Dann erzähle ich Ihnen alles.«

»Ich *kenne* Sie doch nicht!« Es war fast ein Schrei, ein Schrei der Angst und der Enttäuschung.

»Dann lernen Sie mich eben kennen«, versetzte Laura entschieden. »Ich gebe Ihnen jetzt wieder Mark. Der wird Ihnen bestätigen, daß man mir vertrauen kann.« Und damit reichte sie ihm den Hörer.

Das erste, was Mark zu hören bekam, war Didis wütendes: »Du *Schwein!* Du Schwein, du hast mich verraten! Dafür sollte ich dich *umbringen!*«

»Mich umbringen?« entgegnete er ruhig. »Das meinst du doch nicht ernst, Didi?«

Sie stieß ein gequältes Schluchzen aus. »Du Schwein«, flüsterte sie. »Du hast mich reingelegt. Und ich dachte, wir wären Geschwister.«

»Das sind wir doch auch, und daran wird sich nichts ändern. Aber diese Frau hier braucht deine Hilfe. Sie arbeitet nicht für die Bullen. Sie ist in Ordnung. Erlaub uns, daß wir dich besuchen«, sagte Mark. »Ich bitte dich als dein Bruder.«

Laura ging ans Fenster, öffnete den Vorhang und sah zu dem kalten blauen Himmel hinaus. Auf dem Parkplatz erblickte sie ihren Wagen, dessen Windschutzscheibe mit der Warnung GEH NACH HAUSE versehen war. Sie konnte es kaum erwarten, bis Mark den Hörer aufgelegt hatte.

»Didi empfängt uns«, verkündete er.

Auf der Fahrt zu Didis Haus sagte Mark: »Bleiben Sie ganz cool, und reißen Sie sich zusammen! Heulen oder betteln bringt gar nichts.«

»Okay.«

Mark berührte die Buchstaben, die in die Windschutzscheibe geritzt waren. »Dieser Hurensohn hat Sie ganz schön fertiggemacht, was? Wußte ja gleich, daß der Typ nicht geheuer ist. Mit so 'nem Stecker im Hals.« Er grunzte. »Frag mich nur, worauf, zum Teufel, er aus war.«

»Ich weiß es nicht, und hoffentlich sehe ich ihn auch nie mehr wieder.«

Mark nickte. Sie waren jetzt nur noch ein paar Meilen von Didis Häuschen entfernt. »Hören Sie«, sagte er, »ich muß Ihnen noch was erzählen. Daß Didi sich das Gesicht hat operieren lassen, wissen Sie ja bereits?«

»Ja.«

»Didi war früher sehr hübsch. Heute nicht mehr. Sie hat sich von diesem Gesichtschirurgen verunstalten lassen.«

»Sich *verunstalten* lassen? Wieso?«

»Weil sie sich hat verändern wollen. Ein neuer Mensch werden, nehme ich an. Wenn Sie sie also sehen, dann bleiben Sie ganz cool.«

»Das werde ich«, antwortete Laura. »Verdammt cool werd ich bleiben.«

Sie verlangsamte und bog mit ihrem BMW in die unasphaltierte Zufahrt ein. Als sie bei dem Haus vorfuhr, sah sie dessen Vordertür aufgehen, und heraus kam eine mollige Frau mit dunkelgrünem Pullover und Khakihosen. Langes rotes Haar fiel ihr auf die Schultern. Bleib cool, ermahnte sich Laura, deren Hände feucht und deren Nerven zum Zerreißen gespannt waren. Sie hielt an und stellte den Motor ab. Der Augenblick war gekommen.

Bedelia Morse sah von der Tür aus zu, wie Mark und Laura aus dem Wagen stiegen und sich ihr näherten. Beim Anblick des Froschgesichts und der krummen Nase fragte sich Laura, was für ein Schönheitschirurg sich zu *dieser* Arbeit bereit erklärt hatte. Und welche innere Qual Bedelia Morse dazu gebracht hatte, sich ein künstlich verunstaltetes Gesicht zu wünschen.

»Du Scheißkerl!« sagte Didi mit kalter Stimme, als Mark aus dem Auto kam, und ging, ohne auf ihre Besucher zu warten, nach drinnen.
Sie nahm in einem Sessel in dem aufgeräumten Wohnzimmer Platz, von wo sie durch ein Fenster die Straße beobachten konnte. Weder Laura noch Mark forderte sie auf, sich zu setzen, und blickte ausschließlich zu Mark, weil es ihr schwerfiel, Laura anzuschauen; sie erinnerte sich noch aus dem Fernsehen an deren schmerzerfülltes Gesicht. »Hallo, Didi«, sagte Mark mit halbherzigem Lächeln. »Es ist lange her.«
»Wieviel hat sie dir bezahlt?« fragte Didi.
Marks Lächeln verflog.
»Sie hat dir doch was bezahlt, stimmt's? Für welchen Judaslohn hast du ihr meinen Kopf auf einem Silbertablett serviert?«
»Mark und ich sind Freunde«, schaltete sich Laura ein. »Er –«
»Mein Freund ist er auch mal gewesen.« Didi sah rasch zu Laura und wieder weg. Laura Claybornes Augen waren tief eingefallen und glühten vor Intensität. »Du hast mich reingelegt, Mark. Du hast mich an sie verkauft. Stimmt's? Also schön, da bin ich!« Sie zwang sich, ihren Kopf zu drehen, und starrte Laura an. »Mrs. Clayborne, ich habe Menschen getötet. Ich bin zusammen mit drei anderen Sturmfrontlern in ein Schnellrestaurant gegangen und habe vier Polizisten erschossen, die sich nichts weiter hatten zuschulden kommen lassen, als daß sie blaue Uniformen und eine Dienstmarke trugen. Ich habe mitgeholfen, eine Rohrbombe zu legen, an der eine Fünfzehnjährige erblindet ist. Ich habe gejubelt, als Jack Gardiner einem Polizisten die Kehle durchschnitt, und habe die Leiche dann mit hochgehalten, so daß Akitta Washington und Mary Terrell sie mit den Händen an einen Deckenbalken nageln konnten. Ich bin die

Frau, vor der uns unsere Mütter immer gewarnt haben.«
Während die Schatten kahler Zweige ihr Gesicht zerschnitten, warf Didi Laura ein frostiges Lächeln zu: »Willkommen in meinem Haus.«
»Mark wollte mich nicht hierherbringen. Ich habe ihm keine Ruhe gelassen, bis er es tat.«
»Soll ich mich deshalb vielleicht besser fühlen? Oder sicherer?« Sie legte ihre Fingerspitzen aneinander. »Mrs. Clayborne, Sie wissen gar nichts über die Welt, in der ich lebe. Ich habe Menschen umgebracht, ja; das ist meine *Schuld.* Aber es war nicht nötig, daß mich irgendein Richter und irgendwelche Geschworenen verurteilen. Seit 1972 schaue ich tagtäglich über meine Schulter und habe eine Todesangst, daß etwas hinter mir herankommen könnte. Selbst in guten Nächten schlafe ich vielleicht drei, vier Stunden. Manchmal wache ich auf und kauere im Dunkeln, in irgendeinem Wandschrank, wo ich mich hineingezwängt habe, ohne es zu wissen. Jedesmal, wenn ich die Straße entlanggehe, glaube ich, daß ein Dutzend Leute mein Gesicht erkennen und wissen, wer ich früher gewesen bin. Und bei jedem Atemzug weiß ich, daß ich Mitmenschen das Leben genommen habe. Sie einfach ausgelöscht habe wie ein Licht und ihre Ermordung bei Kerzenschein und mit LSD gefeiert.« Sie nickte, und ihre grünen Augen waren von Schmerz getrübt. »Ich brauche keine Gefängniszelle. Ich trage sie selbst mit mir herum, und falls Sie vorhaben, mich an die Polizei auszuliefern, sage ich Ihnen nur: Sie können mir nichts antun, denn ich bin gar nicht da. Ich bin tot, und das schon seit langem.«
»Ich werde Sie nicht an die Polizei ausliefern«, entgegnete Laura. »Ich möchte Ihnen nur ein paar Fragen stellen, über Mary Terrell.«
»Mary Terror«, verbesserte Didi. »Es war« – das Wort »verrückt« lag ihr auf der Zunge – »dumm von ihr, Ihnen Ihr Kind zu stehlen. Dumm.«

»Das FBI hat seit Marys Besuch bei ihrer Mutter in Richmond jede Spur von ihr verloren. Laut Mrs. Terrell sei ihre Tochter nach Kanada unterwegs. Haben Sie eine Ahnung, wo Mary sein könnte?«

Da war sie, die Frage, dachte Didi und starrte auf ihre Hände.

Laura warf Mark einen hilfesuchenden Blick zu, aber der ließ sich einfach mit einem Achselzucken auf die Couch sinken. »Alles, was Sie mir über Mary Terrell zu sagen haben, könnte von Bedeutung sein«, erklärte sie Didi. »Fällt Ihnen irgend jemand ein, mit dem sie sich möglicherweise in Verbindung gesetzt hat? Jemand aus der Vergangenheit?«

»Vergangenheit«, schnaubte Didi. »Es gibt keine Vergangenheit. Das einzige, was es gibt, ist ein verdammt langer Weg von hier nach da, und mit jeder Meile stirbt man ein bißchen.«

»Hat Mary Terrell irgendwelche Freunde oder Bekannte außerhalb der ›Sturmfront‹ gehabt?«

»Nein. Die ›Sturmfront‹ war ihr Leben. *Wir* waren ihre Familie.« Didi holte tief Luft und sah erneut aus dem Fenster. Sie rechnete jeden Augenblick damit, daß ein Polizeiauto kommen würde, aber sie hatte nicht vor, sich zu wehren. Die Zeiten des Kämpfens waren vorbei. »Sie sagten, sie hätten den Mann gesehen, der bei mir eingebrochen ist«, wandte sie sich erneut an Laura, und diese erzählte ihr von dem Taschenlampenstrahl, der ihr als erstes aufgefallen war.

»Ich bin reingekommen, habe in der Küche das Licht angedreht, und da stand er, dieser Kerl, direkt vor mir! Er hat ein –« Ihr schauderte bei dem Gedanken. »Er hat ein zerstörtes Gesicht gehabt, voller Narben, und ein starres Grinsen, das wie festgefroren war. Seine Augen waren dunkel, entweder braun oder schwarz. Und er hatte so etwas wie eine Steckdose in der Kehle. Genau hier.« Sie deutete auf die Stelle an ihrem eigenen Hals.

»Der Alte von gegenüber hat ihn auch gesehen!« fügte Mark hinzu. »Sagte, der Typ hätte sich zum Sprechen einen Lautsprecher in den Hals stöpseln müssen.«

»Augenblick!« Didis innerer Instinkt meldete inzwischen Großalarm. »Der Mann ist zu Mr. Brewer gegangen?«

»Stimmt. Er hat sich als Freund von dir ausgegeben. Hat ihn gefragt, wo du bist.«

»Er hat sich namentlich nach mir erkundigt? Nach Diane Daniells?« Da sie Charles Brewer seinen Feldstecher noch nicht zurückgebracht hatte, war ihr das völlig neu, und Marks bejahendes Kopfnicken gab ihr das Gefühl, als hätte sie einen Schlag in die Magengrube erhalten. »Mein Gott!« sagte sie und stand auf. »O mein Gott, es weiß noch jemand Bescheid. Du Schwein! Man muß euch gefolgt sein!«

»Nur mal nicht so hastig! Niemand ist uns gefolgt. Und überhaupt. Als sich der Typ nach dir erkundigt hat, waren wir ja noch nicht mal hier!«

Didi fühlte, wie sie die Selbstbeherrschung verlor. Der Mann, der bei ihr eingebrochen war, hatte nicht das geringste mitgehen lassen. Er hatte ihren Namen und ihre Adresse gekannt. Er hatte sich bei Mr. Brewer erkundigt, wo sie sei, und sie spürte es wie eine enger werdende Schlinge um ihren Hals: Es wußte noch jemand über sie Bescheid.

Laura ließ nicht locker. »Bitte versuchen Sie zu überlegen!« sagte sie. »Gibt es irgend jemanden, an den sich Mary Terrell um Hilfe gewandt haben könnte?«

»Nein!« Didis Gesicht war verzerrt, und ihre Nerven waren kurz vor dem Zerreißen. »Ich sagte doch bereits, daß ich Ihnen nicht helfen kann! Raus mit Ihnen, und lassen Sie mich in Ruhe!«

»Ich wünschte, das wäre möglich«, beharrte Laura. »Nur hat Mary Terrell mir mein Kind gestohlen, und ich weiß

nicht, ob es lebt oder schon tot ist! Nein, ich kann Sie nicht in Ruhe lassen. Sie sind meine letzte Hoffnung!«
Didi hielt sich die Ohren zu. »Schluß! Ich will nichts mehr davon hören!«
Sie weiß etwas, dachte Laura und ging zu Didi. »Aber Sie werden es hören!« rief sie mit wütendem Gesicht und riß ihr die Hände von den Ohren. »Aufgepaßt! Wenn Sie irgend etwas über Mary Terrell wissen – was es auch sei –, dann müssen Sie es mir sagen! Ist Ihnen denn nicht klar, daß diese Frau wahnsinnig ist? Sie könnte mein Kind jederzeit umbringen, wenn sie es nicht schon getan hat!«
Didi schüttelte den Kopf, um die Erinnerung zu verscheuchen. Der Anblick, wie Mary Terror versucht hatte, das Gesicht des Babys auf die Herdplatte zu drücken, stand ihr noch zu deutlich vor Augen. »Bitte, lassen Sie mich einfach in Ruhe! Mehr verlange ich doch gar nicht!«
»Aber ich verlange, was mir gehört!« entgegnete Laura, die Didi immer noch an den Handgelenken festhielt, und die beiden Frauen starrten einander ins Gesicht – Bewohner zweier unterschiedlicher Welten, die auf Kollisionskurs waren. »Wollen Sie mir nicht helfen, meinem Kind das Leben zu retten?«
»Ich ... kann nicht ...«, begann Didi, doch ihre Stimme geriet ins Stocken. Sie sah erst zu Mark, dann wieder zu Laura und wußte, daß den Geistern, die sich an ihrer Seele labten, schärfere Zähne wachsen würden, wenn sie dieser Frau nicht half. Nur waren Mary und sie selbst doch Schwestern, Kampfgefährtinnen! Die »Sturmfront« war ihrer beider Familie gewesen! Sie konnte Mary nicht verraten!
Aber die Mary Terrell, die Didi gekannt hatte, gab es schon lange nicht mehr. An ihrer Stelle stand heute eine reißende, mörderische Bestie, die nur eines kannte: Mord. Früher oder später würde Mary Terror völlig durchdrehen,

und das Kind dieser Frau würde einen schrecklichen Tod finden.
»Bitte, lassen Sie mich!« sagte Didi, und Laura zögerte ein paar Sekunden. Dann gab sie Didis Handgelenke frei. Die andere ging ans Fenster und starrte in die kalte Welt hinaus. Ihre Gedanken drehten sich, aber die Lösung war bereits in Sicht. »Sie ... nennt ihn ›Drummer‹«, flüsterte Didi, und es tat ihr in der Seele weh. In der knisternden Stille, die daraufhin eintrat, konnte sie Laura atmen hören. »Ich war gestern mit Mary und Ihrem Baby zusammen.«
»O mein Gott!« Marks Stimme klang gedämpft und fassungslos.
»Es war vollkommen gesund und munter«, fuhr Didi fort. »Sie kümmert sich gut um Ihren Sohn. Aber ...« Didi brachte es nicht über die Lippen.
Eine Hand wie eine Stahlzange packte sie an der Schulter, und Didi blickte Laura ins Gesicht. Aus diesen Augen blitzte das Höllenfeuer. »Aber *was?*« verlangte Laura zu wissen und konnte selbst kaum sprechen.
»Aber ... Mary ist eine Gefahr. Eine Gefahr für sich selbst und für das Baby.«
»Was soll das heißen? Los, raus damit!«
»Mary hat gesagt ... wenn die Polizei sie findet ... dann bringt sie zuerst das Baby um« – Didi sah Laura zusammenzucken, als hätte man sie geohrfeigt – »und wird dann weiterschießen, bis sie von der Polizei abgeknallt wird. Die gibt niemals auf. Niemals.«
Laura brannten Tränen in den Augen – Tränen der Erleichterung, daß David immer noch am Leben war, und Tränen des Entsetzens, weil sie wußte, daß Bedelia Morse die Wahrheit sprach.
Jetzt führte nichts mehr daran vorbei: Didi mußte auch alles andere erzählen. Sie nahm all ihre Kraft zusammen und fuhr fort. »Mary wird hierherkommen. Zusammen mit Edward

Fordyce. Er war auch bei der ›Sturmfront‹. Sie sind in diesem Moment von New York aus unterwegs. Morgen irgendwann müßten sie hiersein.«

»*Wooww!*« flüsterte Mark, und seine Augen hinter der Brille waren riesengroß. »Ist ja echt 'n Hammer!«

Laura wurde schwindlig – so als hätte das Zimmer plötzlich angefangen, sich langsam um sie zu drehen. »Weshalb kommen sie hierher?«

Didi schien es, als wäre der Verrat, wenn man erst einmal damit angefangen hatte, wie ein Schwarm Heuschrecken, der immer weiterfraß, bis nichts mehr da war. »Ich zeig's Ihnen«, sagte sie und nahm ihren Schlüsselbund von dem Garderobenpflock neben der Eingangstür.

Laura und Mark folgten ihr auf die Rückseite des Hauses, zu dem Steingebäude, das als Töpferwerkstatt diente. Didi öffnete das Vorhängeschloß, zog die Kette heraus und machte die Tür auf. Ein schwerer, erdiger Geruch drang aus der kalten Dunkelheit. Didi schaltete die Deckenbeleuchtung ein, und zum Vorschein kam eine säuberlich gekehrte Werkstatt mit zwei Töpferscheiben, Regale voller Glasur- und Farbtöpfe sowie allerlei Modellierwerkzeug, das ordentlich an einer Holzwand hing. Ein weiteres Regal enthielt Beispiele von Didis Schaffen in unterschiedlichen Stadien der Vollendung – elegante Vasen und Blumentöpfe, Tischgeschirr, Henkeltassen und Aschenbecher –, und neben einer der Töpferscheiben stand eine mächtige Urne auf dem Boden, deren Bemalung an Baumrinde erinnerte. Didi hielt inne, um ein Heizgerät anzudrehen. »Diese Sachen hier sind zum Verkauf«, erklärte sie. »Was dahinten ist, mache ich für mich selbst.« Und sie nickte in Richtung eines zugezogenen Vorhangs am anderen Ende der Werkstatt.

Als sie ihn öffnete, erschien eine weitere Reihe von Regalen, alle in einem kleinen Räumchen zusammengedrängt, und darauf standen Werke, die sich von dem, was Didi unter

dem Namen Diane Daniells verkaufte, drastisch unterschieden.
Laura bemerkte einen aus Lehm geformten Kopf: das Gesicht einer jungen Frau mit langem, wallendem Haar, deren Mund zu einem Schrei geöffnet war, und ein Dutzend Schlangen platzte aus der Schädeldecke. Laura selbst erkannte das Gesicht zwar nicht, aber dafür Mark. Es war Didi – bevor sie sich hatte verstümmeln lassen. Ein anderes Gesicht, das eines Mannes, war gerade dabei auseinanderzuplatzen, und etwas Furchterregenderes trat darunter zutage, eine Art Dämonenfratze. Es gab eine wie abgetrennt wirkende Hand aus Ton, die einen perfekt modellierten Revolver hielt und deren Fingernägel in grinsende Totenschädel verwandelt waren, und auf dem Boden stand eine größere Arbeit: Eine Frauenskulptur – wieder erkannte Mark die junge Bedelia Morse –, die mit flehend emporgereckten Armen auf den Knien lag, während ihr Kakerlaken aus dem Mund krochen. Etwas, das an einer der Wände hing, sah aus wie Totenmasken: ausdruckslose Gesichter, die Nähte, Reißverschlüsse oder Narben trugen. Auf Laura wirkten sie wie stille Dulder, Heilige einer infernalischen Welt, und sie erkannte, daß sie da einen Blick in die Abgründe von Didi Morse' Alpträumen warf.
Didi hob etwas auf, was in schwarzes Plastik verpackt war, trug es zu einer der Töpferscheiben, setzte es dort vorsichtig ab und begann, mit ehrfurchtsvollen Fingern das Plastik zu entfernen. Es dauerte ein, zwei Minuten, bis sie fertig war. Dann trat sie zurück, damit Mark und Laura das, was sie ausgepackt hatte, besichtigen konnten.
Es handelte sich um die lebensgroße Nachbildung eines Männerkopfs. Das Gesicht wirkte hübsch und gedankenverloren, wie das eines Prinzen, den der Künstler während eines ruhigen Moments eingefangen hatte, und der Ton war weder glasiert noch bemalt. Didi hatte kleine, krause Locken

aus der Schädeldecke herausmodelliert, und die Nase war elegant geschwungen, die Stirn hoch und fliehend, der dünnlippige, irgendwie grausame Mund scheinbar kurz davor, sich zu öffnen, und in den Augen lag eine erhabene Gleichgültigkeit, so als würden sie den Rest der Welt als minderwertig betrachten. Es war, fand Laura, das Gesicht eines Mannes, der das Gefühl der Macht kannte.
Didi versetzte der Töpferscheibe einen leichten Stoß, und der Kopf drehte sich langsam. »Ich habe das hier nach einem Gesicht modelliert, das ich auf einem Bild sah«, erklärte sie. »Allerdings war es nur teilweise zu erkennen. Den Rest habe ich aus meiner Phantasie nachgeformt. Kennen Sie diesen Mann?«
»Nein«, antwortete Laura.
»Er heißt – beziehungsweise ›hieß‹ – Jack Gardiner. ›Lord Jack‹, wie wir ihn genannt haben.«
»Der Anführer der ›Sturmfront‹?«
»Richtig. Er war unser Vater, Bruder und Beschützer. Und unser Satan.« Die Scheibe blieb stehen. Didi versetzte ihr einen neuen Stoß. »Was wir für ihn getan haben ... ist unbeschreiblich. Er hat auf unseren Seelen gespielt wie auf einem Klavier und uns regelrecht dressiert. Aber er war ein kluger Kopf und hat Augen besessen, die bis auf den Grund unseres Herzens zu sehen schienen. Nichts konnte man vor ihm geheimhalten. Und dieser Jack Gardiner hat Mary Terrell geschwängert. Im Juli 1972 sollte sie das Kind zur Welt bringen. Aber dann ist diese Welt über uns eingestürzt.« Didi blickte zu Laura. »Mary hatte eine Totgeburt. Im Waschraum irgendeiner Tankstelle. Deshalb will sie Lord Jack jetzt Drummer – Ihr Baby – bringen.«
»Was?« Laura verschlug es den Atem.
Didi erzählte ihnen von der Anzeige in MOTHER JONES, die Mary auch im ROLLING STONE entdeckt hatte. »Sie dachte, daß Jack sie erwarten würde, und wollte ihm Ihr Baby

bringen. Aber das Inserat kam von Edward Fordyce. Er versucht nämlich, ein Buch über die ›Sturmfront‹ zu schreiben, und hat sehen wollen, wer sich meldet. Und jetzt sind er und Mary hierher unterwegs.« Sie war wieder bei dem Geheimnis angelangt. Das Gefühl alter Treue und Verbundenheit wand sich in ihrem Innern wie eine Schlange in heißer Asche. Aber wem hielt sie da überhaupt die Treue? Einem toten Freiheitsideal? Einem Ideal, das außerdem noch nie eine Berechtigung gehabt hatte? Sie kam sich vor, als wäre sie auf einer langen, unendlich beschwerlichen Reise gewesen und nun abrupt an einen Scheideweg gelangt. In der einen Richtung ging es weiter wie bisher: schnurgerade durch ein Land voller Alpträume und alten Kummers; in der anderen lag eine Wildnis, und niemand konnte sagen, was dahinter kam.

Beide Wege waren tückisch und gefährlich. Beide lagen unter einem sich verdüsternden Himmel und glitzerten von Blut. Die Frage war: Welcher Weg würde zur Rettung von Lauras Kind führen?

Didi starrte auf das modellierte Gesicht des Mannes, den sie einst, in ihrer Jugend, vergöttert und den sie mit dem Älterwerden hassengelernt hatte. Sie fällte ihre Entscheidung. »Ich ... glaube, daß Jack Gardiner sich in Kalifornien aufhält. Dorthin wollen Mary und Edward dann auch weiterfahren.« Die Schlange in ihrem Innern ringelte sich krampfhaft zusammen. Mit einem letzten Zittern starb sie in der Glut, und Didi wäre fast in Tränen ausgebrochen, aber sie beherrschte sich. Vorbei war vorbei, und auch Tränen konnten das Rad der Zeit nicht zurückdrehen. »Das war's«, sagte sie. »Weiter gibt's nichts zu erzählen. Und nun? Werden Sie die Polizei unterrichten?«

»Nein. Ich werde mit Mary persönlich reden, wenn sie hierherkommt.«

Mark starrte Laura fassungslos an. »A-a!« stotterte er. »Kommt nicht in die Tüte!«
»Soll ich sie vielleicht einfach hier durchfahren lassen?« versetzte Laura. »Ich möchte keine Polizei bei dieser Sache! Wenn Mary Terror das merkt, ist mein Baby so gut wie tot. Was bleibt mir also anderes übrig?«
»Sie wird Sie umbringen«, entgegnete Didi. »Sie hat mindestens zwei voll geladene Revolver dabei, und wer weiß, was noch alles, was ich nicht gesehen habe. Sie wird nicht eine *Sekunde* zögern, Sie abzuknallen.«
»Dieses Risiko muß ich eingehen.«
»Dazu werden Sie gar nicht erst kommen. Verstehen Sie denn nicht? Sie sind ihr nicht gewachsen!«
»*Sie* sind hier diejenige, die nicht versteht!« entgegnete Laura. »Es geht nicht anders!«
Und so gern Didi erneut widersprochen hätte, wußte sie doch nichts sagen. Diese Frau hatte recht. Daß Laura Clayborne bei einem persönlichen Zusammentreffen mit Mary Terror ums Leben käme, daran hatte Didi nicht den geringsten Zweifel. Aber was gab es sonst schon für eine Chance?
»Sie sind verrückt«, sagte sie.
»Ja, stimmt!« bestätigte Laura. »Sonst stünde ich jetzt nicht hier. Aber wenn auch ich so verrückt wie Mary Terror sein muß, dann bitte. Meinetwegen.«
»Klar.« Mark grunzte. »Nur haben *Sie* noch nie jemand getötet.«
Laura überhörte diese Bemerkung und konzentrierte sich weiterhin auf Bedelia Morse. Jetzt gab es kein Zurück mehr, kein Hilfesuchen bei Doug oder der Polizei mit ihren eifrigen Scharfschützen. Laura wurde der Mund trocken, als sie an die drohende Gefahr und die Möglichkeit dachte, daß durchaus auch David in deren Sog geraten könne. »Ich habe noch eine letzte Bitte an Sie: Sagen Sie mir Bescheid, wenn Mary hier eintrifft.«

»Ich möchte nicht Ihr Blut an meinen Händen haben.«
»Und was ist mit dem Blut des Kindes an Ihren Händen? Wollen Sie das vielleicht?«
Didi holte einmal tief Luft. »Nein. Das will ich nicht.«
»Also, sagen Sie mir Bescheid?«
»Ich werde nicht verhindern können, daß Mary Sie umbringt«, erwiderte Didi.
»Einverstanden. Und an meinem Grab weinen müssen Sie auch nicht.«
Didi zögerte immer noch. Diese Frau flehte den Tod geradezu herbei, und sie, Didi, würde helfen, sie zu ermorden. Das war etwas völlig anderes als die Menschenleben, die sie bereits auf dem Gewissen hatte. Doch wenn Mary sich erst einmal auf den Weg nach Kalifornien machen würde, dann wäre jede, aber auch jede Chance, das Baby lebend zurückzubekommen, dahin. Obwohl Didi ihren Blick gesenkt hielt, konnte sie Lauras Augen auf sich brennen fühlen.
»Wir haben ausgemacht, die beiden sollen mich anrufen, wenn sie nach Ann Arbor kommen«, sagte sie schließlich. »Ich habe Mary den Weg zu meinem Haus beschrieben. Gott steh mir bei ... aber sobald ich von ihnen höre, rufe ich Sie an.«
»Wir sind im *Days Inn*. Ich habe Zimmer 119, Mark Zimmer 112. Ich warte auf Ihren Anruf.«
»Sie meinen: Sie warten auf Ihren Tod?«
»Vielleicht. Aber stecken Sie mich nicht zu früh in den Sarg.«
Didi blickte wieder zu Laura auf. Sie kannte sich aus mit Gesichtern; Gesichter faszinierten sie, weckten ihre Neugier, und das Gesicht dieser Frau drückte aus, daß sie ein angenehmes, behagliches Leben geführt hatte, ein Leben in relativem Wohlstand. Aber das Leid, das sie nun durchmachte, verriet sich in den Schatten unter ihren Augen, den Falten auf ihrer Stirn und den Winkeln ihres verbis-

sen wirkenden Mundes. Doch noch etwas anderes lag in Laura Claybornes Gesicht, etwas, was eben erst entstanden war; vielleicht konnte man es »Hoffnung« nennen. Didi erkannte in ihrem Gegenüber eine Kämpfernatur, eine Frau, die keine Scheu kannte und sich durch nichts kleinkriegen ließ – so wie sie selbst früher war, lange, bevor die »Sturmfront« sie zu einem Menschen verformt hatte, der nur von einem erfüllt war: von Leid. »Ich gebe Ihnen Bescheid«, sagte sie – vier Worte; wie leicht sich doch ein Tod besiegeln ließ!

Sie gingen zu Lauras Wagen, der vor dem Haus stand, und Didi entdeckte das *Geh nach Hause* auf der Windschutzscheibe. Wenn sie Mr. Brewer den Feldstecher zurückbrachte, würde sie sich den Mann, der nach ihr gefragt hatte, haarklein beschreiben lassen. Vor fünf Jahren hätte sie bei so etwas noch umgehend ihre Koffer gepackt und wäre verschwunden. Heute allerdings wußte sie: Man konnte sich nicht ewig versteckt halten, und einmal kam der Tag der Abrechnung.

Mit mürrischem Gebrummel stieg Mark in den Wagen, doch Laura zögerte noch einen Moment. Sie sah Didi fest an und sagte: »Mein Sohn heißt David. Nicht Drummer.« Damit stieg sie in ihren BMW, ließ den Motor an und fuhr davon, während Bedelia Morse allein in den länger werdenden Schatten stand.

5

Fahrplan durch die Hölle

Dienstag morgen um drei Uhr neununddreißig klingelte plötzlich das Telefon, und Didis Herz wurde von einer kalten Faust gepackt. Sie erhob sich aus ihrem Sessel, wo sie im Schein einer Lampe ein Buch über Töpfereitechniken gelesen hatte, ging an den Apparat und nahm beim dritten Klingeln ab. »Ja bitte?«

»Wir haben's geschafft«, sagte Mary Terror.

Wahrscheinlich waren sie am Morgen in New York aufgebrochen und den ganzen Tag gefahren, vermutete Didi. Mary verlor keine Zeit, um Jack näher zu kommen. »Ist Edward bei dir?«

»Ja. Er steht direkt neben mir.«

»Wo seid ihr im Moment?«

»In einer Shell-Tankstelle auf dem –« Mary hielt inne, und Didi hörte Edward im Hintergrund »Huron Parkway« sagen. Das Geschrei des Babys tönte durch den Hörer. »Reib ihn hinterm linken Ohr. Das hat er gern«, sagte Mary zu Edward und sprach dann wieder in den Apparat. »Auf dem Huron Parkway.«

Didi fing an, Mary den Weg zu ihrem Häuschen zu beschreiben, und bemerkte die Nervosität in ihrer Stimme. Auch der Versuch, langsamer zu sprechen, war umsonst. »Alles in Ordnung mit dir?« fiel Mary ihr ins Wort, und Didi dachte: *Sie weiß Bescheid!* Aber das war natürlich ausgeschlossen.

»Du hast mich geweckt«, entschuldigte sie sich. »Ich habe einen schlechten Traum gehabt.«

Das Baby hörte nicht auf zu weinen, und Mary keifte: »Da, verdammt! Nimm du den Hörer und gib das Baby mir!«
Als daraufhin Edward an den Apparat kam, wiederholte Didi ihre Anweisungen. Dann gähnte er: »Okay. Bei der zweiten Ampel rechts ab. Richtig?«
»Nein. Bei der dritten. Bei der zweiten dann wieder rechts, und danach macht die Straße eine Linkskurve.«
»Verstanden. Glaub ich. Hast du je versucht, 'n Lieferwagen zu fahren, wenn dir dauernd 'n Baby ins Ohr plärrt? Und jedesmal, wenn ich über die fünfundsechzig hinausgewollt hab, ist mir Mary aufs Dach gestiegen. Mein Gott, ich bin fix und fertig!«
»Du kannst dich hier ausruhen«, tröstete ihn Didi.
»Na los, gehen wir!« drängte Mary im Hintergrund. Das Kind hatte zu schreien aufgehört.
»Steinernes Haus rechts«, sagte Edward. »Dann bis bald!«
»Bis bald!« wiederholte Didi und legte auf.
Die Stille schrie.
Didi hatte ihnen den längeren Weg genannt. Wenn sich Edward in seinem übermüdeten Zustand nicht verfuhr, dann würden sie in fünfzehn bis zwanzig Minuten hiersein.
Didis Hand griff nach dem Hörer. Die Sekunden tickten vorbei. Die Schlange ihrer alten Loyalität hatte ihr Haupt aus der Asche erhoben und zischte Didi eine Warnung zu. Dies war der Punkt der Entscheidung, und danach gab es kein Zurück mehr.
Didi spürte, wie sich hinter ihrem Rücken die Geister versammelten. Sich ihre Zähne begierig an den Handgelenken wetzten, um sich in Didis Schädel zu fressen. Sie hatte ihr Wort gegeben, war das in einer Welt voller Lug und Trug nicht das einzig Ehrliche?
Sie nahm den Hörer ab. Sie wählte die Nummer, die sie bereits in den Gelben Seiten nachgeschlagen hatte, und bat die Rezeption um Zimmer 119.

Zwei Freizeichen. Dann Lauras schlagartig wache Stimme: »Ich bin soweit.«

Laura trug immer noch ihre Jeans und ihren Pullover mit Zopfmuster und war ein paarmal für etwa fünfzehn Minuten eingenickt, nur um beim eingebildeten Läuten des Telefons aus dem Schlaf zu fahren. Sie hörte sich an, was Didi ihr zu sagen hatte, legte dann auf und ging zum Schrank. Im obersten Fach lag die zweiunddreißiger Charter-Automatik, die Doug gekauft hatte. Laura nahm sie heraus, schob ein Magazin mit sieben Patronen unten in den Griff und ließ es dann mit einem Schlag ihrer Handfläche einrasten. Dabei tat sie sich weh. Sie schob den Sicherungshebel hin und her, um ein Gefühl für die geladene Pistole zu bekommen. Sie roch immer noch nach Öl, wirkte immer noch wie ein Ding des Teufels; jetzt aber brauchte sie ihr Gewicht und ihre Kraft, und ob sie sie nun benutzen mußte oder nicht, war sie doch ein wertvoller Talisman. Sie steckte sie in ihre Handtasche. Dann zog sie ihren Mantel über und knöpfte ihn zu, gegen die Kälte. Ein plötzlicher Brechreiz pulsierte ihr im Magen. Sie stürzte in das Badezimmer und wartete, aber nichts kam. Ihre Wangen glühten, und Schweißtröpfchen glitzerten auf ihrer Stirn. Das hier war nicht der richtige Zeitpunkt für einen Schwächeanfall. Als Laura einigermaßen sicher sein konnte, daß sie sich weder übergeben noch ohnmächtig werden würde, ging sie zum Schrank zurück und verstärkte die Kraft ihres Talismans, indem sie noch ein Patronenmagazin als Reserve in die Handtasche steckte.

Wie Stephen Stills zu der Menschenmenge in Woodstock gesagt hatte, schiß Laura sich in die Hosen vor Angst.

Die Handtasche über ihrer Schulter, trat sie aus ihrem Zimmer, und die eiskalte Luft schlug ihr entgegen. Ein willkommener Schock. Sie ging zu Marks Zimmer, um anzuklopfen.

Aber sie verharrte vor der Tür. Laura dachte an Rose Treggs und die beiden Kinder. Ringsum regte sich der Wind, und in ihm glaubte sie ein helles Klimpern und Klingen zu hören, das Mark nach Hause rief. Er hatte sie zu Bedelia Morse gebracht. Sie hatte ihm seine dreitausend Dollar bezahlt. Ihre Abmachung war eingehalten worden, und Laura würde Mark nicht tiefer in das hineinziehen, was vor ihr lag.

Die Welt brauchte noch mehr Autoren, die einen Dreck auf Bestsellerlisten gaben und mit ihrem Herzblut schrieben.

Laura wünschte ihm im stillen alles Gute. Dann wandte sie sich von Marks Tür ab und ging zu ihrem Wagen.

Ihre Hände klammerten sich um den Lenker, und die Angst kribbelte ihr im Magen, als sie in Didis Richtung fuhr.

Vier Meilen westlich von Ann Arbor saß Didi in ihrem Wohnzimmersessel, und der Schein der Lampe schimmerte auf den grauen Haarsträhnen. Didi wartete, wen das Schicksal als ersten vor ihre Tür bringen würde. Sie war jetzt ruhig. Ihre Gedanken hatten aufgehört, sich zu drehen, und die Schlange war tot. Didi hatte sich für ihren Weg entschieden.

Sie erblickte Scheinwerfer durch die Bäume.

Auf schwerelosen Beinen erhob sie sich aus dem Sessel, und ihr Puls begann zu schlagen wie die Faust des Todes an eine verriegelte Tür. Das Scheinwerferpaar kam die Zufahrt herauf – zwei weiße Lichtkegel an einem verbeulten olivgrünen Transportbus. Mit leise quietschenden Bremsen hielt er dicht vor der Haustür, und Didi spürte, wie sich ihre Schneidezähne in die Unterlippe bohrten. In ihren ausgewaschenen Jeans und ihrem bequemen grauen Pullover mit braunen Lederflicken an den Ellbogen ging sie nach draußen. Es war ihre Arbeitskluft; ihre Jeans waren mit Farbe vollgekleckst, und eingetrocknete Lehmspritzer klebten an ihrem Pullover. Sie sah zu, wie Mary mit einer Korbwiege

aus der Beifahrertür stieg. In der Wiege lag das Baby. Edward, jetzt nur noch müde und erschöpft, schob sich hinter dem Lenkrad hervor. »Gefunden!« verkündete er. »War doch gar nicht so übel, was?«
»Kommt rein!« lud Didi sie ein und trat einen Schritt zurück. Als Mary an ihr vorbeiging, nahm Didi deren ungewaschenen, animalischen Geruch wahr. Danach stolperte Edward herein, zog seinen Daunenparka aus und ließ sich auf die Couch plumpsen. »Mann!« sagte er, und seine künstlichen blauen Augen wirkten trübe. »Mein Arsch ist ganz *taub!*«
»Ich mach euch etwas Kaffee«, verkündete Didi und ging nach hinten in die wiederhergerichtete Küche, deren fehlende Türscheibe mit Zeitungspapier überklebt war.
»Muß Drummer die Windeln wechseln«, sagte Mary. Sie nahm das Baby aus der Wiege, die am Boden stand, zog zuerst die Magnum-Pistole aus ihrer Umhängetasche – sie lag obenauf – und holte dann ein Papiertuch und eine Pampers heraus. Das Kind gab keine Ruhe. Seine Arme und Beine waren ständig in Bewegung, und sein Gesicht schwoll zu einem Schrei an, aber es kam keiner.
»Niedliche kleine Rotznase, was?« Edward lehnte sich auf dem Sofa zurück, schleuderte seine glänzenden Halbschuhe von den Füßen und legte die Beine hoch. »Jetzt, wo er mir nicht mehr ins Ohr brüllt, kann ich das sagen.«
»Er ist ein ganz braver Junge. Mamas braver kleiner Junge, jawohl.«
Während Didi Wasser in ihre Kaffeemaschine goß, sah Edward Mary beim Windelwechseln zu. Für ihn stand fest, daß sie verrückt auf das Baby war. Als sie ihn gestern früh um sieben Uhr angerufen und ihm gesagt hatte, sie würden zusammen nach Ann Arbor fahren, hatte er erwidert, bei ihr sei ja eine Schraube locker. Er habe nicht vor, in Gesellschaft einer Frau nach Michigan zu reisen, auf deren

Rücken eine FBI-Zielscheibe gemalt war – »Schwester« hin oder her. Dann aber hatte sie ihm von Jack Gardiner erzählt, und das gab seinen Gedanken eine neue Richtung. Falls Jack *tatsächlich* in Kalifornien war und Didi sie zu ihm führen konnte, dann könnte Edwards Buch keinen besseren Aufreißer haben als ein Interview mit Lord Jack persönlich. Natürlich wußte er nicht, was Jack selbst dazu meinen würde, aber Mary hielt es anscheinend für eine gute Idee. Sie hatte gesagt, es sei falsch von ihr gewesen, daß sie ihn wegen des Buchs angeschnauzt habe – daß sie sich von ihren ersten Gefühlen habe mitreißen lassen. Es sei gut, hatte sie ihm erklärt, der Welt mitzuteilen, daß die »Sturmfront« immer noch weiterlebte, und obwohl Edward eher an einen ausführlichen Bericht als an ein politisches Pamphlet dachte, hatte Mary ihm sogar noch ihre Hilfe versprochen, wenn es darum ging, Jack zu einem Interview zu überreden. *Wenn* Didi recht hatte und *wenn* Jack wirklich in Kalifornien war. Zwei große Wenns. Aber die Sache wäre es wert, sich ein paar Tage bei *Sea King* krank zu melden, um das herauszufinden.

Auf der Suche nach einem Mülleimer brachte Mary die schmutzige Windel in die Küche und ertappte dort Didi, wie sie aus dem Fenster Richtung Landstraße starrte. »Wonach schaust du?«

Didi wäre beinah vor Schreck hochgesprungen, aber sie beherrschte sich mit aller Kraft. »Nach gar nichts«, antwortete sie. »Ich warte, bis der Kaffee fertig ist.« Sie hatte einen Wagen langsam vorbeifahren und verschwinden sehen.

»Vergiß den Kaffee. Ich möchte wissen, was du über Jack weißt.« Mary stellte sich neben sie und warf einen Blick aus dem Fenster. Alles kohlrabenschwarz. Aber trotzdem wirkte Didi nervös. Es lag in ihrer Stimme, und sie vermied jeden Blickkontakt. Marys Radar wurde hellhörig. »Zeig's mir!« sagte sie.

Didi ließ den Kaffee kochen und holte das Fotoalbum aus ihrem Schlafzimmer. Als sie ins Wohnzimmer zurückkehrte, saß Mary in einem Sessel und hielt das Baby in ihren Armen, während Edward sich immer noch auf der Couch ausstreckte. Die Umhängetasche lag neben Mary, die handliche Magnum auf dem darin befindlichen Durcheinander von Babynahrung, Pampers, Papiertüchern und Kleinkinderspielzeug. »Da ist es.« Didi zeigte Mary den Bericht und das Foto, und Edward rappelte sich von der Couch hoch, um selbst einen Blick in das Album zu werfen.
»Genau hier.« Didi deutete auf das Gesicht des abgebildeten Mannes.
Mary nahm es in Augenschein. »Das ist nicht Jack«, urteilte Edward nach ein oder zwei Minuten. »Der Typ da hat ja einen Riechkolben.«
»Mit dem Alter vergrößert sich die Nase«, erklärte Didi.
Edward sah noch einmal hin und schüttelte dann den Kopf. Er war teils enttäuscht, teils erleichtert darüber, daß er mit Mary Terror nicht noch weiter reisen mußte. »Nein. Das ist nicht Jack.«
Didi blätterte in den folienbedeckten Seiten nach vorn. Die Datumsangaben auf den Artikeln führten zurück wie eine Zeitmaschine. Bei der Fotografie eines jungen, arrogant lächelnden Jack Gardiner machte Didi halt. Jack strahlte in seinen Hippiegewändern, langes blondes Haar fiel ihm auf die Schultern, und die Überschrift des Berichtes lautete: *Anführer der ›Sturmfront‹ an erster Stelle der FBI-Fahndungsliste.* Das Datum war der siebte Juli 1972. »Damals«, sagte Didi und blätterte zu dem Sierra-Club-Artikel zurück, »und heute. Siehst du denn nicht die Ähnlichkeit?«
Edward verglich noch einmal die beiden Bilder, während Mary einfach dasaß und das Baby hielt. Ihre Augen waren düster und unergründlich. »Na schön, dann ähnelt er Jack also ein bißchen«, meinte Edward zum Schluß. »Das heißt:

Vielleicht. Läßt sich schwer sagen.« Und er sah noch einmal genauer hin. »Aber nein, ich glaub's nicht.«

»Halt du Drummer!« Mary reichte ihn Edward, und Edwards Gesicht verdüsterte sich leicht, als er das Baby an sich nahm. Dann ergriff Mary das Fotoalbum und begann, zwischen den beiden Bildern hin und her zu blättern. Bei einem Artikel auf einer anderen Seite hielt sie inne. »Scheiße!« flüsterte sie. »Der Schweinehund hat noch gelebt.«

»Wie?« Didi lugte ihr über die Schulter.

»Das Bullenschwein, das ich in der bewußten Nacht draußen erschossen hab.« Mary klopfte mit ihrem Finger auf die Schutzfolie über dem Zeitungsbericht, der die Überschrift *FBI-Agent überlebt Mordanschlag* trug. Das dazugehörige Foto zeigte einen Mann, der mit einer Sauerstoffmaske auf dem Gesicht in einen Krankenwagen verfrachtet wurde. »Weißt du noch, Edward?«

Edward sah hin. »O ja. Ich dachte, den hätt ich kaltgemacht.«

»Ich auch. Ein Schuß in die Kehle reicht für gewöhnlich.«

Didi wurde es eiskalt in den Adern. »Ein ... Schuß in die Kehle?«

»Genau. Ich hab ihn zweimal getroffen. Einmal ins Gesicht, einmal in den Hals. Ich hätt ihm ja sein verdammtes Gehirn rausgepustet, aber ich hatte keine Kugeln mehr. Edward, hier steht, er heißt Earl van Diver. Vierunddreißig Jahre, aus Bridgewater, New Jersey. Eine Frau und eine Tochter.« Sie lachte leise – ein schreckliches Lachen. »Hör dir das an: Seine Tochter heißt Mary!«

Auch Didi las jetzt den Artikel. Sie hatte ganz vergessen, wie sie das da mehrere Tage nach dem Feuergefecht in Linden aus einer Zeitung in Philadelphia ausgeschnitten hatte. Sie hatte alles aufgehoben, was sie über die »Sturmfront« finden konnte: ihre ganz persönlichen Memoiren, wie ein Fahrplan durch die Hölle. Earl van Diver. Von der Notfall-

liste gestrichen, hieß es in dem Bericht. Mehrere Gesichts- und Kehlkopfverletzungen.
O mein Gott! dachte Didi.
»Ich erinnere mich noch an ihn«, sagte Mary. »Und ich wette, er erinnert sich auch an mich.« Sie blätterte wieder zu Artikeln und Foto aus den Mitteilungen des Sierra-Clubs. Sie hatte sich die ganze Sache sehr leicht vorgestellt – hatte geglaubt, daß sie Jack auf Anhieb erkennen würde; aber dieses Bild zeigte das Gesicht des blonden Mannes nur teilweise. Sie las die Namen der in dem Bericht genannten Männer: Dean Walker, Nick Hudley, Keith Cavanaugh. Mit keinem davon konnte sie irgend etwas anfangen; keine magischen Verbindungen stellten sich ein. Marys Herz war bleischwer geworden. Drummer fing an zu wimmern, und der Laut machte ihr Kopfweh. »Ich kann es nicht sagen«, erklärte sie.
Didi nahm ihr das Album ab. Wo blieben denn nur Laura und Mark? Sie sollten doch längst hiersein! Didis Magen hatte sich fest zusammengekrampft. »Kommt! Schaut euch an, was ich gemacht habe«, schlug sie vor. »Und dann sagt mir eure Meinung.«
Unter den eingeschalteten Deckenlampen der Werkstatt drehte Mary den aus Ton modellierten Kopf herum, der immer noch auf der Töpferscheibe stand. Didi legte das Fotoalbum daneben und schlug das Bild auf. Das Geschrei des Babys war lauter geworden, und Edward gab sich alle Mühe, es zu beruhigen. Als das Gesicht Lord Jacks wieder ihr zugewandt war, hielt Mary inne und starrte es an.
»Ich habe es nach dem Foto modelliert«, sagte Didi. Wieder hatte sich ein nervöses Zittern in ihre Stimme geschlichen. »Es sieht wie Jack aus. Älter, ich weiß. Aber ich glaub, er ist es.«
Das Blei auf Marys Herz war zersprungen und abgefallen.

Statt dessen glich ihr Herz nun einem Vogel, der der Sonne entgegenfliegt. Ja, es *war* Jack. Älter zwar. Aber immer noch gutaussehend, immer noch königlich. Sie zog die Schutzfolie von Foto und Artikel beiseite und nahm beides heraus. War es denn möglich? Nach all diesen Jahren? War es möglich, daß Lord Jack tatsächlich in Freestone, Kalifornien, lebte und daß dieser Fotograf ein Stück von Lord Jacks Gesicht eingefangen hatte? Sie wünschte sich mit äußerster Verzweiflung, daran glauben zu können.

Das Geschrei das Jungen hatte einen schneidenden Ton angenommen. Er verlangte nach Aufmerksamkeit. Edward wiegte ihn zwar in seinen Armen, er aber wollte nicht aufhören. Didis Nerven waren dem endgültigen Zerreißen nah. »Gib ihn mir!« sagte sie, und Edward gehorchte. Während Mary weiterhin von dem Bild zu dem modellierten Gesicht schaute, wiegte auch Didi das daunenweiche, in eine weiße Decke geschlagene Bündel in ihren Armen und nahm dabei dessen Wärme, die Gerüche von Säuglingsnahrung und rosigem Babyfleisch wahr. »Pscht«, sagte sie leise. »Pscht.« Seine blauen Augen blinzelten zu ihr auf. »So ist es brav. David ist ein ganz braver kleiner –«

Zu spät. Schon war es heraus. Unwiderruflich. War durch die Luft und in Mary Terrors Ohren gedrungen.

Obwohl in der Werkstatt eine empfindliche Kälte herrschte, fühlte Didi, wie ihr im Genick der Schweiß zu prickeln begann. Mary ließ den tönernen Kopf noch einmal vollständig herumkreisen und faltete dabei den Bericht aus den Clubmitteilungen zu einem kleinen Rechteck, das sie in eine Tasche ihrer braunen Kordhose steckte. Als sie wieder zu Didi aufblickte, lag ein dünnes Lächeln auf ihrem Gesicht, ihre Augen aber wirkten so gefährlich wie Revolverläufe. »Mein Baby heißt Drummer, und das weißt du. Warum hast du es David genannt?«

Es gab nichts zu sagen. Mit einem Lächeln wie eine Rasier-

klinge kam Mary auf sie zu. »Didi? Gib mir Drummer bitte wieder zurück.«
Laura, die draußen vor der Werkstatt stand, hörte, wie eine Tonscherbe unter Mary Terrors Schuhsohle zersprang. Ihr Herz dröhnte so laut wie der Donner, und ihr Gesicht war angespannt vor Furcht. In ihrer Rechten befand sich die entsicherte Pistole. Jetzt oder nie, dachte Laura. Gott steh mir bei! Und sie trat in die Lichtschneise, die aus der Tür fiel, um die Waffe auf die Entführerin ihres Kindes zu richten. *»Nein!«* hörte sie sich mit der heiseren Stimme einer Fremden hervorstoßen.
Mary entdeckte sie. Es dauerte vielleicht vier Sekunden; dann zeigte sich Wiedererkennen auf ihrem Gesicht. Ihr Verstand arbeitete wie eine Ratte, die in einer Falle gefangen war. Sie hatte die Umhängetasche und ihre Magnum im Haus gelassen. Ihr Colt war unter dem Fahrersitz. Doch noch blieben ihr zwei Waffen.
Sie packte Bedelia Morse mit der einen Hand bei der Kehle und riß die Frau herum, zwischen sich und Lauras Pistole. Ihre andere drückte sie dann dem Baby auf Mund und Nase, so daß es keine Luft mehr bekam. David fing an, zu strampeln und sich zu wehren.
»Finger vom Abzug!« befahl Mary. »Richten Sie die Kanone nach unten!«

6

Licht schmerzt

Laura hörte nicht auf sie. Mit zitternder Hand hielt sie ihre Pistole, und Davids Gesicht begann sich zu röten; seine Finger krallten in die Luft.

»In ein paar Sekunden ist er erstickt. Dann komme ich zu *Ihnen*, und Sie wissen einen Scheißdreck, wie es ist, jemanden zu töten.«

In Lauras Innerem tobte helle Wut. Die Pranke der großen Frau war fest auf Davids Mund und Nase gedrückt, und Laura konnte seine Augen sehen: Sie waren aufgerissen vor Panik. Didi, der Mary mit ihrem anderen Arm ebenfalls die Luft abschnürte, konnte sich nicht rühren, und Edward brabbelte: »Stopp! Doch nicht so hastig! Einen Augenblick!«, aber es war unklar, wen er meinte.

»Finger vom Abzug!« wiederholte Mary mit gespenstischer Ruhe. »Richten Sie die Kanone nach unten!«

Laura hatte keine andere Wahl. Sie gehorchte.

»Nimm du dir das Ding, Edward!« Er zögerte. *»Edward!«* Marys Stimme knallte wie ein Peitschenhieb. »Nimm dir die Kanone!«

Er ging nach vorn, ergriff die Automatik, und im Nu stand Laura mit leeren Händen da. Sie begegnete Edwards Blick.

»Tut mir leid«, sagte der Mann. »Ich hab nicht gewußt, daß –«

»Halt's Maul, Edward!« Mary nahm ihre Hand vom Gesicht des Babys, und sein Mund schnappte kurz nach Luft, nur um dann einen Schrei auszustoßen, der zu durchdringender Lautstärke anschwoll und auch den letzten Rest von Lauras

Verstand beinahe zerstört hätte. »Her mit der Pistole!« sagte Mary.
»Hör zu! Wir müssen doch nicht –«
»Her damit!«
»Schon gut, schon gut!« Edward übergab Mary die Waffe, und sie setzte Didi den Lauf an deren rothaarigen Schädel und nahm ihr mit der anderen Hand das Kind ab. Das Geschrei dauerte an, während Mary von Didi zurückwich und ihre Waffe auf Laura richtete. »Wer ist sonst noch bei Ihnen?«
Fast hätte Laura »die Polizei« gesagt, aber nein. Dann würde diese Verrückte David mit Sicherheit umbringen. Darum antwortete sie: »Niemand.«
»Lüge! Sind die Bullen da draußen?«
»Wenn ja, wäre ich dann hier drin?« Plötzlich hatte sich Lauras Angst in Luft aufgelöst. Es gab keine Zeit dafür; sie beschäftigte nur ein Gedanke: Wie sie an David herankommen könnte.
»Stellen Sie sich an die Wand!« befahl Mary. »Und du, Didi, dazu! Mach schon, du Miststück!«
Mit gesenktem Kopf und Tränen in den Augen bezog Didi neben Laura Stellung. Sie rechnete jeden Moment mit der Kugel, die sie liquidieren würde. Laura hingegen wandte ihren Blick nicht eine Sekunde lang ab; sie starrte Mary Terror ins Gesicht, um sich deren harte, brutale Züge für immer einzuprägen.
»Edward, geh ins Haus, hol meine Tasche und die Korbwiege und bring sie zum Wagen. Wir verschwinden.« Edward gehorchte. Das Kind schrie immer noch, aber Marys Aufmerksamkeit war ganz auf die beiden Frauen gerichtet. »Zur Hölle mit dir!« sagte sie zu Didi. »Du hast mich verraten!«
»Mary ... bitte hör zu!« Didi war heiser von dem Druck, den Marys Arm auf ihre Luftröhre ausgeübt hatte. »Laß doch das Baby! Es gehört dir ni–«

»Und ob es mir gehört! Mir und Jack!« Rote Flecke traten auf Marys Wangen, und ihre Augen glühten wie Feuer. »Ich habe dir *vertraut!* Du warst meine Schwester!«
»Ich bin nicht mehr dieselbe wie damals. Ich möchte dir helfen, Mary. Bitte laß David hier!«
»Er heißt Drummer!« brüllte Mary, aber die Pistole blieb ruhig. Unverändert war sie auf irgendeinen Punkt zwischen Laura und Didi gerichtet.
»Er heißt David«, entgegnete Laura. »David Clayborne, und das wissen Sie, egal, wie Sie ihn nennen.«
Mary grinste plötzlich. Es war ein wildes, boshaftes Zähneblecken, und mit stolzen Schritten durchquerte sie die Werkstatt, um Laura die Pistole fast an die Nasenspitze zu setzen. Laura hätte David am liebsten an sich gerissen, aber sie nahm all ihre Kraft zusammen, ließ ihre Arme weiterhin herabhängen und begegnete unbeirrbar Marys Blick. »Sehr tapfer!« sagte Mary. »Tapferes kleines Stück Scheiße. Ich werde dich runterspülen. Runterspülen in das dunkle Loch. Meinst du, das würde dir gefallen?«
»Ich meine ... daß alles, was Sie tun und sagen, Lüge ist. Sie haben ein Baby, das nicht Ihnen gehört. Sie suchen nach einem Mann, der Sie vergessen hat –« Laura sah Marys Haß explodieren wie eine Bombe. Aber sie machte weiter, schritt tiefer in das Feuer. »Sie sind nichts, und Sie glauben an nichts. Und das Schlimmste, was Sie sich vormachen, ist, daß Sie wieder jung werden, wenn Sie David zu Jack Gardiner bringen!«
Mary konnte es nicht ertragen, Jacks Namen aus dem Mund dieser Frau zu hören. So schnell, daß die Bewegung zu einem Streifen verschwamm, schlug sie Laura mit dem Pistolenlauf übers Gesicht, und es ertönte ein Knirschen, als Laura auf die Knie fiel. Ihr Kopf pochte vor Schmerz, Blut spritzte aus ihrer Nase auf den Boden, auf ihrer Wange war eine

blaugeränderte, längliche Schwellung, und dunkle Flecke tanzten ihr vor den Augen, aber Laura gab keinen Laut von sich.
»Zieh sie hoch!« befahl Mary ihrer ehemaligen Gefährtin. »Wir haben noch etwas zu erledigen!«
Und sie trieb Laura und Didi, die die andere stützte, aus der Werkstatt. Neben dem Transportbus wartete Edward. Mary gab ihm die Automatik und holte dann ihren Colt unter dem Fahrersitz hervor. »In den Wald mit euch!« befahl sie, während sie auf dem anderen Arm Drummer trug. »Weg von der Straße. Los!«
»Vielleicht könntest du sie doch einfach irgendwo einsperren«, meinte Edward unterwegs. »Weißt du? Sie einfach einsperren und abhaun.«
Mary gab keine Antwort. Laub und Zweige knackten unter ihren Füßen, während sie immer tiefer in den Eichen- und Tannenwald gingen. »Du mußt Sie ja nicht unbedingt umbringen«, versuchte es Edward noch einmal, und sein Atem stieg als weiße Dampfwolke in die frostige Luft. »Mary, hast du verstanden?«
Mary hatte ihn verstanden, aber sie gab keine Antwort. In etwa hundert Metern Entfernung von Didis Häuschen sagte sie: »Halt!« Ihre Augen hatten sich inzwischen an das Dunkel gewöhnt. Sie riß Laura die Handtasche von der Schulter, um darin nach Bargeld und Kreditkarten zu suchen, befahl den beiden Frauen »Dreht euch zu mir um!« und trat ein paar Schritte zurück.
»Bitte ... tu's nicht!« flehte Didi.
Klick. Mary hatte den Revolverhahn gespannt. Das Baby war still, und dünne weiße Dampfwölkchen stiegen ihm aus den Nasenlöchern.
»Mary, nicht!« sagte Edward, der neben ihr stand. »Tu's nicht, einverstanden?«
»Noch irgendwelche letzten Worte?« fragte Mary.

Laura sprach, während ihre Gesichtshälfte anschwoll. »In der Hölle sollst du krepieren!«
»Nicht schlecht.« Ihren Finger am Abzug, richtete Mary den Revolver auf Lauras Kopf. Zwei Schüsse, und es gäbe zwei Hirnwichser weniger auf der Welt.
Sie wollte abdrücken.
Peng! Ein Schuß hallte durch die Wälder.
Taumelnd stürzte Edward gegen Marys Arm, mit einem helleren Geräusch ging der Revolver los, und eine Kugel pfiff über Lauras Kopf hinweg in die Bäume. Etwas Nasses, Warmes war Mary ins Gesicht, über die Schulter und auf das Baby gespritzt. Die weiße Decke war mit dunklen Klümpchen übersät. Mary sah Edward an und wußte, daß der größte Teil seines Kopfes weg war.
»Oh«, keuchte er, und sein Gesicht war eine blutige Masse. »Licht schmerzt.«
Dann fiel wieder ein Schuß. Mary sah eine Mündungsflamme rechts drüben im Wald, und mit einem dumpfen Knall schlug die Kugel in einen Baumstamm hinter ihr. Splitter von Tannenrinde stachen Mary in die Kopfhaut, während Edward sich an ihrem Arm festhielt. »Mama? Mama?« Ein Schluchzen entfloh seinen Lippen. »Eddie ganz braver Junge gewesen.«
Mary stieß ihn beiseite, und noch während sie dies tat, durchschlug eine dritte Kugel Edwards Brust – so dicht hinter ihr, daß sie den Zug des Geschosses an ihrem Pullover fühlte. Gurgelnd wie ein verstopfter Abfluß sank Edward zu Boden, und Mary ließ Lauras Handtasche fallen, um zwei Schüsse auf die Mündungsflamme im Wald abzufeuern. Bei dem Lärm des Colts fing Drummer erneut zu schreien an.
Hochleistungsfähiges Gewehr, dachte Mary. Eine Bullenwaffe. Mindestens ein Scharfschütze.
Sie wandte sich von Laura und Didi ab, um mit dem hilflosen

Baby im Arm und Edward Fordyce' Blut und Gehirnmasse auf ihrem Gesicht zurück zum Haus zu rennen.
Wieder ertönte ein Schuß. Er kappte einen Ast, knapp fünfzehn Zentimeter über Marys Kopf, und auch sie feuerte abermals – sah Funken fliegen, als die Kugel an einem Stein abprallte. Dann lief sie um ihr Leben. Auf den Blättern rutschend, rannte sie davon und zog den gellenden Schrei des Kindes hinter sich her.
Es schießt jemand, dachte Laura. Schießt auf Mary Terror. David in ihren Klauen. David in der Schußlinie. Auch sie hatte die Mündungsflamme gesehen – hatte sie noch einmal erblickt, als eine zweite Kugel nach Mary suchte. Lauras Pistole. In Edwards Hand. Mit drei langen Schritten stürzte Laura nach vorn, warf sich auf den zuckenden Körper und entriß ihm die Automatik.
Dann stand sie auf und zielte in die Dunkelheit – dorthin, wo sich der Heckenschütze befand. Die Pistole wäre ihr fast aus der Hand gesprungen, als sie abdrückte. Ihr platzte beinahe das Trommelfell, aber sie feuerte weiter. Eine zweite und eine dritte Kugel zerrissen die Nacht. Die andere Waffe schwieg, und durch das Summen, das der Schußlärm in ihren Ohren erzeugte, hörte Laura den Transportbus: Mary Terror ließ den Motor an. »Sie haut ab!« schrie Didi. Autoschlüssel! dachte Laura und griff nach ihrer Handtasche, um dann Richtung Haus zu laufen.
Während Drummer in seiner Korbwiege vor dem Beifahrersitz heulte, legte Mary Terror den Rückwärtsgang ein und stieß die Auffahrt hinunter. Sie sah es in ihrem Außenspiegel: ein auf der Straße geparkter BMW versperrte ihr den Weg. Mit aller Kraft trat sie aufs Gaspedal, und das Heck des Transportbusses krachte so stark in die Beifahrertür des anderen Wagens, daß Metall zerquetscht wurde und Glassplitter flogen. Der BMW zitterte und ächzte, wollte aber nicht weichen. Mary stand der Schweiß im Ge-

sicht, und der Geschmack von Edwards Blut lag auf ihren Lippen. Sie rammte den widerspenstigen Schaltknüppel in den ersten Gang und brauste die Auffahrt hinauf, um Schwung für einen zweiten Versuch zu holen. Das Licht der Scheinwerfer fiel auf Laura Clayborne und Bedelia Morse. Gefolgt von der anderen, kam Laura dem Wagen entgegen und hielt ihre Pistole hoch. Keine Zeit zu verlieren. Zähneknirschend schaltete Mary wieder in den Rückwärtsgang, kurvte von der Auffahrt herunter und fuhr dabei nicht nur ein paar dünne Tannen um, sondern auch eine von Didis abstrakten Skulpturen, die scheppernd in Stücke brach. Dann schürfte der Wagen am vorderen Kotflügel des BMW entlang, und Mary riß das Steuer herum, gab wieder Gas, die Reifen quietschten, und der Transporter schoß davon, Richtung Westen.
Als Laura zu ihrem Wagen gelangte, sah sie die Rücklichter des Transporters – die roten Lampengehäuse waren beide zerbrochen – gerade noch hinter einer Kurve verschwinden. Didi keuchte. Laura hörte es, drehte sich um und zielte ihr mit dem Revolver ins Gesicht. »Steigen Sie ein!«
»Was?«
»Sie sollen einsteigen!« Laura versuchte die Hecktür auf der Beifahrerseite zu öffnen, aber das Ding klemmte. Sie packte darum Didi am Arm, schob sie unsanft auf die andere Seite des Wagens und öffnete die Fahrertür. Didi versuchte sich zu wehren und sich loszureißen, als Laura ihr aber den Pistolenlauf unters Kinn setzte, erlosch all ihr Widerstand. Sie stieg ein, und Laura rutschte hinter das Lenkrad, fischte die Schlüssel aus ihrer blutbespritzten Handtasche und ließ den Motor an. Etwas unter der Haube ratterte und kreischte, aber kein Warnlämpchen ging an. Laura stampfte auf das Gaspedal, und das demolierte Fahrzeug hinterließ Reifenabdrücke auf dem Asphalt, die denjenigen des Transporters ebenbürtig waren.

Das Fenster auf Didis Seite war herausgebrochen, und ein eiskalter Wind heulte in den Wagen, während die Tachonadel über die Sechzigmeilenmarke stieg. Als Laura mit fünfundsechzig eine Kurve nahm, schlitterte der BMW auf die linke Fahrspur. Keine Rücklichter voraus, dafür aber lauerte noch eine scharfe Kurve. Lauras Fuß bewegte sich nicht in Richtung Bremse. Mit wilder Unnachgiebigkeit zwang sie den Wagen in die Kurve, schlingerte dabei auf den Randstreifen und wäre beinahe in den Wald gerast. Dann aber bekam sie das Fahrzeug wieder unter Kontrolle. Sie warf einen Blick auf den Tacho: Die Nadel überschritt gerade die Siebzigmeilenmarke. Didi hatte sich hinten in ihren Sitz gekauert, und ihre roten Haare flatterten im Wind, ihr angstverzerrtes Gesicht schimmerte grün im Licht des Armaturenbretts.

Eine dritte Kurve hätte den BMW fast in die Bäume geschleudert, aber Laura ließ den bebenden Lenker nicht aus den Händen. Dann kam ein langes, gerades Stück Straße, und darauf zwei weiße Lichter. Laura wischte sich ihre blutende Nase am Unterarm ab und ließ den Wagen mit brüllendem Motor vorwärts schießen. Der Tachometer stand bereits auf achtzig. Aber auch der Transporter war schnell, und eine schwarze Qualmwolke kam aus seinem löchrigen Auspuff. Auf beiden Seiten der Straße sausten kahle Bäume vorbei – so schnell, daß sie nur als dunkler Streifen erkennbar waren. Laura holte weit genug auf, um das Kennzeichen des Transportbusses zu lesen – es stammte aus Georgia –, und dann leuchteten die Bremslichter auf: Mary drosselte ihre Geschwindigkeit, um wieder eine tückische Rechtskurve nehmen zu können. Auch Laura mußte abbremsen und trat wieder aufs Gas, als ihr Wagen sich in die Kurve legte, riß ihn nach rechts, links und begradigte dann abermals. Jetzt hatte Mary das Gaspedal durchgetreten, und mit einem Schlingern, das Laura den

Atem in den Lungen gefrieren ließ, schoß der Transporter vorwärts. Wenn der Wagen von der Straße abkäme, dann würde David getötet werden. Ihr war klar, daß sie ihn weder rammen noch auf die Seite drängen oder ihm eine Kugel in die Reifen jagen konnte. Alles das würde womöglich dazu führen, daß Mary den Wagen aus der Kontrolle verlor. Außerdem könnte eine Kugel, die für die Reifen bestimmt war, die Karosserie durchschlagen oder den Benzintank treffen, und David würde in dem brennenden Wrack ebenso sicher umkommen wie durch Mary Terrors Revolver. Laura drosselte die Geschwindigkeit. Der Transportbus begann davonzupreschen. Fünfundsiebzig ... siebzig ... fünfundsechzig ... sechzig; die Tachometernadel fiel und fiel. Mary blieb auf siebzig Meilen pro Stunde, und eine schwarze Qualmwolke hinterlassend, fuhr der andere Wagen davon. Laura erblickte rechts ein Schild: Noch sechs Meilen bis zur I-94.

Die Autobahn nach Westen, dachte sie.

Der Lauf der Automatik drückte sich ihr an die rechte Schläfe.

Didi hatte die Pistole neben ihr weggenommen. »Anhalten!« sagte sie.

Laura fuhr weiter. Die Geschwindigkeit lag inzwischen konstant bei sechzig.

»Anhalten!« wiederholte Didi. »Ich steige aus!«

Laura gab keine Antwort. Ihre ganze Aufmerksamkeit war auf die Straße und den Wagen vor ihr gerichtet. Mary Terror würde die Interstate nehmen, weil es so am schnellsten nach Kalifornien ging.

»*›Anhalten‹ hab ich gesagt!*« schrie Didi über dem Lärm des Windes.

»Nein«, entgegnete Laura.

Ratlos und mit der Pistole in ihrer Hand saß Didi da.

Lauras Nase verstopfte allmählich mit halbgeronnenem

Blut, und als Laura sich in ihre Finger schneuzte, schoß ihr ein rasender Schmerz durch die Wangenknochen. Aber sie ertrug ihn und wischte sich das dunkelrote Zeug an ihren Jeans ab. »Diese Mary wird mir nicht entwischen!«
Didis Emotionen rissen durch wie eine zerlumpte Fahne. *»Wenn Sie nicht sofort anhalten, bring ich Sie um!«* kreischte sie. *»Ich puste ihnen ihr verdammtes Gehirn raus!«*
Laura blieb auf dem Gaspedal. »Sie sind keine Mörderin mehr«, erwiderte sie, ohne Didi auch nur eines Blickes zu würdigen. »Das ist aus und vorbei. Und außerdem: Möchten Sie gern in Ihr Haus zurück und der Polizei erklären, warum Edward Fordyce tot im Wald liegt?«
»Anhalten, hab ich gesagt.« Didis Stimme klang schwächer. »Wo wollen Sie denn hin?«
»Das lassen Sie nur meine Sorge sein! Ich find schon ein Plätzchen!«
Laura hämmerte der Kopf, und ihre Nase verstopfte immer mehr mit Blut. Sie mußte durch den Mund atmen, um überhaupt Luft zu bekommen. Dieses Miststück hat mir einen ganz schönen Schlag verpaßt, dachte Laura und sagte: »Ich brauche Sie.«
»Ich habe Ihretwegen bereits mein Leben ruiniert!«
»Dann haben Sie auch nichts mehr zu verlieren. Ich brauche Sie, damit Sie mir helfen, mein Baby zurückzubekommen. Mary Terror wird mir nicht entwischen. Ich verfolge sie bis nach Kalifornien. Bis in die Hölle, wenn's sein muß!«
»Sie sind ja verrückt! Eher bringt Mary den Kleinen um, als daß sie ihn hergibt!«
»Das werden wir ja sehen«, entgegnete Laura.
Und Didi wollte schon wieder verlangen, sie solle sie aussteigen lassen, da erschienen im Rückspiegel zwei grelle Scheinwerfer. Sie sah nach hinten: Ein Wagen kam rasch näher und würde sie einholen. »Großer Gott! Ich glaube,

es sind die Bullen!« sagte Didi und nahm die Pistole von Lauras Kopf.

Laura beoba487chtete den fremden Wagen. Das verdammte Ding *flog* förmlich. Es fuhr bestimmt über achtzig Meilen, und obwohl sie bisher weder Sirene noch Blaulicht bemerkte, klopfte ihr das Herz bis zum Hals. Was sollte sie nur tun? Aufs Gas treten oder auf die Bremse? Doch schon hatte der Wagen sie eingeholt, und seine Scheinwerfer strahlten im Rückspiegel wie weiße Sonnen. Laura riß ihren BMW nach rechts, als das fremde Fahrzeug ausscherte und mit jaulendem Motor an ihr vorbeischoß. Großer Buick, dunkelblau oder schwarz, registrierte sie; wohl an die sechs, sieben Jahre alt, aber noch wie neu. Sein Fahrtwind wirbelte den BMW fast von der Straße, und dann bog der Wagen vor Laura wieder ein, um unvermindert weiterzurasen. An seiner hinteren Stoßstange waren ein Kennzeichen aus Michigan und ein Aufkleber: WO WAFFEN UNGESETZLICH SIND, WERDEN NUR DIE GESETZLOSEN WAFFEN HABEN.

Auch Mary Terror bemerkte den Neuankömmling. Drummer, dessen Korbwiege in einer der Kurven umgekippt war, schrie immer noch. Bullen, dachte sie. Da sind sie, die Bullenschweine! Edwards Blut klebte ihr im Gesicht, und ihre Kleider waren mit Teilen seines Gehirns und seines Schädels verklebt. Sie spannte den Colt, kurbelte das Fenster herunter und nahm etwas Gas weg, als der breite Wagen zum Überholen ansetzte.

»Ja, komm nur!« sagte sie in den Wind. »So ist's brav, kleiner Bulle!«

Der Wagen kam auf gleiche Höhe mit ihr, um mit etwa siebzig Meilen pro Stunde über die abgelegene Landstraße zu rasen. Mary sah weder eine Polizei- noch eine FBI-Markierung, und auch den Mann hinter dem Steuer konnte sie nicht erkennen. Aber plötzlich peitschte der Wagen nach rechts, und ein metallisches Krachen war zu hören. Er hatte den Transporter gerammt. Der Lenker erbebte, und Mary brüllte einen Fluch, als ihr Fahrzeug auf den rechten Seitenstreifen abgedrängt wurde. Während die dunklen Wälder sie und Drummer zu sich heranziehen wollten, riß sie mit aller Kraft das Steuer herum und bekam den Wagen wieder auf die Straße. Doch schon rammte der andere sie erneut. Wie ein wütender Stier versuchte er, sie vom Asphalt zu drängen, und als das Metall der beiden Fahrzeuge ein drittes Mal gegeneinanderknirschte, sprühten Funken. Der Transporter wurde abgedrängt, und das Steuer schien sich Marys Griff entreißen zu wollen. Sie blickte nach links – sah, wie das Beifahrerfenster des anderen automatisch nach unten glitt. In einigen Sekunden wäre der Fahrer auf gleicher Höhe mit ihr. Es gab einen lauten Knall, eine Flammengarbe, und aus dem Fond des Transporters ertönte ein Schlag.

Kugeln, erkannte Mary. Handfeuerwaffe. Der Schweinehund schoß auf sie.

Und da dämmerte ihr plötzlich, daß derjenige, der dort in dem großen Buick saß, auch Edward abgeknallt hatte. Eigentlich nicht gerade typisch für Bullen, dieses Verfahren. Dieser Scheißkerl versuchte, Mary kaltzumachen; soviel stand fest.

Sie trat wieder aufs Gas und raste an einem Schild mit der Aufschrift I-94, 2 MEILEN vorbei. Der Buick ließ sich nicht abschütteln. Er blieb auf gleicher Höhe mit ihr, es knallte erneut, und Mary hörte das Jaulen des Geschosses, das im Innern ihres Wagens abprallte. Beide Wagen erreichten nun die Achtzigmeilenmarke. Ohne das Steuer loszulassen, feuerte Mary mit einer Hand auf den Buick. Die Kugel ging vorbei, aber trotzdem fiel der andere ein Stückchen zurück. Dann schnellte er plötzlich vorwärts und rammte den Transporter erneut, so daß dieser Richtung Fahrbahnrand gedrängt wurde. Mary mußte den Motor des Buick treffen. Sie feuerte noch einmal, das Heck ihres Wagens schlingerte auf dem Rollsplitt, und zwei Sekunden lang glaubte sie, er würde sich überschlagen. Dann aber kamen die Reifen wieder auf Asphalt, und der Schrei erstarb in Marys Kehle. Der Buick, dessen rechte Seite zerkratzt und zerbeult war, holte erneut auf, aber Mary hatte ihr Gaspedal bereits durchgetreten, der Transporter war an den Grenzen seiner Leistungsfähigkeit. Die lange, zerschrammte Kühlerhaube des Buick schob sich neben ihm heran, und Mary ließ ihren Colt fallen, um ihre Compact Magnum aus der Umhängetasche zu holen.

Doch noch ehe sie zum Schießen kam, hatte sich ein dritter Wagen eingeschaltet: Der BMW war von hinten herangekommen, auf die linke Fahrspur gewechselt, und rammte nun die Stoßstange des Buick. Der Aufprall erschütterte die Hand, die einen Finger am Abzug eines Revolvers hatte, der Schuß löste sich, und die Kugel schlug knapp zwanzig Zentimeter hinter Marys Kopf in den Transporter.

Mary feuerte mit ihrer Magnum nach unten. Der Knall war explosionsartig, und der Rückstoß durchfuhr ihren Arm wie ein Stromschlag. Der rechte Vorderreifen des Buick platzte, und als der Fahrer auf die Bremse trat, riß Laura ihren BMW nach rechts, um den fremden Wagen haarscharf zu überholen. Ihre vordere Stoßstange befand sich nun unmittelbar hinter dem dahinrasenden Bus, aber der Buick blieb zurück. Mit zerfetztem Reifen schlingerte er quer über die linke Fahrspur und in das Baum- und Strauchdickicht eines Abhangs.

»Zurück! Zurück! Nicht so dicht auffahren!« schrie Didi, und Laura trat im selben Moment auf die Bremse wie Mary. Stoßstangen trafen klingend aufeinander wie Schwerter. Laura lenkte nach links, sah die Autobahnauffahrt unmittelbar vor sich – I-94 WEST lautete das Schild –, und schon bog Mary Terror dorthin ab. Der Auspuff ihres Transportbusses spie schwarzen Qualm. Als sie auf die Autobahn einscherte, streckte sie einen Arm nach unten und stellte die Korbwiege wieder auf. Drummer schrie immer noch, aber er würde sich ausbrüllen müssen. Bei einem Blick in den Rückspiegel sah Mary den BMW ungefähr fünfzig Meter hinter sich. Er drosselte die Geschwindigkeit, und auch sie ging auf etwa sechzig Meilen herunter. Dieser rätselhafte Buick würde seinen Reifen wechseln müssen, und bis dahin wäre sie schon über alle Berge.

Aber Laura Clayborne war immer noch hinter ihr. Und vielleicht auch Bedelia. Verräterin, dachte Mary. Eine Kugel war noch viel zu gut für sie; man sollte sie aufschlitzen und ihre Eingeweide den Krähen überlassen, wie das dreckigste Stück Aas am Straßenrand.

Der BMW blieb auf Distanz, und Mary steckte ihre Magnum wieder in die Umhängetasche. Noch zitterte sie, aber das ginge schon wieder vorbei. Sie würde sich beruhigen. Die Autobahn war so früh am Morgen fast leer – bloß ein paar Schwerlastzüge –, und Mary begann sich zu entspannen. Ihr Blick aber wanderte immer wieder zu den Scheinwerfern des BMW im Rückspiegel. Hätte ihm die Reifen platt schießen sollen, als noch Gelegenheit dazu war, dachte sie. Warum hat dieses Weib nicht die Bullen mitgebracht? Weshalb ist sie allein gekommen? Weil sie blöd ist, deshalb. Blöd und jämmerlich.

»Was hast du vor?« fragte sie die Scheinwerfer. »Mich bis nach Kalifornien zu verfolgen?« Sie lachte: ein schroffes, nervöses Bellen.

»Er heißt Earl van Diver«, sagte Didi gerade zu Laura. »Ein FBI-Agent. Mary hat ihm 1972, bei dem Feuergefecht in Linden, in den Hals geschossen. Wahrscheinlich hat er mich aufgespürt, aber mich will er nicht.« Sie nickte in Richtung des Transporters. »Er will Mary.«

Obwohl Laura die Heizung ganz aufgedreht hatte, heulte

nach wie vor ringsum der Wind herein, und es war ungemütlich kalt im Wagen. Aber sonst war nichts zu machen. Nichts, außer diesen Transportbus mit den kaputten Rücklichtern in Sichtweite zu behalten. Früher oder später würde Mary anhalten müssen, um zu tanken. Sie würde müde, hungrig und durstig werden. Sie würde von der Straße herunterfahren müssen. Früher oder später. Aber wenn es soweit war ... ja, was dann?
Laura überprüfte ihre eigene Benzinanzeige. Nicht ganz ein halber Tank. Falls sie als erste anhalten müßte, dann würde Mary auf Nimmerwiedersehen davonfahren. Vielleicht würde sie auch von der Autobahn abfahren und sich zu verstecken versuchen, bis Laura sie ganz bestimmt nicht wiederfände. Aber Mary hatte nur *ein* Ziel, *ein* Interesse, von dem sie noch über zweitausend Meilen trennten, und wer wußte, was auf dieser fürchterlich langen Strecke alles passieren konnte?
»Ich will hier raus«, sagte Didi. »Ich werde nicht mit Ihnen kommen.«
Laura, deren Nase von getrocknetem Blut verstopft war und deren verletzte Wange allmählich blauschwarz wurde, blieb stumm.
»Ich werde nicht mit Ihnen kommen!« wiederholte Didi. »Ich schwöre es bei Gott!«
Laura gab keine Antwort. Sie hatte heute nacht mit angesehen, wie ein Mensch ermordet wurde. Sein Blut war überall auf ihrer Handtasche, der Geruch des Todes hing im Wagen, und sie spürte, wie das Grauen dessen, was sie erlebt hatte, ihr Bewußtsein zu vereinnahmen begann, sie von ihrem selbstgesteckten Ziel ablenkte. Darum tat sie das einzig Mögliche: Sie verbannte die Erinnerung an Edward Fordyce' zuckenden Körper dorthin, wo sie sich nicht so leicht wieder hervorrufen ließ. Laura durfte jetzt nur an eines denken: an David in dem Transporter fünfzig oder sechzig Meter vor

ihr. An Mary Terror hinter dem Steuer. Daran, daß sie gefährlich und bewaffnet war. An die zweitausend Meilen zwischen ihr und einem Mann, der Jack Gardiner sein konnte oder auch nicht.

»Ich will raus! An der ersten Tankstelle!«

Binnen weniger Minuten kamen sie an einer vorbei. Sie war hell erleuchtet.

Der Transporter fuhr mit einer konstanten Geschwindigkeit von fünfundsechzig Meilen pro Stunde weiter.

Didi schwieg und hielt sich die Ohren zu, um das schrille Geheul des Windes nicht hören zu müssen.

Irgendwo wirst du anhalten, dachte Laura. *Vielleicht nach zehn Meilen. Vielleicht nach fünfzig. Aber du wirst anhalten, und wenn, dann bin ich direkt hinter dir.*

Ihr Blick fiel auf die Automatik, die Didi auf den Sitz gelegt hatte. Auf dem Griff war ein angetrockneter braunroter Streifen. Dann konzentrierte sich Laura wieder auf die kaputten Rückleuchten und verdrängte den Gedanken, wie sie David nur an sich bringen könne, ohne daß Mary Terror ihm eine Kugel durch den Kopf jagte.

Nur mit Mühe unterdrückte sie die Tränen. Ihr Gesicht fühlte sich an wie über heißes Eisen gespanntes Leder. Tränen würden den Schmerz nicht lindern und ihr auch nicht helfen, David lebend zurückzubekommen. Jedenfalls waren geschwollene Augen das, was ihr gerade noch fehlte.

»Sie sind verrückt«, sagte Didi noch einmal. Eine letzte Bemerkung: »Werden uns beide umbringen, und das Baby dazu.«

Laura gab keine Antwort, aber die Bemerkung war in sie eingedrungen wie ein Dorn. Sie konzentrierte sich darauf, den Abstand zu dem Transporter bei ungefähr fünfzig Metern zu halten. Hatte keinen Sinn, Mary kopfscheu zu machen. Gib ihr einfach das Gefühl, dort vorn mit ihren zwei Kanonen und dem Kind, das sie »Drummer« nennt, sicher zu sein.

Es würde als »David« aufwachsen, und wenn sie Kopf und Kragen dafür riskieren müßte. Das schwor sich Laura.

Während der Transportbus und der BMW – beide von ihrem ersten Zusammentreffen ramponiert – auf der Autobahn westwärts fuhren, warf Mary Terror einen Blick auf die Benzinanzeige und sah ständig in den Rückspiegel, um den Abstand zu Lauras Wagen zu kontrollieren. Drummers Geschrei verstummte allmählich, und mit leiser, entrückter Stimme begann Mary *Light My Fire* zu singen. Ihr Blick fiel wieder auf die Scheinwerfer des BMW.

Ja, dachte sie, *fahr mir nur nach. Fahr mir nach, damit ich dich kaltmachen kann.*

Die beiden Fahrzeuge setzten ihren Weg fort.

Etwa dreißig Minuten später zog Earl van Diver hinten an der Autobahnauffahrt die letzte Schraube fest und ließ die Luft aus dem aufblasbaren Wagenheber. Er trug eine schwarze Wollmütze und einen grünbraungemusterten Tarnanzug, und sein knochiges Gesicht war zerkratzt. Dann legte er seine Werkzeuge wieder in den Kofferraum – jedes an seinen Platz, genau wie sein Scharfschützengewehr, die dazugehörenden Munitionsschachteln und die *SuperSnooper*-Abhöranlage, die dort verstaut waren – und nahm ein handtellergroßes schwarzes Kästchen heraus, das er mit Klebstreifen unter seinem Armaturenbrett befestigte. Er führte einen Stromstecker in den Zigarettenanzünder, ließ den Motor an und betätigte einen Schalter an dem schwarzen Kasten. Ein blaues Lämpchen blinkte, aber eine Zahlenanzeige erschien noch nicht. Auf der Heckscheibe des Buick befand sich eine Antenne, ähnlich der eines Autotelefons, aber für einen anderen Zweck. Van Diver steckte den Anschluß in den schwarzen Kasten. Immer noch keine Anzeige, aber das war in Ordnung. Erst auf vier Meilen Abstand würde sein Ortungsgerät das Signal des Magnetsenders auffangen, den er in den rechten Vorderreifen von Mary Terrors Transport-

bus eingebaut hatte – eine Vorsichtsmaßnahme für genau so einen Fall wie diesen.
Unter dem Fahrersitz befand sich ein Versteck, wo van Diver seine Browning-Automatik ebensoschnell verschwinden lassen wie herausziehen konnte. Sie bekam noch viel zu tun, bevor er mit Mary Terror fertig war.
Und falls ihm die beiden anderen Weiber in die Quere kamen, waren auch sie tot.
Earl van Diver setzte von der Böschung, an der sein Buick liegengeblieben war, wieder auf die Straße zurück und bog dann auf die Autobahn. Westwärts, nach Kalifornien, dachte er. Auf der Suche nach Jack Gardiner. Es war alles auf Band. Das drahtlose *SuperSnooper*-Abhörgerät, das er in einer getöpferten Vase in Bedelia Morse' Wohnzimmer versteckt hatte, hatte ihre Stimmen eingefangen. Nach Kalifornien sollte es also gehen, dem Land der Spinner und der Schwulen.
Ein guter Platz, um einem Alptraum den Garaus zu machen.
Die Tachonadel des Buick blieb beständig zwischen siebzig und fünfundsiebzig, und der Asphalt sang unter dem neuen Reifen. Van Diver, ein Scharfrichter mit einer lange herbeigesehnten Mission, raste seinem Ziel entgegen.

TEIL VI

Im Sturm

1

Happy Herman's

An einem zinnfarbenen Himmel ging die Sonne auf, und die Warnlampe an der Benzinstandsanzeige des BMW hatte zu blinken begonnen. Laura versuchte, nicht darauf zu achten – versuchte, sie durch pure Willenskraft zum Verschwinden zu bringen –, doch das Lämpchen blinkte hartnäckig.

»Benzin wird knapp«, sagte Didi über das Heulen des Windes.

Die fröhlich schnurrende Heizung wärmte den beiden Frauen Füße und Beine, während ihnen ab der Taille eiskalt war. Das gute daran war allerdings, daß dadurch und durch das geisterhafte Geschrei des Windes weder Laura noch Didi schläfrig werden konnten. Didi behielt ihre Hände in den Taschen, aber Laura mußte ständig eine ihrer eiskalten Hände vom Lenkrad nehmen und sie auf und zu machen, um die Durchblutung wieder anzuregen. Etwa fünfzig bis sechzig Meter vor ihnen fuhr der olivgrüne Transportbus. Der Verkehr auf der Autobahn war inzwischen lebhafter geworden: Lastzüge donnerten trotz der Geschwindigkeitsbeschränkung an ihnen vorbei und verschwanden in der Ferne, und vor vielleicht zwanzig Minuten hatte Laura auf der Gegenfahrbahn einen Streifenwagen mit Blaulicht gesehen. Ob sein Anblick Mary Terror genauso erschreckt hatte wie sie? Der Himmel vor Marys Transporter war immer noch dunkel und unheilkündend, so als würde die Nacht sich nicht von den Ufern der Dämmerung zurückziehen wollen.

»Tank ist fast leer«, sagte Didi. »Hören Sie?«

»Ich höre.«
»Und was gedenken Sie jetzt zu tun? Warten, bis wir die Scheißkarre schieben müssen?«
Laura gab keine Antwort. Sie wußte wirklich nicht, was sie tun würde; das hier war eine Situation, die spontan gelöst werden müßte. Wenn sie als erste an eine Tankstelle fuhr, würde Mary Terror vielleicht bei nächstbester Gelegenheit die I-94 verlassen; wenn sie noch viel länger wartete, würde das Benzin ausgehen und sie blieben stehen.
Das Schmettern einer Preßlufthupe ließ Laura fast aus dem Sitz springen, und Didi schrie auf. Sie riß das Lenkrad nach rechts, zurück auf die Fahrspur, von der sie abgekommen war, und der Lastzug, der sich wie ein mächtiges Ungetüm unmittelbar hinter ihr befand, donnerte vorbei.
»Leck mich am Arsch!« schrie Didi und zeigte dem Fahrer des Lastzuges den Mittelfinger.
Lauras Herz fing heftig zu pochen an.
Mary Terror senkte ihre Geschwindigkeit und lavierte zu einer Ausfahrt hin, die rund eine Viertelmeile voraus lag.
Laura blinzelte. Wandelte sie da nun wieder in neurotischen Traumgefilden oder nicht?
Am Himmel war eine Erscheinung. Ein Symbol von hohem Karma, wie Mark Treggs vielleicht gesagt hätte. Neben der Autobahn standen auf Stelzen ein gigantisches lächelndes Mondgesicht und ein Schild mit der Aufschrift: HAPPY HERMAN'S! BENZIN! WARME SPEISEN! LEBENSMITTEL! NÄCHSTE AUSFAHRT!
O ja, dachte Laura. Dorthin würde Mary Terror fahren. Vielleicht brauchte sie ja Benzin. Vielleicht brauchte sie etwas, um sich wach zu halten. Jedenfalls war Happy Hermans Smiley-Gesicht ein Leuchtturm, der Mary Terror von der Autobahn herunterzog.
»Wo will sie denn hin?« fragte Didi aufgeregt. »Sie fährt ja ab!«

»Ich weiß.« Laura bog auf die rechte Fahrspur. Dort vorn kam die Ausfahrt. Mary Terror scherte ein und nahm eine lange Rechtskurve, während Laura die Geschwindigkeit ihres BMW drosselte, um ihr zu folgen.

Happy Herman's lag linker Hand. Es war eine aus gelben Hohlziegeln erbaute Kombination von Lebensmittelgeschäft, Hamburger-Lokal und Tankstelle mit Zapfsäulen, an denen man sich wahlweise selbst bedienen oder bedienen lassen konnte. An den Dieselsäulen standen ein, zwei Lastzüge, und ein Kleinbus mit einem Kennzeichen aus Ohio wurde von seinem Fahrer gerade mit Super-bleifrei aufgetankt. Mary Terror fuhr mit ihrem Wagen unter eine gelbe Kunststoffmarkise. Als seine Vorderreifen einen Gummischlauch überrollten, der quer über den Beton verlief, schrillte eine Klingel. Mary hielt vor den Zapfsäulen, an denen man bedient wurde, und brachte ihren Tankdeckel auf gleiche Höhe mit einem Schlauch für verbleites Normalbenzin. Dann saß sie einfach da und beobachtete im Außenspiegel, wie der BMW, der sie verfolgte, an die zehn Meter entfernten Selbstbedienungssäulen fuhr. Laura Clayborne stieg aus. Die eine Hälfte ihres Gesichts war blau angelaufen und verschwollen und ihr Haar windzerzaust. Hatte sie etwa einen Revolver in der Hand? Mary sah, wie die Frau auf den Transporter zukam, und dann erschien das zerknitterte Gesicht eines Mannes am Fenster. Er klopfte gegen die Scheibe, und Mary beäugte ihr eigenes Gesicht rasch im Rückspiegel, um sich zu vergewissern, daß sie mit Spucke und Fingernägeln Edwards Blut vollständig entfernt hatte. Am Haaransatz klebte noch ein Restchen, aber das mußte gehen. Sie kurbelte die Scheibe herunter. »Volltanken?« fragte der Mann. Er trug eine gelbe, ölverschmierte *Happy-Herman*-Mütze und kaute energisch an einem Zahnstocher.

Mary nickte. Der Mann entfernte sich von ihrem Fenster, und Mary starrte Laura an, die keine drei Meter weit weg stand. Ihre Hände waren leer; kein Revolver. Hinter ihr tankte Didi gerade den BMW auf. Laura trat zwei Schritte näher und blieb stehen, als Mary ihren in eine weiße Decke gehüllten Arm auf den Fensterrahmen legte. Die Decke gehörte dem Baby. Sie war blutbespritzt, und heraus lugten knapp zehn Zentimeter eines Revolverlaufs.

Beim Anblick der blutfleckigen weißen Decke verharrte Laura wie hypnotisiert. Sie konnte ihre Augen nicht davon losreißen und spürte, wie eine heiße Woge der Übelkeit in ihr aufstieg. Dann plötzlich tauchte Marys anderer Arm auf, und Laura erblickte David. Da war er, wirklich und leibhaftig, und saugte an einem Schnuller. Der Lauf des Revolvers bewegte sich ein paar Zentimeter auf den Kopf des Babys zu.

Der Zapfsäulenmotor brummte, und klickend kletterte die Zahlenanzeige.

Mary spürte die Rückkehr des Tankwarts bereits, bevor er neben ihr stand. Sie ließ ihren Arm neben sich herabgleiten und lehnte den Revolver an ihren Oberschenkel. Der Mann lugte zu ihr herein. Sein Blick blieb ein, zwei Sekunden an dem Baby hängen, und dann sagte er: »Irgend jemand hat was gegen Sie.«

»Wie?«

Er bohrte mit seinem Zahnstocher in einem Backenzahn. »Haben Löcher hinten in Ihrem Wagen. Von Pistolenkugeln. Irgend jemand hat was gegen Sie.«

»Ich habe ihn bei einer staatlichen Auktion gekauft«, antwortete Mary mit ausdruckslosem Gesicht. »Sein Vorbesitzer war ein Drogenhändler.«

Während der Zahnstocher in seinem Mund sich ununterbrochen bewegte, starrte der Mann sie an. »Oh«, sagte er, sprühte dann Fensterreiniger auf die Windschutzscheibe und begann sie mit einem Schwamm abzuwaschen. Das Benzin floß in der Zwischenzeit weiter.

Laura Clayborne war verschwunden.
Sie stand in der feuchtkühlen Damentoilette, wo es keine lächelnden Mondgesichter gab und nichts gelb war außer der Spülung. Bei einem Blick in den Spiegel sah sie eine Maske der Furcht. Dann hielt sie schnell ein paar Papiertücher unter den Wasserhahn, ließ sie sich vollsaugen und reinigte ihre von Blut verstopften Nasenlöcher. Als sie ihr Gesicht berührte, schossen ihr Stöße von Schmerz durch die Wangenknochen. Nach Beendigung ihrer Arbeit war ihr Blick von Tränen getrübt. Sie knüllte die blutigen Papiertücher zusammen, ließ sie in den Abfallkorb fallen und erleichterte dann ihre Blase. Auch zwischen ihren Beinen entdeckte sie eine dünne Blutspur: Earl van Divers Knie hatten die Nähte wieder aufgerissen. Als sie fertig war, ging Laura in die Kälte hinaus und sah, wie Mary Terror – die Umhängetasche über ihrem Arm und wahrscheinlich mit beiden Pistolen darin – David in das Lebensmittelgeschäft trug.
Inzwischen hatte der Tankwart seine Arbeit erledigt. Laura ging zu dem verlassenen Transportbus und öffnete die Fahrertür. Mary Terrors Geruch hing darin – ein schweres, animalisches Aroma. Natürlich steckten keine Zündschlüssel. Laura griff unter das Armaturenbrett und schnappte sich eine Handvoll Drähte. Ein ordentlicher Ruck, und ... und was, fragte sie sich. Die Situation bliebe dieselbe. Gut möglich, daß der Wagen nicht ansprang, aber Mary hätte immer noch David, hätte immer noch ihre Schußwaffen und könnte ihn immer noch töten, sobald die Polizei eintraf. Was also hätte es für einen Sinn, den Wagen lahmzulegen, wenn David dabei sterben würde?
Sie ließ die Drähte los. »Verdammt!« sagte sie leise.
Sie sah hinter die Vordersitze. Im Stauraum des Busses lagen Koffer und ein paar große Papiertüten. Als Laura sie durchsuchte, fand sie Dinge wie Kartoffelchips, Kartons mit

Plätzchen und Gebäck, eine Packung Pampers, etwas Babynahrung sowie Pappbecher und eine halbvolle Pepsiflasche. Reiseproviant, dachte sie. Lebensmittel, die Edward Fordyce und Mary für unterwegs gekauft hatten. Außerdem fanden sich noch ein Kopfkissen und eine Wolldecke in dem Durcheinander. Laura nahm sich die Decke, eine der Tüten voll Eßbarem, auch wenn es nicht besonders nahrhaft war, dazu die Becher und die Pepsi. Windeln und Babynahrung ließ sie, wo sie waren. Dann fiel ihr noch etwas ins Auge: Ein Schnuller, der auf dem Beifahrersitz lag. Sie schnappte ihn sich und hatte eigentlich vor, ihn zu behalten. Der Speichel ihres Babys hing daran – Davids Aroma! Aber nein. Wenn David keinen Schnuller hatte, dann könnten Mary Terror bei seinem Geschrei die Nerven durchgehen, und dann ...

Laura legte den Schnuller wieder hin. Vielleicht war es das Schwerste, was sie je zu tun hatte.

Sie schleppte ihre Beute zum Wagen. Und in diesem Moment fiel ihr auf, daß der Tankdeckel geschlossen, der Benzinschlauch eingehängt und Bedelia Morse verschwunden war.

Während Mary Terror im Laden ihr Benzin, eine Schachtel mit Aufputschtabletten, eine große Flasche voll reinem Wasser und eine Packung Müllbeutel bezahlte, beobachtete sie Laura beim Plündern ihres Transporters. Wird Motor oder Reifen nicht anrühren, dachte sie. Miststück weiß ganz genau, was dann passieren würde.

»Ist das alles?« fragte die Kassiererin.

»Ja, ich glaub –« Sie stockte. Neben der Kasse befand sich eine Glasschüssel. Auf der Glasschüssel stand mit schwarzem Markierstift: *Don't Worry! Be Happy!* Und in der Schüssel lagen Hunderte von kleinen gelben Smiley-Ansteckern. Ohne das Schild und das Gefühl, unter diesem Zeichen unbesiegbar zu sein, hätte Mary gar nicht hier angehalten.

Ihr Glaube hatte sich bestätigt. Laura Clayborne konnte ihr nichts antun. »Wieviel kostet so eines?«
»Vierteldollar das Stück.«
»Dann nehm ich eines«, antwortete Mary. »Und eines für mein Baby.« Sie befestigte das Smiley-Gesicht an dem hellblauen Pulli, den sie Drummer in New Jersey gekauft hatte, und steckte sich das zweite an ihren eigenen Pullover, gleich neben ein paar winzige Spritzer, die sie jetzt erst bemerkte. Sie sahen aus wie getrockneter Haferschleim, stammten in Wirklichkeit aber von Edwards Gehirn.
»Jemand was passiert?« fragte die Frau, als die Rechnung bezahlt war, und betrachtete dabei voller Abscheu die Flekken auf der Decke, in die Drummer eingehüllt war.
»Nasenbluten.« Die Antwort kam wie geschmiert. »Das krieg ich immer bei Kälte.«
Die Kassiererin nickte und verstaute Marys Einkäufe in eine Papiertüte. »Bei mir sind's die Fußknöchel. Sie schwellen mir, daß meine Beine aussehn wie zwei Baumstämme, die ums Haus laufen. Grad jetzt ist's wieder soweit.«
»Tut mir leid«, antwortete Mary.
»Bedeutet, daß ein Unwetter im Anzug ist«, sagte die Frau. »Laut Wetterbericht war ja im Westen drüben die Hölle los.«
»Das glaub ich gern. Schönen Tag noch.« Und die Tüte unter dem einen Arm, ihren kleinen Schützling im anderen, ging Mary zu ihrem Wagen hinaus. Sie mußte pinkeln, aber da sie das Auto nicht aus den Augen lassen wollte, blieb ihr nichts anderes übrig, als auszuharren bis zur Verzweiflung. Sie stellte Drummers Korbwiege vor den Beifahrersitz und sah dann rasch nach, was Laura gestohlen hatte. Eine Tüte voll Lebensmitteln und die Decke. Nicht der Rede wert, befand Mary, während sie die neuen Vorräte und ihre Umhängetasche im Heck verstaute. Dann zog sie den Revolver aus der Tüte, legte ihn unter den Fahrersitz, nahm

zwei Aufputschtabletten mit einem Schluck aus der Wasserflasche und rutschte hinter das Lenkrad. Als sie den Schlüssel ins Zündschloß steckte, sprang mit einem herzhaften Grollen der Motor an.
Dann sah sie zu dem BMW und Laura Clayborne hinüber, die daneben stand. Die Frau starrte sie an.
Ihr Gesicht gefiel Mary nicht, und sie erinnerte sich an deren Worte: *Alles, was Sie sagen und tun, ist eine Lüge.*
Mary griff unter ihren Sitz, zog den Colt hervor und spannte den Hahn. Mit ruhiger Hand richtete sie den Lauf auf Lauras Herz.
Laura sah den stumpfen Glanz des Revolvers. Sie hielt erschrocken die Luft an, und die scharfe Kälte fuhr ihr in die Nasenlöcher. Es war zu spät, um irgend etwas zu unternehmen, und Lauras Körper spannte sich in Erwartung des Schusses.
Da plötzlich begann das Baby zu schreien. Es hatte Hunger. Mary entdeckte im Außenspiegel einen Wagen, der an die Zapfsäulen hinter ihr fuhr, und zwar nicht irgendeinen. Er gehörte der Autobahnstreife von Michigan. Sie senkte den Revolver und ließ den Hahn langsam wieder los. Dann fuhr sie, ohne Laura noch eines Blickes zu würdigen, von den Zapfsäulen davon und bog wieder auf die Straße, die zur I-94 führte.
Laura sah sich verzweifelt nach Didi um. Die Frau war nirgendwo zu sehen. Sie ist abgehauen, dachte Laura. Zurück in die graue Welt voll falscher Namen und Gesichter. Laura konnte nicht länger warten, sonst würde Mary Terror noch entkommen. Sie stieg in ihren Wagen, ließ den Motor an und wollte schon davonfahren, da rief eine Frauenstimme: »He! Hallo, Sie da! Anhalten!«
Die Kassiererin war nach draußen gekommen, und der Staatspolizist, ein Baum von einem Mann mit einem Smokey-der-Bär-Hut, widmete seine volle Aufmerksamkeit dem

BMW. »Sie haben Ihr Benzin nicht bezahlt!« brüllte die Frau.
Oh Scheiße, dachte Laura, legte wieder die Bremse ein und griff auf den Rücksitz, wo sie ihre Handtasche hatte liegenlassen. Nur war ihre Handtasche gar nicht da. Sie sah aus dem Augenwinkel, wie der Streifenpolizist auf sie zukam, und voll Empörung, daß sie ins Kalte hinausmußte, war auch die Kassiererin im Anmarsch. Der Polizist war schon fast bei ihr, da merkte Laura, daß die *Charter-Arms*-Automatik noch gut sichtbar vor dem Fahrersitz lag. Wo steckte nur diese verdammte Handtasche? Ihr ganzes Geld, ihre Kreditkarten, ihr Führerschein: alles verschwunden.
Das war Didis Werk, dachte sie.
Laura hatte gerade noch Zeit, die Automatik unter den Sitz zu schieben, da schaute der Polizist zu ihr herein. Sein Blick unter dem breitrandigen Hut wirkte hart. »Ich glaube, Sie haben noch Schulden«, sagte der Mann mit einer Stimme, die sich anhörte, als ob jemand Kies schaufeln würde. »Wieviel, Annie?«
»Vierzehn Dollar, zweiundsechzig Cent!« sagte die Kassiererin. »Hat einfach versucht abzuhauen, Frank!«
»Stimmt das, Lady?«
»Nein! Eine –« Beiß dich hier raus, dachte sie. Mary Terror war sonst weg. »Eine Freundin von mir hat meine Handtasche genommen. Sie muß hier irgendwo sein.«
»Nicht grade 'ne tolle Freundin, was? Ich schätze, das bedeutet, Sie haben auch keinen Führerschein?«
»Er steckt in meiner Handtasche.«
»Dacht ich's mir doch!« Der Polizist betrachtete die Windschutzscheibe, und Laura wußte, daß er das dort eingeritzte *Go home* registrierte. Dann betrachtete er wieder ihre blau geschwollene Wange und sagte nach ein paar Sekunden Überlegung: »Ich glaube, Sie steigen besser aus.«
Es hatte keinen Zweck, zu bitten oder Einwände zu machen.

Der Polizist trat ein paar Schritte zurück, und seine Hand legte sich auf die Hüfte, nicht weit von dem großen perlmuttverzierten Revolvergriff, der aus einem schwarzen Halfter hervorschaute. Mein Gott! dachte Laura. Vielleicht hält er mich noch für *gefährlich!* Und sie stellte den Motor ab, um auszusteigen.

»Gehen Sie bitte zu meinem Wagen!« sagte der Polizist – ein kurzer, bündiger Befehl.

Als nächstes würde er wohl nach ihrem Namen fragen, dachte Laura, während sie gehorchte. Der Beamte zögerte noch kurz, um sich das Nummernschild einzuprägen, und folgte ihr dann. »Georgia«, sagte er. »Da sind Sie aber weit weg von zu Hause, was?«

Laura gab keine Antwort. »Wie heißen Sie?« fragte er. Wenn sie ihm einen falschen Namen nannte, würde er es bald herausfinden. Ein einziger Funkspruch zur Überprüfung des Nummernschilds, und er wüßte Bescheid. Zur Hölle damit! Mary ging ihr durch die Lappen!

»Ihren *Namen* bitte!«

Widerstand war zwecklos. Sie sagte: »Laur–«

»Was ist denn los, Schwester?«

Beim Klang der Stimme blieb Laura stehen wie angewurzelt. Sie sah nach links, und dort war Didi. Die Handtasche über der Schulter und mit einer Tüte voll Knabbergebäck in ihren Händen stand sie da, als könnte sie kein Wässerlein trüben. »Irgendwas nicht in Ordnung?«

Der Polizist warf ihr einen stechenden Blick zu. »Kennen Sie diese Frau?«

»Klar. Ist doch meine Schwester. Was gibt's für Probleme?«

»Sie hat versucht, für vierzehn Dollar und zweiundsechzig Cent Benzin zu stehlen, das ist das Problem!« versetzte die Kassiererin, der in der bitteren Kälte ihre geschwollenen Knöchel weh taten und deren Atem eine Dampfwolke bildete.

»Oh, da ist das Geld. Ich bin nur mal dort rübergegangen und hab uns was zum Frühstücken gekauft.« Didi nickte in Richtung des Hamburger-Lokals von *Happy Herman's*, an dem ein Schild das spezielle Fernfahrerfrühstück anpries: Würstchen mit Biskuits. Sie zog die Brieftasche heraus und zählte einen Zehner, vier Ein-, zwei Vierteldollar und zwei Zehncentstücke ab. »Den Rest können Sie behalten«, sagte sie, während sie der Kassiererin das Geld hinstreckte.

»Hören Sie, es tut mir leid.« Die Frau setzte ein nervöses Lächeln auf. »Ich hab Sie anfahren sehen, und da hab ich mir gedacht ... es kommt nun mal vor.« Sie nahm das Geld.

»Oh, ich schätze, sie hat nur den Wagen umgeparkt. Ich mußte mal in den Waschraum, und wahrscheinlich wollte sie, daß ich gleich dort einsteige.«

»Tut mir leid«, sagte die Kassiererin noch einmal. »Frank, ich komme mir vollkommen idiotisch vor. Und Sie, nichts für ungut und geben Sie auf das Wetter acht!« Damit ging sie, zitternd in dem eisigen Wind, wieder in den Laden.

»Na, alles startklar?« wandte sich Didi mit fröhlicher Stimme an Laura. »Ich hab uns Kaffee und ein bißchen was zwischen die Kiemen besorgt.«

Laura sah den Schimmer der Angst tief in Didis Augen. *Du hast abhauen wollen, stimmt's?* dachte sie und antwortete knapp: »Ich bin soweit.«

»Einen Augenblick!« Der Streifenpolizist verbaute ihnen den Weg. »Lady, es geht mich vielleicht nichts an, aber Sie sehen aus, als hätte Ihnen jemand höllisch eins reingehaun.«

Eine Pause trat ein, und das Schweigen dehnte sich. Dann sagte Didi: »Das stimmt auch. Ihr Ehemann, wenn Sie's genau wissen wollen.«

»Ihr Ehemann? Der hat *das da* getan?«

»Meine Schwester und ihr Mann haben mich besucht, und

gestern abend ist er übergeschnappt und hat sie geschlagen. Jetzt sind wir zu unserer Mutter in Illinois unterwegs. Sie hat dort ein Haus. Der Dreckskerl ist mit einem Hammer auf den neuen Wagen meiner Schwester los, hat ein Fenster herausgehauen und auch die Windschutzscheibe zerkratzt.«

»Jesus!« Die Härte in den Augen des Polizisten war verschwunden. »Manche Männer können echt Schweine sein, wenn Sie entschuldigen. Vielleicht sollten Sie einen Arzt rufen?«

»Unser Vater *ist* Arzt. In Joliet.«

Laura hätte vielleicht gelächelt, aber sie hielt es vor Angst kaum noch aus. Didi machte das gut; sie hatte viel Übung in solchen Dingen.

»Was dagegen, wenn wir jetzt losfahren?« fragte Didi.

Der Beamte kratzte sich am Kinn und starrte auf die dunklen Wolken im Westen. Dann sagte er: »Es sind nicht alle Männer Schweinehunde. Gestatten Sie, daß ich Ihnen helfe.« Er ging zu seinem Wagen, machte den Kofferraum auf und brachte eine durchsichtige blaue Plastikplane zum Vorschein. »Gehen Sie dort rein, und besorgen Sie mir ein bißchen Klebeband«, sagte er zu Didi und deutete dabei auf das Lebensmittelgeschäft. »Es liegt hinten im Metallwarenregal. Sagen Sie Annie, sie soll's Frank auf die Rechnung setzen.«

Und Didi gab Laura die Frühstückstüte, um sich mit schnellen Schritten zu entfernen. Laura hätte am liebsten losgeschrien, aber sie riß sich zusammen; mit jeder Sekunde fuhr Mary Terror weiter weg. Frank zog unterdessen ein Taschenmesser heraus und begann, ein ziemlich großes Viereck aus blauem Plastik zurechtzuschneiden. Als Didi mit dem silberfarbenen Klebeband zurückkehrte, sagte er: »Ist noch weit bis nach Joliet. Sie müssen sich warm halten, Ladys«, und er öffnete die Tür des BMW, um über den Fahrersitz zu rutschen, unter dem die Pistole lag, und das Stück Kunststoff am Fensterrahmen zu befestigen. Er machte seine Arbeit ordentlich und klebte einen Streifen Silberband über den anderen, bis das Plastik fest an Ort und Stelle gehalten wurde. Während er so seinen Job erledigte, ging Laura nervös auf und ab und trank ihren Kaffee schwarz. Didi hingegen verfolgte alles mit Interesse. Dann kam Frank wieder aus dem Wagen heraus. »Das wär's!« verkündete er. »Hoffe, Sie haben keine weiteren Schwierigkeiten.«

»Das hoffen wir auch«, antwortete Didi und stieg in den Wagen, während Laura sich noch nie mit soviel Dankbarkeit hinter ein Steuer gesetzt hatte.

»Fahren Sie vorsichtig!« mahnte Frank und winkte dem zusammengeflickten BMW hinterher. Er sah zu, wie der Wagen beschleunigte, um auf die westwärts führende Fahrbahn der I-94 zu biegen. Komisch. Die Lady aus Georgia hatte doch von ihrer »Freundin« geredet. Warum hatte sie nicht gesagt, ihre Schwester habe die Handtasche genommen? Na ja, Schwestern konnten schließlich auch Freundinnen sein, nicht wahr? Aber trotzdem ... wunderte ihn die Sache. War das einen Funkspruch wert, um das Fahrzeug identifizieren zu lassen, oder nicht? Hätte ihren Führerschein überprüfen sollen, fand er im nachhinein. Er war schon immer auf Unglücksgeschichten reingefallen. Na ja, laß sie fahren! Seine Aufgabe bestand darin, nach Rasern Ausschau zu halten, nicht malträtierten Ehefrauen Kummer zu machen. Er wandte sich ab und ging sich einen Kaffee holen.

»Eine Viertelstunde Vorsprung hat sie jetzt«, sagte Laura, während die Tachonadel über siebzig tanzte. »Das kommt davon.«

»Nein, nur dreizehn Minuten«, berichtigte Didi und fiel über eine Portion Würstchen mit Biskuits her.

Der BMW erreichte die Achtzigmeilenmarke. Laura überholte selbst die mächtigen Lastzüge. Zwar flatterte die Plastikplane ein wenig im Wind, aber Frank hatte gute Arbeit geleistet, und das Klebeband hielt. »Lieber nicht ganz so schnell«, sagte Didi. »Wenn wir von einer Polizeistreife angehalten werden und sie uns einen Strafzettel verpassen, nützt das auch nichts.«

Aber Laura behielt ihre Geschwindigkeit bei – jenseits der Achtzigmeilenmarke. Der Wagen, dessen Aerodynamik von der eingebeulten Beifahrertür gestört wurde, zitterte und bebte, während Lauras Blick in dem düsteren Zwielicht einen olivgrünen Transportbus suchte. »Warum sind Sie nicht abgehauen?«

»Bin ich doch.«

»Nein. Sie haben wieder umgedreht. Weshalb?«

»Ich hab gesehen, wie er Sie festnahm. Und ich hatte Ihre Handtasche. Ich wußte, daß es für Sie gleich aus wäre.«

»So? Warum haben Sie mich dann nicht einfach von ihm verhaften lassen und sich aus dem Staub gemacht?«

Didi kaute an der zähen Wurst und spülte sie mit einem Schlückchen heißem Kaffee hinunter. »Wo sollte ich denn hin?« fragte sie mit ruhiger Stimme.

Die Frage hing in der Luft. Es gab keine Antwort darauf. Und während im Osten wie ein flammender Engel die Sonne aufging, fuhr der BMW weiter, auf den stahlgrauen Westen zu.

2

Die schreckliche Wahrheit

Laura mußte ihre Geschwindigkeit wieder auf fünfundsechzig drosseln, als sie einen zweiten Wagen der Staatspolizei Richtung Osten vorbeifahren sah. Es war jetzt fast eine Stunde vergangen, und noch immer fehlte von Mary Terror jede Spur. »Sie ist abgebogen«, sagte Laura und hörte die Verzweiflung in ihrer Stimme. »Sie hat eine Ausfahrt genommen.«

»Vielleicht. Vielleicht auch nicht.«

»Würden *Sie* nicht auch das gleiche tun?« fragte Laura.

Didi überlegte. »Ich würde abfahren und mir irgendein Plätzchen suchen, wo ich warten kann«, antwortete sie. »Und dann, wenn Sie vorbei sind, könnte ich jederzeit auf die Autobahn zurück.«

»Glauben Sie, das hat sie getan?«

Didi sah geradeaus. Der Verkehr war lebhafter geworden, aber noch immer fehlte jede Spur von einem olivfarbenen Transportbus mit kaputten Rücklichtern. Vor ein paar Meilen waren sie an den Ausfahrten nach Kalamazoo vorbeigekommen. Wenn Mary Terror irgendeine von denen genommen hatte, dann würden sie sie nie wiederfinden. »Ja, das glaub ich«, antwortete Didi.

»Verdammt!« Laura schlug mit ihrer Faust auf den Lenker. »Ich wußte ja, wir würden sie verlieren, wenn wir sie nicht im Auge behalten! Was, zum Teufel, sollen wir jetzt tun?«

»Ich weiß nicht. *Sie* fahren.«

Und Laura fuhr weiter. Vor ihnen lag eine lange Kurve.

Vielleicht würden sie am anderen Ende den Transportbus entdecken. Die Geschwindigkeit wurde langsam wieder höher, und Laura zwang sich, etwas vom Gas herunterzugehen.
»Ich habe mich noch gar nicht bedankt, stimmt's?«
»Wofür?«
»Das wissen Sie schon. Dafür, daß Sie mit meiner Handtasche zurückgekommen sind.«
»Nein, ich denke, das haben Sie noch nicht.« Didi zupfte an einem ihrer kurzen, viereckigen Fingernägel; ihre Finger selbst wirkten so robust wie Werkzeuge.
»Dann tue ich es jetzt. Danke.« Sie warf Didi einen raschen Blick zu und richtete ihre Aufmerksamkeit dann wieder auf die Straße. Hinter ihnen schimmerte eine orangerote Sonne, während der Himmel vor ihnen einem dunklen Bollwerk glich. »Und vielen Dank auch dafür, daß Sie mir bei dieser Sache helfen. Schließlich *mußten* Sie mich nicht anrufen, als Mary zu Ihnen unterwegs war.«
»Fast hätte ich es auch nicht getan.« Sie betrachtete ihre Hände. Sie waren nie so hübsch gewesen wie die von Laura. Immer rauh, immer von der Arbeit gezeichnet. »Vielleicht bin ich es leid geworden, einer toten Sache treu zu bleiben. Vielleicht gab es so eine Sache ja nie. Die ›Sturmfront‹.« Sie grunzte höhnisch. »Wir waren Kinder mit Gewehren. Wir haben Dope geraucht, sind high geworden und haben geglaubt, daß wir dic Wclt verändern könnten. Nein, eigentlich nicht mal das. Vielleicht haben wir einfach die Macht genossen, Bomben zu legen und Gewehre abzudrücken. Verdammt!« Sie schüttelte den Kopf, und ihre Augen wirkten von Erinnerungen getrübt. »Das war eine verrückte Welt damals.«
»Sie ist immer noch verrückt«, meinte Laura.
»Nein, heute ist sie wahnsinnig. Das ist ein Unterschied. Aber auf dem Weg dorthin haben wir nachgeholfen. Wir sind zu den Leuten geworden, denen wir früher unseren Haß

erklärten. Haben über unsere Generation geredet und geredet.« Didi sprach mit einem leisen, versonnenen Tonfall.
Sie gelangten ans andere Ende der Kurve. Kein Transporter in Sicht. Vielleicht würden sie ihn ja auf dem nächsten Streckenabschnitt entdecken. »Was haben Sie jetzt vor?« fragte Laura. »Nach Ann Arbor können Sie nicht zurück.«
»Nein. Dabei hatte ich's mir dort so schön eingerichtet, verdammt! Ein hübsches Haus, eine tolle Werkstatt. Es ist mir gutgegangen. Hören Sie! Seien Sie mir still von diesem Thema, sonst wünsch ich Ihnen dafür die Pest an den Hals!« Sie schaute auf ihre Armbanduhr, eine alte Timex. Es war kurz nach sieben. »Man wird Edward entdecken. Hoffentlich nicht gerade Mr. Brewer. Er wollte mich immer mit seinem Enkel verkuppeln.« Sie seufzte schwer. »Edward. Den hat seine Vergangenheit eingeholt, nicht wahr? Und mich auch. Wissen Sie, Sie hatten ganz schön Nerven, mich so aufzuspüren. Ich kann's gar nicht fassen, daß Sie Mark dazu überredet haben, Ihnen zu helfen. Mark ist hart wie Granit.« Didi legte ihre Hand an das Stück Plastikplane und fühlte es flattern. Nun, da der Wind ausgesperrt war, sorgte die Heizung im Wageninnern für beständige Backofenhitze. »Danke, daß Sie Mark nicht mitgebracht haben«, sagte Didi. »Mein Haus wäre nicht der richtige Ort für ihn gewesen.«
»Ich wollte nicht, daß ihm etwas zustößt.«
Didi drehte ihren Kopf, um Laura anzustarren. »Sie haben ganz schön Mumm in den Knochen, was? Da so reinzuspazieren, wo doch Mary drin war. Ich dachte, weiß Gott, jetzt wären wir beide geliefert.«
»Ich hatte nur eines im Kopf: meinen Sohn zurückzubekommen. Alles andere interessiert mich nicht.«
»Und wenn Sie das nun nicht schaffen? Was dann? Würden Sie je wieder ein Kind bekommen?«
Laura zögerte einen Moment mit ihrer Antwort. Die Auto-

reifen sangen auf dem Asphalt, und ein Lastzug, der Holz geladen hatte, scherte vor ihr ein. »Mein Mann ... und ich sind fertig miteinander. Das steht für mich fest. Ich weiß nicht, ob ich je wieder in Atlanta leben möchte. Es gibt vieles, was ich einfach nicht weiß. Aber wahrscheinlich bringe ich auch das hinter mich, sobald ich –«

»Langsamer!« unterbrach Didi und beugte sich in ihrem Sitz nach vorn. Sie blickte auf etwas, das zum Vorschein gekommen war, als der Lastzug die Fahrspur wechselte. »Da! Sehen Sie's?«

Keine Spur von einem Transportbus. Laura fragte: »*Was* soll ich sehen?«

»Das Auto da vorn. Den Buick.«

Und da entdeckte ihn Laura. Einen dunkelblauen Buick, von dessen rechter Seite sämtlicher Lack abgeschürft und dessen hintere Stoßstange eingedrückt war. Der Wagen von Earl van Diver.

»Langsamer!« ermahnte Didi noch einmal. »Er darf uns nicht sehen. Sonst versucht dieses Dreckschwein glatt, uns von der Straße zu rammen.«

»Er ist doch hinter Mary her. Uns will er nicht.« Aber trotzdem verringerte Laura ihre Geschwindigkeit, blieb weit rechts und ließ dem Buick einhundert Meter Vorsprung.

»Ich traue niemandem, der in meiner Hörweite mit Revolvern schießt. Also irgendein FBI-Agent? Es war ihm gleichgültig, ob David getroffen würde oder nicht.«

Und das, dachte Laura, war die schreckliche Wahrheit. Earl van Diver machte Jagd auf Mary – nicht, um sie für ihre Verbrechen festzunehmen, sondern um sie zu erledigen, sie hinzurichten. Ob er dabei David umbrachte oder nicht, war ihm egal. Seine Kugeln galten Mary, aber solange Mary David hatte, konnte eine dieser Kugeln ebensogut ihn töten. Laura blieb weit hinter dem Buick und

sah ihn nach ein paar Meilen sich nach rechts einfädeln, zu einer Ausfahrt.
»Gott sei Dank!« sagte Didi. »Den wären wir los!«
Auch Laura schwenkte ab, um van Diver zu der Ausfahrt zu folgen. »Was, zum Teufel, machen Sie da?« empörte sich Didi. »Sie fahren doch nicht etwa ab, oder?«
»Genau das habe ich vor.«
»Wieso? Wir könnten Mary immer noch einholen!«
»Die läuft uns nicht davon«, erwiderte Laura. »Aber ich möchte nicht, daß dieser Bastard sie zuerst einholt. Falls er an einer Tankstelle stoppt, dann stehlen wir ihm die Schlüssel.«
»Ja, richtig! *Sie* stehlen ihm die Schlüssel! Verdammt, Sie fordern es doch geradezu heraus, daß man sie abknallt!«
»Das werden wir ja sehen«, erwiderte Laura und bog unmittelbar nach van Divers Wagen in die Ausfahrt ein.
In seinem Buick behielt Earl van Diver den Bildschirm unter dem Armaturenbrett im Auge. Ein rotes Blinklicht signalisierte eine Magnetpeilung, und auf der Anzeige stand: SSW 208 2,3 – Himmelsrichtung, Position und die Meilen zwischen Empfangsgerät und Sender. Als er aus der Kurve fuhr, sah er die Anzeige auf SW 196 2,2 umschalten und folgte der Landstraße an einem Schild mit der Aufschrift LAWTON, 3 MEILEN vorbei Richtung Süden.
»Er hält gar nicht zum Tanken an«, sagte Didi. Van Diver war geradewegs zwischen einer Shell-Tankstelle auf der einen und einer Exxon-Tankstelle auf der anderen Seite durchgefahren. »Er nimmt die Touristenstraße.«
»Weshalb ist er dann von der Autobahn runter? Wenn er über Leichen geht, nur um Mary zu schnappen, weshalb ist er dann von der Autobahn runter?« Laura hielt sich ständig hinter einem Pkw und einem Pritschenwagen, während sie ihm folgte, und sah nach etwa zwei Meilen ein blaues Gebäude mit einem grell orangefarbenen Dach zu ihrer Linken.

Ein Schild daran verkündete INTERNATIONALES PFANNKUCHENHAUS. Die Bremslichter des Buick leuchteten auf, der Blinker wurde eingeschaltet, und van Diver bog auf den Parkplatz der Gaststätte.

Sein grinsendes Gesicht zuckte. Auf dem Parkplatz stand zwischen einem schrottreifen Olds und einem großen *Michigan-Power*-Transporter der olivgrüne Bus, dessen linke Seite zerkratzt und zerbeult war. Van Diver fuhr mit seinem Buick in eine Parklücke dicht neben dem Gebäude, von wo er den Ausgang im Auge behalten konnte, stellte den Motor ab und schaltete den Bildschirm, auf dem NNE 017 0,01 stand, aus.

Nah genug, dachte er.

Er zog sich die schwarzen Handschuhe über seine langen Finger. Dann holte er die Browning-Automatik unter seinem Sitz hervor, entsicherte sie mit einem leisen »Klick!«, legte sie auf seinen rechten Oberschenkel und wartete. Seine dunklen Augen waren auf die Gaststättentür gerichtet. Nach ein paar Sekunden öffnete sie sich, und zwei Männer mit Mützen und blauen Parkas kamen heraus. Ihr Atem bildete eine Wolke in der frostigen Morgenluft, und sie gingen zu dem *Michigan-Power*-Lkw. Los, macht schon, dachte van Diver. Nach all den Jahren hatte er geglaubt, sich gedulden zu können. Aber seine Geduld war am Ende, und darum hatte er jenen übereilten Schuß getan, der Edward Fordyce in den Schädel traf statt Mary Terror.

Es prickelte ihm im Nacken. Er nahm instinktiv eine Bewegung links hinter sich wahr. Mit hämmerndem Herzen drehte er seinen Kopf in diese Richtung, und seine Hand mit der Browning hob sich ein Stück.

Er blickte in eine Pistolenmündung, die an die Scheibe gedrückt war, und dahinter stand die Frau, die er zum erstenmal in den Nachrichtensendungen aus Atlanta gesehen hatte und der er später in Bedelia Morse' Küche begegnet war.

Sie war keine Mörderin. Sie war Feuilletonjournalistin bei der CONSTITUTION in Atlanta und mit einem Börsenmakler verheiratet. Sie hatte bis zu der Entführung ihres Babys niemals herzzerreißende Qual verspürt. Sie hatte nie gelitten. Earl van Diver kannte dies alles und wog es innerlich ab, während er sich darauf vorbereitete, die Pistole nach oben zu führen und durch das Fenster auf diese Frau zu schießen. Sein Schuß wäre der schnellere, tödlichere, denn sie hatte nicht den Mut, einen Menschen kaltblütig zu ermorden.

Aber er tat es nicht. Er tat es nicht, weil er in Laura Claybornes geschwollenem Gesicht etwas sah: keine Hoffnungslosigkeit, kein Flehen, keine Schwachheit, sondern Wut und Verzweiflung – Gefühle, die er selbst nur allzugut kannte. Möglich, daß er den ersten Schuß abgeben würde, aber sie ganz bestimmt den zweiten. Da plötzlich – van Diver kam gar nicht mehr dazu, auf den Knopf für die Verriegelung zu schlagen – griff Bedelia Morse an Laura vorbei und öffnete die Tür. »Nehmen Sie die Pistole runter!« sagte Laura. Ihre Stimme klang hart und angespannt. Konnte sie diesen Kerl, wenn nötig, erschießen? Sie wußte es nicht, und sie hoffte bei Gott, daß sie es nicht herausfinden müßte. Van Diver saß einfach nur da und grinste sie mit seinem starren Gesicht an. Seine Augen waren dunkel und wachsam wie die einer Klapperschlange. »Runter mit dem Ding!« wiederholte Laura. »Auf den Boden!«

»Aber nehmen Sie vorher das Magazin raus!« fügte Didi hinzu.

»Ja. Tun Sie, was sie sagt!«

Van Diver betrachtete die Automatik in Lauras Hand. Laura hatte den Finger auf dem Abzug, und van Diver sah, daß sie ein wenig zitterte. Als er sich bewegte, zuckten beide Frauen zusammen. Er ließ das Magazin aus seiner Browning herausspringen, hielt es in seiner Handfläche und legte die

Waffe auf den Boden. »Nehmen Sie Ihre Schlüssel, und steigen Sie aus!« befahl Didi. Er gehorchte.
Laura warf einen Blick auf Mary Terrors Wagen und dann wieder zu van Diver. »Woher haben Sie gewußt, daß sie hier ist?«
Van Diver blieb stumm und starrte sie mit seinen unergründlichen Augen einfach nur an. Er hatte seine Wollmütze abgenommen, und sein Schädel war kahl bis auf ein paar lange, graue Strähnen, die daran klebten, einen Kranz brauner und grauer Haare um seinen Kopf. Er selbst war schlank, drahtig und etwa einsfünfundsiebzig groß – keineswegs ein Riese. Aber Laura kannte seine Kraft aus schmerzlicher Erfahrung. Earl van Diver war ein zähes, von Haß angetriebenes Knochen- und Muskelpaket.
»Für was ist die Antenne?« fragte Didi, die das Innere des Buick bereits inspiziert hatte. »Autotelefon ist keines da.« Keine Antwort. »Der Bastard kann ohne seinen Stecker im Hals nicht sprechen«, wurde Didi klar. »Wo ist dein Stekker, du Arschgesicht? Du kannst doch wohl darauf deuten, oder?« Keine Reaktion. »Geben Sie mir Ihre Kanone!« Didi nahm Laura die Pistole ab und trat nach vorn, um sie Earl van Diver in die Hoden zu rammen. Sie sah dem Mann direkt in die kalten Augen. »Hast mich in Ann Arbor zu finden versucht, stimmt's? Was hast du dort getan? Mein Haus überwacht?« Sie drückte ihm den Pistolenlauf ein bißchen fester zwischen die Beine. »Wie hast du mich entdeckt?« Van Divers Gesicht glich einer Maske, aber ein gewundenes Äderchen an seiner rechten Schläfe pochte fest und schnell. Didi entdeckte einen Müllcontainer neben dem hinteren Teil der Gaststätte, wo sich ein Fleckchen Wald zu einem Abwasserkanal hinunterzog. »Aus dem kriegen wir nichts raus. Das ist bloß ein« – sie preßte ihr Gesicht näher an das seine – »alter abgefuckter Bulle.« Bei dem Wort *Bulle* spritzten van Diver kleine Speicheltröpfchen auf

die Wangen, und seine Augen blinzelten. »Gehen wir ein Stückchen!« Die Pistole wurde ihm gegen den Rücken gedrückt, und Didi stieß ihren Gefangenen in Richtung Müllcontainer.
»Was haben Sie vor?« fragte Laura nervös.
»Sie wollen doch wohl nicht, daß er Mary folgt? Wir werden ihn in den Wald bringen und ihm eine Kugel ins Knie jagen. Damit dürften wir das Problem los sein. Auf allen vieren kommt er nicht sehr weit.«
»Nein! Das will ich nicht!«
»Aber ich«, entgegnete Didi und schob van Diver vorwärts. »Dieser Hurensohn hat Edward umgebracht. Und um ein Haar auch uns und Ihr Baby. Beweg dich, du Schwein!«
»Nein, Didi! Das können wir nicht tun!«
»*Sie* müssen's ja auch nicht. Aber ich begleiche unsere Rechnung, wegen Edward; das ist alles. *Beweg dich*, du Scheißbulle, hab ich gesagt!« Und sie stieß ihm den Revolverlauf ins Kreuz, worauf van Diver mit einem Grunzen vorwärts stolperte.
Nach ein paar Schritten hob er die Hände hoch. Er deutete zuerst auf seine Kehle, dann auf den Kofferraum des Buick.
»Jetzt will er reden«, sagte Didi, der unter ihren Kleidern der kalte Schweiß ausgebrochen war. Wenn nötig, hätte sie van Diver zwar erschossen, aber bei dem Gedanken an Gewalt zogen sich ihr die Eingeweide zusammen. »Aufmachen!« befahl sie dem Mann. »Aber ganz langsam!« Und während er den Kofferraum aufschloß, drückte sie ihm weiter die Pistole in den Rücken. Laura und Didi entdeckten die Abhörantenne, das Tonbandgerät und das Scharfschützengewehr. Dann öffnete van Diver einen kleinen grauen Kunststoffbehälter und entnahm ihm ein Kabel, an dessen einem Ende ein Stecker war, am anderen ein Miniaturlaut-

sprecher. Mit routinierten Bewegungen führte er den Stekker in die Buchse an seinem Hals, betätigte einen Schalter auf der Rückseite des Lautsprechers, stellte die Lautstärke ein und hielt Didi das Gerät dann vors Gesicht.

Van Divers Halsadern traten hervor, als er den Mund bewegte. »Der letzte, der *Bulle* zu mir gesagt hat«, schnarrte die Reibeisenstimme, »ist eine Treppe runtergefallen und hat sich das Genick gebrochen. Sie kennen ihn unter einem seiner Namen: Raymond Fletcher.«

Ein paar Sekunden lang blieb Didi sprachlos. Dr. Raymond Fletcher war der Arzt, der ihr das Gesicht operiert hatte.

»Geh zu dem Wagen dort!« Didi knallte den Kofferraumdeckel zu und stieß van Diver in Richtung des BMW. Als der Mann neben ihr auf dem Rücksitz und Laura hinter dem Lenkrad saß, sagte Didi, die Pistole immer noch auf ihn gerichtet: »Okay, ich höre. Wie hast du mich gefunden? Spuck's aus!«

Van Diver behielt die Gaststättentür im Auge, aber seine Stimme drang durch den Lautsprecher. »Ein Freund von mir arbeitet bei der Polizei. Er war als verdeckter Ermittler in Miami und hat Fletcher zu überführen versucht. Der stand schon lange im Verdacht, Leuten, die untertauchen wollten, ein neues Aussehen zu geben. Fletcher nannte sich dort Raymond Barnes und tat viel für Mafiakundschaft und bundesweit gesuchte Verbrecher. Mein Freund war Computerhacker. Er hat Barnes' Dateien geknackt und darin herumgestöbert. Es war alles verschlüsselt, und erst nach etwa fünf Monaten ist man dahintergekommen. Barnes hat sämtliche Akten über seine Patienten aufbewahrt. Das ging zurück bis in seine Anfangszeit, 1970. Dabei ist Ihr Name aufgetaucht und auch, weshalb Sie sich damals in St. Louis an Barnes beziehungsweise Fletcher gewandt haben. Und an dieser Stelle komme ich ins Spiel. Inoffiziell.« Seine schwarzen Augen richteten sich auf Didi. »Bei meiner Ankunft in Miami hatte man meinen Freund bereits als Leiche in der Biscayne Bay entdeckt. Sein Gesicht war mit einem Schweißbrenner verbrannt. Darum habe ich dem lieben Doktor einen Besuch abgestattet, und wir haben in seiner Praxis lange miteinander geplaudert.«

»Er wußte nicht, wo ich mich aufhalte!« sagte Didi. »Seit meiner Gesichtsoperation war ich dreimal umgezogen!«

»Als Sie zu Barnes kamen, hatten Sie ein Empfehlungsschreiben von einem Exterroristen namens Stewart McGalvin. Er war früher beim *Weather Underground*, lebte jetzt in Philadelphia und gab Töpferkurse. Erstaunlich, wozu so ein Operationsbesteck alles imstande ist, nicht wahr?«

Didi schluckte schwer. »Was ist aus Stewart geworden?«

»Oh«, sagte die Lautsprecherstimme, »der ertrank in seiner Badewanne. War einer von der Sorte, die nicht gern den Mund aufmacht. Und was seine Frau betrifft ... die hat wohl Selbstmord begangen, als sie ihn fand. Kopfschuß.«

»Du *Schwein!*« schrie Didi und drückte ihm den Pistolenlauf auf die Buchse an seinem Hals.

»Vorsicht!« mahnte die Lautsprecherstimme. »Da bin ich empfindlich.«

»Du hast meine Freunde auf dem Gewissen! Deinen verdammten Kopf sollt ich dir wegballern!«

»Das würdest du nicht tun«, erwiderte van Diver ruhig. »Verkrüppeln, das könntest du mich vielleicht, aber die Lust und die Energie zum Mord hast du nicht mehr, Bedelia. Wie sagtest du doch so schön? ›Ich brauch keine Gefängniszelle. Ich schleppe eine mit mir herum.‹ Ich habe mir Zutritt zu deinem Haus verschafft und eine Wanze darin versteckt. Seit beinahe vier Jahren hab ich es unter Beobachtung, Bedelia. Ich bin sogar von New Jersey weggezogen, um in deiner Nähe zu sein.«

»Und wie hast du mich gefunden, wenn Stewart dir nichts gesagt hat?«

»Seine Frau erinnerte sich an dich. Du hattest ihr einen Satz Teller geschickt. Hübsche Arbeit. Dafür schickte *sie* dir einen Scheck, weil sie noch sechs Tassen dazuhaben wollte. Das stornierte Scheckformular war noch in ihrem Besitz, ausgestellt auf eine Diane Daniells. Auf der Rückseite waren der Stempel der *First Bank of Ann Arbor* und deine Unterschrift. Am liebsten hätte ich gesungen, Bedelia, als ich ihn sah. Verstehst du, wie man einen Menschen gleichzeitig lieben und ihn hassen kann?«

»Nein.«

»Aber ich. Weißt du, du warst eben immer eine Sprosse an der Leiter. Weiter nichts. Eine wenn auch noch so winzige Hoffnung, Mary Terror zu finden. Ich habe dich lückenlos überwacht, habe deinen Briefkasten kontrolliert, habe im Wald, draußen vor deinem Haus, kampiert. Und als du auf deine kleine Reise gegangen bist, da wußte ich, daß etwas Wichtiges im Gang war. Du hattest Ann Arbor noch nie verlassen. Mary war in den Nachrichten. Ich wußte es. Ich *wußte* es ganz einfach!« Die Stimme, die durch den Lautsprecher klang, war schrecklich, und Earl van Diver glitzerten helle Tränen in den Augen. »Das ist ja mein ganzes Leben, Bedelia«, sagte er. »Mary Terror zu liquidieren.«

Und in diesem Moment sah Laura, die mit grausiger Faszination zugehört hatte, die Gaststättentür aufgehen, und das Objekt von Earl van Divers ganzem Tun und Trachten erschien. In ihren Armen hielt die Frau Davids Korbwiege.

»Mary!« flüsterte van Divers Stimme, und eine Träne rollte ihm über das vernarbte Mund- und Wangengewebe. »Da bist du!«

Mary hatte gerade ihre aus Pfannkuchen, Eiern, Frikadellen sowie zwei Tassen schwarzem Kaffee bestehende Mahlzeit beendet, Drummer gefüttert und ihm danach im Waschraum die Windeln gewechselt. Jetzt nuckelte er zufrieden an seinem Schnuller. »Braver Junge«, sagte Mary. »Du bist ein ganz braver Junge, nicht –« Plötzlich blickte sie auf, sah den BMW auf dem Parkplatz und blieb wie angewurzelt stehen. Kein Zweifel. Der Wagen stand nicht weit von ihrem eigenen, und hinter seinem Steuer saß Laura Clayborne, auf der Rückbank Didi mit einem Mann, den Mary nicht kannte. »Verdammter Mist!« knurrte sie. Wie, zum Teufel, hatten sie sie gefunden? Sie nahm Drummer auf einen Arm und fummelte mit der anderen Hand nach ihrer Umhängetasche. Ihre Hand glitt hinein – bekam den Revolver zu fassen; die *Compact-Magnum*-Automatik war tiefer unten, zwischen den Babysachen. Schieß ihnen die Reifen kaputt, dachte sie wutentbrannt. Schieß diesem Weibsstück ins Gesicht und bring Didi gleich mit um!

Sie marschierte auf den Wagen zu, stockte dann aber. Das Geräusch der Schüsse würde die anderen aus dem Lokal herauslocken. Jemand würde sich ihr Nummernschild merken. Nein, sie konnte hier nicht losfeuern. Es wäre eine Dummheit, nun, da sie doch endlich wußte, wo Lord Jack wartete. Mit einem dünnen Lächeln trat sie auf den BMW zu, und Laura Clayborne stieg aus.

Etwa sechs Meter voneinander entfernt standen sie in dem eisigen Wind – zwei wachsame, argwöhnische Tiere. Laura entdeckte ein kleines Smiley-Gesicht, das über Marys Herz an deren Pullover steckte.

Mary zog den Colt hervor und ließ ihn auf Drummer ruhen, weil sie sah, daß auch Didi eine Waffe hielt. »Sie müssen eine gute Antenne haben«, sagte sie zu Laura.

»Wenn's sein muß, verfolge ich Sie bis nach Kalifornien.«

»Das müssen Sie auch.« Sie betrachtete das *Go home*, das in die Windschutzscheibe geritzt war. »Da hat Ihnen jemand einen guten Rat erteilt. Gehen Sie lieber nach Hause, bevor Ihnen noch was passiert.«

Laura sah die überanstrengten, geröteten Augen der Frau.

Ihr Gesicht war zerfurcht und müde. »Sie können nicht ewig durchfahren. Früher oder später brauchen Sie einmal Schlaf, sonst schlafen Sie hinter dem Steuer ein.«
Mary hatte vorgehabt, sich bei ihrer Ankunft in Illinois ein Motel zu suchen, wo sie sich hinlegen konnte. Zwar war sie aufgeputscht von Pillen und Kaffee, aber sie wußte, daß sie sich in ein paar Stunden würde ausruhen müssen. »Ich hab schon früher zwei Tage voll durchgemacht, als ich –«
»Noch jung war?« fiel Laura ihr ins Wort. »Sie schaffen es nicht bis nach Kalifornien, ohne zu schlafen.«
»Und Sie können mir nicht so lange folgen.«
»Ich habe einen Kopiloten.«
»Ich hab ein süßes kleines Baby.« Marys Lächeln wurde gespannt. »Beten Sie lieber, daß ich nicht von der Straße abkomme.«
Laura trat noch einen Schritt näher. Marys Augen verschmälerten sich, aber sie wich nicht zurück. »Nur damit wir uns verstehen«, sagte Laura, und ihre Stimme war rauh vor Wut. »Falls meinem Baby etwas zustößt, bring ich Sie um! Und wenn es das letzte auf der Welt ist, was ich tue. Ich bringe Sie um!«
Es kam nichts dabei heraus, wenn sie noch länger auf diesem Parkplatz stand und Zeit vertrödelte, dachte Mary. Sie mußte wieder auf die Autobahn. Später würde sie sich dann etwas ausdenken, um ihre Verfolger abzuschütteln. Darum zog sie sich, den Colt immer noch an Drummers Seite haltend, Richtung Wagen zurück, und die Wangen des Babys waren rot von der schneidenden Kälte.
»Mary?«
Die Stimme gehörte einem Mann. Dem Mann, der auf dem Rücksitz von Lauras Wagen saß. Aber sie hatte etwas seltsam Metallisches: die Stimme eines Roboters mit stählerner Kehle.
Mary sah, wie der Mann sie anstarrte. Ein fahles, vernarbtes

Grinsen zerschnitt sein Gesicht, und seine Augen waren schwarz wie die Nacht. »Mary?« sagte die Roboterstimme noch einmal. »Du hast mich leiden lassen.«
Mary unterbrach ihren Rückzug.
»Du hast mich leiden lassen. Erinnerst du dich noch, Mary? In dieser Nacht in Linden.«
Die Stimme – sie war fast körperlos, und durch den Wind schien sie von überall und nirgends zu kommen – bereitete Mary eine Gänsehaut.
»Ich habe Edward umgebracht«, sagte der Mann. »Aber mein Ziel warst du. Nach all diesen Jahren ist es mit mir durchgegangen. Ich war zu aufgeregt. Aber ich erwische dich noch, Mary.« Und plötzlich steigerte sich die Lautstärke zu einem seelenlosen Schrei: *»Ich erwisch dich noch!«*
Mary Terror wich schnell zu ihrem Wagen zurück, während Laura sich hinter das Steuer des BMW setzte. In ihrem Transporter stellte Mary Drummers Korbwiege auf den Boden und ließ den Motor an. Eine knappe Sekunde später erwachte auch der Motor des BMW brüllend zum Leben. Dann stieß Mary aus der Parklücke zurück und steuerte die Auffahrt der I-94 an, die auf die Fahrbahn Richtung Westen führte.
»Nehmen Sie seine Schlüssel, und schaffen Sie ihn hier raus!« sagte Laura zu Didi, und während die andere ihm die Pistole in die Flanke drückte, entrang sie van Divers Faust die Buick-Schlüssel. »Ohne mich werden Sie sie nie schnappen«, sagte van Diver. »Noch bevor dieser Tag zu Ende ist, wird sie euch beide kaltmachen.«
»Raus mit ihm!«
»Wenn Sie mich rausschmeißen«, fuhr er fort, »dann rufe ich als erstes die Autobahnpatrouille von Michigan an. Und danach das FBI. Sie werden eine Straßensperre aufstellen, noch bevor Mary die Grenze von Illinois erreicht.

Glauben Sie etwa, sie würde Ihnen das Kind kampflos überlassen?«
Laura griff nach dem Kabel und riß van Diver den Lautsprecheranschluß aus dem Hals. *»Raus!«*
»Er könnte immer noch schreiben«, fiel Didi ein. »Wir müßten dem Schwein die Finger brechen.«
Es war keine Zeit mehr für Diskussionen. Laura trat aufs Gas, um Mary hinterherzufahren, und van Diver stieß ein kurzes Keuchen aus, aber sein Versuch, Laura von dem Ortungsgerät in seinem Wagen zu erzählen, war von vornherein zum Scheitern verurteilt. Laura trat fest aufs Gaspedal und ließ das Pfannkuchenhaus hinter sich zurück, während sie dem Transporter nachfuhr. Didi drückte ihrem Nebenmann weiterhin die Pistole in die Seite. Meinetwegen, dachte van Diver. Früher oder später würde sie nachlassen müssen. Diese Frauen hatten alle beide weiche weiße Hälse, und er hatte Hände und Zähne. Nichts und niemand würde ihn daran hindern, Mary Terror zu töten. Wenn er diese zwei Frauen aus dem Weg räumen mußte, um den Wagen zu übernehmen, dann würde er es tun. Für ihn zählte jetzt nur noch eines, seine Rache. Er glühte vor Haß, und wer ihm in die Quere kam, der würde aus dem Weg geräumt werden.
Laura sah den Transporter auf der Straße vor sich. Er verlangsamte gerade, um auf die I-94 zu biegen. Sie folgte ihm, und einen Moment später schwenkte sie hinter Mary auf die Fahrbahn ein. Während sie den Tacho auf fünfundsechzig Meilen klettern ließ und die Autobahn sich mit dem Berufsverkehr füllte, hielten Pkw und Transporter ungefähr fünfzig Meter Abstand. Mary betrachtete die eingebeulte Stoßstange des BMW in ihrem Außenspiegel. Die Erinnerung an diese metallische Stimme bereitete ihr ein Frösteln. *Du hast mich leiden lassen,* hatte diese Stimme gesagt. *In dieser Nacht in Linden.*

Erinnerst du dich noch, Mary?
Ja, sie erinnerte sich. Daran, wie eine Kugel einem Bullen die Wange und eine zweite ihm die Kehle zerfleischt hatte.
Laß ihn leiden.
Das war gut gewesen, dachte sie. Sagenhafter Trip. Ihr fiel wieder ein, daß sie in Didis Fotoalbum über diesen Bullen gelesen hatte, aber sie wußte seinen Namen nicht mehr. War ja auch egal. Er war genauso verrückt wie diese Laura, falls er glaubte, sie aufhalten zu können. Sie war mit Drummer auf dem langen, mühevollen Weg nach Kalifornien, und wer sich ihr in den Weg stellen würde, der war ein toter Mann. Den Bullen von der Autobahnpatrouille zuliebe würde sie auf ihre Geschwindigkeit achten und ganz artig sein, und was Laura, Bedelia und den Leidenden anging, würde sie sich Mittel und Wege einfallen lassen, um ein für allemal mit ihnen aufzuräumen.
Den BMW hartnäckig hinter sich, fuhr Mary Terror über die graue Autobahn dem Gelobten Land entgegen.

3

Brave Jungs

Südlich des Häusermeers von Chicago wurde die Interstate 94 zur Interstate 80, aber noch immer führte die Autobahn pfeilgerade durch das Flachland von Illinois. Bei Joliet mußte Mary erneut zum Tanken anhalten, und Laura – die die letzten zehn Meilen mit blinkendem Benzin-Warnlicht zurückgelegt hatte – fuhr ihr hinterher. Didi hielt Earl van Diver unterdessen die Pistole an die Seite. »Ich muß auf die Toilette«, sagte der Mann durch seinen Lautsprecher, und Didi reichte ihm darauf einen von diesen Pappbechern.
»Klar. Nur zu!«
Während Didi sich im Waschraum erleichterte, stieg Laura zu Van Diver auf den Rücksitz, und danach übernahm Didi das Steuer. Innerhalb einer Viertelstunde waren Pkw und Transporter wieder auf der Autobahn, wobei jeder einen gleichbleibenden Abstand von fünfzig bis fünfundsechzig Metern hielt. Als van Diver seine Augen schloß und immer wieder ein vereinzeltes leises Stöhnen hören ließ, hatte Laura Gelegenheit zum Entspannen – wenigstens körperlich. Meile um Meile zog dahin, die Ausfahrten flogen vorbei, und wenn der Wagen in harte Gegenwinde geriet, fühlte Didi ihn erbeben.
Um vierzehn Uhr und zwanzig Meilen vor Moline, Illinois, hatte der Himmel die Farbe von nasser Watte. Gelbliche Lichtspeere schossen aus dem dahinziehenden Gewölk, und obwohl sie von dem vielen Kaffee völlig aufgekratzt war, spürte Mary Terror, wie sie allmählich die Müdigkeit überkam. Auch Drummer war müde und

hungrig und stieß einen dünnen, hohen Klageschrei aus, der sich nicht überhören ließ. Nach einem prüfenden Blick zu dem BMW hinter sich sah sie die Ausfahrt nach Geneseo herankommen. Es war Zeit, den Schritt zu tun, entschied sie. Sie blieb auf der linken Seite, ohne sich irgendwie anmerken zu lassen, daß sie die Ausfahrt anpeilte. Dann, als es fast schon zu spät war, trat sie auf die Bremse, riß das Steuer herum und preschte über zwei Fahrspuren die Ausfahrt hinauf. Der Mann hinter dem Steuer eines Millbrook-Brot-Lastwagens, dessen Fahrbahn sie dabei schnitt, drückte auf die Hupe und stieß sein ganzes Aufgebot an Verwünschungen aus, aber schon war es geschehen. Der BMW sauste vorbei.

»O Scheiße!« schrie Didi und stieg ebenfalls auf die Bremse, wodurch Laura aus einem unruhigen Schlaf gerissen wurde, in dem Scharfschützen von Hausdächern aus auf Mary Terror und David gezielt hatten, die mit dem Kind auf einem Balkon stand. Nun sah sie Didi mit dem Lenkrad kämpfen, sah, daß der Transportbus nicht mehr vor ihnen war, und erfaßte sofort die Situation. Van Divers Augen öffneten sich. Seine Sinne glichen denen eines Raubtiers, das stets auf der Hut war, und als er zurückblickte, sah er den Transporter nach rechts aus der Ausfahrt biegen. *»Sie entkommt!«* brüllte die metallische Stimme auf höchster Lautstärke.

»Nein, tut sie nicht!« Mit quietschenden Reifen und während andere Wagen um sie herum hupten und auswichen, riß Didi den BMW über die beiden Fahrbahnen auf die Standspur. Dort schaltete sie in den Rückwärtsgang, stieß zu der Ausfahrt nach Geneseo zurück und preschte einen Moment später die Rampe hinauf. An der Kreuzung bog sie so scharf nach rechts, daß van Diver auf Laura geschleudert wurde und sie an die Tür schmetterte, doch schon raste Didi auf einer Landstraße Richtung Norden. Es ging über flaches, winterbraunes Ackerland. Rechts und links standen ein paar Gruppen von kleinen Reihenhäusern, und in der Ferne war eine Fabrik, deren Schlote grauen Qualm in den Horizont spien. Als Didi einen Subaru passiert und ihn dabei fast von der Straße gedrängt hatte, entdeckte sie den Transporter etwa eine halbe Meile voraus und blieb auf dem Gas. Der Abstand verringerte sich mit rapider Geschwindigkeit.

Mary sah den BMW herankommen. Ihr Transporter konnte ihn unmöglich abhängen, auch ein Versteck gab es auf dieser geradlinigen, flachen Straße nicht, Drummer schrie unvermindert weiter, und plötzlich loderte in Mary die Wut auf wie ein Scheiterhaufen. *»Halt's Maul! Halt's Maul!«* kreischte sie das Baby an, aber es wollte nicht still sein. Sie sah ein Schild zu ihrer Linken: *Wentzel Brothers, Bauholz.* Ein roter Pfeil deutete auf eine schmälere Straße, und das Holzlager lag inmitten brauner Felder. »Na schön, dann kommt!« schrie Mary, nahm beim Abbiegen den Colt aus ihrer Umhängetasche und legte ihn auf den Beifahrersitz.

Durch ein offenstehendes eisernes Flügeltor, das ein Schild mit der Aufschrift VORSICHT! BISSIGER HUND trug, gelangte sie in das Holzlager. Es war etwa vier bis fünf Morgen groß – ein Labyrinth von Balken und Brettern, die sich von zwei bis zu zehn Metern hoch stapelten. Ein Wohnanhänger, vor dem ein Pritschenwagen geparkt war, ein Gabelstapler sowie ein brauner Oldtimer mit rostzerfressenen Seiten standen herum. Die Reifen von Marys Transporter wirbelten Staub auf, während sie in das Labyrinth einbog. Neben einem langen, grüngestrichenen Hohlziegelgebäude mit hohen, schmutzigen Fenstern hielt sie an, nahm Drummers Korbwiege und den Colt, stieg aus und sah sich um. Der Staub brodelte um sie und das schreiende Baby herum, während sie nach einer geeigneten Hinrichtungsstätte suchte.

Sie ging auf die Rückseite des Gebäudes, aber kaum hatte sie die Hausecke umrundet, da schlug ihr Gebell entgegen, das so laut war wie Granatfeuer. In einem mit grünem Plastik abgedeckten Zwinger waren zwei kräftige, gedrungene Pitbullterrier, der eine braun, der andere weiß-grau gefleckt. Mit gefletschten Zähnen und zitternd vor Wut, sprangen sie gegen den Maschendraht, und hinter dem Zwinger stapelten sich weiteres Bauholz, Planen und anderer Krimskrams.

»Himmelarschundzwirn!« donnerte ein Mann, der gerade hinter einem Holzstoß hervorkam. »Was, zum Teufel, ist denn mit euch los, Jungs?« Er war dickbäuchig, trug einen Overall und eine rote Karojacke und blieb verdutzt neben dem Käfig stehen, als er Marys Revolver sah.

Mary feuerte einen Schuß auf ihn ab – eine ebenso unwillkürliche Reaktion wie ihr erhöhter Pulsschlag. Die Kugel traf den Mann in die Brust wie ein Faustschlag, und während sein Gesicht totenbleich wurde, fiel er auf seinen Hintern.

Der Lärm des Schusses und der heftige Sturz des Mannes trieben die Pitbullterrier buchstäblich zur Raserei. Unter wildem Gebell sprangen sie im Käfig hin und her, stießen dabei aneinander, prallten wieder ab, und die ganze Zeit waren ihre Augen, die wie dunkle Murmeln aussahen, auf Mary und das Baby gerichtet.

Beim Anblick des Transporters trat Didi auf die Bremse, und schlitternd kam der BMW zum Stillstand. Laura war als erste draußen. Sie hörte wütendes, heiseres Hundegebell und lief, die Automatik fest in ihrer Hand, darauf zu.

Didi und van Diver stiegen ebenfalls aus, wobei letzterem nicht entging, daß die Schlüssel noch im Zündschloß steckten. Hinter dem Hohlziegelgebäude entdeckte Laura den Zwinger und den Mann, der auf dem Rücken lag und dessen

Brust, direkt unterhalb des Schlüsselbeins, von Blut befleckt war. Er röchelte, und seine Augen wirkten glasig vor Schock, während die Pitbullterrier hinter dem Maschendraht tobten. Sie sprangen in ihrem Revier hin und her, und Laura sah die Rinderknochen, die noch von früheren Mahlzeiten dort herumlagen. Vorsichtig trat sie zwischen die hohen Holzstöße und hielt im Weitergehen nach Mary Ausschau. Da stockte sie plötzlich. Sie spitzte die Ohren. Die Hunde bellten zwar laut, aber hatte sie eben nicht David weinen hören? Schritt für Schritt, die Hand so fest um die Pistole gekrampft, daß ihre Fingerknöchel weiß wurden, und während ihr dicker Mantel um sie herumwehte, ging Laura weiter.

Hinten, nicht weit vom Wagen entfernt, zögerte van Diver und ließ Didi vorgehen. Mary Terrors Transportbus stand neben dem Gebäude, und Bedelia Morse befand sich zwischen ihm und van Diver. Sie trug keine Waffe, aber sie hatte bei der »Sturmfront« Blut vergossen, dachte der Mann. Er bräuchte ihr nur, zack, den Hals zu brechen, und schon hätte sie ihren verdienten Lohn. Danach könnte er sich Gedanken machen, wie man Laura die Kanone wegnahm. Er faßte seinen Entschluß: Richter, Geschworenenkollegium und Scharfrichter in drei Sekunden.

Während der Lautsprecher aus der Buchse in seiner Kehle baumelte, schritt van Diver auf Didi zu und streckte seinen Arm nach ihr aus.

Er ergriff ein Büschel Haare. Didi sagte: »Wa–«, und schon im nächsten Moment schlang er ihr von hinten seinen Arm um den Hals. Sie fing augenblicklich an, sich zu wehren. Ihr Kopf peitschte wild hin und her, noch bevor van Diver ihn in die Zange nehmen konnte.

Drummers Korbwiege unter dem einen Arm, trat Mary Terror aus dem anderen Ende des Gebäudes und feuerte zweimal. Eine Kugel für jeden von den beiden.

Der erste Schuß ließ Earl van Divers rechte Schulter in einem Regen aus Fleisch, Blut und Knochen explodieren. Nur ihre heftigen Bewegungen hatten Didi davor bewahrt, daß die Kugel ihren Kopf traf. Sie bemerkte ein *Ssst!* und einen Schmerz wie einen Wespenstich, wußte aber noch nicht, daß ein Stück ihres rechten Ohrs fort war. Van Diver fiel auf die Knie, Didi schrie auf, und als Laura die Schüsse und den Schrei hörte, raste sie zwischen den Holzstapeln wieder zurück.

Didi rannte in Deckung, und mit einem donnernden »*Verräterin!*« feuerte Mary ein drittes Mal. Die Kugel schlug in einen Stoß Bretter und Balken. Splitter flogen, aber schon warf sich Didi zu Boden und krabbelte in das Stapellabyrinth.

Mary richtete ihren Colt auf den Mann, der im Staub kniete. Mit schweißglitzerndem Gesicht hielt er sich seine schmerzende zertrümmerte Schulter, und der Lautsprecher lag neben ihm; er war aus der Kehle gerissen worden. Der Mann grinste Mary an – ein grausiges Grinsen –, und sie trat auf ihn zu. Sein Gesicht und sein kahler Schädel dampften in der eisigen Luft. Mary stockte. *Leide,* dachte sie und sagte: »O ja, ich erinnere mich.« Sie spannte den Revolver, um ihm sein Grinsen in Fetzen zu schießen.

»Nicht!« Ihre Pistole auf die mächtige Frau gerichtet, stand Laura im Schutz von Marys Wagen. »Runter mit dem Ding!«

Mary lächelte, doch ihre Augen waren dunkel vor Haß. Sie richtete ihren Revolverlauf auf den Kopf des Babys, das sie bei sich trug. »*Sie* nehmen es runter!« entgegnete sie. »Legen Sie die Pistole vor Ihre Füße! Sofort!«

Zur gleichen Zeit richtete sich hinter dem Gebäude der Wentzel-Bruder, den Mary in die Brust geschossen hatte, vom Boden auf, und schnappte nach Luft. Die Pitbullterrier, die bereits Blut witterten, drehten durch. In seiner blutigen

Hand hielt der Mann etwas: einen Schlüsselbund, den er aus seiner Tasche gezogen hatte, und ein kleiner Schlüssel daran war bereit zum Gebrauch. »Brave Jungs«, stieß der Mann hervor. »Jemand hat's eurem Daddy wirklich gegeben.« Er schob den Schlüssel in die Tür des Hundezwingers. »Werdet ihm dafür den Arsch zerfleischen, nicht wahr, Jungs?« Das Schloß öffnete sich mit einem »Klick!«. Er zog an der Käfigtür. Sie schwang auf. *»Macht Hackfleisch aus ihm!«* Und knurrend stürzten sich die beiden Pitbulls aus dem Käfig. Sie zitterten vor Erregung, ihre Zähne waren gefletscht, und der braune raste sofort los, während der gefleckte noch einen Moment innehielt, um seinem Herrchen die Brust zu lecken. Dann aber machte auch er sich auf die Jagd nach rohem Fleisch.

»Runter damit!« wiederholte Mary. »Los!«

Laura hörte nicht auf sie. »Sie werden ihm nichts antun. Was würde Jack dazu sagen?«

»*Sie* werden *mir* nichts tun! Am Ende träfen Sie noch das Baby.« In fünf Sekunden, beschloß Mary, würde sie sich auf die Knie werfen – eine Bewegung, auf die Laura nicht gefaßt war – und die restlichen Kugeln abfeuern. Sie zählte: Eins ... zwei ... drei ...

Sie hörte ein wildes, boshaftes Knurren und sah, wie Lauras Gesicht sich vor Entsetzen verzerrte.

Etwas traf Marys rechte Seite wie ein Miniaturgüterzug, und durch die Wucht des Aufpralls wurde ihr Drummer aus dem Arm geschleudert. Wie Drummers Korbwiege fiel auch Mary zu Boden. Sie schlug auf, und Drummer rollte neben ihr aus dem Korb. Sein Gesicht war rot, sein Mund zu einem stummen Empörungsschrei geöffnet.

Etwas ergriff Marys rechten Unterarm und spannte sich an wie ein Schraubstock. Sie kreischte vor Schmerz, als ihre Finger sich zuckend öffneten und den Colt fallen ließen. Und dann sah sie die Kiefer des braunen Pitbull, die ihren

Arm gepackt hatten – sah die Augen, die voll Mordgier in ihre starrten, und plötzlich schüttelte das Biest so heftig seinen Kopf hin und her, daß es ihr fast den Arm am Ellbogen brach. Während seine Zähne sich durch den braunen Pullover ins Fleisch sägten und ihr der Schmerz bis in die Schulter schoß, kratzte Mary nach den Augen des Hundes.

Laura schaffte es, ihre erstarrten Beine loszureißen, und lief zu dem Baby. Unterdessen riß der Hund weiter an Marys Arm. Mary kreischte vor Qual. Sie versuchte mit ihrer anderen Hand, an den Colt zu kommen, und in diesem Moment sah Laura den grau-weißen Pitbullterrier. Er raste neben dem Gebäude heraus, drehte dann aber ab, und ihr schien das Herz stehenzubleiben.

Er hatte es auf David abgesehen.

Laura wagte es nicht, zu schießen. Es wäre schrecklich, wenn sie ihr eigenes Kind träfe! Der Pitbull war schon fast bei ihm, und seine Kiefer öffneten sich, um das kostbare Fleisch zu verwüsten, da hörte Laura sich »NEIN!« schreien. Ihre Stimme klang so gebieterisch, daß der Kopf des Tieres sich ruckartig zu ihr umwandte, und seine Augen glühten vor Blutgier.

Mit zwei langen Schritten stürzte sie sich auf den Hund und trat ihn mit aller Macht in die Rippen, so daß er von David zurücktaumelte. Er wirbelte wie von Sinnen um die eigene Achse und schnappte dabei in die Luft; dann ging er erneut auf das Baby los, diesmal so schnell, daß Laura keine Zeit hatte, einen zweiten Tritt zu landen. Er schoß herbei, schlug seine Zähne in die weiße Decke, die von Edward Fordyce' getrocknetem Blut befleckt war, und begann mit lustvollem Zittern, das Baby, das auf dem Rücken lag, durch das Sägemehl zu ziehen. Davids Körper hatte sich in der Decke verwickelt.

Unterdessen stieß Mary dem braunen Pitbull ihre Finger

in die Augen. Der Hund stieß einen Laut aus, der halb Ächzen, halb Heulen war, und grub seine Zähne mit heftigem Kopfschütteln noch tiefer in ihr Fleisch, bis auf den Knochen. Mit schrecklicher Gewalt zerrte die Bestie an Marys Arm. Gleich würde er brechen. Mary griff nach ihrem Colt, verlor ihn jedoch aus den Fingern, als der Pitbull noch einmal an ihr riß und ihr ganzer Körper von neuem Schmerz erfüllt wurde. Da packte auch sie die Wut. Sie boxte nach dem Schädel des Tieres, das sie fortzuzerren versuchte, und es ließ los, um zurückzuweichen. Doch sofort fletschte es seine weißen Zähne und sprang wieder vorwärts. Seine Kiefer schlossen sich um Marys rechten Oberschenkel, und mit unnachgiebiger Kraft preßten sich seine Zähne durch die Cordjeans in das Fleisch von Marys Bein.

Laura warf sich auf den Hund, der David fortzog. Sie packte ihn um seinen muskulösen Hals, hielt sich daran fest, und der Pitbullterrier ließ die Decke los, um Laura ins Gesicht zu beißen. Sein Körper zitterte vor Kraft, und seine Zähne schnappten mit dem Geräusch einer Bärenfalle nach Lauras Wange. Laura schützte das Gesicht mit ihrer Linken. Die Hundekiefer bekamen die Hand zu fassen und schlossen sich darum wie ein Schraubstock.

Laura hörte etwas knacken wie dürre Zweige. Ein schrecklicher, bohrender Schmerz schoß ihr durch das Handgelenk in den Unterarm, und während sie den Pitbull weiter von ihrem Baby wegzuzerren versuchte, erkannte sie: »Er hat mir die Hand gebrochen! Das Mistvieh hat mir die Hand gebrochen!« Der Hund war außer sich vor Wut. Er verrenkte ihre Linke brutal, und neuer, rasender Schmerz zuckte ihr durch Finger und Handgelenk. Sie konnte spüren, wie die Zähne ihr die Knochen zu zermalmen versuchten, und glaubte, daß sie schrie, aber sie war sich nicht sicher. Ihr Gehirn fühlte sich an wie eine Fieberblase kurz vor dem

Zerplatzen. Sie drückte dem Pitbull ihre Automatik in die Seite und betätigte zweimal den Abzug.
Der Hund erschauerte unter ihren Schüssen, ließ aber nicht los. Und obwohl ihm das Blut aus der Seite strömte und vor dem Mund schäumte, versuchte er nun, sie mitzuziehen. Seine Krallen gruben sich in das Sägemehl. Lauras Handgelenk war kurz vor dem Zerreißen. Sie feuerte noch einmal, diesmal seitwärts in den dicken, unförmigen Kopf des Tieres, und sein Unterkiefer zersprang in einem Regen von Blut und Knochensplittern.
Drei Meter davon entfernt kämpfte Mary ihren eigenen Kampf. Aus Leibeskräften rammte sie dem braunen Pitbull ihr Knie in den Schädel, und als das Gebiß des Hundes ihr weiterhin den Oberschenkel aufriß, noch ein zweites und drittes Mal. Sie schaffte es, ihren Finger in eines der Augen zu haken, riß es heraus wie eine weiße Traube, und endlich ließ der Pitbull mit einem Grunzen von ihr ab. Tanzend vor Schmerz, schüttelte er seinen einäugigen Kopf und schnappte in die Luft, während Mary zu ihrem Colt kroch. Sie versuchte, ihn zu fassen, aber die Finger ihres verletzten Armes zuckten unbeherrschbar. Nerven und Muskeln waren in Aufruhr. Sie sah hoch, gerade als der Pitbull zu einem neuen Angriff ansetzte, stieß einen Schrei aus und hielt sich die Arme vors Gesicht.
Der Hund prallte ihr so fest gegen die Schulter, daß es ihr fast die Knochen zerquetschte. Er warf Mary seitwärts zu Boden und fiel mit einem Knurren irrsinniger Qual über Laura her.
Der sterbende Pitbull hing immer noch an Lauras linker Hand; der einäugige verbiß sich in den rechten Ärmel ihres Mantels und begann, daran zu reißen. Laura war wehrlos. Sie wollte das Tier erschießen, konnte aber ihre Pistole nicht in die richtige Position dafür bringen. Während der einäugige Hund ihren rechten Arm bearbeitete

und der andere ihr mit seinem zertrümmerten Kiefer immer noch die Hand zu zermalmen suchte, trat sie um sich und schrie.
Mary krabbelte zu dem heulenden Baby, riß es mit ihrem linken Arm vom Boden und rappelte sich dann auf. Das eine Bein ihrer Jeans war durchtränkt vom Blut, das aus dem zerfleischten Oberschenkel strömte. Jetzt waren beide Hunde mit Laura beschäftigt. Sie lag zwischen ihnen und versuchte, sich loszureißen. Mary sah den Colt auf dem Boden. Ihre rechte Hand zuckte immer noch, und Blut tropfte ihr von den Fingerspitzen. Panik flackerte in ihr auf: Sie war schwer verwundet, einer Ohnmacht nahe; falls sie hinfiele und die Hunde sich über sie und Drummer hermachten ...
Sie ließ den Revolver liegen und humpelte zu ihrem Transporter, ohne den Mann, den sie angeschossen hatte, zu beachten. Als sie Drummer von ihrem linken Arm auf den rechten nahm, um mit dem anderen die Fahrertür zu öffnen, wurde sie von Didi überfallen. Didi hielt einen Pfosten, den sie von einem Holzstoß genommen hatte, und Mary, die den Schlag kommen sah, duckte sich zur Seite. Das Holz knallte dumpf gegen den Wagen. Mary trat vor, rammte der anderen ein Knie in den Bauch, und mit einem Aufschrei krümmte sich Didi zusammen. Mary schmetterte ihr den linken Arm auf den Rücken, daß Didi die Luft wegblieb und sie kraftlos auf die Knie fiel.
Didi ächzte, während ihr flammendrotes Haar ihr wie das sichtbare Zeichen ihrer Niederlage übers Gesicht hing. Mary konnte sehen, wie grau es stellenweise war. Dann blickte Didi zu ihr auf, und ihre Augen waren wäßrig vor Schmerz. Es war das Gesicht einer von den Schatten der Vergangenheit gepeinigten Greisin.
»Na los!« sagte Didi. »Bring mich schon um!«
Laura schüttelte den sterbenden Pitbullterrier von ihrer

Hand weg, während der andere immer noch an ihrem zerfetzten Ärmel festhielt. Er drehte sich benommen im Kreis, und seine Zähne drangen allmählich zum Fleisch vor. Sie konnte ihn nicht erschießen, außer ...

Sie ließ die Pistole fallen, um mit ruckartigen Bewegungen ihren Arm aus dem Mantel zu ziehen. Dabei bissen die Zähne des Hundes zu, je weiter sie sich befreite. Dann ergriff sie die Automatik, stieß ihm deren Lauf genau unter die Kehle und drückte ab.

Bei dem Geräusch des Schusses zuckte Mary Terror zusammen. Das Blut rann ihr in heißen Strömen am Bein hinunter. Vor ihr kniete Didi mit Sägemehl in den Haaren, und Didi erkannte die nackte Angst in Marys Augen. In Marys Unterarm zuckten die zerfetzten Muskeln. Drummers Geschrei gellte ihr in den Ohren, und die ganze Welt wurde allmählich grau. Mary stieg mit Drummer in den Wagen, knallte die Tür zu und stieß von der Seite des Gebäudes zurück, um Didi unter ihren Rädern zu zermalmen. Aber Didi hatte die Schatten aus ihrem Gehirn verbannt und war in den sicheren Schutz der Holzstapel gekrochen. Mary wendete, und die Reifen wirbelten Staub auf, als sie Richtung Tor preschte.

Fünf Sekunden später hörte Didi eine andere Wagentür zuschlagen. Sie tauchte gerade aus ihrem Versteck auf, da wurde der Motor des BMW angelassen. Earl van Diver saß hinter dem Steuer, und sein Gesicht grinste in schrecklicher leichenhafter Starre. Als er mit seinem rechten Arm den Lenker herumriß, sah Didi, wie sich sein Mund zu einem lautlosen Schrei öffnete – denn seine Schulter war zertrümmert. Dann raste der BMW Mary Terror hinterher, und der rechte Vorderreifen zermalmte den Lautsprecher in tausend Stücke.

Didi stand auf. Sie sah den gescheckten Pitbullterrier am Boden liegen. Laura, die ihren rechten Arm aus dem zerlumpten Mantelärmel befreit hatte, kniete im Staub, und aus drei Meter Entfernung starrte ihr der braune Pitbull entgegen. Mit einem brennenden Schmerz an ihrem Ohr hob Didi den Pfosten, den sie sich geholt hatte, vom Boden auf, um damit zu dem Tier zu gehen.

Doch noch bevor sie dort ankam, ächzte der Pitbull aus seiner zerfetzten Kehle und brach zusammen; seine Augen aber verharrten auf der Frau, die ihm die Kugel in den Leib gejagt hatte.

Laura glitzerten Schmerzenstränen auf den Wangen, doch der Schock hatte jede Gefühlsregung aus ihrem Gesicht vertrieben. Sie betrachtete den bläulich-roten Klumpen ihrer linken Hand. Es waren nur noch drei Finger und der Daumen daran. Der kleine Finger war weg, am unteren Gelenk abgerissen. Der Anblick erinnerte sie an ein frisches, vom Schlachter weichgeklopftes Steak.

»O mein Gott!« sagte Didi, während ihr das Blut wie eine Rubinkette von ihrem rechten Ohr tropfte. »Ihre ... Hand ...«

Laura war totenblaß geworden. Sie starrte Didi an, blinzelte und kippte dann seitwärts zu Boden.

Didi fiel ein, daß Lauras Handtasche ja im Wagen war. Ihr Geld, ihre Kreditkarten ... alles weg! Es war aus, und Mary hatte gewonnen.

»Hilfe! Hilf mir doch jemand!« Die Stimme kam von drüben neben dem Hundezwinger. »Ich sterb hier drüben!«

Didi ließ Laura liegen und ging zu dem dickbäuchigen Mann zurück, der an dem Käfig lehnte. Er war nur noch ein Schatten, aber Didi sah, daß das Blut nicht sprudelte; also war keine Schlagader getroffen. Mit verschwommenem Blick schaute er sie an und versuchte, sie zu erkennen. »Wer sind *Sie* denn?«

»Niemand«, antwortete Didi.

»Wollen Sie mich umbringen?«
Sie schüttelte mit dem Kopf.
»Hören Sie ... hören Sie ... rufen Sie einen Notarzt. Okay? Telefon steht im Büro. Eingeschlossen.« Er reichte ihr den blutigen Schlüsselbund. »Rufen Sie einen Notarzt. Dieser verfluchte Kenny hat heut früh Feierabend gemacht. Oh, tut das weh! Sie machen's, okay?«
Didi nahm den Schlüsselbund. Einer der Schlüssel, sah sie, gehörte zu einem General-Motors-Wagen. »Der Oldsmobile, ist der von Ihnen?«
»Ja. Ja. Der Cutlass. Rufen Sie einen Notarzt, ich verblute.«
Das glaubte sie nicht. Sie erkannte einen Sterbenden, wenn sie einen sah. Dieser Typ da hatte ein gebrochenes Schlüsselbein und vielleicht noch einen Lungenschuß, aber er war ganz gut bei Puste. Trotzdem würde sie eine Ambulanz rufen müssen. »Seien Sie jetzt einfach still, und bewegen Sie sich nicht!«
»Was sollte ich denn schon tun? 'ne Scheiß-Polka tanzen?«
Didi eilte zurück zu Laura, die wieder aufrecht dasaß. »Können Sie gehen?«
»Ich glaub ... ich werde ohnmächtig.«
»Ich habe einen Wagen für uns gefunden«, erklärte Didi.
Mit verschwollenen Augen und während ihre Hand unerträglich schmerzte, blickte Laura zu ihrer Freundin auf. Am liebsten hätte sie sich in der Kälte auf die Erde gelegt, sich zusammengerollt und geweint. Aber das ging nicht, denn Mary Terror hatte immer noch ihr Kind, und Mary Terror war nach Kalifornien unterwegs. Laura hatte noch etwas Kraft übrig; sie mußten weitermachen. Es gab kein Aufhören, keine Kapitulation.
Laura hob ihren rechten Arm, und Didi half ihr auf die Beine. Dann nahm Didi die Automatik, die am Boden lag, und ging zusammen mit Laura an den Hundeleichen vorbei.

In dem Wohnwagen wählte Didi die 911 und erklärte der Telefonzentrale, im Holzlager der Wentzel Brothers bei Geneseo habe es eine Schießerei gegeben; man brauche dringend einen Notarztwagen. In acht bis zehn Minuten sei einer da, antwortete die Zentrale – »und bitte bleiben Sie am Apparat«. Didi hängte ein. Ein kleiner Metallkasten auf dem Schreibtisch des Büros erregte ihre Aufmerksamkeit, und nach vierzig Sekunden hatte sie den richtigen Schlüssel dafür gefunden. Im Inneren des Kastens lagen ein paar Schecks, die an Quittungen und Kopien geheftet waren, und ein Bankkuvert mit einundsiebzig Dollar, fünfunddreißig Cents. Sie nahm das Geld.

Während Laura halb bewußtlos zwischen Einwickelpapier von Hamburgern und zusammengeknüllten Bierdosen auf dem Rücksitz lag, setzte sich Didi hinter das Steuer des Cutlass. Zwei große rote Plastikwürfel baumelten am Rückspiegel, und auf der Windschutzscheibe prangte ein *Playboy*-Abzeichen. Als Didi den Zündschlüssel drehte, schnaubte und stampfte der Oldtimer nur unwillig, sprang aber nicht an. Hörte sie da nicht schon eine Sirene, die näher kam? Sie trat in kurzen Abständen auf das Gaspedal. Wieder schnaubte und stampfte der Wagen, fing dann aber an zu vibrieren, und mit einem donnernden *Bumm!* explodierte schwarzer Qualm aus dem Auspuffrohr. Didi sah auf die Benzinstandsanzeige: Der Tank war viertel voll.

Der Cutlass knarrte und ächzte wie eine Fregatte im Sturm, als Didi zurückstieß, mit dem schmierigen Lenker rang und auf das Tor zufuhr. Sie konnte spüren, daß die Reifen einen hartnäckigen Rechtsdrall besaßen, und beschloß, lieber nicht nachzuschauen, wieviel Profil sie noch hatten. Einen Augenblick später war sie durch das Tor, und der Cutlass gewann langsam, aber sicher an Fahrt, während sie zur Autobahn zurückfuhr. Allerdings machte er auch einen Lärm wie Backsteine in einem Zementmixer. Ein Krankenwagen erschien auf dem flachen Ackerland vor ihr. Mit heulender Sirene kam er auf sie zu und fuhr vorbei, um Wentzel zu retten.

Die beiden Frauen setzten ihren Weg fort, und erst, als sie auf der I-80 fünf bis sechs Meilen weiter westlich waren, stieß Didi ein einziges schreckliches Schluchzen aus und wischte sich mit ihrem schmutzigen Ärmel die Augen.

4

Weiße Flut

Jenseits des Mississippi, wo die I-80 geradewegs nach Iowa City führte, holte Earl van Diver die Frau, die sein Leben ruiniert hatte, allmählich ein.

Der Transporter fuhr fast mit achtzig; der BMW fuhr langsam, aber sicher über die Fünfundachtzigmeilenmarke. Van Diver hielt das Steuer mit seiner gesunden Hand umklammert, während die andere kalt und abgestorben am Ende seiner zerfetzten Schulter hing. Blut verschmierte die Sitze, bespritzte das Armaturenbrett, durchtränkte den Teppichboden unter ihm. Van Divers ganzer Körper kühlte allmählich ab, und sein Blick trübte sich. Es fiel ihm immer schwerer, den Lenker zu halten; der Wind und seine eigene Schwäche verschworen sich gegen ihn. Fremde Wagen wichen den beiden Fahrzeugen aus, und wenn sie vorbei waren, ertönte hinter van Diver ein Hupkonzert. Er warf einen Blick auf den Tacho: Die Nadel zitterte bei siebenundachtzig. Mary war seit der Autobahnauffahrt nicht unter achtzig Meilen pro Stunde gefahren und hatte ständig die Spur gewechselt, um andere Wagen zwischen sich und ihrem Verfolger zu halten. Nun freilich zeigten die blauen Rauchfetzen, die der Transporter ausstieß, unübersehbar, daß das Öl brannte und der Motor am Ende seiner Leistungsfähigkeit war. Sie konnte diese Geschwindigkeit nicht beibehalten. Gut, dachte van Diver, während er fühlte, wie ihm die Kälte durch das Gesicht kroch. Gut. Sie würde ihm nicht entwischen. Oh nein; diesmal nicht.

Er empfand keine Reue, daß er Laura und Bedelia zurückgelassen hatte. Die Gelegenheit, den Wagen zu nehmen, war günstig. Man durfte Mary nicht frei herumlaufen lassen. Sie war ein Tier und mußte getötet werden wie ein tollwütiger Hund mit Schaum vor dem Maul. Getötet, getötet und getötet.

Was das Baby betraf, hegte er keinerlei Empfindung. Das Baby war eben da. Es waren schon früher Babys gestorben; es würde immer Babys geben. Was war schon der Tod eines einzigen Kindes, wenn man dafür ein Tier wie Mary Terror zermalmen konnte? Van Diver wußte, daß er Laura Clayborne sein Lebensziel nie hätte begreiflich machen können. Wie *sollte* sie auch begreifen, daß er bei jedem Blick in den Spiegel das Gesicht von Mary Terror sah? Wie sollte sie die nächtlichen Wutausbrüche begreifen, die er von seinen Alpträumen bekam und die Frau und Tochter vertrieben hatten? Wie sollte sie begreifen, daß der Name *Mary* ihn wahnsinnig vor Haß machte und daß er deshalb auch seiner Tochter mit Haß begegnet war? Laura Clayborne hatte ein Kind verloren, er aber sich selbst: in einem schwarzen Abgrund solch grauenhafter Qual, daß er – lieber Gott! – davon träumte, Mary mit seinem Revolverlauf zu ficken, o ja, ja, liebe, liebe Mary, du Miststück, du seelenfressendes Aas, und wenn er dann morgens aufwachte, war er wenigstens einmal feucht und zufrieden.

Aber nicht sehr lange.

Du gehörst mir, dachte van Diver, und seine schwarzen Augen glänzten.

Ein halber Meter noch, dann donnerte die vordere Stoßstange des BMW so hart in das Heck des Transporters, daß van Divers Zahnstummel aufeinanderschlugen. Er schob den Transporter nach rechts, um ihn von der Autobahn zu drängen, und schmorende Reifen quietschten, als Mary ihr Fahrzeug mit aller Gewalt wieder nach links riß. Vor ihr war ein Kleinbus, an dessen Heckscheibe mit Saugnäpfen ein

Garfield klebte. Sie streifte diesen Bus, so daß er zur Seite schlingerte. Dann, einen Augenblick später, war sie vorbei und wich einem Lastzug aus, um wieder auf die linke Fahrspur zu biegen. Als sie sich im Rückspiegel die verbeulte Schnauze des BMW ansah, erblickte sie das schreckliche grinsende Gesicht über dem Lenkrad. Kleiner Bulle will spielen, dachte sie und stieg auf die Bremse.

Der BMW krachte in das Heck des Transporters, daß sich die Haube zusammenschob und Glas- und Metallstückchen durch die Luft flogen. Van Diver wurde auf dem Sitz hochgehoben, nach vorn geschleudert, daß der Anschnallgurt bis zum äußersten gespannt war, und sein Kinn schlug auf dem Lenkrad auf. Aber Marys Fuß stand bereits wieder auf dem Gaspedal, und mit einer Fehlzündung, bei der Ölrauch aus dem Auspuff quoll, preschte der Transporter davon. Van Diver zitterte. Seine Muskeln waren von dem Zusammenstoß geprellt und seine Hose naß zwischen den Beinen. Er drosselte die Geschwindigkeit des BMW, der immer noch mit siebzig fuhr, schwenkte auf die rechte Fahrspur ein und sah auf das Heck eines Schulbusses, rund dreißig Meter vor sich. Ein scharfer Ruck am Steuerrad, ein innerlicher Schrei, und er verfehlte den Schulbus um knapp einen halben Meter. Dann jagte er den BMW wieder vorwärts. Rote Lämpchen blinkten auf dem Armaturenbrett, und aus der zerknitterten Motorhaube begann eine Rauchfahne aufzusteigen.

Mary sah ihn kommen. Drummer lag vor dem Beifahrersitz auf dem Bauch, und seine Händchen bewegten sich unentwegt. Sie trat abermals auf die Bremse und machte sich auf den Zusammenstoß gefaßt. Wieder krachte der BMW in das Heck des Transporters, wieder wurde die Motorhaube zusammengeschoben, und der Fahrer wurde vorgeschleudert, ehe Mary eine Sekunde später erneut Gas gab. Der Abstand zwischen ihnen vergrößerte sich. Marys

Rückgrat schmerzte von dem Aufprall, und sie biß die Zähne zusammen. Ihr zerfleischter Schenkel war naß von Blut, rotes Muskelgewebe zuckte in ihrem aufgerissenen Unterarm, und obwohl diese Wunden kalt und taub waren, tanzten ihr schwarze Flecke vor den Augen. Ein öliger Schweiß war ihr auf Stirn und Wangen getreten; sie konnte fühlen, wie der Schock sie mit feuchtkalten Fingern nach unten zu ziehen versuchte. Wenn sie nachgeben würde, wäre es aus mit ihr.

Der BMW holte sie schnell wieder ein, und Mary wollte schon auf die Bremse treten, da schwenkte der Wagen hinter ihr auf die rechte Fahrbahn: Drummers Seite. Der Transporter ächzte und bebte, als der BMW in ihn hineindonnerte. Drummer wurde von der Wucht des Aufpralls über den Boden gerollt wie ein lebloser Klumpen. Marys Finger, deren Knochengelenke weiß hervortraten, hätten beinahe das Steuer aus dem Griff verloren, mit aller Kraft drehte sie es herum. Der Transporter krachte in den BMW. Wie zwei tobende Bestien rammten die beiden Wagen einander stets von neuem, während sie mit achtzig Meilen pro Stunde über die Autobahn jagten. Dicke Rauchfahnen wirbelten aus der demolierten Haube des BMW, im Motor ertönte ein metallisches Kreischen, und van Diver sah die Temperaturanzeige in den roten Bereich schießen, als der Wagen unkontrollierbar zu schlingern begann. Ein Blaulicht blinkte im Rückspiegel: Eine Polizeistreife brauste ihnen hinterher. Mary nahm die *Compact Magnum* aus ihrer Umhängetasche, und sofort erwachte mit einem wütenden Stich der Schmerz in ihrem Unterarm.

Trotz allem hörte van Diver nicht auf, den Transporter zu rammen. Die linken Reifen gerieten auf den grünen Mittelstreifen, und Mary spürte, wie sie Angst bekam; auf der Fahrbahn vor ihr war irgendeine Art Tanklastzug. Van Diver rammte sie erneut, damit sie nicht die Spur wechseln könnte, während hinter ihm mit blitzendem Blaulicht und Sirenengeheul der Polizeiwagen heranpreschte. Der Tanklaster vor Mary versuchte, auf die rechte Fahrbahn zu kommen. Er war weiß und mit braunen Flecken bemalt, so daß er aussah wie das Fell einer Kuh, an seiner Unterseite befand sich ein »Euter«, und Mary las den roten Schriftzug auf seiner Flanke: SUNNYDALE-FARMS-MOLKEREI.

Sie ließ den Lenker los und streckte sich nach der Beifahrertür, ohne ihren Fuß vom Gas zu nehmen. Sofort rutschte der Wagen weiter auf den Mittelstreifen. Mit einem Gesicht, das von Anstrengung verzerrt war, setzte sie den Revolver an die Seitenscheibe, zielte hinunter auf den BMW und drückte ab.

Das Fahrerfenster explodierte van Diver ins Gesicht. Er wurde von Blut geblendet, und als er seinen Mund zu einem lautlosen Schrei öffnete, hörte er die Geisterstimmen und das Rauschen eines Polizeifunkgeräts, die das Metall in seinem Kiefer auffing. Eine zweite Kugel fraß sich ihm tief ins rechte Bein. Er riß den Lenker nach rechts, um von dem Transporter wegzukommen, und während der Wagen mit heftigen Schlingerbewegungen auf den Tanklastzug zuraste, hörte er eine einzelne, schreckliche Stimme aus dem Phantomfunkgerät, die sagte: »Oh mein Gott!«

In derselben Sekunde, als Earl van Diver mit achtundsiebzig Meilen pro Stunde in den Molkereilastzug hineinschleuderte, warf sich Mary Terror mit ihrem ganzen Gewicht gegen das Lenkrad. Das Heck des Tankwagens war genau vor ihr, und sie machte sich auf den Aufprall gefaßt, während eine innere Stimme kreischte: Wir stoßen zusammen! Wir stoßen zusammen!

Der Transporter entging einer Kollision um Haaresbreite, und seine Hinterreifen rissen Gras und Erdklumpen aus dem Mittelstreifen. Als der BMW breitseits gegen den Tankwagen schlug, schob er sich zusammen wie eine Ziehharmonika. Metall barst, Glas wurde zertrümmert, und rote Flammen schossen empor, gefolgt von einer Explosion, mit der der Tank des Lastzugs aus den Nähten platzte. Weißschäumende Milch brandete in die Luft – eine Sintflut, die über den Streifenwagen hereinbrach, während der Polizist hinter dem Steuer an den rechten Fahrbahnrand zu kommen versuchte, aber die Reifen verloren jeglichen Halt. Der Wagen kippte zur Seite, drehte sich, als er die Leitplanke durchbrach, aufs Dach, und überschlug sich noch zwei weitere Male, bevor er qualmend und auf dem Dach liegend, in einem braunen Bohnenfeld landete. Das Ganze hatte, angefangen mit dem Aufprall des BMW, keine fünf Sekunden gedauert.

Auf der anderen Seite der Autowracks bog Mary Terror bereits wieder auf die linke Fahrspur. Sie warf einen Blick in den Außenspiegel: die Luft hinter ihr war von brennender Milch verqualmt, während der Lastzug auf der Seite lag und sein Fahrer sich hinter dem Lenkrad herauskämpfte. Von dem BMW war nichts zu sehen, außer einem verschmorten Reifen, der noch zehn Meter Richtung Westen rollte, bevor er auf den Mittelstreifen hüpfte und liegenblieb. Beide Fahrbahnen hinter Mary wurden von Feuer und Metallstücken blockiert.

Mary packte den schreienden Drummer hinten an seinem Strampelanzug und hob ihn vom Boden auf. Tränen strömten ihm über das Gesicht. Seine linke Wange und seine Nase waren tief aufgeschürft, und kleine Blutströpfchen sickerten heraus, die Mary ableckte, während sie ihn hielt. »Pscht«, sagte sie. »Pschscht. Jetzt hat Mama ja ihr Baby wieder. Es ist alles okay.«

Aber das stimmte nicht. Auf der Gegenfahrbahn kam ein zweiter Wagen der Autobahnpolizei mit blitzendem Blaulicht an ihr vorbei. Es wurde Zeit, die I-80 für ein Weilchen zu verlassen und sich ein Plätzchen zum Verschnaufen zu suchen. Mary war dem Zusammenbruch nahe, ihre Augenlider waren schwer, und der Geruch ihres eigenen Blutes ekelte sie. Es wurde Zeit, sich einen Schlupfwinkel zu suchen.

Sie nahm die nächste Ausfahrt. An einer Kreuzung auf dem flachen Land stand ein Schild, das in der einen Richtung nach Plain View, in der anderen nach Maysville deutete. Bauernhäuser, aus deren Schornsteinen Rauch aufstieg, waren zu sehen, und Äcker und Felder erstreckten sich bis an den fernen Horizont. Von dem Blutverlust geschwächt, fuhr Mary weiter. Jenseits von Plain Views bei den Straßen und den spärlichen Gebäuden bog sie auf einen Feldweg ab, der sich durch eine kahle Apfelbaumplantage schlängelte. Sie stellte den Motor ab und blieb mit Drummer an ihrer Brust einfach still sitzen.

Ihre Sehkraft wurde schwächer; die ganze Welt schloß sich um Mary zusammen, und sie hatte Angst einzuschlafen, weil sie dann vielleicht nie mehr aufwachen würde. Sie spürte einen Druck an ihrem Zeigefinger: Drummer hatte ihn gepackt und hielt ihn fest in seiner Hand. Die Dunkelheit zog an ihr, die Finsternis – eine lockende Strömung. Schützend schlang Mary ihre Arme um das Baby und drückte es an sich. Schlaf erst mal ein bißchen, dachte sie. Nur ein, zwei Stunden vielleicht. Und dann fährst du wieder auf die Autobahn. Nur ein, zwei Stunden, und du bist wieder in Ordnung.

Mary fielen die Augen zu. Die Finger des Babys spielten mit ihrem Smiley-Anstecker. Mary träumte von Lord Jack, wie er in einem sonnigen Zimmer saß und Gott erklärte, warum er sich in einer Pariser Badewanne ertränkt hatte.

Auf der Autobahn zwölf Meilen westlich von ihr reihte sich Didi in den Pkw- und Lastwagenstau ein, den der Unfall verursacht hatte. Laura lehnte bewußtlos auf dem Rücksitz, stieß zwischendurch aber immer wieder ein halblautes Keu-

chen oder Stöhnen aus, das Didi beinahe das Herz zerriß. Polizei und Feuerwehr waren mit voller Kraft im Einsatz und leiteten den Verkehr auf dem von Reifen zerwühlten Mittelstreifen um die Unfallstelle herum. Auch ein Nachrichtenteam hatte sich eingefunden, Minikameras waren an der Arbeit, und über den Köpfen brummte ein Hubschrauber. »Was ist denn passiert?« fragte Didi einen Feuerwehrmann, während sie im Schrittempo auf die Unglücksstelle zufuhr, und er antwortete: »Milchlaster und Pkw hatten 'nen Zusammenstoß. Und obendrein ist noch 'n Polizeiauto über die Leitplanke.«
»Sind Sie sicher, daß es ein Pkw war? Kein Transportbus?«
»Pkw«, bekräftigte er. »Der Lastwagenfahrer sagt, irgend so 'n verdammter Yuppie hätte sich geradewegs in ihn reingepflügt. Muß mit über achtzig gefahren sein.«
»Ein Yuppie?«
»Ja. Einer von diesen Yuppie-Schlitten. Los, ich glaube, jetzt können Sie vorbei.« Und er winkte den Cutlass durch.
Didi lavierte sich über den Grünstreifen. Inmitten des verschmorten Metalls versuchte ein Abschleppwagen, den Pkw wenigstens teilweise herauszuziehen. Die Feuerwehrleute spritzten mit ihren Schläuchen den Asphalt ab, und die Luft roch nach heißem Eisen und Milch.
Didi fuhr an einem Reifen vorbei, der in dem braunen Gras lag. Seine verbeulte Radkappe trug einen in blaue und weiße Dreiecke unterteilten Kreis und die verkohlten Buchstaben BMW.
Didi sah weg, als hätte der Anblick ihr einen Schlag versetzt. Dann beschleunigte der Cutlass und ließ die Toten hinter sich.

5

Doktor Didi

Die Dunkelheit brach herein.

Kalt blies der Wind über die Felder, und kurze Schneeschauer wirbelten aus den Wolken. Laura lag in Zimmer zehn der *Liberty Motor Lodge*, sechs Meilen östlich von Iowa City, auf dem Bett. Im Fernseher lief eine komische Familienserie, und einmal schwitzte Laura unter ihrem Leintuch und der groben Wolldecke, einmal zitterte sie vor Kälte. Sie konnte sich nicht auf die Sendung konzentrieren, wollte aber gern die Stimmen hören. Auf dem Nachtschränkchen befanden sich die Überreste ihres Abendessens – zwei Kunststoffbehälter von *McDonald's*, eine leere Pommes-frites-Tüte sowie ein halb ausgetrunkenes Coke –, und direkt neben ihr lag ein Plastiksäckchen mit zerstoßenem Eis; sehr nützlich, wenn die Schmerzen in ihrer Hand unerträglich wurden und sie sie betäuben mußte. Laura starrte wie gebannt auf den Fernseher, während sie wartete. Didi war jetzt schon eine halbe Stunde weg, um einen Drugstore zu suchen. Sie hatten miteinander abgesprochen, was getan werden mußte, und Laura wußte, was ihr bevorstand.

Immer wieder nagte sie an ihrer Unterlippe, die bereits wund war; aber Laura nagte trotzdem weiter. Sie konnte den Wind draußen jammern hören, und von Zeit zu Zeit glaubte sie das Geschrei eines Babys zu vernehmen. Einmal war sie sogar aufgestanden, um draußen nachzusehen, aber diese Anstrengung hatte sie derart entkräftet, daß sie sich kein zweites Mal dazu überwinden konnte. Also lag sie da, lauschte dem Wind und dem schreienden Baby und wußte, daß ihr Verstand kurz vor dem Zusammenbrechen war; es fehlte nicht mehr viel, dann würde sie die Tür aufstoßen, um auf immer durch diese gierige Finsternis zu irren.

Sie hatten Mary Terror und David verloren. Soviel stand fest, auch wenn sie nicht genau wußte, auf welche Art und Weise van Diver in diesen Milchlastzug gerast war. Aber auch Mary hatte eine schwere Verletzung davongetragen und viel Blut verloren. Sie war müde gewesen – vielleicht noch müder als Laura – und konnte nicht sehr weit gekommen sein. Doch wo hatte sie wohl haltgemacht? Bestimmt nicht in einem Motel; nicht so blutüberströmt und mit dem zerfleischten Bein. Oder hatte sie sich einfach ein Plätzchen am Straßenrand gesucht, wo sie übernachten konnte? Nein, denn dann müßte sie den Motor laufen lassen, damit sie und David nicht erfrieren würden. Blieb also nur noch *eine* Möglichkeit: Daß Mary sich in irgend jemandes Haus eingeladen hatte. Das wäre keine große Mühe; schließlich lagen die Gehöfte über Hunderte von Morgen verstreut. Aber wie weit war Mary gekommen, ehe sie beschlossen hatte, von der Autobahn abzufahren? War sie vor oder hinter ihnen? Kein Mensch konnte das wissen. Aber eines wußte Laura – etwas, mit dem alles stand und fiel: das Ziel von Mary Terrors Reise. Egal, wo Mary war, egal, wie lange sie nun Pause machte, um ihre Wunden heilen zu lassen – früher oder später wäre sie wieder auf der Autobahn und mit David nach Freestone, Kalifornien, unterwegs – zu ihrem verlorenen Helden.

Und darum war dies auch Lauras Ziel, selbst wenn ihr Herz dick vernarbt war und sie auf Händen und Knien dorthin kriechen mußte – abzüglich eines Fingers. Sie würde sich David zurückholen oder versuchen zu sterben.

Als Laura den Schlüssel in das Schloß gleiten hörte, fürchtete sie bereits, sie müsse sich übergeben. Aber ihr Essen blieb im Magen, und mit Schneeflocken in ihrem roten Haar und einer Tüte in ihren Armen kam Didi herein.

»Hab's besorgt!« verkündete sie, während sie die Tür verschloß und zweimal absperrte. Einen Drugstore hatte sie zwar nicht gefunden, dafür aber einen *K-Markt*, in dem sie ihnen Handschuhe, Wollsocken, frische Unterwäsche, Zahnpasta, Zahnbürsten sowie andere Dinge des täglichen Bedarfs gekauft hatte. Als Didi die Tüte abstellte, bemerkte Laura, daß die andere seit dem Verlassen des Motels etwa zehn Kilo zugenommen hatte. Die neue Leibesfülle offenbarte sich, als Didi ihren dicken Pullover auszog: Es waren noch zwei andere unter dem ersten.

»Mein Gott!« stieß Laura hervor. »Sie haben gestohlen!«

»Es ging nicht anders«, entgegnete Didi, während sie den zweiten Pullover auszog. »Wir haben ja nur noch rund fünfunddreißig Dollar.« Sie lächelte, und die Falten um ihre Augen vertieften sich. »Ladendiebstahl ist heute auch nicht mehr das, was es mal war. Die passen auf wie die Schießhunde.«

»Wie haben Sie's dann geschafft?«

»Man gibt einem Bengel mit *Quiet-Riot*-Jacke einen Dollar, damit er einen Ständer voller Skianzüge umschmeißt, und währenddessen kommt man aus der Garderobe, zieht den Kopf ein und geht ab durch die Mitte. Es hilft auch, wenn man andere Sachen kauft. Man muß dann nicht durch die Türkontrolle, und diesen Kassiererinnen ist's scheißegal.« Sie warf einen der Pullover neben Laura aufs Bett. Laura hob ihn mit der rechten Hand hoch.

»Mindere Qualität«, lautete ihr Urteil. Ihr neuer Pullover war dunkelgrau mit kotzfarbenen grünen Streifen, der von Didi gelb mit Dompfaffen auf der Brust. »Hat man die im Gefängnis genäht?«

»In der Not frißt der Teufel Fliegen. Das gilt auch für Ladendiebe.« Tatsächlich jedoch hatte sie sorgfältig die

dicksten Pullover herausgesucht, die sie finden konnte. Gegen die Kälte von Nebraska und Wyoming war es in Iowa geradezu mild. Didi packte die Tüte weiter aus. Schließlich kam sie zu den »Ah-Hölzchen«, den Mullbinden, einer kleinen Schere, einer Schachtel mit breitem Heftpflaster sowie zwei Flaschen: Jod und Wasserstoffsuperoxyd. Sie schluckte schwer, während sie sich auf das Unvermeidliche gefaßt machte. Es war, als würde man versuchen, mit Reißnägeln ein Haus zu bauen, aber was konnten sie sonst schon tun? Sie sah in das schmerzensbleiche Gesicht der anderen und schenkte ihr ein Lächeln. »Doktor Didi auf Hausbesuch«, sagte sie und schaute weg, bevor ihr Lächeln brach und sie verraten würde.
»Machen Sie Ihr Ohr zuerst.«
»Was? Diesen Kratzer? Ist doch bloß eine Fleischwunde.« Das verletzte Ohr, das unter ihren Haaren verborgen war, hatte eine Schorfkruste gebildet. Es tat höllisch weh, aber Laura brauchte dringend Behandlung. »Oh, das hier hab ich auch noch!« Didi zog eine Flasche Exedrin-Extrastark aus ihrer Hosentasche und stellte sie beiseite. »Flinke Finger sind doch immer was wert.« Sie wünschte, es wäre Industriestärke, denn noch vor Ende dieser Nacht würden sie beide ein paar harte Medikamente benötigen. »Tut mir leid, daß ich keinen Alkohol auftreiben konnte.«
»Schon gut. Ich werd's überleben.«
»Ja, das glaub ich auch.« Didi ging ins Bad, befeuchtete einen Waschlappen und brachte ihn Laura. Wenn der Schmerz wirklich zu schlimm würde, brauchte sie etwas, um darauf zu beißen. »Alles klar?«
»Alles klar.« Didi holte die Zungenhölzchen heraus. Sie waren etwas breiter als ein Eisstiel. »Na schön«, sagte sie. »Dann sehen wir's uns mal an.« Und sie zog das Laken von Lauras Hand zurück.
Laura beobachtete Didis Gesicht. Sie machte ihre Sache wirk-

lich sehr gut, und verzog dabei keine Miene. Laura wußte, es war ein scheußlicher Anblick. Ihre zerfleischte Hand – »Hamburgerhand«, dachte sie – glühte, und immer wieder pochte darin ein so starker Schmerz, daß Laura die Luft wegblieb. Aus dem Stumpf ihres kleinen Fingers troff immer noch wäßriges Blut, das in das Handtuch unter ihr und in die dünne Bettdecke eingezogen war. Der Daumen und die drei anderen Finger waren zu einer Kralle verkrümmt.

»Was wird meine Maniküre sagen?« fragte Laura.

»Daß Sie die Hand in Palmolive hätten baden sollen.«

Laura lachte, aber mit einem scharfen, nervösen Unterton.

Ich wünschte, weiß Gott, das hier könnte jemand anderes tun, dachte Didi und seufzte. Allerdings hätte es noch schlimmer kommen können. Wenn die Hunde Laura am Hals erwischt, ihr die Beine aufgerissen oder ihr auch den anderen Arm zerfleischt hätten ... Oder das Baby umgebracht! Didi betrachtete den Ehe- und den Verlobungsring an dem geschwollenen Finger. Es ging nicht anders. Man mußte sie durchtrennen, um sie herunterzukriegen.

»Der Diamant«, sagte Laura. »Bekommen Sie den irgendwie aus der Fassung raus?«

»Ich weiß nicht.« Didi berührte den vorstehenden Diamanten und stellte fest, daß er bereits wackelte. Zwei von seinen sechs Zacken waren gebrochen.

»Versuchen Sie's. Ich beiß die Zähne zusammen.«

»Weshalb soll der Diamant überhaupt raus?«

»Wir haben nur noch fünfunddreißig Dollar«, erinnerte sie Laura. »Gibt es sonst noch was, das wir versetzen könnten, außer dem Diamanten?«

Nein. Didi ergriff Lauras zerquetschtes Handgelenk, so sanft sie konnte, und machte sich mit der Schere daran, den Diamanten herauszulösen. Laura hatte sich auf den schlimmsten Schmerz eingestellt, aber sie spürte nichts. »Dieser Finger ist abgestorben«, sagte sie.

Innerhalb weniger Minuten hatte Didi eine dritte Zacke losbekommen. Der Diamant wackelte, aber er hatte noch nicht genügend Spielraum, um ihn herausheben zu können. Außerdem war die vierte Zacke ein zäherer Fall. »Beeilen Sie sich, okay?« sagte Laura mit schwacher Stimme, und nach zwei, drei Minuten hatte es Didi geschafft, die vierte Zacke soweit zu verbiegen, daß sie die Scherenspitze unter den Diamanten setzen und ihn herauslösen konnte. Sie hielt ihn in ihrer Handfläche. »Hübscher Stein. Was hat Ihr Mann dafür bezahlt?«

»Dreitausend Dollar.« Laura glitzerte der Schweiß auf dem Gesicht. »Das war vor acht Jahren.«

»Vielleicht können wir fünfhundert dafür bekommen. Ein ehrlicher Pfandleiher wird einen losen Diamanten ohne Besitznachweis nicht anrühren.« Sie wickelte den Stein in eine Bandage und steckte ihn sich in die Tasche. »Okay. Jetzt aber an die Hauptsache. Alles bereit?«

»Ja. Bringen wir's hinter uns.«

Als erstes reinigte Didi die verletzte Hand mit Wasserstoffsuperoxyd. Blutiger Schaum zischte aus den Wunden, und Laura biß stöhnend auf den Waschlappen. Didi mußte den Vorgang zweimal wiederholen, während Laura die Augen zudrückte und Tränen daraus hervorsickerten. Dann, als Sand und Sägemehl vollkommen entfernt waren, griff sie nach dem Jod. »So«, sagte sie, »das dürfte jetzt ein ganz kleines bißchen brennen«, und Laura schob sich den Waschlappen wieder zwischen die Zähne, während Didi das schreckliche Werk in Angriff nahm.

Laura spürte einen Schmerz, den sie niemals vergessen würde. Sie war damals neun Jahr alt gewesen und mit ihrem Rad über eine Landstraße gefegt, da war einer der Reifen auf dem Rollsplitt weggeschlittert. Ihre Knie hatten blutige Löcher gehabt, ihr Kinn eine breite Platzwunde, ihre Arme waren aufgeschürft, und ihre Ellbogen bluteten. Am schlimmsten aber war, daß ihr Zuhause zwei Meilen entfernt lag. Keiner konnte ihr Geschrei hören. Keiner war da, um ihr zu helfen. Also stand sie auf, bestieg dieses heimtückische Fahrrad erneut und strampelte los. Es ging nun mal nicht anders. Und sie erinnerte sich noch an den Aufschrei ihrer Mutter: »Laura! Du hast dich ja zum Krüppel gemacht!«

Nein, zum Krüppel war sie nicht geworden. Schorf und Narben hatte sie zwar bekommen, aber dieser Tag war der Anfang ihres Erwachsenseins.

Auch dieser Schmerz brachte ihr eine bittere Erfahrung. Es war, als steckte man seine Hand in glühende Holzkohle, hielte sie anschließend unter Salzwasser, und dann dasselbe wieder von vorn. Laura zitterte vor Kälte, aber gleichzeitig perlte ihr der Schweiß aus allen Poren. Gott sei Dank fiel sie zehn Sekunden, nachdem Didi ihre Arbeit begonnen hatte, in Ohnmacht. Als sie wieder erwachte, war Didi mit der Wunddesinfektion fertig und hatte Lauras Ringfinger fast zu Ende geschient, indem sie ihn noch geradezog und mit dem Verbandszeug eines der Hölzchen an Lauras Finger und Handfläche befestigte. Dann war der Mittelfinger an der Reihe.

Als Didi ihn berührte, zuckte Laura zusammen und verzog das Gesicht. »Tut mir leid«, sagte Didi. »Es geht nicht anders.« Und während Laura durch den Waschlappen schrie, begann sie, den Finger geradezuziehen.

Wieder verlor Laura das Bewußtsein. So konnte Didi ihre Arbeit zum Glück schnell beenden und die Schiene mit Heftpflaster befestigen. Sie war gerade mit dem Zeigefinger fertig, da flatterten Lauras Augenlider. Laura spuckte den Waschlappen aus, und ihr Gesicht war gelblich-weiß. »Mir ist schlecht«, keuchte sie, und Didi holte rasch einen Abfalleimer, um ihn Laura vor den Mund zu halten.

Noch war die Quälerei nicht zu Ende. Didi schiente den

Daumen und bandagierte die Hand mit Mull. Laura ächzte und schwitzte vor Schmerzen. »Sie wollen doch nicht mit einer Kralle durchs Leben spazieren?« fragte Didi, während sie den Verband abschnitt, um eine neue Schicht aufzutragen. Laura keuchte wie ein Blasebalg, und ihr Blick war leer und schmerzgetrübt. »Bin gleich fertig mit Einpacken«, sagte Didi. »Das soll ein Witz sein.« Es war kein besonders guter, und beide wußten das: Morgen früh müßten die Verbände erneuert und die Wunden wieder gewaschen werden.

»Lucy«, flüsterte Laura, während Didi zu Ende bandagierte.

»Wie? Was für eine Lucy?«

»Lucy und Ethel.« Sie schluckte; ihr Hals war wie ausgedörrt. »Als sie ... die Pralinen verpackt haben ... und die Pralinen immer schneller vom Fließband gekommen sind. Haben Sie das gesehen?«

»O ja! Das war zum Schreien!«

»Gute Sendung«, sagte Laura. Ihre Hand war eine siedende Masse von Feuer und Schmerz, aber der Heilungsprozeß hatte eingesetzt. »So was ... machen sie heute gar nicht mehr.«

»Besonders hat mir gefallen, wie Lucy mal in Las Vegas war und mit diesem Riesenkopfputz die Treppe runtermußte. Erinnern Sie sich noch daran? Und wie sie einmal zuviel Hefe ins Brot tut und es wie eine Rakete aus dem Ofen schießt. Das waren noch tolle Sendungen!« Sie schnitt den Verband ab und befestigte ihn mit Heftpflaster. »Ich bin immer fast gestorben, wenn Lucy versucht hat, in Rickys Shows zu kommen, und er in Spanisch auf sie einredete.« Sie legte Lauras bandagierte Hand auf den Eisbeutel. »Die hab ich noch mit Mom und Dad zusammen gesehen. Wir hatten einen Fernseher mit rundem Bildschirm, und das verdammte Ding ist ständig ausgefallen. Ich weiß noch, wie Dad immer dahinter auf den Knien lag und gesagt hat:

›Didi, der Bursche, der herauskriegt, wie man diese Kisten am Laufen hält, wird 'ne Menge Geld verdienen.‹«

»Warum?« fragte Laura mit schwacher Stimme.

»Warum was?«

»Warum sind Sie in die ›Sturmfront‹?«

Didi rollte das restliche Verbandszeug zusammen und machte den Karton mit dem Heftpflaster zu. Die Schere sowie andere Utensilien legte sie auf die billige Kommode des Zimmers. Vor dem Fenster draußen konnte Didi das helle, wespenähnliche Geräusch des eisigen Windes hören. »Was erwarten Sie denn darauf für eine Antwort?« entgegnete sie schließlich, als Laura sie nicht aus den Augen ließ. »Daß ich ein mißratenes Kind war? Eine Göre, die Grashüpfern die Beine ausriß und kleine Kätzchen mit Baseballschlägern verprügelt hat? Nein. In der Hauptschule war ich Präsidentin des Clubs für Hauswirtschaftslehre, habe jedes Semester die Ehrenurkunde bekommen und für den Jugendchor in meiner Pfarrei Klavier gespielt.« Sie zuckte die Achseln. »Ich bin kein Monster gewesen. Nur wußte ich eben nicht, was in mir heranwuchs.«

»Und was war das?«

»Ein Verlangen«, antwortete Didi. »Der Wunsch, anders zu sein. Etwas zu erfahren. Orte zu bereisen, die meine Eltern nur vom Lesen kannten. Nehmen Sie doch nur Lucy: Wenn man sich jeden Abend nichts anderes als solche Sendungen ansehen würde, würde man bald glauben, mehr hätte die Welt nicht zu bieten. Meine Eltern hatten Angst vor dem richtigen Leben. Sie wollten nicht, daß ich dort hinausgehe. Sie sagten, ich würde irgendeinem Jungen aus dem Ort mal eine tüchtige Frau werden, vielleicht drei, vier Meilen von ihrer eigenen Tür entfernt wohnen, einen ganzen Stall voller Kinder großziehen, und sonntags würden wir uns alle zum Schmorbraten treffen.« Didi öffnete die Vorhänge, um nach draußen zu sehen. Schneeflocken wirbelten im Lichtschein, und die Autos auf dem Parkplatz waren vereist. »Als ich gesagt habe, ich wollte auf die höhere Schule gehen, waren sie einfach baff. Und als ich das außerhalb von Iowa tun wollte, war das der Beginn eines langen, kalten Krieges. Sie konnten nicht verstehen, weshalb es mich fortzog. Ich wäre dumm, sagten sie, verrückt. Und ich bräche ihnen das Herz. Na ja, damals habe ich das nicht verstanden, aber sie brauchten mich zwischen sich, damit sie wenigstens noch irgend etwas Gemeinsames hatten. Sie wollten nicht, daß ich erwachsen werde, und als ich es tat ... kannten sie mich nicht mehr. Wollten mich nicht mehr kennen.« Sie ließ die Vorhänge fallen. »Darum nehme ich an, wenn ich von zu Hause weg bin, dann auch, um herauszufinden, wovor meine Eltern sich so fürchteten.«

»Und haben Sie es herausgefunden?«

»Ja. Wie jede Generation hatten auch sie Angst vor der Zukunft. Angst davor, unbedeutend und vergessen zu werden.« Sie nickte. »Das ist eine tiefsitzende Angst, Laura. Manchmal spüre ich sie jetzt selbst. Ich habe nie einen Mann gehabt – oh, diese bürgerliche Krankheit – und auch nie ein Kind. Dazu ist es für mich zu spät. Wenn ich einmal sterbe, wird niemand bei meiner Beerdigung weinen. Niemand wird meine Geschichte kennen. Ich werde an einer Straße, auf der Fremde vorbeifahren, unter dem Unkraut liegen, und keiner wird sich an meine Stimme, meine Haarfarbe oder andere Dinge erinnern, auf die ich einen Dreck gegeben habe. Darum bleibe ich ja bei Ihnen, Laura. Sie verstehen?«

»Nein.«

»Ich will, daß Sie Ihr Kind zurückbekommen, weil ich selbst nie eines haben werde«, antwortete Didi. »Und wenn ich Ihnen helfen kann, David zu finden ... dann ist es doch fast so, als wäre er mein eigenes Kind.«

»Ja«, antwortete Laura. Sie spürte, wie sie auf Wogen rohen

Schmerzes langsam davontrieb. Es würde eine lange, schreckliche Nacht werden. »Fast.«

»Mir genügt's.« Didi holte Laura einen Becher voll Wasser und gab ihr zwei Aspirin. Der Fieberschweiß glitzerte auf Lauras Gesicht, und in ihrer Hand pochte ein so glühend heißer Schmerz, daß sie stöhnte. Didi zog sich einen Stuhl an das Bett, während Laura nach besten Kräften gegen diesen Schmerz ankämpfte. Didi wußte nicht, was morgen sein würde. Das hing von Laura ab. Wenn es ihr gut genug ging, um im Auto zu fahren, dann sollten sie möglichst bald wieder weiter, Richtung Westen.

Nach einer Weile stand Didi auf und nahm die Plastiktüte, um sie an der Maschine draußen frisch mit Eis zu füllen. Dabei entdeckte sie einen Zeitungsautomaten und kaufte sich für ihr letztes Kleingeld das JOURNAL aus Iowa City. Wieder zurück im warmen Zimmer, in dem es stark nach Jod und Erbrochenem roch, legte sie Lauras Hand auf den Eisbeutel und setzte sich neben sie, um zu lesen.

Sie fand den Bericht über den Autobahnunfall auf Seite drei. Der Mann, der dabei ums Leben gekommen war, konnte nicht identifiziert werden. »Nicht viel übrig, woran man ansetzen kann«, hatte der amtliche Leichenbeschauer gemeint. Außer, daß das Kennzeichen des Wagens, eines BMW neuerer Bauart, aus Georgia stammte. Didi war klar, daß man es inzwischen überprüfen und das FBI wissen würde, wem der Wagen gehörte. Die Sensationsreporter würden einen neuen Geruch an einer alten Geschichte wittern, und bald würde Lauras Bild wieder in allen Zeitungen sein. Aber auch das von Mary Terror. Gut möglich, daß sie und das Baby durch Earl van Divers Tod erneut auf die Titelblätter kamen.

Didi sah Laura an, die in einen erschöpften Schlaf gesunken war. Kein Bild der alten Laura, das in einer Zeitung erschien, hatte noch Ähnlichkeit mit der Frau, die dort auf dem Bett lag – diesem Gesicht, das verzerrt war vor Schmerz und hart vor Entschlossenheit. Wenn aber Mary und das Baby wieder in die Schlagzeilen kamen, dann bestand auch eher die Möglichkeit, daß sie jemand erkannte. Und daß irgendein Polizist mit Machokomplex sie entdecken, eine Dummheit begehen und David dabei umbringen konnte.

Didi schaltete den Fernseher ein, ließ ihn aber auf niedriger Lautstärke, und sah sich die Zehnuhrnachrichten des Senders Iowa City an. Auch dort gab es einen Bericht über den Unfall sowie ein Interview mit dem Fahrer des Milchlastzugs, einem dicken Kerl mit einem blutigen Verband auf der Stirn und glasigen Augen, in denen zu lesen war, daß er einen Blick in sein eigenes Grab geworfen hatte. »Ich hab diesen Transporter und den anderen Wagen auf mich zukommen sehen, und direkt dahinter die Autobahnpatrouille«, erklärte er mit zitternder Stimme. »Hatten vielleicht so achtzig Sachen drauf, alle drei. Dann ist mir der Transporter hinten reingesaust, und ich hab versucht, rechts rüberzukommen, da kracht mir, wamm, dieser Pkw in den Tanker, und dann verließen sie ihn.« Der Fernsehsprecher sagte, daß Autobahnstreife und Staatspolizei nach einem dunkelgrünen Transportbus mit einem Kennzeichen aus Georgia fahndeten.

Während sich Didi den Rest der Nachrichten anhörte, griff sie zu einem Notizblock, dessen oberer Rand den Aufdruck *Liberty Motor Lodge* und das Bild einer gesprungenen Glocke trug. Mit einem Kuli des Motels schrieb sie *Mary Terror.* Dann *Freestone* und drei Namen, die sie sich vor langer Zeit gemerkt hatte: *Nick Hudley, Keith Cavanaugh, Dean Walker.* Unter den dritten malte sie einen Kreis, setzte zwei Pünktchen als Augen ein und zeichnete dann einen langen, gebogenen Mund: ein Mondgesicht wie auf dem Sticker, den sie in dem Holzlager an Marys Pullover gesehen hatte.

Die Staatspolizei würde nach Marys Transporter die Augen offenhalten. Morgen früh würde sie haufenweise mit ihren Autos ausschwärmen. Aber vielleicht hielten sie auch nach einem gestohlenen Oldsmobile Cutlass Ausschau, an dessen Windschutzscheibe ein *Playboy*-Abzeichen klebte. Es würde nichts schaden, dieses verdammte Ding herunterzukratzen, die Würfel am Rückspiegel zu beseitigen und dabei auch gleich das Autokennzeichen gegen eines von den anderen Wagen auszutauschen, die draußen standen. Wie viele Leute achteten schon auf ihr Nummernschild, vor allem an einem eiskalten grauen Morgen? Mit dieser Schere ließen sich Schrauben vielleicht ebenso gut lösen wie die Zacken an einem Verlobungsring. Wenn nicht, dann eben nicht.

Didi riß den Zettel vom Block, faltete ihn zusammen und steckte ihn zu dem Diamanten in ihre Tasche. Die nächsten beiden Blätter, auf denen ihre Notizen sich durchgedrückt hatten, beseitigte sie. Dann zog sie einen zweiten Pullover und Handschuhe an, prüfte noch einmal Lauras Verletzungen – es drang Blut durch den Mullverband, aber mehr, als sie mit Eis zu kühlen, ließ sich nicht tun – und ging nach draußen. Was sie vorhatte, verriet ihr, daß sie noch immer die Instinkte eines »Sturmfront«-Mitglieds besaß.

6

Wo Wünsche in Erfüllung gehen

Nach einem dunkelgrünen Transportbus mit Nummernschild aus Georgia fahndeten die Bullen?

Gut, dachte Mary. Sie saß halb eingeschlafen und mit ausgestreckten Beinen auf dem Liegesessel des gemütlichen Wohnstübchens, und vor ihr lief der Fernseher. Wenn die Bullen den Transportbus in Rocky Roads Scheune entdecken würden, hätte sie sich schon längst wieder mit Drummer aus dem Staub gemacht.

Sie war satt. Zwei Schinkenbrote, eine große Schüssel Kartoffelsalat, eine Tasse heiße Gemüsesuppe, eine Dose Apfelmus und fast eine ganze Tüte *Oreo*-Plätzchen. Sie hatte Drummer sein Fläschchen gegeben – auf dem Herd vorgewärmt, wie er es am liebsten mochte –, ihn Bäuerchen machen lassen, ihm die Windel gewechselt und ihn schlafen gelegt – in dem Bett, das er mit Rocky Road und Cherry Vanilla teilte. Er war sofort eingeschlafen.

Mary sah fern, und ihre Augenlider waren halb geschlossen. Die Polizei hatte eine Großfahndung eingeleitet, hatte der Sprecher in den Zehnuhrnachrichten aus Iowa City gesagt. Das Farmhaus, in das sie sich selbst eingeladen hatte, lag sechzehn Meilen westlich von dieser Stadt, und auf dem Briefkasten stand der Name »Baskin«. Früher, in Atlanta, hatte sich Mary immer bei *Baskin-Robbins* Eis gekauft. Ihre Lieblingssorte war Rocky Road. Der Bauer hatte wie Rocky Road ausgesehen, ein dicker, dunkelhaariger Kerl mit einer großen Speckrolle um den Bauch, so daß er weich und langsam war und nicht gefährlich wurde. Seine Frau hingegen war blond, zierlich und hatte rosige Wangen. Sie war Cherry Vanilla. Der vierzehnjährige Junge ähnelte seinem Vater: ebenfalls dunkelhaarig, aber drahtiger; als Eissorte wäre er wohl Fudge Ripple gewesen.

An der Wandtäfelung hingen Familienfotos – allesamt lächelnde Gesichter; nun lächelten sie nicht mehr. Und in der Garage standen zwei Fahrzeuge: ein brauner Pritschenwagen, auf dessen hinterer Stoßstange sich ein Aufkleber der *University of Iowa* befand, und ein dunkelblauer Jeep Cherokee. Der Cherokee war geräumig und fast vollgetankt. Mary brauchte nur ihre Koffer, die Babysachen und ihre *Doors*-Alben umzuladen, und schon könnte es weitergehen. Ein zusätzlicher Fund war Rocky Roads Waffenschrank gewesen. Rocky besaß drei Gewehre und einen Smith&Wesson-Revolver Kaliber 38, mit reichlich Munition für alle vier. Der Revolver würde zu Marys eigener Magnum wandern, wenn sie den Cherokee packte.

Sie hatte eine Dusche genommen. Hatte sich die Haare gewaschen, das Gesicht geschrubbt und mit einer Lösung aus alkoholischer Politur und warmer Seifenlauge sorgfältig ihre Wunden gereinigt. Es tat so weh, daß sie erst einmal keuchend auf dem Boden des Badezimmers liegenblieb. Am schlimmsten war Marys Unterarmverletzung mit den entzündeten Rändern und dem Knochen, der durch den Schorf schimmerte. Von Zeit zu Zeit verkrampften sich ihre Finger, als würde sie nach der Luft kratzen, aber es war ihr zerfetzter Oberschenkel, aus dem unentwegt Blut sickerte und der weh tat, als ginge man barfuß auf Rasierklingen. Auch ihr Knie war inzwischen blaurot und angeschwollen, und die Blutergüsse zogen sich bis zur Hüfte. Mary hatte Watte auf die Wunden gepackt, darauf Verbandszeug aus dem Arzneischränkchen geklebt und sich Unterarm und Schenkel mit Streifen aus zerrissenen Laken abgebunden. Dann war sie in einen von Rocky Roads wollenen Bade-

mänteln geschlüpft und hatte sich ein Bier aus dem Kühlschrank geholt, um in dem bequemen Liegesessel auf den Morgen zu warten.
Der Wetterbericht kam. Eine Frau, deren blondes Haar zu einem Helm gesprayt war, stand vor einer Landkarte und deutete auf ein Unwettersystem, das sich derzeit in Nordwestkanada zusammenbraute. Müßte in sechsunddreißig bis achtundvierzig Stunden das Gebiet von Iowa City/Cedar Rapids erreichen, sagte sie. »Gute Nachrichten für die Wintersportorte, schlechte Nachrichten für Reisende.«
Mary griff von ihrem Sessel aus nach dem Straßenatlas, den sie neben Fudge Ripples Hausaufgaben für Erdkunde auf dessen Schreibtisch entdeckt hatte. Er war bei der Karte der Vereinigten Staaten aufgeschlagen, die alle wichtigen Bundesautobahnen zeigte. Die I-80 wäre die direkteste Verbindung nach San Francisco und Freestone. Mary müßte dabei durch Iowa, Nebraska, dann in einem Bogen hinauf nach Wyoming, wieder hinunter nach Utah und durch Nevada fahren, bis sie schließlich nach Nordkalifornien käme. Wenn das Wetter nicht allzu schlecht wurde und sie ihr Tempo von fünfundsechzig Meilen pro Stunde beibehielt, konnte sie es in zwei Tagen bis Freestone schaffen. Wann sie weiterfuhr, hing davon ab, wie es ihr morgen früh gehen würde, aber sie hatte nicht vor, noch eine Nacht im Hause eines Toten zu verbringen. Seit sie die Leute um sechs Uhr in die Scheune getrieben hatte, war fünfmal das Telefon gegangen, und das machte Mary nervös. Vielleicht war Rocky Road der Bürgermeister oder Prediger dieser Gegend oder Cherry Vanilla die tonangebende Schönheit im Gemeindeleben. Man wußte ja nie. Darum war es das beste, sobald Marys Körper es wieder verkraften konnte, Richtung Autobahn zu verschwinden.
Sie war müde, und sie hatte Schmerzen. Ich werde allmählich alt, dachte sie. Laß mich vom Schmerz unterkriegen.

Vor zehn Jahren noch hätte sie Bedelia Morse mit einer einzigen Hand erwürgen können. Hätte sie erschlagen sollen, mit einem Stück Holz, dachte sie. Oder mit dem Revolver abknallen und das Luder dann mit dem Transporter überfahren. Aber es war alles so schnell gegangen, und Mary hatte nicht nur gewußt, daß sie völlig zerfetzt war – tief drinnen hatte sie auch Angst gehabt, sie könne das Bewußtsein verlieren, bevor sie und Drummer entkommen wären. Sie war davon ausgegangen, daß die Pitbullterrier Laura Clayborne den Rest geben würden, nun aber wünschte sie, sie hätte Gewißheit.

Ich bin durchgedreht, dachte sie. *Hab den Kopf verloren und die beiden am Leben gelassen.*

Aber immerhin war Lauras Wagen kaputt. Und die Hunde hatten sie mindestens ebenso schlimm wie Mary selbst zugerichtet. Hätte das Weib umbringen sollen, dachte sie verärgert. Hätte sie noch überfahren sollen, bevor ich weg bin. Nein, nein; Laura Clayborne war erledigt. Und falls sie wirklich noch lebte, dann würde sie jetzt japsend in irgendeinem Krankenhaus liegen. *Leide!* dachte sie. *Ich hoffe, du leidest schön lange dafür, daß du versucht hast, mein Baby zu stehlen.*

Aber sie wurde allmählich alt. Das wußte sie. Wurde alt, kopflos und leistete nur noch halbe Arbeit.

Langsam und unter Schmerzen erhob Mary sich aus dem Liegesessel, um in den rückwärtigen Teil des Hauses zu humpeln. Sie wollte nach Drummer sehen. Der Junge lag, den Schnuller im Mund und in eine saubere blaue Decke gekuschelt, auf dem Bett und war tief eingeschlafen. Sein kleines Engelsgesicht zeigte Kratzer, die er sich auf dem Boden des Wagens geholt hatte. Mary stand da und sah ihm beim Schlafen zu. Dabei spürte sie, wie ihr frisches Blut am Oberschenkel hinabrann, aber wennschon! Er war ein schöner Junge. Ein Engel, den der Himmel ihr als Geschenk für Jack gesandt hatte. Er war so wunderschön, und er gehörte ihr.

»Ich liebe dich«, flüsterte Mary in die Stille.

Und auch Jack würde ihn lieben. Das wußte sie.

Sie hob ihre blutigen Jeans vom Boden auf, griff in eine Tasche und zog etwas heraus. Es war der Ausschnitt aus den Mitteilungen des Sierra-Clubs. Jetzt klebte getrocknetes Blut darauf. Dann humpelte sie in die Wohnstube zurück und an das dortige Telefon. Sie entdeckte ein Telefonbuch, fand die benötigte Vorwahl und rief die Auskunft in Nordkalifornien an.

»Freestone«, sagte sie. »Ich hätte gern die Nummer von Keith Cavanaugh.« Sie mußte den Nachnamen wiederholen.

Eine dieser menschlich klingenden Computerstimmen rasselte die Nummer herunter, und Mary schrieb sie sich auf einen gelben Notizzettel. Dann rief Mary ein zweites Mal bei der Auskunft an. »Freestone. Ich hätte gerne die Nummer von Nick Hudley.«

Die Antwort wurde wie die erste auf den Zettel notiert. Ein dritter Anruf: »Freestone. Dean Walker.«

»Die gewünschte Nummer ist zur Zeit nicht erreichbar«, sagte die Computerstimme.

Mary legte auf und setzte neben Dean Walkers Namen ein Fragezeichen. Eine Geheimnummer? Oder hatte der Mann gar kein Telefon? Ihr Bein tat jetzt wieder richtig weh, und sie setzte sich neben den Fernsprecher. Sie starrte auf Keith Cavanaughs Nummer. Traute sie sich, dort anzurufen? Und was würde passieren, wenn sie Jacks Stimme wiedererkannte? Oder wenn sie bei beiden Nummern anrief, und keine Stimme war die von Jack? Sie nahm den Hörer wieder ab; ihre Finger zuckten und tanzten, wie sie es bereits kannte, und sie mußte noch einmal auflegen, bis die Krämpfe nachgelassen hatten.

Nach einer Minute wählte sie die Vorwahlnummer und dann die von Keith Cavanaugh.

Tüt. Tüt. Tüt. Marys Kehle war bereits ausgetrocknet, und ihr klopfte das Herz. Was sollte sie sagen? Was *konnte* sie sagen? Ein viertes Freizeichen. Ein fünftes, und so weiter. Niemand meldete sich.
Sie legte auf. In Freestone war es jetzt kurz nach neun. Nicht zu spät für einen Anruf, nach all diesen Jahren. Sie wählte Nick Hudleys Nummer.
Nach vier Klingelzeichen hörte Mary ein Klicken, mit dem das Telefon abgenommen wurde. Ihr Magen hatte sich vor Anspannung verkrampft.
»Hallo?« Eine Frauenstimme. Schwer zu sagen, wie alt.
»*Hi.* Ist Nick Hudley da, bitte?«
»Nein, bedaure. Nick ist auf einer Gemeinderatssitzung. Kann ich etwas ausrichten?«
»Äm ...« Sie überlegte nervös. »Ich bin eine Bekannte von Nick«, sagte sie. »Wir haben uns lange nicht gesehen.«
»Tatsächlich? Wie heißen Sie denn?«
»Robin Baskin«, antwortete sie.
»Wollen Sie, daß Nick zurückruft?«
»O nein ... ist schon gut. Hören Sie, ich versuche gerade, noch einen anderen Freund in Freestone zu erreichen. Kennen Sie jemanden namens Dean Walker?«
»Dean? Na klar. Den kennt doch jeder. Aber seine Privatnummer habe ich nicht. Sie erreichen ihn unter ›Dean Walker, ausländische Wagen‹. Soll ich sie Ihnen geben?«
»Ja«, antwortete Mary. »Bitte.«
Die Frau legte den Hörer zur Seite und sagte, als sie zurückkam: »Also, Robin! Die Nummer ist folgende ...!«
Mary notierte sie zusammen mit der Adresse von ›Dean Walker, ausländische Wagen‹. »Aber ich glaube, so spät haben sie dort nicht mehr auf. Rufen Sie aus dem Bereich Freestone an?«
»Nein. Es ist ein Ferngespräch.« Sie räusperte sich. »Sind Sie Nicks Ehefrau?«

»Ja, bin ich. Kann ich Nick Ihre Nummer geben? Für gewöhnlich sind die Sitzungen des Gemeinderats bis zehn zu Ende.«

»Oh, schon gut«, erwiderte Mary. »Ich bin sowieso zu Ihnen unterwegs. Ich werde mich einfach gedulden und ihn überraschen. Eines noch ... wissen Sie, vor langer Zeit habe ich selbst einmal in Freestone gewohnt, aber zu vielen Leuten den Kontakt verloren. Kennen Sie einen Keith Cavanaugh?«

»Keith und Sandy. Ja, die kenn ich!«

»Ich habe versucht, bei Keith anzurufen, aber es meldet sich niemand. Ich wollte nur sichergehen, daß er immer noch dort wohnt.«

»O ja. Sein Haus steht gleich unten an unserer Straße.«

»Gut. Ich würde nämlich gern auch bei ihm vorbeischaun.«

»Äh ... darf ich meinem Mann von Ihrem Anruf erzählen, Robin?«

»Klar«, antwortete Mary. »Sagen Sie ihm, in zwei, drei Tagen wäre ich da.«

»Okay.« Die Frauenstimme klang allmählich etwas verunsichert. »Haben wir uns je kennengelernt?«

»Nein, ich glaube nicht. Danke für Ihre Hilfe.« Und sie legte auf. Dann rief sie noch einmal bei Keith Cavanaugh an. Wieder keine Reaktion. Mit einem Oberschenkel, der sich heiß und geschwollen anfühlte, stand Mary auf, um zu der Polsterliege und der Dose Bier zurückzuhinken. Noch zwei Tage, und dann wäre sie in Freestone. Zwei Tage, und sie hätte Lord Jack wiedergefunden. Es war ein Gedanke, bei dem man ins Träumen geriet.

Bei eingeschaltetem Licht und während der Fernseher weiterlief, schlief Mary ein. Draußen pfiff der Wind. In ihrer Zufluchtsstätte, dem Ort, wo Wünsche in Erfüllung gingen, spazierte sie mit Lord Jack über einen weiten, grasbewachsenen Hang. Vor ihnen lag wie ein lebendiger Teppich aus

Grün und Blau das Meer, und die Brandung schlug an den Felsen. Mary war jung und frisch. Ihr ganzes Leben lag noch vor ihr, und wenn sie lächelte, war nichts Hartes in ihren Augen. Jack, der batikgefärbte Gewänder trug, hielt Drummer in seinen Armen, und sein blondes Haar wallte ihm auf die Schultern wie gesponnenes Gold. Mary sah ein Haus in der Ferne, ein schönes zweistöckiges Haus mit Kaminen aus Feldstein, das dort, wo die Gischt des Pazifiks es berührt hatte, von Moos bedeckt war. Sie kannte dieses Haus und wußte, wo es stand. Das »Donnerhaus« war die Geburtsstätte der »Sturmfront«. Dort hatte mit einem Ritual von Kerzen und Blutgelübden alles angefangen, dort hatte Lord Jack Mary zum erstenmal geliebt, und dort hatte sie ihm für ewig ihr Herz geschenkt.

Es war das einzige Haus, das sie je als ein *Zuhause* bezeichnet hatte.

Lord Jack drückte ihr gemeinsames Baby fest an sich, legte einen Arm um das schlanke, hochgewachsene Mädchen an seiner Seite, und zusammen gingen sie in der feuchten, salzigen Meeresluft über eine Blumenwiese, während ein lavendelfarbener Nebel über die Drakes Bay herankroch. »Ich liebe dich«, hörte sie Jacks Stimme dicht in ihrem Ohr sagen. »Schon von jeher. Kapierst du, was ich sage?«

Mary lächelte und antwortete: »Ja.« Eine in den Farben des Regenbogens schimmernde Träne rollte ihr die Wange hinab.

Mit Drummer zwischen ihnen und dem Versprechen auf einen Neuanfang vor ihnen, gingen sie auf das Donnerhaus zu. Und mit halb geöffnetem Mund, aus dem ihr ein langer, silbriger Speichelfaden über das Kinn lief, schlief Mary auf der Polsterliege. Sie schlief, erschöpft vom Blutverlust, und die Verbände an ihrem Unterarm und ihrem Schenkel zeigten rote Flecke, während draußen Schneeflocken vom Himmel herabwirbelten. Sie überzogen die kahlen Äcker mit ihrem Weiß, ließen sie gefrieren, und das Thermometer fiel auf unter zehn Grad minus.

Mary war noch weit vom Lande ihrer Träume entfernt.

Zehn Meilen westlich von ihr stöhnte Laura im Fieber, und Didi fuhr aus einem unruhigen Schlummer hoch, um nach ihrer Gefährtin zu sehen. Sie hatte in einer verkrampften Haltung auf dem Stuhl neben deren Bett geschlafen. Es gab nichts, womit sie den sowohl physischen wie psychischen Schmerz der andern lindern konnte, und darum machte sie die Augen wieder zu. Obwohl die Schere sich als untauglich zum Losschrauben von Nummernschildern erwies, hatte Didi das Sammelsurium von Gerümpel im Kofferraum des Cutlass durchgesehen und dabei einen Schraubenzieher entdeckt, der sich verwenden ließ. Jetzt trug der Wagen ein Kennzeichen aus Nebraska, die *Playboy*-Plakette war abgekratzt, und die roten Plastikwürfel lagen auf dem Müll.

Der Schlaf überfiel die Leidenden und schützte sie ein Weilchen gegen neuen Schmerz. Aber es war Mitternacht vorbei, und mit einer kalten Morgendämmerung zogen bereits die Sturmwolken herauf. Das Baby schreckte aus dem Schlaf auf. Mit seinen blauen Augen sah es sich um, und sein Mund sog heftig an dem Schnuller. Es erblickte seltsame Gestalten und unbekannte Farben und hörte ein gedämpftes Poltern und Schrillen: die Schwelle einer geheimnisvollen, furchterregenden Welt. In ein paar Minuten fielen ihm die Augen wieder zu. Von aller Schuld unberührt, schlief es ein, und seine Hände grapschten nach einer Mutter, die nicht da war.

TEIL VII

Totenverbrennung

1

Die Macht der Liebe

Es hupt.

Mary schlug die Augen auf. Ihre Lider waren weich und geschwollen.

Es hupt draußen. Vor dem Haus.

Ihr Herz tat einen Sprung. Sie setzte sich in ihrem Sessel auf, und sämtliche Gelenke ihres Körpers schienen gleichzeitig zu schreien. Mary schnappte nach Luft. Es hupte draußen, im grauen Zwielicht eines Wintermorgens. Sie war vor dem Fernseher eingeschlafen und hatte das Licht brennen lassen; ein Mann mit Kurzhaarschnitt sprach auf dem Bildschirm gerade über Sojaproduktion. Als sie aufzustehen versuchte, verschlug ihr der Schmerz, der durch ihren Oberschenkel zuckte, den Atem. Die Verbände waren von dunklem Blut verkrustet, ein schaler Kupfergeruch durchdrang das Zimmer, und Marys Unterarm pochte vor Hitze. Aber er war taub wie ihre rechte Hand. Sie erhob sich von ihrer Polsterliege und humpelte an ein Fenster, von dem aus sie vor das Haus sehen konnte.

Während der Nacht hatte eine dünne Schneeschicht die Felder bedeckt, und auf der weiß gepuderten Landstraße, etwa sechzig Meter vom Haus entfernt, stand ein Schulbus mit der Aufschrift CEDAR COUNTY SCHOOLS. Ist gekommen, um Fudge Ripple abzuholen, dachte Mary. Nur war der Junge nicht bereit für die Schule. Er lag tief eingeschlafen unter dem Heu. Der Schulbus wartete noch etwa fünfzehn Sekunden. Dann hupte der Fahrer frustriert ein letztes Mal und machte sich auf den Weg zum nächsten Haus, weiter unten an der Straße.

Mary fand eine Wanduhr. Es war sieben Uhr vierunddreißig. Sie fühlte sich schwach, schwindlig, und Übelkeit pulsierte in ihrem Magen. Auf wackligen Beinen begab sie sich ins Bad, beugte sich über die Toilette und würgte ein paarmal, aber es kam nichts. Sie betrachtete sich im Spiegel: Ihre Augen waren in geschwollenen Falten versunken, ihre Haut so grau wie der Morgen. Wie der Tod, dachte sie. Genauso sehe ich aus. Der Schmerz in ihrem Bein wütete unerbittlich, und sie durchsuchte den Badezimmerschrank, bis sie ein Glas mit Exedrin-Pillen fand. Sie nahm drei von diesen Tabletten, zerbiß sie zwischen den Zähnen und spülte sie mit einer Handvoll Leitungswasser hinunter.

Wie gern hätte sie heute ausgeruht! Wie gern sich in diesem warmen Haus wieder schlafen gelegt! Aber es wurde Zeit zum Aufbruch. Der Schulbusfahrer würde sich sicher wundern, warum Fudge Ripple heute nicht herausgekommen war, wo doch alle Lichter im Haus brannten. Er würde jemandem davon erzählen, und auch die anderen würden sich wundern. Es war Zeit zum Aufbruch.

Drummer fing an zu weinen; Mary erkannte sein Hungersignal, das ein, zwei Töne tiefer und weniger stark war als sein Angstgeschrei – eher ein nasales Brummen mit ein paar Unterbrechungen, um neue Luft zu haben. Sie würde ihn vor der Abfahrt füttern und die Windeln wechseln müssen. Ein Gefühl, daß Eile geboten war, brachte sie auf Trab. Zuerst erneuerte sie ihre Verbände: Sie zuckte zusammen, als sie die verkrustete Watte abzog, verband die Wunden wieder und umwickelte sie fest mit Streifen aus einem zerrissenen Laken. Dann ließ sie den Kofferdeckel aufspringen, zog sich frische Unterwäsche an und holte sich ein Paar Flanellsocken aus Rocky Roads Kommode. Da die Jeans ihr den geschwollenen Oberschenkel zu sehr einschnürten, schlüpfte sie in eine größere Hose – wiederum eine freundliche Spende ihres verblichenen Gastgebers – und zurrte sie mit einem ihrer Gürtel fest zusammen. Darüber zog sie ein graues Arbeiterhemd und einen kastanienbraunen Pullover, den sie seit 1981 besaß, und befestigte den Smiley-Anstecker an ihrer Brust. Ihre abgestoßenen Stiefel kamen als letztes. In Rocky Roads Kleiderschrank hing ein verlockendes Sortiment von dicken Mänteln und Parkas. Mary nahm einen braunen Kordmantel mit Lammfellkragen vom Bügel, legte ihn sich für später beiseite und wählte einen grünen Daunenparka als Schlafsack oder Behelfswiege für Drummer. Auch ein Paar Männerhandschuhe aus Leder wurden beiseite gelegt.

Während sie Drummer fütterte, drückte Mary unentwegt einen Tennisball in ihrer Rechten, um die Sehnen aufzuwärmen. Marys Kraft in dieser Hand war ungefähr ein Drittel so groß wie normalerweise, und ihre Finger waren kalt und taub. Nervenschaden, dachte sie. Sie konnte zerstörte Muskelstränge in ihrem Unterarm zucken fühlen; dieser Drecksköter hätte ihr um ein Haar eine Schlagader aufgerissen, und wäre das passiert, dann wäre Mary jetzt schon tot. Mit dieser Wunde am Oberschenkel allerdings war wirklich nicht zu spaßen. Sie hatte fünfzig, sechzig Stiche nötig und ein Desinfektionsmittel, das verdammt viel besser als das Zeug aus Rocky Roads Badezimmerschrank wäre. Aber solange der Schorf draufblieb, konnte Mary durchhalten.

Während sie Drummer die Windeln wechselte, läutete das Telefon. Nach zwölf Klingelzeichen hörte es auf, schwieg fünf Minuten und läutete dann noch acht weitere Male.

»Da ist jemand neugierig«, sagte sie zu Drummer, während sie ihn mit einem Papiertuch abwischte. »Er möchte wissen, warum der Junge heute nicht raus zum Schulbus gekommen oder Rocky Road noch nicht zur Arbeit angetreten ist. Oh ja, da ist jemand sehr neugierig!«

Sie beeilte sich ein wenig.

Um zwanzig vor neun, als Mary in der Garage gerade den Cherokee packte, klingelte das Telefon erneut und ver-

stummte wieder. Sie lud ihren Koffer und einen Müllsack voller Lebensmittel aus der Küche ein: den Rest des aufgeschnittenen Schinkens, eine Packung Cervelatwurst, einen Laib Weizenbrot, eine Kanne Orangensaft, ein paar Äpfel, einen Karton mit Haferkleie sowie eine große Tüte *Fritos*-Mais-Chips. Außerdem fand sie je ein Glas mit Mineralstoff- beziehungsweise Vitaminpillen, die ein Pferd hätten umbringen können, schluckte von jeder zwei und hielt, als alles verstaut und sie selbst bereit war, Drummer hinauszubringen, noch einmal inne, um sich ein Schälchen Haferbrei zu machen und schnell eine Cola zu trinken.
Sie stand gerade in der Küche und aß ihren Haferbrei zu Ende, da entdeckte sie bei einem Blick durch das Fenster ein Polizeiauto, das langsam die Auffahrt heraufkam.
Vor dem Haus blieb es stehen, und ein Polizist in einem dunkelblauen Parka stieg aus. Auf dem Wagen stand CEDAR COUNTY SHERIFF'S DEPARTMENT. Als der Polizist – der vielleicht Anfang Zwanzig war, fast noch ein Kind – an die Haustür kam und auf den Summer drückte, hatte Mary bereits eines der Gewehre aus dem Waffenschrank geladen.
Sie stellte sich in eine Ecke neben der Tür und wartete. Der Polizist betätigte den Summer noch einmal. Dann klopfte er mit seiner behandschuhten Faust. »Hey, Mitch!« rief er, und in der frostigen Luft wurde sein Atem sichtbar. »Wo steckst du denn, Junge?«
Geh weg, dachte Mary. Ihr Bein hatte wieder angefangen zu schmerzen.
»Mitch? Bist du zu Hause?«
Der Polizist trat von der Tür zurück, stemmte seine Hände in die Hüften und sah sich etwa eine Minute lang um. Dann sah ihn Mary nach rechts gehen. Sie trat an ein anderes Fenster, von wo aus sie ihn beobachten konnte. Er ging zur Hintertür, spähte hinein, und die Scheibe beschlug von sei-

nem Atem. Dann klopfte er erneut, diesmal fester. »Emma? Irgend jemand zu Hause?«

Niemand, dem du gern begegnen möchtest, dachte Mary.

Der Polizist drehte den Knauf der Hintertür. Drehte ihn hin und her. Dann sah sie ihn zur Scheune blicken.

Mit einem lauten »Mitch?« begann er, sich vom Haus zu entfernen, und seine Stiefel knirschten auf dem vereisten Schnee, als er dorthin ging, wo die Leichen und der Transportbus waren.

Das Gewehr in Händen, stellte sich Mary an die Hintertür. Sie beschloß, ihn Mitch und Emma finden zu lassen.

Der Bulle öffnete das Scheunentor und ging hinein.

Sie wartete, und eine Art Lust glitzerte in ihren Augen.

Es dauerte nicht lange. Der Polizist kam herausgerannt. Er schwankte, hielt inne, beugte sich vornüber und erbrach sich in den Schnee. Dann rannte er wieder los. Seine langen Beine bewegten sich wie Maschinenkolben, und sein Gesicht war kreideweiß.

Mary sperrte die Tür auf und trat hinaus in die Kälte. Als der Polizist sie sah, bremste er, kam schlitternd zum Stillstand und wollte nach seiner Waffe greifen. Der Druckknopf an der Revolvertasche war zu, und während die behandschuhten Finger des Polizisten noch daran herumfummelten, hob Mary Terror ihre taube Hand, legte an und schoß ihrem Gegenüber auf neun Meter Entfernung in den Bauch. Der Mann wurde rücklings zu Boden geschleudert. Weißer Atem platzte ihm aus Mund und Nase. Als er sich herumrollte und sich auf die Knie zu kämpfen versuchte, feuerte Mary einen zweiten Schuß ab, der ihm ein Stück aus seiner linken Schulter wegriß, und dampfendes Blut spritzte. Die dritte Kugel erwischte ihn unten im Rücken, während er über den purpurfarbenen Schnee kroch.

Er zappelte ein paarmal wie ein Fisch an der Angel. Dann

blieb er mit dem Gesicht nach unten liegen und streckte die Arme aus, als hinge er am Kreuz.
Mary sog tief die kalte Luft in sich ein und genoß das Stechen in den Lungen. Dann ging sie in die Küche zurück, stellte das Gewehr hin und aß die letzten beiden Löffel voll Haferbrei. Den Rest Milch trank sie aus und spülte mit dem letzten Schluck Cola nach. Sie hinkte ins Schlafzimmer, wo sie den Kordmantel und die Handschuhe anzog, packte Drummer dann in den Daunenparka und nahm ihn vom Bett auf. »Ein hübscher Junge bist du, jawohl!« sagte sie, während sie ihn aus der Küche trug. »Mamas hübscher kleiner Junge!« Und voller Liebe gab sie ihm einen Kuß. Sie warf noch einen Blick aus der Hintertür. Ja, der Bulle hatte sich nicht bewegt. Dann legte sie Drummer in den Cherokee, betätigte den Griff der Garagentür, stieß sie auf und rutschte hinter das Lenkrad.
Sie fuhr an dem toten Polizisten vorbei und bog direkt auf die Straße, die wieder zur I-80 und Richtung Westen führte. Ihre Umhängetasche stand auf dem Boden. Sie war voll mit Pampers und Babynahrung, doch auch zwei Feuerwaffen lagen darin: die Magnum und der neue Smith &Wesson-Revolver, der den verlorenen Colt ersetzen sollte. Heute früh ging es Mary schon viel besser. Sie fühlte sich immer noch schwach, ja, aber viel besser. Das mußten die Vitamine sein. Ein bißchen Eisen im Blut, und schon war alles anders.
Oder war es vielleicht die Macht der Liebe, fragte sie sich mit einem Seitenblick auf ihr wunderschönes Baby.
Die Liste der Namen und Telefonnummern steckte zusammen mit dem blutbefleckten Artikel des Sierra-Clubs in Marys Hosentasche. Im Westen war der Himmel verschwommen und dunkelviolett, das Land so weiß wie eine Friedenstaube.
Es war ein Morgen voller Liebe.
Mit Feuerkraft und Wahnsinn beladen, fuhr der Cherokee weiter, Richtung Kalifornien.

2

Naturtalent

Bis jeweils zwölf Uhr mußte man sein Motelzimmer räumen. Der rostzerfessene Cutlass mit Kennzeichen aus Nebraska verließ den Parkplatz der *Liberty Motor Lodge* um zehn Uhr sechsunddreißig und bog auf die westwärts führende Autobahn der I-80. Hinter dem Steuer saß eine rothaarige Frau; daneben eine bleiche Beifahrerin mit verbundener Hand und der Glut der Hölle in den Augen. Sie trug einen dunkelgrauen Pullover mit grünen Streifen, drückte sich ständig einen Eisbeutel auf die linke Hand und nagte an ihrer dicken, aufgerissenen Unterlippe.

Die Meilen tickten dahin. Schneeschauer wirbelten aus dem Halbdunkel, und die Autos hatten ihre Scheinwerfer und Scheibenwischer eingeschaltet. Die Wischblätter des Cutlass kreischten wie eine ganze Hexengesellschaft, während sein Motor stampfte wie ein Dampfkessel mit Zündkerzen. In Des Moines, achtzig Meilen weiter westlich, hielten Didi und Laura bei einem *Wendy's* an und aßen Burger, Pommes frites und Kaffee. Während Laura aß, ohne auch nur an Tischmanieren zu denken, und ständig die Uhr im Auge behielt, ging Didi zum Münztelefon und schlug in den Gelben Seiten unter *Leihhäuser* nach. Sie riß die Seite heraus, setzte sich dann wieder zu Laura, und gemeinsam vertilgten sie das Essen.

Der Mann bei *Honest Joe's* in der McKinley Avenue begutachtete den Diamanten durch seine Lupe und bat um irgendeine Art Ausweis. Sie nahmen den Stein wieder an sich und zogen weiter. Die Angestellte von *Rossi's Pawn* in der

Neunten Straße wollte sich ohne irgendeinen Besitznachweis gar nicht erst auf ein Gespräch einlassen, und in dem trostlosen Pfandhaus an der Army Post Road, das seinem Namen *Krimskrams und Trödel* alle Ehre machte, sah sich ein Mann – er erinnerte Laura an John Carradines Kopf auf Dom DeLuise' Körper – den Diamanten an und lachte dann wie eine Motorsäge. »Jetzt mal Klartext, Lady! Der Stein ist falsch!«

»Vielen Dank.« Laura nahm den Diamanten vom Tisch, und Didi folgte ihr Richtung Tür.

»Hey, hey, hey! Nicht gleich so sauer! Warten Sie doch eine Sekunde!«

Laura blieb stehen. Der Dickwanst winkte sie zurück. Seine Hand war dicht beringt. »Los, feilschen wir ein bißchen!«

»Dafür habe ich keine Zeit.«

»Was? Sind Sie vielleicht in Eile?« Er sah stirnrunzelnd auf ihre verbundene Hand. »Ich glaub, Sie bluten, Lady.«

Rote Flecke waren durch die Bandagen gedrungen, und Laura antwortete: »Ich habe mich geschnitten.« Sie nahm eine stolze, aufrechte Haltung an und ging zurück an den Ladentisch. »Mein Mann hat vor acht Jahren über dreitausend Dollar für diesen Diamanten bezahlt. Ich habe ein Gutachten und weiß, daß der Stein echt ist. Erzählen Sie mir also keine Märchen!«

»So?« Er grinste. Kein Pferd hatte größere oder gelbere Zähne. »Dann lassen Sie's doch mal sehen, dieses Gutachten!«

Laura rührte sich nicht. Schwieg, als hätte es ihr die Sprache verschlagen.

»Aha. Dann zeigen Sie uns doch mal Ihren Führerschein!«

»Mir wurde die Handtasche gestohlen«, erwiderte Laura.

»Oh, natürlich!« Er nickte und trommelte dabei mit seinen Fingern auf der Tischplatte. »Wo haben Sie den Stein geklaut, meine Damen?«

»Gehen wir!« drängte Didi.
»Sie sind von der Polizei, stimmt's? Verdeckte Ermittler?« fragte der Mann. »Wollen Sie mir ein bißchen in den Arsch pieksen?« Er schnaubte. »Ja, ich riech Bullen schon auf eine Meile Entfernung! Kommen mit 'nem vorgetäuschten Südstaatenakzent hier reinspaziert! Ihr Typen wollt wohl nie aufhören, mich ins Kittchen zu bringen, was?«
»Los!« Didi packte ihre Gefährtin am Arm.
Fast hätte Laura sich abgewandt. Fast. Aber die Schmerzen brachten sie beinahe um, ihre Barschaft war bis auf einen Rest Kleingeld zusammengeschmolzen – einen düstereren Tag hatte sie nie gesehen –, und irgendwo da draußen war Mary Terror mit David unterwegs. Sie fühlte, wie ihr ausgefranster Geduldsfaden riß, und als nächstes fühlte sie ihre Hand unter ihren Pullover wandern. Sie faßte den Griff der Automatik im Bund von ihren Jeans, zog die Pistole hervor und richtete sie auf das Pferdegebiß des Mannes.
»Ich nehme tausend Dollar für meinen Diamanten«, sagte Laura. »Gefeilscht wird nicht.«
Das Grinsen des Mannes erstarrte.
»O Gott!« jammerte Didi. »Bring ihn nicht um wie diesen andern, Bonnie! Pust ihm nicht das Gehirn raus!«
Der Mann zitterte und hob seine Arme. Er trug Manschetten, die wie kleine Goldklumpen aussahen.
»Mach die Kasse auf!« befahl Laura. »Du hast gerade einen Diamanten gekauft!«
Er beeilte sich, ihr zu gehorchen, und zählte das Geld auf die Ladentheke. »Bonnie dreht manchmal durch«, sagte Didi, während sie an die Tür ging und das *Geöffnet*-Schild umdrehte, so daß es die Worte *Leider geschlossen* zeigte. Es war kein Mensch auf der Straße; vernünftige Leute blieben bei diesem Wind und Schnee drinnen. »In Nebraska gestern hat sie so jemand eine Kugel durch den Kopf gejagt. Schießwütig ist sie, genau das!«

»Möchten Sie große Scheine?« keuchte der Mann. »Hunderter vielleicht?«
»Ganz egal!« antwortete Didi. »Los, los! Beeilung!«
»Ich hab nur ... ich hab nur ... nur sechshundert Dollar in der Kasse. Aber es ist noch was im Safe. Dort hinten.« Er deutete mit einem Kopfnicken auf eine Tür, die das Schild BÜRO trug.
»Sechshundert reichen«, sagte Didi. »Nimm du das Geld, Bonnie! Das dürfte doch reichen bis nach Michigan, oder?« Sie nahm Laura die Automatik ab, während diese das Geld einsteckte. »Sonst noch jemand hier drin?«
»Ja, hinten. Wanda Jane. Sie ist die Buchhalterin.«
»Okay. Jetzt geh schön langsam durch diese Tür da!«
Der Mann setzte sich in Bewegung, aber Laura sagte: »Moment! Vergiß nicht den Diamanten! Du hast ihn gekauft.«
Didi warf ihr einen ärgerlichen Blick zu. Der verschreckte Mann stand einfach da und wußte nicht, was er tun sollte.
»Nimm schon!« sagte Laura, und schließlich gehorchte er.
In dem Büro saß eine ältere, kurzhaarige Frau, vom Rauch einer Zigarette umnebelt, am Telefon und sprach, während sie sich auf einem tragbaren Fernseher irgendeine Sendung ansah. Didi brauchte gar nicht den Mund aufzumachen; das Gesicht des Mannes und die Pistole sagten alles. »Heiliger Bimbam!« krächzte Wanda Jane. »Hal, ich glaub, wir werden –« Didi drückte auf die Telefongabel und schnitt die Verbindung ab.
»Wanda Jane, du hältst deine Klappe!« befahl Didi. »Und jetzt ausziehen, alle beide!«
»Den *Teufel* werd ich!« donnerte Wanda Jane und wurde rot bis unter die Haarwurzeln.
»Sie haben schon jemand umgebracht!« sagte der Mann. »Sie sind verrückt, alle zwei!« Und er knöpfte bereits sein Hemd auf. Als er seinen Gürtel aufschnallte, rutschte der gewaltige Schmerbauch heraus.

Didi trieb die beiden zur Eile an. In Minutenschnelle lagen sie bäuchlings auf dem Betonboden, und noch nie hatte ein häßlicheres Paar Vollmonde Lauras Auge beleidigt. Didi zog das Telefonkabel heraus und hob die Kleider der beiden vom Boden auf. »Ihr bleibt jetzt zehn Minuten so liegen! Bobby steht draußen Schmiere. Solltet ihr rauskommen, bevor diese zehn Minuten um sind, seid ihr nur noch zwei Leichen. Bobby ist nämlich noch verrückter als Bonnie. Verstanden?«

Wanda Jane grunzte wie ein Ochsenfrosch, während der Mann mit dem Pferdegebiß den neuen Diamanten in seiner Faust drückte und blökte: »Ja, wir haben verstanden! Nur bringt uns nicht um, okay?«

»Bis nächstes Mal, wenn wir wieder hier durchkommen!« versprach Didi und stieß Laura vor sich aus dem Büro.

Draußen warf Didi die Kleider in einen Mülleimer. Dann liefen sie und Laura zu dem Cutlass, der ein paar Häuser weiter unten stand, und Didi übernahm das Steuer. In fünf Minuten waren sie wieder mit Vollgas zur I-80 unterwegs, in zehn Minuten wieder auf dem Weg nach Westen – um sechshundert Dollar reicher und um einen Diamanten ärmer, der Laura nichts mehr bedeutete.

Didi schaute ständig in den Rückspiegel. Kein Blaulicht, keine Sirenen. *Noch* nicht. Die Tachonadel stand auf etwas über sechzig, und Didi hielt sie dort. »In nicht mal vierundzwanzig Stunden von Ladendiebstahl zum bewaffneten Raubüberfall«, sagte Didi und konnte ein schelmisches Grinsen nicht unterdrücken. »Sie sind ein Naturtalent.«

»Als was?«

»Als Schwerverbrecher.«

»Ich hab ja gar nichts gestohlen. Ich habe ihm den Diamanten dagelassen.«

»Stimmt, das haben Sie. Aber war es nicht ein schönes Gefühl, ihm die Pistole unter die Nase zu halten und mal so richtig über die Stränge zu schlagen?«

Laura sah zu, wie die Scheibenwischer gegen das Schneetreiben ankämpften. Ja, in einer gewissen Weise war es aufregend gewesen – ihren Verhaltensnormen so fremd, daß es schien, als hätte jemand anderer den Revolver gehalten, in ihrer Haut gesteckt und mit ihrer Stimme gesprochen. Was wohl Doug oder ihre Eltern dazu sagen würden? Eines aber wußte sie jetzt mit Sicherheit, und es erfüllte sie mit Stolz: Ein Schwerverbrecher war sie vielleicht nicht, aber eine Durchhaltenatur. »›Und jetzt ausziehen, alle zwei!‹« sagte sie mit herbem Gelächter. »Wie sind Sie bloß *darauf* gekommen?«

»Reine Zeitschinderei. Etwas Besseres ist mir nicht eingefallen, um sie ein Weilchen in diesem Büro festzuhalten.«

»Und warum haben Sie mich dauernd ›Bonnie‹ genannt? Und gesagt, wir wären nach Michigan unterwegs?«

Didi zuckte die Achseln. »Die Bullen werden nach zwei Frauen fahnden, die unterwegs nach Michigan sind. Eine davon hat einen Südstaatenakzent und nennt sich Bonnie. Es besteht die Möglichkeit, daß sie mit einem männlichen Komplizen namens Bobby fahren. Jedenfalls wird man in der entgegengesetzten Richtung nach uns suchen. Und daß jemand mit gezückter Pistole einen Dreitausenddollardiamanten gegen sechshundert Mäuse eintauscht, daraus werden sie bestimmt nicht schlau.« Didi lächelte schwach. »Haben Sie gehört? Ich sagte ›Bullen‹. Das habe ich schon lange nicht mehr gesagt oder gemeint.« Auch in ihr stieg sprudelndes Gelächter auf. »Haben Sie Wanda Janes Gesicht bemerkt, als ich ihnen sagte, sie sollten sich ausziehen? Ich dachte, sie würde bloß abwinken!«

»Und *ich* dachte, als der Bauch von diesem Kerl zum Vorschein gekommen ist, er würde, flatsch, auf dem Boden landen! Ich dachte, gleich gäb's ein Erdbeben!«

»Der Typ hat wahrlich einen Gürtel gebraucht! Hat ja nicht mal einen finden können, der groß genug war, verdammt!«

Sie lachten beide, und ihr Gelächter ließ das, was sie gerade getan hatten, etwas milder erscheinen. Einen kostbaren Moment lang vergaß Laura darüber den Schmerz in ihrer Hand und ihrem Herzen, und das war wirklich eine Wohltat.

»Der braucht einen Walfischgürtel!« fuhr Didi fort. »Und haben Sie diese beiden Hinterteile gesehen?«

»Typischer Fall von ›Hintertreffen‹!« sagte Laura mit Tränen in den Augen.

»Zwei Wonnemonde!«

»Vollmondpaar über Des Moines!«

»Weiß Gott, da hab ich ja schon Wackelpudding mit strafferen Formen –« *Gesehen,* wollte sie sagen, doch plötzlich war in der Heckscheibe ein blitzendes Blaulicht aufgetaucht. Laura drang Sirenengeheul ans Ohr, und ihr standen die Nackenhaare zu Berge.

»Jesus!« rief Didi, während sie den Cutlass rechts hinüberriß. Der Streifenwagen brauste von links heran, und mit hämmerndem Herzen wartete Didi darauf, daß er hinter sie einbiegen würde. Aber er fuhr vorbei und hinterließ gellendes Sirenengetön und flimmerndes Blaulicht, während er durch das Schnee- und Graupeltreiben in dem Dämmerlicht verschwand.

Keine der beiden Frauen konnte sprechen. Didis Hände hatten sich um den Lenker verkrallt, und ihre Augen waren schockiert aufgerissen, während Laura starr dasaß. Sie hatte Magenkrämpfe, und ihre verbundene Hand preßte sich gegen ihre Brust.

Vier Meilen weiter westlich kamen sie an einem Auto vorbei, das in die Leitplanke geschlittert war. Gleich daneben stand der Streifenwagen, und der Polizeibeamte unterhielt sich mit einem jungen Mann, auf dessen Pulli SKI WYOMING stand. Der Verkehr hatte sich verlangsamt, der Nachmittag sich auf ein Pflaumenblau verdüstert, und der Asphalt glitzerte. Didi berührte das Fenster. »Wird kälter«, sagte sie. Der Cutlass selbst war eine schnaufende, benzinsaufende Karre, doch seine Heizung funktionierte erstklassig. Während vor seinen Scheinwerfern körniger Schnee wirbelte, ging Didi auf fünfundsechzig Meilen pro Stunde herunter.

»Ich kann auch fahren, falls Sie ein Nickerchen machen wollen«, erbot sich Laura.

»Nein, schon in Ordnung. Strengen Sie Ihre Hand nicht an. Wie geht's Ihnen denn?«

»Ganz gut. Tut ein bißchen weh.«

»Falls Sie irgendwo anhalten wollen, sagen Sie mir Bescheid.«

Laura schüttelte den Kopf. »Nein. Ich möchte weiter.«

»Für sechshundert Dollar könnten wir uns auch einen Flug leisten«, meinte Didi. »In Omaha würden wir bestimmt ein Flugzeug nach San Francisco erwischen und könnten uns einen Leihwagen nach Freestone nehmen.«

»Nicht ohne Führerschein. Und außerdem müßten wir die Pistole zurücklassen, wenn wir uns in ein Flugzeug setzen.«

Erst nachdem sie ein paar Meilen weitergefahren war, sprach Didi wieder. Sie schnitt ein Thema an, daß ihr seit dem Vorfall im Holzlager keine Ruhe mehr ließ. »Was nutzt überhaupt eine Pistole? Ich meine ... wie wollen Sie David denn zurückbekommen, Laura? Freiwillig wird ihn Mary nicht hergeben. Da stirbt sie eher. Und selbst mit einer Pistole ... wie wollen Sie David lebend zurückbekommen?« Sie betonte das vorletzte Wort.

»Ich weiß es nicht«, antwortete Laura.

»Wenn Mary Jack Gardiner tatsächlich findet ... wer weiß dann schon, was sie tun wird? Wer weiß, was *er* tun wird? Vielleicht flippt er ja aus, wenn sie nach all diesen Jahren vor seiner Tür auftaucht.« Sie blickte kurz zu der anderen und dann wieder weg, weil Laura die Verzweiflung ins Gesicht geschlichen war und sich darin festgesetzt hatte. »Jack war schon immer ein gefährlicher Mensch. Er konnte zwar auch andere dazu herumkriegen, aber er hat selbst seinen Teil Leute umgebracht. Er war die treibende Kraft der ›Sturmfront‹, ihr Gehirn. Das Ganze war eine Ausgeburt seines Geistes.«

»Und Sie glauben wirklich, daß er das ist? In Freestone?«

»Ich glaube, daß er der Typ auf dem Foto ist, ja. Ob er jetzt in Freestone steckt oder nicht, weiß ich nicht. Aber wenn Mary mit David als einer Art ... Liebesgabe zu ihm kommt, dann weiß der Himmel, wie er reagiert!«

»Also müssen *wir* zuerst Jack Gardiner finden«, sagte Laura. »Unmöglich zu sagen, wie weit Mary uns voraus ist. Sie erreicht Freestone vor uns, wenn wir kein Flugzeug nehmen.«

»So weit voraus kann sie uns gar nicht sein. Sie ist doch selbst verwundet, vielleicht noch schlimmer als ich. Das Wetter wird sie zusätzlich aufhalten, und das desto mehr, wenn sie von der Autobahn herunterfährt.«

»Na schön«, erwiderte Didi. »Aber selbst wenn wir Jack als erste finden – was dann?«

»Dann warten wir auf Mary. Sie wird ihm das Baby bringen. Deswegen fährt sie ja nach Freestone.« Laura berührte vorsichtig ihre verbundene Hand. Die Hand war heiß genug, um Eier darauf zu braten, und ein tiefer, mörderischer Pulsschlag pochte darin. Laura würde den Schmerz ertragen müssen; sie hatte keine andere Wahl. »Wenn mein Baby nicht mehr in Marys Händen ist ... kann sein, daß ich dann eine Pistole brauche.«

»Sie sind keine Mörderin. Zäh wie Schuhleder, ja. Aber keine Mörderin.«

»Ich brauche die Pistole, um Mary aufzuhalten, bis die Polizei kommt«, erklärte Laura.

Ein langes Schweigen trat ein. Die Reifen des Cutlass

summten. »Ich glaube nicht, daß Jack das gefallen würde«, sagte Didi. »Egal, was für eine Identität er sich aufgebaut hat, er wird nicht zulassen, daß Sie Mary der Polizei überliefern. Und wenn Sie David erst einmal zurückhaben ... weiß auch ich nicht genau, ob ich das zulassen kann.«

»Ich verstehe«, erwiderte Laura. Sie hatte über diesen Punkt schon nachgedacht, und ihre Gedanken hatten sie zu diesem Schluß geführt. »Ich habe gehofft, wir könnten gemeinsam etwas bewerkstelligen.«

»Genau. So was wie einen Obersten Gnadenerlaß?«

»Eher so etwas wie ein Flugzeugticket nach Kanada oder Mexiko.«

»Oh Boy!« Didi lächelte bitter. »Es geht doch nichts über einen Neubeginn in einem fremden Land, mit null Geld und einem Pullover aus dem Supermarkt!«

»Ich könnte Ihnen für den Anfang ein bißchen Geld schikken.«

»Ich bin *Amerikanerin!* Kapito? Und ich bleibe in *Amerika!*«

Laura wußte nichts mehr zu sagen. Es gab ja auch nichts mehr. Didi hatte ihre Reise zu diesem Punkt vor langer Zeit angetreten – beim Verkoppeln ihres Schicksals mit dem von Jack Gardiner und der »Sturmfront«.

»Verdammt!« sagte Didi leise. Sie dachte an die Zukunft, in der die Furcht, daß jemand hinter ihr her war, sie tagsüber ersticken und sie nachts verfolgen würde und in der sie auf Schritt und Tritt eine Zielscheibe am Rücken trug. Aber in den kanadischen Gewässern gab es ja viele Inseln, dachte sie. Viele Orte, wohin die Post per Wasserflugzeug kam und der nächste Nachbar zehn Meilen weit weg wohnte. »Würden Sie mir einen Brennofen kaufen?« fragte sie. »Für meine Töpferwerkstatt?«

»Ja.«

»Das ist mir nämlich wichtig, meine Töpferei. Kanada ist ein hübsches Land. Es wäre bestimmt inspirierend, nicht wahr?« Didi nickte als Antwort auf ihre eigene Frage. »Ich könnte dort im Exil leben. Das hört sich doch besser an als *flüchten*, finden Sie nicht?«

Laura stimmte ihr zu.

Der I-80 folgend, die sich um Omaha herumschlängelte, und weiter durch die mit weißem Reif bedeckten Ebenen fuhr der Cutlass von Iowa nach Nebraska. Die Scheibenwischer kratzten über das Glas, die Reifen dröhnten dumpf vor sich hin, und Laura machte ihre Augen zu, um sich nach Möglichkeit etwas auszuruhen.

Donnerstagskind, dachte sie.

Donnerstagskinder haben einen langen Weg.

Sie erinnerte sich, wie eine der Krankenschwestern das bei Davids Geburt gesagt hatte.

Und sie hatte lange nicht mehr daran gedacht, aber zwischen dem Kratzen und dem Dröhnen fiel es ihr wieder ein: Auch sie war an einem Donnerstag auf die Welt gekommen.

Einen langen Weg, dachte sie. Sie hatte einen langen Weg hinter sich, doch das Gefährlichste lag noch vor ihr. Irgendwo an diesem dunklen Horizont waren jetzt auch Mary Terror und David unterwegs, und mit jeder Meile kamen sie Kalifornien näher. Hinter ihren geschlossenen Augen sah Laura David in einer Blutlache schwimmen. Eine Kugel hatte ihm den Schädel zertrümmert, und Laura verdrängte das Bild rasch, bevor es sich in ihrem Kopf festsetzen könnte. Einen weiten Weg, dachte sie. Einen weiten Weg. In den Goldenen Westen, der so finster war wie ein Grab.

3

»Er weiß Bescheid!«

Drei Fahrtstunden dem Cutlass voraus wirbelte der Schnee in Marys Scheinwerferlicht. Er fiel jetzt schnell und dicht von dem schwarzen Himmel – ein Sturm, gegen den die Scheibenwischer mit aller Kraft ankämpften. Immer wieder erzitterte das Steuer in Marys Händen, wenn ein neuer Windstoß die Flanken des Cherokee traf. Sie konnte spüren, wie die Reifen auf der eisglatten Autobahn wegrutschen wollten, und der Verkehr ringsum – der sich seit Anbruch der Nacht drastisch gelichtet hatte – blieb weit unter der vorgeschriebenen Höchstgeschwindigkeit.

»Es wird schon alles gut«, beruhigte Mary den Jungen, der vor dem Beifahrersitz lag. »Nur keine Bange! Mama wird sich um ihr süßes Baby kümmern!« In Wahrheit jedoch krabbelten unter ihrer Haut die Ameisen der Angst, und während der letzten zwanzig Minuten – seit ihrer Abfahrt von einem *McDonald's* in North Platte, Nebraska – war sie an zwei Autokarambolagen vorbeigekommen. Diese Art Fahrerei zerriß einem die Nerven und strengte die Augen an, aber noch war die Straße passierbar, und Mary wollte erst anhalten, wenn es gar nicht mehr anders ging. Drummer, den sie in dem *McDonald's* gefüttert und frisch gewickelt hatte, wurde allmählich schläfrig. Und »eingeschlafen« war von der langen Fahrt auch Marys verletztes Bein. Der Schmerz in ihrem Unterarm jedoch erwachte gelegentlich, um sie tief und heftig zu packen. Zudem war ihr Gesicht feucht und aufgedunsen vor Hitze; bestimmt hatte sie Fieber. Sie fühlte es. Doch sie mußte weiterfahren – so weit

sie heute nacht konnte –, bevor ihr gepeinigter Körper sie im Stich lassen würde.
»Los, singen wir ein Lied!« sagte Mary und entschied sich für: »*Age of Aquarius. The Fifth Dimension*, weißt du noch?« Aber natürlich wußte Drummer nichts davon. Mit einer Stimme, die in Marys Jugend vielleicht einmal ganz schön gewesen war, begann sie zu singen. Dann sagte sie: »*If You're Going to San Francisco.*« Ein anderer Titel, aber sie erinnerte sich nicht mehr an den Interpreten, und da sie auch nur noch die Zeilen mit *the flowers in your hair* kannte, sang sie diesen Teil immer wieder. Nach ein paarmal gab sie auf.
Der Schnee trieb gegen die Windschutzscheibe, und der Cherokee vibrierte. Die Flocken, die auf das Glas trafen, blieben ein paar Sekunden dort kleben. Sie waren groß und in sich verästelt wie Brüsseler Spitzen. Dann pflügten die Scheibenwischer sie beiseite, und die nächsten kamen.
»*Hot Fun in the Summertime*«, sagte Mary. »*Sly and the Family Stone.*« Nur kannte sie den Text nicht; sie konnte lediglich die Melodie summen. »*Marrakesh Express. Crosby, Stills, and Nash.*« Diesen Song kannte sie fast vollständig; es war eines von Lord Jacks Lieblingsstücken gewesen.
»*Light My Fire*«, sagte der Mann auf dem Rücksitz mit einer Stimme wie Samt und Leder.
Mary sah in den Rückspiegel und erblickte neben einem Teil ihres eigenen Gesichts das des Mannes. Ihre Haut glitzerte von Fieberschweiß, seine war weiß – wie behauenes Eis.
»*Light My Fire*«, wiederholte er. Sein Schopf war eine dichte, dunkle Mähne, sein Gesicht von Schatten modelliert. »Sing's mit mir zusammen!«
Sie zitterte. Die Heizung arbeitete auf Hochtouren, Mary war voller Hitze, aber trotzdem begann sie zu frösteln. Er sah genauso aus wie damals in Hollywood, als sie ihn aus

der Nähe gesehen hatte. Sie roch das geisterhafte Aroma von Pot und Räucherstäbchen mit Erdbeerduft – ein exotischer, verlorener Duft.
Und dann, während draußen der Schnee peitschte und Mary Terror das Steuerrad fest umklammerte, fing er an zu singen – auf dem Rücksitz des Cherokee!
Sie lauschte seinen halb stöhnenden, halb hämisch knurrenden Klängen und stimmte nach einer Weile mit ein. Zusammen sangen sie *Light My Fire*. Und sie waren gerade an der Stelle *setting the night on fire*, da sah Mary in der Windschutzscheibe vor sich rote Flammen ausbrechen. Nein, keine Flammen: Bremslichter. Ein Lkw, dessen Fahrer direkt vor ihr auf die Bremse stieg.
Sie riß das Steuer nach rechts und spürte, wie die Reifen sich ihr widersetzten. Der Cherokee schlitterte geradewegs auf das Heck eines Lastzuges zu. Mary stieß einen erstickten Laut aus, während der Mann weitersang. Und dann griffen die Reifen wieder. Das Fahrzeug geriet ins Schlingern, rutschte auf den rechten Seitenstreifen und verfehlte den Lastzug nur um Haaresbreite. Vielleicht hatte sie geschrien; Mary wußte es nicht. Aber Drummer war wach und schrie durchdringend.
Mary zog die Handbremse an, hob Drummer vom Boden auf und drückte ihn an sich. Der Gesang hatte aufgehört. Er war nicht mehr auf dem Rücksitz; er hatte sie verlassen. Der Lastzug fuhr weiter, und hundert Meter vor Mary drehten sich Blaulichter und standen Gestalten in dem wirbelnden Schnee. Es war wieder ein Autounfall; zwei Wagen klebten aneinander wie Kakerlaken bei der Paarung. »Ist ja schon gut«, sagte Mary, während sie das Kind in ihren Armen wiegte. »Ist ja schon alles gut. Pschschscht!« Drummer wollte sich nicht beruhigen. Jetzt bekam er auch noch Schluckauf. »Pschscht, pschscht«, flüsterte sie und fühlte sich, als würde sie verbrennen. Ihr

Bein tat wieder weh, und sie war mit den Nerven vollkommen am Ende. Als Drummer weiterschrie, brüllte sie *»Ruhe!«* in sein kleines, wutverzerrtes Gesicht. *»Ruhe, hab ich gesagt!«* Drummer verschluckte sich, bekam keine Luft mehr, und kein Laut drang aus seinem offenen Mund. Mary bekam Panik. Sie drückte Drummer an ihre Schulter und klopfte ihm auf den Rücken. »Atme!« sagte sie. »Atme! Atme schon, verdammt!«
Am ganzen Leibe zitternd, sog er die Luft ein und stieß dann ein Gebrüll aus, das besagte: »Solchen Scheißdreck laß ich mir nicht mehr bieten!«
»Oh, ich liebe dich doch, ich lieb dich doch so sehr!« beteuerte Mary, während sie ihn beruhigend hin und her wiegte. Was, wenn er jetzt erstickt wäre? Was, wenn er keine Luft mehr bekommen hätte und hier, auf der Stelle, erstickt wäre? Ein totes Baby würde Lord Jack nichts nützen. »Oh, Mama liebt doch ihr Baby, ihren süßen, süßen Drummer, jawohl!« raunte Mary, und nach ein paar Minuten verstummte Drummers Gebrüll. »Guter Junge. Guter kleiner Drummer.« Sie entdeckte den Schnuller, den er ausgespien hatte, und steckte ihn ihm in den Mund. Dann legte sie ihren Liebling, dick in den Parka eines Toten verpackt, wieder auf den Boden, stieg aus und stellte sich in den Schnee, um ihr Fieber zu kühlen.
Die Luft war feucht und schwer; die Schneeflocken wirbelten aus einem granitschwarzen Himmel herunter. Mary humpelte ein Stück, nahm sich eine Handvoll Schnee und rieb damit ihr Gesicht ab. Dann blieb sie stehen, um die anderen Pkws und Lastwagen zu beobachten, die Richtung Westen an ihr vorüberfuhren. Die Kälte machte Mary wieder einen klaren Kopf und schärfte ihre Sinne. Es konnte weitergehen. Es mußte weitergehen.
Jack wartete auf sie, und wären sie erst wieder vereint, dann wäre das ganze Leben Räucherstäbchen und Pfefferminztee.

Zurück hinter dem Lenkrad, sagte sich Mary die drei Namen immer wieder vor, während die Nacht fortdauerte und die Meilen dahintickten. *Hudley ... Cavanaugh ... Walker ... Hudley ...*

»Cavanaugh ... Walker«, sagte er, der wieder auf den Rücksitz gekommen war.

Er kam und ging, wie es ihm paßte. Er war völlig ungebunden. Manchmal warf Mary einen Blick auf ihn und fand, daß er Jack ähnlich sah; dann wieder glaubte sie, es habe noch nie ein Gesicht wie das seine gegeben und bliebe auch für immer einzigartig. »Erinnerst du dich noch an mich?« fragte sie ihn. »Wir haben uns mal getroffen.« Aber er gab keine Antwort, und als sie wieder einen Blick in den Rückspiegel warf, war er verschwunden.

Der Schneefall wurde jetzt stärker, und die Windböen schaukelten den Cherokee wie eine Wiege. Die flache Landschaft verwandelte sich in eine wogende – ein Vorgeschmack auf Wyoming. An einer Tankstelle bei Kimball, fünfundzwanzig Meilen östlich der Staatsgrenze, hielt Mary an, tankte den Cherokee wieder auf und kaufte eine Tüte glasierte Doughnuts sowie einen Plastikbecher voll schwarzem Kaffee. Die Frau hinter dem Tresen, deren Haar einen unnatürlichen Messingglanz besaß, riet ihr, von der Autobahn abzufahren; das Wetter werde eher noch schlechter als besser, und ein paar Meilen weiter nördlich gebe es ein *Holiday Inn.* Mary dankte ihr für den Tip, bezahlte und fuhr davon.

Als sie die Grenze von Wyoming überschritten hatte, stieg das Land langsam zu den Rocky Mountains hin an. Die Lichter von Cheyenne tauchten aus der schneezerfetzten Dunkelheit auf und verschwanden wieder in Marys Rückspiegel. Der Wind war stärker geworden. Er pfiff und heulte um Marys Wagen und schüttelte ihn wie ein Kleinkind seine Rassel. Die Scheibenwischer verloren allmählich den

Kampf gegen den Schnee, und die Scheinwerfer zeigten Kegel von wirbelndem Weiß. Fieberschweiß glitzerte Mary auf dem Gesicht, während die Stimme des Mannes sie vom Rücksitz her vorwärts drängte. Vierzig Meilen hinter Cheyenne zog Laramie vorbei wie ein weißer Traum, und die Reifen des Cherokee gerieten ins Rutschen, als die I-80 zwischen unwegsamen Gebirgsketten hinaufklomm.

Noch zwanzig Meilen weiter, in den Rachen des Schneesturms hinein, und plötzlich bemerkte Mary, daß ihr keine Fahrzeuge mehr entgegenkamen. Sie war allein auf dem Highway. Zu ihrer Rechten tauchte aus dem Schneegestöber ein verlassener Lastzug auf, dessen Warnblinkanlage eingeschaltet war. Die Autobahn stieg nun steiler an. Der Motor des Cherokee stampfte, und Mary fühlte die Reifen auf vereisten Stellen rutschen, während der Wind wild über die Hügel heulte. Die Windschutzscheibe war weiß wie ein Katarakt, und die Scheibenwischer standen unter der Last des Schnees still. Mary mußte das Steuer ständig herumreißen, da der Sturm den Wagen immer wieder zur Seite drückte. Sie kam an zwei weiteren verlassenen Autos vorbei, die nach einem Zusammenstoß auf den Mittelstreifen geschlittert waren. Wieder blinkten vor ihr gelbe Warnlichter, und einen Moment später konnte sie die breite, beschilderte Straßensperre erkennen, daneben stand ein Streifenwagen. Während Mary verlangsamte, winkten sie die zwei Polizeibeamten in dicken Mänteln und mit roten Stablampen an den Straßenrand. Sie hielt an, kurbelte das Fenster runter, und innerhalb von wenigen Sekunden hatte die hereinwehende Kälte die Heizung wirkungslos gemacht. Der eine der Polizisten, die beide Skimasken und Mützen mit Ohrenklappen trugen, trat heran, um ihr zuzuschreien: »Weiter geht's nicht, Ma'am! Die Straße ist bis Creston gesperrt!«

»Ich muß aber durch!« Die Temperatur war unter minus

zehn Grad gefallen, und Schneeflocken hefteten sich an Marys Augenbrauen. Ihre Lippen wurden bereits unbeweglich.

»Nein, Ma'am! Nicht heute nacht! Hinter den Bergen ist die Autobahn vereist!« Er deutete mit seiner Lampe nach rechts. »Sie werden hier abfahren müssen!«

Mary sah in die angegebene Richtung und erblickte ein Schild mit der Aufschrift: AUSFAHRT 272. Darunter standen die Ortsnamen MCFADDEN und ROCK RIVER. Ein Schneepflug schob einen weißen Hügel von der Ausfahrtstraße.

»Etwa zwei Meilen Richtung McFadden liegt das *Silver Cloud Inn!*« fuhr der Polizeibeamte fort. »Dort schicken wir alle hin!«

»Das geht nicht! Ich muß weiter!«

»Wir hatten seit dem Sturm schon drei tödliche Unfälle auf diesem Autobahnabschnitt, und vor Tagesanbruch wird es keinen Deut besser, Ma'am! Sie haben's bestimmt nicht so eilig, daß Sie sich umbringen wollen!«

Mary sah zu Drummer, der in seinen Parka eingewickelt war, und wieder stellte sie sich die Frage: Was würde Jack ein totes Baby nützen? Ihr Bein tat weh, sie fühlte sich müde, und es war ein langer Tag gewesen. Es wurde Zeit zum Verschnaufen, bis der Sturm sich ausgetobt hatte. »Na gut!« antwortete sie dem Polizisten. »Ich fahr ab!«

»Nur immer den Schildern nach!« erwiderte er und winkte sie mit seiner Stablampe zu der Ausfahrt.

Nachdem Mary dem Schneepflug ein paar hundert Meter weit gefolgt war, lenkte sie ihren Cherokee um ihn herum. Die Scheinwerfer fielen auf eine Tafel mit der Aufschrift: SILVER CLOUD INN NÄCHSTE ABZWEIGUNG LINKS. BESUCHEN SIE DIE WELTBERÜHMTEN DINOSAURIERGÄRTEN! Als die Abzweigung kam, bog Mary nach links und mußte ihren Wagen eine kurvenreiche Straße hinaufzwingen, die von dichten, schneebeladenen Bäumen gesäumt war. Der Cherokee schlitterte heftig nach rechts, prallte von der Leitplanke ab und fand neuen Halt. Aber Mary ließ nicht nach. Sie trieb den Cherokee vorwärts und sah rechts und links der Landstraße verlassene Pkws, als sie um die nächste Kurve bog. Nach hundert Metern verloren die Reifen wieder den Halt, und diesmal schlingerte der Cherokee nach links, in eine anderthalb Meter hohe Schneewehe. Es krachte, der Motor ratterte, ächzte erschöpft und starb dann ab, während über allem der Wind kreischte. Mary ließ das Fahrzeug wieder an und stieß aus der Schneewehe zurück. Sie versuchte mit aller Gewalt, das Auto zu bewegen, aber die Reifen rutschten und drehten durch, und sie sah ein, daß sie den Rest des Weges zu Fuß würde bewältigen müssen. Darum bog sie auf den linken Seitenstreifen, stellte den Motor ab, zog die Handbremse an und knöpfte ihren Kordmantel bis oben hin zu. Als sie auch den Reißverschluß des Parkas, in den Drummer verpackt war, hochgezogen und sich die Tasche mit Babyartikeln und ihren Waffen über die Schulter gehängt hatte, nahm sie den Jungen, öffnete ihre Tür und kletterte in den Sturm hinaus.

Die Kälte überwältigte Marys Fieber genauso wie vorher die Autoheizung. Sie war etwas Festes, Eisenhartes, das Mary umschloß und jede ihrer Bewegungen zu einer zeitlupenhaften Tortur werden ließ. Der Wind hingegen war schnell und laut, und die verschneiten Bäume bogen sich von einer Seite auf die andere. Das Baby fest an ihre Brust gedrückt und Schnee im Gesicht, hinkte Mary die Straße entlang. Sie spürte eine nasse Wärme an ihrer Wunde: Frisches Blut drang durch den aufgesprungenen Schorf.

Die Straße wurde eben. Der Wald wich dicken Schneewehen, und Mary erblickte die gelben Lichter eines langen, im Ranchstil erbauten Hauses. Da ragte plötzlich etwas Gigantisches vor ihr und dem Baby auf. Spitze Zähnen verzerrten seinen Reptilienkopf zu einem Grinsen, und nicht

weit davon stand eine zweite mächtige Gestalt, mit Panzerplatten auf dem Rücken und bis zur Schnauze eingeschneit. Die weltberühmten Dinosauriergärten, erkannte Mary, während sie zwischen den Betonmonstern hindurchhinkte. Ein drittes Ungetüm bäumte sich links von ihr aus dem Schnee auf: Ein Alligatorkopf auf einem Nilpferdkörper. Und zu ihrer Rechten stand etwas, das wie ein Panzer mit Glasaugen und Betonhörnern aussah, da, als wollte es das andere Tier angreifen. Zwischen Mary und dem *Silver Cloud Inn* lag eine verschneite Urlandschaft, auf der Dutzende von Dinosauriern erstarrt waren. Aber Mary schleppte ihre eigene Geschichte mit sich herum. Sie humpelte weiter. Der Wind brüllte wie die Stimme eines Ungeheuers – eine Erinnerung an den Gesang der Dinosaurier – und hätte Mary zwischen all den Kolossen fast auf die Knie geworfen.
Das Licht zweier Scheinwerfer traf Mary. Ein geschlossenes Kettenfahrzeug, das eine wirbelnde Schneewolke hinterließ, kam auf sie zu. Als es bei ihr war, stieg ein Mann mit Cowboyhut und einem langen braunen Mantel aus, packte sie an der Schulter und half ihr auf den Beifahrersitz. »Noch irgendwer hinter Ihnen?« brüllte er ihr ins Ohr, und sie schüttelte den Kopf.
Als sie im Inneren des Schneebuggys saßen – die Heizung war voll aufgedreht –, ergriff der Mann das Mikrofon eines CB-Funkgeräts und sagte: »Hab die Neuzugänge gefunden, Jody. Bring sie jetzt rein.«
»Zehn-vier und Roger«, bestätigte eine Männerstimme durch das statische Knistern. Mary nahm an, daß es einer der Polizisten unten an der I-80 war. Dann wendete der Mann, fuhr Richtung Gasthaus und sagte: »In 'n paar Minuten haben Sie's wieder schön warm, Ma'am.«
Das *Silver Cloud Inn* bestand aus gebleichtem Stein, und über der Eingangstür hing ein mächtiges Geweih. Der Fahrer hielt mit seinem Buggy direkt vor der Treppe, und

Mary drückte Drummer fest an sich, während sie ausstieg. Dann kam der Mann auf ihre Seite. Er wollte ihr die Umhängetasche abnehmen, aber Mary wich mit einem »Es geht schon« vor ihm zurück, und er hielt ihr die Tür auf. Sie betrat ein großes Foyer mit Eichengebälk und einem steinernen Kamin, in dem ein Auto Platz gehabt hätte. Das Feuer knisterte und sprühte Funken; wohlriechender Holzrauch und eine köstliche Wärme erfüllten den Raum. Auf Feldbetten oder in Schlafsäcken rund um den Kamin lagen etwa zwanzig Leute, und etwa ein Dutzend andere plauderten miteinander oder spielten Karten. Ein paar Sekunden lang richtete sich ihre Aufmerksamkeit auf Mary und das Baby; dann wandten sie sich wieder ihrer Beschäftigung zu.

»Gott, was für eine Nacht! Dieser Sturm saust einem echt um die Ohren!« Der Mann nahm seinen Hut ab, um darunter schütteres weißes Haar und einen geflochtenen Pferdeschwanz zu enthüllen, der von einer bunten indianischen Perlenschnur zusammengehalten wurde. Er hatte ein zerfurchtes Gesicht mit grauem Stoppelbart und hellblaue Augen unter weißen Brauen. »Rachel, bring der Dame hier doch etwas heißen Kaffee!«

Eine mollige, grauhaarige Indianerin mit rotem Pullover und Bluejeans füllte an einer Kaffeemaschine aus Metall einen Plastikbecher. Auf dem Tisch daneben standen belegte Brote, etwas Käse, Obst und schwerer Teekuchen. »Sam Jiles ist mein Name«, sagte der Mann. »Willkommen im *Silver Cloud Inn.* Tut mir leid, daß Sie's nicht an einem schöneren Tag sehen konnten.«

»Macht nichts. Ich bin froh, daß ich hier bin.«

»Die Zimmer waren schon um sieben alle belegt. Klappbetten sind gegen neun ausgegangen. Aber vielleicht haben wir noch 'nen Schlafsack. Sind Sie allein mit Ihrem Baby unterwegs?«

»Ja. Nach Kalifornien.« Sie spürte, daß er auf mehr wartete. »Zu meinem Mann«, fügte sie hinzu.
»Verdammt schlechte Nacht zum Reisen. Kann man wohl sagen!« Jiles ging an die Rezeption, wo ein zweites CB-Funkgerät aufgestellt war. »Entschuldigen Sie mich eine Sekunde!« Er nahm das Mikrofon ab. »Silver Cloud an Big Smokey. Los, melde dich, Smokey!« Es knisterte und rauschte, und die Stimme des Polizisten war zu hören: »Hier Big Smokey. Hast 'n gutes Gehör, Silver Cloud.«
Rachel brachte Mary den Kaffee und betrachtete Drummer in den Falten des Parkas. »Oh, der ist ja erst frisch auf die Welt gekommen!« sagte sie mit großen dunkelbraunen Augen. »Junge oder Mädchen?«
»Junge.«
»Wie heißt er denn?«
»Hab sie gut unter Dach und Fach gebracht, Jody«, gab Sam Jiles gerade durch. »Soll ich euch Burschen 'n bißchen was zu essen bringen?«
»Ich nehm dich beim Wort, Sam! Wir sitzen hier fest, bis die I-80 wieder auf ist.«
»Okay. Bringe euch postwendend 'n paar Fressalien und Kaffee!«
»Hat er noch keinen Namen?«
»David«, sagte sie, und der Name bereitete ihr einen üblen Geschmack im Mund, aber daß er in Wirklichkeit »Drummer« hieß, durfte nicht jeder erfahren.
»Das ist aber ein schöner Name. Ein starker. Ich bin Rachel Jiles.«
»Und ich ... Mary Brown.« Die Idee kam ihr wegen der Augenfarbe der Frau.
»Wir haben noch etwas zu essen übrig.« Rachel deutete auf den Tisch. »Schinken- und Käsebrote. Dort auch noch ein bißchen Rindereintopf.« Sie wies in Richtung einiger Suppenschalen und einer Tonschüssel. »Bedienen Sie sich!«

»Danke, das tu ich.« Mary humpelte an den Tisch hinüber, und Rachel blieb bei ihr.
»Haben Sie sich das Bein verletzt?« fragte die Frau.
»Nein, das ist ein altes Gebrechen. Kaputter Knöchel ist nicht richtig verheilt.« Und in diesem Moment fing Drummer an zu weinen, als wollte er der Welt zurufen, daß Mary Terror log. Sie schaukelte ihn in ihren Armen und redete beschwichtigend auf ihn ein, aber sein Geschrei schwoll immer stärker an. Plötzlich streckte Rachel ihre stämmigen Arme aus und sagte: »Ich hab drei Jungen gehabt. Darf ich es versuchen?«
Was könnte es schon schaden, zumal der Schmerz in Marys Bein jetzt sehr schlimm wurde. Sie gab ihr Drummer und aß etwas, während Rachel ihn in den Armen wiegte und ihm in einer Sprache, die Mary nicht verstand, sanft etwas vorsang. Drummer legte seinen Kopf zur Seite, als würde er der Frau zuhören, und sein Geschrei wurde schwächer. Nach etwa zwei Minuten war er wieder still. Rachel sang weiter, und ihr Gesicht strahlte vor Liebe und Fürsorge für das Kind einer Fremden.
Sam Jiles machte den beiden Polizisten zwei große Freßpakete, in die er belegte Brote, Obst und Kuchen packte, eine Thermoskanne Kaffee und Pappbecher. Dann bat er einen der Männer, mit ihm zu fahren, gab Rachel einen Kuß auf die Wange und sagte, er werde »schneller zurück sein, als eine Bratpfanne das Fett zum Zischen bringt«. Als er und sein Begleiter das *Silver Cloud* verließen, jagte hinter ihnen eine eiskalte Wind- und Schneebö in den Raum.
Rachel machte es anscheinend Spaß, Drummer in den Armen zu halten. Darum ließ Mary ihr das Baby, während sie selbst aß und trank. Danach hinkte sie zwischen den anderen Leuten hindurch an den warmen Kamin, zog ihre Handschuhe aus und streckte den Flammen ihre Handflächen entgegen. Das Fieber war gestiegen. Ein heißer Pulsschlag

pochte ihr in den Schläfen, und sie hielt es nicht sehr lange beim Feuer aus. Sie überprüfte kurz die Gesichter ringsum: hauptsächlich Menschen mittleren Alters, aber eines der Pärchen mochte in den Sechzigern sein, und zwei jüngere hatten das gesunde, braungebrannte Aussehen begeisterter Skifahrer. Mary entfernte sich von dem Kamin, und in diesem Moment spürte sie, daß jemand sie beobachtete.
Sie blickte nach rechts und entdeckte einen jungen Mann, der mit untergeschlagenen Beinen an der Wand lehnte. Er hatte ein schmales, hakennasiges Gesicht und sandbraunes Haar, das ihm über die Schultern fiel, dazu eine schwarze Hornbrille, ausgewaschene Jeans mit Flicken auf den Knien sowie einen dunkelblauen Rollkragenpulli. Neben ihm lagen eine stark mitgenommene Armeejacke und ein zusammengerollter Schlafsack. Er beobachtete Mary mit aschgrauen, tiefliegenden Augen und ließ sich auch nicht beirren, als diese seinen Blick erwiderte. Dann runzelte er leicht die Stirn und fing an, seine Fingernägel zu begutachten.
Der Bursche gefiel ihr nicht. Er machte sie nervös. Mary ging wieder zu Rachel und nahm ihr das Kind ab. »Das ist wirklich ein braves Baby!« sagte die andere. »Meine drei Jungs haben alle geschrien wie die Käuzchen, als sie so klein waren. Wie alt ist er denn?«
»Am ...« Sie wollte seinen Geburtstag nennen, wußte ihn aber nicht genau. »Am dritten Februar ist er zur Welt gekommen.« An diesem Tag hatte sie ihn aus dem Krankenhaus entführt.
»Haben Sie noch mehr Kinder?«
»Nein, nur Drum–« Mary lächelte. »Nur David.« Ihr Blick ging zu dem jungen Mann zurück. Er starrte sie wieder an. Sie fühlte den Fieberschweiß auf ihren Wangen. Was gab es für den Scheiß-Hippie zu glotzen?
»Mal sehen, ob ich Ihnen einen Schlafsack besorgen kann!« sagte Rachel. »Wir haben immer welche auf Lager, für die

Camper.« Sie entfernte sich durch eine Tür am anderen Ende des Foyers, und Mary fand einen Sitzplatz auf dem Boden, wo sie von den anderen ein Stück entfernt war.

Sie gab Drummer einen Kuß auf die Stirn und raunte ihm leise etwas zu. Seine Haut war kühl an ihren Lippen. »Wir fahren nach Kalifornien, jaaa. Nach Kalifornien fahren Mama und ihr süßes Baby!« Da bemerkte sie plötzlich, daß auf dem Oberschenkel ihrer Jeans zwei Blutflecke waren, jeder etwa so groß wie ein Vierteldollar. Das Blut drang durch ihren Notverband. Erschrocken legte sie Drummer beiseite, zog ihren Mantel aus und legte ihn sich über den Schoß.

Beim Aufblicken stellte sie fest, daß der Hippie sie beobachtete.

Mary zog ihre Umhängetasche mit der kleinen Magnum-Automatik und dem Achtunddreißiger aus Rocky Roads Gewehrschrank zu sich heran.

»Er weiß Bescheid.«

Die Stimme jagte ihr eine Gänsehaut über den Rücken. Sie hatte links, dicht bei ihrem Ohr gesprochen. Mary drehte den Kopf. Er war neben ihr. Er hockte da, und sein wie aus Eis gehauenes Gesicht wirkte hager, seine Augen voll dunkler Wahrheit. Er trug hautengen schwarzen Samt, ein Kruzifix an einer Goldkette, und auf seinem Kopf saß ein schwarzer Schlapphut mit Schlangenlederband – dieselbe Aufmachung wie damals in Hollywood, als sie ihn aus der Nähe gesehen hatte. Mit *einem* Unterschied: Heute trug er einen gelben Smiley-Sticker an seinem Revers. »Er weiß Bescheid«, flüsterte der grausame Mund noch einmal.

Mary Terror starrte den jungen Hippie an. Er schaute wieder auf seine Fingernägel; dann warf er ihr einen Blick zu, rutschte herum und studierte die Flammen.

Oder tat wenigstens so.

»Straße abgesperrt«, sagte er. »Bullen vor der Absperrung.

Dein Bein wieder aufgeplatzt. Und dieser Pisser weiß Bescheid. Was hast du nun vor, Mary?«
Sie gab keine Antwort. Sie konnte es nicht.
Sie lehnte sich an die Wand und schloß ihre Augen. Sie konnte fühlen, wie der Kerl sie beobachtete, doch sooft sie auch die Augen aufschlug, sie ertappte ihn nie. Rachel kehrte mit einem ziemlich zerlumpten, aber brauchbaren Schlafsack zurück, und Mary breitete ihn aus wie eine Matratze. Statt hineinzukriechen und sich so in ihrer Bewegungsfreiheit zu behindern, legte sie sich darauf. Den Träger der Tasche, deren Reißverschluß zugezogen war, behielt sie um ihren Arm, und Drummer neben ihr schlief oder quengelte.
Auch Mary war am Einschlummern, da vernahm sie die Stimme von ihm in ihrem Ohr. »Er weiß Bescheid.« Das Flüstern riß sie hoch. Sie fühlte sich steif und fiebrig, und ihre Schenkel- und Unterarmwunden waren unter den Verbänden hart von verkrustetem Blut. Bei einer festen Berührung ihres Oberschenkels schoß ihr ein brennender Schmerz von der Hüfte zum Knie, und die Blutflecke wurden größer.
»Was hast du jetzt vor, Mary?« fragte er, und vielleicht hatte sie ein wenig gelacht.
»Zur Hölle mit dir!« krächzte Mary und zog Drummer näher zu sich heran. Sie beide standen hier allein gegen den Rest einer verhaßten Welt.
Schließlich wurden Angst und Schmerz von Erschöpfung besiegt, wenigstens eine Zeitlang. Mary schlief ein, und Drummer saugte emsig an seinem Schnuller, während der junge Hippie, der Mutter und Kind beobachtete, sich am Kinn kratzte.

4

Donnerechsen

Es war zwei Uhr vorbei, und immer noch fuhr der Cutlass durch den Schneesturm.

Didis Gesicht war bleich vor Anspannung. Der Cutlass, der mit dreißig Meilen pro Stunde fuhr, befand sich allein auf der I-80. Vor einiger Zeit, in Nebraska – von Lincoln bis North Platte, um genau zu sein –, hatte Laura mehrere Stunden lang hinter dem Lenkrad gesessen und eine ganz gute Übung darin bekommen, das Auto mit nur einer Hand und dem Ellbogen zu steuern. Als der Sturm bei North Platte dann zunahm und der Wind breitseits in den Wagen drang wie ein wilder Stier, war Laura an den Straßenrand gebogen, um Didi lenken zu lassen, die beide Hände benutzen konnte. Der letzte Lastzug, den sie gesehen hatten, war bei Laramie von der Autobahn abgebogen. Das lag jetzt zehn Meilen zurück, und die schneeverwehte Straße zu den Rocky Mountains stieg ständig an.

»Hätten in Laramie haltmachen sollen«, sagte Didi zum hundertstenmal, seit sie die Lichter dieser Stadt hinter sich gelassen hatten. »So geht's nicht weiter.« Der Scheibenwischer vor ihrem Gesicht kreischte, während er den Schnee wegpflügte, wohingegen der auf Lauras Seite bereits östlich von Cheyenne mit einem Knirschen steckengeblieben war. »Hätten in Laramie haltmachen sollen, so wie ich's gewollt hab.«

»Sie hat's auch nicht getan«, entgegnete Laura.

»Woher wissen Sie das? Vielleicht schläft sie jetzt in Nebraska in einem warmen *Holiday Inn!*«

»Sie wird durchfahren. Würde ich auch machen.«

»Mary mag ja verrückt sein, aber nicht auf den Kopf gefallen! Sie wird sich und David doch nicht hier draußen umbringen! Sehen Sie nur! Selbst die Lkws schaffen's nicht bei diesem Wetter!« Didi riskierte es, die Finger ihrer rechten Hand vom Steuer zu lösen und auf den Lastzug zu deuten, der verlassen und mit eingeschalteter Warnblinkanlage am Straßenrand stand. Ein Windstoß sauste an dem Cutlass vorbei. Der Wagen schlingerte auf die linke Fahrspur, und sofort packte Didi wieder das Steuer und nahm Gas weg. Ihr klopfte das Herz, und ihr Magen war zusammengeschnürt vor Angst, während sie den Wagen mit aller Kraft zu halten versuchte. »Mein Gott, so ein Sauwetter!«

Schneeflocken, die so groß waren wie ein halber Dollar, wirbelten ihnen fast waagrecht in die Scheinwerfer, und auch Laura hatte Angst. Jedesmal, wenn die Reifen rutschten und durchdrehten, spürte sie, wie ihr das Herz bis zum Hals klopfte, aber durch die Stärke des Windes bildeten sich keine Schneewehen auf dem Asphalt. Nur Eis glitzerte da und dort wie große silberne Pfützen. Laura, deren gebrochene Hand jetzt, Gott sei Dank, taub war, spähte in die verschneite Dunkelheit. Wo steckst du, dachte sie. Vor oder hinter uns? Mary wäre bestimmt nicht von der I-80 abgebogen, denn der Straßenatlas, den sie sich an der letzten Raststätte besorgt hatten, zeigte keine andere Route Richtung Westen als die breite blaue Linie der I-80. Irgendwo auf dem Highway, inzwischen wahrscheinlich in Utah, bahnte sich Mary Terror jetzt einen Weg durch die Finsternis, und an ihrer Seite war David. Eine Übernachtung in Laramie hätte den Abstand zwischen Laura und ihr um mindestens vierundzwanzig Stunden vergrößert. Nein, Mary war unterwegs, auf der Suche nach Jack. Möglich, daß diese Sturmnacht sie auf Schrittempo verlangsamte, aber anhalten würde sie nur, wenn sie Hunger oder Müdigkeit dazu zwangen.

Gegen letzteres hatte Laura ihr eigenes Mittel. Sie schluckte noch eine *Black-Cat*-Tablette – »des Fernfahrers bester Freund«, hatte der Mann hinter dem Ladentisch der Shell-Tankstelle gesagt, als sie etwas Starkes verlangte – und spülte mit einem Schluck kaltem Kaffee nach. Da rief Didi plötzlich: »Jesus!«, und während sich der letzte Rest Kaffee auf Lauras Schoß ergoß, rutschte der Cutlass auf einer vereisten Stelle nach rechts.

Das Fahrzeug geriet unkontrollierbar ins Schlittern. Es war ein Kräftemessen zwischen Didi und dem Lenkrad, während sie den Wagen wieder auszurichten versuchte, aber er schlug gegen die Leitplanke, der rechte Scheinwerfer explodierte, der Cutlass schürfte an der Planke entlang, daß Funken davonstoben wie die Schneeflocken, und reagierte erst auf Didis Lenkversuche, als seine Reifen auf Rollsplitt kamen und wieder griffen. Er schwenkte in die Fahrspur zurück, vor sich nur noch einen einzigen Scheinwerferstrahl.

»Hätten in Laramie haltmachen sollen.« Didis Stimme war ebenso angespannt wie ihr Gesicht, und der Puls pochte an ihrer Schläfe. Sie hatte das Tempo auf knapp dreißig Meilen verringert. »So geht's unmöglich weiter!«

Die Straße wurde steiler, und der Motor des Cutlass ratterte vor Anstrengung. Sie kamen an zwei weiteren verlassenen Wagen vorbei, die fast vollständig eingeschneit waren, und eine Minute später sagte Didi: »Es ist was vor uns.«

Laura konnte gelbe Lämpchen aufflammen sehen. Didi bremste ab, und eine von Blinklichtern umgebene Warntafel erschien aus dem Schneetreiben: STOPP! STRASSE GESPERRT. Daneben stand ein Wagen der Autobahnstreife, dessen Blaulicht sich drehte. Didi lenkte den Cutlass zur Seite, und ein dick angezogener Staatspolizist mit einer Stablampe, deren Scheibe rot getönt war, kam auf die Beifahrerseite herum. Er bedeutete Didi, ihr Fenster herunterzukurbeln.

Mary schlug die Augen auf. Irgend etwas hatte sie geweckt. Sie hörte das Gellen des Windes draußen und das knisternde Holzfeuer im Kamin. Schweißperlen lagen auf ihrer Haut.
Der junge Hippie hockte mit übereinandergeschlagenen Beinen anderthalb Meter von ihr entfernt und stützte sein Kinn in die Hände.
Erschrocken hielt Mary die Luft an und setzte sich auf. Sie schaute zu Drummer, der im Babytraumland war. Seine Augen hinter den dünnen rosafarbenen Lidern bewegten sich, und er hatte den Schnuller in seinem Mund. Mary wischte sich mit dem Handrücken die Wangen ab, während der Mantel immer noch auf ihren Hüften und Oberschenkeln lag, um die Blutflecke zu verbergen. »Was ist?« fragte sie, ganz benommen vom Fieber und mit belegter Stimme.
»Sorry«, antwortete der Hippie. »Hab Sie nicht aufwecken wollen.« Er besaß einen Yankee-Akzent, und seine Stimme klang wie eine Rohrflöte.
»Was ist?« fragte sie noch einmal, während sie sich den Schlaf aus den Augen rieb. Ihre Knochen pochten wie kaputte Zähne, und ihr Oberschenkel fühlte sich klebrigfeucht an. Sie sah sich um. Die meisten im Foyer waren eingeschlafen, aber ein paar spielten immer noch Karten. Rachel Jiles schlummerte in einem Sessel, und ihr Ehemann redete am CB-Funkgerät. Mary wandte ihre Aufmerksamkeit wieder dem jungen Hippie zu, der vielleicht drei- oder vierundzwanzig Jahre alt war. »Sie haben mich wach gemacht.«
»Ich bin auf die Toilette«, erwiderte er, als wäre dies eine wichtige Neuigkeit. »Als ich zurückgekommen bin, konnte ich nicht schlafen.« Mit seinen gespenstischen aschgrauen Augen starrte er sie an. »Ich könnte schwören, ich kenne Sie irgendwoher.«

Marys innere Alarmglocke schlug an. Sie streifte sich den Träger der Umhängetasche vom Arm. »Ich glaub nicht.«

»Wie Sie mit Ihrem Baby hier reingekommen sind ... da dachte ich, ich würd Sie wiedererkennen, aber ich weiß einfach nicht, woher. Schon komisch, wenn man so jemand sieht, der einem bekannt vorkommt, echt! Verstehen Sie, was ich meine?«

»Ich hab Sie noch nie gesehen.« Sie warf einen Blick zu Sam Jiles. Er zog sich gerade Mantel, Handschuhe und dann seinen Hut an.

»Jemals in Süddakota gewesen, Sioux Falls?«

»Nein.« Sie beobachtete, wie Sam Jiles seine Frau sanft anschubste, um sie zu wecken, und ihr dann etwas sagte, was sie auf die Beine brachte. »Nie.«

»Ich bin dort Reporter bei der Zeitung. Schreib eine Musikspalte.« Der Junge lehnte sich nach vorn und streckte seine Hand aus. »Austin Peevey heiß ich.«

Mary ignorierte die Hand. »Du solltest dich nicht an andere Leute heranschleichen. Das ist nicht *cool.*« Die Eingangstür öffnete und schloß sich: Sam Jiles war in den Sturm hinausgegangen. Rachel Jiles hob den Deckel der Kaffeemaschine, lugte hinein und entfernte sich dann aus dem Foyer.

Lächelnd zog Austin Peevey seine Hand wieder zurück. Er hatte dünne Lippen, und an seiner Kinnspitze wuchs sandfarbener Flaum. »Sind Sie jemand Berühmtes?« fragte er.

»Nein.«

»Ich schwöre Ihnen, Ihr Gesicht kommt mir bekannt vor. Wissen Sie, ich hab nämlich tonnenweise alte Platten und Tonbänder. Ich steh gewissermaßen auf Zeug aus den Sechzigern. Und ich hab mir schon überlegt, ob ich Ihr Gesicht nicht auf 'nem Plattencover gesehen hab ... bei *Smith, Blue Cheer* oder irgend so einer alten Band. Es ist *hier* oben drin« – er tippte sich an den Kopf –, »aber ich seh's einfach nicht.«

»Ich bin niemand.« Mary stieß ein gekünsteltes Gähnen aus, ihm mitten ins Gesicht. »Wie wär's, wenn du mich jetzt in Ruhe läßt?«
Er ignorierte diese Worte ebenso, wie sie seine Hand ignoriert hatte, und blieb, wo er war. »Ich bin nach Salt Lake City, zu einem Treffen von Schallplattensammlern, unterwegs. Ich hab grad Urlaub. Dachte, ich fahr mal hin und schau mir alles an, aber daß ich in einem Schneesturm steckenbleib, damit hätt ich nicht gerechnet.«
»Hör zu: Ich bin echt müde. Okay?«
»O klar.« Seine braunen Lederstiefel knarrten, als er aufstand. »Und ich hab Sie *doch* schon mal wo gesehen! Irgendwo. Gehen Sie je auf Schallplattenbörsen?«
»Nein!«
Rachel Jiles war mit einer Kanne voll Wasser zurückgekehrt, die sie in die Kaffeemaschine goß. Dann schraubte sie eine Dose *Maxwell House* auf und streute Kaffee in den Filter. In Marys Kopf machte es »Klick!«: Es waren Neuankömmlinge unterwegs.
Doch Austin Peevey wollte sie immer noch nicht allein lassen. »Wie heißen Sie?«
»Hör zu: Ich kenne dich nicht, und du kennst mich nicht. Belassen wir's dabei!«
»Mary?« Jetzt kam Rachel herüber, und Mary fühlte die Wut an ihren Eingeweiden nagen. »Möchten Sie etwas frischen Kaffee?«
»Nein. Ich versuche, ein bißchen zu schlafen.«
»Oh, das tut mir leid!« Sie verfiel in ein Flüstern. »David schläft ja anscheinend wie ein Murmeltier.«
»Süßer Fratz«, sagte Peevey. »Mein Dad heißt auch David.«
Mary war mit ihrer Geduld am Ende. »Verdammt noch mal! Laßt mich ein bißchen schlafen!« schimpfte sie, und sowohl Rachel als auch der junge Hippie zuckten zurück. Marys Ton schreckte auch Drummer auf. Der Schnuller

hüpfte ihm aus dem Mund, und ein weinerlicher Schrei ertönte. »O Scheiße!« Marys Gesicht verzerrte sich vor Wut. »Schaut her, was ihr gemacht habt!«
»Hey, hey!« Peevey hob beschwichtigend seine Hände. »Ich hab doch nur versucht, freundlich zu sein!«
»Scheiß drauf! Zisch ab, Mann!« Mary hob Drummer hoch und suchte verzweifelt, ihn wieder in den Schlaf zu wiegen.
»Diese Sprache, Mary!« Rachel zuckte zusammen, während Peevey sich abwandte und wegging. »Sie können doch den Jungen nicht so terrorisieren!«
Peevey tat noch einen Schritt und erstarrte.
Mary fühlte einen Donnerschlag in ihrem Herzen. Sie wußte Bescheid. Ob der Bengel plötzlich die Namen *Mary* und *David* zusammengefügt hatte, ob ihm Marys Beschreibung aus irgendeinem Zeitungsartikel bekannt vorkam oder ob das Wort *terrorisieren* den Ausschlag gegeben hatte, ließ sich unmöglich sagen. Aber Austin Peevey blieb still und mit dem Rücken zu ihr gewandt stehen.
Als nächstes sprach er, direkt in ihr Ohr: »Er hat dich erkannt.«
Langsam drehte Peevey sich wieder zu ihr um. Mary zog den Reißverschluß der Umhängetasche auf und ließ ihre Hand zwischen die Pampers gleiten. Ihre Finger schlossen sich um den Griff der Magnum. Peevey war bleich wie die Wand geworden, seine Augen hinter der Hornbrille riesengroß. »Sie ... Sie sind die Frau, die das Baby –«
Mary zog die Automatik aus ihrer Tasche, und Rachel Jiles schnappte schockiert nach Luft.
»– gestohlen hat«, sprach Peevey zu Ende, während er vor der Pistole zurücktaumelte.
Mary hängte sich ihre Tasche wieder über die Schulter und stand auf. Auf dem anderen Arm hielt sie das schreiende Baby. Als sie sich von ihrem Platz erhob, raste ihr ein so grausamer Schmerz durch den Oberschenkel,

daß ihr ein paar Sekunden lang die Luft wegblieb und ihr schwindlig wurde. Schweiß klebte ihr auf dem Gesicht, und ein großer, halbmondförmiger Blutfleck war auf ihren Jeans. »Zurück!« befahl sie Rachel und Peevey, und die beiden gehorchten.

Die Hoteltür ging auf.

Als erster trat Sam Jiles ein. Auf seinem Hutrand und seinen Schultern hatte sich Schnee festgesetzt. Dahinter kamen zwei Frauen, die trotz ihrer dicken Pullover zitterten und deren Gesichter rotgefroren waren.

»– und im Februar dann diese großen«, sagte Jiles gerade. »Die Skifahrer haben's gern, wenn's damit aus und vorbei ist.«

Laura hörte ein Baby schreien. Sie kannte diesen Laut, und ihr Blick forschte ihm nach wie Adleraugen. Die breitschultrige Frau, die das Kind hielt, stand keine acht Meter entfernt.

Lauras Blick begegnete dem von Mary. Die Zeit dehnte sich zu alptraumhafter Langsamkeit, und Laura hörte Didi sagen: »O ... mein ... Gott ...«

Mary Terror stand da wie erstarrt. Es war eine Majestät von schlechtem Karma, ein unheimlicher, verrückter LSD-Trip, der aus den Nähten platzte. Da waren sie, die beiden Frauen, die Mary auf dieser Welt am meisten verachtete, und hätte sie nicht einen so überwältigenden, glühenden Haß verspürt, dann hätte sie über diesen bizarren Witz vielleicht gelacht. Aber es war keine Zeit zum Lachen, und keine zum Durchdrehen. Sie richtete ihre Waffe auf Laura.

Die Indianerin stieß einen schrillen Schrei aus, um gleich darauf über Mary herzufallen. Sie packte die Hand, die die Pistole hielt, und eine Sekunde, nachdem Laura und Didi sich zu Boden geworfen hatten, löste sich ein Schuß, der einen Splitterregen aus der Tür schlug. Ein Loch, das so groß war wie Sam-Jiles' Faust, klaffte in der Füllung. Während Mary und Rachel weiter um die Pistole kämpften, kroch Sam Jiles hinter den Empfangsschalter, und Laura griff unter ihre zwei Pullover. Sie versuchte, ihre eigene Automatik zu ziehen, aber die hatte sich in ihrem Jeansbund verheddert.

Die Schläfer waren aufgewacht. »Sie hat eine Kanone!« schrie jemand, als hätte man den Knall der Magnum mit dem Geräusch von Popcorn verwechseln können.

Mary hielt Drummer mit dem einen Arm und umklammerte mit ihrer anderen Hand die Pistole, während Rachel Jiles Marys Finger zu lösen versuchte. Ihr Mann kam hinter dem Schalter hervor. Er hatte seinen Hut abgenommen, seine blauen Augen leuchteten wild, und mit beiden Händen hielt er eine Axt. So fest sie konnte, trat Mary der Indianerin mit ihrem linken Fuß ans Schienbein. Rachel ließ los, stolperte nach hinten und kniff dabei ihre Augen zusammen. Mary sah, daß Laura sich bemühte, eine Waffe aus ihrem Hosenbund zu ziehen – sah Didi hinter einer großen Vase voll getrockneter wilder Blumen in Deckung kriechen. Sie war sich bewußt, daß Sam Jiles in diesem Moment die Axt nach ihr schwang wie einen Baseballschläger, und gab, ohne zu zielen, einen Schuß auf Laura ab.

Die Kugel riß an Lauras Pullover, sauste ihr wie ein brennender Kuß die rechte Seite entlang und knallte dann in die Wand. Gleichzeitig wirbelte die Axt auf Mary Terror zu. Mit einem dumpfen Geräusch schlug der Stiel, haarscharf an Drummers Kopf vorbei, auf deren linke Schulter und schleuderte sie zu Boden. Mary hielt Drummer weiterhin fest, doch die Pistole hatte sie verloren. Er schlitterte neben Rachel Jiles, die ebenfalls am Boden lag und ihr gesplittertes Schienbein umklammerte.

Von der Rezeption kam Sam Jiles herüber. Mary ergriff den Axtstiel. Der Mann landete einen Fußtritt an ihrer Schulter, nicht weit von der Stelle, wo die Axt aufgetroffen war, und

Mary zischte die Luft zwischen den Zähnen hervor. Sie wurde vom Schmerz gepackt, doch dann war sie an der Reihe: Sie schwang die Axt nach den Knien des Mannes und schlug hinein, daß ein Geräusch wie von einer zerplatzenden Pampelmuse entstand. Während Jiles mit einem Aufschrei zurückhinkte, stand Mary auf. Die Kraft der Verzweiflung durchzog ihr Inneres. Sie holte erneut nach Jiles aus und traf ihn diesmal am Schlüsselbein, so daß er gegen den Rezeptionsschalter taumelte.

Mit einem Ruck bekam Laura die Automatik aus ihrem Hosenbund. Sie sah die flammende Wut in Marys Augen – wie die eines Tieres, das eine Käfigtür hat zuschnappen hören. Didi krabbelte nach der heruntergefallenen Magnum, und Laura sah, wie Mary von einer zur anderen blickte, um sich darüber klarzuwerden, wen sie zuerst angreifen solle. Dann schnellte das hünenhafte Weib plötzlich herum. Mit zwei langen Schritten war es bei dem CB-Funkgerät und ließ die Axt herabsausen. Dies getan, drehte sich Mary wieder um. Wegen der Verbindung zu den Bullen brauchte man sich nicht mehr zu sorgen. Mit zusammengebissenen Zähnen in ihrem verschwitzten Gesicht schleuderte sie die Axt nach Laura.

Laura schützte ihren Kopf mit den Händen, während sie sich am Boden zusammenrollte. Die Axt landete neben ihr und schlitterte vorbei.

»Stopp!« Didi hatte die Pistole auf Marys Beine gerichtet. Mary lief. Nicht Richtung Eingang, sondern dorthin, wo Rachel das Kaffeewasser geholt hatte. Sie grunzte vor Schmerz, während sie ihr krankes Bein hinter sich herzog, und platzte durch eine Doppeltür auf einen langen Gang, an dessen Seiten sich weitere Türen befanden. Von dem Lärm alarmiert, kamen Leute aus dem Zimmer. Mary setzte halb laufend, halb hinkend ihren Weg fort, und während Drummer laut jammerte, durchwühlte sie ihre Schultertasche, bis ihre Hand den achtunddreißiger Revolver fand. Der Anblick der Waffe räumte den Gang schnell wieder leer. Mary schleppte sich weiter, und Tränen der Qual trübten ihren Blick.

Unterdessen half im Foyer Didi Laura auf die Beine, während einige andere Sam und Rachel Jiles zu Hilfe eilten. »Ruft die Polizei, ruft die Polizei!« sagte Jiles unentwegt und hielt sich dabei sein gebrochenes Schlüsselbein, aber das Funkgerät war nicht mehr zu retten.

»Hier lang!« Didi zog an Laura, und diese folgte ihr in den Gang, in den Mary gelaufen war. »Sie blutet!« Didi deutete auf einige rote Tropfen am Boden.

Laura und sie waren schon halb durch den Korridor – aus dessen Türen nervös ein paar Leute spähten –, da hörten sie beide David heulen. Das Geräusch ließ sie innehalten, und plötzlich schaute Mary Terror hinter einer Biegung des Ganges hervor. Das Licht einer Deckenlampe glänzte auf dem Revolver in ihrer Hand. Sie gab zwei Schüsse ab, von denen der eine die Wand links von Laura traf und der andere eine Tür neben Didi durchlöcherte, so daß dieser Holzsplitter ins Gesicht flogen. Didi feuerte zurück. Die Kugel zerschmetterte die Schutzscheibe eines Alarmknopfs, der sich am Korridorende befand, und die Sirene ging los. Doch schon war Mary verschwunden. Didi entdeckte ein grünes Zeichen unter der Decke: NOTAUSGANG.

»Nicht schießen!« schrie Laura. »Sie könnten David dabei treffen!«

»Ich treffe das, worauf ich ziele! Wenn wir nicht zurückschießen, bleibt sie einfach stehen und schießt uns in Fetzen!«

Mit eingezogenem Kopf schob sich Didi an der Wand entlang. Nicht ausgeschlossen, daß Mary plötzlich wieder auftauchen würde. Doch der Gang war leer. Hinter der Biegung lag eine Brandschutztür mit Glasluke, und in den

Flutlichtern draußen wirbelte der Schnee. Am Boden waren Blutspritzer zu erkennen.
Mary war in den Sturm hinausgelaufen.
Didi ging als erste nach draußen und warf sich bäuchlings in den Schnee, da sie mit einem Angriff rechnete. Es geschah nichts. Zaghaft und die Automatik fest umklammernd, trat auch Laura in den eiskalten Schneesturm.
Didi kniff die Augen zusammen. »Da!« sagte sie und deutete geradeaus.
Laura sah die Gestalt, die gerade am Rande des Lichtscheins wie von Sinnen durch das Schneetreiben humpelte. Sie lief auf die Ungeheuer der Dinosauriergärten zu.
Von Urviechern umgeben, stapfte Mary durch den Schnee. Er war wie ein Sumpf, der an ihren Beinen zog. Sie hatte ihre Handschuhe und den warmen Lammfellmantel zurückgelassen, aber Drummer war gut in den Parka eingepackt und der Reißverschluß bis oben hin zugezogen. Der Wind biß durch ihren Pullover, und ihre Haare waren weiß, ihr Gesicht starr vor Kälte. Sie konnte fühlen, wie ihr aus der aufgeplatzten Oberschenkelverletzung warmes Blut in den Stiefel rann. Auch die Wunde an ihrem Unterarm war wieder aufgegangen und der Verband feucht. Rote Tropfen fielen von Marys Fingerspitzen, aber die Kälte hatte ihr Fieber abgekühlt und die Schweißperlen auf ihrem Gesicht gefrieren lassen. Sie spürte, daß Gott irgendwo ganz in der Nähe war. Er beobachtete sie mit seinen Echsenaugen, und sie hatte keine Furcht. Sie hatte schon Schlimmeres überstanden, körperlich wie seelisch, und auch das hier würde sie überstehen – zusammen mit Drummer. Sie bemerkte Drummers Geschrei, einen hohen, windzerfetzten Ton, und zog den Reißverschluß seines Parkas so weit zu, wie sie nur konnte, ohne den Jungen zu ersticken. Sie konzentrierte sich darauf, das Gleichgewicht zu bewahren, denn es schien, als wäre die ganze Welt in wildem Aufruhr. Es schien, als

würden die Dinosaurier brüllen – das Geschrei der Verdammten.
Aber sie mußte weiter. Sie mußte. Jack wartete auf sie. Vor ihr, am Ende der Straße. Im warmen, sonnigen Kalifornien. Jack, dessen Gesicht vor Schönheit strahlen und dessen Haar goldener sein würde als die Sonne.
Sie durfte nicht weinen. O nein. Sonst würden ihr in der Kälte die Augenlider zufrieren. Sie verdrängte den Schmerz und dachte an die Entfernung zwischen ihr und dem Cherokee auf der Gebirgsstraße. Zweihundert Meter? Dreihundert? Grinsend ragten die Ungeheuer vor ihr auf. Die kennen die Geheimnisse von Leben und Tod, dachte sie. Sie sind verrückt, genau wie ich.
Sie blickte nach hinten und konnte die beiden schemenhaften Gestalten erkennen, die vor den Lichtern des *Silver Cloud Inn* auf sie zukamen. Laura und die verdammte Bedelia. Sie hatten immer noch Lust auf ein Spielchen. Sie hatten Lust, beigebracht zu bekommen, daß der Stärkere überlebt.
Mary ging neben dem Schweif eines über dreieinhalb Meter hohen Dinosauriers in Deckung, so daß sie vor dem Wind größtenteils geschützt war und ihre Verfolger herankommen lassen konnte. In ein, zwei Minuten wären sie da. Gingen schnell, diese zwei, auf gesunden Beinen. Na los, kommt schon, dachte Mary. Kommt zu Mama! Sie stützte ihren Arm auf den Schweif des Ungetüms, spannte den Revolver und zielte sorgfältig. Ihre verdammte Hand zitterte vor Schmerz; die Nerven waren zerfetzt. Aber die Gestalten bildeten gute Zielscheiben gegen das Licht. Laß sie noch näher kommen, beschloß Mary. Ganz nah ran laß sie kommen!
»Wo ist sie denn hin?« rief Laura ihrer Gefährtin zu, aber Didi schüttelte nur den Kopf. Die Kälte nagte an ihnen, und der Wind heulte um die Dinosaurier, während sie noch etwa zwanzig Meter weitergingen. Aber Mary war ver-

schwunden. Trotzdem ließ sich die Spur im Schnee deutlich erkennen. Didi neigte ihren Kopf zu dem von Laura hinüber und rief: »Ihr Wagen muß irgendwo an der Straße dort unten stehen! Dort ist sie hin!« Sie dachte an das Blut auf dem Korridor. »Kann allerdings sein, daß sie's ziemlich erwischt hat! Vielleicht ist sie in Ohnmacht gefallen!«
»Okay! Gehn wir!«
Didi hielt sie am Arm fest. »Eines noch! Mary könnte dort auf uns warten!« Sie nickte in Richtung der Dinosauriergärten. »Also aufgepaßt!«
Sie verfolgten Mary Terrors Spur weiter durch die Schneewehen, die ihnen bis zu den Knien reichten. Der Wind heulte ihnen brutal ins Gesicht und stach sie mit kleinen Eisnadeln. Sie gingen zwischen den Dinosauriern hindurch, auf deren hohen Rücken der Schnee lag und denen riesige Eiszapfen aus den Mäulern wuchsen. Didi war eingefallen, daß sie ja gar nicht wußte, wie viele Kugeln die Magnum noch enthielt. Zwei hatte man in dem Gasthaus verschossen; falls die Pistole geladen gewesen war, dann paßten vermutlich vier, fünf in das Magazin. Aber auf Mary zu schießen hieße, russisches Roulette mit David zu spielen – ein Umstand, den Laura bereits befürchtet hatte. Selbst eine Kugel, die Marys Beine treffen sollte, könnte sich verirren und das Kind treffen. Wenn ich Mary wäre, dachte Didi, dann würde ich mir einen Hinterhalt suchen. Wir haben die Lichter des Gasthauses im Rücken und den Wind im Gesicht. Aber es ging nicht anders; Laura und Didi mußten den Blutstropfen auf dem Schnee folgen.
Die Spur, die Mary hinterlassen hatte, führte in einem Bogen zu einer Gruppe von Dinosauriern, die in Kampfstellung – mit gefletschten Zähnen und in die Luft gestreckten Krallen – erstarrt waren. Nicht allzuweit dahinter lag die Straße. Von Mary war nichts zu sehen außer ihrer Spur, und die wurde bereits vom Schnee verweht. Didi gefiel der An-

blick dieser Dinosaurier nicht; hinter jedem davon konnte sich Mary verstecken. Sie blieb stehen und hielt auch Laura an der Schulter zurück. »Ich möchte dort nicht durch!« sagte sie. »Gehen wir außenrum!«
Laura nickte und wandte sich in eine Richtung, die rechts an den Monstren vorbei auf die Straße führte. Didi war zwei Schritte hinter ihr. Sie ging gegen den Wind mit eingezogenem Kopf, und ihr Körper begann unkontrollierbar zu zittern. Kleine Eisnadeln trafen ihre Wangen. Sie wandte sich leicht ab, um ihr Gesicht zu schützen –
Und in diesem Moment erblickte sie die Gestalt, die sich in gut dreieinhalb Metern Entfernung hinter einem der Drachenschwänze aufrichtete.
Das Gesicht der mächtigen Frau war geisterbleich. Schneeflocken hatten sich in ihrem Haar verfangen, und in ihren Augen konnte Didi den Widerschein von den Lichtern des *Silver Cloud Inn* erkennen, der wie ein elektrischer Funke auch auf dem gelben *Smiley*-Anstecker des Pullovers blitzte. Mary hielt ein Bündel in ihrem linken Arm. Der rechte war ausgestreckt und hielt einen Revolver, der auf Laura zielte. Diese hatte die Gefahr noch nicht bemerkt.
Sekundenlang verspürte Didi einen Schrecken, der ihr den Magen umdrehte, und sie begriff nur allzugut, wie Mary zu ihrem Namen gekommen war. Marys Gesicht war vollkommen weiß und ausdruckslos – eine Maske ohne jedes Wut- oder Triumphgefühl; nur eines stand darin: die sichere Gewißheit, wer hier die Oberhand hatte.
Didi wußte, es war sinnlos, zu schreien. Jeder Ton würde in diesem Wind untergehen. Also sprang sie nach vorn und rempelte Laura fest gegen die Schulter; es war keine Zeit zu verlieren. Im selben Moment hörte sie Marys Revolver losgehen: *Pengpeng.*
Laura landete bäuchlings im Schnee, Didi spürte an ihrem Hals den Biß einer Kugel, und gleich darauf traf sie etwas

in die Brust wie ein Mauleseltritt. Der Schmerz verschlug ihr den Atem. Ihr Finger auf dem Abzug der Magnum verkrampfte sich, und eine Kugel sauste in den Himmel. Laura rollte blitzschnell herum, und an der Stelle, wo sie noch eben gewesen war, spritzte Schnee auf. Mary hatte erneut gefeuert. Laura sah die Frau dort stehen, hinter dem Dinosaurierschweif, und ihr Entschluß fiel in Sekundenschnelle. Sie zielte und drückte ab.
Die Kugel traf – nicht Mary Terror, sondern eine größere Zielscheibe: die graugeschuppte Hüfte des Dinosauriers. Betonsplitter flogen, und Mary ging hinter dem Leib des Ungeheuers in Deckung. Laura stand auf, um hinter ihren eigenen Schutzwall zu flüchten, den betongepanzerten Rükken eines anderen Tieres. Sie warf sich dagegen und blickte zu Didi, die auf der Seite lag: Etwas Dunkles breitete sich um sie aus. Laura wollte bereits zu ihrer Freundin zurückkriechen, erstarrte jedoch, als gleich neben ihrem Kopf eine Kugel auf eine der Zacken am Rückgrat des Tieres schlug und winselnd abprallte.
Mary lag auf den Knien. Sie durchwühlte ihre Umhängetasche nach der Schachtel mit Achtunddreißiger-Munition, die sie aus dem Gewehrschrank des Toten genommen hatte, aber ihre Finger wurden allmählich steif und glitschig von kaltem Blut. Schließlich steckte sie doch zwei Kugeln in den Revolver und verlor zwei andere im Schnee. Aber sie fror bis in die Knochen, ihre Kräfte schwanden rasch, und sie wußte, daß sie es in dieser Kälte nicht mehr lange aushielt. Die verdammte Bedelia war abserviert, dieses andere Drecksweib war in Deckung. Es wäre verdammt anstrengend, bis zum Wagen zu kommen, aber es mußte sein. Einen anderen Ausweg gab es nicht.
Schnell jetzt, befahl sich Mary selbst, deine Beine sind sonst bald unbrauchbar. Sie feuerte noch einmal auf Laura, und die Kugel schlug einen zweiten Brocken aus dem Panzer

des Sauriers. Dann stand Mary auf, um sich weiter Richtung Straße zu kämpfen. Drummer lag immer noch in ihrem Arm.

Laura spähte hinter ihrer Deckung hervor und sah Mary durch den Schnee humpeln. »Halt!« rief sie. *»Stop!* Stehenbleiben!« Aber der Wind verschluckte ihre Stimme. Sie trat ins Freie und zielte mit ihrer Pistole auf den Rücken der Frau.

Ein Bild trat ihr vor Augen: Sie sah, wie die Kugel Marys Körper durchdrang und sich in David bohrte. Sie feuerte in die Luft. Mary hielt weder inne, noch drehte sie sich um. *»Halt!«* schrie Laura mit rauher Kehle, doch die andere durchpflügte hinkend, aber entschlossen die weißen Schneewehen.

Laura setzte ihr nach. Drei lange Schritte, dann blieb sie wieder stehen, und die Pistole hing in ihrer Hand. Sie blickte auf Didi, die in dunkelgefärbtem Schnee lag – zu Mary, eine sich entfernende Gestalt –, und dann wieder zu Didi. Dampf wirbelte aus dem Blut empor.

Laura trat neben Didi und ging auf die Knie.

Die andere hatte ihre Augen geöffnet. Ein Faden Blut schlängelte sich aus ihrem Mund, und ihr Gesicht war von Schnee verklebt. Sie atmete noch, aber es war ein schreckliches Geräusch. Laura sah zu Mary, die mit Drummer in ihren Armen davonhumpelte und gleich von den Dinosauriergärten auf die Landstraße kommen würde.

Eine von Didis Händen erhob sich wie ein sterbender Vogel und packte Laura an dem gestohlenen Pullover.

Didis Mund öffnete sich. Ein leises Ächzen war zu hören und verwehte im Wind. Laura sah die Finger von Didis anderer Hand an einer Hosentasche zucken, als wollten sie nach etwas greifen. In Didis schockierten Augen stand eine Botschaft, etwas, was Laura unbedingt wissen sollte. Ihre Finger kratzten weiter an der Tasche, doch sie erlahmten.

Die Tasche. Es war etwas in Didis Tasche.
Mit vorsichtigen Bewegungen schob Laura ihre Hand hinein. Sie fand die Autoschlüssel und ein zusammengefaltetes Stück Papier, das sie mit herauszog. Als sie es auseinanderklappte, erkannte sie das Wahrzeichen der *Liberty Motor Lodge*, die gesprungene Glocke, und die fernen Lichter des *Silver Cloud Inn* halfen ihr, die drei Männernamen zu entziffern. Sie standen über einem lächelnden Mondgesicht.
Didi zog Laura zu sich herunter, und Laura neigte ihren Kopf.
»Vergessen Sie nicht«, hauchte Didi. »Er gehört ... auch mir.«
Ihre Hand ließ den Pullover los.
Laura blieb im Schnee knien. Neben ihrer Schwester. Erst nach geraumer Weile blickte sie wieder auf und in Richtung Straße.
Mary Terror war verschwunden.
Es vergingen vielleicht zwei Minuten. Laura merkte, daß Didi nicht mehr atmete. Didis Augen füllten sich mit Schnee, und Laura drückte sie zu. Es war nicht schwer.
Irgendwo läuteten die Freiheitsglocken.
Laura steckte sich den Zettel in die Tasche und stand auf. In ihren Händen waren Schlüssel und Pistole, auf ihrem Gesicht gefrorener Schnee, in ihrem Herzen aber tobte das Höllenfeuer. Sie begann, von der Toten wegzustapfen – der wandelnden Toten, die ihr Baby hatte, hinterher. Der Wind schlug ihr entgegen, versuchte, sie umzureißen, spie ihr Schnee ins Gesicht und zerrte an ihrem Haar.
Aber sie kämpfte sich nur noch schneller durch den Schnee, wie eine Maschine – mobilisierte alles, was noch an Wärme durch ihr Inneres pulsierte, und einen Moment später begann sie zu laufen. Der Schnee griff nach ihren Knöcheln und brachte sie zu Fall. Als Laura der Länge nach auf den Boden ging, raste ihr ein Schmerz durch die gebrochene

Hand, von der der Verband herabbaumelte. Sie stand wieder auf. Frische Tränen bedeckten ihr Gesicht. Es war keiner mehr da, der sie weinen hören konnte. Ihr Gefährte war jetzt der Schmerz – tiefer, tödlicher Schmerz.

Mit zitterndem Körper, nassen Jeans, nassem Pullover und nassem Gesicht, mit Haaren, die vorzeitig weiß geworden waren, und neuen Falten um ihre Augen kämpfte sie sich weiter durch den Schnee – kämpfte sich vorwärts, weil es kein Zurück mehr gab.

Laura verließ die zugeschneiten Dinosauriergärten, wo die Urgeschöpfe für alle Zeiten erstarrt waren, und machte sich auf den Weg zu einem Wagen, in dem sie nun allein weiterfahren würde.

5

Kampf mit den Furien

In der Wärme des Cherokee gab Marys Blase nach. Die nasse Wärme saugte sich in den Sitz unter ihr. Die Reifen des Cherokee rutschten hin und her, während sie im Rückwärtsgang die Gebirgsstraße hinunterfuhr. Jetzt kehrte das Gefühl wieder in ihre Hände zurück – ein Prickeln und Stechen wie von tausend heißen Nadeln. Ihr Gesicht fühlte sich an, als hätte man es gehäutet oder gegeißelt, das Blut auf ihrer Jeans bildete eine schimmernde Eisschicht, ihre rechte Hand war rot verschmiert, und die Finger daran zuckten ihren kranken Tanz. Drummer schrie noch immer sein Klagelied, aber sie ließ ihn; er war am Leben, und er gehörte ihr.

Das Heck des Cherokee stieß an einen der liegengebliebenen Wagen am Straßenrand. Mary richtete ihr Fahrzeug wieder aus, doch schon einen Moment später schlitterte der Wagen nach rechts, und sie vernahm ein metallisches Kreischen: Der Cherokee hatte einen Kleinbus gestreift. Die Heizung summte, aber trotzdem saß die Kälte noch tief in Marys Lungen, als Mary schließlich das Ende der Landstraße erreichte und wendete. Sie stieß auf einen Wegweiser zur Autobahnauffahrt nach Westen und bog ab. Der Schnee wirbelte vor ihren Scheinwerfern. Von einer großen blinkenden Warntafel wurde ihr der Weg verstellt: STOPP! STRASSE GESPERRT. Aber diesmal war kein Polizeiauto da, und Mary fuhr über den tiefverschneiten rechten Seitenstreifen in die Auffahrt.

Die Rampe beschrieb eine langgezogene Kurve, die glatt

vom Schnee war und die Mary im Schneckentempo entlangkroch. Dann war sie auf der Autobahn, eine Viertelmeile hinter dem Bullenauto an der Ausfahrt nach McFadden. Während die Straße anstieg, erhöhte Mary ihre Geschwindigkeit langsam auf vierzig Meilen pro Stunde. Der Schneefall hatte nicht nachgelassen, und der Wind war eine wütende Bestie. Mary begann, die Rockys zu überqueren.

Keine zehn Minuten, nachdem sie auf die I-80 gebogen war, nahm ein rostzerfressener Cutlass mit nur einem Scheinwerfer die Auffahrtskurve und fuhr Mary hinterher.

Die zu Eis gefrorenen Tränen auf Lauras Gesicht tauten auf. Sie fühlte sich so gestärkt, als stünde sie unter Strom, und ihr Puls raste. Die eine Hand umklammerte fest den Lenker, während der Ellbogen ihrer anderen beim Steuern half. Mit einem schrillen Jaulen schob der einzige Scheibenwischer, der noch funktionierte, den Schnee beiseite, und Laura fürchtete, der Scheibenwischerantrieb könne jeden Moment durchbrennen. Die Straße stieg an. Sie war spiegelglatt, und Laura hielt die Geschwindigkeit des Cutlass zwischen dreißig und fünfundvierzig. Hoffentlich wäre Mary soweit okay, daß sie nicht von der Fahrbahn abkam! Laura betete darum. Mary war schwer verwundet und halb erfroren, genau wie sie selbst, und Lauras zerfleischte Hand war unter den Verbänden eine einzige glühendheiße Schwellung. Lauras Körper hatte seine Schmerzgrenze erreicht und bereits überschritten; was sie jetzt noch auf den Beinen hielt, waren pure Willenskraft und *Black-Cat*-Tabletten – Willenskraft, weil sie David nicht dadurch zurückbekommen würde, daß sie sich heulend in ein Eckchen verkroch. Sie war schon zu weit gekommen, um jetzt aufzugeben. Sie hatte ihre Freundin im Schnee zurückgelassen – noch eine Schuld, für die Mary Terror bezahlen mußte.

Der Wind pfiff gegen den Cutlass, daß dessen Karosserie ächzte wie eine Menschenstimme. Laura starrte stur in den Sturm hinaus. Sie hielt Ausschau nach den roten Rückleuchten, aber vor ihr lag nichts als Schnee und Finsternis. Die weiterhin ansteigende Autobahn machte eine Rechtskurve, und Laura setzte das Herz aus, als die Reifen über eine Eisfläche rutschten. Aber schon kamen sie wieder auf griffigen Schnee. Was Laura noch mehr ängstigte als das Eis, war das Jaulen des Scheibenwischermotors. Es wurde lauter. Wenn der Scheibenwischer ausfiele, säße sie bis zum Ende des Sturmes fest. Jetzt führte die Straße in einem Linksbogen bergab, und Laura mußte bremsen. Die Reifen gerieten abermals ins Rutschen, und der Cutlass wäre fast über die eisverkrustete Mittelplanke geschlittert, bevor Laura ihn wieder unter Kontrolle hatte. Schneevorhänge, die beinahe geschlossen waren, schlugen gegen die Windschutzscheibe, und wieder stieg die Straße an. Der Lenker zitterte, als eine Bö den Cutlass in die linke Seite traf wie ein Faustschlag.

Laura mußte weiter, auch wenn sie nur mit zehn Meilen pro Stunde vorwärts kam. Sie mußte weiter, bis der Schnee undurchdringlich geworden und der Scheibenwischermotor durchgebrannt war. Ihr ganzes Leben war nichts mehr wert. Das einzige, was jetzt noch etwas galt, war, ihren Sohn in den Armen zu halten, und dafür würde sie, wenn nötig, Meile für Meile mit den Furien selbst kämpfen.

Weiter vorn hatte Mary verlangsamt. Die Straße war abgeflacht, bis zu eineinhalb Metern hohe Schneewehen behinderten die Durchfahrt, und Sturmböen, die sich wie schrille Todesdrohungen anhörten, bearbeiteten den Cherokee von beiden Seiten. Mary schlängelte sich zwischen den Schneehügeln hindurch, wobei ihre Reifen mehr als einmal den Halt verloren. Dann plötzlich schoß ihr der Wagen davon, schlingerte, und sosehr sie auch dagegen ankämpfte, sie

konnte nichts mehr tun. Das Fahrzeug drehte sich um die eigene Achse und landete knirschend in einer Schneewehe. Mary gab Vollgas. Der Motor des Cherokee ächzte, aber sie kämpfte sich durch die weißen Massen. Dreißig Meter weiter, und sie war überall von Schneewehen umgeben. Diese waren teilweise bis zu zwei Meter hoch, doch Mary gab nicht auf. Sie versuchte, sich hindurchzuschieben, mußte aber anhalten, als der Schnee bis zur Kühlerhaube stand und sich nicht mehr bewegte.
Mary sah in den Rückspiegel. Absolute Dunkelheit. Wo steckte das Miststück? Immer noch im *Silver Cloud Inn?* Oder auf dem Highway? Eine Kämpfernatur war sie ja, dieses Luder, aber doch nicht verrückt genug, um sich bei Schneesturm über die Rockys zu wagen. Nein, solcher Wahnsinn blieb Mary vorbehalten.
Eine Weile käme sie nirgendwohin. Sie hatte noch reichlich Benzin. Die Heizung funktionierte, und in ein paar Stunden würde es Tag werden. Vielleicht könnte sie ja bei Tageslicht hier herausfinden.
Sie zog die Handbremse an und schaltete dann Scheinwerfer und Scheibenwischer aus. In Sekundenschnelle war die Windschutzscheibe zugeschneit. Mary ließ den Motor im Leerlauf und hob Drummer vom Boden auf. Er hatte sich ausgeweint. Dafür gab er jetzt wimmernde Hungerlaute von sich, und Mary griff nach ihrer Tasche mit der Babynahrung. Ein saurer Uringeruch stieg ihr in die Nase: Drummer war ihrem Beispiel gefolgt und hatte sich naß gemacht. Scheißplatz, um eine Windel zu wechseln, dachte sie, aber jetzt war sie nun einmal Mutter, und was sein muß, mußte sein. Sie warf noch einmal einen Blick in den Rückspiegel. Diese Ziege war bei Bedelia im *Silver Cloud Inn* geblieben. Wäre die nicht dazwischengekommen, dann hätten die Schüsse Laura getroffen. Es waren gute Schüsse gewesen, alle beide. Mary wußte nicht genau, wo

sie Didi getroffen hatte, aber eine Zeitlang würde die sie wohl nicht mehr jagen.

Zwei Meilen hinter dem Cherokee hörte Laura ein Knirschen. Es dauerte zehn Sekunden, und dann blieb der Scheibenwischer stehen. Schnee bedeckte die Windschutzscheibe. »Verdammt!« schrie Laura und bremste ab. Der Wagen schlitterte erst nach links, dann wieder nach rechts, stellte sich dabei quer und rutschte so die I-80 entlang. Lauras Nerven kreischten, aber sie konnte nichts tun, außer sich auf einen Zusammenstoß gefaßt zu machen. Schließlich fing sich der Cutlass wieder, reagierte auf die Bremse und kam, halb rollend, halb rutschend, zum Stehen

Lauras Reise war zu Ende, bis das Schneegestöber aufhören würde. Sie konnte lediglich die Handbremse anziehen und den Scheinwerfer ausschalten. Die Heizung lief und pumpte Wärme ins Wageninnere, und der Tank war etwas mehr als halb voll. Ein paar Stunden lang würde sie durchhalten.

Laura saß in der Dunkelheit und versuchte, sich zu beruhigen, indem sie langsam und tief durchatmete. Möglich, daß Mary sie abhängte, aber sie kannte deren Ziel. Bei diesem Sturm würde Mary nicht allzuschnell fahren. Vielleicht würde sie sogar von der I-80 abbiegen und versuchen, etwas zu schlafen. Das entscheidende war, vor Mary nach Freestone zu kommen und Jack Gardiner zu finden – falls es sich bei einem von den drei Männern auf Didis Liste tatsächlich um ihn handelte.

Der Wind kreischte um den Cutlass wie falsche Geigentöne. Laura lehnte sich nach hinten und schloß die Augen. Didis Gesicht erschien vor ihrem Geist: nicht das einer Frau, die sterbend im Schnee lag, sondern ihr Gesicht, als sie sanft und sorgfältig Lauras Hand geschient hatte. Laura sah Didi, wie sie in ihrer Töpferwerkstatt die Ausgeburten eines gepeinigten Gemüts vorführte. Und dann erblickte sie Didis

Gesicht, so wie es vielleicht viel jünger ausgesehen hatte – das eines Teenagers auf irgendeinem Schwarzweißfoto aus den sechziger Jahren, aus einem Schuljahrbuch. Didis Haar war gesprayt und keß nach oben gesteckt, ihr Gesicht sommersprossig, mit den kleinen, gesunden Pausbacken eines Bauernmädchens, ihre Augen hell und klar, und lächelnd blickte sie damit in eine Zukunft, wo Mord und Terror in ihr Leben treten würden.

Das Bild begann zu verblassen.

Laura ließ davon ab und schlief in den Armen des Sturmes.

Nachdem sie ihre Mutterpflichten erfüllt hatte, legte Mary Drummer auf den Beifahrersitz, packte ihn wieder in den Parka ein und zog den Reißverschluß zu. Dann grübelte sie ein paar Minuten lang über die Strecke nach, die sie noch zu bewältigen hatte: zweihundert Meilen durch Utah, über dreihundert durch Nevada, von dort über Reno nach Kalifornien, nach Sacramento hinunter und durch Napa Valley Richtung Oakland und San Francisco. Muß neue Windeln für Drummer, Babynahrung, ein paar Schmerztabletten und noch was kaufen, was mich wach hält. Sie verfügte noch immer über genug Geld, das sie für den Ring ihrer Mutter bekommen hatte; dazu siebenundvierzig Dollar und etwas Kleingeld aus dem Haus von Rocky Road. Allerdings würde sie ihren geschwollenen Oberschenkel in ein paar frische Jeans zwängen müssen, bevor sie in einen Laden ging, und das wäre eine ziemliche Strapaze. Ein zweites Paar Handschuhe hatte sie ja noch irgendwo; ihre blutige Hand könnte sie also verstecken. Aber wie lange würde es wohl dauern, bis die Bullen ihr auf den Hals kamen? Nicht sehr lange vermutlich. Muß ganz schön Dampf machen, wenn ich über die Berge bin, dachte sie; mir vielleicht sogar ein Plätzchen zum Untertauchen suchen, bis das Schlimmste vorbei ist.

Im Moment wurde sie mit solchen Dingen nicht fertig. Ihr Fieber war wieder gestiegen, ihr Körper eine einzige pochende Wunde, und sie wußte, daß ihre Kraft nachließ. Sie tastete im Dunkeln nach dem Gesicht des Babys und küßte es auf die Stirn. Dann kippte sie den Fahrersitz nach hinten, schloß ihre Augen und lauschte auf den Wind. Die Stimme Gottes sang darin für sie *Love Her Madly.*

Mary hörte nur die erste Strophe. Dann war sie eingeschlafen.

6

Ein Harley-Fahrer

Poch, poch.

»Lady?«

Poch, poch. »Lady, sind Sie okay?«

Laura erwachte. Es war so anstrengend, als würde sie durch Leim schwimmen. Sie bekam ihre Augen auf und sah einen Mann in einem braunen Kapuzenparka vor ihrem Fenster stehen.

»Sind Sie okay?« Er hatte ein langgezogenes Gesicht, das rot vor Kälte war.

Laura nickte – eine Bewegung, bei der ihre Hals- und Schultermuskeln schlagartig zu toben begannen.

»Hab hier 'n bißchen Kaffee.« Der Mann hielt einladend eine Thermosflasche hoch.

Laura kurbelte das Fenster herunter und merkte plötzlich, daß der Wind sich gelegt hatte. Nur ein paar Flöckchen fielen noch. Zwischen den grauen Wolkenmassen schimmerte ein perlfarbenes Licht hervor, und in seinem düsteren Schein konnte Laura die gewaltigen, weißverschneiten Gebirgszüge erkennen, die sich an der I-80 entlangzogen. Der Mann goß etwas Kaffee in die Kappe der Thermosflasche, reichte ihn Laura, und sie trank dankbar. In einem anderen Leben hätte sie sich vielleicht jamaikanischen Blue Mountain gewünscht; jetzt war jedes Gebräu eine Köstlichkeit, wenn es sie nur auf Touren brachte.

»Wie kommen *Sie* denn hierher?« fragte der Mann. »Die Straße ist doch immer noch gesperrt.«

»Falsch abgebogen vermutlich.« Ihre Stimme klang fast wie ein Quaken.

»Können von Glück sagen, daß Sie jetzt nicht bei Sankt Petrus nach dem Weg fragen müssen! War 'n totales Chaos zwischen hier und Rock Springs. Schneewehen, höher als mein Kopf und so breit wie 'n Haus!«

War ein Chaos, hatte er gesagt. Maschinengeräusche drangen ihr ans Ohr. »Meine Scheibenwischer sind kaputt«, sagte sie. »Könnten Sie mir die Windschutzscheibe freikratzen?«

»Denke, schon!« Und er begann, mit dem Lederhandschuh, den er anhatte, den Schnee wegzuscharren. Die Schicht war fast fünfzehn Zentimeter dick, wovon die beiden letzten Zentimeter eine Kruste bildeten. Der Mann bohrte seine Finger hinein, drückte, und mit einem Knall zersprang das Eis und rutschte herab. Auf Lauras Seite war die Windschutzscheibe wieder klar, und vierzig Meter voraus konnte Laura einen gelben Schneepflug sehen, dessen Auspuffrohr dicke Qualmwolken ausstieß. Ein zweiter Pflug räumte gerade die Gegenfahrbahn, und ein dritter stand fahrerlos sechs Meter weit vor dem Cutlass. Laura stellte fest, daß sie geschlafen haben mußte wie eine Tote, wenn sie dieses Ding nicht hatte kommen hören. Hinter den Pflügen waren zwei große Lastwagen der Autobahnbehörde, deren Mannschaften Asche auf die vereisten Stellen schaufelten. In Lauras Kopf ratterten die Getriebe.

»Kommen Sie aus Rock Springs?«

»Meine Männer haben in Table Rock angefangen, aber ab hier sind die Schneewehen geräumt. Eine Riesenbescherung, das kann ich Ihnen sagen!«

Also waren die Schneepflüge von Westen gekommen. Die Strecke nach Kalifornien war wieder frei.

»Danke schön.« Laura gab dem Mann seinen Becher zurück. Der Cutlass lief immer noch im Leerlauf, und die Benzinstandsanzeige war fast ganz nach unten gefallen. Der Helligkeit nach zu urteilen, mußte Laura wohl mindestens vier Stunden geschlafen haben. Sie löste die Handbremse.

»Hey, suchen Sie sich lieber 'ne Ausfahrt!« warnte der Fahrer des Schneepflugs. »Es is' immer noch höllisch gefährlich! Noch nie was von Schneeketten gehört?«

»Ich schaff's schon. Wo ist denn die nächste Tankstelle?«

»In Rawlins. Das is' etwa zehn Meilen von hier. Weiß Gott, Sie sind wirklich der zweitgrößte Glückspilz auf dieser Welt!«

»Der *zweitgrößte?*«

»Ja. Wenigstens haben *Sie* kein kleines Baby, das sich zu Tod hätte frieren können!«

Laura starrte zu ihm auf.

»Frau und ihr Kind sind 'n paar Meilen voraus in den Schneewehen steckengeblieben«, berichtete er, da er ihr Schweigen für Neugierde hielt. »Hatten sich schön drin festgefahren. Die hatte auch keine Schneeketten.«

»War es ein Transporter?«

»Bitte?«

»Ein grüner Transportbus? Sind sie darin gefahren?«

»Nein. Einer von diesen Jeeps. Comanche oder Geronimo oder so was.«

»Welche Farbe?«

»Dunkelblau, glaub ich.« Er runzelte die Stirn. »Weshalb fragen Sie so?«

»Ich kenne diese Frau«, antwortete Laura, und dann kam ihr ein Gedanke. »Haben Sie ihr auch Kaffee gegeben?«

»Ja. Hat ihn regelrecht gesoffen.«

Laura lächelte grimmig. Sie hatten beide aus demselben Becher getrunken. »Wie lange ist das her?«

»Dreißig, vierzig Minuten, schätz ich. Ist sie 'ne Freundin von Ihnen?«

»Nein.«

»Na ja, sie hat auch nach der nächsten Tankstelle gefragt.

Rawlins, hab ich geantwortet. Ich sage Ihnen: Mit 'nem winzig kleinen Baby durch 'nen Schneesturm zu fahren, und das ohne Schneeketten ... die Frau muß verrückt sein!«

Laura legte den Gang ein. »Nochmals vielen Dank. Passen Sie auf sich auf!«

»Das is' doch mein zweiter Vorname!« erwiderte er und trat vom Fenster zurück.

Laura fuhr los, achtete aber auf ihre Geschwindigkeit. Asche und Kohlebröckchen knirschten unter ihren Reifen. Sie würde es bis Rawlins schaffen – Schneeketten hin oder her. An ein paar Stellen der Autobahn rutschte der Wagen, aber Laura fuhr langsam und ruhig. Dabei behielt sie die zitternde Nadel der Benzinstandsanzeige im Auge. Irgendwo unterwegs hatte Mary Terror den Transporter abgestoßen; soviel stand fest. Woher diese Frau aber das neue Fahrzeug hatte, wußte Laura nicht. Wahrscheinlich klebte inzwischen noch mehr Blut an Marys Händen.

Denselben Händen, in denen Davids Schicksal lag.

In Rawlins fuhr Laura von der Autobahn ab, tankte auf, kratzte den restlichen Schnee von ihrer Windschutzscheibe, erleichterte sich im Waschraum und schluckte noch eine *Black Cat*; das entsprach vier Tassen starkem schwarzem Kaffee. Außerdem kaufte sie etwas, das ihren Blutzucker garantiert in die Höhe jagen würde, sowie frische Mullbinden für ihre Hand; auch die wurden im Tankstellenladen angeboten. Dann noch eine Flasche Exedrin-Extrastark, ein halbes Dutzend Dosen Cola, und Laura war wieder startklar. Bei der Halbwüchsigen hinter der Theke erkundigte sie sich nach einer großen Frau mit einem Baby, die in einem dunkelblauen Jeep unterwegs war.

»Ja, Ma'am, die hab ich gesehen«, antwortete das Mädchen. Es würde einmal hübsch sein, wenn seine Akne ausgeheilt war, dachte Laura. »Sie ist vor rund einer halben Stunde hier gewesen. Süßer kleiner Hosenmatz. Er hat einen Heidenlärm gemacht, und sie hat ein paar Windeln und einen Schnuller für ihn gekauft.«

»War sie verletzt?« fragte Laura. Das Mädchen starrte sie verständnislos an. »Verletzt«, wiederholte Laura. »Haben Sie Blut an ihr gesehen?«

»Nein, Ma'am«, antwortete das Mädchen mit zögernder Stimme. Offenbar war sie mißtrauisch geworden. Laura konnte nicht wissen, daß Mary aufgewacht war, die Pflüge im Licht des frühen Tages kommen gesehen und ihre blutfleckige Jeans ausgezogen hatte, um sich in ein Paar frische aus ihrem Koffer zu quälen. Dabei hatte sie die Wunde mit der letzten Pampers zugebunden. Laura zahlte und fuhr weiter. Ihren Berechnungen nach mußte Mary Terror dreißig bis vierzig Minuten Vorsprung haben. Die Schneepflüge und Streulaster schwärmten auf der I-80 aus wie eine kleine Armee. Bis auf ein paar kurze Schauer hatte der Schneefall nachgelassen, und nun blieb nur noch das Aufräumen. Als Laura westlich von Creston den *Continental Divide* überquerte – den Gebirgszug, der Amerika in zwei Hälften teilt –, beobachtete sie allmählich zunehmenden Verkehr auf der Autobahn. Das Bergmassiv ragte als ein zerklüftetes weißes Panorama ringsum empor, der Himmel war grau, und die Autobahn begann ihren langen, gemächlichen Abstieg Richtung Utah. Bei Rock Springs sah Laura im Vorüberfahren ein paar Staatspolizisten, die Lastzüge aus einer überfüllten Lkw-Station zurück auf die I-80 winkten. Die Straße war offiziell wieder geöffnet. Hinter Laura lagen die wolkenverhangenen Rockies, und langsam erhöhte sie die Geschwindigkeit auf fünfundfünfzig, dann auf sechzig und schließlich auf fünfundsechzig Meilen.

Sie hatte die Staatsgrenze von Utah eben überschritten, da erblickte sie ein Schild: SALT LAKE CITY, 58 MEILEN. Sie sah einen dunkelblauen Jeep, auf den die Beschreibung paßte, als sie jedoch seitwärts an ihn heranfuhr, stellte sie fest, daß sein Nummernschild aus Utah stammte und ein weißhaariger Mann hinter dem Steuer saß. Die Autobahn führte durch Salt Lake City, wo Laura haltmachte, um zu tanken, schlängelte sich dann am grauen Ufer des Großen Salzsees entlang und verlief dann auf die weite, kahle Sandwüste zu. Während Laura ihr aus zwei Snickers und einer Cola bestehendes Mittagessen verzehrte, rissen die Wolken auf. Greller Sonnenschein brach durch, hier und da zeigte sich ein wenig Blau am Himmel.

Um vierzehn Uhr fuhr Laura an Wendover, Utah, vorbei, und ein großes grünes Schild mit dem Bild eines Rouletterads hieß sie in Nevada willkommen. Wüste, zackige Berge und Gestrüpp säumten die I-80, so weit das Auge reichte. Geier mit enormen Flügelspannweiten nagten an den Kadavern überfahrener Tiere am Straßenrand, und Laura passierte Reklametafeln für Riesenflohmärkte, Hühnerfarmen, *Harrah's Auto Museum* in Reno sowie ein Rodeo in Winnemucca. Etliche Male blickte sie auch neben sich und rechnete damit, Didi auf dem Beifahrersitz zu sehen. Aber wenn sie da war, dann als Geist. Die Reifen summten, der Motor lärmte, und eine dunkle Rauchfahne von brennendem Öl quoll aus dem Auspuff. Laura hielt unentwegt nach Marys Jeep Ausschau; sie sah sogar einige, aber keiner hatte die gesuchte Farbe. Auf der langen, kerzengeraden Strecke wurde sie von Autos überholt, die mit achtzig oder neunzig Meilen pro Stunde fuhren, und als sie in den Windschatten eines Lastzugs geriet, erhöhte sich ihre Geschwindigkeit auf fünfundsiebzig. Nevada wurde zu einer dahinsausenden Folge von Ortstafeln: *Oasis ... Wells ... Metropolis ... Deeth*, dessen zweites *e* jemand mit Sprühfarbe in *a* verwandelt hatte: Tod.

Jetzt war Laura wirklich allein – allein auf der Reise in ein Land voll Angst und Schrecken.

Freestone lag am Ende der Strecke, fünfzig Meilen nördlich von San Francisco. Was würde Laura tun, wenn sie Jack Gardiner fand? Was würde sie tun, wenn von diesen drei Männern keiner Jack Gardiner war? Was für ein Mensch war er wohl heute? Würde er Mary Terror aus dem Weg gehen oder sie mit offenen Armen empfangen? Bestimmt hatte er doch in der Zeitung über sie gelesen oder die Berichte im Fernsehen gesehen. Was, wenn Jack Gardiner – und Laura wurde übel bei diesem Gedanken – im Grunde seines Herzens noch immer ein Killer war, der David als eine Art Opfer entgegennahm und sich zusammen mit Mary auf die Flucht machte? Wenn ... wenn ... wenn. Es gab keine Antwort auf solche Fragen. Das einzige, was Laura mit Sicherheit wußte, war, daß diese Straße nach Freestone führte und Mary sich darauf befand.

Der Cutlass vibrierte.

Laura nahm einen Geruch nach Verbranntem war. Sie schaute auf das Armaturenbrett: Die Nadel der Temperaturanzeige war bereits im roten Bereich. O mein Gott, dachte Laura, während die Panik an ihr zerrte, und rief: »Laß mich jetzt nicht im Stich!« Es war keine Ausfahrt in Sicht. Deeth lag zwei Meilen hinter ihr, und der Motor des Cutlass rumpelte wie ein Zementmischer. »Laß mich jetzt nicht im Stich!« Ihr Fuß preßte sich aufs Gaspedal. Und dann platzte die Motorhaube auseinander, mit dem Kreischen einer Zugpfeife schoß Dampf in die Luft, und Laura wußte, daß der Kühler kaputt war. Der Wagen hatte, wie ihr eigener Körper, seine Schmerzgrenze überschritten. Nur daß *sie* stärker war. »Nicht stehenbleiben! Nicht stehenbleiben!« rief sie mit Tränen der Enttäuschung und Hoffnungslosigkeit in den Augen. Der Cutlass hatte aufgegeben. Während aus dem überfließenden Kühler Dampffetzen peitschten, nahm die Geschwindigkeit ab. Der Lastzug vor ihr fuhr weiter; es gab keine Kavaliere mehr auf dieser Welt.

»O mein Gott!« heulte Laura. »Verdammt! Verdammt! Verdammt!« Aber durch Fluchen würde es auch nicht besser. Sie steuerte an den Straßenrand und ließ den Wagen ausrollen.
Während der Kühler blubberte und ächzte, verharrte Laura regungslos auf ihrem Sitz. Sie spürte förmlich, wie sich Mary mit jeder Sekunde weiter von ihr entfernte, und schlug mit ihren Fäusten auf den Lenker. Dann stieg sie aus, um das Chaos zu begutachten. Wer auch immer behauptet hatte, in der Wüste wäre es heiß, hatte sie noch nie im Februar erlebt. Die Kälte drang Laura durch Mark und Bein. Der Kühler aber war ein kleiner Höllenvulkan. Rostiges Wasser spritzte heraus, und der Motor tickte wie eine Bombe. Laura sah nach rechts und nach links: alles gottverlassen. Ein Auto fuhr vorbei; wenige Sekunden später ein zweites. Sie brauchte Hilfe, und zwar schnell. Als ein drittes Fahrzeug kam, hob Laura den Arm, um es heranzuwinken. Das einzige, was sie davon hatte, war grober stechender Sand im Gesicht. Der Wagen fuhr weiter und ließ sie allein mit dem demolierten Cutlass.
Deeth war zu Fuß nicht zu erreichen. Wo sich die nächste Ausfahrt oder vielleicht eine Tankstelle befand, wußte der Himmel. Aber Mary war nach Freestone unterwegs, und Laura würde hier nicht den ganzen Tag auf einen Barmherzigen Samariter warten. Sie stellte sich Richtung Osten auf die Fahrbahn.
Eine Minute verging. Dann funkelte die Sonne auf Glas und Metall. Der Wagen – anscheinend ein Kleinbus – näherte sich mit hoher Geschwindigkeit. Laura steckte eine Hand unter ihre zwei Pullover und berührte den Griff der Automatik. Wenn der Wagen nicht binnen fünf Sekunden langsamer würde, dann würde sie die Pistole ziehen und mal ganz unartig sein. »Halt an!« flüsterte sie, während ihr ein rauher Wind ins Gesicht wehte. »Halt an! Halt an!« Ihre

Hand schloß sich fester um den Pistolengriff. »*Halt an*, verdammt!«
Der Bus wurde langsamer. Hinter dem Steuer saß ein Mann, auf dem Beifahrersitz eine Frau. Sie schienen beide alles andere als hilfsbereit, und Laura sah ein Kindergesicht über die Vordersitze lugen. Der Mann fuhr weiter, als sei er noch unschlüssig, während die Frau auf ihn einredete. Wahrscheinlich seh ich nach einem schweren Fall aus, dachte Laura und mußte zugeben, daß sie damit recht hatte.
Der Mann fuhr hinter dem Cutlass an den Straßenrand und kurbelte das Fenster herunter.
Sie hießen Joe und Cathy Sheffield aus Orem, Utah, und wollten zusammen mit ihrem sechsjährigen Sohn Gary gerade Cathys Eltern in Sacramento besuchen. Dies alles erfuhr Laura auf dem Weg zur nächsten Ausfahrt, die vier Meilen Richtung Westen lag – einem Ort namens Halleck. Sie erzählte ihnen, ihr Name sei Bedelia Morse, und sie versuche gerade nach San Francisco zu kommen, wo sie einen alten Freund treffen wolle. Es erschien ihr einfach richtig so. Gary fragte, weshalb ihre Hand verbunden sei und warum sie so ein Wehweh im Gesicht habe. Sie sei zu Hause schwer gestürzt, antwortete sie. Als er sie fragte, wo sie zu Hause sei, gab sie keine Antwort. Ein, zwei Minuten vergingen. Dann fragte Gary sie in aller Unschuld, ob sie denn je ein Bad nehme, und obwohl Cathy ihn zurechtwies und nervös lachte, sagte Laura: »Macht nichts«; sie sei schon lang unterwegs.
Bei Halleck fuhr Joe ab. Der Ort war kaum als solcher zu bezeichnen; bloß ein paar Luftziegelgebäude, einige verwitterte Häuser, ein alter Eisenbahnwaggon, der zum Imbißlokal umgebaut war, sowie ein Postamt aus Stuck, auf dessen Dach ein Sternenbanner im Wind peitschte. An einem der Luftziegelgebäude jedoch befand sich ein Schild, das es als *Marcos Autoreparaturwerkstatt* auswies. Davor stand eine Rei-

he von Zapfsäulen, ringsherum ein paar Wagen, die aussahen, als hätte ein Rudel Ratten sie geplündert, und dahinter lag ein kleiner Autofriedhof: lauter leere Karosserien und ein Stapel von Reifen. Allerdings gab es auch einen orangefarbenen Abschleppwagen, neben dem Joe Sheffield anhielt.

Aus einer der beiden Werkstattbuchten erschien ein kleiner, kräftiger Mann. Er sah aus wie ein Hydrant mit T-Shirt und Latzhose, und seine Hände waren ebenso ölverschmiert wie seine Kleidung, seine muskulösen Arme von den Handgelenken bis zu den Schultern mit Tätowierungen bedeckt. Zudem war er kahl wie ein Ei und trug eine gelbgetönte Schutzbrille.

»Na!« sagte Joe voll Freude. »Da ist ja wer!«

Einen Augenblick lang wußte Laura genau, was sie tun sollte: Sie sollte ihre Pistole ziehen, die Sheffields zum Aussteigen zwingen und sie dort stehenlassen, während sie selbst weiter hinter Mary herjagte. Marcos Autowerkstatt war ein Saftladen; ihren Wagen hier reparieren zu lassen würde eine einzige Geduldsprobe werden. Nein, dachte Laura, sie sollte ihre Kanone ziehen und sich den Bus aneignen – und zwar sofort.

Aber der Augenblick ging vorbei. Die Sheffields waren gute Menschen. Es bestand keine Notwendigkeit, mit vorgehaltener Pistole deren Leben durcheinanderzubringen, selbst wenn es Laura nicht einmal im Traum eingefallen wäre, ihre Waffe auch zu benutzen. Verzwickte Sache, dachte sie und sagte: »Danke fürs Mitnehmen!«

Sie stieg aus, und der Kleinbus preschte davon. Gary winkte ihr noch durch die Heckscheibe zu. Dann drehte sich Laura zu dem kahlköpfigen Mechaniker um, der knappe zehn Zentimeter kleiner war als sie und durch seine gelbe Schutzbrille zu ihr aufglotzte.

»Reparieren Sie Autos?«

Der Mann lachte schnaubend auf ihre törichte Frage. »Nein«, sagte er. »Ich *fresse* sie!«

»Mein Auto hat ein paar Meilen hinter Deeth den Geist aufgegeben. Können Sie es hierherschleppen?«

»Wieso sind Sie denn nicht nach Deeth?«

»Ich war Richtung Westen unterwegs, also bin ich hierhergekommen. Können Sie's abschleppen?« Sie bemerkte, daß die Tätowierungen auf dem Arm des Mannes durch nackte Frauengestalten miteinander verbunden waren.

»Hab im Moment viel zu tun. Einen Wagen in jeder Bucht, und zwei andere warten schon.«

»Na schön. Wann können Sie mich abschleppen?«

»In einer Stunde etwa – paar Minuten hin oder her.«

Laura schüttelte ihren Kopf. »Nein. So lange kann ich nicht warten.«

»Tut mir leid, aber so sieht's nun mal aus. Ich arbeite nämlich ganz allein hier. Ich bin Marco, wie's auf dem Schild steht.«

»Ich möchte, daß Sie meinen Wagen sofort holen.«

Er verzog ärgerlich das Gesicht, und seine breite Stirn legte sich in tiefe Falten. »Hast du Wachs in den Ohren, Puppe? Ich sagte, ich –«

Laura hatte die Pistole gezogen. Sie setzte sie dem Mann an den Schädel. »*Was* haben Sie gesagt?«

Marco schluckte, und dabei wölbte sich sein Adamsapfel nach vorn. »Ich ... sagte ... von mir aus kann's losgehn, Puppe.«

»Nennen Sie mich nicht *Puppe!*«

»Okay, Boß«, antwortete er. »Ganz wie Sie wollen!«

Was Körperhygiene betraf, hatte Marco noch viel zu lernen. Laura wußte ja, daß auch sie nicht gerade wie ein Veilchen roch, aber bei Marcos Duftnote – nach Schweiß und schmutziger Unterwäsche – wünschte man sich, ein ordentliches Stück Limburger zu schnuppern.

Als sie beim Cutlass angekommen waren, beäugte Marco den Kühler und pfiff durch die Zähne. »Hey, Boß! Schon mal was von Kühlerflüssigkeit gehört? Sie haben ja genug Rost hier drin, um 'n Schlachtschiff zu versenken!«
»Können Sie das in Ordnung bringen?«
»Den können Sie erschießen und von seinem Elend erlösen.« Er blickte auf die Waffe, die Laura in der Hand hielt. »Warum stecken Sie das Ding da nicht endlich weg, Revolver-Annie? Hab ich vielleicht 'ne Zielscheibe auf'm Arsch?«
»Ich *muß* weiter. Können Sie das nun reparieren oder nicht?« Der Abschleppwagen sah verlockend aus, aber es wäre verdammt mühsam, diese Kiste mit einer Hand und einem Ellbogen zu steuern.
»Wollen Sie 'ne ehrliche Antwort hören oder lieber Schmus?« fragte Marco. »Der Schmus wär, daß ich sage: Klar doch, kein Problem. Die ehrliche Antwort wäre: Sie brauchen 'n neuen Kühler, und damit basta. Haben 'n paar morsche Schläuche und Riemen da drin, die's nicht mehr lang machen.Ölleitungen sehen aus, als wär 'ne Ratte dran gewesen. Können Sie mir noch folgen?«
»Ja.«
»Hauptproblem«, fuhr er fort, während er sich mit öligen Fingern seinen Kopf kratzte, »ich muß 'n Kühler auftreiben, der in diese Mühle paßt. Ist wahrscheinlich nur über das Ersatzteillager in Elko zu bekommen. Das heißt für Sie: zwei satte Rechnungen. Und dabei kann ich vor Feierabend nicht mal anfangen.«
»Ich kann vierhundert Dollar ausgeben«, antwortete Laura. In ihrer Tasche waren noch fünfhundertvierunddreißig – der Rest ihres Erlöses von dem Verlobungsring. »Kann ich hier irgendwo einen Gebrauchtwagen kaufen?«
»Ja, da ließe sich was auftreiben.« Er stemmte beide Hände in seine ausladenden Hüften, neigte seinen Kopf leicht zur

Seite und sah Laura an. »'n Motor hätte es schon, aber vielleicht keine Bodenplatte mehr. Für vierhundert bekommen Sie nicht viel, außer ...« Er grinste, und ein Silberzahn blinkte in seinem Mund. »Haben Sie sonst noch was anzubieten?«

Sie überhörte diese Frage geflissentlich, denn er befand sich sehr kurz davor, zum Sopran zu werden. »Wie wär's denn mit *Ihrem* Wagen?«

»Tut mir leid, Boß. Ich bin Harley-Fahrer.«

»Ich gebe Ihnen vierhundertfünfzig Dollar, wenn Sie mir meinen Wagen reparieren«, sagte sie. »Nur müssen Sie dafür durcharbeiten.«

Seine Stirnfalten vertieften sich abermals. »Weshalb die Eile? Haben Sie wen umgebracht?«

»Nein. Ich habe es eilig, an mein Ziel zu kommen.«

Der Mann bohrte mit der Spitze eines Stiefels, der aussah, als hätte man ihn mit Stahlwolle geputzt, im rechten Vorderreifen. »Lassen Sie Ihr Geld mal sehen«, sagte er.

Laura steckte die Pistole weg, griff in ihre Tasche und zeigte ihm ihre Barschaft. »Schaffen Sie's in drei Stunden?«

Marco überlegte. Er sah zu der Sonne in dem wolkengefleckten Himmel empor, dann wieder zum Kühler, preßte seine Lippen zusammen und sog die Luft ein. »Ich kann 'n neuen Kühler einbauen und das Gröbste zusammenflicken. Hab da so 'n etwas zurückgebliebenen Bengel, der mir manchmal zur Hand geht, wenn er nicht gerade *Batman*-Comics liest. Muß die Tankstelle schließen. Elko hin und zurück sind etwa zwanzig Meilen. Vier Stunden, Minimum.«

Es ging auf drei Uhr zu. Das würde bedeuten, Laura wäre gegen sieben hier weg. Bis San Francisco waren es immer noch über fünfhundert Meilen, und nach der Straßenkarte noch einmal fünfzig bis Freestone, das weiter nördlich lag. Wenn sie die ganze Nacht durchfahren würde, dann könnte es Laura bis Tagesanbruch schaffen. Aber wann würde Mary dort ankommen? Irgendwann nach Mitternacht, falls sie weder Umwege noch eine Pause machte. Laura hätte losheulen können, aber sie unterdrückte diesen Drang. Gott hatte sein Gesicht abgewandt. Mary würde mindestens vier Stunden vor ihr in Freestone sein.

»Mehr is' nich' drin, Boß«, sagte Marco. »Ehrlich.«

Laura holte tief Luft. Sie verschwendeten mit diesem Gerede nur ihre Zeit. »Dann los, halten Sie sich ran!« sagte sie.

7

Schwarze Schlangen

Für wie viele Nächte?« fragte der Mann an der Rezeption, dessen Brille ihm auf der Nasenspitze saß.

»Nur eine«, antwortete sie.

Er gab ihr einen Anmeldezettel, und sie schrieb: *Mrs. Jack Morrison, 1972 Linden Avenue, Richmond, Virginia.* Auf dem Kopf des Formulars stand: *Lux-More Motel, Santa Rosa, Kalifornien.*

»Ein süßes Kerlchen ist das!« meinte der Angestellte und streckte seinen Arm über den Schalter, um Drummer unterm Kinn zu kitzeln. Drummer mochte das nicht; er war müde und hungrig und zappelte voller Ungeduld in Marys Armen. »Mein Sohn«, erklärte sie und trat ein Stückchen zurück. Mit einem frostigen Lächeln holte der Mann ihren Zimmerschlüssel. »Ich möchte mich telefonisch wecken lassen«, entschied sie. »Um fünf.«

»Fünf Uhr, Weckanruf für Zimmer sechsundzwanzig. Ist notiert, Mrs.–« Er sah auf ihr Anmeldeformular. »Mrs. Morrison.« Er nahm seine Brille ab. »Äh ... Bezahlung bitte bar und im voraus.«

Mary gab ihm die dreißig Dollar und hinkte aus dem Büro des Motels in die kühle, feuchte Luft von Nordkalifornien. Es war kurz nach halb drei Uhr nachts. Ein dünner Nebel trieb um die Halogenlampen an der I-101, die Santa Rosa Richtung Norden durchschnitt und zu weiten Mammutbaumwäldern führte, und eine fünftel Meile vom *Lux-More* entfernt strebte der County Highway 116 über grüne, wogende Hügel dem Pazifik entgegen.

Elf Meilen weiter unten an dieser Straße lag das Städtchen Freestone.
Mary stieg in ihren Cherokee, fuhr an der Motelanlage entlang zu Zimmer 26 und parkte auf dem dazugehörenden Platz. Sie war zu müde, um sich darum zu kümmern, ob dem Mann an der Rezeption das Iowa-Kennzeichen einer Frau auffallen würde, die angeblich aus Virginia kam. Den Revolver in ihrer Umhängetasche, schloß sie die Tür zu Zimmer 26 auf, trug Drummer hinein, verschloß die Tür dann wieder und riegelte ab.
Mary zitterte.
Sie legte Drummer auf das Einzelbett. Die Vorhänge waren mit ausgeblichenen blauen Rosen verziert, Flecke verunstalteten den grauen Teppich, und ein roter Aufkleber am Fernsehgerät verkündete, daß das Programm eines bestimmten Privatsenders nur für Erwachsene bestimmt sei. Das Bad besaß sowohl Dusche wie Wanne, und zwei Zigarettenkippen schwammen in der Toilette. Mary sah nicht in den Spiegel. Sie hatte jetzt keine Lust, ihr Äußeres wieder auf Vordermann zu bringen. Erschöpft setzte sie sich aufs Bett, und die Sprungfedern ächzten. Die Zimmerdecke war mit Rissen durchzogen; die Folge von Erdbeben. Da hast du dein Kalifornien, dachte Mary. Dreißig Dollar für ein Zimmer, das nur zehn wert war!
Gott, sie kam sich vor wie gerädert! Ihr Verstand war erschöpft. Er sehnte sich danach abzuschalten. Aber es gab noch viel zu tun, bevor sie einschlafen konnte.
Sie legte sich neben Drummer auf den Rücken und starrte die Risse in der Decke an. Wenn man genau hinsah, bildeten sie ein bestimmtes Muster. Wie chinesische Schriftzeichen. Hätte mich nicht eine Stunde in Berkeley aufhalten sollen, dachte sie. Das war dumm, einfach so durch die Straßen zu laufen. Ursprünglich hatte sie ja nur durchfahren wollen, aber irgendwie schien diese Stadt so in Blüte zu stehen, sie irgend-

wie so zu fesseln, daß sie nicht wegkonnte, ohne die alten Orte und Plätze wiederzusehen: Das Café *Golden Sun*, in dem sie Jack kennengelernt hatte, das *Truck On Down*, ein Laden, speziell für Rauschgiftkonsumenten, wo sie und die anderen Mitglieder der »Sturmfront« immer die Zigarettenspitzen für ihre Joints und ihre Wasserpfeifen kauften, Cody's Buchhandlung, in der sich Lord Jack ereifert hatte, wenn man über die unterdrückten Massen diskutierte, die Pizzeria »Zum verrückten Italiener«, wo CinCin Omara nachts als Geschäftsführerin gearbeitet hatte und heimlich Pizzen für ihre Brüder und Schwestern mitgehen ließ – all das existierte heute noch, vielleicht neu gestrichen, aber es gab alles immer noch – Bilder aus einer vergangenen Welt.

Einer jungen Welt, dachte Mary. Einer Welt voll beherzter Träumer. Doch wo waren sie jetzt?

Gleich müßte sie wieder aufstehen; eine heiße Dusche nehmen, sich die Haare waschen und die gelbe, eitrige Flüssigkeit aus ihrem Oberschenkel drücken. Sich für Jack herrichten.

Aber sie war so müde und hatte nur einen einzigen Wunsch: sich restlos fallenzulassen. Es wäre nicht gut, sich so vor Jack zu zeigen: völlig verdreckt vom Staub der Landstraße, mit ungeputzten Zähnen und Schweißgeruch. Darum hatte sie unmittelbar vor der Oakland Bay Bridge beim *7 Eleven* haltgemacht. Im Wagen war eine Einkaufstüte, die sie herausholen mußte.

Drummer fing lauter zu schreien an. Er hatte Hunger. Mit großer Willensanstrengung rappelte Mary sich auf, bereitete ihm sein Fläschchen zu und gab es ihm. Während er trank, starrte er mit Augen zu ihr auf, die haargenau so blau waren wie die von Jack. Karma, dachte sie. Jack würde Drummer ansehen und sich selbst darin erkennen.

»Du hast Angst.«

Er stand in der Ecke, neben einer Lampe mit schiefem

Schirm. »Du scheißt dir ins Hemd vor Angst, Mary-mein-Mädchen. Stimmt's?«
»Nein«, antwortete sie, und er grinste über die Lüge. Binnen zwei Pulsschlägen war er verschwunden. »Ich hab keine Angst!« versetzte Mary erbost. Sie konzentrierte sich darauf, das Baby zu füttern. Ihr Magen war ein einziges Nervenknäuel. Die Finger ihrer Rechten zuckten.
Wieder dieser Gedanke. Er schlich sich ein, wie er es heute schon mehrmals getan hatte – wie eine schwarze Schlange bei einem Picknick. Was, wenn nun keiner von diesen drei Männern Jack war?
»Doch«, sagte sie zu Drummer. »Einer von ihnen ist es!« Drummers Augen betrachteten das Zimmer; sein Mund war fest um den Schnuller des Fläschchens geschlossen. »Dieser Kerl auf dem Bild, das ist er. Didi hat ihn erkannt.« Sie runzelte die Stirn. Der Gedanke an Didi machte ihr Kopfweh. Sie hatte Didis Gesicht vor Augen, und es war, als hielte man ein Metallfoto mit scharf gezähnten Rändern. Und noch eine kleine schwarze Schlange kroch in Marys Gedanken: Wo steckte diese andere, dieses Weibsstück?
Es wußte über Lord Jack und Freestone Bescheid. Bedelia hatte dem Weibsstück alles erzählt. Wo also war sie jetzt, während die Wanduhr auf drei Uhr zutickte?
Sobald Mary Jack gefunden hatte, würden sie weggehen – irgendwohin, an einen sicheren Ort. Einen Ort, wo sie zusammen eine Farm haben, auf ein, zwei Morgen vielleicht »Gras« anbauen, abends im Schein einer Lampe die Beine hochlegen und die Sterne anschauen könnten. Es wäre ein sanfter, friedlicher Ort, diese Farm. In einer Trias von Liebe und Harmonie würden sie dort zusammenleben.
Mary wünschte es sich so sehr!
Sie fütterte Drummer zu Ende und ließ ihn aufstoßen. Seine Augenlider wurden schwer. Ihre eigenen ebenfalls. Sie lag da, hielt Drummer in ihrem Arm und konnte sein Herz

schlagen fühlen: *bum ... bum ... bum ...* Wie eine Trommel. Muß aufstehen und baden, dachte sie. Mir die Haare waschen. Mir überlegen, was ich anziehe. All dieser mühselige Kleinkram, den das Leben so mit sich bringt.
Sie schloß die Augen.
Jack kam auf sie zu. Er trug ein langes weißes Gewand, sein goldenes Haar fiel ihm auf die Schultern, und seine Augen waren blau und klar, sein Gesicht bärtig und scharf geschnitten. Neben ihm ging eine Gestalt in schwarzem Leder: er. Mary konnte das Meer und den Duft von Tannen riechen. Das Licht strömte durch die Erkerfenster hinter Jack. Mary wußte, wo sie waren: im »Donnerhaus« an der Drakes Bay, etwa vierzig Meilen vom *Lux-More.* In der wunderschönen Kapelle der Liebe, der Geburtsstätte der »Sturmfront«. Mit Birkenstock-Sandalen an den Füßen kam Jack über den Tannenholzboden. Er lächelte, und sein Gesicht strahlte vor Freude, als er seine Arme nach Marys Gabe ausstreckte.
»Sie scheißt sich ins Hemd vor Angst«, hörte sie ihn, den Dämon, sagen.
Jacks Hände nahmen Drummer entgegen. Er machte den Mund auf, und das schrille Läuten eines Telefons ertönte.
Mary fuhr in die Höhe. Drummer weinte, sie wußte nicht, wie lange schon.
Blinzelnd versuchte sie, ihr träges Gehirn in Gang zu setzen. Telefon klingelt, dachte sie. Telefon. Direkt neben dem Bett. Sie nahm den Hörer ab. »Ja bitte?«
»Es ist fünf Uhr, Mrs. Morrison.«
»Okay. Danke.« Der Mann an der Rezeption legte auf. Mary Terrors Herz fing an zu hämmern.
Der Tag war gekommen.
Sie ließ Drummer heulen, ging zu dem Cherokee und holte den Koffer sowie ihre Einkaufstüte. Nebelschwaden trieben über den Parkplatz, und der Himmel war immer

noch dunkel. Es würde ein typisch kalifornischer Sonnentag werden, einer mit einem tollen Feeling! Im Bad von Zimmer 26 zog Mary sich aus. Sie hatte einen Hängebusen, und überall auf ihren Armen und Knien waren blaue Flecke. Ihre Oberschenkelverletzung hatte einen dunklen Schorf gebildet, in dem gelber Eiter schimmerte. Genauso häßlich, wenn auch weniger schlimm, war die Bißwunde in Marys Unterarm. Als Mary ihren Oberschenkel berührte, um etwas Eiter herauszudrücken, traten ihr vor Schmerz Schweißperlen auf Stirn und Wangen. Sie drehte die Duschhähne auf, bis das Wasser lauwarm war, und stellte sich dann mit einem neuen Stück Seife, das nach Erdbeeren roch, darunter.

Ihr Shampoo – ebenfalls aus dem *7 Eleven* – gab ihrem Haar den Duft von wilden Blumen. Sie kannte es aus einem Werbespot im Fernsehen: junge Mädchen mit weißen Zähnen und schimmernden Locken. Wasser und Seife wuschen die Schmutzkruste von Marys Körper, aber ihre Wunden tastete sie nicht an. In Ermangelung eines Föns trocknete sie ihr Haar mit einem Handtuch und kämmte es. Dann behandelte sie ihre Achselhöhlen mit einem *Secret*-Deoroller, wickelte breites Verbandszeug um ihre Wunden und zog sich wieder an: eine saubere Bluejeans, die an Marys geschwollenem Oberschenkel schmerzhaft eng war, eine hellblaue Bluse mit roten Streifen, darüber einen schwarzen Pullover, der nach Mottenkugeln roch, sie aber nicht so kräftig erscheinen ließ, und zum Schluß ein frisches Paar Socken und ihre Stiefel. Sie zog die Make-up-Fläschchen hervor, die am Grunde ihrer Einkaufstüte lagen.

Es war eine Weile her, seit sie sich das letzte Mal geschminkt hatte, und sie mußte ihre linke Hand benutzen, da ihre rechte plötzlich zu zucken begann. Während sie ungeschickt mit dem Make-up arbeitete, betrachtete sie sich im Spiegel. Sie hatte ein markantes Gesicht, und es fiel nicht schwer, das junge Mädchen zu erkennen, das sie einst gewesen war. Wenn nur ihre Haare erst wieder lang und blond wären statt rotbraun und kurzgeschoren! Früher hatte sie sich immer gern eine Locke um den Finger gewickelt. Unter ihren Augen lagen dunkle, violette Schatten – wie Blutergüsse. Tu noch ein bißchen Make-up drauf! Jetzt war es nicht mehr so schlimm. Ein Hauch von Rouge auf die Wangen – nur ein Hauch, damit ihr Gesicht ein wenig Farbe bekam. Ja, so ist's gut. Blauer Lidschatten auf die geschwollenen Augendeckel. Nein, zuviel. Sie rieb wieder etwas davon herunter. Das i-Tüpfelchen war ein zartrosa schimmernder Lippenstift. So. Perfekt.

Zwanzig Jahre fielen von ihr ab. Sie betrachtete ihr Gesicht im Spiegel und erblickte das junge Mädchen, das Lord Jack liebte. Nun würde er sie doppelt so sehr lieben; sie brachte ihm ihren gemeinsamen Sohn.

Mary hatte Angst, ihn wiederzusehen, nach all der Zeit. Der Gedanke daran machte ihr ein flaues Gefühl im Magen, und sie fürchtete, sich übergeben zu müssen, aber sie hielt durch. Sie putzte sich die Zähne und gurgelte mit Mundwasser.

Es ging auf sechs Uhr zu – Zeit zum Aufbruch nach Freestone, wo ihre Zukunft sie erwartete.

Mary heftete sich ihren *Smiley*-Anstecker, ihren Talisman, an den Pullover. Dann – der Himmel wurde gerade etwas heller – brachte sie ihren Koffer in den Wagen hinaus, ging zurück zu Drummer, steckte ihm seinen neuen Schnuller in den Mund und drückte ihn an ihre Brust. Nun war *ihr* Herz das Schlagzeug. »Ich liebe dich«, flüsterte sie dem Jungen zu. »Mama liebt ihr Baby.« Sie ließ den Schlüssel im Zimmer, machte die Tür zu und humpelte mit Drummer in ihren Armen zu dem Cherokee.

In der Stille der Dämmerung ließ Mary den Motor an.

Siebzehn Minuten vorher war ein Cutlass mit neuem Kühler an der Gemeinde Navato, dreißig Meilen südlich des *Lux-More*-Motels, vorübergebraust. Laura jagte mit siebzig Meilen pro Stunde auf der I-101 Richtung Norden. In dem blaßvioletten Licht erhoben sich vor dem Highway die grünen Hügel von Marin County, in deren Täler sich Hunderte von Häusern schmiegten, Hausboote schwammen auf den friedlichen Gewässern der San Pablo Bay, und Ruhe lag in der taufeuchten Luft.
Nur in Laura gab es keinen Frieden. Ihr Gesicht war angespannt, ihre Augen tief eingefallen und glasig, ihre rechte Hand krampfte sich um das Lenkrad, und ihr Körper war wie abgetötet von den Strapazen dieser langen Nacht. Laura hatte im Büro von Marcos Reparaturwerkstatt zwei Stunden geschlafen und zwischen Sacramento und Vallejo die letzte *Black-Cat*-Tablette geschluckt. Beim Anblick eines Wegweisers nach Santa Rosa lief ihr ein Prickeln durch den Körper: Gleich im Westen von Santa Rosa lag Marys Ziel. Der Highway war fast leer, und die Meilen flogen vorbei. Gott steh ihr bei, wenn sie nun eine Verkehrsstreife aufhielt! Sie würde jetzt nicht vom Gas gehen, um nichts auf der Welt! In Sacramento hatte sie das letzte Mal zum Tanken haltgemacht und war seitdem pausenlos dahingesaust.
Es war so nah, so nah! Gott, wenn Mary ihn nun schon gefunden hatte?! Sie mußte Stunden vor ihr dort angekommen sein! O Gott, ich muß mich beeilen, dachte Laura. Sie warf einen Blick auf die Tachonadel, die sich der Achtzigmeilenmarke näherte, und der Wagen fing an zu vibrieren. »Nehmen Sie die Kiste nicht zu hart ran!« hatte Marco Laura eingeschärft, bevor sie gegen neunzehn Uhr dreißig aus der Werkstatt gefahren war. »Nur nicht so kräftig Gas geben, dann schaffen Sie's vielleicht!«
Bei Lauras Abfahrt war er um vierhundertfünfzig Dollar reicher. Mickey, das geistig zurückgebliebene Kind, das auf

Batman stand, hatte ihr zugewunken und gebrüllt: »Kommen Sie bald mal wieder!«
Ein Schild tauchte auf: SANTA ROSA, 14 MEILEN.
Während eine orangefarbene Sonne aufging, donnerte der Cutlass weiter.

WILLKOMMEN IN FREESTONE, DER GEMEINDE IN HAPPY VALLEY.
Mary fuhr an der Tafel vorbei. Orangefarbenes Licht streifte die Fenster kleiner Läden an der Hauptdurchfahrtsstraße. Grasbewachsene Hügel zogen sich rings um die schlummernde Kleinstadt – eine Ansammlung von sauberen, ordentlichen Straßen und Gebäuden mit einer blinkenden Ampel und einer Grünanlage, in der eine Orchestermuschel stand. Verkehrsschilder beschränkten die zulässige Höchstgeschwindigkeit auf fünfzehn Meilen. Direkt hinter der Ampel lag eine – zu dieser Zeit noch geschlossene – Tankstelle, vor der eine Telefonzelle stand. Mary bog ein, stoppte vor der Tankstelle, stieg aus und schlug das Telefonbuch auf.
Cavanaugh, Keith und Sandy. 502 Muir Road.
Hudley, N. 1219 Overhill Road.
Keine Privatnummer von Dean Walker, aber Hudleys Frau hatte ihr ja die Adresse seiner Autofirma gegeben. *Dean Walker, ausländische Wagen. 677 Meacham Street.* Gab es im Telefonbuch eine Karte von Freestone? Nein. Mary hielt Ausschau nach einem Straßenschild und entdeckte eines an der Ecke unter der Warnlampe. Sie befand sich auf dem *Parkway.* Die Straße, die ihn kreuzte, hieß *McGill Street.*
Mary riß die Seite aus dem Telefonbuch und kehrte zu ihrem Wagen zurück. »Wir werden ihn finden!« sagte sie zu Drummer. »Jawohl, das werden wir!« Sie fuhr wieder auf den Parkway und setzte ihren Weg langsam fort. »Vielleicht ist er inzwischen verheiratet«, sagte sie weiter zu Drummer. »Aber das macht nichts. Das ist eben Tarnung. Manchmal

muß man im Leben Dinge tun, die einem gegen den Strich gehen. Wie ich im *Burger King*, wo ich früher gearbeitet hab. ›Vielen Dank, Ma'am‹, ›Jawohl, Sir! Möchten Sie auch Pommes frites dazu?‹ All so was. Falls er inzwischen geheiratet hat, dann nur, damit er sich besser verstecken kann. Niemand kennt ihn so gut wie ich. Kann sein, daß er mit einer Frau zusammenlebt, aber lieben tut er sie nicht. Er benutzt sie nur, um eine bestimmte Rolle zu spielen. Verstehst du?«

Oh, sie und Jack würden ihrem Sohn Wunderdinge über die Welt und das Leben beibringen!

An der nächsten Kreuzung lag die Meacham Street.

Einen Block weiter rechts, neben einer Crocker-Bank, stand ein Backsteingebäude mit einem umzäunten Grundstück, auf dem ein paar Jaguars, ein schwarzer Porsche, diverse BMW und allerlei andere Importwagen standen. Ein blau geschriebenes Schild verkündete: DEAN WALKER, AUSLÄNDISCHE WAGEN.

Mary hielt davor an. Es war noch dunkel und niemand an der Arbeit. Sie zog den Revolver aus ihrer Umhängetasche und hinkte zu dem Dickglasfenster des Gebäudes. An der verglasten Eingangstür hing ein Schild, das die Geschäftszeiten nannte: zehn bis siebzehn Uhr. Mary beschloß, daß man heute drei Stunden und achtunddreißig Minuten früher öffnen würde.

Sie schlug mit ihrem Revolvergriff die Glastür ein. Eine Alarmsirene ging los, aber Mary hatte die elektrischen Drähte, die auf Berührung reagierten, schon vorher gesehen. Sie griff nach innen, ertastete das Schloß, drehte es herum und zwängte sich dann durch die Tür. In dem kleinen Ausstellungsraum stand ein roter Mercedes, Autozeitschriften und Broschüren stapelten sich auf dem Kaffeetisch neben einer Couch, und rechts und links von einem Wasserkühler befanden sich zwei Türen mit Namensschildern. Auf dem einen stand JERRY BURNES, auf dem anderen DEAN WALKER. Walkers Büro war verschlossen. Mary mußte sich beeilen, da der Alarm das schlafende Städtchen aufwecken würde, und sie suchte gerade nach etwas, womit sie die Tür aufsprengen könnte, da fiel ihr Blick auf ein gerahmtes Farbfoto über einer Reihe von schimmernden Messingplaketten. Es zeigte zwei Männer, die breit lächelnd vor der Kamera standen. Der größere hatte dem kleineren einen Arm um die Schultern gelegt, und die Bildunterschrift lautete: »Freestones Geschäftsmann des Jahres, Dean Walker (rechts), mit Lyndon Lee, dem Vorsitzenden des Civitan-Clubs.«

Dean Walker war groß, fleischig, hatte ein öliges Vertreterlächeln und trug am kleinen Finger einen Diamantring, um den Hals eine gepunktete Krawatte, Sinnbild seines Erfolgs. Seine Hautfarbe war schwarz.

Damit schied einer schon mal aus.

Mary humpelte wieder zu dem Cherokee, dessen Motor immer noch lief. Anscheinend bellten die Hunde jetzt in der ganzen Stadt. Auf der Weiterfahrt kam sie an einem Müllwagen vorbei, der am Bordstein stand, und zwei Männer stiegen aus. Mary selbst bog an der nächsten Kreuzung nach links ab, in eine Straße namens Eastview. Sie überfuhr ein Stoppschild an der darauffolgenden Kreuzung – der Orion Street –, bremste aber, als sie das nächste Straßenschild entdeckte: Overhill Road.

Wohin jetzt? Sie bog nach rechts. Eine Minute später sah sie, daß sie sich falsch entschieden hatte, denn sie landete vor einem Sackgassenzeichen und einem Fluß, der durch ein Stück Wald lief. Also wendete sie wieder Richtung Westen.

Sie verließ Freestones Geschäftsviertel und geriet in ein Wohngebiet aus kleinen Backsteinhäusern mit säuberlich manikürtem Rasen und Blumenkästen. Mary verlangsamte, um nach der Adresse zu suchen: 1013 ... 1015 ... 1017.

Sie fuhr in die richtige Richtung. Der nächste Block begann mit der 1111. Und dann stand sie davor: Ein Backsteinhaus, das in der goldenen Morgensonne lag. Der Briefkasten trug die Aufschrift *1219 Overhill.*
Mary bog in die kurze Einfahrt ein. Unter dem Vordach der Garage standen ein kleiner Toyota und ein mittelgroßer Ford, beide mit kalifornischen Kennzeichen. Das Haus ähnelte allen umliegenden, nur daß in seinem Vorgarten ein Vogelbad und eine Holzbank standen. »Er versucht, sich anzupassen«, erklärte Mary dem Baby, während sie den Motor abstellte. »Spielt den biederen Vorstädter. So wird's gemacht!« Und sie wollte bereits aussteigen, da wurde sie von nackter Angst überfallen. Mary überprüfte ihr Make-up noch einmal im Spiegel. Sie schwitzte, und diese Tatsache erschreckte sie. Das Haus war völlig still. Es wartete.
Mary schob sich aus dem Cherokee und hinkte auf die weiße Haustür zu. Drummer und ihre Waffe ließ sie zurück. Sie konnte das schwache, ferne Heulen der Alarmsirene bei dem Autohändler und das Hundegebell hören. Ein Vogelpärchen flatterte um das Vogelbad herum. Noch bevor Mary an die Tür gelangte, pochte ihr Herz so sehr und war ihr Magen dermaßen nervös, daß sie schon fürchtete, sie müsse zu den Ziersträuchern wanken und sich übergeben. Aber sie zwang sich weiterzugehen, holte dann tief Luft und drückte auf den Summer.
Sie wartete. Ihre Handflächen waren feucht von kaltem Schweiß, und sie zitterte wie ein Mädchen bei seinem ersten Rendezvous. Ihr war elend zumute vor Ungeduld, als sie noch einmal auf den Summer drückte. O Gott, bitte mach, daß er es ist, dachte sie. Bitte ... bitte mach, daß ... mach, daß –
Schritte.
Ein Riegel wurde zurückgeschoben.
Sie sah, wie der Türknauf sich zu drehen begann.

O Gott ... bitte mach, daß er es ist ...
Die Tür ging auf, und ein Mann mit vom Schlaf verschwollenen Augen schaute heraus.
»Ja bitte?« fragte er.
Sie brachte keinen Ton heraus. Es war ein robuster, gutaussehender Mann, aber er hatte einen wilden weißen Lockenschopf und mußte wohl Anfang Sechzig sein. »Kann ich Ihnen helfen, Miss?« Ein gereizter Unterton lag in seiner Stimme.
»Äh ... äh ...« Marys Denkapparat war blockiert. »Äh ... sind Sie ... Nick Hudley?«
»Ja.« Seine braunen Augen verschmälerten sich, und sie sah, wie sie auf ihren Smiley-Anstecker fielen.
»Ich ... hab mich verfahren«, sagte sie. »Ich suche die Muir Road.«
»Da lang.« Mit einer kurzen Bewegung seines Kinns deutete er nach rechts, weiter die Overhill Road hinauf. »Kennen wir uns?«
»Nein.« Und sie wandte sich ab, um zu ihrem Wagen zu eilen.
»He!« rief Hudley, während er herauskam. Er war im Schlafanzug und trug einen grünen Bademantel mit Segelbootmuster. »He, woher wissen Sie denn, wie ich heiße?«
Mary rutschte hinter das Lenkrad, machte die Tür zu und stieß auf die Overhill Road zurück, während Nick Hudley in seinem Vorgarten stand und die beiden Vögel sich um das Vogelbad stritten. Hunde heulten mit der Alarmsirene.
Eine Viertelmeile von Hudleys Haus entfernt zweigte rechts die Muir Road ab. Mary folgte ihr. Grüne Hügel, die mit weit auseinander liegenden und nach hinten versetzten Häusern aus Mammutholz gesprenkelt waren, erstreckten sich bis zu dem dunstverhangenen Ozean. Mary fuhr die gewundene Straße entlang und las Namen oder Nummern auf den

Briefkästen. Als sie um eine lange Kurve kam, an deren Seiten Präriegras wucherte, entdeckte sie, was sie suchte. Auf den Briefkasten war ein Blauwal gemalt, und die Aufschrift lautete: *Cavanaugh.*

Eine kiesbestreute Auffahrt führte zu einem Haus, etwa zwanzig Meter weiter oben. Es war aus Mammutholz, hatte einen Balkon mit Aussicht aufs Meer, und davor stand ein kupferroter Pritschenwagen. Mary parkte ihren Cherokee genau hinter diesem. Drummer, den irgend etwas aus der Ruhe brachte, hatte wieder zu schreien begonnen, und Mary betrachtete das Haus. Ihre Hände waren fest um das Lenkrad geklammert. Sicherheit würde sie erst dann haben, wenn sie an diese Tür klopfte. Wenn er aber aufmachte, sollte er seinen und Marys Sohn sehen. Sie hängte sich die Tasche über die Schulter, nahm Drummer hoch und stieg aus.

Das Haus war hübsch und gepflegt. Es steckte sehr viel Mühe darin. Im Vorgarten stand eine Sonnenuhr, und Beete von roten Blumen, die wie Rasierpinsel aussahen, umgaben deren Sockel. Ein leichter Wind wehte vom Meer her, und die Luft war empfindlich kühl, aber die Sonne schien Mary nicht nur ins Gesicht, sondern beruhigte mit ihrer Wärme auch Drummer. Sein Geschrei flaute ab, und Mary entdeckte ein Schild, das auf die Fahrertür des Pritschenwagens gemalt war: YE OLDE HERITAGE, INC. Darunter standen Namen und Telefonnummer der Cavanaughs.

Mary drückte das Baby fest an sich, denn sie fürchtete, es zu verlieren, und stieg über die Vortreppe aus Mammutholz.

An der Tür war ein Messingklopfer in Form eines uralten bärtigen Gesichts. Mary benutzte ihre Faust.

Ihre Eingeweide pulsierten vor Anspannung, ihre Genickmuskeln fühlten sich an wie Eisenklammern, und Schweiß glitzerte ihr auf den Wangen, während sie wie gebannt den Türknauf anstarrte. Gleichzeitig fanden Drummers Händchen ihren Smiley-Anstecker und zupften daran.

Noch bevor Mary ein zweites Mal klopfen konnte, hörte sie, wie von innen aufgesperrt wurde.
Die Tür öffnete sich so schnell, daß Mary einen Schritt zurück machte.
»Hi!« Eine schlanke, gutaussehende Frau mit langen, hellbraunen Haaren und haselnußbraunen Augen stand vor ihr. Die Frau trug einen pinkfarbenen Jogginganzug und hellblaue Turnschuhe. Sie lächelte, und zwei tiefe Falten umgaben ihren Mund. »Wir haben schon auf Sie gewartet! Bitte treten Sie doch ein!«
»Ich bin ... gekommen, um ...«
»Schon gut. Es ist alles fertig. Treten Sie ruhig näher!« Sie wich von der Tür zurück, und Mary Terror schritt über die Schwelle. Nachdem die Frau die Tür hinter ihr zugemacht hatte, winkte sie Mary in ein großes Wohnzimmer mit gewölbter Decke, einem Kamin aus unbehauenem Stein und einem Uhrkasten. »Da ist es!« Die Frau öffnete den Reißverschluß von etwas, das wie ein Futteral oder ein Ranzen aussah und auf dem beigefarbenen Wohnzimmersofa stand. Zum Vorschein kam ein glänzender Holzrahmen. »Wir wollten, daß Sie es sich ansehen, bevor wir es einpacken«, erklärte sie.
Es handelte sich um ein Wappenbild: je ein steinerner Turm zu beiden Seiten von etwas, was halb Pferd, halb Löwe zu sein schien, auf einem Flammenfeld. An seinem unteren Rand stand in verschnörkelter Schrift wie auf der Fahrertür des Pritschenwagens ein Name: Michelhof.
»Die Farben sind doch sehr gut herausgekommen, finden Sie nicht?« fragte die Frau.
Mary wußte nicht, was sie sagen sollte. Offensichtlich erwartete die Frau – Sandy Cavanaugh, vermutete Mary – heute früh irgend jemanden, der das Wappenbild abholen wollte. Mary traf ihre Entscheidung. »Ja«, antwortete sie. »Das stimmt.«

»Oh, es freut mich, daß es Ihnen gefällt! Natürlich liegen die Informationen zur Familiengeschichte bei.« Sie drehte den Rahmen herum, so daß ein Briefumschlag zum Vorschein kam, der mit Klebestreifen an der Rückseite des Bildes befestigt war, und das Glitzern von Hochzeits- und Verlobungsring der Frau fiel Mary ins Auge. »Bestimmt ist Ihr Bruder davon hingerissen, Mrs. Hunter!«

»Ja, bestimmt.«

»Ich werde es Ihnen einpacken.« Die Frau steckte das Wappenbild wieder in die Hülle und zog den Reißverschluß zu. »Wissen Sie, ich hatte eigentlich mit einer älteren Frau gerechnet. Am Telefon haben Sie sich älter angehört.«

»Tatsächlich?«

»Mhm.« Die Frau sah Drummer an. »Was für ein goldiges Baby! Wie alt ist es denn?«

»Fast einen Monat.«

»Haben Sie noch mehr Kinder?«

»Nur dieses eine. Es ist ein Junge«, antwortete Mary und lächelte dünn.

»Mein Mann ist ja ganz vernarrt in Babys. Na schön. Wenn Sie jetzt den Scheck auf *Ye Olde Heritage, Inc.* ausstellen würden, gehe ich nach unten und verpacke Ihnen das hier. Einverstanden?«

»Ist gut«, antwortete Mary.

Sandy Cavanaugh verließ das Wohnzimmer. Mary hörte einen Moment lang eine Tür aufgehen und gleich danach die Stimme der Frau: »Mrs. Hunter hat ihr Baby mitgebracht. Sag doch mal guten Tag, während ich das hier einpacke.«

Ein Mann räusperte sich. »Ist alles okay?«

»Ja, es gefällt ihr.«

»Sehr schön«, antwortete er. Sie hörte Schritte auf der Treppe. Mary wurde schwindlig, und sie stützte sich mit einer Hand an der Wand ab, falls ihre Knie weich würden. Irgendwo im hinteren Teil des Hauses lief ein Fernseher – Zeichentrickfilme, dem Klang nach. Mary hinkte auf die Diele zu, doch noch bevor sie dorthin gelangte, kam plötzlich ein Mann um die Ecke und wäre fast in sie hineingerannt.

»*Hi,* Mrs. Hunter!« sagte er mit aufgesetztem Lächeln. Er streckte ihr seine Hand entgegen. »Ich bin Keith Cava –« Sein Lächeln brach.

8

Ein Schloß in den Wolken

Unter dem blauen Morgenhimmel gellte in Freestone eine Alarmsirene.

Laura folgte dem Geräusch. Sie bog mit ihrem Cutlass auf eine Straße namens Meacham Street und entdeckte einen grün-grauen Streifenwagen, der vor einem Backsteingebäude stand. Als Laura das Schild an diesem Gebäude erblickte, schnappte sie nach Luft. In der Nähe war ein Müllwagen, und zwei Männer unterhielten sich mit einem Polizisten. Einer von ihnen deutete in die entgegengesetzte Richtung. Gaffer gab es nur wenige: eine älteres Paar in Jogginganzügen, ein halbwüchsiges Mädchen mit MTV-Jacke und einen jungen Mann, der ein leuchtend orangefarbenes Shirt sowie hautenge schwarze Radfahrerhosen trug und der den Ständer seines Rades heruntergeklappt hatte, während er mit dem Mädchen sprach. Laura konnte sehen, daß die Eingangstür von Dean Walkers Autohaus zertrümmert worden war und ein zweiter Polizist drinnen herumlief.

Sie hielt auf der anderen Straßenseite an, stieg aus und ging zu der Gruppe von Neugierigen. »Was ist denn los?« fragte sie den jungen Mann, während die Alarmsirene über die Stadt hallte.

»Jemand hat eingebrochen«, antwortete er. »Ist erst zirka zehn Minuten vorbei.«

Laura nickte und zog dann den Zettel aus der *Liberty Motor Lodge* hervor. »Wissen Sie, wo ich diese Männer hier finden kann?« Sie zeigte ihm die drei Namen, und auch das halbwüchsige Mädchen sah hin.

»Der Laden dort gehört ja Mr. Walker«, rief ihr der junge Mann ins Gedächtnis.
»Das weiß ich. Aber können Sie mir verraten, wo er wohnt?«
»Er hat das größte Haus auf Nautica Point«, sagte das Mädchen und schob sich seine langen Haare aus dem Gesicht. »*Dort* wohnt er.«
»Und was ist mit den anderen beiden?«
»Keith kenne ich. Er wohnt in der Muir Road.« Der junge Mann deutete Richtung Nordwesten. »Das ist da drüben, etwa fünf Meilen von hier.«
»Die Anschrift«, drängte Laura. »Wissen Sie seine Anschrift?«
Die beiden schüttelten den Kopf, und da auch das ältere Paar hersah, ging sie zu diesem. »Ich versuche diese drei Männer hier zu finden!« erklärte sie. »Können Sie mir vielleicht helfen?«
Der Mann beäugte erst Lauras Liste, dann ihre verbundene Hand und zuletzt ihr Gesicht. »Und wer sind Sie, wenn ich fragen darf?«
»Mein Name ist Laura Clayborne. Bitte ... es ist sehr wichtig, daß ich diese Männer finde.«
»Tatsächlich? Wieso?«
Sie stand kurz vor einem Tränenausbruch. »Würden Sie mir wenigstens verraten, wie ich in die Muir Road und zum Nautica Point komme?«
»Sind Sie hier aus der Gegend?« erwiderte der Mann.
»Tommy weiß nichts von Höflichkeit gegenüber Fremden!« meldete sich die ältere Frau. »Die Muir Road zweigt von der Overhill ab, meine Liebe. Und die Overhill ist die zweite Straße hier lang.« Sie reckte einen Finger in die Richtung. »Biegen Sie nach links, und fahren Sie etwa drei Meilen weiter. Die Muir Road zweigt rechts ab. Sie können sie nicht verfehlen.« Plötzlich verstummte die Sirene, und nur

Hundegebell blieb. »Nautica Point liegt in der entgegengesetzten Richtung. Er zweigt von der McGill ab. Fahren Sie an der gelben Ampel nach rechts und acht oder neun Meilen weiter.« Sie griff nach Lauras Hand und bog diese so, daß sie auf den Zettel sehen konnte. »Oh, Nick sitzt im Gemeinderat! Der wohnt in der Overhill. Es ist ein Haus mit einem Vogelbad davor.«

»Danke«, sagte Laura. »Haben Sie vielen, vielen Dank!«

Und als sie sich abwandte, um zu ihrem Wagen zu laufen, hörte sie den älteren Mann sagen: »Warum hast du ihr nicht gleich noch *unsere* Adresse verraten, damit sie auch uns ausrauben kann?«

Laura stieß rückwärts wieder auf den Parkway und fuhr zur Overhill Road. Nick Hudleys Haus lag anscheinend am nächsten. Nach einem dunkelblauen Jeep Ausschau haltend, gab sie Gas, und die Automatik lag unter dem Fahrersitz.

Keith Cavanaughs Mund bewegte sich. Nichts kam heraus. Auch Mary Terror fand keine Worte. Das Baby gurgelte glücklich.

Der Schock senkte sich zwischen ihnen herab wie ein lilafarbener Dunst.

Der Mann, der vor Mary stand, hatte keine weißen Gewänder an. Er trug ein kariertes Hemd, einen dunkelgrauen Pulli mit einem kleinen roten Polospieler auf der Brust und khakifarbene Drillichhosen. Seine Füße steckten in zerschrammten Halbschuhen, nicht in Birkenstock-Sandalen. Seine Haare waren eher grau als golden und reichten nicht einmal aus, um seinen Kopf zu bedecken, geschweige denn, um ihm auf die Schultern zu fallen. Sein Gesicht – ach, die Zeit war ein Verräter! – gehörte zwar immer noch Lord Jack, aber es war weicher geworden, wabbliger um das Kinn, und der Bart war abrasiert. Ein Fettpolster umgab die Taille und wölbte sich unter dem Pullover hervor.

Aber diese Augen ... diese kristallblauen, durchtriebenen, wunderschönen Augen ...
Dahinter steckte immer noch Lord Jack – tief in diesem Mann, der sich Keith Cavanaugh nannte und Wappenbilder in glänzenden Rahmen herstellte.
»Großer Gott!« flüsterte er, und sämtliche Farbe war aus seinem Gesicht gewichen.
»Jack?« Mary trat einen Schritt nach vorn. Er zog sich zwei Schritte zurück. Tränen standen ihr in den Augen, und sie fieberte an Leib und Seele. »Ich habe dir unseren ...« Sie hob Drummer hoch und hielt ihn ihm entgegen wie eine Opfergabe. »Ich habe dir unseren Sohn mitgebracht.«
Er stieß mit dem Rücken gegen die Wand, und sein Mund öffnete sich zu einem Japsen.
»Nimm!« sagte Mary. »Nimm ihn dir! Er gehört jetzt uns.«
Das Telefon klingelte. Von unten rief die Frau, die den wahren Namen ihres Mannes nicht kannte: »Jenny, würdest du bitte mal rangehn?«
»Ist gut!« antwortete die Stimme eines kleinen Mädchens, und das Telefon hörte auf zu klingeln. Die Geräusche des Zeichentrickfilms dauerten fort.
»Nimm ihn dir!« drängte Mary. Tränen liefen ihr die Wangen hinab und ruinierten ihr Make-up.
»Daddy, es ist Mrs. Hunter!« sagte das kleine Mädchen. »Sie kann erst heute nachmittag kommen!«
Drei Herzschläge verstrichen. Dann aus dem Untergeschoß: *»Keith?»*
»Nimm ihn!« flüsterte Mary. »Nimm ihn dir! Nimm *mich*, Jack! Bitte ...« Ein Schluchzer stieg aus ihr empor wie ein Ächzen, denn sie sah, daß ihre wahre, ihre einzige Liebe, ihr Erlöser, der Sinn ihres Lebens und der Mann, der sie in ihren Träumen liebkost, sie über dreitausend Meilen hinweg zu sich hergewinkt hatte, in die Hosen gemacht hatte. »Jetzt sind wir vereint«, sagte sie. »Genau wie früher, nur

noch grooviger, weil wir jetzt Drummer haben. Er gehört uns, Jack. Ich habe ihn für *uns* entführt.«
Er schob sich von ihr fort, stolperte auf seinem Rückzug und wäre fast gefallen. Mary humpelte ihm durch das Vestibül hinterher, Richtung Diele. »Ich hab das alles unseretwegen getan, Jack. Verstehst du denn nicht? Ich habe es getan, damit wir wieder so zusammensein können wie frü–«
»Du bist ja verrückt«, sagte er mit erstickter Stimme. »O mein Gott ... *meinetwegen* ... hast du dieses Baby ... entführt?«
»Ja, deinetwegen.« Ihrem Herzen wuchsen wieder Flügel. »Weil ich dich so sehr liebe!«
»Nein! Nein!« Jack schüttelte mit dem Kopf. Er hatte die Berichte in den Medien gesehen, hatte sie verfolgt, bis das Ganze von wichtigeren Dingen aus den Schlagzeilen verdrängt worden war. Er hatte all die alten Bilder von der »Sturmfront« gesehen, all die Gesichter – jung an Jahren zwar, aber uralt in ihren Leidenschaften. Er hatte diese Tage tausendmal durchlebt, und jetzt war die Vergangenheit mit einem entführten Baby zur Hintertür hereingekommen. »O mein Gott, nein! Doof warst du ja schon immer, Mary ... aber daß du verrückt bist, habe ich noch nicht gewußt!«
Doof warst du ja schon immer, hatte er gesagt. *Verrückt.*
»Ich ... habe das doch nur für uns getan ...«
»Hau ab!« brüllte er, und seine dicken wohlgenährten Wangen glühten. *»Bleib mir vom Leib, verdammt noch mal! Der Teufel soll dich holen!«*
Sandy Cavanaugh kam durch eine Tür und stockte, als sie sah, wie die große, kräftige Frau Keith ihr Baby entgegenhielt. Er blickte zu ihr und schrie: »Raus hier! Hol Jenny, und verschwindet alle beide! Raus! Sie ist verrückt!« Ein hübsches Mädchen mit blondem Haar und strahlendblauen

Augen – es war vielleicht zehn oder elf Jahre alt – lugte neben seiner Mutter in den Korridor. »Raus hier!« brüllte Jack Gardiner noch einmal, und die Frau griff sich ihr Kind, um damit in den hinteren Teil des Hauses zu eilen.

»Jack?« Mary Terrors Stimme klang gebrochen, und die Tränen, die ihr aus den Augen strömten, machten Mary nahezu blind. *Doof warst du ja schon immer,* hatte er gesagt. »Ich *liebe* dich.«

»Du verrücktes Miststück!« Speichel spritzte ihm aus dem Mund und traf sowohl sie als auch Drummer ins Gesicht. *»Du hast alles kaputtgemacht!«*

»Polizei!« hörte Mary die Frau ins Telefon schreien. »Verbinden Sie mich mit der Polizei!«

»Nimm ihn!« drängte Mary. »Bitte ... nimm unser Baby!«

»Es ist vorbei!« brüllte er. »Aus und vorbei! Das Ganze war doch ein Spiel! Ich war damals immer so high von LSD, daß ich nicht einmal mehr gewußt habe, was ich tat! So ging's uns doch allen!« Und da traf ihn eine Erkenntnis, die ihm den Kopf nach hinten riß. »Mein Gott ... heißt das etwa ... du glaubst immer noch an die Sache?«

»Mein ... Leben ... hat dir gehört«, flüsterte Mary. »Das tut es immer noch!«

»Polizei? Hier spricht ... hier spricht ... Sandy Cavanaugh! Wir haben ... jemanden in unserem Haus!«

»Ich will dich nicht!« entgegnete er. »Und ich will auch nicht dieses Baby! Das war vor langer Zeit! Jetzt ist das alles aus und vorbei!«

Mary stand ganz still. Drummer weinte. Jack preßte sich mit dem Rücken an die Wand und hatte seine Hände erhoben, wie um etwas Widerwärtiges abzuwehren.

Und in diesem schrecklichen Moment erkannte sie ihn.

Es hatte nie einen Lord Jack gegeben. Nur einen Marionettenspieler, der an den Schnüren des Herzens genauso zog, wie er Revolver abdrückte. Lord Jack war eine Phantasie-

figur gewesen, und vor ihr stand der wahre Jack Gardiner, ein zitterndes, verängstigtes Bündel aus Blut und Eingeweiden. Seine Macht war immer schon eine Lüge gewesen, ein geschicktes Jonglieren mit Subkultur-Slogans, LSD-Träumen und Kriegsspielen. Er hatte den Glauben verloren, weil er keinen Glauben zu verlieren gehabt hatte. Er hatte die »Sturmfront« mit Betrügerhänden zusammengenäht, tönerne Türme gebaut und sie bemalt, hatte Pferde mit Löwen verschmolzen, sie »Freiheitskämpfer« genannt und sie in die Flammen geworfen. Sein eigenes Wahrzeichen war ein Zeichen der Lüge: lauter Arme, die ihn mit dem Mantel des Ruhms umgeben sollten. Und nun stand er hier, während Gary, Akitta, Janette, CinCin und all die übrigen Getreuen Geister waren. Er ließ es zu, daß eine Frau, die keine Ahnung von Feuer und Tortur hatte, die Bullen rief; und Mary wußte auch, warum. Es zerriß ihr die Seele, aber sie wußte es: Weil er die Frau und das Kind liebte.
Lord Jack war tot.
Und Jack Gardiner war dem Tod geweiht.
Als ihren letzten Liebesdienst würde ihn Mary vor den Bullen retten.
Während sie mit ihrem einen Arm Drummer hielt, zog sie den Revolver aus ihrer Umhängetasche und zielte damit auf ihn.
Jack zwängte sich in eine Ecke. Neben ihm an der Wand hing ein gerahmtes Wappen: ein Schloß auf einer Wolke, das von Hirschen und Schwertern gesäumt war. Darunter stand der Name »Cavanaugh«.
Marys Augen waren vom Tod verdüstert, und sie knirschte mit den Zähnen. Jack machte ein winselndes Geräusch wie ein geprügelter Hund.
Sie drückte ab.
Es war ein schreckliches Geräusch. Der Schuß knallte durch die Diele, und Sandy Cavanaugh schrie auf. Mary feuerte

ein zweites, dann ein drittes Mal. All die heiße rote Liebe ergoß sich aus Jacks durchlöchertem Körper, während er zuckend auf dem Boden lag. Mary drückte ihm den Revolverlauf an seinen kahlwerdenden Schädel und feuerte eine vierte Kugel ab, die ihm den Kopf aufriß. Gehirnmasse spritzte über die ganze Wand und über Marys Pullover, Blut und Gewebe sprenkelten ihr die Wangen und klebten auf dem Smiley-Gesicht.

Noch zwei Schuß übrig. Die Frau und das Kind.

Sie ging ihnen nach, blieb unter der Tür jedoch stehen.

Zwei Schuß. Für eine Frau mit Kind. Aber nicht diejenigen, die dort in diesem Zimmer kauerten und kreischten. Und nicht in diesem Haus, wo die Bullen an den Leichen herumschnüffeln und -stochern würden wie Großwildjäger an ihren Trophäen.

Auf dem Weg zur Vordertüre hinkte Mary an ihm vorbei, der in einem dunklen Eckchen stand. »Du weißt, wo«, sagte er unter seinem Schlapphut hervor, und sie antwortete: »Ja.«

Drummer und sie standen allein gegen den Rest der Welt.

Sie verließ das Haus, stieg in den Cherokee und griff nach ihrer Straßenkarte, während sie in einem Wirbel aus Kies die Auffahrt hinunterfuhr.

Ihr Finger markierte die Strecke und das Ziel. Es war nicht weit, vielleicht zwanzig Meilen die Küstenstraße entlang. Mary kannte den Weg, und sie fragte sich, ob Jack jemals dorthin gefahren war, um dazusitzen und von vergangenen Zeiten zu träumen.

Nein, meinte sie. Das hatte er nie getan.

Als sie auf die Overhill Road bog, kam ein Streifenwagen mit blitzendem Blaulicht an ihr vorbei. Er fuhr in die Muir Road ein und preschte weiter. Auch Mary setzte ihren Weg fort, Richtung Heimat.

Die Tür ging auf, und ein weißhaariger Mann in einem grünen Bademantel mit Segelbootmuster fragte: »Ja?«, als ärgerte er sich über die Störung.
»Nick Hudley?« erwiderte Laura, deren Nerven zum Zerreißen angespannt waren.
»Derselbe. Und wer sind Sie?«
»Ich heiße Laura Clayborne.« Sie forschte in seinem Gesicht. Nein, der hier war zu alt für Jack Gardiner. »Haben Sie eine Frau gesehen – eine kräftig gebaute Frau, über einsachtzig groß – mit einem Baby? Möglicherweise unterwegs in einem –«
»Dunkelblauen Cherokee«, beendete Hudley den Satz für sie. »Ja, die ist hier an die Tür gekommen, aber Baby hab ich keines gesehen.« Sein Blick begutachtete Lauras schmutzige Kleider und ihre verbundene Hand. »Hat meinen Namen ebenfalls gekannt, diese Frau. Worum, zum Teufel, geht's hier eigentlich?«
»Wie lange ist das her? Wann war diese Frau bei Ihnen?«
»Vor nicht mal 'ner Viertelstunde. Hat angeblich die Muir Road gesucht. Hören Sie, ich finde, Sie sollten mir lieber mal erklären –« Plötzlich blickte er zur Straße, und als Laura sich umdrehte, sah sie gerade noch einen Polizeiwagen vorbeirasen. Mit blitzendem Blaulicht, aber ohne Sirene, war er Richtung Westen unterwegs.
Die Muir Road lag im Westen, fiel Laura ein.
Sie wandte sich von Nick Hudley ab, lief zu dem Cutlass und hinterließ Reifenspuren auf dem Asphalt, als sie über die Overhill davonpreschte. Auch sie fuhr Richtung Westen, auf der Suche nach der Muir Road. Aus irgendeinem Grunde hatte Mary Terror nicht drei oder vier Stunden, sondern nur fünfzehn Minuten Vorsprung. Es bestand immer noch Hoffnung, David zurückzubekommen ... immer noch Hoffnung ... immer noch ...
Ein dunkelblaues Fahrzeug brauste vor Laura aus einer Sei-

tenstraße und schnitt die Kurve. Mary Terror erkannte Laura im selben Moment, als diese die Frau hinter dem Steuer erkannte, und nur um Haaresbreite schlitterten Cutlass und Cherokee aneinander vorbei.

Mit einer Hand und ihrem Ellbogen lenkte Laura den widerspenstigen Wagen auf den Rasen vor irgendein Haus, riß das Steuer herum und schlitterte wieder auf die Overhill Road, aber diesmal Richtung Osten. Der Cutlass hustete schwarzen Qualm, gewann jedoch an Geschwindigkeit, da Laura das Gaspedal bis zum Anschlag durchtrat. Vor ihr sauste der Cherokee, und innerhalb weniger Sekunden kamen sie wieder an Nick Hudleys Haus vorbei, wo das Motorengeheul die Vögel aus dem Vogelbad aufschreckte.

An der nächsten Kurve geriet der Cherokee auf den Randstein. Er schleuderte einen Briefkasten in die Luft, und Laura kam auf etwa zwölf Meter an Mary heran. Diesmal würde sie sich nicht wieder abhängen lassen! Sie wußte nicht, ob sich David in diesem Fahrzeug befand, wußte nicht, warum die Polizei zur Muir Road unterwegs war, wußte nicht, ob Jack Gardiner sich in Freestone aufhielt oder weshalb Marys Vorsprung auf zwölf Meter zusammengeschrumpft war, doch eines wußte sie: Mary Terror würde ihr nicht entkommen. Niemals. Egal, wie lange es dauerte – egal, wohin sie ging oder fuhr. Niemals.

Cherokee und Cutlass bogen auf den Parkway ein und brausten unter dem blinkenden Warnlicht hindurch, an dem *Willkommen-in-Freestone*-Schild vorbei. Während sie die kurvenreiche Straße entlangfuhr, ließ Mary den Wagen im Rückspiegel nicht aus den Augen. Der Schock über Lauras Anblick hatte ihre Entscheidung nur noch verstärkt. Letzten Endes lief alles auf Karma hinaus. Ja, hatte sie entschieden, es war Karma, und das Karma ließ sich nicht verleugnen. Sollte das Weib nur kommen! Bevor Mary sich und dem Baby das Leben nahm, würde sie das

Weibsstück liquidieren, das Edward und Bedelia auf dem Gewissen hatte.
Mary hatte aufgehört zu weinen. Ihr Gesicht war eine Ruine von verschmiertem Make-up, ihre Augen gerötet und eingefallen. Ihr Herz war leer; es gab nichts mehr, worüber man träumen konnte. Sie war die letzte Überlebende der »Sturmfront«, und Mary würde alles dort beenden, wo die »Sturmfront« angefangen hatte.
Sechs Meilen vor Freestone bog sie auf eine Landstraße ab, die westwärts zum Pazifik führte. Laura blieb hinter ihr. Die Straße war leer, die Meilen sausten vorbei. Der Landkarte folgend, bog Mary nach links, und Laura blieb dicht hinter ihr. Mary nickte lächelnd vor sich hin. Das Baby war ruhig, und seine Hände grapschten in die Luft.
Die Straße schlängelte sich durch dichten Wald. Auf einem Schild stand POINT REYES FORSTDIENSTSTELLE, 2 MEILEN. Doch es war kaum eine Meile vorbei, da riß Mary den Cherokee nach rechts auf einen schmalen Feldweg. Sie gab noch mehr Gas, und Staubwolken wirbelten dem Cutlass gegen die Windschutzscheibe, als auch Laura die Kurve nahm.
»Komm nur!« sagte Mary mit heiserer Stimme. »Fahr mir ruhig hinterher! Na, komm!«
Die Reifen von Lauras Wagen holperten über Spurrinnen und Schlaglöcher, während sie dem Cherokee nachjagte. Nach etwa einer Meile hörte der Staub auf, aber dafür war der Wald zu beiden Seiten des Weges mit spinnwebartigem Nebel verhangen. Laura konnte die salzige Seeluft riechen, die in den Wagen drang. Sie folgte Mary Terror um eine Kurve, Dunst wirbelte zwischen ihnen auf, und dann plötzlich sah sie die Bremslichter des Cherokee aufleuchten.
Mary hatte abrupt haltgemacht. Mit schmerzenden Schultermuskeln riß Laura das Lenkrad nach rechts, und der Cutlass raste in die Tannen. Laura hatte ihren Fuß auf der Bremse. Die Reifen wühlten sich durch moosigen Morast, der Wagen

streifte einen Baumstamm, und dann blieb er in sumpfigem Wasser stecken, das bis zu den Felgen reichte.
Laura griff nach ihrer Pistole. Durch den Nebel konnte sie den Cherokee erkennen, der regungslos dastand. Die Bremslichter waren erloschen, der Fahrersitz leer. Laura machte ihre Tür auf und trat in einen Sumpf, der sie bis zu den Knöcheln verschluckte. Auch der Motor des Cherokee war abgestellt. Es herrschte Stille, und Laura konnte das Klopfen ihres Herzens und das Geschrei der Seemöwen hören.
Was war aus Mary geworden? Wo steckte sie? Und war David immer noch bei ihr oder nicht?
Mit eingezogenem Kopf watete Laura auf einen Baumstamm zu, der ihr Deckung bot. Sie rechnete jede Sekunde mit einem Schuß aus der Richtung des Cherokee. Doch nichts geschah.
»Ich will mein Baby zurück!« schrie sie, und ihre gebrochene Hand pochte vor neuerlichem Schmerz, während ihr Finger auf dem Abzug lag. »Hören Sie?«
Doch Mary Terror gab keine Antwort. Sie war zu schlau, um ihr Versteck so schnell zu verraten.
Laura würde ihre geschützte Position aufgeben müssen. Immer noch geduckt, huschte sie hinter einen anderen Baum, der sich näher bei dem Geländewagen befand, und wartete dort ein paar Sekunden. Mary kam nicht zum Vorschein. Während der Nebel um sie herumtrieb und das Sonnenlicht grau durch die Baumwipfel fiel, arbeitete sich Laura weiter zu dem Cherokee vor. Dann lief sie mit zusammengebissenen Zähnen hinter das Heck des Wagens, wo sie in die Hocke ging und lauschte. Sie konnte ein entferntes Donnern hören.
Wellen, wurde ihr einen Moment später klar. Der Pazifik, der an eine Felsküste donnerte.
Die Luft war kühl, und Feuchtigkeit tropfte aus den Bäu-

men. Laura lugte neben dem Cherokee hervor. Die Fahrertür stand offen. Mary war fort.
Jeden Moment bereit, sich zu ducken, falls sie eine Bewegung wahrnehmen würde, richtete Laura sich auf und schaute in den Wagen. Sie erblickte das Durcheinander, das von Marys Reise übriggeblieben war, roch den Gestank von Schweiß, Urin und schmutzigen Windeln.
Mit langsamen, vorsichtigen Schritten ging Laura an dem Cherokee vorbei und folgte dem Feldweg, während sie Augen und Ohren nach jedem noch so geringen Anzeichen eines Hinterhalts offenhielt.
Da plötzlich lichtete sich der Wald zu beiden Seiten des Feldwegs. Vor ihr lag freies Gelände, und darauf stand ein Haus, das den Pazifik und dessen zernagte Klippen überschaute.

9

Das Donnerhaus

Es handelte sich um ein zweistöckiges Holzhaus mit Giebeldach, einer Balkonveranda, deren Geländer zerfallen war, sowie einer zweiten, breiteren Veranda, die das gesamte Erdgeschoß umgab. Ein unkrautüberwucherter Feldsteinweg führte zur Vortreppe, und vielleicht war dieses Haus vor langer Zeit einmal schön gewesen. Nun aber käme jede Rettung zu spät. Die salzhaltige Meeresbrise und die Gischt hatten sämtliche Farbe schon längst weggescheuert, grünes Moos und aschefarbene Flechten bedeckten die dunkelgrauen Wände, und etwas, was wie Krebsgeschwüre aussah, hatte das Holz befallen, wuchernde Ranken ausgesandt und sich mit anderen Tumoren verbunden. Die Pfeiler der Veranda im Erdgeschoß waren zum Teil eingestürzt, der Boden abgesackt. Jedes Fenster im Haus war eingeschlagen, und zwischen den Flechten schlängelten sich wie Dornengestrüpp bunte Graffiti – die Handschrift von Vandalen.

Laura begann, das Treppchen hinaufzugehen. Die zweite Stufe war ebenso wie die vierte bereits kaputt, und als Laura das Geländer anfaßte, versanken ihre Finger in morschem Holz. Eine Haustür war nicht mehr vorhanden. Laura trat ein, und unmittelbar hinter der Schwelle befand sich ein Loch, das vielleicht die Größe von Marys Stiefel hatte. Im Inneren des Hauses herrschte Salzwassergeruch. Sämtliche Wände waren verschimmelt, und Moosgirlanden hingen von der Decke. Der Begrüßungsschmuck für eine Heimkehr, dachte Laura. Sie ging auf die Treppe zu, und ihr linker Fuß brach durch den Boden. Die erste Treppenstufe hatte nachgegeben. Die meisten anderen ebenfalls. Das Haus war morsch bis in die Knochen, und die Wände standen kurz vor dem Zusammenbrechen.

»Ich weiß, daß Sie hier sind«, sagte Laura. Die feuchten Wände dämpften ihre Stimme. »Ich will mein Kind zurück. Ich werde nicht zulassen, daß Sie es behalten, und das wissen Sie inzwischen.«

Stille, außer dem Donnern der Brandung und Tropfgeräuschen.

»Na los, Mary! Früher oder später finde ich Sie ja doch!«

Keine Antwort. Was, wenn sie ihn nun ermordet hat? dachte Laura. O mein Gott! Angenommen, sie hat ihn schon in Freestone umgebracht, und daß die Polizei deshalb –

Sie hielt inne, bevor ihr Körper und ihr Verstand nachgeben würden. Mit vorsichtigen Schritten ging Laura in ein anderes Zimmer. Die längst zerbrochenen Erkerfenster gewährten einen majestätischen Blick über den Ozean. Sie konnte Wogen sehen, die hoch aufschäumend gegen die Felsen schlugen. Nebel, ein lautloser Zerstörer, trieb ins Haus. Auf dem Boden, der wie von Bombeneinschlägen durchlöchert war, lagen Bierdosen, Zigarettenkippen und eine leere Rumflasche.

Laura hörte etwas, was sie zuerst für das Geschrei einer Seemöwe im Wind hielt.

Nein, nein. Ihr Herz tat einen Sprung. Es war das Geschrei ihres Babys. Irgendwo aus dem ersten Stock. Tränen brannten ihr in den Augen, und fast hätte sie geschluchzt vor Erleichterung. David war noch am Leben.

Aber sie würde die Treppe hinaufgehen müssen, wenn sie ihn sich holen wollte.

Über die zerbrochenen Stufen begann Laura, ins Obergeschoß zu steigen. David weinte immer noch. Er ist müde, dachte sie. Völlig erschöpft und hungrig. Ihre Arme schmerzten vor Verlangen, ihn zu halten. Vorsicht, Vorsicht! Die Treppe zitterte unter Lauras Gewicht, wie sie unter dem von Mary Terror erbebt sein mußte. Laura stieg in die Düsternis hinauf, an den Wänden glitzerte Moos, und erreichte den ersten Stock.

Es war ein Labyrinth von Zimmern, doch das Weinen ihres Kindes wies Laura den Weg. Einmal wäre sie fast auf die Knie gefallen, da ihr Fuß durch den Bretterboden brach. In diesem Stockwerk hatten viele Dielen bereits nachgegeben, und die übrigen waren aufgequollen und bogen sich unter jedem Schritt. Während Laura weiterging, wich sie den Löchern aus, deren Ränder morsch waren und in denen es von schwarzen Käfern wimmelte. Sie folgte der Stimme ihres Kindes.

Mary konnte hier überall sein, ob hinter einer Ecke oder in der Dunkelheit. Überall konnte sie auf sie warten, auf sie lauern, und während Laura vorsichtig einen Schritt nach dem anderen machte, hielt sie die Augen nach ihr offen. Vielleicht erschien sie ja plötzlich in irgendeiner Tür. Aber es war nichts von Mary zu sehen, und schließlich gelangte Laura zu dem Zimmer, in dem ihr Sohn lag.

Er war nicht allein.

Mary Terror stand in der Ecke gegenüber dem Eingang. Sie hielt David in ihrem linken Arm – ihre Rechte hielt einen Revolver, der auf den Kopf des Babys gerichtet war.

»Sie haben mich gefunden«, sagte Mary, und ein Lächeln flackerte in ihrem starren, von Wahnsinn gezeichneten Gesicht. Ihre Augen glichen Brandlöchern, Schweißperlen standen wie Blasen auf ihrer Haut, und auf dem Schenkel ihrer Jeans hatte sich ein Flecken aus Blut und Eiter gebildet.

Laura sträubten sich die Nackenhaare. Sie hatte die angetrockneten Blutspritzer auf dem Pullover und dem Smiley-Anstecker der Frau gesehen. Der Hahn des Revolvers war zum Schuß gespannt. »Geben Sie ihn her. Bitte.«

Mary zögerte. Ihre Augen starrten an Laura vorbei irgendwo

ins Leere, und sie schien zu überlegen. »Er sagt, daß ich das nicht tun sollte«, antwortete sie.

»*Wer* sagt das?«

»Gott«, erklärte Mary. »Dort drüben steht er.«

Laura schluckte schwer. Davids Geschrei schwoll ständig an und ab. Er rief nach seiner Mutter, und ihre Beine wollten sie zu ihm bringen.

»Werfen Sie Ihre Kanone weg!« befahl Mary.

Laura zögerte. Wenn die Pistole erst einmal weg war, war sie selbst erledigt. Ihr schmerzte der Kopf, während sie nach einem Ausweg suchte. »In Freestone«, sagte sie. »Haben Sie ihn dort gefunden? Ich meine Jack Gardi–«

»SPRECHEN SIE DIESEN NAMEN NICHT AUS!« kreischte Mary, und der Revolver, den sie so fest hielt, daß ihre Fingergelenke weiß wurden, zitterte.

Laura verharrte fast regungslos. Ihre Lungen waren rauh, und kalter Schweiß stand ihr auf der Stirn.

Ein, zwei Sekunden lang schlossen sich Marys Augen, als versuchte sie das auszusperren, was sie gesehen hatte. Dann riß sie sie wieder auf. »Er ist tot. Er ist 1972 in Linden, New Jersey, ums Leben gekommen. Bei einer Schießerei. Die Bullen hatten uns entdeckt. Er kam ums Leben ... als er mich und mein Baby zu retten versuchte. Ich habe ihn gehalten, während er starb. Er sagte ... er sagte ...« Sie sah hilfesuchend zu Gott. »Daß er niemals eine andere lieben würde; daß unsere Liebe wie zwei Sternschnuppen sei, die hell und heiß erglühten, und daß die Schönheit dieser beiden Sternschnuppen diejenigen, die sie sähen, blenden würde. So ist er gestorben, vor langer Zeit.«

»Mary?« Laura beherrschte ihre Stimme mit aller Gewalt. Wenn sie jetzt nicht ganz schnell etwas unternähme, dann würde ihr Baby sterben. In einem Alptraum von blitzendem Blaulicht wirbelten ein Polizeischütze und eine Irre auf einem Balkon an ihrem geistigen Auge vorbei. Und Mary?

Würde sie zuerst Laura umbringen, falls sie sich plötzlich zu entscheiden hätte, oder David? »Das Baby gehört mir. Verstehen Sie das denn nicht? Ich habe ihm das Leben geschenkt. Es gehört –«

»Mir gehört es!« unterbrach Mary. »Und wenn wir sterben sollten, dann zusammen. Kapiert?«

»Nein.«

Es gab keinen anderen Weg. Mit ihren Augen schätzte Laura die Entfernung, während ihr Verstand die ablaufenden Sekunden zählte. Jetzt! Blitzschnell sprang sie nach vorn und warf sich auf die Knie. Mary Terror war überrumpelt. Eine einzige Erinnerung schoß durch ihr fiebriges Gehirn wie kühlender Balsam: Drummers Händchen, das sich um ihren Zeigefinger schloß, als wollte es sie für immer hindern abzudrücken.

Der Revolver ging nicht los.

Während Laura ihre Pistole hob und zielte, entfernte sich die Waffe in Marys Hand vom Kopf des Kindes, um sich auf Laura zu richten.

Aber Laura gab als erste zwei Schüsse ab.

Aus rund drei Metern Entfernung zielte sie auf die Beine der Frau. Die erste Kugel ging vorbei und traf die Wand hinter Mary; die zweite aber streifte Marys verletzten Oberschenkel, so daß Blut und Eiter heiß aus ihrer Wunde sprühten. Mary Terror kreischte wie ein Tier. Ihre Beine sackten zusammen, und ihr Revolver feuerte, bevor er sich auf Laura richten konnte. Als Marys Knie auf den Boden trafen, krabbelte Laura zu ihr hin, holte aus und schlug ihr mit der Automatik quer über den linken Wangenknochen. Marys Hand fing an, unbeherrscht zu zucken. Der Revolver fiel auf den Boden, Laura bekam den grünen Parka zu fassen, in den David verpackt war, sie entriß ihn Marys Händen, und den Revolver stieß sie mit ihrem Fuß durch ein Loch in den Dielen. Dann wich sie zurück.

Ächzend hielt Mary sich ihr zerstörtes Bein und fiel auf die Seite.
Laura begann zu schluchzen. Während ihm immer noch helle Tränen in den Augen standen, drückte sie David an sich und küßte ihn aufs Gesicht. »Ist ja schon gut«, tröstete sie ihn. »Ist ja alles gut. O Gott, ich hab dich wieder! Ich hab mein süßes kleines Baby wieder! Gott sei Dank!«
Sie mußte hier raus. Die Forstdienststelle war nicht weit. Sie könnte hinfahren und ihnen sagen, wo Mary Terror war. Lauras Herz hämmerte wild, und das Blut brauste ihr durch die Adern. Sie fühlte sich schwach. Ihr Baby fest an sich gedrückt, wankte sie in den Flur und sagte unentwegt »Ich hab dich wieder, ich hab dich wieder«, während sie das Kind Richtung Treppe trug.
Sie hörte ein *Wuff.*
Hinter sich.
Sie drehte sich um.
Und Mary Terror unternahm einen letzten Angriff. Mit einem humpelnden Sprung stürzte sie sich auf Laura und schlug ihr mit der rechten Faust ins Gesicht, so daß Lauras Kopf nach hinten gerissen wurde. Laura, von einem heißen, explosionsartigen Schmerz erfüllt, fiel zu Boden, drückte David aber gleichzeitig fest an sich und drehte ihren Körper so, daß der Aufprall nicht ihn, sondern ihre rechte Schulter treffen würde. Die Pistole entglitt ihren Fingern, und sie hörte sie mit einem dumpfen Schlag irgendwo in der Düsternis landen.
Im Nu war Mary über Laura hergefallen. Sie versuchte, David wegzuzerren, und Laura ließ los, um ihre Finger in Marys Augen zu stoßen. Ihre abgebrochenen Fingernägel zerfurchten der anderen das Gesicht, aber Mary rammte ihr eine Faust in die Brust, daß es Laura den Atem verschlug. Während sie nach Luft schnappte, fühlte sie, wie David ihr aufs neue geraubt wurde.

Sie schlang einen Arm um Marys Kehle, drückte ihr den Hals zu, und Mary ließ das Baby los, um Laura in die Rippen zu boxen. Dann riß sie sie mit sich vom Boden hoch, schleuderte sie seitwärts, und während David vor ihnen lag, fielen die beiden Frauen gegen eine Wand.

Das morsche Holz gab nach. Sie stürzten durch die weichen, wurmstichigen Bretter auf die Dielen eines zweiten Zimmers und kämpften weiter. Marys Knie donnerte gegen Lauras geschiente Hand – ein Schmerz, der Neon glich: aufrüttelnd und erschreckend in seiner Intensität. Laura hörte sich stöhnen wie ein wildes Tier, schlug mit ihrer Rechten, traf Mary an der Schulter und schlug noch einmal zu. Sie erwischte sie am Unterkiefer. Marys Faust rammte sich ihr in den Magen, und unversehens packte Mary sie bei den Haaren, um Lauras Kopf auf die Dielenbretter zu schmettern.

Laura wehrte sich mit der puren Kraft der Verzweiflung. Sie schaffte es, ihre Finger in Marys Augen zu bohren, riß daran, und einen Moment später wich ihre Gegnerin mit einem Aufschrei zurück. Beide Frauen, sogar der Fußboden waren über und über vom Blut aus Marys Oberschenkel bespritzt. Laura trat nach ihr, traf sie in die Rippen, ein zweiter Tritt ging daneben. Während ihr das Blut aus dem rechten Augenwinkel lief, kroch Mary Terror davon, und Laura rappelte sich vom Boden auf. Plötzlich jedoch attackierte die andere sie erneut. Sie ergriff Laura bei den Beinen, hob sie hoch, schleuderte sie rücklings gegen eine Wand, und wieder flog Laura hindurch, als wäre es nasse Pappe. Mit einem erstickten Wutschrei durchbrach Mary das morsche Holz und den durchgeweichten Mörtel, um ihr nachzusetzen.

Marys Augen bluteten, und ihr Gesicht war eine purpurrote Maske. Während Laura auf die Knie zu kommen versuchte und sich verzweifelt die Arme über Kopf und Gesicht hielt, trat Mary nach ihr. Einen Tritt wehrte sie ab, ein anderer aber traf sie an der Schulter. Mit unsagbaren Schmerzen

quälte sie sich auf die Beine, und die halbblinde Mary – ihr rechter Augapfel war völlig weiß – schlang von hinten die Arme um Lauras Körper.
Laura trat mit den Füßen und versuchte sich loszureißen, während die andere ihr die Luft aus dem Leib drückte. Ihr wurde schwarz vor Augen, aber sie mußte bei Bewußtsein bleiben, sonst würde Mary sie totschlagen. So warf Laura ihren Kopf zurück, um Mary Mund und Nase zu zertrümmern.
Knochen knackten, der Druck auf Lauras Rippen ließ nach, und langsam sackte sie in sich zusammen, während Mary, die Hände vors Gesicht geschlagen, durch den Raum torkelte. Sie stieß an eine Wand, aber diesmal war es eine feste. Dann schüttelte sie ihren Kopf, daß Blutströpfchen flogen, beugte sich vornüber und keuchte wie ein Blasebalg. Eine rote Flüssigkeit tropfte ihr aus dem Mund.
Lauras Nerven- und Muskelkraft war fast aufgebraucht und sie selbst einer Ohnmacht nahe. Sie zitterte am ganzen Leib, und als sie eine Hand auf ihr Gesicht legte, war diese mit roter Flüssigkeit beschmiert.
Blutschnaubend schleppte Mary sich auf sie zu.
Sie faßte sie mit der einen Hand bei den Haaren, mit der anderen an der Kehle, und Laura schnellte vom Boden hoch wie eine Sprungfeder.
Zähneknirschend griff sie nach Marys Brust, hielt sie am Pullover und trat ihr mit allerletzter Kraft in den blutigen Oberschenkel.
Ein Heulen unerträglicher Qual brach aus Mary Mund. Sie ließ Lauras Kehle los, um nach ihrem Bein zu greifen, und geriet aus dem Gleichgewicht, so daß sie gegen eine Wand anderthalb Meter hinter sich taumelte.
Laura sah die graue Wand aufbrechen, rostige Nägel knallten wie Gewehrschüsse, und Mary Terror stürzte immer weiter.

Ein schriller Schrei war zu hören. Marys blutige Hände griffen nach den Rändern des Loches, durch das sie gefallen war, doch nur noch mehr morsches Holz löste sich unter ihren Fingern. Der Schrei wurde spitzer.

Marys Hände verschwanden.

Laura vernahm einen dumpfen Aufschlag.

Der Schrei war abgerissen.

Sie konnte Seemöwen hören. Nebel, der lautlose Zerstörer, trieb durch das Loch in der Wand.

Laura blickte hinaus. Mary Terror war etwa zwölf Meter tief abgestürzt. Sie lag zwischen Unkraut, Steinen und zerbrochenen Flaschen – dem Abfall von einer Party – auf dem Bauch. Die größeren Felsen hatte ein Graffiti-Künstler mit orangefarbenen Namen und Daten verziert, und etwa sechs Meter von Marys Kopf entfernt leuchtete ein *Peace*-Zeichen.

Laura hielt etwas in ihrer rechten Hand. Sie machte sie auf und erblickte den Smiley-Anstecker von Mary Terrors Pullover. Die Nadel hatte sich ihr in die Handfläche gebohrt.

Laura zog sie heraus, und mit dem Gesicht nach unten fiel der Anstecker zu Boden.

Schwankend verließ Laura das Zimmer, um sich unweit der Treppe neben ihren Sohn zu knien.

Seine Augen fanden sie, und er brach in schrilles Geschrei aus. Sie wußte, daß sie keine Schönheit war. Mit einer Kraftanstrengung – aber auch mit einer Freude, die niemand ihr nehmen konnte – hob sie ihn hoch, wiegte ihn zärtlich in den Armen, und langsam ließ sein Weinen nach. Sie fühlte sein Herz klopfen, und dieses Wunder brachte sie endgültig zum Zusammenbrechen. Sie senkte ihren Kopf, sie schluchzte, und in ihrem Schluchzen mischte sich Blut mit Tränen.

Sie mußte wohl in Ohnmacht gefallen sein. Ihr erster Gedanke beim Wiedererwachen war, daß Mary Terror hinter ihr herkäme, und Gott stehe ihr bei, wenn sie sich vom Boden erhob und diese Frau nicht mehr dort lag, wo sie aufgetroffen war, sondern in voller Lebensgröße vor ihr stand!

Laura hatte Angst davor, sich Gewißheit zu verschaffen. Aber der Gedanke verflog, und erneut fielen ihr die Augen zu. Ihr Körper wurde von Schmerz beherrscht.

Davids Geschrei rief sie in die Wirklichkeit zurück. Sie wußte nicht genau, wieviel Zeit inzwischen vergangen war. Er hatte Hunger. Wollte sein Fläschchen. Muß mein Kind gut füttern, damit es gesund heranwächst, dachte sie. *Mein* Kind. Und sie flüsterte: »Ich liebe dich. Ich liebe dich, David.«

Sie zog den Reißverschluß seines Parkas auf, schlug den dicken Stoff beiseite und nahm ihren Jungen in Augenschein: Finger, Zehen, Geschlechtsteile – er hatte alles, was dazugehört, und er gehörte ihr.

Laura drückte ihn fest an sich und sang ihm leise etwas ins Ohr, während draußen das Meer rauschte.

Es wurde allmählich Zeit, zu überlegen, wie es nun weitergehen sollte.

Den Cutlass bekäme Laura bestimmt wieder aus dem Sumpf heraus, und wenn nicht, steckten in dem Geländewagen ja vielleicht noch die Schlüssel. Aber nein. In dem könnte sie nicht fahren. Nicht einmal darin sitzen könnte sie, denn überall würde es nach dieser Frau riechen. Wenn sie den Cutlass nicht wieder flottbekäme, dann würde sie zu Fuß zur Forstdienststelle gehen müssen. Hätte sie dazu die Kraft? Sie glaubte ja. Möglich, daß es ein Weilchen dauerte, aber sie würde es schaffen.

»Ja, das werden wir!« sagte sie zu ihrem Kind, und es blinzelte ihr ins Gesicht. Sein Geschrei hatte aufgehört. Laura war heiser, und sie konnte immer noch fühlen, wo die

Finger der Frau ihr die Kehle zugedrückt hatten. »Alles vorbei jetzt«, sagte sie und verdrängte die Angst, die immer noch nach ihr griff. »Alles vorbei.«

Aber was, wenn sie nun hinaussah, und Mary Terror nicht mehr dalag?

Laura versuchte aufzustehen. Unmöglich. Sie mußte noch ein Weilchen warten. Anscheinend war es jetzt heller. Nachmittagslicht, dachte sie. Sie sondierte mit ihrer Zunge ihren Mund, konnte aber keine Zahnlücken feststellen, nur ein paar Blutklümpchen. Der Schmerz in ihren Rippen hingegen war mörderisch; sie war zu keinem tiefen Atemzug imstande. Und ihre gebrochene Hand ... nun, ab einem bestimmten Punkt wurde kein Schmerz mehr registriert, und diesen Punkt hatte sie überschritten. Bei ihrer Rückkehr in die Zivilisation würde ein Arzt seine helle Freude an ihr haben.

Zu dieser Forstdienststelle zu gelangen war nicht das Problem. Doug, Atlanta und wie ihr eigenes Leben sich von nun an gestalten sollte – dies und anderes war die eigentliche Herausforderung. Sie glaubte nicht, daß ihre Zukunft auch Doug einschließen würde. Sie hatte, was zu ihr gehörte. Den Rest konnte er behalten.

Und es gab noch ein anderes Problem: eine Frau, die nicht vergessen sein wollte und die Angst hatte, daß Fremde an ihrem Grab vorübergehen könnten, ohne je ihre Geschichte zu kennen.

Laura würde das nicht zulassen, und sie würde sicherstellen, daß Bedelia Morse wieder nach Hause kam.

Vielleicht würde Neil Kastle vom FBI jetzt auch ihre Anrufe entgegennehmen.

Laura versuchte, mit David vom Boden aufzustehen. Fast hätte sie es geschafft. Beim zweiten Anlauf gelang es ihr.

Mit langsamen, vorsichtigen Bewegungen stieg sie die Treppe hinab. Unten mußte sie sich erneut ausruhen. »Deine Mama ist eine alte Dame, mein Kleiner«, sagte sie zu David. »Was meinst du dazu?« Er machte ein gurgelndes Geräusch. Sie hielt ihm einen Finger hin, und seine Hand umschloß ihn mit festem Griff. Sie mußten einander erst wieder kennenlernen, aber dafür gab es ja reichlich Zeit. Sein Gesicht wies ein paar Kratzer auf; er trug seine eigenen Kriegsandenken. »Bereit für einen Versuch?« fragte sie. Keine Antwort. Statt dessen starrte er sie nur neugierig und mit blauen Augen an.

Laura humpelte nach draußen in das Nachmittagslicht. Es trieben immer noch Nebelschwaden landeinwärts, und der Pazifik donnerte an die Felsen wie von alters her. Manches änderte sich eben nie, beispielsweise die Liebe einer Mutter zu ihrem Kind.

Die Straße winkte.

Aber noch nicht. Noch nicht sofort.

Laura pochte das Herz in ihrer gequetschten Brust, als sie um die Hausecke bog. Sie mußte einfach nachsehen. Mußte wissen, ob sie wieder würde schlafen können, ohne mit einem Schrei zu erwachen, und daß nicht irgendwo auf dieser Welt Mary Terror durch die Weite der Nacht fuhr.

Sie lag immer noch da.

Ihre Augen waren offen, ihr Kopf leicht zur Seite geneigt. Ein Stein war ihr Ruhekissen, so rot wie die Liebe.

Laura atmete auf und wandte sich mit ihrem Sohn in den Armen ab.

Beide Donnerstagskinder hatten einen langen Weg.